筑梦桑梓

广元返乡创业者故事

政协广元市委员会 / 编

中国文史出版社
CHINA CULTURAL AND HISTORICAL PRESS

序 言

“想家的时候啊，更想为家做点事，哪怕离家这么遥远，这么久。”阎维文演唱的这首《想家的时候》，让无数奔走在异乡的游子热泪盈眶、思绪万千！

家乡，生养我们的地方，我们精神寄托的港湾。走遍天涯海角，最美风景于斯；吃遍山珍海味，最好的味道是小时候的味道；宾朋万千，血浓于水的永远是父老乡亲、兄弟姐妹之情！我们对家乡的这种情怀、这份思念、这份牵挂、这份感恩，不因远隔天涯而遗忘，不因岁月久远而淡化。家乡兴旺发达，是我们一生的梦想！

广元这片美丽的土地上，生活着300多万热爱家乡的儿女。这里的高山险阻、山路蜿蜒、土地瘠薄，让山里人成长之路异常艰辛，但却使山里人更加坚强坚韧、更懂得感恩奋进。自然条件的恶劣，没能限制住广元人追求美好生活的梦想，没能阻止广元人奋进的脚步。走出大山，奔向广阔天地，这个最早可溯源到三星堆太阳神鸟的山里人梦想，世代延续，尤其是在工业化、城镇化进程加快的当代，传统乡村社会的人流、物流、财富流纷纷涌向都市，走出家乡去学习深造、“淘金”和到大都市过舒适幸福的日子，成为40年来广元乡村青年的时尚追求。昔日喧嚣的山乡逐渐沉寂，个别田野杂草丛生，山坡上牛羊稀少，留守家乡的年迈乡亲步履日益蹒跚……每当游走在外的广元人回到家乡，都有一个共同心声：家乡亟待振兴发展！

党的十八大以来，精准扶贫、精准脱贫、乡村振兴战略相继实施，广元迎来了新一轮乡村振兴发展的时代东风！习近平总书记指出：实施乡村振兴战略是党的十九大作出的重大决策部署，是决胜全面建成小康社会、全面建设社会主义现代化国家的重大历史任务，是新时代做好“三农”工作的总抓手。他为乡村振兴战略指明五个具体路径：推动乡村产业振兴、乡村人才振兴、乡村文化振兴、乡村生态振兴和乡村组织振兴。近年来，市委、市政府大力推进“返乡创业工程”实施，把人才回引、返乡创业作为推动乡村振兴发展的重要抓手，促进人才紧缺、资金匮乏和支柱产业发展乏力等制约乡村振兴的问题解决。

时代的呼唤就是奋进的战鼓，家乡的召唤就是回乡的集结号！在300多万热爱家乡的广元人中，有这样一批游子、一批赤子，他们或从贫瘠的家乡走出，历尽千辛万苦终于成就事业，过上安稳体面的都市生活，或通过十年寒窗苦读走进大学殿堂，或者保家卫国刚刚转业脱下戎装，但当他们看到家乡的面貌依旧、发展急需给力之时，毅然将感恩家乡养育之恩、回报乡邻作为他们共同的选择和行动，放弃在城里舒适的好日子，甘愿回到家乡过创业的苦日子；他们不单纯追求财富最大化，把助力家乡发展当成人生的使命和追求；他们曾经是闯荡在外的游子，如今是大山的赤子，时代将他们称为“返乡创业者”。有了他们的加入，沉寂的乡村热闹起来：他们或投资投劳修路建桥治水，改变家乡基础设施落后面貌；或投资建设现代农业园、兴办生态养殖场，发展新兴特色产业；或办厂开矿，招募乡邻就近务工；或当起网络电商，搭建“产供销一条龙”，将山珍营销到海内外；或投身公益事业，给乡亲提供免费医疗、资助孩子上学；等等。他们将智慧、财富和力量倾情用在家乡发展上，以人才回流带动资金、技术、物资和装备回乡，人才振兴促进“五个振兴”。

付出终有回报，努力必有收获！曾经闭塞的乡村如今道路四通八达，荒芜的田野如今生机盎然，昔日贫瘠的土地上培育出了有机绿茶、猕猴桃、核桃、香菇、羊肚菌、藤椒、生态牛羊鱼等广元名优特产，工厂搬进了乡村，财富装进了乡亲的腰包。家乡巨变之时，返乡创业者的事业和人生也发生了深刻变化。有的返乡创业者成为“全国优秀农民工”、省市表彰的致富带头人，有的城里乡里事业齐头并进，有的成为网络红人、公益事业代言人，有的成为乡亲的救命恩人、资助寒门学子跃龙门的得力推手。

返乡创业之举虽不惊天动地，他们的业绩也许不辉煌瞩目，但他们展现出的赤子深情、博爱奉献精神，感动乡邻，激励后人；他们在家乡投入的资金、引进推广的先进技术和管理经验、精心经营的力量虽然有限，但却犹如为广元精准扶贫、精准脱贫和乡村振兴注入了“催化剂”，助推了广元新一轮山乡巨变。

时代不会对感恩奋进者沉默，历史不会对赤子忠心者淡忘。人民政协有责任去为返乡创业者的感人事迹挥毫泼墨，为他们的高尚情怀激情讴歌，更有一种期待是召唤更多的成功人士加入他们的队伍，汇聚广元乡村振兴发展的磅礴力量，让广元乡村更美好，人民生活更幸福！

编者

目录

旺苍县

剑阁县

青川县

利州区

昭化区

朝天区

筑巢引凤

创业典藏

后 记

凤鸣故里

青春无悔 农村有梦

讲述：李君　　整理：胡博

李君，男，34岁，苍溪县白驿镇岫云村人，大学文化，中共党员，村党支部书记、苍溪县岫云生态农产品专业合作社理事长、第十三届全国人大代表、共青团十八届中央委员会委员。2008年回乡创业，其专业合作社2012年被省农业厅评定为“四川省农民专业合作社示范社”。2016年，以岫云村为品牌的全国首家扶贫体验餐厅在成都锦城大道开业。2013年3月，他被团中央、农业部联合表彰为第八届“全国农村青年致富带头人”。2017年9月获“全国脱贫攻坚奖奋进奖”。2018年2月12日，中共中央总书记、国家主席、中央军委主席习近平在四川成都市主持召开打好精准脱贫攻坚战座谈会，李君作为基层代表做了《返乡扶贫做实事 带领群众奔小康》的汇报，总书记勉励其“年轻人，好好干”。2018年5月被共青团中央、全国青联授予“中国青年五四奖章”。

我是苍溪县白驿镇岫云村的党支部书记李君。返乡创业已经10个年头，10年青春无悔，我仍相信我们的农村有梦。

一

在我10年前的记忆里，许多父母外出务工为了省下春节回家的车费，几年都不回家过年。偶然回家，自己的娃都管他们叫“叔叔”“阿姨”了。每年春节过后娃娃在车外哭、父母在车里哭的场景，深深地刻在我的脑海里。

2003年，我考上大学走出了岫云村。2007年成为四川成都力美传媒公司副总经理，年薪18万元。汶川特大地震发生后，当我和打工的父母赶到老家，亲人抱头痛哭的场景，至今还揪着我的心。我当时就在想，我们为什么要背井离乡，为什么总要到别人的家乡去打工？我第一次萌发了要回村做点什么的念头。

2008年“5·12”地震后，我回村见到的是一户户倒塌残破的农房，看到了乡亲们那无助的眼神，担任组长的表哥因救灾过度操劳，突发脑出血。我们打了急救电话，可那时村里没有通公路，等我们顺着小路把他抬进村口的时候，43岁的他永远地走了……

“我要回村！”“我要为乡亲们做点事！”“我要改变这里！”

母亲听了我的想法，哭了。她说，我们砸锅卖铁供你读书，就是想让你到城里去，就是不想你像我们一样面朝黄土背朝天地过苦日子，可你……

当我把这个消息告诉女朋友，她爷爷坚决要让我们分手，说他的孙女一定要嫁到城里去。我能理解老人不愿让自己孙女吃苦的心情，我更感谢一直支持我的女朋友即我后来的妻子。她不顾家人反对，和我一起辞掉了成都的工作，回到了岫云村。看着妻子忙碌收拾家务的身影，我常想，我最对不住的是我的爱人，为了我她从成都待遇优厚的企业辞职回到了农村。

二

当年村两委换届，我全票当选岫云村党支部书记。那时当农村支部书记都是六七十岁的老党员，每月只有500多元的工资，因此质疑与流言四起：一个“娃娃”能当书记？有人说，嘴上无毛，办事不牢！有人说，我是在外面混不下去了。还有人说，他就是想当官，想把支部书记作为跳板。

人年轻，没干出成绩，群众不信任。每次开会，我在上面开大会，他们在下面开小会。我明白，要改变这种情况，只有把事情做出来让大家信你服你。当时大家最关心的就是村里能有条水泥路，可钱从哪里来呢？群众筹资，不可能。一是群众本身穷，二是群众怕出了钱，被我打了水漂。

“没有钱，我来找！哪怕是讨口要饭，我也要把路修通！”会上，我打了包票。接下来的半年，我四处“化缘”找钱。我跑了当时知名的富裕村，想向这些富裕村“讨”点修路的钱。8000 多公里行程，为了节约钱，我舍不得买卧铺票。遇节假日，硬座都没有，就在车厢过道站着，一站就是几十个小时。实在太累了，我就拿出村里的介绍信看看，给自己打气。最后，我“厚着脸皮”感动了江苏华西村、成都彭州宝山村、中国大唐集团、红军渡房地产公司等爱心单位和人士，他们捐助了我们 85 万元资金，加上国家配套资金，村里三条长达 6 公里的水泥路修成了。

路通的那一刻，我哭了，家里的人哭了，村里的很多人都哭了。

三

“这个娃娃还是能干事的！”乡亲对我的信任慢慢有了。接下来，产业发展提上了日程，可乡亲老百姓积极性不高。他们经历过栽桑树砍桑树、栽梨树砍梨树、种蘑菇烂蘑菇等太多的产业发展之痛。甚至有人说：“凡是你们让做的，我坚决不做；凡是你们让干的，多半是失败。”我压力很大，自己这次搞产业一定要尊重市场，因地制宜。那几个月，我冥思苦想，怎样才能把村里青山绿水孕育的生态资源，变成乡亲口袋里实实在在的收入？

一天，成都一个朋友打电话给我：“我儿子吃了你送的土鸡蛋，就再也不想吃超市的蛋了！还有这样的鸡蛋不，多贵我都买！”朋友不经意的一句话让我眼前一亮：岫云人家家户户都用传统方法饲养土鸡，喝山泉，食青草，一只鸡的活动林地足足有一亩，发展土鸡产业不就是致富路吗？特别是在成都学习生活时，我发现城里消费者对农村的生态食材需求旺盛，可他们却没有可靠的渠道。我们农村有好东西，却卖不出去个好价钱。能不能把他们请到村里来看看呢？思维一下子豁然开朗，我立马赶到成都开始了我的“远山结亲，以购代捐”计划。我一家一户按门铃、叩铁门，受过白眼，挨过骂，很多人认为我是找他们捐款捐物的。可我告诉他们，不需要你捐一分钱，而是让你花更少的钱买到更好的生态农产品。

2014 年 3 月，村里开展了第一次“远山结亲，以购代捐”活动。那天来了 10 多个企业、50 多个爱心家庭，现场认购了 56 万多元的农产品。家家户户的鸡鸭猪、米面油、蔬菜等农产品都以高于市场价 30% 以上的价格卖了出去。这下可在县里炸开了锅。两年多的时间，我又陆续组织中国建设银行、启阳集团、大唐集团等单位开展“远山结亲”活动 50 余次，结对认购的城市家庭达到 1200 多个，大唐集团还给村里捐赠了一辆运输农产品的冷藏车。

为了持续开展认购活动，我每月要往返成都和村里好几趟。2015 年的 11 月 3 日，我在回村的路上出了车祸，同座一位 25 岁的小伙子永远地走了，我的肺受损，肋骨断了 6 根，在医院住了 13 天就出院了。我知道，如果不能及时组织城里的家庭到村里认购，乡亲们的东西卖不出去，城市与农村之间辛辛苦苦建立起来的信任就可能泡汤。

正是这次车祸，逼着我思考怎样更好地解决农产品稳定上行的问题，“岫云村”怎样走出去的问题。

2016 年，我们以岫云村为品牌的扶贫体验餐厅在成都锦城大道正式开业。它成为我们连接城市和山区农村的窗口和桥梁，城市消费和我们的生产无缝链接，岫云村品牌开始真正扎根大都市。两年多来，消费者在我们村的餐厅既吃到了健康的食材，又可顺带买走苍溪的农产品，用实际行动参与了扶贫。在这里，我们厨房做菜的 20 多个大姐和服务小妹都来自岫云及周边村子；在这里，她们说着岫云村的话，卖着岫云村的产品，讲着岫云村的故事。成都的消费者可以吃到用山村出产的食材制作的酸水豆腐、韭菜炒鹅蛋、玉米馍、腊肉包子、米豆腐炒腊肉等乡村美食。这一道道美味的乡村菜，背后都蕴藏了我的扶贫故事：酸水豆腐所用的米豆腐来自村里 53 岁留守妇女何定琼之手，她每月大概为体验店提供 400 斤米豆腐，除去成本可以净挣 1700 元；鲜美的土鸡汤出自村里残疾人郑荣华饲养的土鸡，每年她家通过出售土鸡收入 1.5 万元；韭菜炒鹅蛋来自李广荣、侯淑兰夫妇饲养的优质土鹅，每年为他家带来上万元的收入；甜香酥脆的玉米馍馍出自东青镇 64 岁的贫困户王林清老人之手，老人上有 80 多岁患病的老父老母，两个儿子又在外出务工时遭遇车祸成了残疾，一个个不起眼的馍馍关系着他们一家人的生计，他做的玉米馍馍在本地售价 1 元 / 个，我们体验店按 1.5 元 / 个包销，一个月销售 2500 个馍馍，除去成本他一家月收入 3000 元。体验店让他们收获的不仅仅是物质上的回报，更是精神上的满足和自豪！

2018 年 3 月 4 日，我在北京参加十三届全国人大一次会议时写下日记说：在参加代表团会议之余，我还抽空去北京部分生鲜超市摸了摸情况。在超市里，看到了一些来自四川的农特产品，有鸡蛋、水果等。在全国两会之后，我立马去落实一件事情，那就是争取把我们苍溪猕猴桃在全国的生鲜超市上架。现在，我们已经带动周边59个村、2882户小农户加入“岫云村”生产计划，岫云村的两家年华猪专卖店也在成都相继开业，“岫云村”生态农产品的品牌开始在线上线下全线出击，一头对接着潜力巨大的城市大市场，一头联结着苍溪千千万万的小农户。

这些年，随着岫云村小有名气，各级党委、政府给了我无上的荣誉。很多人好奇地问我，你成天成都、村里跑个不停，为了啥？当官，还是图名？记得2014年，省委要表彰全省优秀基层党组织书记，要找党员和群众了解候选人情况。几个党员就悄悄地对我说：“李书记，我们不得说你好话哟，如果把你调走了，我们怎么办啊？”当时我心里一阵发酸。从那一刻起，我暗暗下定决心：我哪里都不去，我就当好这个支部书记！

2015年，我真有机会提拔为乡镇领导干部。亲朋好友都劝我一定要去，76岁的外公专门到我家做工作：“娃儿呀，我们这一大家子祖祖辈辈没有一个当官的，你还是要当官哦！”说实话，我也动过心。可纠结了一个多月，我最终放弃了这个可能是我这辈子最好的人生机会。为了这件事，爸妈一个月没和我说一句话。

但我知道，他们会慢慢理解儿子的心。

2017年，我荣获“全国脱贫攻坚奖奋进奖”。2018年2月12日，习近平总书记在成都主持召开打好精准脱贫攻坚战座谈会，我作为基层代表向总书记汇报了岫云村的脱贫攻坚情况。发言结束后，总书记和我进行了面对面的交流，并且鼓励我说：“年轻人，好好干。”这更加坚定了我带领乡亲们致富的信心。

总书记说，“绿水青山就是金山银山”。我们村正是遵循总书记的话，一步步走出了贫困，一步步走向幸福。特别是最近这几年，我们村有了翻天覆地的变化。村里72岁的侯星国大爷就经常对我说：“我家庭贫困，老婆也离家出走，儿子出去打工20多年没得音信。没想到这辈子还能过上这么好的日子，就是现在钻进‘黄泥巴’了，我也值了！”这是我们的老百姓发自内心地感谢我们的党和政府。

我要感谢村支部书记这个身份，给了我丰富的人生阅历，让我进步了很多，成长了很多。尽管我曾经的很多合伙人早已成了大富翁，我羡慕但不后悔。家乡农村是生我养我的地方，家乡农村永远是我的舞台，这条路我会坚持走下去……今天的岫云村，已实现整村脱贫，成为四川省省级“四好村”；今天的岫云村，开会时安静得掉根针都能听见声音；今天的岫云村，264 户人家，153 户有了小汽车；今天的岫云村，走出了一条以村为品牌、市场需求为导向的产业可持续发展之路；今天的岫云村，每天都有专人指导生产，收购产品；今天的岫云村，每个乡亲的脸上都洋溢着幸福和自豪的笑容！

我们岫云村，只是很多山区农村的一个缩影。党的十九大报告中，总书记提出了乡村振兴战略，我作为一个基层村支部书记也有了新的目标，希望岫云村这种模式能够走向全国，为农业供给侧结构性改革、精准扶贫和乡村振兴做出更多贡献。最后，我更希望能有更多的年轻人回到农村，去建设自己的家乡，去振兴自己的家乡。因为，只有更多的年轻人回到农村，我们未来的农村才会更有希望！

骨子里的回报家乡情怀

讲述：罗洪　整理：肖洪江　何先鸿

罗洪，男，52岁，苍溪县黄猫乡君寨村人。1998年外出务工，后成为西南石材市场的传奇人物。2012年返乡创业，修公路，整理田地，种植7万多株高端白肉枇杷、10万余株桃树，为园区每户农民免费建设不少于一亩的水果产业园，形成了户成园、组成带、村成片的特色大园区，带动全乡132户贫困户572人年均增收8000元以上。2015年，他被国务院农民工工作领导小组表彰为“全国优秀农民工”，2018年获“四川省脱贫攻坚奋进奖”。

我是苍溪县黄猫乡土生土长的农民，短短七年间，我陆续拿出自己6000多万元血汗钱，带领乡亲们走共同富裕的道路，让这里发生了翻天覆地的变化，创造了属于自己的“第二次创业”，无怨无悔，心安理得。

舍得　来自红色记忆

黄猫乡，因垭口奇石形似猫而得名。1934年，革命先辈徐向前、李先念在这里指挥了著名的以少胜多的黄猫垭歼灭战。黄猫垭歼灭战走进了共和国的记忆，徐向前、李先念的骨灰也撒在这里。依稀可见的战壕，弹痕累累的古松，迎风起舞的红叶，都在诉说那一页光辉的历史。“黄猫垭战役遗址”被列入全国红色旅游经典景区之一，是苍溪县爱国主义教育和党性教育基地，是感受红色文化洗礼、培养砥砺奋斗激情的好地方。我生长在这片红色的土地上，从小到大受到革命先烈英雄主义的影响和红色文化的感染，因此，我的骨子里有一股红色基因在传承，骨子里有一股回报家乡的坚定情怀。

黄猫乡农业单一，农村贫困，农民贫穷。当我成年时，正值改革开放的大好时代，作为一个有志的农村青年，我的思想解放，观念超前，积极投身改革大潮，高中毕业后就摆地摊，做小生意，开小食店，开摩托车修理铺，但经验不足，缺乏资金，不但没赚到钱，反而血本无归，负了一身债，日子过得很穷。

1998 年春节后，从不向命运低头的我跟随打工大军，到广州、深圳、成都打拼，后在一家石材厂落脚。从搬运工干起，经常把手指磨穿，凭着一股天生我材必有用的信念，卧薪尝胆，学会了选料、切割、设计、装修等本领。掌握了过硬的石材开采、加工、装饰技术，积累了一定的资金，我便大胆创建了自己的石材企业——成都新春蕾石材有限公司。

公司成立后，我吸取过去创业失败的经验教训，坚持诚信为本、质量第一、信誉至上，狠抓管理，讲求效益，以滚雪球的方式发展壮大，无论大小生意，我一律热情接待，真诚合作，得到了客户的普遍认可和赞誉。特别是成都环球中心的石材中标供应，成就了我的事业，我也迅速成为当时西南地区石材企业的传奇人物。

从一个农民奋斗成一个年产值数亿元的农民企业家，真的要感谢改革开放的伟大时代，是时代的辉煌造就了我人生的辉煌。

致富　情暖全体乡亲

黄猫乡既是川陕革命老区，又是秦巴山区集中连片扶贫开发核心区，全乡 10 个村中，有 5 个贫困村，贫困人口超过 2000 人。2012 年初，我不顾家人反对，毅然决定返乡创业。我将公司交给儿子打理，满腔热情地回乡扶贫攻坚，带领乡亲们撸起袖子加油干，实现共同富裕。

我要用发展现代农业的观念和战略眼光，用资本和科技加大投入，让农业强起来、农村活起来、农民富起来。我找到四川省农科院，签订了长期的高新农业合作协议，请来专家实地勘察、规划发展项目，对土地、环境进行检测，发现黄猫乡的土质、气候非常适合种霞翠红桃、红心猕猴桃、白肉枇杷、柑橘等。经过深入研究，我提出打造两张名片：一张红色名片，一张桃花名片。

红色名片：摄制了《红色地标，神韵黄猫》宣传片，精心制作了《黄猫垭赞歌》《五彩黄猫垭》《我亲亲的黄猫垭》等歌曲，其中《五彩黄猫垭》在全国村歌大赛中获奖。

桃花名片：按照现代旅游农业的理念，努力把黄猫建成全国最大的桃花观赏区、生态农业创新区，建成农业强、农村美、农民富的幸福乡村。

“石头太多，只有密集放炮炸山，才几公里的山路，放炮就放了4000炮。”谈起公路建设，村民蹇金德总爱这样对我说。是的，要致富先修路，山高沟深，交通滞后，是多年来黄猫乡发展的最大瓶颈。修建一条联通高速公路的快速通道，更是乡亲们期盼很久的梦想。我个人出资700多万元，用100多吨炸药，在崇山峻岭中、悬崖峭壁上硬是炸出了一条路基宽8.5米、长15公里的致富路，让原来50多公里的盘山公路，缩短为14公里，惠及苍溪、旺苍两县6个乡镇7万人出行。

要挣钱就建园。我深知农民贫困的主要原因是缺资金、缺技术、缺特色产业。我拿出6000多万元，免费为村民建起了50多亩的红心猕猴桃产业园、1200亩霞翠红桃园、700亩白肉枇杷园，买红豆杉2万多株发放给农户种植，为村民安装天然气、自来水，修防旱池，搞数字化灌溉系统，建鱼塘和休闲广场，修建了桃花源旅游接待中心，精心打造出了桃花谷、桃花岛、桃花园、桃花大道和生态观光农业园区，彻底改变了家乡穷山恶水的面貌。

以前，每年过年，在外打拼的成功人士回家都要摆坝坝宴，招待乡亲，并给小孩和60岁以上老人送上300—500元不等的红包。我想，这种输血式的帮扶不能从根本上解决老百姓的贫困，只有帮助乡亲们发展高新农业，掌握2—3门实用技术才能脱贫。

农民共同富裕、持续稳定的发展是我一直思考的问题。我把农业当企业办，成立了四川省黄猫垭农业生物科技发展有限公司，采取“产业扶贫＋就业扶贫＋智力扶贫”的模式，流转农户土地5000多亩，不惜重金网罗国内最优质的水果品种，已成功引种培育出6个优质品种。我对于品种选育、产业换代特别重视。一次，我偶然听到省农科院的专家说海南岛有优质桃树新品种，当即驱车2000

多公里到海南寻找，200 元一株的小树苗，一下买了 200 株。我把农业当企业经营，优选高端水果，做精品农业，与全国多家科研院所建立了技术、信息合作关系，提高农产品品质。

君寨村二组村民王朝光经常幸福而信心满怀地对我说："谢谢罗总，在你的带动下，我家里的 6 亩地种上了猕猴桃，每年可收入 3 万—4 万元；而且在你的园里打工干活，我们两口子每月还可拿 3800 元的工资，一年下来可以赚 4 万多元了。"我对他说："你不用谢我，这是你们辛勤的劳动所得。"其实只要人人都献出一点爱，黄猫乡的明天就会更加美好。

我的高新现代农业园吸收了周边村组上千村民务工，每人年均收入有几千至几万元。每到桃花盛开的季节，黄猫垭就变成世外桃花源，游客络绎不绝，园区和农家乐生意火爆。

天道酬勤，我白日黑夜地操劳，所有的心血、汗水都洒向家乡这片热土。我每天开着越野车接送较远的村民上工，这个车就当拖拉机开吧。至今，龙狮村村民蹇庆德还爱在人前为我显摆："罗总为了修这条路，把 200 多万元的豪车当成拖拉机开，用坏了 40 多个轮胎。"

农业是个持续投入的产业，七年来，我种植了 7 万多株高端白肉枇杷、10 万余株桃树。为产业园区每户农民免费建了一个不少于一亩的水果产业园，形成了户成园、组成带、村成片，大园带小园、园套园、园连园的特色大园区，使全乡贫困农民年人均增收 8000 元以上。

治贫先治愚，在产业发展的同时，我也对家乡教育事业倾注了心血。

2010 年，我得知黄猫小学三年级学生罗丽的父亲在外务工意外死亡，母亲因不堪家庭贫困选择了改嫁，我开车颠簸几十公里山路来到她的家中进行安慰，并鼓励她好好学习。我对罗丽的爷爷、奶奶说："你们放心，罗丽以后上学的费用都由我负担。现在读高中的罗丽上学所需的费用全部由我资助。"2014 年我牵头创办黄猫垭商会，集资 15 万元作为黄猫垭教育基金，专门用来资助贫困学生和奖励优秀学生和老师。

2016 年 8 月我收到一封求助信，写信的人与我素不相识，我看完信件才知道求助者是一对 17 岁的兄妹，因父母生意出现状况，欠下几百万元的债务，而兄妹俩均考上了名牌大学，苦于无钱上不了学，我毫不犹豫地通过信封上提供的账号，为兄妹俩汇去2万元钱，帮助他们圆了大学梦。在我的倡导下，黄猫乡在外创业的企业家共捐资12万元为黄猫小学打造红军文化浮雕墙、将帅廊、将军林，助力校园文化建设。我们还为学生创建了劳动实践园地，让师生在劳动中受益。2017年4月我又为学校捐赠2万元用于设施建设。每年教师节我还会为学校的教职员工发放慰问金和礼品。

每当看着孩子们在校园里快乐地学习、生活，我都希望娃娃们从小学好知识，长大后“走出去”又“走回来”，把我们的家乡建设得更美好。

心愿　建设最美乡村

家里人都说我不回成都了，娃娃都认不得我了，弄得老板不是老板，当农民了。我说我本身就是一个农民，建设最美的家乡是我的心愿。全中国13亿多人都有一个共同心愿，谁不说咱家乡好？都希望把家乡建设好。我从小就有这个梦想，从打拼到回来建设家乡，以我的实际行动去感召，把我们黄猫垭所有在外的有能力的工农兵学商都号召回来，为家乡建设出一份力，所以我们黄猫垭的今天变得非常美好。

经过七年多的努力奋斗，一个以桃花为主题的生态农业观光园区初步建成：连片种植了56个品种的观赏桃花漫山遍野；种植的高端白肉枇杷、霞翠红桃、梅花、樱花、紫荆等四季花海水果园星罗棋布。

文化搭台，商业演戏。阳春三月，十里桃花怒放，云蒸霞蔚、接地连天、壮美无比的时候，都要举办桃花节、桃花诗会，黄猫人把生活的诗意营造在田园中，把生活的希望和收成种植在家园里。

浮云动，桃花舞，油菜花儿黄，风景这边独好。如今，黄猫乡农民的生态家园，都称得上是一个绿色企业、一个环保系统。站在山冈上，举目四望，一条条镶嵌在山岳峡谷中的公路，犹如一根根连缀的白色飘带和彩色线条，把一座座青山紧紧相连。一片片规范的农家果园，一幢幢别致的农家漂亮楼房，掩映在连片的桃花、金黄色的油菜花之中，让人神清气爽。

在五光十色的桃园里，果香阵阵扑鼻，低矮粗壮的桃树，绿叶掩映其间，香气沁人心脾，吃上一口，甜在嘴里，美在心里。

2017 年，黄猫垭商会被全国工商联、国务院扶贫办等单位评为“全国‘万企帮万村’精准扶贫行动先进民营企业”。

我是红色黄猫垭的传承者，正走在路上。

为梦想奔跑

讲述：杨敏　　整理：胡博

杨敏，女，37岁，中共党员，苍溪县雍河乡桃园村人，大专文化，村党支部书记、雍河桃园村天麻中药材专业合作社社长。她带动苍溪及昭化、旺苍等260户农户种植天麻近2000亩，产量100吨，产值达200万元。推行“合作社＋农户＋基地”运行机制，采取“代农户垫资、定价回收产品、统一结算扣除”方式，解决了农户从事天麻种植无资金难题。她先后获苍溪县“最美新型职业农民”“苍溪县返乡创业带头人”等荣誉称号，2016年被评为四川省优秀共产党员，2017年被评为四川省“巾帼建功标兵”。

我叫杨敏，生于苍溪县山清水秀、风景迤逦的雍河乡。这里，小河潺潺，峰峦叠嶂；这里，坡陡谷深，林海莽莽；这里，物产丰盛，生态宜居；这里，还是一片红色热土，是1930年苍溪县最早建立起中国共产党基层党组织的地方。现在，我担任桃园村党支部书记、桃园村天麻中药材专业合作社社长。

一

2004年，我师范毕业，在一个乡镇小学当了一名教师，生活过得平淡、安稳。可周末及节假日回到老家，我常会心事重重：父母日渐年长，家乡依然贫困，土地大量撂荒……作为一个弱女子，我能改变这一切吗？我能帮助乡邻脱贫致富吗？

一个偶然的机会，我想到了老家山上的野生天麻。小时候，如果能在山上挖到一株野生天麻，我们一年的学费就有着落了。经过几昼夜的无眠，我上网了解咨询，得知当地的气候及土壤条件特别适宜种植天麻。我进一步了解到，天麻产业也是一个短平快的产业，产品供不应求，市场价格也是噌噌噌地上涨。这些大量的信息冲击着我的脑神经。我敢辞职创业吗？我那些天一直心事重重，我到底该怎么办？该如何选择？这样做对吗？失败了怎么办？心里萦绕着一股“剪不断理还乱”的愁绪。

2006 年 9 月开学的前一周，我终于没控制住内心的强烈创业愿望，决定辞职。我没有听从长辈们的劝慰，只身到安徽省霍山县学习天麻种植。

到了霍山县，没有一个熟悉的人，只有在网站上联系过的一个菌物研究所的电话号码。可真到了这里，这个菌物研究所所长不愿意再收徒弟。我连续三天不停地磨，也许是诚心感动了他，他终于松口，说我可以在菌物研究所里干些杂活。我想，只要留下来，就有希望。当天，我安定下来后的第一件事就是把这个好消息电话告诉父母。电话那头却传来一句话：从你离开家的那天起，我们就没有关系了。我还想再作些解释，电话却被挂断了。当天晚上，我自责不已，后悔自己的冲动，后悔自己的不懂事。我再想起祖父母多年的疼爱、父母养育我的种种艰辛，心里有说不出的滋味，我躲在被子里大哭起来，直到自己哭累了，才昏沉沉地睡去。

第二天醒来，我擦去脸上的泪痕，第一个来到菌物研究所。我把院子打扫得干干净净，其他员工来了之后，我又忙着倒水、拖地，就是这样连续一个多月不讲任何条件地付出，所长看出了我想学技术的诚心，才开始接收我这个四川徒弟。

二

怎样选种，怎样培育，再到加工和销售，我每个环节都认认真真、踏踏实实地学。尽管出发前，我早已做好了吃苦的充分准备，但真到了野外栽培作业这一环节，我还是被这里不同于家乡的自然条件吓了一跳。单说这满山遍野的旱蚂蟥，就让我差点忍受不了。这种可怕的吸血虫不同于自己老家的水蚂蟥，吸在腿上还稍有点痛，轻轻用手一拍，它就会从吸附的皮肤表面掉下来，这里的旱蚂蟥黏性很强，不但可以随走路的鞋子钻入裤管，还会随头顶的树枝粘上头发，钻入颈部。更可怕的是，这种吸人血的软体动物吮吸血时人没有丝毫的疼痛感。等你发现腿部或是颈部有坠重感时，这个平时像小干柴棍似的小东西已经吸足了人血，竟然可以鼓成鸡蛋大的一个怪物。我在菌物研究所的培训场第一次被这个怪物咬着的时候，吓得大哭了起来。好在当时在场的本地职工都知道如何处理被旱蚂蟥叮咬，我才很快恢复了镇静。再以后，我也学着当地人的方法，用盐水打湿自己的鞋与衣服。因为旱蚂蟥怕盐，粘上之后，嗅到盐味儿会自动逃去。但是这个方法，天热时还凑合，天凉了，自然就难受了。可是为了能全面学成种植技术，我已没有退路，我只能选择坚持，再坚持。

三年很快过去了，我也成了这个菌物研究所有史以来第一个懂得天麻标准化种植的四川女弟子。2009年春节前，我携男友回到久违的、日思夜想的家乡。当我踏进家门时，却被眼前的一切惊呆了：虽然才短短三年，父亲的头发白了，比祖父的头发还要白；母亲的背，也再没有以前那么直了；最疼爱我的爷爷，行动再也没有以前那么利索了；婆婆的眼睛，也变得模糊了……突然，还有一个小不点儿冲出来叫我姐姐，一问才知道二妈意外去世，留下这个幼小的生命……

那一刻，我泪如雨下。这泪水，既是我看见亲人的激动兴奋，还有我没有照顾好家人的内疚。

我的回家，全家人都很高兴。可一听我要回乡创业，全家人的心又悬了起来。父亲坚决反对，他不相信女儿学成的种植技术。他还说，雍河的交通不好，这山区没有外面市场、不好经营等好多问题。固执的母亲也不同意我种天麻。同样固执的我断了自己的退路，从自己学习的研究所邮寄的菌种试管正月十五就到了雍河，我与男友果断地拿出自己微薄的积蓄开始购买原材料，定制设备。

接下来，一件意想不到的事情更让我的创业之路差点走向绝境。得知我要回乡种天麻，周围的村民都很感兴趣。有一户叫张思斌的村民说，这是个好项目，想要跟我们一起干。当时我说，我们还在试种阶段，等我们成功后你再种吧！他说得很坚决干脆，直接向我预订50亩的菌种和麻种。当我们花了近5万元钱把种子给他生产出来的时候，他却不要了。

当时，我没有林地可下种，白白地损失了创业基金。好在天无绝人之路，我们当年种下的天麻虽然很少，但收成却很喜人。仅在一米宽、两米长的一块边角地，我们就挖出了45公斤成品天麻。为了扩大影响，我们挖其他地块时，邀请了村里的党员和各组的组长来一起鉴定我们的劳动成果。在一片赞叹声中，我第一次收获到了创业成功的幸福。

我种植天麻成功的消息不胫而走，有十几个农户来洽谈合作。他们有的说，没有本钱投入；还有的说，怕种出来卖不出去。我都一一给他们做了口头承诺。他们试种之后，都有了不错的收入，很多农户还因为种天麻慢慢富裕了起来。2013年，当年让我亏了近5万块钱的张思斌再次找上门来，他一再解释当年反悔的原因是没有资金投入。这次他还是要定50亩的种，并且是欠账。他一个劲儿地说，自己有50亩林地，他不想再错过当年想种天麻的愿望。后来，我还是答应了他的要求。2014年，张思斌的50亩天麻大获丰收。回购他家的天麻时，补还了我的麻种钱，他家还净赚了近10万元。他高兴地把在外务工的儿子也喊了回来，父子俩一心扑在了天麻种植的事业上。第二年，张家的小洋楼就盖起来了，父子俩如今成了我的铁杆儿合作伙伴。

三

2014年，我的“苍溪县雍河乡桃园村天麻中药材合作社”正式挂牌成立，当年就有158名社员入社，从此我们走上了一条抱团发展的脱贫致富之路。我推行“合作社＋农户＋基地”的运行机制，采取“代农户垫资、定价回收产品、统一结算扣除”方式帮带了包括14户精准贫困户在内的47户村民，解决了他们从事天麻种植无资金的难题，极大地激发了他们自主脱贫致富的热情。2015年，我充分利用自己收集的信息渠道，把天麻卖到了云南、贵州的制药厂。在川内，我的天麻不但进了超市，还进入了食品厂。我加大对家乡留守人员的培训，组织了10余次培训和参观学习，受训人数近500人次，其中妇女达到300人次，桃园及周边村子家家都有了天麻种植能手，合作社的产值突破了300万元。

2017年1月，乡亲们竟然推选在天麻品种改良引种路途中曾造成肋骨和小腿骨折的我为桃园村党支部书记，这既让我感受到了党员干部对我的厚望，更明白了自己肩头沉甸甸的责任。我花了一个月时间走遍了全村的家家户户、田间地头，和群众一起谈桃园的发展。这一年，我当选党的十九大代表候选人，我的合作社被全国妇联授予“全国巾帼脱贫示范基地”。

2018 年，我所带领的桃园村发展天麻达 500 亩、猕猴桃 300 亩、冬桃 200 亩、重楼和黄精等其他药材 200 余亩。全村人均纯收入达 8290 元。展望未来，我希望五年后合作社的中药材种植面积能达到 1 万亩，还希望桃园村能走上农业种植与乡村旅游融合发展的道路，成为大山深处最美的小康村。

我与土地的约定

讲述：蒋先直　整理：杨正平

蒋先直，男，54岁，初中文化，苍溪县高坡镇人。1988年从苍溪县元坝纸厂辞职到成都打工。1998年投资开办鞋厂，曾当选四川省鞋业协会秘书长。2002年成立“四川博龙达鞋业有限公司”。2014年返乡发展中药材，建立苍溪歧坪中药材种植合作社，走“合作社＋农户”和“水果＋药材”套种的综合立体发展模式，与云南白药、葵花药业、四川国强中药集团等大型药企建立产销关系。2017年成立四川金瑞中药材有限责任公司，种植中药材面积达到3000亩，解决56户贫困户长期务工的问题。合作社先后获“苍溪县返乡创业明星企业”“全省返乡创业明星企业”“四川省扶贫示范基地”称号。他被推选为苍溪县政协委员，连续两年参加全省“返乡创业演讲大赛”，获全省第二名、全市第一名。

我是苍溪县高坡镇人，老家距县城近百公里，属于边远偏僻贫穷地区。我从小与土地打交道，几岁时就跟着大人下地学干农活，知道农民的艰辛。年轻时并不喜欢土地，总是一心想着离开老家去城市或工厂工作。但我始终眷恋着生我养我的土地，与家乡有个约定——有朝一日，我一定回到这片热土，扎根这片热土，开发这片热土。

1978年我14岁，在高坡中学读完初中后，有机会被招工到本县元坝纸厂上班。当时能直接去纸厂工作，深感来之不易，我倍加珍惜。从切纸、打包、送货干起，直至销售员和供销科长，一干就是10年。

1988年纸厂推行企业改制，职工思想出现波动。当时我还年轻，看到厂里的现状和前景，毅然决定辞职下海，外出闯闯。其实我也没有充分的思想准备和成熟的考虑，仅凭着年轻人的一股热情与冲动，说走就走。我是纸厂的骨干，听说我要辞职去成都，同厂就有十几个年轻人跟着一起走了。

开始我们在成都高新区一家鞋厂上班，报酬虽然不高，但是手工活不算特别辛苦，工作相对稳定。成都鞋业发展迅猛，在高新开发区生产和经营鞋子的企业多达上千家，号称“西部鞋都”，我们在那里看到了未来的希望。在鞋厂打工不到半年时间，我就独立开店经营各类皮鞋和运动鞋，并获得了“得力”树脂的西南总代理权。几年时间内，我不仅收入稳定增加，而且对鞋业有了深入的认识和了解，看到了光明的市场前景。1998年投资500万元自己开办鞋厂，租地20亩修建了生产车间和生活用房，年底当选四川省鞋业协会秘书长。2002年成立四川博龙达鞋业有限公司，拥有员工600余人，实现生产和销售一条龙，拿下大额订单合同，为俄罗斯和乌克兰订制产品，销售总额达到上千万元。

一个偶然的机会让我受到启发，决定回乡种植中药材。2013年秋去云南旅游，云南普洱地区大面积种植白及药材，使当地村民很快致富，一年每亩收入上万元。回来后，我查阅相关资料了解到：白及是一种常见的中药材，主要用于收敛止血、消肿生肌，治疗疮疡肿毒、皮肤皲裂，还有美容的效果。白及适合各类土壤、土质和气候栽种，三年一个生长周期。那时我自己手中已有上千万元的积蓄，于是我便萌发了种植中药材、带领乡亲们脱贫致富的想法。

2014年春节我回到苍溪老家过年，四处走访打听土地流转情况，突然听一位在县城工作的朋友告诉我，苍溪县委、县政府正在歧坪镇规划建设三井农业现代园区，还出台了不少优惠发展政策。我立即赶到歧坪镇现场考察，再与老家高坡镇及周临地方反复对比分析，最后敲定在歧坪镇租下土地300亩，并与当地村民彭刚、谢义钦三人合伙成立了“歧坪中药材种植合作社”。

苍溪地处深丘地带，土地肥沃，雨量充沛，水源丰富，自古就是川中粮油主产区。中药材发展，也是本届苍溪县委政府规划发展的重点产业。2015年4月，县委书记张寿于到歧坪园区调研，听到我的汇报后，对公司的发展思路与规划给予了充分肯定和认可，还亲自带队赴云南考察学习，确定由县政府分管农业工作的副县长安宗明具体负责联系和主抓这个项目。领导的重视和关心，为我们增添了无形的动力和信心，我暗自下定决心，“开弓没有回头箭，要干，只能干好，不能半途而废，只能成功不能失败”。

歧坪三井农业园区过去已经栽种部分猕猴桃，因树苗品种不优，生产管理不善，猕猴桃长势较差，几年时间也不见经济效益。合作社成立后，我们走“合作社＋农户”和“水果＋药材”套种的综合立体发展模式，组织大量劳动力和技术人员，一边请来猕猴桃专家施肥、修枝、治病，一边整地、开沟、排水、挖厢和建大棚育苗。

功夫不负有心者，庄稼不哄老实人。经过三年时间的精细管理和辛苦努力，2016 年首次种植的白及和黄精开始挖采，当年实现收入 600 多万元，药材和猕猴桃收入平均每亩达到 4 万元。2016 年 12 月，歧坪中药材种植合作社被中共苍溪县委、县人民政府评为“苍溪县返乡创业明星企业”，我被推选为县政协委员；2017 年 11 月，被四川省政府列为“全省返乡创业明星企业”、四川省科技厅列为“扶贫示范基地”。2017 年和 2018 年连续两年参加全省“返乡创业演讲大赛”，获全省第二名、全市第一名。

发展的历程尽管艰辛，也曾遇到不少困难及矛盾，但令人欣慰和感激的是，各级领导及相关部门对园区的发展，给予了极大的关心和帮助。2017 年苍溪县委书记张寿于共七次来园区指导工作；省委常委、组织部部长黄建发，省政协副主席高烽，市委书记王菲亲临园区视察和调研，市科技局、经信委、人社局等部门给予了大力支持。2017 年 2 月，我获得全省“返乡创业明星”荣誉称号，省长尹力当面勉励我“要好好把中药材产业做大做强”。

一张奖牌、一句鼓励，给了我无穷的力量。我越干越有劲头、越干越有信心。2018 年园区实现收入 800 万元，建成市级中药材示范合作社 2 家，发展社员 306 人，其中建卡贫困户 120 人；建珍稀中药材资源圃 1 个，引入适合苍溪发展的珍稀中药材品种 12 个；在漓江镇老林村建立药材种子园 100 亩；在云峰镇建立珍稀中药材种苗培育基地 150 亩；在 8 个乡镇建立了标准化生产示范基地，注册了白及牙膏、白及面膜商标。占地 40 亩的中药材一期精深加工厂正在建设之中，将成为全县中药材产业龙头企业。2018 年 5 月，我公司被国家商务部国际贸易经济合作研究信用评级与认证中心授予“信用认证企业”，歧坪中药材种植园区被国家发改委列为“全国中药材种植特色基地”。5 月 17 日，中央电视台 7 套、四川电视台作了专题报道。

中药材种植属于农业产业，需要大量的农村劳动力。我作为县政协委员，积极响应县政协倡议的“我为扶贫攻坚做件事”活动。2017 年，成立了四川金瑞中药材有限责任公司，将种植中药材的地域由岐坪镇的三江、盐井、万贯、彭家梁、杨家桥五村扩大到县内的岐坪、东溪、五龙、亭子、白桥、高坡等乡镇，种植面积由起初的三井农业园区 300 亩扩大到岐坪镇内 1000 亩、县内 3000 亩。最高峰季节每天用工 800 多人，当地村民可以就近务工劳动，一年稳定收入在 1.5 万元以上。我们还联系帮扶岐坪镇盐井、三江、万贯、宝山、五星五村贫困户 79 户，与李菊芳、王焕明等 56 户贫困户签订长期用工合同，保证贫困户每年增收 1.5 万—2 万元。三江村贫困户王焕明，本人身体有病，又长期在外务工，老人和小孩在家无人照顾，现在能够在家门口做活，每月至少可收入 1300 元，他很快摆脱了贫困。在漓江镇老林村，公司组织李昌华、杨兰、何学英等 10 户贫困户采取土地入股的形式加入药材专业合作社，栽种了 50 亩白及，2016 年 3 月这批白及全部生长成药，销售收入 500 万元，贫困户户均分得利润 5 万元。

中药材产业发展前景广阔。我领头创建的岐坪中药材种植合作社和四川金瑞中药材公司，起步时间不长，其生产规模、种植水平、加工销售，都有待于不断扩展和提升。

如今，苍溪黄精、白及已经纳入省、市“十三五”中医药产业发展规划，金瑞中药材公司主动融入全省产业扶贫大局，分别与云南白药、葵花药业、北京同仁堂药业等知名企业建立了长期合作关系，聘请北京大学、四川大学、成都中医药大学教授做技术顾问。

未来五年，我们将按照“公司 + 专合社 + 基地 + 农户”的模式，在全县 15 个乡镇发展以黄精、白及为主的中药材 2 万亩，力争年产值突破 10 亿元大关，打造中药材产业扶贫样板，把金瑞公司建成省级中药材龙头企业，实现“我与土地有个约定”的承诺，带领更多的乡亲们早日脱贫致富奔小康。

嗅到泥土芬芳的快乐

讲述：安桄明　　整理：胡博

安桄明，男，53岁，苍溪县陵江镇红军路社区人，大专文化。2000年从苍溪县物资局下岗外出务工，2012年回乡从事粮油生产。2014年扩大规模，在东青镇和白桥镇流转土地750亩，成立苍溪县益康粮油专业合作社，任理事长。修建粮油专家大院、培训中心700平方米，修建仓储设备1000平方米，购置大型联合收割机等大型农机具近100台/套，带动包括49户贫困户在内的450户农户科学种植，增产增收。2015年被评为“广元市产业领军人”，2016年被苍溪县委、县政府评为“返乡创业带头人”，2018年被苍溪县委、县政府评为“最美创业带头人”。

我是苍溪益康粮油专合社的社长安桄明，回乡创业的最大幸福感，就是每天都能嗅到家乡泥土的芬芳。

一

1983年，初中毕业的我在很多人羡慕的目光中参加了工作，成了苍溪县物资局旗下金属公司的一位职工。这里的工作既不繁重，生活还有规律，我很珍惜那时的一切。在这个单位，我谈了恋爱，成了家，还有了自己的孩子。10多年来，我也对这个单位有了感情。我那时的想法很朴实：如果有可能，我愿意在金属公司干一辈子，我愿意在这当初接纳我的怀抱终老。可是，世间不可预测的事随时可能发生，1994 年公司的效益开始直线下滑。我与大家一样，开始担心起自己的未来。在这样的煎熬中，我想总不能如此“坐以待毙”吧。

1995 年开始，我参加了四川农业大学的专科函授。那时参加函授，完全是因为企业效益不好，每天只能上半天班，我不想浪费大好的青春。但是做梦也没有想到，18 年后，我这辈子真的与农业结下了不能割舍之缘。1998 年，我拿到了大专函授学历证书，可几个月后，正式的下岗通知就来了。

说心里话，失业的那一刻，我除了有点茫然失措和焦躁不安，一时真的不知道接下来到底该怎么办。我就是在这样的苦闷煎熬中过了一年多。2000 年的春节一过，我到浙江海宁开始了务工生活。我的第一份工作是在工厂当搬运工，我真正懂得了生活的艰辛。我与工友搬运的是生产线上下来的履带，两个人一组，每天要不停地把每根 300 多斤重的履带抬到生产线旁边的库房。乍干上这种工作，十天半月不要指望能直起腰。可我还是咬紧牙关，坚持了下来。

二

接下来，我先后换了好几个工种，也换了好几个务工的地点。2004 年，我在川内的钢铁城市攀枝花市留了下来。我开始意识到，改革开放让很多人手头有了闲钱，也预测到修房立屋将是今后老百姓生活中的大事。这一修房立屋，那建材生意不就好做了吗？特别是修房立屋要用的钢铁，一定会成为市场上的紧俏货。说干就干，我在攀枝花开起了建材门市部。生意一开张，生意就火爆起来，毫不夸张地说，那时我开的建材门市就是门庭若市。通过门市这个桥梁作用，我的顾客上到陕甘，下到云贵。就是这近 10 年时间，把我安桄明历练成了一个谙通商业的经营者，也积累下了回乡创业的资本，还构建起了川陕甘与云贵多地的广泛人脉网。

2013 年，我敏锐地意识到该是转型发展的时候了。先说川内，汶川大地震灾后重建拉动川内建材市场的大好局面不再存在。银根紧缩的大环境，使房地产开发的热度一定会慢慢降下来。那什么行业又值得自己去投资，什么行业又是有发展前景的行业呢？我当然要与朋友们探讨这些话题。他们说，自然还是要从国家两会的大政方针里去找方向。最后，我选择了当初函授学习时爱上的农业。

搞农业没有土地，自然一切无从说起。2013 年，我四处寻找可以流转的土地。我的心里有一杆秤，那就是只根据自己拿到手的土地情况来作下一步的发展规划。简单地说，了解面积、土质、水旱地比例这些情况，再根据这些情况来规划自己的农业产业发展项目和规模。我这一跑，肯定能流转到手的土地竟然有 700 多亩。这可是可以大干一场的好机会啊！那些天，我激动得觉都睡不好了。我真想一下子把小时候在八庙老家青春村看到的所有农村美景都再现出来：秋天里无边的谷穗金黄，初夏时节的声声麦浪……

我积累有较雄厚的资金，我不欠农户一分钱的土地流转费，因此，所有的土地流转手续都办得很顺利。2014 年 3 月，我的益康粮油专合社正式挂牌成立。500 多亩优质的种植基地分别位于东青、白桥、八庙等乡镇。第一个插秧季节来临的时候，20 多台现代农机具开往不同的乡镇。

“我一定要亲手给我流转的土地插上第一苗秧!”头一天晚上我就在心里打定了主意，我要带一队机组到东青镇。我去的目的，不只是那里是我的种植主区，还想亲手给我流转的田地插上秧苗。“也就是那一天，我真正嗅到了家乡泥土的芬芳!”

2014 年，我所有流转的土地都适时种植下了小麦、水稻、玉米等粮经作物。既然是要把农业当作产业来做，我还想让自己的合作社具有更好的带动作用。自己有农机具的优势，如果机具空闲，我还主动让机手帮附近老百姓把田地也耕作了。合作社引进了前景看好的新品种，我也主动劝老百姓试一试。这样一来二去，先后吸纳了周边 200 多名农民入股参加了合作社，同时带动周边 1000 余户 5000 多亩农田实行了农业新技术的推广。为了提升自己，我 2015 年参加了广元市产业领军人培训。

三

从农业产业上的新手，到被县委、县政府表彰为“返乡创业带头人”，我暗下决心：不但要把自己的专合社办得红红火火，还要为苍溪的农业产业发展贡献自己的力量。怎样为苍溪的农业产业发展做贡献？我有一个朴实的想法，那就是要解决效益问题。这个问题是普通农户和其他合作社，甚至是所有农业企业发展都面临的问题。

我首先想到的就是向科技要效益。比如产量，我们自己不能解决，那就向科技工作者求助，让他们来帮我们提高产量。我在自己合作社的办公地点建立培训中心，常年聘请中科院成都分院生物研究所博士吴瑜、省农科院博士汤永禄、绵阳农科院博士余金龙等知名专家来举办培训班，开展现场技术指导，发放技术资料，培训农村基层农技人员。有时我还邀请专家们到田间地头对合作社的工人和当地农户现场指导。

2016 年，在省农科院博士汤永禄指导下的优质水稻品种宜优 2115、旗优 127 和小麦新品种川麦 104，在东青镇东红、东高、东光等村和我的合作社基地示范推广，当年亩产增收 400 斤。2017 年，在中科院成都分院生物研究所博士吴瑜的指导下，引进的小麦川育 25、中科麦 47，在白桥、五龙、东青等地与我的合作社基地推广，当年亩产达到 900 斤。

“农业科技给我们带来了实实在在的好处！”我在心里暗想，“我就是要让更多的农民兄弟，都能嗅到泥土的芬芳！”

2016 年开始，我开始做种养深度试验，改了 15 亩稻田，推广稻虾共作。2017 年水稻增产了不说，虾还卖了 4 万多元。2018 年 15 亩共作田仅虾一项收入就增加到 6 万元。2017 年，我又拿出了 10 亩田搞稻鳖共作。这一试不要紧，那效果更是让我乐开了花，仅鳖一项就收入 10 万元以上。

现在，我的稻鳖共作田扩至 70 亩，稻虾共作田增加到了 30 亩。更让我想不到的是，所有的共作田有了鳖、虾等动物的进来，我再不用向田里施任何的化肥，而且所有的农药钱也省下来了，这不就是绿色环保种植吗？我马上看到新的商机，把自己的客户召集起来，并把自己绿色环保水稻的品牌亮了出来，受到客户们的一致好评。这些绿色环保稻谷被客户以 3 元 / 斤的价格一抢而空，绿色环保大米 8 元 / 斤同样很抢手！

为了保护自己的品牌，我开始致力于发展中高端大米、纯菜籽油。我先后为自己的大米、菜籽油注册了“本稻夫”商标。我还引进高端加工设备，在东高村建粮食烘干塔 2 组、风干机 3 组，解决了合作社与周边种粮大户因天气导致的粮食霉变等问题，有力地维护了自己的品牌形象。

正是因为我走了常人不敢走或是不想走的绿色环保发展之路，不但收到了很好的经济效益，更收获了价值巨大的社会效益。2016 年，我所带领的益康粮油专合社被评为市级示范社。2017 年，益康粮油专合社被评为省级示范社。2018 年，我的益康粮油专合社被评为“四川省质量、信誉、服务 AAA 单位”。

小猕猴桃“大甜头”

讲述：杨黎　　整理：何广华

杨黎，女，汉族，苍溪县人，生于1971年4月，初中文化。1986年进入苍溪县麻纺厂，1995年下岗，先后开过饭馆、干过个体、外出务工。2014年返乡创业，投资300万元，在苍溪县禅林乡流转承包土地300亩，从事红心猕猴桃种植和销售。2015年成立铃旗村猕猴桃专业合作社，发展社员130户，年用工3000人次，其中贫困家庭劳动者50人，年产猕猴桃150吨以上，产值300万元。专合社获“四川省第十批农民合作社省级示范社”荣誉称号，她先后获“广元市返乡创业明星”“苍溪县精神扶贫先进典型人物”等称号。

“昨天所有的荣誉，已变成遥远的回忆，辛辛苦苦已度过半生，今夜重又走进风雨，我不能随波浮沉……只为那些期待眼神，心若在梦就在，天地之间还有真爱，看成败人生豪迈，只不过是从头再来。”这首下岗工人之歌《从头再来》，是我最喜欢唱的一首歌，因为它唱出了我的彷徨，唱出了我的希望，也唱出了我的梦想……

下岗无疑是人生的一大挫折，有人怨天尤人，也有人一蹶不振。而我却凭着比别人更多的汗水和付出，走出了一条与众不同的创业之路，先后获“广元市返乡创业明星”“苍溪县精神扶贫先进典型人物”等称号。

脚下有路　怀揣一个志向

我叫杨黎，今年48岁，原为苍溪县麻纺厂的一名普通女工。我们厂鼎盛时有4200多名工人，年产值600多万元，实现利润100多万元，为市县重点企业及纳税大户。20世纪90年代初，由于市场供大于求、行业竞争激烈，经济效益逐年下降，企业一下陷入困境。

记得当时我正在车间工作，突然一位女工慌张地跑了进来，大声嚷着："不好啦！不好啦！麻纺厂要破产了，我们都要下岗了。"

我们几个同事谁也没有搭理她，认为她是在开玩笑。下午2点，厂里突然召开职工大会，我的脑子一片空白，心想完了，估计不是什么好事！说不定，还真是……我再也不敢往下想了。

会上，厂长严肃地说："我对不起大家，由于改制，企业减员增效，不需要那么多人了。请大家一定要理解，理解政府，理解企业……"

1999年5月，我成了下岗大军中的一员，曾经的理想被现实踩碎了一地，就连现在混口饭吃也变得如此艰难。那段时间，我每天心事重重，坐卧不宁，可以说是寝食难安。我对自己说："也许下岗是我命中注定的劫难，无法逃脱，只能勇敢面对。我要走出去，闯出一片天地！"

心情平静了，心态平和了，我不再怨天尤人，不再沉浸在迷茫之中。我开始了创业之路，一切从零开始。五年来，我先后开过饭馆、干过个体、外出打过工，但都没有搞出名堂。

2014年5月，在熬过凛冽"寒冬"后，我终于迎来了创业路上的"春天"，毅然报名参加了苍溪职中、县就业局举办的创业培训班，我开始谋划自己的创业门路。通过深思熟虑和多方考察，认为县委、县政府提出的百亿猕猴桃产业融合发展项目前景很好，决定回乡种猕猴桃。

但是，这个想法却遭到了家里人的反对，他们担心我一无技术、二无资金，更担心将来的销路，有的甚至说我异想天开，癞蛤蟆想吃天鹅肉。但我却认为，猕猴桃被人们誉为脱贫致富的"金果果"，是一项见效快、适合规模发展的甜蜜事业，我的选择没错。

我不顾亲朋好友劝告，决定返乡创业。我相信，只要自己有勇气，能坚持，通过自己勤劳的双手和不懈努力，总有一天会成功。

心动不如行动。创业培训结束后，我回到苍溪禅林乡铃旗村，在当地党委政府的支持下，顺利承包了306亩土地，先后投资300万元，实施生态红心猕猴桃种植项目，开始了我的创业之旅。

心中有梦　闯出一片天地

禅林乡因有宋代佛教禅宗派系的寺院——禅林寺而得名，其历史文化底蕴深厚，“九子八进士，一女入皇宫”“陆游夜宿青山驿”的佳话流传至今。

到农村创业，想法虽好，但谈何容易？长期生活在城市的我，对这里的一切都感到十分陌生，而资金和技术更是成了最大的“拦路虎”。

面对困难，我首先想到的是用什么方法解决，从没有想过失败了会怎么样。正是这样一种破釜沉舟的勇气，让我在创业的艰难中坚持了下来。

只要心有了方向，就不怕路途遥远。没有技术怎么办？我订阅了多种科技书籍，认真钻研，并邀请专家现场指导。没有启动资金怎么办？我东借西凑，把全家的家产抵押到信用社贷款。

土地承包下来了，首先就是要改土，使之达到适合猕猴桃栽植的要求。改土期间，为了能够提前完工、尽快栽种猕猴桃苗，我干脆在工地上搭建了一处简易住所，吃住在工地。

那段时间，除了一大片树林和我做伴，周围一个人影都没有。到了晚上，风穿过树林发出呜呜的响声，仿佛狼群的呼嚎，令人毛骨悚然。荒郊野地，没有水电，我就买来煤油灯照明，每天早晨起来，整个脸被熏得黑黑的。

最难熬的是下雨天，有时候累了一天刚刚入睡，睡梦中觉得浑身冰凉，醒来发现，盖在身上的被子已经被雨浸透了，地面上也流出一道道泥沟。眼看着雨越来越大，我把所有能盛水的容器都派上用场，整整抗了一夜的“洪”。

快天亮时，雨稍小了些，可我再也抑制不住心里的酸楚和委屈，一下子坐在床上，创业的艰辛和对家人的思念一齐涌上心头，接着泪水伴着雨水滂沱而下。

哭归哭，但打退堂鼓可不是我的脾气。第二天，我照样早起，和请来的工人们一起进行改土工程，饿了，大家一起泡方便面吃。经过 60 天的努力，终于完成了改土工程，硬化园区道路 1000 米，可我却累瘦了，白皙的皮肤被晒得黝黑，连亲朋好友都不敢认了。

接下来就是猕猴桃苗的栽植。为了采购到质优价廉的猕猴桃苗，我多次只身前往蒲江、都江堰等地实地考察，并到本县的现代农业园区去取经学习。

为了节约开销，出差期间，我经常住廉价的小旅馆，每天坚持只吃两顿饭，最终和苗木基地达成协议，以每株一元的价格采购了 2 万株猕猴桃生苗。在接下来的放线、打窝等栽植过程中，我都亲力亲为，严格按照技术专家的要求进行。

苍天不负有心人。2015 年 3 月，306 亩猕猴桃产业园全部建成，我种植了猕猴桃 3 万余株。

肩上有责　造福一方群众

“中庭井阑上，一架猕猴桃。石泉饭香粳，酒瓮开新槽。爱兹田中趣，始悟世上劳。我行有胜事，书此寄尔曹。”唐代诗人岑参短短数行诗，便把猕猴桃的美妙表达得清清楚楚。

4 月的春风摇曳着青叶，营造了万紫千红的景色。走进铃旗村杨家坪猕猴桃园的绿茵中，绿油油的猕猴桃藤蔓枝枝相连，白里带黄的猕猴桃花，一簇簇绽放在枝叶间，煞是惹人喜爱。再过几个月，猕猴桃就可以上市了，猕猴桃成了我发家致富的“金蛋蛋”“钱串串”。

2015 年 4 月，我创办了铃旗猕猴桃专业合作社，100 余户首批申请加入了合作社，大伙还选举我担任理事长。当年，合作社产猕猴桃 150 吨，产值达 300 万元。合作社在禅林乡乃至苍溪县声名鹊起。

创业改变命运，拼搏照亮人生。几年来，铃旗猕猴桃专业合作社先后获“市级示范社”“四川省第十批农民合作社省级示范社”“苍溪县第三批就业扶贫基地”“十大电商企业”等荣誉。

2017 年 6 月，我借助电商平台，通过互联网卖猕猴桃，受到了消费者的热捧，销量达 100 多吨。9 月 17 日，新西兰猕猴桃专家詹姆斯来我园指导工作，为猕猴桃品种更新、栽培管理、高标准建园提供了很好的经验。当年底，我注册了

"恋尚红猕"商标。

我的创业模式引起了人们的关注，当地不少群众纷纷慕名而来，向我学习猕猴桃栽种技术，而我总是笑脸相迎，全力而为。我还利用自己社交广的优势，定期组织社员们到外地学习猕猴桃种植技术。我深深知道，自己虽然取得了成功，但离不开乡亲们的支持，更何况乡亲们还没有摆脱贫困。

"一人富不是富，一起富才是富。"为了帮助更多的人脱贫奔小康，我经常以高于市场价的工钱，聘请当地困难户到园区除草、施肥，解决了 28 个农村剩余劳动力的就业问题。合作社年用工 3000 人次，其中贫困家庭劳动者 50 人，人均年收入达 1 万元，为推进当地产业革命、脱贫攻坚发挥了重要作用。

现年 50 岁的赵怀秀，因老伴年老多病致贫，从 2016 年起，我就聘请她入园务工，年收入达 1.3 万元，一举实现了脱贫。赵怀秀喜滋滋地说："没想到我一把年纪了，居然能在家门口挣钱了。"

猕猴桃是我甜蜜的事业。如今，铃旗猕猴桃专业合作社已形成了 306 亩猕猴桃产业园，产量可达 180 多吨，实现利润 60 多万元。

心中有个梦想，希望才会起航。未来 3—5 年，我将通过"合作社 + 农户"的模式，精心打造集生态环保、绿色生产、休闲观光、果品采摘与销售于一体的示范性园区，让乡亲们尝到小小猕猴桃带来的"大甜头"，从而实现致富奔康的梦想，为建设幸福美丽的新铃旗做出贡献！

小僵蚕养出“奔康经”

讲述：刘文武　整理：杨正平

刘文武，男，43 岁，苍溪县文昌镇人，2000 年 7 月成都中医药大学中医学专业毕业后，进入四川中方制药有限公司（广元）工作，先后从事管理和采购工作。2012 年与岷江源药业成立四川岷江源药业有限公司广元岷江中药材有限公司，担任法人代表。在苍溪县陵江镇胡家梁村流转土地修复和种植桑园，采用“公司 + 科研院校 + 基地 + 农户”的“订单农业”模式，成立“苍溪县凌江镇镇水蚕茧专业合作社”，促进公司与农户共同发展，扶持 64 户建档立卡贫困户养殖僵蚕脱贫致富。2018 年，他的公司被评为“广元市返乡创业明星企业”。

广元山区，地域辽阔，土地肥沃，百姓勤劳，自古就有栽桑养蚕的传统。早在清代嘉庆十七年（1812 年）至道光七年（1827 年），曾任昭化、广元县令的曾逢吉重视发展栽桑养蚕、利民增收的事迹就被传为佳话，他离开广元赴异地任职时，还特意绘制了《蚕桑十二事图》留作纪念。该图至今仍存放于皇泽寺博物馆。

中华人民共和国成立后，我们苍溪县一直是全省蚕桑生产的示范县和先进典型，民间一直流行着“懒喂猪、勤养蚕，三十六天见现钱”的顺口溜，道出了蚕桑产业“用时短、见效快”的特点，尽管市场行情变幻莫测，群众栽桑养蚕的积极性依然有增无减。苍溪是生我养我的故乡，与我有着血脉之连，我在幼小的时候就见证了父辈们育苗下种、栽桑施肥、修枝刷白、采叶喂蚕的辛苦劳作，但也见证了蚕茧丰收而获得收益后的喜悦。

不为良相，就为良医。我从小就知道，医生是受人尊重的职业，药物能够救死扶伤。高中毕业后我报考了成都中医药大学，就读于中医学专业。2000 年 7 月毕业后进入四川中方制药有限公司（广元）工作，先后从事管理和采购工作，曾担任采购经理。四川中方制药是广元最早的一家药业领军企业，生产有几十种药物产品，有着良好的经济和社会效益。我是公司管理层人员，又是中医科班出身，对中药原材料采购、药品生产、产品销售都比较熟悉。2008 年 5 月，中方公司调任我到下属子公司四川科润药材种植有限公司担任副经理，一干就是五年。

2012 年 3 月，四川岷江源公司在广元拓展中药材种植基地。因为我是本地人，所学专业和工作经历，适合岷江源公司有关方面的条件和要求，于是我与岷江源药业公司共同投入注册资金 300 万元，成立了四川广元岷江中药材有限公司，为岷江源药业有限公司的子公司，主要养殖僵蚕，总公司负责回收产品。

养殖僵蚕首先应有优质桑园，具备丰富水源、便利交通、充足劳动力等有利条件。我经过四处走访了解到，苍溪县陵江镇胡家梁村过去是全县蚕桑发展的示范区，那里有现成的桑树，虽然近几年蚕桑发展处于下滑趋势，毁桑弃蚕现象严重，可仍然保留一些桑地，成活部分桑树，还有不少农户一直坚持养蚕。我立即与总公司的负责同志及专业技术人员一道实地查看，最终选择在胡家梁村六组的百利坝租地 8 亩，建厂房 3000 平方米，作为公司的发展基地。这里曾是苍溪县蚕桑发展示范区，2005 年 4 月全市在这里召开“蚕桑发展推进会”，时任市委书记高峰亲临现场调研和指导，对当地干部群众长期重视蚕桑生产的精神及经验，给予了充分肯定和极大鼓励。这为我们公司在这里建立僵蚕养殖基地奠定了良好的基础。

2013 年 12 月，公司与村民达成协议，流转土地，修复和种植桑园 300 亩，作为公司的种植和养蚕基地。公司采用“公司 + 科研院校 + 基地 + 农户”的订单农业模式，统一提供技术服务、统一供给蚕种、统一接菌、统一回收，促进公司与农户共同发展，实现经济效益和社会效益双赢。公司现有技术和管理人员 15 名，桑园和养蚕使用劳动力最高峰时段多达 200 余人，聘请当地一名有 20 多年蚕桑技术管理经验的同志为基地负责人。总公司坚持综合开发、循环发展、多种经营，开发了养殖僵蚕、蟾蜍、壁虎、乌梢蛇、五谷虫等动物类中药材。我们利用桑叶喂蚕；利用修剪的桑条栽种枝菌木耳；利用桑地林下养殖蟾蜍和壁虎，给乌梢蛇提供食物；养殖五谷虫，给蟾蜍和壁虎提供食物，从而形成一个完整的循环养殖链条，有效地利用了桑田资源。2018年公司实现产值1000万元、利润230余万元，纳税60多万元。

僵蚕是一种常用中药，具有祛风解痉、化痰散结的功效，临床多用于治有形之包块，如结节、咽肿痛、瘰疬、风疮瘾疹等。养殖僵蚕是一个集科研、实践、实验于一体的高科技创新项目，我们注重与成都中医药大学、四川农科院、中国科学院成都生物研究所、西华师范大学生命与科学院等科研院校的合作，开展对僵蚕的中药品种研究。成都生物研究所还将岷江公司苍溪基地作为研究生实习工作站，其研究生每年集中蹲点实习50天以上。岷江公司苍溪基地同时还被北京大学、西南大学、中科院成都生物研究所列为专家孵化园单位。僵蚕的科研与养殖，被国家发改委列为“中药标准化发展项目”、广元市中医药产业发展重点打造品种。僵蚕的规范化养殖技术，公司会同成都中医药大学向国家申请了8项发明专利，包括选种、繁殖、防病、采收、干燥、炒制、包装、储藏等，填补了国内外人工养殖白僵蚕的技术空白。

农户养蚕是一个短平快的增收项目，从蚕种供育到饲养、成品、收购，仅需要一个月时间。公司实行基地集中养殖和农户分散养殖相结合的方式，与基地周边的胡家梁村、金斗村125户蚕农建立“栽桑—养蚕—保底回收”关系，定期宣传学习、培训技术、指导养殖，培育养殖大户，带动更多的农户在家养蚕或到基地务工，多渠道增加收入。2015年公司与当地村民联合成立“苍溪县陵江镇水蚕茧专业合作社”，当年发放蚕种1000张，户均年增收入1万多元，扶持64户建档立卡贫困户至少养蚕两张以上，稳定收入达到三四千元，最多者养蚕10张以上，收入达到2.7万元。胡家梁村贫困户张国春70多岁，老伴长期生病，儿媳常年在外地务工，他每年养殖僵蚕10张左右，还在基地参加季节性劳动生产，稳定收入达到两万多元，很快摘掉贫困帽子，家庭各方面情况得到根本性转变。

僵蚕科研是一个长期实践和研究的课题，投资较大，周期较长，需要各方面的大力支持。自2013年至今，公司共筹资800多万元用于基地基础设施建设、科研和养殖生产。几年来，国家药典委、成都中医药大学、省经信委和市经信委、医药产业办、市场监管局、农业农村局、科技局、科协等部门的领导多次来基地检查指导工作，帮助解决具体问题，给了我极大的帮助和鼓励。西华师范大学生命与科学院张烈教授，在 12 家农户中实验养殖僵蚕 14.7 张，以每张 300 元的利润付给专业合作社。市经信委和科技局为基地解决产业扶持资金共计 100 万元。2018 年，公司被市政府评为“返乡创业明星企业”。

以僵蚕养殖为主导产品的生物性中药材发展，是一项新的医药产业，未来前景大有可为。我既然选准和认定了僵蚕养殖这个项目，就一定会坚定信心，脚踏实地，克服困难，充分利用各级科研院校的优势，把公司建成省内外养殖僵蚕、五谷虫、雄蚕蛾、乌梢蛇、中华蟾蜍、桑螵蛸的重要基地和中药材桑资源立体综合开发利用示范园、具有高科技含量的动物药类养殖企业。

小僵蚕，大产业，新希望，公司后期计划投资 1.2 亿元启动智能工厂化养殖项目，两年内养殖僵蚕 100 吨、乌梢蛇出栏 30 万条、蟾蜍出栏 800 万—1000 万只，苍溪县内培植发展密植桑园 5000 亩，总产值达到 1.8 亿元，实现利润 6000 万元，不断为当地百姓致富增收创造有利条件。

做乡亲们的“渔夫”

讲述：王昆明　整理：胡博

王昆明，男，汉族，51岁，中共党员，苍溪县石门乡三林村人，苍溪石门三林村水产专业合作社理事长。1992年外出务工，2002年返乡创业，在石门乡建起第一个水产养殖专业合作社。2009年当选村主任，2013年任村党支部书记。他带领群众发展水产养殖300亩，与妻子马雪华一起攻克了甲鱼人工孵化难题，马雪华当选为县人大代表。

“山歌不唱心不开，井水不挑起青苔；懒汉只盼天掉饼，勤人水中捞余钱……”

我叫王昆明，大家叫我甲鱼大王，家住苍溪县的山歌之乡石门乡。养鱼之余，不哼上几句山歌，我们就会感到生活有些冷清寡淡。我的家乡，是广元市5个国家级水产种质资源保护区之一，我们这里有养鱼的传统，“一把青草一把谷，随风随雨收肥鱼”。而在家乡养甲鱼，确实是我带动起来的，大家因此称我是石门甲鱼养殖第一人。

一

时间要回到2001年，当时父亲病故。作为家中的长子，我不忍心看到年岁已高的母亲独居在老家三林村，我与妻子结束了快10年的打工生活，回家赡养母亲。

刚回到家，我只想操起养鱼的旧业。有一天上午，我正在犁田，碰巧抓了一只大甲鱼。懂行的人说，这种甲鱼绝对是从下边插江河里爬上来的。我当时只知道野生甲鱼价格很贵，就想拿到县城里试一试。在梨乡市场外边，这只色泽品相都很好的野生甲鱼吸引了一群人。大家争相购买，最后这只 3 斤多的甲鱼卖了 800 元。回家的路上，我欣喜之余也纳闷了。这东西咋就这么值钱？丁点大个东西，竟比我的 100 斤草鱼还值钱。

回到家，我马上让读高中的儿子在网上查找有关甲鱼的资料。那天我才知道：甲鱼，又称为团鱼、中华鳖，不但是餐桌上的美味佳肴，而且是一种用途很广的滋补药品和中药材料。原来这东西具有这么高的营养价值和药用价值，并且全身都是宝。

我与妻子马雪华商量，她也认为养殖甲鱼肯定比以前养“青鲢鳙”这些鱼赚钱。不过，我们也怀疑这穷乡僻壤的地方适合养甲鱼吗？为了弄清楚这个问题，我开始学着上网。慢慢地，我查阅了不少有关甲鱼的资料。我知道了甲鱼的生活习性，知道这东西有喜洁怕脏、喜阳怕风、喜静怕惊的“三喜三怕”。这就对啦，我们石门乡三林村群山环绕，森林覆盖率高，风小而且空气质量好。这里雨量适中，加上红旗水库和三林水库提供丰富的水资源，水也不成问题。这里全年日照率高，热量丰富，相对比较暖和。再说这里远离场镇，远离喧嚣，甲鱼不仅不会受到惊吓，其生长更能获得一个安静的居所。既然三林村适合养甲鱼，我不再犹豫了，就把创业目标定位在生态甲鱼养殖这事上。

二

我和妻子拿出在外打工挣的 5 万多元积蓄，仿甲鱼的野生环境条件，建起了八口方塘。塘建好后，我迫不及待地蓄满了水，买回了 2000 多只甲鱼苗，开始养起了甲鱼。

我当时心想，这甲鱼也是鱼，就用养其他鱼的方法来养甲鱼，结果出了大问题。先是这些下水的甲鱼苗不吃食，然后是小甲鱼苗开始死，五天之后，我发现有上百只甲鱼苗死掉了。这下我真急了，一边查找问题的原因，一边赶紧四处去找甲鱼养殖户了解情况。我很快发现，原来是新建的池塘和下水的甲鱼苗都没有消毒，导致传染病暴发。这甲鱼与普通鱼不同，对环境的清洁程度要求很高，在甲鱼苗下塘之前，正确的做法应该是用石灰消毒并暴晒几天，然后才能放水入池。至于小甲鱼苗，也要用盐水或是高锰酸钾进行消毒后，才能放入池中。为了减少损失，我只好放了池塘里的水，捞起剩下的一些甲鱼苗，重新给池塘消毒，再放水入塘。可这一次，在给甲鱼苗消毒中又出了问题。因为甲鱼苗小，兑药比例要小，消毒时间要短。我兑的高锰酸钾比例大了些，给小甲鱼消毒时间又稍长了点，两个小小的失误，让余下的甲鱼苗又死去了十之八九。除了怪自己疏忽大意，辛辛苦苦挣回的钱打了水漂，我束手无策，心痛得眼泪都迸出来了。

但我并没有死心，又重新到外地买回了3000多只甲鱼苗，谨慎消毒后投放在鱼塘中。那几天，我日夜守候在这几口池塘边，看到没有死去的甲鱼苗，我总算松了口气。

2003年，我的甲鱼养殖场建成不到两年，又遭遇到一次意外的损失。那时因为自己的养殖塘外没有围栏网，一天夜里突降暴雨，我养殖的不少甲鱼被洪水冲走了。我找遍了村里的所有田坎，也没有寻回几只甲鱼来。再次补回甲鱼苗之后，我跟自己赌气不吃饭，只一个劲儿地在所有养殖塘外设立栏网。我在心里狠下决心，一定要把这个难弄的东西养殖成功。再过了一年，还是出事情了。因为我给鱼塘加围栏网时用的是塑料网，随着甲鱼的长大，这些灵动的家伙竟咬破塑料网逃走了不少。这一回，我不生气了，而是开心地哼起了山歌。甲鱼能咬破我的塑料网，说明以前的那批甲鱼已经快长大了，我的收获季节也要到了。

就是在这样数次的教训中，慢慢地，我终于摸出了一些养甲鱼的门道。为了清洁水质，我每隔半个月就要用生石灰给养殖塘消毒一次。后来，我还在养殖塘里养起了少许的花白鲢，这样一来鱼儿既可以吃掉水里的微生物，达到清洁水质的目的，同时每口养殖塘的养殖效益也增加了很多。技术的问题解决了，我的甲鱼养殖也逐渐进入正轨。养殖甲鱼的第五个年头，我仿野生环境养殖的甲鱼长到了近三斤，进入了销售期。为了让甲鱼卖个好价钱，我带上两只裙边宽、体型薄、色泽很好的甲鱼样品来到成都水产市场野生鱼类批发部。在第一个批发摊位，一个叫王三永的老总一眼就看上了我的甲鱼样品，当即拍板要以200元一斤的价格收购我的全部甲鱼。我生怕这王总变卦，三天之内将近1000斤甲鱼送到了成都。看着自己的甲鱼真卖了近20万元，我开心地笑了。

三

哼着山歌回到村，我一下子承包了村里两口闲置的大塘堰，扩大自己的养殖面积。就是这个时候，老百姓见我能主动回乡孝敬母亲，并且还能选好致富的产业，就选我当了村主任。当了村干部，就有义务带领村民们一起致富。那时村里的大小会，我都鼓励大家一起来养甲鱼。今天村里的甲鱼养殖大户肖安运、肖安映，就是我那时鼓励加入进来的。

为了方便带领村民们一起养甲鱼脱贫致富，2008年，我成立了三林村水产养殖专业合作社，很快就有近30人加入了专合社。甲鱼养殖户多了，我首先想到的就是攻克甲鱼的人工孵化难题。不攻破这个难题，我们村每年要花很多的资金到外地去购甲鱼苗，制约了村里的水产养殖发展。为了掌握人工育种的关键技术，我除了上网查资料，买书自己学习，还四处去拜师学艺，经过两年的摸索，我终于将这个难关攻克了。

看着自己人工育出的第一批甲鱼苗，我高兴不已。我将这批甲鱼大量放在石门附近的江河里。很多人不解地问我，为什么不卖钱而要放养野外？我告诉他们，只有保证有真正的野生甲鱼种群，将来我们才能找到配种的母本，这样也才能真正做到资源的持续利用。

有了成批的甲鱼苗，我恨不得全村的人都一起来养甲鱼。我给村民们算了一笔账，一亩田用来搞粮食生产，每年的收入超不过2000元，四年不过8000元。如果改成池塘养鳖，四年少说也得赚上3万元。我还拿早期加入合作社的肖安映与肖安运来举例，他们各自将自己的田地改成了20余亩的养殖塘试养甲鱼，到了2012年，他们售出自己的甲鱼，每户净赚了60多万元。

2013年，我当选为村里的党支部书记，我上任后做的第一件事就是对村水渠进行全面整治，我想让红旗水库的水为全村的生态养殖提供更便利的条件。连续五年的努力，我们三林村成了名副其实的渔村。300多亩养殖塘一个挨着一个，依着地势，自高而低，错落有致。这些蓄满了水的养殖塘要么水草连连，要么荷花一片。如果凑巧，还能看到1万多只甲鱼苗爬到水中石包或是小平台上晒太阳的奇观。其实甲鱼晒太阳的同时，阳光中的紫外线可以杀死它们体表的病菌；它们接受自然光提高体温，还促进了食物消化，健康成长。

这，就是我在山歌之乡石门18年的渔夫生活，我愿做一名山歌中的渔夫，做一名带领乡亲们共同致富的快乐渔夫。

耿家山上猪儿肥

讲述：潘洪全　　整理：舒永强

潘洪全，男，1978年6月出生在苍溪县五龙镇三会村，初中肄业，洪全家庭农场负责人。1996年外出务工，2012年返乡创业，养殖母猪种猪。2015年与温氏集团公司签订养殖肉猪协议。采取“五保一统”养猪模式，2018年收入15万元以上，吸纳剩余劳力2人。他多次获镇政府“青年创业能手”荣誉称号。

一

我是苍溪县五龙镇三会村人，那些年，家里有父母，有我和妹妹，还有年迈多病的婆婆（奶奶）。除了几间破旧的瓦房，就没有值钱的家当了。

1996年，我刚刚18岁，18岁本应是青春绽放、激情满怀的美好年华，可家徒四壁的我，为了让妹妹能继续上学，只好辍学跟表哥踏上打工之路，到广元的一家建筑工地当学徒。当学徒只有干杂活，干杂活的工钱很低，还要忍受工头儿的讥讽，甚至谩骂。长期接触水泥砂浆，一双手粗糙得像树皮，到处都是裂口，一天的劳累使我身心俱疲。一年下来工头结算：扣除吃喝，就剩下五百元！这五百元是我出卖体力的报酬，也是我青春消磨后剩下的残渣。

就这样我咬牙当了两年学徒，虽然没挣到钱，但是学到了砌砖、抹灰等建筑工种的基本技能。接触社会，也尝到了人间冷暖、生活的酸甜苦辣，经历了人情世故，身心得到了历练。

春节期间，在交谈中得知浙江那边经济发达、工钱高，春节一过，我就背起行囊和村里的年轻人去了浙江绍兴。在绍兴打工那些年，虽然比本地工钱高，但家里有事回来一趟花销颇大。父母身体不好，农忙季节要回家种田，庄稼成熟了要回来收割，这样来来回回折腾，挣的钱也就所剩无几了。然而，天有不测风云，人有旦夕祸福，父亲在一次干活中不慎摔断了腿。由于家里经济拮据，父亲坚持不到大医院治疗，最后伤虽然好了，但留下了终身残疾，走起路来一瘸一拐。

也许是老天眷顾我，在打工期间让我认识了本地姑娘牟力华，我们在一起经历社会冷暖、一起体验生活酸甜苦辣的过程中，彼此的心越来越靠近。她没有嫌弃我家穷，也没嫌弃我挣钱不多，不顾家人反对，毅然与我订下终身。2005 年底，我俩从浙江返回三会村老家，正式举行了婚礼。

结婚后，我们一起为这个穷家操劳，一起外出打工。后来听人说广东好挣钱，我们又跟着村里人到了广东清远。

在清远，我干的活更杂了，先是干老本行建筑工程，后来我又去学习开挖掘机。开挖掘机在别人看来很轻松，其实，学习过程中十分辛苦，要眼到手到，手眼协调一致，还要掌握好挖掘机的移动、点位固定，否则，可能造成挖掘机翻倒的严重事故。由于自己文化水平低，对挖掘机的技术参数和操作程序理解起来较困难，我就多向带教师傅请教，自己除了在工地多练习外，回到住处还要回忆、揣摩。通过一段时间的学习，我终于能独立完成挖掘机作业了。工资也逐步提高，心里充满希望。那时我常想，贫穷的日子有望到头了，不久的将来，我也会使家庭摆脱困境。

不久，妻子有了身孕，渐渐不能干活，只好将她送回老家。有了孩子，家里花销更大。那些年，我们家的经济真叫拮据。可是，屋漏偏逢连夜雨，就在 2015 年，母亲又被诊断为鼻咽癌，当地医院不能治疗，我和妻子只好送母亲到省城医院。经过长时间的治疗，母亲的病倒是稳定了下来，家里却欠下十六七万元的债。十六七万元，对于我这样的贫困家庭可谓是天文数字！父亲常常为家里债务唉声叹气，母亲常常悄悄流泪，我和妻子感到压力山大。

二

常言道，穷则思变。因病致贫没有击垮我对生活的信心，我相信，只要自己坚持下去，努力奋斗，明天会比今天好。我在广东清远打工所干的活，多是为当地人修建养殖场。人家的养殖业干得风生水起，我向他们打听，人家都是喜上眉梢地回答说，养猪赚钱！那段日子我彻夜难眠，脑子里总在思考一个问题：人家能靠养猪致富，我为啥就不能？自己十几年在天南海北流血流汗，都是在为别人打工，为啥不能为自己打工呢？我和妻子经过较长时间的思考，最后决定：回乡创业！

回到三会村老家，我把想法与村组干部做了沟通，他们都很支持我，让我放下包袱，甩开膀子去干，争取早日脱掉贫困户的帽子。说干就干，我开始选择养殖场地址。走遍三会村，我看中了耿家山那片撂荒的坡地。于是便决定将自己家的稻田与人对换，利用那片荒坡地修建养猪场。由于投资少，规模小，开始我试着养殖了 30 头母猪。饲养母猪可不是件容易的事，春夏寒暑，起早摸黑，照顾母猪，精心呵护小猪仔，总想着那些猪仔能给我带来经济收入，可谁曾想到，天不遂人愿，母猪产仔倒不少，可销路总是上不去，猪仔太小，觉得卖了不划算，别人买去饲养，成活率也不高，等到猪仔长大了，又不好卖了。干了几年母猪养殖，只能基本保本，无钱可赚。一家人也唉声叹气，失去养猪的信心。

正在这个节骨眼上，镇里领导来了，村里扶贫的第一书记来了，村干部们也来了，他们帮助我分析原因，分析生猪市场发展趋势，通过详细调查研究后，建议我与苍溪温氏畜牧有限公司合作养殖肉猪。

我抱着试试看的态度接受了村、镇干部的建议，与温氏公司签订了养猪协议。协议主要内容是“五保一统”，即保证猪苗供应，保证饲料供应，保证传授养猪技术，保证所需药物供应，保证肉猪回收，统一管理模式。按照温氏公司技术指导，我重新修建了 38 间猪舍以及饲料间、尿液收集池、粪便发酵床、锅炉房等配套用房，购买了热风炉、排风扇等设备，在猪舍里安装了地暖、通风设施、饮水设施等，总投资达 18 万余元，镇党委政府大力扶持我创业，为我争取了生猪养殖补贴项目资金 12 万元，基本解决了我修建猪舍的资金问题。由于我是贫困户，政府还让我易地搬迁，拆掉了原来的老旧危房，为我在紧靠养殖场的地方修建了 120 平方米砖混结构的房子，水电网络一应俱全，还为我送来了电视机等家用电器，使我们一家人从此安居乐业。

很快，我在温氏公司的技术培训下，基本掌握了生猪养殖的科学方法，按公司要求，饲养过程必须严格按照技术规范去做，每一步操作还要做好记录，公司随时派人进行检查指导。与温氏公司合作的第一年，我试着养殖了肉猪 300 头，我与妻子起早贪黑，精心照管那些猪，细心观察它们的行为，每天清理一次圈舍里的粪便，检查饮水管道是否通畅，检查通风是否良好，圈舍温度是否适度。气温高了，就加大通风降温，天气寒冷，就开通热风、通上地暖，总之要使猪儿们有一个舒适的环境，让它们身心愉悦，膘肥体壮。看着那些猪儿一天天长大，我一家人心里乐滋滋的。猪儿也对我们产生了感情，每逢我到圈舍给它们喂食，它们都会齐刷刷地抬起头来，哼哼着向我招呼；我进到圈舍清理粪便，它们就会像孩子般争先恐后地来蹭我的腿，或是用嘴轻咬我的鞋靴以示亲近，我也会拍拍它们的头，或是在它们身上挠痒痒，使它们产生一种安全感。

功夫不负有心人，一家人的辛勤劳动终于得到回报，一年内出栏两茬肉猪，年底一盘算，当年净得利润 5 万多元。通过养猪终于赚了钱，全家人都高兴，喜气洋洋地过了一个愉快的春节。

三

实践证明，要干好任何一件事，都必须讲究科学，盲目干是干不成事的，与公司合作养猪使我全家人都懂得了这个道理。因为有了新观念、新技术，我的生猪养殖规模才逐年扩大，成本越来越低，比如，猪粪便处理要靠发酵床，而发酵床运行要用电，用电当然就会产生成本费用。处理后的粪便肥田无污染，但是，我自己的田地少，用不完，村里人自家都有肥料。我就到处打听，最后找到一家搞种植的大户，他愿意以每吨 700 元的价格收购我的猪肥，这样基本解决了猪粪便处理问题。

2018 年，农场养猪收入已经达到了 15 万元以上，还吸纳了本村剩余劳力 2 人，使他们不出村就挣到了钱。我又安装了监控设施，现在坐在客厅里，就能对每间圈舍里猪们的一举一动一览无余，大大减轻了全家人的劳动强度。

为尽快脱掉贫困户帽子，走上致富之路，我还打算将“洪全家庭农场”做大做强，增加圈舍，扩大养殖规模，5 年内达到年出栏肥猪 1000 头以上，利润达到 30 万元的目标。

俗话说，一花独放不是春，百花齐放春满园。我的产业规模做大后，还要吸纳村里更多剩余劳动力，尤其是吸纳年龄大不能干其他农活的人到农场做工，增加收入，共圆致富奔康的中国梦。

美丽渔村，鳖有天地

讲述：向峰　　整理：何广华

向峰，女，汉族，苍溪人，生于1979年12月。2002年川北医学院毕业，2012年考入中石化。2013年返乡创业，在苍溪陵江镇江南村流转荒地60亩养殖苍溪鳖，2016年成立苍溪县插江缘甲鱼养殖专业合作社联合社，养殖水域近200亩，带领60多户参加创业，其中贫困户22户。季节性、临时性用工年累计达300余人次，人均增收2万余元。注册有“插江缘”商标。先后获苍溪县“建功三大主战场先进个人”“广元市返乡创业先进个人”“四川省百名新型职业农民标兵”等荣誉。

“向峰获全省百名新型职业农民标兵啦！”2018年9月，秋高气爽的梨乡，一个爆炸性新闻传遍了江南村和中梁村，成为村民们茶余饭后的话题。

“向峰呀，你为苍溪争了光，硬是把鳖养出了名堂，真是个不让须眉的巾帼英雄啊。”有人感慨。

“祝贺你，向峰！这六年你吃了那么多苦，受了那么多累，多不容易啊，这荣誉名副其实。”有人赞叹。

“这姑娘放弃了城市工作，恋上了苍溪的山坡地头，让原来的荒山坡变成了‘生金池’‘聚宝盆’，不简单哪！”有人夸奖。

面对乡亲们七嘴八舌的赞誉，我禁不住心潮澎湃，思绪万千，不知是激动、兴奋，还是自豪、欣慰，脑海里满是一路创业的酸甜苦辣……

励志：弃一份安逸清闲

我从小就听说甲鱼是好东西，能治病强身。甲鱼一般被农村人叫为鳖，当时，市场上甲鱼价格比“家鱼”要高出十几倍，一般人根本吃不起。

2002年，我从川北医学院毕业后，应聘到成都一家公司销售医疗器械，年收入10多万元。2012年，又考入中石化水治理研究中心，让许多同学羡慕不已。可半年后我就做了一个惊人决定：舍弃安逸清闲，辞掉工作，回乡养甲鱼。

当时，许多人不理解我，有人嘲笑我“心血来潮，一时冲动，纯粹是图新鲜，赶时髦”。有人批评我“傻得可爱，放下好工作不干，偏偏要去钻山沟”。还有人讽刺我“脑袋长了乒乓，神经短了路”。

燕雀安知鸿鹄之志。苍溪地处秦巴山麓、嘉陵江畔，水绕山环的良好生态环境，造就了这里独特的自然条件，非常适合甲鱼养殖。随着生活水平不断提高，人们都喜欢吃绿色天然的食品。因此，甲鱼养殖大有作为。我的愿望，就是让人们吃上健康绿色食品。

然而几年前，全县养甲鱼的人凤毛麟角，我决心填补这个空白。我先后参加了县就业局、县农业局、省农业厅、川农大的培训，并赴绵阳、南充、巴中取经，广泛涉猎甲鱼养殖知识，初步掌握了甲鱼养殖技术。

2013年，我自筹资金150多万元，贷款48万元，成立了海明甲鱼专业合作社，在陵江镇江南村投资流转荒地50亩，一心想把这门致富经念好。

我承包的荒山名叫“刺壳子”，这里杂草丛生，布满棘刺。听说我要在山梁上养甲鱼，村民们都为我捏了一把汗。因为“刺壳子”的堰塘关不住水，连秧都不能插的地方，怎么能养鳖呢？其实我非常清楚，鳖喜欢晒太阳，山梁上日照很好，这一点非常符合鳖的自然生长要求。

2013年4月，我雇了10个民工、2台挖掘机，苦战了30多天，铲除杂草，挖土筑盖，修引水渠，建好了6口塘，并从4公里外的太阳沟水库引来了水。

接着，我又开始修建另外5口塘。时值7月酷暑，透蓝的天空，悬着火球般的太阳，毫不留情地烤着一切。大地仿佛被一个巨大的蒸笼罩住了。我既要指导池塘开挖，还要给工人做饭，成天忙得大汗淋漓。家里人劝我悠着点儿干，我回答道："池塘一天不建好，我就吃不下饭，睡不好觉。"

一个月工程结束后，我白皙的皮肤晒黑了，整个人脱了一层皮。怀着满满的希望，我投放了甲鱼苗 1.8 万尾，开创了高山池塘规模化养殖的先河。

2016 年，我注册了甲鱼商标"插江缘"。这期间，我带领 60 多户村民参加创业，其中贫困户 22 户。常年固定用工 2 人，季节性、临时性用工年累计 300 余人次，人均年增收 2 万余元。

创业：得一段充实满足

做实在人，养放心鳖。通过养甲鱼实现自己的人生价值，这是我的追求。

2017 年，为了扩大苍溪甲鱼的知名度，带动养殖户开拓销售渠道，我跑了全县大部分养殖基地，了解养殖户情况，并在县农业局的支持下，召开了苍溪县第一次甲鱼养殖联合大会，我被全县养殖户推选为联合社理事长。

几年来，我以基地为家，实时监测生产状况，把好质量关。我给鳖喂的是野生的螺蛳和小鱼，因此我养的甲鱼赢得了采购商们的信任并保持了不错的销量。在为期四天的成都农博会上，我养的鳖由于裙边长、背甲光、分量足而备受青睐，当场签约 280 万元。

2018 年下半年，为了扩大养殖规模，我又在石门乡中梁村承包了 150 亩鱼塘，共 18 口，最大的 6 亩。中梁村一直就有养殖传统，我的技术也有了保障，再加上村里正在发展渔旅结合，我们一拍即合。

阳春三月，中梁村云雾缭绕。从山顶至山脚，大小鱼塘星罗棋布。这个省级最美渔村，因为丰富而优质的水资源而闻名。更让人称奇的是，许多鱼塘都是建在沟坝下，中梁村的鱼塘却是从上至下的阶梯式分布。

从 2017 年开始，我前后五次来中梁村考察，让我满意的是，这里的水资源很丰富，可以节省几十万元提灌站建设费，很适合养殖名贵鱼种。

承包鱼塘除了要交流转费，最大的投资就是开挖鱼塘和买设备，我估算了一下，至少需要 100 多万元。我与家人商量好了，准备将家里的房子和门面全部抵押出去贷款。

那段时间我忙着和几个银行接洽，5 月，喜从天降。村支书毛加林给我打来电话:“中西部扶贫协作项目确定了，我们村有 132 万啊。你的鱼塘将由村里建好交给你承包，作为全村人的投资，你只需每年每亩交承包费 400 元，分红费 600 元就可以了。”

哎呀！没想到还能遇上这么好的事。我一口答应，亲自下厨为家人准备了一桌饭菜，把好消息分享给全家。当时我只有一个心愿，就是一定要经营好这 18 口鱼塘，和村民们一起致富奔康。

我把全部心思投在鱼塘建设上，为每个鱼塘单独做了进排水，还增设了最先进的溶氧监测仪。以前资金紧张，只预算了 20 万元设备，现在设备投资翻了倍，实现了标准化、智能化。

我把中梁村规划为名贵鱼养殖基地，专门养殖银鳕鱼、鳜鱼、花鼓、黄辣丁等，并与富顺土桥水产分公司和广元嘉桓生态渔业开发公司签订了长期鱼苗供应合同。

心愿：创一番缤纷绚烂

2017 年，海明甲鱼养殖专业合作社被农业部命名为“健康养殖示范基地”。2018 年 4 月，中梁村入选全省第一批美丽渔村。

2018 年 4 月 3 日，广元市返乡创业协会会长张文杰一行到中梁村进行调研。张会长亲切地勉励我，要抓住乡村战略振兴和苍溪县水产养殖机遇，努力把“插江缘”注册成国家和省级商标，做到品质和价值同步提升。

同年 11 月，广元市科协、市委农工委举办了全市首届“邮储杯”农村乡土人才助力脱贫、攻坚创新创业大赛，选手们争先恐后地描绘农业发展的美好愿景，我展示的蓝天碧波图吸引了现场所有人的目光：画面上，中梁村 150 亩水域掩映在蓝天白云下，宛如人间仙境，让人浮想联翩。

健康水产，因鱼而安。几年来，我没有进行过任何有害水流的排放，完全做到了循环净化再利用，合作社成为全县第一个健康水产养殖基地，远近闻名的甲鱼养殖大户。我已建成水产基地两个，水产养殖面积从 50 亩扩大到了 200 亩，并从传统养殖向科学养殖转型，设备转换为全自动。年预计销售银鳕鱼苗 20 万尾、黄辣丁鱼苗 30 万尾，加上养殖甲鱼产生的效益，实现产值 200 万元。

我还计划推出水中种植项目，水下养鱼、水上种菜：一方面，利用鱼产生的粪便为蔬菜提供养分；另一方面，充分发挥蔬菜的反哺作用，让蔬菜来帮助净化水质，从而更好地提升鱼的品质，实现增收和美化环境的双赢。

为了带动乡亲们一起富，我本着就近用工原则，优先雇用贫困人员，先后有36户贫困户159名贫困人员在两个水产基地务工，人均年收入达2万余元。2018年，我两次上交了承包及分红款22万元。全村一般农户分了100元，贫困户分了300元，1500余名贫困村民享受过水产养殖带来的福利。今后，每年会有1502人固定享受红利，为当地群众脱贫奔康做出了贡献。

有播种的艰辛，才有收获的甘甜。6年来，我以养殖高品质水产为目标，让水产成为苍溪三大支柱产业之一，乡亲们亲切地称我为“鳖司令”。我先后获苍溪县“建功三大主战场先进个人”，广元市“返乡创业先进个人”，“四川省百名新型职业农民标兵”等荣誉称号。我的合作社还被授予苍溪县“就业扶贫基地”。

美丽渔村，鳖有天地。一路走来，我虽然饱尝了各种艰辛，但奋斗的人生更加出彩。下一步，我将打响“插江缘”品牌，提高“插江缘”的市场占有率，努力实现返乡创业梦想，用奋斗书写美丽青春！

愿当乡亲们致富的领头雁

讲述：张生　　整理：胡博

张生，男，汉族，41岁，苍溪县白鹤乡江水村人，大专文化，中共党员，村党支部书记，四川省鹤仙农牧发展有限公司经理、苍溪县鹤山土鸡养殖专业合作社理事。他在成都手机行业务工七年，2008年回乡创业，从事蛋鸡、土鸡养殖，三个养殖基地存栏蛋鸡35万只，吸收包括贫困户在内的86人就业，带动周边县区乡镇1800余农户搞种植养殖业走上致富路。他先后获"苍溪县最美新型职业农民""广元市农业产业领军人物"等荣誉称号，当选为广元市第七届人大代表、苍溪县第十七届人大代表。

如果你驱车顺国道212线上广元下苍溪，有一个地方能让你停下来看一看。这个地方，就是我的家乡苍溪县白鹤乡江水村。在这里，你可欣赏依山而行的利阆古道长龙卧岭的古貌，还可以在绿树掩映的村子里找到一座像山村公园那样的现代化养殖场。这个现存栏超过20万只鸡的养殖场，有近10排整齐排列的鸡舍，安装着我申请了国家专利的自动化喂养设备……它，就是我回乡创业的智慧结晶，更是我带着乡亲们脱贫致富的"梦工场"。

一

我还忘记介绍我自己，我叫张生，从小就生活在这驿道山脉之上的旱山村。我有一个幸福的家，父亲张文刚是远近闻名的致富能手，当我还在成都广播电视大学读大学时，他就已经带动两个哥哥创下他们的事业。我大学还未毕业，父亲已经把手上生意交给了兄长，他闲着没事，又在这山梁上建起了一个规模还不算大的养殖场。农村长大的我出于对小动物的喜爱，每逢假期都浸在了父亲的养殖场里。看到诸如小鸡雏这样的小生命在养殖场快乐地觅食，听着它们叽叽喳喳地说着只有它们同类才能听懂的语言，我的心里有说不出的情愫。每到假期结束返回成都学校的时候，我都有一种依依不舍的感觉，真想用自己的水杯把这白鹤岭上的空气、阳光、绿树、小鸡雏，还有这里的一切一切都装进杯里带走。

2001 年，我大学毕业，既是想独立地锻炼一下自己，也是想试一试自己能否在自己所学专业上找到人生价值，我在成都通信行业工作了七年。这七年，我明白了江水村才是我的根，也看清自己并不适合在大城市里弄潮。这七年，我明白了白鹤山岭才是贮存我珍贵记忆的地方。2008 年，汶川大地震之后，我毅然回到了家乡。这时年过花甲的父亲，身边需要我，他越建越大的养殖场更需要一个有文化的年轻人来执掌它的未来。

回到家乡，我开始从头学起养殖技术。我知道，如果干一行而不懂行，那只能像一只无头苍蝇乱撞，终究会碰到自己落地为止。那时的我一走进县城新华书店，营业员不问我，都知道我要选养殖方面的书刊。我还给自己订了近 10 种专业养殖杂志，恶补了两年养殖方面的知识，也算是有了创业的底气。2010 年，我创办了苍溪县龙翔蛋鸡生态养殖场。这个时候，我开始自己研究蛋鸡的饲料配方，引进优良珍稀鸡苗品种并精心培育。当年 8 月，我家生产出的无任何添加剂的土鸡蛋和无公害绿壳鸡蛋成功注册“酷啦啦”商标。我的酷啦啦鸡蛋品牌经国家农业部等多部委层层严格检查，获得无公害农产品产地认证和无公害农产品认证证书。从此，公司生产的酷啦啦鸡蛋先后赢得了广元、南充、成都等地市场。

二

如果你有机会进入我们鹤仙农牧公司的养殖区，你会嗅到这里并没有难闻的禽畜粪便异味。你会发现这里养殖区的喂料、饮水、通风、聚蛋、除粪、消毒等操作流程与设施设备完全是智能化控制。这里的近 8 万只鸡，吃的是玉米加蔬菜等生态食料，喝的是经过几次处理和净化的山泉水。这里的禽畜，夏天有空调，冬天有暖气。这里鸡场的鸡粪，除用于果蔬、玉米肥料和养鱼外，还卖给周围老百姓，老百姓用这些禽畜粪便种出来的粮食再售给养殖场做饲料。

这一切的变化，正是我10年持续谋划的结果。回乡创业伊始，我就大胆探寻种养业的有机结合。我与父亲商定后，一下子承包了250亩荒坡地，作为扩大养殖与种养循环发展的试验地。六幢标准化鸡舍还没有建成，大量果树和经济苗木先栽上了，这是美化环境的第一步。第二步，深挖三口鱼塘与塘堰，种荷养鱼，改变养殖场微气候的同时，同样改善养殖场的环境。几年下来，养殖场整体绿树成荫，环境优美，多次接待省内外考察团前来参观学习。特别是2012年后的几年，酷啦啦鸡蛋连续四年竞得苍溪县中小学营养餐项目。2013年9月，酷啦啦鸡蛋成功竞得南充市阆中营养餐项目。2013年，鹤仙农牧公司还荣获省级标准化示范场。2014年，我引进技术设备，在苍溪较早建起有机肥厂，变鸡粪为宝，进一步净化养殖场环境。这些出厂的生物有机肥出售给县内大量的猕猴桃及中药材种植户，有力地带动了苍溪循环式生态农业的发展。

2015年，酷啦啦荣获广元市知名商标称号，我也荣获“广元市农业产业领军人物”称号。2016年，酷啦啦鸡蛋成功竞得青川县中小学营养餐项目，2017年竞得剑阁县中小学营养餐项目。至此，我所属的公司为四川省的8万余中小学生提供学生放心蛋。就是这一年，我的公司还被中国中轻产品质量保障中心评为“中国3·15诚信企业”。2018年1月被广元市委农工委评定为农业产业化“重点龙头企业”，4月被四川省农业厅授予“2017年度四川省农业物联网示范基地”。

正是由于我在农牧产业的执着追求，我所经营的四川省鹤仙农牧发展有限公司及苍溪县鹤山土鸡养殖专业合作社成为苍溪县，乃至川东北地区蛋鸡及土鸡养殖行业的标杆企业。也正是因为有了我这样一批优秀的养殖龙头企业的有力带动，苍溪县赢得农业部第一批畜牧业绿色发展示范县和全国39个全产业链示范县荣誉。

三

2010年以来，我所属的农牧公司及鹤山养殖专业合社一直毫无保留地将自己掌握的防疫治病养殖技术传授给广元市内外前来学习取经的养鸡户。合作社也由当初的 9 位成员发展到今天的 112 户社员，有力地带动了周边县区乡镇的畜牧业发展。近年来，我的农牧公司吸引本村及周边乡镇 80 余人同时就业，人年均增收在 3 万—5 万余元之间。与此同时，我还大力推广绿色无公害养殖，与周边 5 个乡镇的 1800 户农户建立起了联合养殖模式。自精准脱贫方略实施以来，我免费向贫困户累计发放 1.35 万羽鸡苗给他们养殖，并按市价统一回收他们产出的土鸡和土鸡蛋，既解决了贫困农户养殖的前期投入困难，又为他们的后期销售提供了保障。

近年来，我通过刻苦钻研，制造的熏蒸装置孵化器、自动喂料槽等多项技术获得国家专利，我也因此当选为广元市第七届人大代表、苍溪县第十七届人大代表。现在，我每天的重要日常工作就是带领着公司的技术人员上门为 1800 户农户服务。指导他们建舍定品种，送鸡苗，给鸡苗看病取药……每一个星期，公司定期对农户发布一次鸡价行情短信及按季节所必需的防疫知识。如遇肉鸡不好卖或蛋价低迷的时候，公司及合作社则以保底价回收农户的所有产品，彻底保证联合养殖户的收益。公司每年回收联合养殖农户土鸡达 100 万余只、鸡蛋超 55 万枚。1800 户联合养殖农户年均收入高于当地平均水平 3 万余元，其中已有 170 余户农户通过联合养殖，提前达到小康生活标准。

我先后向苍溪全县养老院捐赠鸡蛋 10 万枚，为白鹤乡的村道建设捐款 2 万余元……2016 年，受当地党委政府的信任，受江水、鼓子、五显全村老百姓的拥戴，我被推举为这三个村联合党委的党委书记。这，既是对我过去在畜牧业养殖及农业种养循环发展作出成绩的肯定，更是对我带着乡亲们一起致富奔康的期待。

2018 年 11 月，我参加了中央组织部党员培训中心在深圳市举行的第 9 期革命老区村支书记培训，并顺利毕业。我深感肩上的责任更重，更愿意为苍溪的农牧事业及党的基层组织建设做点贡献，更愿意一直当好带领乡亲们脱贫致富的领头雁。

永远在路上

讲述：韩晓东　　整理：冉金灵

韩晓东，男，汉族，生于1966年12月，苍溪县人。1991年毕业于四川农业大学食品科学系，任苍溪县兔鸭肉类冷冻加工厂生技科长。1995年外出务工，2014年返乡创业，组建成立四川食为天农业有限公司，任董事长。他的三项新型实用技术获国家知识产权局发明专利证书，两项实用新型专利通过“国内领先科技成果”鉴定。公司先后被认定为“国家级高新技术企业”“国家级科技型中小企业”“四川省农业产业化重点龙头企业”“四川省精准扶贫示范企业”。他被广元市委、市政府授予“广元市优秀民营企业家”。

2014年初，四川食为天农业有限公司成立了。在成立大会上，我向县委、县政府领导庄重承诺，决不辜负苍溪80万父老乡亲的期望，一定要把企业打造成集原料种植、精深加工、科技研发、冷链物流、进出口贸易、康养福利、文化传媒于一体的全省最大的名优特果蔬类和大宗农产品深加工基地，把振兴苍溪农业、带动苍溪人民脱贫致富作为企业立业之本。

四年之后，我做到了。

不等不靠　艰辛起步

我是20世纪80年代的食品专业毕业生，在改革开放的热潮下，只身一人走南闯北开始了自己的创业之旅，后在成都温江建立起了自己的公司。在大城市打拼的这些年里，无论我走到哪里，家乡总在我血液里沸腾着。我总习惯在夜幕降临时抬头寻找家乡的方向，我向往着城市无边无际的霓虹后面那些熟悉的灯火，希望午夜梦回故乡时能听到狗吠或虫鸣鸟叫，或者闻到晨光熹微时那熟悉的青草与泥土味。

2014 年 4 月，苍溪县派出的招商团来到成都，宣讲会上，他们的优惠政策和产业培育助推项目吸引了我。会后，我带领宣讲团参观了我成都的公司后，他们向我抛出了回乡创业的橄榄枝。除了政策对返乡创业工作的扶持，得益于“千山铺锦绣，万壑响流泉”的山水格局，家乡生态绝佳，农业产品质量有保证，用工、水电的成本也比较低，加之当时正处在脱贫攻坚的战役中，如果我的企业提供一个就业岗位，就能多帮助一个家庭摆脱贫困。就这样，我回到了让我魂梦相牵的家乡——苍溪。

在县政府的支持下，我带领公司筹备组的七八个人，在苍溪紫云工业园区创立了四川食为天农业有限公司。那时的紫云工业园区还是一片荒草地。我们不等不靠，自己组织机械设备没日没夜地干，半年时间就挖掉一整座小山，搬运土石方 20 余万立方米，平整土地 50 余亩。年底，完成厂房、办公楼的基建任务和机械设备的安装调试工作，被县上领导誉为“超深圳速度”，公司当年也被县委、县政府授予“返乡创业明星企业”。2016 年 3 月，一个投资 8300 余万元的现代化食品加工综合企业投入试生产，吸纳就业人员 80 余人，投产当年就取得出口创汇占全市农产品出口创汇总额三分之一的好成绩。2018 年实现产值 2988 万元，实现出口创汇 180 万美元，领先全市农产品出口企业。

引领创新　科技为先

厂房有了，队伍有了，要想做大做强，必须走科技创新之路。得益于我求学生涯扎实的专业功底，我带领公司的科研团队，采取走出去、请进来等多种方式，大力开展企业科技攻关。经过不懈努力，现已取得“冻干川明参生产工艺”“松茸提取液冻干粉的制备方法”“冻干活性红心猕猴桃生产方法”3 项发明专利，一种用于“雪梨压榨的传动机构”的 2 个实用新型专利，以及“猕猴桃干制关键技术及产品开发”通过国内领先科技成果鉴定。魔芋产品的四项发明专利和五项实用新型专利已被受理并进入实审阶段。公司还建成“广元市秦巴山区果蔬真空冷冻干燥工程技术研发中心”“四川农业大学教学实验基地”和“农产品加工工程实验室”。同时，被市县两级政府授予“高新技术企业”“四川省农业产业化重点龙头企业”和“广元市科技型中小企业”。

资以证质，誉以载道。短短四年，我们的团队取得了如此多的发明专利和科研成果，各级政府也给予了我们各种荣誉。面对这些，我们不能骄傲，成绩是整个团队的，创新进取，我们永远在路上！

占领市场　拓展海外

手握众多产品科技专利技术，我告诫自己，千万不能头脑发热，越在这个时候，越要冷静地分析市场形势，科学定位市场需求，牢牢把握市场导向，坚持走订单加工生产之路。2018 年 11 月，我在上海参加了首届中国国际进口博览会。172 个国家、地区和国际组织参会，3600 多家国内外企业到会参展、洽谈的场景，使我更加坚定了开拓国内市场的决心。那么多优秀的外国企业千方百计想要打开中国市场，我们怎能仍停留在对外出口这一项贸易上？过去我们是“两头在外”，农产品原产地在省外、市外，产品销售在国外，现在我们正在逐渐改变这一现状。2018 年，我们在国内贸易的份额已经占到了全年销售额的 30%；2019 年，国内贸易的比重有望增长到 50%，全年总销售额可望超过 3000 万元。

几年来，我们团队组建了遍布全国的销售网络，赴香港和韩国、日本、新加坡、澳大利亚、新西兰等地区和国家，潜心研究海外市场需求，用质量和真诚赢得了客户的认可。现在，公司产品远销东南亚和欧盟，其中食用菌产品凭借高质优价进入日本第二大食品原料供应商宫下商店株式会社，食用菌清水产品以国际领先的无水保鲜技术直接进入日本全国连锁超市樱汝株式会社；销往澳大利亚、新西兰的高纤低卡食品——魔芋低热面成为当地的网红产品，拥有专利技术的红心猕猴桃冻干高端产品更是受到当地中产阶级的追捧。在拓展国内市场的同时，我们企业还积极培育本土绿色农产品，并逐年加大广元本土农产品的使用比例。

就这样，我们公司在 2016 年、2017 年连续两年荣获苍溪县“外贸出口先进集体”称号，先后取得了多个出口农产品生产备案证书，通过了国际食品安全管理体系（HACCP）认证和国内食品安全管理体系（SC）认证。

攻坚扶贫　让利双赢

在外出考察学习交流中，一些公司中高层管理人员在会议上经常给我们灌输这样一种理念：企业经营者必须把握大势、服务大局，围绕政府中心工作做文章。所以，“食为天”一定要立足农业办企业，办好企业促农业。农业企业必须扎根于农民群众之中，只有让贫困农民通过发展产业致富了，企业的原料饱和了，盈利才有希望。扶贫就是扶自己，扶贫是农业企业实现双赢的最好选择。在推进“三位一体”产业中，我们针对当地贫困产业发展“三无一有”（无门路、无资金、无技术、有土地）状况，提出了捆绑式一对一帮扶措施。一是为每个贫困户每年无偿帮扶 2000 元产业扶贫资金，二是与每个帮扶贫困户签订一份农产品收购协议，三是带队到贫困户所在村委会进行技术培训。2017 年，公司在三川镇、白桥镇、东青镇、中土镇联系了 190 户贫困户，出资 40 万元，帮扶他们发展产业，当年近百分之五十的贫困户实现了基本脱贫。对未脱贫的近 100 户贫困户，公司决定继续出资 20 万元，每户再支持 2000 元的产业扶贫资金。脱贫奔康不仅要看后三年，更要看到三年后的下一步，商议后，我们再次决定，对公司扶持的农户，由公司供种，每户发展一亩魔芋、一亩菜，确保每个贫困户纯收入 1 万元以上。2017 年，四川食为天农业有限公司被苍溪县委、县政府授予“精准扶贫示范企业”，我也被市委、市政府授予“广元市优秀民营企业家”。获此殊荣，我备受鼓舞，也坚定了继续秉持食以安为先的理念，诚信经营，为广大客户提供绿色、安全的健康食品，更把咱们广元的农产品推向全世界。

我年轻时曾从苍溪大山走出去，因眷恋这块红色的热土，我又义无反顾地回乡创业而一举成功。这成功的背后，有公司整个团队的齐心互助，也有家乡父老的大力支持。我永不会忘记 2014 年对县委、县政府做出的承诺，我也时刻提醒自己，昨天永远属于过去，未来的路还很漫长，办企业，只有一步一个脚印，才能走出属于自己的成功之路！

"汤饼客"的坚守

讲述：席君　　整理：冉金灵

席君，男，汉族，生于1975年7月，苍溪县岳东镇平顶村人，高中文化，广元市非物质文化遗产传承人，四川岳东席氏食品发展有限公司总经理。2005年赴深圳打工，2010年创立水处理设备销售公司。2017年返乡创业，带动100多家手工挂面专业户，聘用精准贫困户13人和1名残疾人，户均创收8000余元。他获"苍溪县第二届返乡创业十强领军人"荣誉称号。

古往今来，有多少诗句生动记录下诗人的生活轨迹，让诵读者悉心揣摩。我的经历与工作恰好和诗有关，我最喜欢诵读的就是宋代苏轼"南风日日纵篙撑，时喜北风将我行。汤饼一杯银线乱，蒌蒿如箸玉簪横"这首诗。此诗中的"汤饼"，指的就是手工面，也是今天所说的面条。手工面在我国已有四千多年的制作和食用历史，面条以其食用方便、营养丰富而为世人喜欢。苏轼还有"甚欲去为汤饼客"这样的诗句，可见在他心中，"汤饼"与他的创作一样重要。

一

在我心中，"汤饼"也占据着重要的位置。1975年，我出生在苍溪县岳东镇平顶村一个世代以手工挂面制作为生计的家庭。我家的席氏挂面制作已有百年历史，家族每位成员均精通此艺，这也使席氏挂面在岳东众多手工挂面生产农户中独占鳌头，成为岳东手工挂面的代言人。

从出生起，家人便用制作手工面的技艺养活了我，也供我读完了高中。整个少年时期，我每天都会和挂面打交道。磨面、和面、做条、下盆、发汗、出面、拉条、上柱、分杆、晾干等手工面的制作过程我早已了然于胸。在挂面的制作中，和面最为关键。因为挂面制作过程中要加适量的盐促使蛋白质和淀粉分子结合，以此来影响面筋的形成。如果比例把握不好，只能做出次等的手工面。因此千百年来，做面的老艺人从不使用机器和面，他们只相信自己的双手和眼睛，面、盐、水的调和黏度也早就烂熟于心。

“酒好也怕巷子深”，最初的岳东手工挂面仅为县城范围的人们所知，如何扩大销路，打出知名度，这成了当时亟待解决的问题。2005 年，我决心到深圳去闯一闯，既为开阔眼界，也希望能为手工面找到更好的出路。

深圳是中国改革开放建立的第一个经济特区，是中国改革开放的窗口，这里有林立的高楼、机器化生产的厂房，车水马龙，霓虹比天上的星星还亮。相比“无雨三尺土，有雨一街泥”的老家，这里给了我太多太多的震撼。我也曾设想就在这里安家，等父母老了，做不动挂面了，就将他们接过来安享晚年。我在一家公司上了五年班，到了 2010 年，我积累资金开创了一家水处理设备销售公司，又经过了五年的打拼，我取得了不错的成绩。算起来自己已在深圳打拼了 10 余年，积累了不错的人脉与资源。可在城市生活久了，我始终忘不了自己的家乡，忘不了家乡的人文！每每想到自己家乡有那么好的资源、好的产品没能走出去，我开始焦虑，我开始想念大楼遮盖的远方那熟悉的乡音俚语，想吃上一碗能从胃里熨帖到心灵的岳东手工挂面。

二

2016 年，岳东镇党委、政府把手工挂面作为发展经济的重要产业。得知这一消息后，我激动万分，立刻带着在特区学到的市场经验回到了家乡。回乡后，我决心要将席氏手工挂面做大做强，把家乡以手工面为生的手艺人、剩余的留守劳动力用起来，为家乡做出一点力所能及的贡献，也让无数外出至全国各省市务工的岳东人都能吃到熟悉的味道，并能用这味道抚慰他们的乡愁，也让更多的人吃上岳东的手工挂面，爱上岳东手工挂面。

我从抢救岳东手工挂面非物质文化遗产着手，申请岳东手工挂面制作工艺为广元市非物质文化遗产，父亲席月建为非遗文化手工挂面传承人。当年就注册了岳东席氏商标，申请了知识产权保护。同时，顺应国家对农村产业的发展政策，成立了岳东席氏手工挂面合作社，凭着世代积累的精湛制作技术，对会制作手工挂面的农户进行统一技术指导，统一生产操作规程，统一质量、技术标准，统一使用生产标志。

席氏手工面作为一方特色产品在广元秋交会上展出后，外地客商纷纷慕名前来求购，产品逐渐供不应求，在销往成都、南充和周边好几个县区后，获得了“消费者质量信得过产品”，还获得“省优”“市优”，拥有了很好的市场前景和经济效益。全镇2017年以平顶村、守垭村两村为龙头，苍巴干线面农为主线，仅制作手工挂面一项，带动一家一户分散经营手工挂面专业户多达100余家，全社年产面量达20万公斤，年销售收入100万元，户平均创收8000余元。

我深知，岳东席氏手工挂面发展到今天，既得益于这里的深丘地貌、缓坡地带所种植的优质小麦原料，又与席氏百年来的挂面制作技艺不可分割。然而，单靠目前农户的生产量，已经满足不了日益扩大的市场需求。要想让岳东席氏手工挂面走得更远，硬件设施不可或缺。2016年，我和家人商量，决定改进工艺，加大投入，扩大生产规模，实行工厂化生产，惠及更多的务工者。

我开始征地，新建厂房。在岳东镇守垭村四组的来凤山头，租用2000多平方米的土地，投资400多万元，建起了标准化恒温手工挂面生产厂，日生产手工挂面达1000公斤以上，年需用小麦量达55万公斤，年生产手工挂面75万公斤。2017年9月，我筹资900万元，注册了“四川岳东席氏食品发展有限公司”，2018年1月4日，公司正式营业。

三

公司成立后，始终坚持“以人为本，造福社会”的发展理念。在脱贫攻坚的战役中，我深知一人就业全家脱贫的道理。我们公司聘用了13个精准建卡贫困户及一个残疾人，与他们签订劳动合同，给他们提供平等就业的机会。公司还多次举行为孤寡老人、贫困户赠送米面粮油等活动，多次举行包面比赛、搓条大比武等员工技能大比拼，既解决了地方剩余的部分劳动力，让他们学习了手工挂面制作技术，靠勤劳增加了收入，又让他们就近务工，得以照顾家中老小。

厂子建立后，我们始终把食品安全作为企业的生命源头等大事来抓，抓好产品源头的监督和管理，严把质量关，用好的原料做出好的产品来回报社会。公司发动当地群众进行有机种植、生态养殖，我们以高价采购他们的产品，还与当地的 12 户精准扶贫户签订了蔬菜、禽蛋、小麦等农产品长期采购合同。我们不断创新，开发了先进的质量智能追溯系统，消费者通过对产品上的质量合格证扫码，就可以零距离看到我们的制作流程，了解到从原材料到产品出厂的质量合格情况，让消费者成为我们的监督者，让大众吃得放心，吃得健康。

厂子扩大了，产量上来了，为解决销路，还需顺应当下互联网发展的大趋势。于是，我开通网店“岳东席氏生态食品店”，加盟阿里巴巴，线上销售手工挂面、调味品、肉制品等岳东及苍溪特产。我们将顾客的购买体验及评价当作最好的广告。正宗席氏挂面下锅不腻，入口筋道，既适合煮热汤面，又能做凉面。在确保产品原有质量的基础上，我们着力改进工艺，增加产品种类。采用当地优质无公害小麦、玉米、蔬菜、土鸡蛋等，添加当地天然山泉水，经过无菌发酵等多种传统工艺，制作出银丝面、龙须面、玉带面、鲜蛋面、玉米面、大葱面、蔬菜面等老少咸宜的美味。此外，我还带领员工外出考察，每年深入市场调查研究，定期回访客户并征求他们的意见。健全完善管理制度，做到有章可循，奖惩分明，从而有效地提高了大家的质量意识和工作责任心。很快，岳东席氏手工挂面进驻了北京、上海、深圳等多家实体超市。

四

为了更好地让社会满意，让合作社社员满意，我们定期召开社员座谈会，多渠道收集社员意见建议，不断增强社员的团队意识。在完善企业内部管理的同时，及时解决职工的实际困难，改善生活条件，对所有签订劳动合同的员工都按规定办理各种保险。以心换心赢得的必然是员工以企业为家的情怀，更激发出员工对企业高度负责的精神。

岳东，这个古老而美丽的地方，1933 年，红四方面军在这里建立了区苏维埃政权，数千人参加红军，投身革命，这是岳东人民的荣光。世世代代的岳东人民，将继续发扬红军精神，团结苦干，摆脱贫困。我相信，在这块红色的土地上，不远的将来，岳东手工面肯定能让更多“甚欲去为汤饼客”的人所共知，能带动更多的人回到家乡，建设家乡。

在家乡土地上建工厂

讲述：郭安淑　整理：胡博

郭安淑，女，46岁，苍溪县石灶乡人，大专文化，广元舒之恒鞋业有限公司负责人。1992年外出务工，从事制鞋工作20多年。2017年返乡创业，带领35名技术骨干从江苏苏州回乡创办四川省苍溪舒之恒鞋业有限公司，现有员工165人，其中贫困户30人，残疾人38人，年产50万双成品鞋，自营出口俄罗斯、美国、日本等国家。公司被认定为“就业扶贫车间”“东西部劳务协作扶贫车间”，被评为“工会工作先进集体”“商贸流通领域安全生产先进集体”“企业工资集体协商示范单位”。她先后获苍溪县“首届最美创业带头人”“第二届返乡创业十强领军人”等荣誉称号。

一

1992年，刚20岁的我背起行囊离开了家乡，与很多的梨乡儿女一样，背井离乡去他乡打拼，我来到当时改革的前沿城市——深圳。

在深圳举目无亲，我就自己四处找工作。让我没有想到的是，自己找到的第一份工作竟然是制鞋。

农村出去的孩子心眼儿实诚，从这以后，我还真与这制鞋企业有了不解之缘，慢慢也认为我这辈子能做好一双鞋或是能建起自己的一家鞋厂，也是件了不起的事。我供职的这家企业名叫深圳珍兴鞋业有限公司，是一个台资企业。在当时，它可是一家管理规范、现代化运用水平很高的制鞋企业。这个厂的品管及办公都实现了电脑操作。

刚从农村出来，我那时可是连电脑主机与硬盘都分不清的傻丫头啊。为了在这个企业站住脚，我唯一的优势就是使出川妹子的拼劲。白天与同事们一起上班，晚上就开始疯狂地自学。先学什么？那当然是厂里办公管理都需要的电脑呀！工厂在郊外，离城里最近的电脑培训学校也有两个小时的公交车程。更不方便的是有时下班晚了，公交车也没有了。我可不是一个会轻易放弃的人，没有公交车，我就打厂外的“摩的”。三个月下来，我熟悉了电脑的基本操作，有了第一次成功的工读经历，我也找到了自信。我开始羡慕公司财务人员每天坐在干净的办公室里，过着风吹不着、雨也淋不着的白领生活。接下来，我干脆将中专文凭与财务专业知识一起学，三年下来，我又成功了。

我又有了新的追求目标，那就是自学大专文凭，弥补自己当年没有条件考上大学的遗憾。等我拿到了梦寐以求的大学文凭，我成功跳槽到了江苏昆山的一家叫哈森鞋业有限公司的台资企业担任资财部经理和生产部厂长，成为一名真正的白领。正是在这个厂的历练，我接触到制鞋核心的生产环节，并完全成长为可以独立支撑制鞋企业的全能经理人。可以自豪地说，我用了 20 年的时间，完成了从“麻雀”到“金凤凰”的华丽转身。我用了 20 年的顽强拼搏，将自己的人生推上一个崭新的事业高地。

二

制鞋企业的职业经理人，那年薪让很多人羡慕不已。一开始，我也为自己的较高收入欣喜过。可等新奇感淡下来后，我又有了新的想法：那就是建一家自己的制鞋企业。我是一个立说立行的人，很快就与朋友在昆山市建起了一家制鞋企业。自己当了老板，虽然累了些，但却更加充实。昆山制鞋企业集中，交通便捷，有成熟的销售市场，给我带来了丰厚的利润回报。五年下来，我就成了昆山小有名气的制鞋女强人。可每当夜深人静的时候，望着昆山灯光辉煌的景致，我总在心里感叹：这里是别人的家乡呀！

每年春节回到家乡苍溪，我同样久久地不愿离去。我爱到石灶乡自己读书的河边久久凝视。有时，我也陪亲人到苍溪县城走走，感受一下小时候常怀念的

“大城市”的新貌。

这里才是我的家乡呀，我郭安淑的根是在苍溪呀！我千百次地在心里问自己，我的老家，就不能建起一个现代化的制鞋企业吗？

机会从来都是光顾有准备的人。2017年，苍溪县委、县政府到江苏招商，我第一次与老家的招商干部连上了线。那天，我在千里之外听到了熟悉的乡音，我的泪都快流出来了。那天，我用苍溪话与家乡来的亲人们一起畅谈家乡的发展，我终生难忘。那天，家乡的相关领导力邀我回乡创业，我爽快地答应了。接下来，办理相关手续等一切快得让我都有点不相信这是真的。当年的12月份，我与县委、县政府草签了回乡入驻紫云工业园区，并组建苍溪新制鞋企业的协议。没几天，家乡这边的联络员就告诉我，厂房及生产用的水、电、气全部协调好了。

难道我还能迁回厂子，在老家过春节？我在昆山接到电话的那一刻，家乡给了我肯定的回答。

我没有任何可犹豫的了，2017年的腊月，从江苏昆山出发的23辆大卡车队开始迎风踏雪而归。这一次，是一位多情的姑娘要把自己更久远的梦想移回到生她养她的地方。这一次，是一位久别故乡的游子要回归故乡。归心似箭的我昼夜兼程，经过2100公里的奔波，于腊月二十三顺利抵达紫云工业园。随着我一同回来的，还有与我一起打拼多年的32个兄弟姐妹。随后的“苍溪速度”，再一次让我感动不已。正月初三，工业园区办就告诉我可以试开工。正月初十，我这家名叫“舒之恒”的苍溪制鞋企业正式生产。由于各种保障到位，“舒之恒”的第一批订单，6841双保质保量的苍溪鞋于正月十六如期装箱出厂，运往上海港口。

这里就是我的家乡，这里每个人都有腾飞的梦想！我不止一次这样告诉我的员工说，苍溪不胜不休的红军精神，助我实现从没有过的舒之恒速度！

回到家乡，这里有我熟悉的家人，这里有我可亲可敬的兄弟姐妹，这里才是我真正的根！ 2018年全年企业生产成品鞋40万双，实现产值2000万元，兑现员工工资650余万元，创税105万元，自营出口创汇100余万美元。我的企业被确定为四川省制鞋业协会副会长单位，我本人被县委、县政府评为“苍溪县第二届返乡创业十强领军人”。

三

回到家乡，我还始终不忘自己企业救危助难的初心。如今，我的企业共吸收精准扶贫户 14 人、残障人士 33 人。每一次职工大会上，我一定不会忘记这群特殊的兄弟姐妹。我特别鼓励那 33 名残障人士自强不息、身残品健、身残志坚，让他们从家庭最初的负担变成了现在的生活强者。如今，他们很多人成为公司的生产骨干。我得知家乡有一所针对残障人的特殊教育学校之后，我承诺让自己的工厂成为这些残疾孩子们培训实习的场所。我的目的只有一个，那就是让孩子们能从工厂的劳动中发现自己的价值，找到自信。让这些孩子们相信，他们同样是对社会有用的人。

我还让自己的企业成为“孝道文化”的真实课堂。2018 年，我在工厂里搞了一次很有意义的“孝道文化”现场公开课，那就是鼓励所有职工给自己的公公婆婆、父母洗一次脚。那天，近 100 位老人安静地坐在自己的儿女或是儿媳、女婿面前，感受到儿女们手上传递过来的孝心。活动结束时，我现场对这些有孝心的员工进行了现金奖励。当时，很多老人当场落下了热泪，他们没有想到的是，竟有这样一家企业如此重视员工的孝心培养。当问起我为什么要组织这样的活动时，我是这样回答的：“我从来都相信，人品决定产品。再说弘扬中华传统美德，教育员工感恩党、感恩政府、感恩父母、感恩社会，是我这个董事长义不容辞的责任。”

对于未来，我充满信心。在我的倡导下，苍溪鞋材关联行业正在携手合作，助推了苍溪鞋材、包装、物流等配套产业齐头并进。我希望我的家乡也能像以前的江苏昆山那样，实现制鞋产业的集群效应。2018 年，我与公司的技术团队一起对当前国内鞋业进行了科学的分析与研判，根据市场反馈的信息，公司自主研发的“ANSHVX”和“铁汉子”两个自主品牌正式下线生产，如今，这两个品牌都印着“苍溪制造”字样，稳步走出了国门。

我已经开始“舒之恒”的二期建设，着手推进企业规范化运转，全年提供 400 个就业岗位，解决 100 余贫困人口就业，全年销售量突破 100 万双，产值突破 5000 万元。在中长期规划中，2020 年公司销售量要突破 150 万双，年产值突破 8000 万元，并力求把企业办成全市一流的爱心民营企业。

更有一个未来的远梦，那就是与家乡的父老乡亲一起携手步入更加美好的明天！

我的丝毯梦

讲述：刘华　　整理：胡博

刘华，男，汉族，1967年12月生，高中文化，苍溪县人，中共党员，苍溪歧坪手工真丝地（挂）毯省级传承人，苍溪县秀艺毯业有限公司董事长、四川省楼兰嘉禾织物有限公司总经理。他从事手工地毯编织32年，先后获“中国文化管理年度人物”“四川省民间艺术（织毯工艺）大师”“十大民间艺人”“十大杰出青年”“广元市劳动模范”等荣誉称号。2016年建立“刘华传统手工编织技能大师工作室”，2017年在四川省“天府杯”创业大赛中获“创业典型”殊荣。他先后担任苍溪县第十次党代会代表，省法制监督员、省人大法律中心立法调研员，是四川省纺织行业高级咨询师、经济师。

我叫刘华，老家文林以前属歧坪镇。这里依傍宋江河，扼水陆交通要冲，自古繁华。这里积淀的深厚历史文化还孕育了众多的艺术奇葩。手工织毯，就是其中之一。那时虽然见过父辈们用棉、毛、麻和线绳编织毯之类的物件，但其实并不知道这些手艺的确切价值。今天，我能在织毯行业小有名气，说实话最应该感谢的人就是我的父亲刘家和。大集体时期，他的编织手艺虽然没有多大的用武之地，但是他却强调我们要学好这门手艺。所有的兄弟姐妹中，我应该是对父亲的棉编麻织最感兴趣的一个，父亲自然要重点教授我。无论是搭线，还是构图和创意，他往往要求我做到最好。那时，我们的家境并不很好，在中小学读书期间的很多时候，我都是比较沉默的。唯一例外的，那就是同学们让我展示编织绝活的时候。特别是女同学们，她们最爱凑起线绳或是毛线，让我为她们编出精巧的手帕或是方巾。每次，在她们的赞叹声中，我找到了更多的自信，更找到我人生的奋斗方向。

1988年，我高中毕业没能升上大学，想继续复读，家里拿不出复读费。正好这时，歧坪地毯厂招人，我顺利应聘进厂。那时乡镇企业正红火，进厂不但能拿到一份工资谋生，还可以跟着别的师傅学艺，我认为这是一份再好不过的差事。我以前只是听父亲说歧坪及周边乡镇编织地毯的能人多。进了厂，我才真正领会到手艺“山外有山”这个道理。这个小小的乡镇地毯厂，建厂之初就吸收了不少四乡八邻的地毯编织高手。他们很多人都是技艺大师，很多人都有自已独家的绝活。一下子有了这么多的老师，我心里暗喜的同时，也给自已明确一个新的定位：虚心地向每一个师傅学习，博众家之长，将来成为一个名副其实的编织大师。与我同时进厂的都是一些年轻人，不少的人进厂之后认为工资低，就离厂到别处谋职位去了。还有的年轻人只图进厂混日子，上班来人，下班走人，没有安下心来学手艺。我因为受过家传技艺的熏陶，又有明确的追求方向，所以很快从厂里众多的年轻人中脱颖而出。一年下来，厂子竟然选我这个年轻人来当技术员。三年下来，大家又一致推选我当车间主任；五年下来，我成了这个乡镇地毯厂主管技术的副厂长。这一年，我年仅24岁。

1996年，我所在的地毯厂遇到了寒冬。当年支撑厂子的一批老工人都上了年纪，退下去了。随我前后进厂的年轻人成了厂子的中坚力量，但是这一批人中，真正有过硬技术的技师很少，产品的质量上不去，销路自然也不好。当时厂子濒临破产的边缘，主管部门的意见是改制重组。既然不是破产散厂，还有一次重组重生的机会，全厂的工人都将眼光投到了我身上。如果失去了这次重组的机会，这些编织了大半辈子地毯的老手艺人就会再次失去工作。即使是年纪不大的同事，他们也得重新去找一份谋生的职业，这编织地毯的手艺也许从此将会荒废。再往大里说，如果没有人来带头重组这个厂，歧坪这名副其实的地毯之乡，很多家传的绝活可能真的会绝迹。

煎熬中过去了三天，我果断地站了出来，承担起重组任务。但这笔不小的重组购置费，又难住了我。一部分工人为我筹了些，家里可以变卖的东西都被我变卖了，可钱还是不够。那段时间，我想的是先把厂子盘下来再说。从来没有开口向人借过钱的我，再也顾不上面子，四处去借。事在人为，我终于凑够了当时视为天文数字的那笔购置费。老厂子盘了下来，一块“四川省苍溪县歧坪丝毯厂”的崭新牌子挂在厂门口的时候，我成了歧坪手工真丝地毯厂的掌门人。

在以前老牌子的前面加上“四川省”三个字，体现了要带领老厂子的兄弟姐妹们重新创业，让产品走出苍溪的决心。我把以前的“地毯厂”改成“丝毯厂”，第一个原因是要拓宽经营的思路，新厂生产的毯不只是铺在地上，还可以挂在墙壁上，也可以铺在任何桌几之上；第二个原因是歧坪织毯以真丝最为名贵，这种真丝是歧坪的织毯人用天然的植物根、茎、叶或是花的原色，再加入中草药配方染出的真丝。我想凸显我们的亮点，我想叫响我们的品牌。

我确立了“发展至上，市场优先，质量第一”的治厂理念。我给自己确立了目标，必须把握全国织毯业的最新动向，了解市场的需求，让企业的产品质量跃居行业前列。我跑新疆，上北京，跑遍了我所能了解到的大小织毯企业。自己去了不算，我还派技术工人去学习。别人有独到之处的，我都挤出资金请别人来驻厂传授。我认准的工序或是已形成了的织毯工作流程，强化训练每个工人技术过关。我还跟班作业，跟着工人吃住在一起。我这样做，只想让每个工人在每一道工序或是每一个环节上不出人为的瑕疵。如果是设计或构思创意上存在不合理，我集思广益，召集技术员一点一点地改进，力求完美。就是这样稳扎稳打，织毯行业的整体行情我了解了，市场也了解了，产品质量更是上去了，新厂的订单来了，这个在垂死边缘的小厂慢慢地活了起来。

我认为，织毯是个比较边缘化的行业。一味墨守成规，是没有出路的。我更不能只在自己这个行业里沾沾自喜。因此，在逐年的行业产品质量评比中，我不为位居前列而自满。相反，自己的厂子走到了前列，我反而有一种危机感，与其让别人来超越自己，不如自己来超越自己。我根据市场的需求，结合自己对织毯行业多年的研究摸索，不断地开发新产品。在织毯的图案设计上，我讲求实用与艺术的完美结合，中外名人的字画、珍禽异兽、自然风光等，都被我纳入设计范畴。一个热爱艺术的人，他的灵感没有边界。在织毯的工艺上，我既要完美地展现我们的传统工艺，但更不排斥现代科技带来的新发现。根据我的摸索，将传统与现代科技结合起来，会出现许多意想不到的新效果。或许正是我较为大胆的探索，我们这个乡镇小厂每年的新产品一面世，都能让同行咂舌惊叹。

这个时候，我的步子走得很快，也一度把重点放在外地的创业上。我先后在成都、西安、北京、敦煌等地设立直销门市，在历史文化厚重的古都和古丝绸之路上留下一个窗口，我就是想向世界证明，今天的中国还有如此美妙的丝织品。与此同时，我还正式入驻阿里巴巴产品销售网站，先后与其他三个厂联合经营，并在成都、西安等地设立了公司。说实话，外出创业的那五年，无论是经济效益还是社会效益都没有达到预期的效果。我开始深思：在外地建立了点、线、面产销一体化网络，为什么效益不提升呢？分析的结果是，外地的人力成本、生产成本都比苍溪高许多倍。我果断做出决定，还是回乡创业。

汶川大地震后，我第一时间把事业重心移到故乡。在县委、县政府的高度重视下，歧坪丝毯当年荣获“四川省特色旅游品牌”。2009 年，我在日本注册“尼雅楼兰”商标。2010 年，我率领的歧坪丝毯编织团队走进上海世博会，代表四川省在“四川活动周”期间进行民间传统技艺展示并获奖。手工编织的“最后的晚餐”“熊猫小品”等作品受到中外游客的青睐。我真切地感受到，艺术只有根植自己的那片乡土，才能根深叶茂。接着，我的丝毯手工编织顺利入选了省级非物质文化遗产名录，企业成为《人民日报》诚信企业的上榜单位。感动之余，我将企业正式更名为四川省苍溪县秀艺毯业有限公司。在手工编织行业打拼近 30 年，我亲手带的徒弟超过了 50 名，找上门来谈合作事宜的外企多了起来。

2010 年，我正式选择与加拿大M UNI 地毯公司和日本三昌贸易株式会社合资组建了四川省楼兰嘉禾织物有限公司。8000 万元人民币的“御楼兰”合资项目洽谈成功后，我选择在苍溪县梨博园景区附近建设我的新公司，在近 1.7 万平方米的土地上，竖立起来的所有建筑都是仿明清的木质结构建筑风格，这些仿古建筑用于开设御楼兰地毯博物馆，还设立全国首家手织地毯研究所。这里也是梨博园景区的购物接待中心，还是一个可同时容纳 400 多人的手织地毯生产表演展厅。2013 年，公司正式投入运营，优雅的环境、一流的生产设备、顶尖的技艺师，为我们商品赢得了市场，为公司跨越式发展铺设了更好的道路。我本人也获四川省民间艺术（织毯工艺）大师的称号。

2015 年，我们继续投资 4000 万元建设“秀艺地毯基地项目二期工程”，三年的持续用力，我们的手织丝毯博物馆、手织地毯表演车间、丝毯文化主题酒店等配套设施相继建成。今天，我可以自豪地说，公司是国内首屈一指的集丝毯产品研发、创意设计、非遗传承、工艺展示、游客接待、旅游观光、休闲购物、产品制造和销售于一体的综合性企业，我们生产的产品被评为“四川文化特色产品”。现在我们年接待游客 10 万人次以上，年销售收入超过 3000 万元以上，真正实现了企业转型升级和产业链的延伸。

我们还采用“公司 + 农户”的运作模式，带动周边农户建立编织加工点 20 个，吸纳农村剩余劳动力就业 200 人以上。我们还针对下岗失业人员、失地农民等群体，对有志于从事丝毯编织的从业人员开展培训。五年累计培训 170 余人，让他们较全面、系统地掌握了手工编织地毯相关知识，现有 60 余名优秀人员直接留在公司就业，其中还包括一直难以就业的 5 名残疾人。另有 30 余人在丝毯文化主题酒店做服务人员，其中包括公司联挂帮扶的两个贫困村 5 户贫困户的子女，既解决了城镇及农村富余劳动力就近就业和居家就业的难题，也壮大了我们的职工队伍，缓解了公司技工少、产量不高等问题。现在公司拥有职工 300 余人，年生产各型手工真丝地毯、挂毯 6 万平方英尺，产品成功出口欧美和日本，实现了让我们的产品走出国门的梦想。

2016 年，我成立了“刘华传统手工编织技能大师工作室”，与四川省纺织工业设计院、四川大学、成都纺织工业高等专科学校、苍溪县职业高级中学等大中专院校和科研机构签订了人才培训、技术合作和科技攻关协议。这一年，我们的手工真丝挂毯作品获评为四川旅游商品大赛银奖。2017 年，我个人获四川省“天府杯”创业大赛“创业典型”荣誉。2018 年，企业真丝地挂毯织造技艺被成功纳入四川省非物质文化遗产保护名录，如今正计划申报为国家非物质文化遗产保护名录。

我坚信，总有一天，苍溪织毯会带着我大踏步地走向世界。

无怨无悔的选择

讲述：董超　　整理：梁观元

董超，男，1979年6月出生于苍溪县岳东镇云寨村，农民，初中文化，苍溪县桃缘轩农业发展有限公司董事长。苍溪县桃缘轩美术展览馆投资控股人、苍溪县桃缘轩茶艺文化中心投资控股人、苍溪县桃缘轩（国际）农博艺馆投资控股人，广元市民间文艺家协会副主席、苍溪县美术家协会顾问。2004年南下广东务工，2015年返乡创业，在村里创办苍溪县桃缘轩美术展览馆。

一

2017年5月23日，这是一个值得我董超铭记终生的日子。

就是在这天，我历时一年又两个月，投资350万元修建的苍溪县桃缘轩美术展览馆终于揭牌开馆了！

“桃缘轩”占地270平方米，幽居于偏远的苍溪县岳东镇云寨村大梁山，与岳东镇AA景区、国家现代农业园区青龙园区毗邻。她虽然不如大都市的美展馆轩昂大气，展出的作品也非价值连城的锦囊玉轴，但她像我精心哺育的孩子，寄寓我的梦想，让我的灵魂终于有了皈依，而不再如同浮萍一般漂泊不定。

我安排的揭牌仪式很朴素简单，当时那种热烈的气氛却让我始料未及。出席仪式的不仅有苍溪县文联、苍溪县文化馆、苍溪县美术家协会、苍溪县作家协会、苍溪县公安局文联的相关负责人和岳东镇党政领导，还有很多闻讯赶来的书画艺术家和新闻媒体，广元市美术馆也发来了贺信。

时任岳东镇副镇长的刘志伟说，桃缘轩以文化艺术为媒，必将助推岳东镇脱贫攻坚和产业发展。党委政府将大力支持桃缘轩的文化传承工作，让广元市第一家民办乡村美术馆办出特色和亮点。

苍溪县美术家协会主席闫宗晖说，董超让高雅的艺术从殿堂走向百姓，给乡亲们带来实实在在的艺术享受，使艺术作品真正发挥了陶冶人、教育人、鼓舞人的功能。希望此举能辐射周边乡镇，让更多的父老乡亲接触艺术，尊重艺术，传承艺术。

苍溪县文联原主席刘模说，农民企业家董超在家乡建美术馆，必将促进本土书画艺术家走出书斋，走向大众，服务人民，必将促进艺术创作与人民群众的生产实践相结合。

广元市美术馆馆长罗天文在贺信中对桃缘轩的发展提出了希望："衷心希望桃缘轩在日后的经营发展中能够立足我市书画市场，充分依靠我市书画界的力量，在市场的考验中做大做强，成为我市亮丽的文艺名片。"

他们的充分肯定和殷切希望，让我欣慰，也让我备受鼓舞和鞭策。

不知不觉间，原本就不宽敞的展厅汇聚了近两百人，其中有不少赶来看热闹的村民。艺术家们给村民上起了书画鉴赏课，并现场挥毫泼墨，让村民零距离目睹了书画家们艺术创作的风采。

看到村民们对艺术家的崇敬，对书画艺术的兴趣，我深深感受到了艺术的力量，传承优秀书画艺术、为乡村振兴尽力的社会责任感在我内心深处油然而生。

二

如果你要问，我是怎样和书画艺术结缘的，这个话说起来就长了。还是从我上学读书的经历谈起吧。

1979 年 6 月，我出生于苍溪县岳东镇云寨村的一个贫苦农民家庭。别人家的孩子都是六岁入学读书，我却是在八岁时才进的学校。因为我家住在大梁山顶，离本村小学有一个多小时陡峭难行的山路，大人走这条山路都要手脚并用，遇上雨雪天气，道路还会直接被截断。交通不便加上家庭贫困，每当我站在家门口的山嘴上望着山下的孩子们呼朋引伴走在上学路上时，我恨不得自己能像鹰一样，长出一双强劲有力的翅膀飞向校园。

八岁那年，我终于上学了。可是，由于路远难行，上学迟到时有发生。遇上雨雪天气，被困在家里接连几天无法上学也在所难免。为此，我的成绩一直不太好，经常被老师责罚。读到初二时，我就辍学回家务农了。

2004年的春天，我加入农民工大军，南下广东打工。因为学历太低，能够挣钱的工作根本与我无缘。好不容易在一家外资企业谋到一份做保安的工作，月工资却只有400多元。可就是这样一份工作，干起来也并不轻松。保安队长瞧不起我，其他队员也对我冷眼相待。

“我不能一辈子给别人做保安，我必须活得有尊严！”我心里对自己说道。

可是怎样才能让自己有尊严地活着，我的心里是茫然的。经过几个晚上的冷静思考，我认识到，我目前的能力既然只配给别人做保安，那就先把保安这个事干好。从此，我便从一日三餐的饭钱中挤出了一部分用于购买书籍。当别人下班后在外面喝茶玩乐的时候，我独自一人躲在出租屋里学习《劳动法》《治安管理处罚法》《消防安全法》等法律法规，我还积极参加安防培训，虚心向同行请教，很快我就掌握了较为系统的保安技能和相关的法律法规知识，并以主人翁的态度，向公司指出了一系列的安全隐患，并提出了整改建议。

有一天，正值女工下班的时候，大门口来了十几个流里流气的小混混，女工们吓得不敢出门，小混混便从门口冲了进来，我不敢犹豫，只身上前将小混混们挡住。小混混们对我骂不绝口、拳脚相加，我拼命抵抗、奋力还击，当场撂倒了几个，而我的脑部也被砍伤，倒在了血泊中……

我的行为赢得了公司领导和职工对我的信任和敬重。在医院躺了一个多月，脑伤痊愈出院之后，公司任命我做了保安队长，其后的三年间，我从保安队长、消防安全管理员、行政稽核、总经理助理，一直做到行政总监。

经朋友介绍，2007年底我到上海一家国营轻工业企业从事化工安全管理工作，2012年被公司任命为安全总监，月薪1.7万元。

八年的打工经历，也是我不断学习成长的经历，在此期间，我学会了跟不同的人打交道，也学会了经营管理公司的基本能力，最为关键的，是让我深深认识到文化知识的重要性，更让我懂得了责任、担当的深刻内涵。

2012 年的夏天，我辞去安全总监职务，毅然踏上了自主创业之路，和一位朋友合伙做生鲜连锁超市，同时独资兼营茶庄。我之所以选择经营生鲜，是因为有朋友愿意免费出让超市档口，可以大大降低投入成本，另外想将家乡的特产比如猕猴桃销往大都市，为家乡的经济发展尽点绵薄之力。而经营茶庄，是因为我想认识接触更多的人，特别是有品位的人——到茶庄消费休闲的大多是文艺界、企业界趣味高雅的成功人士。虽然说是在商言商，但我不想成为一个满身铜臭的粗鄙俗人。

有心人，天不负。在经营茶庄的过程中，我有幸结识了大批海派书画家、作家、音乐家以及书画古玩收藏家，他们只要到了我的茶庄，都会享受到最优惠的价格、最优质的服务。也许是被我的真诚与憨厚打动，他们便将一些小规模的交流活动安排在我的茶庄举办，我免费为他们提供场地，并给予适当的赞助，我的茶庄也因此声名远播，生意越来越红火。

这些艺术家、收藏家大多成了我的朋友，他们常常邀请我去参加一些文化活动。有清华大学毕业的青年画家邀请我参观她的画展；有音乐家邀请我参加他的交响乐专场演奏会；有收藏家领我去参观他的书画藏品，并让我见识了艺术品拍卖现场；还有农业企业家带我去考察他经营的现代农业园区，让我真正地感受到现代农业与文化艺术的有机融合，对提升农产品的文化价值和经济价值的巨大作用……耳濡目染，我逐渐对书画艺术产生了浓厚的兴趣，开始系统地学习鉴赏书画作品的知识，并涉足书画艺术品的收藏与交易。也就是在那个时候，回家乡创办现代特色农业与高雅艺术相融合的现代企业的念头在我心里开始萌发。

在外漂泊逾久，思乡之情愈发浓烈。无数个夜晚，我的父母，我的乡亲，大梁山的一草一木，依稀在我梦境浮现。2015 年的冬天，我撤回了在生鲜超市的投资，将茶庄委托给上海朋友经营，谢绝了一家农业公司的高薪聘请，义无反顾地登上了回乡的飞机。

三

听说我要在家乡办美术馆，而且是公益性质的，父亲坚决反对，骂我是“疯子”，乡邻也说我“傻瓜”“神经病”。在他们的眼里，回乡创业只有搞种植养殖业、农产品加工贸易这些才算是正经生意，因为投资的目的只有一个，那就是赚钱，而且是成倍地赚大钱。而投入上百万搞美术馆，纯属拿钱打水漂。每当看到我花出去成千上万的真金白银换回来那些“纸卷卷”，父亲更是痛心疾首，跺脚大骂，甚至扬言要给我烧掉。但我痴心未改，毫不退缩。我一边动工修建场馆，一边投资赞助市县文化艺术活动，和本土艺术家交朋友，购买收藏他们的作品，也算是为我的美术馆作路演宣传。

2017 年 5 月 23 日，苍溪县桃缘轩美术馆终于揭牌开馆了！当天，展出书画作品和民间工艺品 300 余件，其中本土书画艺术作品 70 余件。这一天，也是大梁山上最热闹的日子，多少年来，因为山高路险，这里一直处于闭塞状态，很少有外人来此光顾。看到艺术家、党政领导不辞辛劳亲临现场，并给予我高度评价，父亲的脸上终于露出了欣慰的笑容，乡亲们也流露出进一步了解书画艺术的渴望。

桃缘轩开馆仪式的盛况被魅力四川、法治四川、苍溪县政府门户网站等宣传报道后，一时蜚声川北。为了方便客人参观，岳东镇政府还安排资金修建了从刘家村到美术馆的标准村道，沿线农户为此欢欣鼓舞。

近两年来，桃缘轩共接待 2 万多人参观交流，受到社会各界的高度赞扬和关注，苍溪县作协、美协授牌将桃缘轩作为创作基地并不定期举办活动，先后吸引了文昌、歧坪、龙山、东溪等片区的中小学生前来研学旅行。每当我看到孩子们被艺术吸引的眼睛，每当我拿起话筒为孩子们做讲解，每当我被孩子们团团围住要我签名留念，我的心里是甜蜜的、幸福的，更是自豪的。

大梁山人流量的增加，部分农产品渐渐走出山外，促进了周边农民收入的增长。我创办美术馆的初衷，就是想让家乡的父老乡亲亲眼看到文化艺术的力量，让他们潜移默化地受到文化艺术的熏陶，开阔视野，转变观念，以此引导他们改进生产生活方式，促进现代农业与文化艺术有机融合，从而提升农产品的文化价值和经济价值。

前行的脚步我已经迈了出去，就绝无回头的道理。尽管到目前为止，桃缘轩没有为我赚到一分钱，而我的投入还在持续增加，但是我依然坚守最初的承诺：永远免费，永不闭馆！

我相信，随着社会文明程度的不断提高，国家对乡村文化建设的高度重视，像我这样的“傻子”“疯子”也会得到更多的理解和支持，咱们农村农民的精神气质就会真正得到改变，乡村振兴的梦想就一定会早日实现。

创办苍溪县桃缘轩美术馆，我董超无怨无悔！

匠心制茶人

讲述：谭波　　整理：伊国华

谭波，男，汉族，1975年1月出生，中共党员，大专学历，旺苍县木门镇黄梁村人。旺苍县木门茶业土产有限公司董事长，旺苍县政协委员，旺苍县工商业联合会副主席。1994年外出务工，2007年返乡创业，发展茶叶产业，公司先后获“广元市返乡创业示范企业”、“广元市发展先进单位”、国家级“重合同守信用企业”等荣誉。他先后获“旺苍县十大最美扶贫人”“广元市茶业工作先进个人”“广元市优秀共产党员”“四川科普先进个人”等称号。

祖业是致富的捷径

木门道是米仓道上最为重要的路段，我爷爷和祖辈那时就是通过这条道路贩运茶叶维持一家人的生计，养育了我们一代又一代子孙。木门镇自古就是“一脚踏三县，三水汇流，五马奔槽”之地。公元682年，唐太子李贤被母亲武则天贬为庶人后流放巴州，途经这里留居数日，他呼吸着新鲜的空气，内心的惆怅和郁闷无所顾忌地倾泻而出，表明自己心迹的七言绝句也脱口而出：“明允受谪庶巴州，身携大云梁潮洪。晒经古刹顺母意，堪叹神龙云不逢。”

两年后，唐代才女上官婉儿到巴州去看望他，走到这里时听到他已被害，心情十分悲伤，写下了“米仓青青米仓碧，残阳如诉亦如泣。瓜藤绵瓞瓜潮落，不似从前在芳时”的诗句怀念他。她把带来的茶树种子种在了这里，这就是我们木门茶最早的历史了。

爷爷谭正义的爷爷谭心美生于清光绪元年，民国5年时他学会了种茶制茶的手艺，把自己炒制的茶叶取名“慧竹1916”，上广元、巴中、南江，下苍溪、阆中、南充等地，到处去推销他的茶叶。爷爷的父亲谭怀斗不但继承了种茶制茶的手艺，还学会了烧酒，就把他生产的茶叶和烧酒向四处贩销。到爷爷这辈时，如果再四处贩销就叫“投机倒把”了，只能自己炒制少量的茶叶自家饮用和悄悄送亲朋好友。1974年时，父亲谭永吉参加了大集体的黄粱样板茶场的建设，种茶采茶制茶，样样都是行家里手。

在新中国成立前，爷爷年轻时既到处贩销过茶叶，还卖过自家用草木灰烧出来的火烧馍，接触过很多人。他以前爱把他听来的故事摆龙门阵给我听。一个故事是说古代王景之是山东的一个茶叶经纪人，善于品茶，对国内各种茶的产地、口感他都了如指掌，人送外号“茶精”。他有个嗜好，就是每次外出做生意，无论走到哪里，手里总是拿着一只特制的双层青花瓷杯，杯里泡着他喜欢喝的茶。无论别人招待他的茶有多好，他也总忘不了喝上几口自己的茶。有一茶商叫张豪，为了将自己的茶叶卖给他，便花钱买通他的随从，偷偷拿了一些他天天喝的茶，然后请来几个品茶行家将茶叶泡上一壶，细细品尝。一口茶才入口，众人的脸色就现出了异样的表情，王景之喝的茶味道都不正，口感涩涩的，还有一股说不出来的味道。张豪就按照王景之的茶味炒制了很多茶叶，但王景之品尝后脸上却现出失望之色，说此茶叶颜色枯黄，味道苦涩，难以下口，买卖不能成交。张豪心急地站起身说道：“你不是最喜欢这个味道吗？”王景之摇摇头说：“没错，我是每天都喝这种茶，可是我并不喜欢它。如果你一定要问这是为什么，那我就给你讲个故事。年轻时，我在一家茶叶商铺做学徒，18岁那年掌柜忽患重病，起不了床，因为我跟着他贩过几次茶叶，也有了一些经验，他就全权委托我去南方贩茶。我到了茶叶产地之后，就有许多茶商联系我，并给了我很多好处，我也是见利忘义，就收下了那些回扣，并草草地检验了他们的茶叶后就收了下来。谁知回来后我傻了眼，因为那些茶叶都是上面盖了薄薄一层好茶，下面竟然全是品质低劣的茶叶，也就是我一直喝着的这种。掌柜的见我带回了这样劣质的茶叶，当时就吐了一口鲜血，第二天就去世了。从那以后，我每天都会喝上几口这种茶，为的就是不要忘记以前的教训，那就是为人做事莫贪小利。”

还有一个故事是说，古时有位北方商人到南方贩茶，当他历尽艰辛到达目的地时，当地的茶叶已被其他商人抢购一空。他情急之中，心生一计，将当地装茶叶的篾箩筐全部买下，当其他商人准备将买到的茶叶运回去时，发现已没有装茶叶的篾箩筐，没有办法，只能求助这位商人。结果他轻而易举地在想赚钱的人身上赚了一大笔，还省去了运茶的运费和麻烦，直接将钱带回了家。

爷爷的故事虽然讲得很精彩，但我那时年轻，不懂茶叶，对茶叶也没有什么深刻的认识，对他讲的故事更没有深刻的理解。1994 年时，我外出到北京、上海、广州、成都等多地打工，做过鞋子、百货、肉菜等各种跨界生意，经历了打工仔的艰辛，也承受了生意失败的苦闷，才慢慢地从爷爷的故事中领悟到了做人做事和用头脑想事做事的道理，明白了打工不是出路，只有改变思路、创新思维，利用家乡得天独厚的资源优势，才是自己的最好选择和发家致富的捷径。

2007 年我决定回家创业。考虑我家是茶叶世家，传到我这里已经是第五代了，我就看准了茶叶行业，决定把祖传的种茶制茶手艺发扬光大，利用起来发展茶叶产业，于是便成立了旺苍县木门茶业土产有限公司。

当时我们全家连哥哥家的 9 亩茶山在内，共有 21 亩茶山。我通过调查研究得知，木门镇的地貌由深丘及平坝构成，海拔 800—1000 米，自然植被种类繁多，森林覆盖率达 70% 以上，境内大气环境质量达到国家一级标准，地面水环境质量达到国家Ⅲ类水域标准，土壤系黄紫色土壤，矿物质丰富，理化性质良好，腐殖质平均厚度在 15 厘米左右，pH 在 5.5—6.5 之间，无化学和重金属污染，境内气候温和，终年云雾缭绕，为茶叶生长提供了得天独厚的生态环境条件。我了解到有这么好的宜茶环境条件后，又流转了村上的 100 多亩老茶山。

那时茶山上没有公路也没有水源，基本是“交通靠背，吃水靠担”。我请来挖掘机建园修路，仅修路的炸药就用了两三吨，我把老茶园全部进行挖掘、整形，修建配套设施。建这茶园的过程太艰辛了，修路放炮的石块土块砸烂了公路下面人家屋背上的青瓦，赔了近 3 万元。我请挖掘机，最开始是想把老茶园里不能投产的茶树挖掉再补栽，顺带着把茶园的整体形象也整理一下，父亲也同意我这样做，可这样一弄，很耽误工夫，因为怕伤着还在投产的茶树，也不方便整形，于是我决定好树劣树一起挖，把茶园全部重新进行整形。这一下，父亲不同意了，他天天站在挖掘机前阻工，很是耽误了一些工夫。

茶园整好形后，在栽种茶苗时，每天请一两百人劳动，山上什么也没有，连做饭都没法做，只能挖“锅锅窑”烧醪糟，想给每个人煮个鸡蛋都没办法，又从旺苍城里买来1.5元/个的几口袋大馒头，让大家喝醪糟吃馒头解决午餐问题。就这样，当年就把茶园发展到了200多亩，以后又以土地流转、代管、务工、二次返利等模式拓展茶园。到2018年底，我投资1400万元，采用“公司+基地+农户+专合社+电商+旅游”的发展模式，建成有机茶园基地300亩、绿色食品原料基地2000亩、广元黄茶基地300亩、合同式绿色食品原料基地2万亩，有效地保障了公司的鲜叶产量、质量与品质。

饮水思源　反哺社会

2009年，我投资建起了有机茶叶加工厂，辐射周边化龙、农建、龙凤、九龙、五权等乡镇3000多户茶农，解决了2万余个剩余劳动力就业问题。我们企业在壮大的同时，也极大地带动了当地的经济发展，增加了农民的土地收益、就业收入。我们通过帮扶种植茶苗、建立茶园、贫困户劳动力到园区务工，还带动国家级贫困村2个、省级贫困村1个和精准贫困户20户78人走上脱贫致富之路。茶产业初期只有投入而无收益，栽茶苗到投产茶叶是一个漫长的过程，往往要三年过后才能产生效益，为了以“短”养“长”、解决这些问题，我们又抓住农事季节，指导茶农套种中药材或土豆等短期作物。近年在黄茶地里套种柴胡，能当年见效益，一亩增加收入2000多元，我们的300多亩黄茶已全部套种上柴胡，不但增加了茶农收入，也很好地解决了除草的烦恼，可谓一举多得。因茶叶生产季节性强，我们企业用工主要集中在采茶时节，手脚麻利的人一天能采摘5斤，企业按每斤40元付工钱，每天能收入200元左右。我们每年临时用工达3000多人次，长期稳定务工的茶农年均收入达到4万元以上。

企业发展了，我也不忘反哺社会，也正是得益于良好的社会环境，才有了企业发展壮大的基础，只有饮水思源，反哺社会，才能真正体现企业的社会责任，促进社会协调健康发展，实现社会、企业、个人的共荣共赢。2007年，木门村一社因资金欠缺等多方面原因，公路一直未能修通，当地群众运回的煤炭、肥料和其他生产生活用品全靠人力搬运。我了解情况后主动与村委联系，出资40万元历时两个月，修通了长达 2 公里的村社公路。在 2008 年“5·12”特大地震中，我的企业也受到严重损害需要及时重建，在稍事安排企业的相关事宜后，在地震刚过去两天内，我主动捐款捐物达 3.6 万元，冒着频发余震的危险，亲自驱车与公司员工一道，为青川灾区送去旺苍城区个私协会会员的拳拳爱心。2008 年，我得知家住茶山附近的未婚残疾人谭永保生活非常困难，灾后重建中房屋虽有政府补助，但不论人力还是资金仍欠缺许多，处于十分为难的境地，主动出资 8000 余元，在县城购买水泥、钢材和青砖等物资送去家中，并协助他如期完成房屋重建，搬了新居。2010 年，旺苍中学高三（4）班优秀学生向俊桥，家住国华镇山峰村，因父亲身患癌症多年，无力支付学费和生活费用，面临失学困境，我得知消息后非常着急，主动与学校联系，及时为他送去现金 3000 元解决学费，如今我已资助他顺利完成了大学学业。2015 年，我的企业吸纳社会返乡农民工和下岗再就业职工 65 人，与他们签订了从业人员劳动合同。由于下岗再就业职工和返乡农民工自己购买了各种保险，我又以保险补助的方式发给了员工。10 多年来，我先后为灾区、贫困学生和困难群众捐款捐物总额达到 26 万元以上，受到了社会各界的好评。

创名牌　让产品走向国际

爷爷的爷爷，在那个时代已经把木门的茶叶远销了出去，为了让“木门”茶走出去、走得更远，我实施“名茶立园，文化兴园，名师助园，扶贫固园”的品牌和双益战略。在中国茶叶研究所白堃元教授的长期技术指导下，我彻底改变了过去传统型、粗放型的经营方式，“木门”牌茶叶系列产品取得了茶叶类 QS 认证，通过了 ISO9001 国际质量体系认证，通过了中国农业科学院有机茶认证中心“有机茶”认证，荣获四川国际茶博会金奖、四川地方名优产品。

许多人说我的茶青翠幽香、形美味醇，有板栗香气，入口还有回甘味。特别是我们的黄茶“叶色金黄、叶底嫩黄、茶汤鹅黄”，不但增加了观赏性，还比一般绿茶更香，口感清淡鲜爽。2018 年正月初五，我就接到了春茶第一张订单，成都一家公司一口气订了 6 个品种、价值 200 万元的春茶，比往年提前了一周。

我的企业年产有机茶 260 吨，建立了直营店 5 家、连锁店 12 家，在周边市县设立了100多个销售网点。依托京东店、阿里巴巴诚信通等电商销售平台，产品远销上海、北京、西安、杭州、乌鲁木齐、成都，俄罗斯，澳大利亚，匈牙利等国内外市场。

我的公司自成立以来，无环保、纳税、信用等不良记录，无重大安全生产责任事故，曾先后被授予国家级守合同重信用企业、四川省质量信誉A级企业、广元市知名商标等荣誉；我个人先后获四川科普先进个人、广元市茶业工作先进个人等光荣称号。我的公司于2017年获四川省“返乡创业示范企业”。建成了集产、销、用、乐四位于一体的高品位特色茶庄、农家乐，通过互联网+农业+旅游带动销售及体验，带动了当地经济发展。

“匠心木门茶，好茶传承人”，这是甘肃省书法名家青云为我题写的字幅，虽然感觉他对我赞誉得有点过头了，但我一定会匠心做好茶，当好制茶传承人。

漫山的核桃让我喜不胜收

讲述：杨腾毅　整理：冉军

杨腾毅，男，56岁，旺苍县普济镇远景村人，高中文化，旺苍县普济镇黄花山核桃专业合作社理事长，旺苍县第十七届人大代表、高级农业种植指导师。1991年外工务工，1997年返乡创业，种植核桃树，现有社员207户，核桃产业6000多亩，建有核桃烘干厂和核桃榨油厂。合作社被认定为“省级森林食品基地”、省百强农民合作社、全国十佳优秀诚信企业、“广元市返乡创业示范企业”。他先后获“广元市首届农业产业领军人”“广元市劳动模范”等称号。

放眼四野，漫山的苍翠碧绿，果农们穿梭在核桃树林间，有说有笑，说着又是一年好收成，笑着日子越过越甜蜜，乐得嘴都合不拢。每当我在旺苍县普济镇黄花山核桃专业合作社远景现代农业园区看到此情此景，心里就有说不完的敞亮，核桃满树便是我最大的欣慰。

一

我的家乡在旺苍县普济镇远景村八社。1980年我高中毕业后正赶上包产到户。我在家是长子，下有三个弟妹，父亲在外工作，家里缺劳力。从16岁起，我就不得不担起家中的农活、重活。乡上的书记到我家来过四次，招我去建文化站，我没去，因为我得先解决一家人的吃饭问题，这一干就是10年。

那时的家乡，贫穷得令我难以忍受。从家到普济镇赶集，当时公路只是一条窄窄的泥巴路。我们走李子垭小路，从镇上到李子垭，海拔落差五六百米，爬坡上坎，来回 30 多公里。每逢赶集，乡亲们靠卖点大米换回盐巴。看着小妹小学毕业上初中了，我就想到外面去闯一闯。

1991 年，我外出务工，先后在河南郑州、江苏江阴从事建筑行业。几年打拼，我成了小包工头。从 1995 年到 1997 年，我带着本社 20 多名青壮年，在广元市朝天区承包 108 国道高等级公路的基础建设。

那年 6 月，我在工地上见朝天龙洞背的几个农民背着一背篼李子下山来，在 108 国道路边一摆，边吆喝边卖，过往的客车和行人很快就把李子买完了。见她们坐在一块石头上，边沾口水边数着李子换来的角票和元票，有卖几十块的，还有卖百多块的，人人脸上露出喜悦的神情。她们卖水果改变生活的事，深深触动了我。她们和我家乡的乡亲一样，虽然生存的环境和条件都很差，可她们靠卖水果，日子过得比一般农民要好。

站在李子垭，远景村几乎尽收眼底。我曾 10 余次站在那儿，看着贫穷的家乡，怎样才能改变这里的一切呢？我问自己。我想，我出来闯荡也有几年了，挣了点钱，带来的 20 多个小伙子，我最多也只能让他们过得好一些，可还有那么多乡亲咋办？

那段时间，我反复想，最后想明白了：外出务工，无法根治家乡的贫穷和落后，只有返乡创业，带领大家学习种植技术，走共同致富之路，才能改变家乡贫穷的面貌。

二

1997 年 12 月，我毅然踏上了返乡创业路。

我分析了远景村的地理地貌，三次到四川省农科院、成都龙泉驿区、绵阳市农科院等单位和地区考察学习，经多方论证，远景村适宜种植干果核桃。经多方努力，2001 年 3 月达成了普济镇远景村黄花山土地租赁协议。

黄花山，山高坡陡，属于林地，可到处是光秃贫瘠的黄泥巴。村上一些人听说我要上山种核桃树，风言风语就来了：“在外面当包工头，风风光光的，跑回来种核桃树，钱挣多了没处花了吧？”有人说我：“在黄花山种核桃，就是把钱往水里扔，泡泡都不会冒一个。”“他要把核桃树种出来，我在巴掌上煎条鱼给他吃！”一些人根本不信我能在黄花山上种成核桃树。

只要是认定的事情，我是不会回头的。全社有 54 户人家，我想带动更多的人走共同致富的路。因村里人大多不会想得太远，思想不统一，我就挨家挨户去做工作。

那段时间，我每天晚上都要跑一两家，跟他们拉家常，聊生活，说着说着就说上种核桃树的事儿。一天晚上，我收工回家，吃过晚饭，去做两户人家的思想工作。夜幕低垂，伸手不见五指，天下着雨，山路崎岖，一坡一坎，路又滑。我在回家的路上，遇到一段稀泥巴下坡路，一不小心，脚下一溜，我从山上摔到坡下，摔得满身是泥，右脚痛得厉害。我在附近一棵大树下躲了躲雨，便脱掉鞋子，摸了摸脚，脚踝已经肿了，还好，骨头没问题，只是脚崴了。我咬了咬牙，找了一截树干当拐杖，忍着痛，一瘸一拐地往家走……

我拿出在外务工挣的所有钱，率先带领 10 户人开始种植核桃。

每天凌晨 4 点刚过，我和妻子就起床煮饭，吃过早饭，天还没亮就上山。中午找几块石头垒个灶，办锅锅窑（简易灶台），找点干柴随便煮点吃的，吃了喝点水，歇口气又接着干，我们做到天擦黑了才回家。这种日子过了两年多。我当时信心满满，什么也没多想，一心一意种植核桃树，因为我相信土地能生万物。

那时，缺乏核桃种植技术，经其他种果树的人建议，我们栽苗前先挖一个大坑，坑内填满杂草和肥料，覆土后栽植。2003 年，我们把核桃树苗栽上，可第二年五六月份，老天连续降雨，我心里着急了，天天冒雨上山察看。雨水一多，坑内的杂草腐烂后，树苗窝下沉，我眼睁睁地看着坑里盛满积水，树苗被淹死 90% 以上。参与种植的社员一下失去了信心。

我并没有灰心，只有一个信念：继续干！

要买树苗，没钱，我去镇信用社贷款。当时最高贷款额度只是 5000 元，要贷 3.8 万元可不是个小数目。信用社主任好意问我：“你想过没有，如果失败了，钱可要你来还呀。”我心里有底地说：“主任，你放心吧，我有劳力，实在没办法，我可以下井挖煤。钱，我会还上的。”信用社主任看我信心百倍，也了解到我是个诚实守信的人，就把钱贷给了我。

我贷款买回核桃树苗，发给参与的社员栽植。我和大家吸取教训，总结经验，第二次栽植成活了 50%。我不甘心，为做好树苗管护，我蹲树窝，用尖刀在死树和成活的树苗根部，小心翼翼刨开土壤进行对比分析，查阅资料，终于找到了树根腐烂的原因。一是树窝用了化肥，肥料伤了树根；二是荒山土壤透水性不好，树根被树窝内的积水浸泡，造成根腐病。我对症施法，再次买回核桃树苗，指导社员打窝栽植。

2007 年，黄花山核桃树苗栽植基本成型。

核桃树苗一天天长起来了，该打除草药了。那年，我们 10 户人家共种了 500 多亩核桃树，我家就种了 300 亩，没钱请人，我和妻子自己动手，一人一片打除草药。核桃树叶对除草药很敏感，药水不慎喷到上面，树叶很快就黄了，树苗就死了。过了几天，我发现有四五十窝核桃树叶儿黄了，树苗很快就死了，看着心疼啊！我的气不打一处来。“这婆娘咋这么不长心呢！”我在心里狠狠地骂了一句。我清楚自己打药时特别小心，没把药喷到树叶上，肯定是妻子喷的。我回到家就跟她大吵一架，“你看，树苗儿好不容易长起来了，就因你打药不小心，喷到树叶上了，那么多树都死了，你说你干的好事……”我狠狠地把她数落了一顿，妻子当时坐在门边的小板凳上，没吭一声。后来，她捂着脸伤伤心心地哭了一场。我也懒得管她，好几天都没和她说一句话，天天都往山上核桃树地里跑。

过了些时间，我的气也消了，觉得那天把妻子骂得有点儿狠，心想她绝对没有伤害核桃树苗的本意。她也很委屈地说：“我又不是有心的，你看你把核桃树都爱成命根子了。”

三

2010 年，黄花山的核桃树已成规模。8 月，在县、镇两级政府有关部门的支持和鼓励下，我组织 17 户社员成立了旺苍县普济镇黄花山核桃专业合作社，任理事长。

合作社刚办起时，发展极为困难，一缺资金，二缺技术，三是人心不齐。我从自身做起，资金自己垫着，搭起了合作社班子，健全制度，公开财务。技术方面，我先当学生，后当先生。合作社采取请进来、派出去的办法，不断学习核桃种植各类技术，向村民发放核桃建园、肥水管理、病虫害防治、整形修枝、枝接、芽接、核桃品改后管护、核桃丰产栽培技术等资料8000余份，培养技术人员20人。

合作社大多是新栽的核桃树苗，不能投产，社员没收入，就暂时外出务工，核桃树没人管，核桃林地就会荒芜。我看在眼里，急在心里，于是创新了核桃树托管模式。一是全托，把园区内社员的核桃林全部管起来，组织在家剩余劳动力搞林下种植，所获收入用于支付林下种植和核桃管护技术费用，核桃归社员所有，社员不给合作社交管护费，合作社不给社员交土地使用费，这是零费用托管。二是半托管，组织合作社的技术人员给无技术的种植户和留守老人、妇女家的核桃树进行技术有偿服务，合作社不收费。通过托管，实现了社员外出务工、家中发展两不误，既解决了合作社在家的剩余劳动力的工作问题，又利用技术将核桃在同品种、同年度产量提高30%。远景村六社的侯联碧老人，拉着我的手，笑眯眯地说："腾毅呀，你又做了件大好事啊，你为我们想得太周到了。你看，我那10亩核桃树，在没有托管前挂不住果，我都有些心灰意冷了。可托管后，有了技术保障，情况完全出乎我的意料，年产核桃2000公斤，一年就卖了2万多元钱哟！"我说："我为大家做点事是应该的，您老有钱了，日子过好了，我也高兴啊！"此后，侯联碧老人总爱向外人说道这事，我知道后，却总觉得自己为乡亲们做得还很不够。

合作社现有社员207户，核桃林由最初的500亩发展到6000多亩，核桃育苗圃80亩，核桃采穗圃100亩，核桃烘干厂一座，2018年建成核桃榨油厂。合作社集体年销售收入300多万元，每户平均1.5万余元。合作社建成了现代农业园，被认定为省级森林食品基地。

虽说我创办的黄花山核桃专业合作社先后被评为县、市、省和国家级示范社，四川省"百强农民合作社"，全国十佳优秀诚信企业，生产的"毅合牌"核桃被认定为国家级绿色食品A级产品，我也当选旺苍县第十七届人大代表、广元市首届农业产业领军人、市劳动模范，被全国工商联等级委员会评为高级农业种植指导师，但我更深知，这些荣誉只是对我的鼓励和鞭策。看见硕果挂满核桃树、乡亲们笑逐颜开，才是我最大的欣慰。

我常常会翻开自己珍藏的影集，一张张照片再现了我从种植核桃树到发展产业园区，创建核桃专业合作社，带领乡亲们共同致富的10多年的创业经历。曾经的辛酸和付出，换来了返乡创业的成功。每当我有些疲劳时，就会开车来到黄花山，走近那个标志性雕塑——一颗硕大的“核桃”，围着“核桃”转几圈，抚摩“远景现代农业园”七个大字。再放眼漫山遍野的核桃产业园，见碧绿的山野遍布一株株长势喜人的核桃树，绿色和生机迎面扑来，我便又恢复了精气神，漫山的核桃真让我喜不胜收。

曾有一个兄弟问我，这十几年种植核桃树，挣了多少钱？我没有正面回答他。我说，我给你算一笔账，按10年计算，你在外打10年工，每年挣10万元，10年就是100万元，我种了10年核桃树，这几千亩核桃园区，岂止100万元的收入？再说，我获得了事业的成功，这哪是能用钱来衡量的呢！党的十九大提出“实施乡村振兴战略”，为农业产业发展提供了难得的发展机遇，你最好别外出打工了，回家乡来发展，把我们的家乡建设得更加富裕、更加美丽，这是多好的事业啊！兄弟连连点头说：“大哥，你说得很有道理！”

羊肚菌香满长乐村

讲述：武俊　　整理：冉军

武俊，男，32 岁，旺苍县普济镇人，大专文化，旺苍县汇力羊肚菌种植专业合作社理事长。2010 年四川理工大学毕业后从事保险业，2013 年返乡创业，研究羊肚菌人工种植，2016 年创立旺苍县汇力羊肚菌种植专业合作社，带动 100 余户，其中贫困户 35 户，种植 200 余亩，年产值 400 万元左右，每年吸收 5000 人次务工。他于 2018 年获“广元市返乡创业明星”荣誉称号。

“快来看哟——武总当上返乡创业明星了——”

2018 年 1 月 31 日，旺苍县化龙乡长乐村汇力羊肚菌种植专业合作社菌场，一个年轻姑娘刚忙完手中的活儿，掏出手机，一下子就发现了广元市人力资源和社会保障局网站发布的“广元表彰 19 名返乡创业明星”的消息，她兴奋地大声吆喝起来，清脆的声音在大山里回荡。一群菌农听她这一嗓子喊叫，立马放下手中的活儿，围了过去，兴奋地争相抢着看，“我看看，我看看，我们武总成明星了！”那场景让羊肚菌种植场一下热闹起来，他们的欢笑声在整个菌场久久弥漫着。

这是去年的事儿了。我回菌场时听他们说起时，仍掩饰不住内心的激动。他们说菌场好久没这么热闹了，我心里暗暗地也很高兴。

说起种植羊肚菌，我想起那年刚满两岁的儿子在菌场看着羊肚菌，眨着忽闪忽闪的眼睛直说“菌菌，菌菌”时天真可爱的样儿，一些往事便浮现在眼前。

一

2010年，我从四川理工大学毕业，应聘到剑阁县普安镇中华联合财产保险公司上班。工作了两年，因家在旺苍，我和妻子长期两地分居，加之父亲腿有残疾，几乎全靠拐杖行走，我便申请调回旺苍县公司上班。

我一调回旺苍，保险行业就开始走下坡路了。连续10个月，我每月领到手的工资只有1000多元。每次当我把工资拿回家，怯怯地递给妻子，看着她掩饰不住无奈的眼神。“这点钱怎么能养活一家人啊？”她轻言细语地对我说。我心里明白，无言地避过她的眼神。为了生存，我毅然决然地选择了辞职。

想起妻子是旺苍县化龙乡长乐村人，她的父母在农村种地，想到习总书记说过的一句话：“绿水青山就是金山银山。”我想，既然辞了职，就到山上去，靠土地来创业。

要创业就得有项目，靠土地创业，自然考虑的是农业项目。我天天上网查资料，四处考察。我最早还没想到种羊肚菌。开始考察的是广元市朝天区的金耳项目。在了解金耳菌种的过程中，我在绵阳食用菌研究所得知一个信息，现在种金耳的人已经很少了，销量和市场并不看好，菌种也不太好买，要远到云南去买。专家提醒我，羊肚菌市场很好，单斤卖1000多元，只要有一定的产量，这个项目是可以做的。我听取了专家的意见，专程到绵阳食用菌研究所学习羊肚菌种植技术。

2013年，学成归来，我多次钻进深山老林里，观察野生羊肚菌的生长习性和环境，衣服被密集的树枝和荆棘扯破了，手指扎出了血，我却全然顾不了那么多。我从深山回来后，趁热打铁，在旺苍县化龙乡长乐村运用多种土质的田地做试验田，开始种植羊肚菌。

我最初抱着一种尝试的心态，只种了5亩，一是怕投资太大，二是担心不成功。我一个人成天在山上忙，在县医院当护士的妻子下了班就跑到山上来帮忙。我们夫妻俩不知洒下多少汗水，可羊肚菌的产量低，前期种植多种农作物后的试验田只有部分田地出菇。几经失败，我不断吸取教训，总结经验。2014年，我成功种植的鲜品羊肚菌亩产达到了200斤左右，我和妻子看见了一道创业的曙光。

二

我感觉自己年轻，精力充沛，我想，小打小闹成不了气候，要干就要把规模搞大。

2015 年，我采用土地流转的方法将种植规模扩大到 70 亩，投资 70 多万元。我贷了 30 多万元的款，加上自己的一点积蓄，还有两个股东的投资，一个是我娘家的舅舅，另一个是我小舅子，他们各出资 15 万元。我当时没考虑过多的风险。但我私下里看出两个股东心里打鼓的样儿，就对他们说："你们觉得不稳当，如果赔了，你们的钱就当是我借的，我会还你们的。"

当时，我什么也不怕，一个劲地往前冲。因为我想，路是闯出来的。

我在土地上种植羊肚菌，上面搭的是遮阳网，当时缺乏经验，小棚 2 亩多，最大的棚子有 4 亩多。谁知一吹风，风阻就大。眼看羊肚菌快成熟了，我满心欢喜，那时羊肚菌每亩可达 2 万元左右的收成，心里盘算着，暗暗欢喜。

天有不测风云。谁知一天天气突变，起风了，风越吹越大，山上的风更是令我的心悬起来。我在菌场不安地来回走着，心急如焚。这时，一股大风灌进遮阳网里，生生把网撕裂开来。"这下惨了！"我的心里"咯噔"一声，一下扑了上去，紧紧抓住被撕裂的网口，心像被刀狠狠扎了一下地痛，那时我好想生出无穷的力量，把撕裂的网重新连在一起，可现实中是不可能的。和我一起在菌场的妻子，看到好好的菌棚突然间变得一片狼藉，她扑倒在地，双手不住地颤抖着，眼泪忍不住地夺眶而出。可妻子还是强忍着，没哭出声来。我站了起来，打起精神，来到妻子身边，紧紧抱住她瘦弱的肩头，一边轻声说："别哭了，没事的，没事的。"一边用手背轻轻擦去她眼角的泪水。

我和妻子清楚地知道，这哪能没事呢?！羊肚菌适应潮湿的土壤，遮阳网被大风撕破后，土地很快就会干燥，羊肚菌的生长会受到严重影响。我暗地里算了一下，这场风灾让羊肚菌几乎没啥收成，亏了 50 多万元。那几天，我一直闷不作声，妻子看着我心疼地说："有啥话，你就说出来，别一个人闷在心里。创业哪会一帆风顺的，我们都还年轻，几十万的损失算不了什么，大不了，我们从头再来。"妻子温馨的话语像春日的细雨，滋润着我干涸的心田。

虽然一场风灾并没有断了我种植羊肚菌的念想，可继续种植，哪来钱呢？我和妻子又想法四处向亲戚朋友借钱。

那天我从外面回到家，刚打开房门，就听到爸妈在屋里说话。母亲说："俊儿从小到大，只要认定的事，都能做好。""是啊，但俊儿这次受到的打击太大了，他又是个要强的孩子，执拗继续种羊肚菌，我们该支持他，大不了把房子都卖了，给他把钱凑够，我俩跟他到山上去住。"身为县医院药剂师的父亲接着说，母亲听后默默地点了点头。听到父母的话，我心里一酸，眼泪一下涌了出来，父母为我操劳了大半辈子，我已成家立业了，可他们还在为我劳心费神，你说我心里会是啥滋味。后来我们卖了一套房子，有 20 多万元钱，才有了继续做下去的资本。

县林业局领导得知我的情况后，便开会商量说："武俊这个大学生年纪轻轻就回来创业，小伙子不错，有思想，有闯劲，是我县第一个种植羊肚菌的人。目前遇到了困难，按照国家有关政策，我们林业局也要帮他一把，渡过难关。"县林业局接着便伸出了援助之手，给了我 5 万元，那就是雪中送炭啊！

有了近 30 万元，但钱还是不够。咋办？我不停地查阅资料，向高人请教。我几天几夜几乎吃不香，睡不着，半夜在床上辗转反侧，脑壳突然一转，一个念头冒了出来，如果变过去买菌种为自己培育菌种，成本不就只要一半了嘛，钱就够了呀！我由忧转喜，就像一直阴云密布的天空，忽然间云开日出、阳光明媚了。

为了学做菌种，我又到成都羊肚菌种植场去，装着要买菌种，不停地向师傅问这问那，偷偷学到了培育菌种的方法。功夫不负有心人，学成回来就大胆地自己干起来。

三

2015 年秋季，我开始自己培育菌种，辛勤的劳动换来丰收的喜悦。2016 年春季，收获鲜品羊肚菌达到每亩 200—300 斤，一年毛利润有 100 多万元。我的心里豁然亮堂了。那天在菌场，我抱起妻子，转了几圈。妻子笑着说："快把我放下来，看把你高兴成啥样了！"我放下妻子，对着大山吼了一嗓子，心里有道不完的痛快。

我很快还清了贷款，在菌场修建了两幢敞敞亮亮的房子。

那年春天，我和妻子带着刚满两岁的儿子来到菌场，儿子欢快地在菌场跑来跑去，我和妻子在后面追，生怕他摔倒了。儿子看着茁壮的羊肚菌，脸上露出欢喜的表情，他望着我，指着羊肚菌说："爸——爸——这是啥呀？"看着他纯真的样儿，我说："羊——肚——菌——"儿子还不会说"羊肚菌"三个字的词语，就拍着小手说："菌菌，菌菌，真好！"儿子边说边笑，他虽然说得还不是很真切，但我已经听到儿子天籁般的那声"菌菌"。我和妻子不约而同地抱起儿子，在他的小脸上亲了一下，亲得儿子咯咯地笑出声来。

这件事对我触动很大，我坚信，只要采用科学的种植方法，辛勤的汗水定会浇出幸福的花儿。

2016年，在县有关部门的支持下，我创立了旺苍县汇力羊肚菌种植专业合作社，投资100余万元修建了占地1500余平方米的羊肚菌菌种生产用房。我看着周围的老百姓面朝黄土背朝天，天天在山上忙乎着，日子却过得并不好，就主动向他们宣传，提供羊肚菌种植技术、菌种及产品的粗加工。同时建成50余亩羊肚菌种植示范基地，供种植户观摩学习。看着乡亲们由不知道羊肚菌，到渐渐了解、熟悉，并参与，我心里感到舒坦极了。

2017年，我再创新高，标准化种植羊肚菌50亩，每亩产量达300斤以上，个别试验田鲜品亩产达500斤，有效地创造了羊肚菌人工种植的高产，羊肚菌香满长乐村。我种植羊肚菌的事迹被县里向外宣传，广元多家新闻媒体前来采访报道，一种成就感油然而生。

有时我静静地想，一个人、一家人过好了不是幸福，要周围的人都跟着过好了，才是真正的幸福。我创立的羊肚菌种植专业合作社带动了100多户老百姓，其中贫困户35户，合作社每年给贫困户提供不少于5000人次的务工机会，他们也让菌场的人气旺了起来。

合作社现种植面积200余亩，年产值达400万元左右。

2018年1月，县里通知我去参加广元市表彰会时，我喜出望外地蹦了起来。1月31日，我站在领奖台上，台下无数道目光注视着我，我感到非常自豪和骄傲。当市领导把荣誉证书递给我，和我握手时，说了句："小伙子，好好干！"我的心里有一股强大的暖流在涌动。我真没想到，我这样一个不起眼的年轻人，只因返乡创业种植羊肚菌，政府却给了我很大的荣誉，我打心眼里感谢党的好政策。如果没有国家对农业产业的扶持和支持，哪有我的今天呢！我终于明白了习总书记那句“绿水青山就是金山银山”的真正含义。

眺望未来，我的眼前又展开了一幅美好的蓝图。我要增强产品的影响力，通过改进技术和扩大规模，提高销售能力，不断增加老百姓的收入，将种植面积扩大到 500—1000 亩，做到生产销售一条龙，实现年产值 2000 万元。要进一步增加对菌种的科研和生产，扩大销售渠道，增加冷链运输和销售，建设集中使用的冷库等。我还要积极响应国家环保政策，更换多功能节能环保杀菌锅 4 台、空气能烘干机 3 台，冷库建设 100 立方米，冷棚建设 50 亩。

我坚信，种植羊肚菌能让我们生活得更好。我将会带动更多的乡亲们通过种植羊肚菌过上更好的日子。

我的能耐是养猪

讲述：罗小青　　整理：伊国华

罗小青，女，43岁，旺苍县普济镇横石村人，初中文化，旺苍县天蓬牧业有限公司、旺苍县横石牧业有限公司法人，旺苍县天意种养殖专业合作社理事长。17岁时外出成都针织厂务工，1997年婚后经营副食店，从央视7套“致富经”中获得创业灵感，2007年开始养猪创业，“5·12”大地震后与丈夫离婚，依然执着地坚持发展生猪养殖事业，2013年扩大养殖规模，规范建设养殖小区，吸收精准贫困户50多人到养殖场务工，常年为村上95户农户免费提供沼气，年出栏肥猪4000头，养殖场荣升为“省级生猪标准化示范场”。她先后获“广元市劳动模范”“广元市返乡创业明星”等荣誉称号。

我叫罗小青，旺苍县普济镇横石村人，打过工，开过小超市，2007年开始养猪创业，如今是旺苍县天蓬牧业有限公司、旺苍县横石牧业有限公司法人，旺苍县天意种养殖专业合作社理事长。

家人反对养猪，婚姻走向崩溃

1993年父亲去世后，为了让上大学的姐姐和上初中的弟弟顺利完成学业，17岁的我就放弃学业外出务工。当时正好成都一家针织厂到普济镇招工，我顺利地通过了考试，成为全镇30多人报考最终只招录了2人中的幸运儿。1997年，在三江镇教书的哥哥给我介绍了一个对象，我们接触后相互感觉良好，便于年底结婚了。

婚后因要照顾老人和孩子，我在三江镇上开了一家副食店，在经商闲余我喜欢看中央电视台的农业频道，尤其喜爱《致富经》栏目，经常被那些成功致富的农民朋友所感动。有时看到他们创业时遇到的种种艰难困苦，还情不自禁地流下了眼泪。

2007 年时，我在电视中看到古代有关养猪的一个故事，猪被古人列为六畜中的下一品，但猪又是“家”字的一个组成部分，有家就要养猪。宋朝很重视养猪业，淳化四年，开封市民牟晖的家奴管猪时丢了一头公猪，老牟就击鼓告到宋太宗那里，太宗特别下诏，赐 1000 文钱给老牟作为赔偿。熙宁年间，宋神宗准备对开封进行城改，扩大规模，但考虑到宫苑中在养猪及内作坊的搬迁麻烦，只好略加修葺了事。日理万机的皇帝都能管养猪这点小事，不单单是显示了皇家亲民，更说明猪的地位比较高。于是我便决定发展生猪养殖业。当时在三江镇上租房照顾孩子读书的人很多，我就找他们商量，我不收你们房租，地也让你们种，你们空余时间帮我养养猪，他们全都答应了我的要求。于是，我就把家里闲置的猪圈腾出来，拿出自己积存的 2 万元钱买了 10 头母猪 1 头种公猪，开始了我的生猪养殖生涯。

那时，还有一些农村人认为养猪不能养种公猪，养种公猪是被别人称为“×你的，吃你的，还要你出钱”的亏心事行业，而且养种公猪会对家里男丁的生命不利。种公猪一般是鳏寡孤独的老人才能饲养，讲体面的人都耻于从事这种跟“性”沾边的行业。

也有这种封建思想的公公婆婆坚决反对我养猪，极力阻挠，还把我请来的修猪圈的人和过来给我搭把手的人全部赶跑。丈夫也认为我所做的事没有“钱”景，不如找个上班的地方每月拿工资稳定，也坚决不支持我养猪。没有办法，我只有选择默默忍受。那时我没有哪一天是在早上 4 点半之后起床的，4 点半起来煮猪食，5 点出门割猪草，6 点又要开门做生意。我休息的房间和猪圈只有一墙之隔，就这样坚持三年。2008 年，我的生猪发展到 200 多头，前前后后卖出的 46 头小猪也挣到了 9600 多元。因地震灾后重建，丈夫的房屋处规划建设养老院，丈夫也与我协议离婚了，同时我还要承担两个孩子的教育义务和责任。

夜宿猪圈产房，不怕恶鬼怕小人

自己选定了的事业就一定要坚持，坚持就一定能成功。2009 年，尝到养殖业甜头的我捡来镇上在“5·12”地震中震垮的砖瓦，在三江镇下石村板栗垭租地 120 亩，修建猪圈和种植青饲料，在科学饲养下，到年底发展到存栏 400 多头，2010 年底存栏 700 多头。

这板栗垭上经常翻车，垭两边死过几十人，被人们称为“很歹”的地方，据说这里晚上常常能听到鬼往房顶上“打沙子”的声音，垭两边离人家都很远，要找人帮忙是根本无人可找的。我姑父在这垭上的村小教书，村小晚上没有老师愿意住在这里。我要在这里养猪，要照管母猪生小猪，只能壮着胆子晚上一个人住在垭上。一个冬天的晚上，我听到了房顶上“打沙子”的声音，我害怕得不得了，可是光害怕有什么用呢？我手拖一根木棍，一把拉开门跑到坝子里，往房顶上看，原来是风带着“沙子”样的东西不时掉落到房顶上，我就不害怕了。第二天，我把那些东西扫下来一看，是垭上桤木树的树籽被风吹到房顶上了。

我不怕鬼了，但我更怕的是活人，怕被人抢劫。我是一个女人，怕的是万一有人要来劫财劫色怎么办呢。如果来了蒙面歹徒，他拿刀对着你，逼你把钱全拿出来，你能反抗吗？他劫了财又要劫色，又该怎么办呢？虽然我不漂亮，但歹徒哪管你漂亮不漂亮呢？在板栗坪的那四年，我从来没在床上睡过觉，那 1460 多个日子的晚上，我是在母猪产房门后的沙滩椅上度过的。

2012 年，旺苍县万家乡争取到国际小母牛项目搞养殖，给农户每头小猪补助 800 元资金，那时万家乡的农民都来我的养殖场买小猪。我当时没有按市场的行情高价出售，就以每头 800 元卖给他们，充分让利给他们，那段时间我卖小猪最少的一天也有 7000 多元。那垭上离场镇远，我不可能每天跑银行去存钱，就把钱包好藏在猪圈里。现在想来，睡这沙滩椅上还给我带来了很多好处：一是别人想不到我晚上是睡在这椅子上的；二是白天我可以把椅子收起来藏好，不被人发现；三是如果听到外面有人，我方便在门后对外面进行观察，想出应对办法。说实话，晚上有母猪生小猪时，我的心思全用在照管母猪和小猪身上了，但不生产小猪的时间更多，我就这样胡思乱想着，从这心惊胆战的日子里苦苦地熬了过来。

只要自己做事，政府就会锦上添花

2013 年，我要扩大养殖规模，更规范地建设养殖小区，最终选择到了我娘家村上被人称为“乱窖山”的半山腰上，流转土地 200 亩，通过专家论证，这里日照、空气、环境都很适宜。这里环境虽好，就是乱石太多，我们仅平整场地就花了 5 万多元。时任县畜牧食品局副局长周奎林来考察小区建设时见到我很惊讶，就说：“罗小青，这几年时间都过去了，你还在养猪？”我说：“是呀，周局长，我准备扩大规模建养殖小区。”周局长连说了几个好，当即表态，支持我畜牧小区项目建设资金 35 万元，顿时把我感动得热泪滚滚。本来这笔资金要等小区建成验收后才能拿到，没想到，县畜牧食品局先期拨付了 10 万元基础建设资金，接着又拨付了 20 万元后续建设资金。我建成养猪小区两个，圈舍及附属设施达到 1 万平方米，验收后又拨付了余款 5 万元，给了我莫大的支持。

2014 年县水务局精准帮扶大德乡，付建春局长通过周局长电话找到我，说要买四头小猪帮扶贫困户，我立即说不用买，你把地址告诉我，我马上把四头小猪送到他家里去，不要一分钱。我当时想，一个县上的局长能打电话给我，那是看得起我、相信我，我哪能要钱呢？过后付局长带人专程到养殖场来感谢我，并问我有什么困难，我说需要把山上的水池再加高一点，才能保证水源供应。付局长说：“找水是我们分内的事，我们马上派人再帮你找一趟水源，有两趟水源作保障，养殖场用水就会高枕无忧了。”第二天水务局就来人到处找水源，最后在 5 公里外的地方找到了水源，他们架设管道，把水哗哗地引到了养殖场，并且不要我出一分钱，这也把我感动得直掉眼泪。还有就是镇上帮我解决了一公里多线路的动力电，解决了养殖场饲料加工的用电困难。

本来创业是我自己致富的事，我没想到能得到党和政府这么大的支持力度，雪中送炭地帮我解决了急难，我的心里很感动。我深深地体会到：要自己做事，不要什么事都靠政府，你把事业干好了，政府一定会为你锦上添花。

对于养猪，没有技术我就自学，到县上、省城和省外拜师学艺，把专家教授请来养殖场，现场手把手教。尤其是 2015 年到韩国参加了“养猪技术培训交流会”，更让我获益匪浅。如今，我采用“良舍、良种、良医、良饲、良法”理念，把母猪、仔猪、肉猪分栏饲养，我还不断探索获得养猪效益的新方法，利用本地中药材丰富的优势，走出以中草药预防为主，以中草药和西药综合治疗为辅的新路子，在流转的土地里种植了 15 亩 3800 多株核桃，在树下套种了金银花、桔梗等中药材。我一直坚持生态养殖，用自己种植的药材喂猪，增强猪的抗病能力，不给猪喂抗生素，取得了很好的经济效益。为了预防猪的疫病，我们坚持不买冷冻食品，不网购，规定进养殖场前要换衣服、消毒，出养殖场后要洗澡、换衣服，对外来人员，我们一律不准进养殖场，有效地防止了疾病的感染和传染。同时我把三江、横石养殖场合二为一，养殖母猪 200 头，年存栏 2000 头，出售育肥猪 4000 头，创立了旺苍县横石牧业有限公司和旺苍县天意种养殖专业合作社，成为广元市“种养结合、三链合一”的农业循环经济示范基地。

五年来，我吸收精准贫困户 50 多人到养殖场务工，务工最高收入的一年有 4 万多元。我还帮扶 70 户建档立卡贫困户发展养猪 3500 多头。横石村七组罗平修因病致贫，全家四口一度生活在愁苦之中，我送给他家一头母猪，经常到他家进行技术指导。他们精心喂养，当年便产下小猪并育肥出栏几头肥猪，如今每年存栏生猪 20 多头，走上了脱贫致富之路。2017 年三江镇盐井村村民李俊想卖出 20 头肥猪，他找到我们合作社，我们帮他全部卖了出去，每头猪的价格比他自己打听的还高出 75 元钱，多卖了 1500 元钱，还不用他自己运输，我用大车直接就给他拉走了，把他高兴得不停地说感谢的话。三江镇后坝村村民李伟选择繁育仔猪的致富路子，养殖母猪 18 头，每年卖 200 多头仔猪，收入 10 多万元，他繁育仔猪的致富路子一年饲料钱就能节约一大笔呢！从 2007 年养猪的十几年来，我共为贫困户赠送母猪 27 头，为养猪户义诊 3000 多次，挽回直接经济损失 200 余万元。五年来，为横石村六、七组 95 户农户免费提供沼气使用，户平均节约燃料成本 3000 多元。

我的“养殖场 + 合作社 + 种养户”模式，带领农户实现年出栏生猪 1.2 万头，我的养殖场荣升为“省级生猪标准化示范场”，我个人获得了“广元市劳动模范”“广元市返乡创业明星”等光荣称号。

说实话，作为一个农家妇女，我没有其他能耐，我的能耐就是养猪，面对社会给予这样的崇高荣誉，我真的感到受之有愧！

大山深处创业人

讲述：赵大军　　整理：钟远贵

赵大军，男，汉族，1971年2月出生，初中文化，旺苍县人，旺苍县青山大军家庭养殖农场负责人。1991年外出务工，2011年返乡创业，创业失败后成为贫困户。2014年在精准扶贫中建立家庭养殖农场，年收购村民青草价值5万多元，带动村民发展种植养殖业增收，2016年出栏肉牛10多头，2018年出栏40多头。他先后被广元市脱贫攻坚指挥部（领导小组）授予“脱贫攻坚奋进奖”和“第三届广元百佳脱贫示范户”等荣誉称号。

我于1971年2月出生，现居旺苍县龙凤镇龙安村七组。龙安村属于旺苍县的南部山区，这里山势开阔，植被茂盛，土地肥沃。1991年7月初中毕业后，由于家庭经济困难，我便终止了学业，怀揣着对家乡的无限眷恋，还有心中的那份梦想，走上了外出务工的道路。

他乡寻梦

1991年至1993年，我先后在河南、陕西的砖厂、煤矿、建筑工地和金矿务过工，除了解决吃住以外，几乎没有挣到什么现钱，要么是因为老板破产而领不全工钱，要么是因为老板逃债而无处讨要。

我记忆最深的是，1993年3月，我和几个同学在河南省灵宝市朱阳镇的一个金矿里务工。因为几个月不发工资，我的一个同学便把矿上的矿石偷出去卖，不幸被老板发现，我的同学竟然被有关人员活活地打死了。虽然我们报了案，公安机关也立了案，但由于当事者外逃，事情也就搁置了起来。我和另外的同学凑齐了买火车票的钱后，在万般无奈和心有不甘的情况下返回了老家。

现在想起当时的情景，我依然心惊胆战。尽管我们遇到的上述情况并不普遍。但那一段时期，拖欠农民工工资的事情是经常的事，办黑矿开黑厂的也大有人在，社会黑恶势力也比较猖狂。

1994 年，在亲朋好友的介绍和帮助下，在父母的努力下，一无所成的我依然走进了婚姻的殿堂，让我充分地感受到了父母的付出和亲情的伟大。

婚后至 1998 年，我一直待在家乡，除了种植好家里的庄稼外，还在旺苍普济的一个煤矿里务了一份工。但随着女儿的出生和家庭负担的加重，以及不甘贫穷和庸碌的思想，我从 1999 年至 2010 年，又先后辗转于浙江和江苏务工，在砖厂、建筑工地、农机厂等地方玩命地工作，但收入依然不高，除了自己在外的开销外，所剩无几。

返乡创业

2011 年我回到家乡，开始了自主创业，做起了农机系列产品的销售生意。我用家里的积蓄和借款租了门面，购进了产品。但由于农机产品更新换代快，而且价格不稳定，再加上山区耕地少，需求量低，销售至 2013 年底，我的第一次创业彻底失败，而且是血本无归。外出务工的艰辛，自主创业的失败，43 岁的我在苦闷中过完了 2014 年春节。而 1995 年出生的大女儿即将参加高考，2004 年出生的儿子正在读小学，父母的身体也每况愈下，我处在了上有老人需要赡养、下有子女需要哺育的困难时期。如何让家庭走出困境，如何让生活走出低谷，我陷入了深深的反省和思索之中。

通过反复思考和分析，我决定依靠家乡的自然资源大力发展家庭养殖业，而且是养周边村民都没有养殖过的肉牛，并且要达到一定的规模。我的想法得到了妻子的认同，也得到了驻村工作队和村委会的支持。驻村工作队和村委会决定，让我享受返乡创业的政策，给予资金方面的帮扶。

2014 年 9 月，我费尽心血的“旺苍县青山大军家庭养殖农场”注册成功。农场的养殖用房和住房的修建，共耗用资金 60 多万元，其中 20 万元是我在亲朋手中借的，另 40 万元是政策性低息银行贷款。养殖农场建在山坡的开阔处，住房和养殖用房紧挨着，养殖用房又分饲料贮存房、草料房和圈舍等。

通过我们夫妻的倾情付出，2016 年底，20 多头肉牛顺利出栏，获利 10 多万元。2018 年 9 月，40 多头肉牛出栏，销售总额 60 多万元，获利近 20 万元。现在的养殖场里，有母牛 32 头、肉牛 66 头，总价值在 100 万元以上。

互动发展

我的家庭养殖农场，带动了当地经济的发展。近百头牛每年约需草料上百吨，这些草料全是来源于收购。因此，老乡们原来焚烧掉的稻草、玉米秸秆，现在都能变废为宝，在养殖农场卖得一个好价钱。除此以外，我的养殖农场还长期收购青草，青草收购价为每公斤 0.5 元，农忙时节，收购价格还要高些。每年在这方面支付给周边村民的钱就有 5 万多元。

为了达到乡村振兴和共同富裕的目的，近年来，我们夫妇引导和帮助全村近 30 户家庭走上了养殖业的道路。一方面，为他们提供低于市场价的肉牛幼犊，并且以高于市场的价格收购他们的肉牛成品，然后通过“旺苍县青山大军家庭养殖农场”品牌将这些肉牛成品成批地销往重庆、云南等地的大客户。对于资金不足的养殖户，我们先不收取其购幼犊的钱，而是在其成品销售后扣除，这样既解决了村民们的资金周转问题，又解决了他们销售困难等问题。另一方面，我们夫妇用我们在养殖过程中积累的方法和经验，无偿地对村里的其他养殖户进行指导，解决他们在饲养过程中遇到的防疫防病等问题，让他们不走或少走弯路。在我们的带动下，全村有近 20 位青壮年退出了外出务工的队伍，返回到家乡，走上了回乡从事种植养殖业的致富道路。

除了本乡以外，我还无偿指导旺苍县大德乡、嘉川镇、木门镇等乡镇的村民，建起了近 10 个规模较大的肉牛养殖场，取得了很好的经济效益。

我们养殖农场的牛粪全部晾晒在固定的地方，晾干的牛粪全部装袋运往周边的茶场和草场，用作种茶和种草的肥料。我在给周边种植业提供无污染肥料、促进其产业发展的同时，自己每年也会增加3万多元的收入，达到了互利互惠、互动发展的目的。

2018年10月我被广元市脱贫攻坚指挥部（领导小组）授予“脱贫攻坚奋进奖”和“第三届广元百佳脱贫示范户”。我能够创业成功，从内心深处真诚地感谢政策的扶持。从养殖农场土地的征用，到资金的周转，以及养殖技术的支撑，我得到了县、乡、村各级部门的大力支持，也得到了驻村工作队旺苍县海事处帮扶人员的指导。县政府及乡镇义务举办的农民工返乡创业培训，省里举办的返乡农民工成功创业者提升培训等学习，让我明确了方向，懂得了养殖农场的运行模式和管理方法。否则，一切都寸步难行。

虽然我是从大德乡入赘到龙凤镇的姚家，但我的家庭幸福美满。大女儿姚琴2018年7月毕业于西华大学，在成都找到了稳定的工作；小儿子姚明现就读于旺苍县七一中学初中二年级，成绩优秀；妻子姚琼华勤劳善良，是养殖场运行的主力；母亲袁兴兰也身体健康，在家庭和养殖场忙里忙外。

我还要加强学习，不但要向书本学习和参加培训学习，还要多外出参观和考察，向优秀的肉牛养殖场学习方法和技术，将圈舍面积和养殖数量扩大，雇用养殖工人和服务人员；建立自己的草料种植场，彻底解决养殖肉牛的草饲料问题，做到种植业和养殖业的生态化结合，争取早日达到家庭养殖农场的规范化管理，在营销、财务等方面达到企业化水平，在五年之内将旺苍县青山大军家庭养殖农场建设成四川省标准化示范养殖场。

创业中的苦乐年华

讲述：何兵　　整理：蒲守国

何兵，男，汉族，生于1971年，高中文化，中共党员，旺苍县大两乡大河村人，农民，村主任，大两乡淡水鱼专业合作社法人代表。1991年外出务工，2013年返乡创业，建立淡水鱼专业合作社，带动了143户农户增收。合作社先后获农业部“中国健康养殖示范基地”“全国休闲渔业示范基地”，他先后获四川省人力资源保障厅“创业明星”“四川省返乡创业明星”“全国水产业科技创业致富带头人”等荣誉称号。

江湖夜雨十年灯

我所在的大两乡，地处旺苍县北部山区，距县城近50公里，这里土地散碎、贫瘠，自然条件很差，村民们一年四季都匍匐在收成未知的庄稼地里，苦度春秋。

1993年冬，我从本乡嘉陵村“嫁”到大河三社，但我依然没有跳出贫穷的窠臼，依旧发挥着在苦日子中磨炼出来的勤快和坚韧：锄冬地、捡柴火、挣运力、挖药材……过着忙碌而收效甚微的拮据日子。

在忙完了新年大节欢愉的迎来送往后，正月初九，我背上妻子为我收拾的换洗衣裤，悄然出门了。

我到了一个煤厂，觉得有钱可挣，就安定下来。接下来的日子，我就从“背老二”到“挖爪锄”再到“跑矿车”干起，又从这个煤厂的技工到技术骨干再到管理人员逐步得到提升。光阴荏苒，一晃就是16年，而我居然没有感觉到时间的漫长。2009年至2011年，我承包了这个让我迷恋、让我成长，为之操心并给了我第一桶金的“企业”，就这样，我从一个灰头土脸的小农民转变为企业负责人。其间，有汗水也有泪水，有欢笑更有哭泣。是挫折与成功架起我疲惫与崛起的躯体在前行，是优越的政策、开放的市场，以及一大批来自家乡的农民工的鼎力支撑，让我顺利并超额完成了签署的承包任务，还积累了一定的财富。

自然资源总有开发殆尽的时候。我所承包的煤厂，资源也日见匮乏，2011年春天，我揣着200余万元的几张存折，回到了家乡。

为鱼消得人憔悴

我谢绝过投资“河南金矿山”开发能“日进斗金”的诱惑，婉拒过组织劳动力外出搞房建的邀请，推托过在城里买房开店提升生活质量的建议，而是瞄准了“中坝子”这块地以及“大两汇”这合二为一的河流。

中坝子位于大两乡政府驻地和全乡唯一的集市旁边，地势有着难得一见的平坦，德山河与吴家河逶迤而来，交汇于此。穿行于上的人流，历史上在这里踩出了一条连通外面世界的“繁华”小道，也踩出过无数动人的美丽传说。中坝子属于大河村一组，40余亩水稻田由26户村民所承包。一直以来，村民们以家庭联产责任制的方式从事着传统的自然农业经营，种植着水稻。可是，自然农业本身就需要投入较高的劳动成本，而且，收成还得要看“老天爷”的脸色。年成好时，全部加在一起，能收获10来吨稻谷，稻谷或饱满，抑或干瘪。遇到自然灾害多发的年份，村民们总是在提着竹篮去打水，入不敷出啊。用其中一位老农民的话说：还不如去河里“钓蛇鱼子”呢！

这看似不经意的一句自我解嘲，在我看来，极具智慧。因为，这句话正中了我的下怀，我“蓄谋”的就是养鱼，我要利用这块地养淡水鱼，从事农村产业发展。

在接下来的几个月里，我一直围绕着建鱼塘，四处奔走。请专家对水质进行检测，对产业做出论证和规划；了解村民是否愿意将土地流转出来，流转价格磋商、面积确定、流转金核算和支付；向相关的行政主管部门提申请，报材料，完善法律手续。虽然一切都是按部就班地做好了，可时间的脚步却走进了当年的冬天。在这期间，有很多朋友也看好这项创业，前后有 22 人提出投资入股的想法，而真正愿意出资 3 万元的仅仅有 8 位。这些朋友中，有本村的、外村的、外乡的，甚至还有外县的；有供职于基础组织的，有原本就在发展水产产业的，也有其他企业界的；多数是农村户口的，也有属于城市居民的。按照当时大家的说法，入股必须现金出资，做到权责分明。我共积累到原始股金 24 万元，成立了“大两乡淡水鱼养殖专业合作社”，被推举为理事长兼法人代表。

等把鱼塘建好了，担任专合社会计的股东告诉我，没有钱购进鱼苗，民工工资也还差几千元。我立即将此事报告给股东会，征询后期方案时，大家表示：让我独自出钱，自主经营，他们只等到了有盈利时再分红。于是，后期资金我就全部承担了起来，我又拿出 6 万元购买鱼苗。

看着活蹦乱跳的鱼儿跃出水面，或嬉游追逐，本来是一件信心满满的幸福事儿，却被初夏的一个雨夜给击打成伤痛。连续几天的大雨让两条河的水暴涨起来，如两条凶猛的黄龙咆哮着急奔而去，裹挟着泥沙的余浪拂过，带走了我接近一半的鱼。当时，我那个心疼啊，实在深刻。心疼归心疼，摆在眼前的要紧事，还容不得你喘息。“亡羊补牢，为时不晚”！初晴时，我立刻请来技工和普通劳力赶筑防洪堤坝，一切就绪后，我又补齐了鱼苗。

真是祸不单行啊！由于粗心，在草料饲喂中，误投了刚刚使用过草甘膦等有着重度药残的青饲料。一天的工夫，整个鱼塘布满了惨白色的鱼肚子，我心爱的鱼苗儿，被我自己亲手给毒杀了。这一次的全军覆没，把我所有美好的创业梦击打得粉碎，我挣扎在崩溃的边缘。

两天的不吃不喝、不言不语，两夜的苦思冥想、辗转反侧。痛定思痛后的第一个行动，就是放水、洗塘、消毒、再放水。40 天后，又一批活蹦乱跳的鱼苗儿扑进我的鱼塘。其间，在与股东的交流中，我发现有五个股东思想上有点动摇了。为了彻底消除风险，他们提出退股，交由只剩下我们三个人的股东会决策。大家秉承好交好散的个人感情，由我如数退还股金，既不扣减，也无利息，一拍两散，从此相忘于江湖，倒也利索！

不久，仅剩下的另外两个股东也表现出离开的意思。按照先例，我退还了股金。一支只有“司令”的队伍，根本就不具备存在的意义，大两乡淡水鱼养殖专业合作社面临着解散的危机。也许是上天垂怜，原土地承包人中的六位村民，及时要求加入到专合社来，你可别小看这六个普通的名字，是他们挽救了这个“企业”。

我又拿出来10多万元，搞安全防护，建垂钓凉亭；种牧草，买蜗牛（高蛋白饲料）；学餐饮、张罗“农家乐”等。由于是生态养殖，严格使用纯天然青饲料，鱼的生长周期很长。三年，整整三年，只是无尽的投入，没有看到一分“回头钱”。老婆急了，乡亲们急了，朋友急了。

其实，在内心，我也是心急火燎，甚至都动摇过是否要坚持生态养殖。一天天的投入，一夜夜的掂量。最后，还是理性战胜了慌乱，哪怕已经前后共投入资金188万元。不用商品饲料！坚持生态养殖！

曾记得有这样一副对联：“有志者，事竟成，破釜沉舟，百二秦关终属楚；苦心人，天不负，卧薪尝胆，三千越甲可吞吴。”它书写着中华民族史上一个个精彩动人的故事，也形成了后世子孙瑰丽的精神财富，用在每一个时期的艰苦创业者身上，尤为贴切。当然，这中间更离不开大两乡、旺苍县、广元市等各级领导和专家的鼎力支持。我潜心于淡水鱼养殖的过程中，在2012年冬的村委换届选举时，我被选举为大河村村主任。

桃李春风一杯酒

2015年，为了大年三十的年夜饭，我们一家人决定用塘里的鱼来做主打菜，邀请周围村民来吃年夜饭，表达我们要请大家尝一尝我和他们用心血呵护、用汗水浇灌出来的大肥鱼。乡亲们如约而至，毫无拘束地品尝起来。在一片称赞声中，我的眼眶不由自主地湿润起来，悄然间，泪水滴落下来。我不知道这是一种内心压力的释放，还是创业成功的喜悦，五味杂陈。

当天，专合社新增农民社员39人；后来四方村作为一个精准贫困村的集体经济也入驻进社。除了雇请贫困人员来鱼塘务工、给全村股利分红外，我还要忙着寻求权威机构检测，认证，注册商标，打造品牌。不过，此时的我，看到了未来。

2017年，在旺苍县扶贫移民局、人社局、邮政银行旺苍分行等单位的帮助下，我又借贷150万元引进了青鱼品种、增设了“中国大鲵”的养殖，修建了集食宿、休闲于一体的综合楼。2018 年秋，我成功申报四川省科技厅“成果转化及产业扶贫”项目，获得了 80 万元的补助资金支持。

山含情，水生笑。我有极强的信心，让大两乡淡水鱼养殖专业合作社发展得更加充实，行稳而致远。

风雨相随创业路

讲述：苟武昌　　整理：冉军

苟武昌，男，46岁，旺苍县枣林乡双龙村人，初中文化。1994年外出打工，2008年返乡创业，2015年创建旺苍县昌盛核桃专业合作社，帮扶贫困户17户，提供劳动务工岗位40余个。合作社被评为旺苍县“优秀新型农业经营集体”，他先后获“旺苍县龙头企业带头人”“旺苍最美扶贫人”“广元市返乡创业明星”称号。

我初中毕业就出去了，1994年到2008年在外打工14年。是对土地深深的感情，让我走上了返乡创业路。

在农村创业谈何容易啊，这些年，并不是春暖花开、阳光明媚、笑容满面，而是白手起家，有风，有雨，有雾，有霜；有苦，有泪，有喜，有忧。

现在好了，遍山的核桃树结满了果子，妻子笑了，我也笑了……

大片土地荒芜令人心痛

2008年“5·12”地震后，我打工回到旺苍县枣林乡双龙村家里，一幕场景强烈地触动了我的心。在我记忆中，在这片肥沃的土地上，大片大片绿油油的麦苗迎风生长，金黄的油菜花在春风中迎送着它的主人，成熟的稻谷低垂沉甸甸的头……如今那一片生机勃勃的景象不见了，茁壮成长的庄稼变成了疯长的野草和丛生的杂树，很多年轻人都外出打工了，留守的老人只能在房前屋后的地里种点粮食维持生计。大片的土地无人耕种，荒芜了，路也没了，成了一片荒山，令人心痛啊！

我虽说文化程度不高，但走南闯北多年，见多识广。我想，能不能在土地上做点文章，让留守老人在家也能挣点钱，乡亲们的日子不就慢慢好起来了吗？

我萌生了利用荒废的土地干点啥的想法。我跟妻子商量，我说："我们现在还年轻，可以在外挣钱，可当我们老了，跑不动了，如果家乡有产业，我们就不用为生活犯愁了。"妻子说："你在外面挣点钱也不容易，你投的钱一旦收不回来，你哭都找不到地方哭。"我说："这五个社几百亩荒地，我投 20 万元，就能把事干起来。"当时，我在外打工积累的资金有 80 多万元。可父亲坚决反对："儿子，我活了大半辈子了，能在土地里刨出个'金娃娃'的人，我还没看到。你如果把投的钱拿不回来，你的血汗钱不就白白扔了吗？"

我特意请县科技局一位专家来当地考察，老百姓房屋周围的核桃树长势甚好。当时一棵树一年收成三四百元，种植干果是可行的选择。

要想事业成功，妻子和家人的支持是最重要的。我继续给妻子做工作，我说我不等、不靠，凭自己的努力发展，给当地老百姓做个表率。俗话说，前人栽树，后人乘凉，我们这辈子吃点苦算不了啥，就可以给子孙后代留下点什么。她说："你要干事，有三个条件就把你限死了，没路、没水、没电，咋办！还不如到城里买套房子安逸。"我说："干啥事都有困难，我们会有办法的。再说，房子是固定资产，买了，什么事也做不成了。那片荒山采光好，精心打造出来，发展干果，创一番事业，以后我们老了，走不动了，带着孙娃子，也可以在园区转一转，钓钓鱼，打两个果果，这不是很好的事吗？"妻子说："你想得太天真了。"我又说："我们拿一部分钱来做，如若没干成，我也不后悔。如果干成了，以后我们在村社里说话，腰杆也挺得直一些嘛。"

妻子渐渐软了口。父亲也有了支持的态度。

当时，土地包产到户了，只有村民们同意让我承包土地，事儿才能干。

我找到村支书和乡领导说了想法，他们感到很诧异，马上召开村民大会。村民表示质疑，说要现钱交易，我一口答应。有老辈子说："比你有钱的人多，但有你这种想法的人还没得，我们当高辈子的支持你。"几番召开村民大会，本着自愿、互助、公平的原则，达成了 500 亩土地流转协议，我给村民支付了五年的土地承包费共近 8 万元。

苦口婆心加苦干　实现“三通”

我请了十几个村民花了近 30 天，才把荒坡上的草和杂树除干净。我立马买回三四千株核桃树苗，找乡亲们帮着栽上。

从村上公路到园区有 2 公里多路程，没路咋办？当时，这条路要经过 10 多户人家的土地。我们白天干活，晚上就带上烟酒去做工作。说通一家修一截。为了修路，我和妻子拿上锄头、铁锹、二锤，能挖的就挖，能铲的就铲，遇到弄不动的大石头，我就抡起二锤砸。开始只说修两尺宽的路，摩托车能骑就行。好不容易把路修通了，可两尺宽的路咋有法用呢？路还得扩宽。我又去给村民们做工作。我说，占了土地，我拿钱。好说歹说，说通了。我就动用挖掘机修路。后又扩宽了一次。真是苦口婆心地给村民说好话，毁了树和庄稼，该赔偿的赔偿，占了土地，该拿钱的拿钱，路终于扩到 4 米宽了。

这辈子，我要大大地感谢我的妻子，她能说会道，待人热情。当时，她在家里开了个小卖铺，卖些生活日用品，生意做得不错，安了一部公用电话，每天净收入 100 多元。而她放下生意，天天跟我一起上山吃苦修路。没有妻子跟我一起干，路是修不出来的。路虽成了，可还是个毛坯路，车子开上山，遇到下雨，车就下不来。我和妻子抱起石头去填坑。说起那滋味，话长啦！妻子实在忍受不了，工具一扔，说:“我不跟你干了！”后来，我找到村主任，在乡和县里的支持下，总算修成了泥结碎石路。

园区离家有 3 公里多远，每天来往不方便，再说，晚上这里也需要人守护。我便在园区挖了一个屋基，建起五间共 100 多平方米的管理房。为节省开支，我将全家搬到园区，家人齐上阵。

没电，我先买了 20 圈护导线，在农户家把电线牵到管理房。谁知电到了，却只能照明，且灯光昏暗，更无法派上其他用场。用发电机发电成本太高，每晚耗资近百元。我想，这不是办法。正巧遇上双龙村农村农电改造，我找到村主任，村主任问我是拉动力电，还是照明电，我一口说动力电。村主任帮我找到乡农电站，村主任说:“他是我们双龙村返乡创业的一个典型，你们要支持一下哟。”

后来，能够满足核桃园区需要的动力电牵上了山。

有路，有电了，我的心里踏实多了。

我在园区挖了一口堰塘，树儿需要水来灌，不能只靠天下雨来蓄水。我找到乡政府，希望解决几个防旱池。乡政府联系县水务局。水务局领导来现场察看，说："你不来找我们，我们也会帮你解决水的问题。"于是，建了五个防旱池，还给我挖的土堰塘筑起了堡坎加固，总储水量达 2000 多立方米。

几年下来，我的园区实现了公路全覆盖、水源全覆盖、网络全覆盖。

"贵人"相助　喜出望外

核桃树苗成片地长起来，树还没挂果，我摸索出一套长短结合、立体开发的模式：核桃林下养鸡，鸡粪是最佳肥料，以生态养殖零污染排放，实现土地循环利用，追求经济效益最大化。

我一开始就买了 500 只鹅，我们天天晚上要守着它们。可不到十天，500 只鹅一晚上全死了。我蒙了，咋回事呢？原来我们修的房子盖的是彩钢瓦，那天晚上狂风大作，雨水如注，屋里没灯，雨点打在彩钢瓦上，加上风吹的响动，胆小的幼鹅受惊，就往一处挤，结果全压死了。我咬着牙，挖了一个大坑，妻子边哭边往外背死鹅……

事后，我们总结教训，请教高人。眼看家中的钱花完了，为了发展，我四处借钱筹资，仍然坚持养殖。2015 年，我又养了 2 万多只跑山鸡。鸡在山间欢快地啄虫，吃撒在山坡的玉米、谷子等粮食饲料，晚上就歇在树下。

那天，我的"贵人"出现了。我正在园区，突然驶来一辆越野车，从车上下来一位身穿中山服的中年男子。他见满山的跑山鸡在核桃树间窜来跳去，很是惊奇。问我："这些都是你养的吗？"我说是。我问他贵姓，他说姓杨，叫杨佳明。杨先生在园区转了转，四处看了看。他掏出手机拨通了几个电话，又拍了几张照片，立马用微信发朋友圈。他在朋友圈里说，朋友们快来看，我的一个兄弟养了这么多吃纯粮食的绿色跑山鸡，想吃上好的鸡肉，就来找他。晚上他回去又找乡党委书记，要向县人社局推荐："他的产业搞得这么好，是你们枣林乡的一颗明珠。"时任县人社局局长王怀成率队实地察看，摄像，摄影，采访。一时间，我的事迹传开了。原来，我自己到市场上去卖鸡，每次卖个七八只。这下好了，有“贵人”相助，让我喜出望外，一年下来，我的跑山鸡挣了 10 多万元。

哪知，2016 年，因养殖没设隔离带，鸡没有休养区，情形发生了逆转。鸡不吃食了，成天啄羽，不长，最大的鸡才 4 斤多重。我看着心疼。没办法，我廉价一次性处理给了鸡贩子，造成严重亏损。

2017 年，资金链再次断裂。我四处求助于亲戚朋友，儿子要上大学，我和妻子也疲了、累了。当时，我几乎陷入了绝望的境地。最后，我让妻子帮我看护园区，我买了辆货车外出跑运输，一年挣回十几万元。2018 年下半年，我们又进园。

如今，在县林业局、农业局、畜牧局和乡村的支持鼓励下，我创建的旺苍县昌盛核桃专业合作社已形成气候。这几年，我帮扶贫困户 17 户，提供劳动就业岗位 40 余个。合作社被评为“优秀新型农业经营集体”，我被授予县龙头企业带头人、最美扶贫人、广元市返乡创业明星。

我用执着点亮人生

讲述：杜文亮　　整理：向素华

杜文亮，1957 年生于旺苍县木门镇茶园村。1981 年创办以酿醋为主的综合加工厂，1989 年在旺苍县冯家坝办食醋加工厂分厂。2004 年因亏损停业，外出务工，两年后返乡再次办厂。2013 年成立天宝食品有限公司。他发明的高温发酵酿醋方法，获国家发明专利。公司先后获“四川省重质量、讲诚信、守信誉优秀企业”“全省十佳优秀诚信品牌企业”“全国产品质量过硬、信誉保障放心食品生产企业”“中国绿色健康食品企业”“旺苍县重点龙头企业”。他获得“旺苍县优秀民营企业家”荣誉称号。

我叫杜文亮，旺苍县木门镇茶园村人，家中共有兄弟姊妹八个：三个哥哥、三个姐姐和一个妹妹，在儿子中我排行第四。家中人口众多，家庭贫困，我勉强读了三年小学后，就辍学回家务农了。

艰辛办厂，屡屡受挫

父亲常年多病，三个哥哥相继成家后也分家单过，只有六间瓦房的家，显得更加窄小。我不到 14 岁就承担起了家庭的重担，养家糊口，给父亲看病抓药。农忙时在地里干活挣工分，农闲时到山里扯草药卖钱补贴家用，日子过得很艰苦。

幸好当时的村主任一片好心，他知道我脑瓜灵活，就让我承包了集体的果园。这片果园占地 800 多平方米，由于经营不善，一直没有挂果。我经过三年的苦心经营，果园丰收了，净赚了4000多元钱，这在当时算是一笔巨款了。我靠着这笔钱，给姐姐置办了嫁妆，帮衬三个哥哥修建了新房，才让这个一贫如洗的家出现了转机。

虽然家庭条件有所改变，但贫穷的根还是没有彻底拔除。到了我谈婚论嫁的年龄，不管哪家的女儿，只要一来看了门户，都会摇头，这个家实在是太穷了！后来，终于有个高挑美丽的姑娘看重了我的人品，愿意跟我过下去。她，就是我的妻子——石义。

结婚后，她先后为我生下了一双聪明可爱的儿女，小日子过得还算幸福。

1981年，改革开放，我第一个办起了砖厂，同时还加工魔芋、木材、粉笔、食醋，另外还添置了打米磨面的设备，并给自己的公司取名为“旺苍县茶园综合加工厂”。由于厂子规模较大，我招了五六十个工人，厂子效益很好。虽然生意红火，挣钱也不少，可是我文化浅，缺少管理经验，存在一些管理上的漏洞，到1987年的时候出现了亏损，不但贴进去10多万元，还欠工人几万元的工资。

我不得不停产，可我又不想自己的设备就这么白白地荒废掉，便把打米磨面的全套机器搬到化龙乡的油树村，找了当地贫困老实本分的邓才显和代华才，教会他们使用后，就由他们二人经营，只是要求他们每年象征性地给我交几百块钱的机器磨损费。2005年后，我将机器送给了他们。如今，这两个当时在贫困线上挣扎的农村小伙，靠着给人家打米磨面，经济条件一天天好转，不但新修了厂房，还更换了设备，生意做得风生水起。

两年后，我又开始把厂子办起来，这一次，我缩小了规模，以酿醋为主，销量还不错。1997年，终于还完了所有的债务。这时，我想把生意再做大一点，便又在旺苍冯家坝办了一个醋厂，由堂弟杜文甫经营，办了三年后由于种种原因出现亏损。我没有泄气，又到苍溪黄猫乡买了一处房子办醋厂，继续让杜文甫和自己的徒弟李正祥经营。

我知道江油和阆中的醋和酱油一直很出名，就在1999年的冬天专程到江油和阆中，以参观的名义在厂里转了几圈。也许是我对这个行道天生就有悟性吧，我头脑里就对酱油的酿造流程有了明晰的框架。回来后我带领几个工人制造酱油，没费多大工夫，酱油酿造成功了！

在酿造食醋和酱油的过程中，我一直坚持不使用添加剂，制造成本高，利润一直很低。为了增加一点收入，我又在老家办了“茶园诚信酒厂”，经营几年后，由于精力有限，没有时间管理，我把酒厂转给别人经营。

打工返乡，东山再起

随着时间的推移，我的两个孩子慢慢长大。眼看到了读大学需要大把花钱的时候，可我厂子的效益并不是很好，供养两个孩子上学还是很困难。为了挣钱供孩子读书，2004年我把加工厂停了，走上了打工之路。

在熟人的介绍下，我来到山西霍州小煤窑挖煤。挖了半年，挣到的钱的确要多一些，但这全靠体力吃饭的生活不是我想要的，于是又回来到离老家近一点的苍溪挖沙，虽然辛苦，但能送两个孩子读书了。

刚做了一年，隔房的叔叔杜开强带信让我回去继续办厂。强叔在我们这个大家族中很有威望，也是个很有见识和洞察能力的长者。他很了解我，相信我，认为我是块干大事的料。我便听从强叔的建议，回到了家乡东山再起，在旺苍县城郊的五峰村租了400多平方米的房子，贷款5万元办起了食醋和酱油加工厂。

我还是坚持不用添加剂，为保证质量，只收购上好的原材料，导致酿醋和酱油的成本居高不下，虽然加工出来的产品质量好，但除了零散的顾客，很多饭店宁愿购买别家厂酿造的价格低廉、质量较差的食醋和酱油，导致我一度出现了亏损的局面。

2013年，我挂牌成立了“天宝食品有限公司”，将自己的醋和酱油命名为“鑫天宝”，经营状况终于慢慢好转。

我是个喜欢动脑筋的人，我一直在想，保宁醋可以成为阆中的支柱产业，为什么“鑫天宝”不能成为旺苍的支柱产业呢？带着这个疑问，我将自己的全部心思用在了改良产品上，经过20多次的实验，我终于发明了“高温发酵酿醋”的方法，发酵温度由40度提高到60度，这在酿醋行业简直就是一大奇迹，因为发酵温度一旦超过45度，糟子就会全部烂掉。

我的这一发明的运用，直接把醋的发酵期整整缩短了一周，得到了省食品发酵工业研究设计院院长陈功的高度重视，叫我申请发明专利。当时也有人曾出资1000万元想要买断我的专利。1000万元，对我来说不是个小数字，完全可以靠这笔钱过上幸福安逸的生活，可我拒绝了。这可是我用自己多年的心血换来的，也许余生都难赚到1000万元，但我一点也不后悔，我要把这一发明留在旺苍。

打烂醋瓶，产品走红

2016年9月，上海昆山科技发明展销会场，旺苍的几十个品牌默默无闻地在会场的一角，鲜有人问津。

就在大家有些丧气的时候，一个从旺苍搬迁到昆山的老人走过来，看到产自老家的"鑫天宝"醋，马上买了两瓶。第二天，那个老人又来了，同时还带来几个老乡，说"鑫天宝"终于让我们尝到了20世纪70年代的老醋味道。毕竟是自家吃，老人买了一瓶三级醋，放在柜台上正在掏钱时，旁边一个记者忙着转来转去地拍摄照片，不小心扫到柜台上，把老人的醋瓶扫到地上，打碎了。记者连连道歉，准备掏钱赔偿。我的员工何朝海赶紧从箱子里取出一瓶醋给了老人，坚决不要记者赔偿。

不一会儿，整个展销会场都散发着纯正的醋香，许多人闻香，纷纷前来买醋。20件醋，一会儿工夫被抢购一空。几个在场展销的厂家马上要求与我们签订销售合同，我哪敢一一接单啊，自己的厂子规模不够大，怕自己的产品供应不上。

就在那段时间，一个大型酒店里的大厨做一道菜需要用醋调味，可不管用哪种醋都调不出来。他用了我的醋惊喜地说，他的这道主打菜终于调出想要的味道了！自此，他要求酒店一直购买我们厂的醋。此后，我们厂的食醋和酱油销量开始稳步提升。

要想长足发展，让自己的加工厂立于不败之地，让"鑫天宝"醋和酱油成为旺苍的支柱产业之一，只有扩大规模。

为了扩大规模，我开始寻找新的厂址，找来找去，最后在嘉川镇石桥村找到了一个面积较大的地盘，以前是广旺矿务局的属地。一切手续就绪，就在动工的时候，当地的居民不干了，每天五六十个人前来阻挡。于是，我又找到县委县政府和镇政府，通过多方协调，终于在2016年底动工修建厂房，2018年5月，我们正式搬入了新的厂房。拔地而起的1万多平方米新厂房，花费共计800余万元，除了省科技厅拨的 40 万元项目资金外，全都是自己的积蓄和筹集的垫资及民间借贷。

如今，我们厂的效益一天天好起来，规模也在一点点扩大，我感到无比欣慰。如果没有我的执着，也就不会有今天的成绩。

南阳山上“金孔雀”

讲述：王保顺　　整理：刘桂莲

王保顺，男，1962 年生于旺苍县东河镇。20 世纪 70 年代末外出务工，2012 年返乡创业，创办金孔雀生态家庭农场，成立旺苍县游霞农业科技开发有限公司，采用“农场 + 农户 + 基地”运行模式，租赁流转农户闲置的土地。当地村民每年季节务工 1000 余人次，其中贫困户 370 余人次，实现了就地务工增收。金孔雀生态家庭农场 2015 年获“四川省首批生态家庭农场”称号。

旺苍县城郊南峰山海拔 1043 米，为城南最高峰，山峰排列犹如凤凰，振翅欲飞，宋代《寰宇记》和明代《蜀中名胜记》都把该山列为名山。人们取吉祥、幸福之意境，把这里称作南阳山。

初　心

由我创办的金孔雀生态家庭农场，就在南阳山的半山腰。

这里地处东河、黄洋河、红军湖、南阳山、张家山三水两山环抱之中，是一座美丽的山水生态园区和良好的森林康养基地。旺苍县委、县政府深度挖掘红色文化、民俗文化、生态旅游等主题资源，对南阳山旅游景区的开发可以说是如火如荼。我就是乘着这一阵东风，着力打造一批包括运动健身、休闲娱乐、康体疗养、夜市餐饮、常态化节庆演艺活动等高品质的旅游产品，以期达到政企共赢。

最重要的是，最终从中受益的，还有这一带的群众。

金孔雀生态家庭农场始建于 2012 年 4 月，为了提高农业规模化经营水平，我于 2015 年整合资源，在工商部门登记注册，成立了旺苍县游霞农业科技开发有限公司。这些年来，我一直在做一件事，那就是：带领乡亲们干事创业，脱贫致富。公司最初以孔雀养殖为项目，全力打造农业全产业链，所以这里的人们说我是南阳山上的金孔雀“代言人”。其实我的初衷就是，让美丽的孔雀在南阳山上悠闲地飞来飞去，同到这里游玩的人们开心地嬉戏舞蹈，让人置身于浪漫的童话世界。

归　来

为帮助创业者实现创业梦想，旺苍县先后出台了多项扶持创业的优惠政策，被创业者们誉为“归巢计划”。

我是一个地地道道的旺苍人。1962 年出生于中国红军城，居住在东河镇龙潭街，家中弟兄姊妹六个，我排行老四。20 世纪 70 年代末，改革开放的春风吹遍大江南北，信息闭塞的旺苍小县城里，高中刚刚毕业的我血气方刚，想要去外面的世界看一看、闯一闯。

我背起行囊离开了家乡，踏上了漫漫打工路。几经周折，我到了湖北，凭着山里人吃苦耐劳的精神和踏实肯干的劲儿，很快就成了一个建筑工地上的骨干。随后，我又到成都、北京、汉中和德阳的罗江等地，承包了一些小型的技术项目，慢慢积聚了人脉和门路，当起了包工头。

在外务工那些年，见惯了城市的繁华，再回头想想自己的家乡仍然落后，我对辛辛苦苦打拼挣下的钱就更加惜疼了。10 多年下来，攒下了一些存款，自家的日子一天天富裕起来。但我发现：广大农村青壮年劳动力离家外出，家乡人才流失严重，土地荒芜，儿童留守，老人空巢……我要回去！回到家乡，带领更多的人创业致富！家乡是根，家乡是魂！不惑之年，每每念及家乡的父老乡亲，我返乡创业的想法愈发坚定。而此时，我个人的事业其实已经风生水起。

在 21 世纪初，我放弃了在外务工挣大钱的机会，回到了家乡。

创业

随着大众创新、万众创业活动的深入开展，川北大地涌现出了一大批返乡创业的“草根创客”。他们用自己的勤劳和智慧，为广大群众实现脱贫致富、建设全面小康树立了榜样。我也想成为其中的一员。

回乡创业，造福桑梓。坚定了返乡建美丽家园、创业富一方百姓的信心和决心后，我四处考察，甚至骑着摩托车访遍了旺苍周边的乡村，最终瞄准了“县城后花园”南阳山，做起了农业特种养殖开发项目。经过三个月的考察，2012年，我们的蓝孔雀、土鸡、五彩鸡养殖等项目终于在南阳山上“落地安家”。

当时交通不便仍然是山上山下互通信息的瓶颈，于是我呼吁、争取政府和交通部门的支持，把昔日2.7公里的114乡道王家梁村道泥巴路打造成了水泥路，横跨三个组近20户人家。25户、100名精准贫困户与公司设立的农民工科技创业园签订了种鸡—鸡苗养殖和鸡蛋销售合同，受益非贫困农户达50多户。

我是个过过苦日子的人，所以对农民工特别有感情。贫困户何秀琼老公患了癌症，让经济本就困难的家庭雪上加霜，平日里我让何秀琼的家人在农场一起就餐，随时给他们打气，鼓励他们坚强地面对生活，特地帮他们申请医疗和民政补助费用，并与何秀琼签订了长期就业合同。何秀琼一家感激涕零，说我就像亲兄弟一样。

许多人认为在外务工挣了钱，应该到大城市里过安逸的生活。还有人说：你不抽烟、不喝酒、不打牌，挣那么多的钱，还帮助其他的农民就业、发家致富，到底是图个啥？

其实，我也只是想让在我公司务工的兄弟姊妹收入高一点、生活好一点、心情愉快一点，成为让别人羡慕的农民工。起初创业时，需要大额的资金注入，我没有丝毫犹豫，拿出准备在大城市承揽工程的1000万元成立了公司，按照“以市场带加工，加工带养殖，养殖带种植”的循环经济模式，带领村民发展种养产业，而这其中的酸甜苦辣，也只有我自己知道。

2013年农户刚发展起来，土鸡蛋已大量上市了，全国却多处发生了禽流感，所有禽蛋滞销。为了保护他们的利益，公司在自己损失严重的情况下，挤出大量资金将农户卖不出的鸡蛋回收悄悄销毁，我把损失留给自己，树立了养殖户的信心，稳住了产业基础。

功夫不负有心人，禽流感过去了，在我们公司务工的村民也更加上心了。经过不懈的努力，昔日的“烫手山芋”最终变成了村民脱贫致富的“香饽饽”，公司生产的土鸡蛋、土鸡肉制品、七彩孔雀蛋从本地市场，逐渐走向市外、省外……看着大把大把的钞票回收，大家笑得欢了。

游霞农业科技开发有限公司采用“农场 + 农户 + 基地”的运行模式，聘用高级畜牧师、高级农技师，实行小企业管理制度及量化标准，租赁流转农户闲置多年的土地，长期雇用贫困农户和其他剩余劳动力务工，让农户增加收入。农户既能获得土地租赁流转的租金，又能获得劳务报酬的工资，从而增加了农户收入，有效带动了当地三个村组的经济发展。公司季节性雇用当地农户在场务工 1000 余人次，其中贫困户 370 余人次，有效实现了当地村民就地就业。

意　义

更让我感到欣慰的是，党委、政府支持我们公司发展产业，南阳山越来越多的农民工返回家乡，加入产业发展、乡村振兴的队伍，南阳山也变得更有活力。

我们公司的农场占地 500 亩，其中孔雀养殖区 100 亩，标准圈舍 4000 平方米，培育印度蓝孔雀原生二代种鸟 600 羽，年产商品蓝孔雀 2000 羽，产值 240 万元；标准发酵床池 500 平方米，五彩蛋鸡 3500 羽，年产蛋 18 万枚，产值达 54 万元以上。另有标准化猕猴桃果园 75 亩，年产量为 100 余吨，产值达 150 万元。公司的初级农产品高山雪莲鸡蛋、绿壳鲜鸡蛋、五彩土鸡蛋、初生蛋销往全国各地；土鸡、孔雀养殖，有机猕猴桃、高山翡翠李、车厘子种植已具规模。2015 年金孔雀生态家庭农场成功跻身全省首批生态家庭农场。

几年下来，企业达到了农场与农户互利、互惠双赢的效果。一方面，农户改变了“传统耕作收入低的现象”，实现了“既无风险收入高的愿望”，并坚定了继续与农场多方合作的信心。另一方面，公司与农户签订“可控、可溯”的农产品“代养、代管”的双边协议，努力拓展销售市场，通过微商、电商网上销售农产品，为农场带来了丰厚的利润，带动了当地传统农业向产业农业转型。

接下来，我们将利用自身优势和产品特点开拓特色农家餐饮，着力营造农家休闲娱乐环境，带动南山片区的乡村旅游业发展，彻底实现“产区变景区，田园变公园，产品变礼品”的发展目标。目前，我们的孔雀扇、发夹、胸花等系列孔雀工艺品制作规模正在扩大，尧帝文化广场前期规划建设方案也已经拟定。

有人说：我从一个普普通通的“打工仔”，已经成长为大家心目中的“大BOSS”。其实我的根在农村，我的梦想就是带领周边的群众尽快脱贫致富奔小康，与大家一起为早日实现乡村振兴尽自己的绵薄之力。我想：到2020年，全面实现同步小康，人人都过着富裕、幸福的生活。我的人生，也将因此更加有意义。

绿叶对根的情意

讲述：赵永朗　　整理：何红梅

赵永朗，男，中共党员，1974年生于旺苍县高阳镇双午村，旺苍县福禄仙源畜禽养殖专业合作社负责人。1993年入伍西藏后勤部队，1996年退伍，先后干过客运和建筑业，2013年返乡创业，当选为村支书。2015年成立合作社，养殖蛋鸡、肥猪，年产值达300万元。他带领全村群众发展产业，2017年，整村退出贫困村，他获“全省优秀党务工作者”荣誉称号。

一、归来

我生于1974年，与那个时代的大多数人一样，姊妹众多，家境贫寒，初中毕业就辍学在家。1993年，我19岁时参军去了西藏的后勤部队，当起了一名“猪倌”。工种看似不那么高大上，但是我特别感谢在部队的三年磨炼，使我学会了“干一行，爱一行，钻一行”，懂得了“技多不压身”的道理。1995年，我加入了中国共产党。1996年报考了西安政治学院的在职函授，2000年拿到了法律专业的本科文凭。

1996年退伍后，我先给别人开车，第二年积累了一些资金后，自己买了一辆客车，跑起了客运。2006年底，偶然的机会让我看到了建筑行业的前途，于是转行，一心钻研房屋建筑，通过几年对房屋建筑的施工，取得了建筑行业九大员相关的各种资质证书，在建筑行业有了自己的一片小天地，挣了一些钱，在旺苍县城安了家。我的小日子一天天过得滋润了，但父老乡亲的贫困始终让我悬着一颗心，我便萌发了回乡发展产业、带动乡亲共同致富的想法。

2013 年 5 月，双午村的老党员对我说，他们非常希望我这个“能人”回去！迎着这些老党员期待的眼神，我有些兴奋，也有些发怵。那时，我的建筑业正干得红红火火，家人不希望我回农村。他们知道，农业项目周期长，见效慢，很可能费力不讨好。但在大是大非上，家人们都听我的。

6 月，村党支部换届选举，村上几名老党员跑到高阳镇党委推荐，高阳镇党委领导到县城找我谈心，希望我回村带动村民发展。我通过几天的思想斗争，最终决定回村参加双午村党支部换届竞选，我全票当选为村支书。

二、修路

整个村子没有一条水泥路。有顺口溜说得形象：“路窄弯又多，把人甩晕咯。陷在烂泥里，半天走不脱。山高石头多，出门就爬坡。跶了一扑爬，帽子滚下河。”

于是我想到，要发展，必须得从入村路入手——要致富，必须先修路。在没有项目资金的情况下，只有自力更生！我召开大会，动员村民发扬大茅坡精神：“宁愿苦干，不愿苦熬。”又一家家做群众的思想工作：有钱的出钱，没钱的出力。

我背着家人，拿出 50 万元购买河沙、水泥、机械……历时半年，4.6 公里的盘山路在隆隆炮声中盘旋而上。2015 年，我又垫资 200 多万元，将这条泥结碎石路进行了全面硬化，实现了水泥路“户户通”。山里的土特产运出去了，先进的生产机械在山沟里大施拳脚，曾经的“背篼经济”一去不返。

三、探路

双午村石多土少，自然条件恶劣，村里没有一个像样的产业，全村 161 户 505 人，人均纯收入 4389 元，精准识别贫困户 39 户，贫困人口 105 人，贫困发生率 20.18%，是典型的贫困村。如何让群众在山旮旯找到发展出路，树立致富信心，比基础设施建设更大的难题摆在我面前！

那时，我常常盯着脚下的土地，陷入沉思，仿佛想从这些风化的石头片中盯出金子来。你别看这里的土地瘠薄，野草却长得疯狂：春天，泥胡草足足高出我一个头，黄鹌菜齐腰深，它们摇着细长的身子，连成一片紫的黄的花海。适合长草，是吧？种草，羊吃草，羊卖钱……靠山吃山！于是我萌生了山羊养殖的念头。立即召开两委会议商讨，最终决定发展畜禽养殖。

我带领村党支部一班人，走家串户与群众谈心，集思广益，又邀请县林业局、县畜牧局农技专家到村规划指导，养殖了南江黄羊1000多头。2015年，我个人投资200余万元成立了双午村"福禄仙源畜禽林果专业合作社"，抓住脱贫攻坚对精准贫困户的扶持政策，并吸纳村民入股加入专合社，其中包括贫困户利用扶贫小额信贷资金入股到专合社，抱团发展畜禽养殖及牧草种植，初步形成了"果—草—畜"立体循环生态农业发展思路。同年，我村率先在全县开通了电商平台。

不料，黄羊一头头生病了，我请来专家把脉。专家说："黄羊不适合圈养，放养的话，要破坏生态。"致富羊成了烫手的山芋，到2017年，价值200多万元的羊全死光了。

原本就持怀疑态度的乡亲们怕自己入股的钱泡了汤，说啥的都有了，有人甚至找到我要马上退股。我便一家家做安抚工作，承诺："不管盈亏，就算赔光我的家底，也绝不会亏你们。"

那时，我抽烟论箱买，经常整夜整夜地失眠，一支接一支地抽烟，一个通宵就是一地的烟屁股。有人说我长得像电影明星周润发和黄安，但那两年，我的头发白了一半，老了一大截。我这人不信命，不服输。我一遍遍给自己打气："人生总有一些意外，出现在努力之外。失败了，从头再来。"我相信，上帝给我关上一道门，必然会给我打开一扇窗。

200多万元没有白白损失，让我买到了教训：养殖，必须尊重动物的天性。2017年，我先后去了梓潼、江油、射洪、都江堰、崇州……几乎跑遍了省内的大型蛋鸡养殖场，最终决定追加投资300多万元，以养蛋鸡为主、养猪为辅。

四、初成

产业发展到现在，算走上了正轨。整个合作社占地20亩，养殖圈舍5000余平方米。我们的设备是全智能化的：自动配料，自动消毒，自动刮粪，自动控温，全方位保障了科学养鸡，圈舍里没有那难闻的腥臊味。16000多尾蛋鸡红光满面，给鸡们喂的是玉米、豆粕、磷酸氢钙、钙粒、多维、小苏打，完全按照蛋鸡养殖的绝对无抗生素标准进行了饲养。合作社还养有外二杂母猪20头，年产仔猪500头，年出栏肥猪300头。2018年，我们的产品获得了农业农村部无公害食品认证。

为了处理好排污问题，我们建有一个出气量达80个立方米、供50余户生活用气的沼气站，用全封闭管道输送粪液。别人都扎堆种黄茶，我和省科技厅信息所的胥天泽书记一合计，决定种楠竹。我们种的800亩楠竹已全部成活。

五、得失

六年来，我年年受到省、市、县各级党委政府的表彰奖励，作为旺苍县的唯一一个村支书代表在全省脱贫攻坚大会上做过交流发言，作为唯一的村支书参加过中组部的培训学习。我的付出得到了上级组织的认可，但金杯银杯，不如老百姓的口碑！

70多岁的伍加珍老人见面就对我说：“赵书记，感谢你啊！要是没有你，我们哪能走这么抻展的路，住这么好的房子。我做梦也没想到，我们几个老太婆，在家门口除除草施施肥，一年轻轻松松就能挣到1万多元钱的工资！”

老百姓得到的实惠实实在在。你看，安置点的房顶上都安装了太阳能发电设备，并入了国网，贫困户除享受免费用电，每户每年有2000多元的收入；贫困户免费用上了安全清洁的沼气；还有务工收入，产业园区年工资支出就达100多万元。在过去的三年时间，在产业未盈利的情况下，每户每年有几十元到200多元不等的分红。在资金不到位的情况下，我们不等不靠，于2017年，夺取了双午村整村脱贫的巨大胜利！

六年时间，我出资上千万元，却没给自己放过一天假，大年三十、初一，放员工们回家团圆，我一个人守摊摊，泡着方便面。我的越野车每月花费的油钱、过路费都在五六千元，也都是自掏腰包。

前几年，有人劝我在成都买几套房，躺着赚钱就可以了。我是搞建筑出身的，对此何尝不知、不懂！但我的根在双午村，魂在双午村！有人替我惋惜，稳当的轻松钱不赚，却把钱拿到农村流血流汗修猪圈。我毕竟是凡胎肉骨，听到这些话，也有动摇的时候，但我常常给自己打气：不管怎样，我都得顶住！就好比滚石上山，半道上我一撒手，双午村的产业就要归零。

借一句歌词来表达我的家乡情结吧：这是绿叶对根的情意！

六、蓝图

我的愿景是：给村民的分红逐年增加，买齐保险，让他们在产业园区务工，领取工资，最终让他们成为收入有保障的工人。

你看，我的专业合作社的“仙源”二字，寄寓了我对双午村的理想期待。最终，我们会走农旅结合的智慧农业之路。

再等两三年，你想看竹海，不用舟车劳顿去宜宾了。邀约上你的朋友们，从县城到这儿，也就 20 公里路程，说到就到的。还可以住民宿，吃有机食品，爬山，听白鹤包的神奇传说，赏深山里的古民居……

并肩创业铺富路

讲述：赵翠　　整理：伊国华

> 赵翠，女，汉族，生于1984年12月，利州区东坝人，随夫迁昭化区柏林沟镇，昭化区第六届政协委员。大学文化，2004年毕业于绵阳师范学院，供职于广元市机关幼儿园，2005年辞职，先后任四川华星名仕奥迪有限公司营销总监、四川工商联汽贸有限公司销售总经理。2014年返乡创办农牧投资公司，2018年任四川蜀道元牛牧业有限公司董事长、法定代表人，被昭化区评为优秀民营企业家。

“一支竹篙呀，难渡汪洋海；众人划桨哟，开动大帆船；一棵小树呀，弱不禁风雨；百里森林哟，并肩耐岁寒；一加十，十加百，百加千千万；你加我，我加你，大家心相连……”这是我最喜欢的《众人划桨开大船》歌词。我们蜀道元牛牧业有限公司就像歌中唱到的那样，我们是一支返乡创业的团队，创业主体为返乡农民企业家、农民工和创业成功人士，我们并肩创业，主要发展安格斯黑牛养殖，是一家集牧草种植、良种繁育、肉牛育肥、粪污利用、销售于一身的现代化农业企业，是四川农业大学的产学研示范基地。

以场为家的创业团队

我是公司法人赵翠，老公是昭化区柏林沟镇的人。2005年，我辞职随老公到成都发展，老公是搞路桥工程的，经常在外面做工程，我从汽车营销做起，利用当过老师善于口头表达的经验成功销售车辆，先后担任了四川华星名仕奥迪有限公司营销总监、四川工商联汽贸有限公司销售总经理。老公的效益好，我的汽车营销也搞得好，我们的事业干得一帆风顺。2014 年，我返乡回广元创业，想实现自己人生的更大价值。

公司经理是张贤峰，苍溪人，大专毕业后在广东打工 20 年，最后在台湾老板的电器设备厂当厂长，月工资 1.2 万元。2017 年，他年迈的曾是教师的父亲因身体原因，不能再带读初中的女儿和读小学的儿子，他在他哥哥的建议下回广元创业，既方便照顾孩子读书，又方便照顾父母。虽然现在的月工资只有 5000 元，但他没有了后顾之忧，把工厂的管理理念运用到农业企业的管理上，实现了公司的壮大和发展。

技术员杨光秀是剑阁县白龙镇的贫困户，镇上安排她到公司工作。她很珍惜这个工作机会，做事踏实认真，一丝不苟，公司送她去西北农大进行专业培训，学会了给牛防疫打针的技能，每天能给几十头牛打针，还把每头母牛空怀期、怀孕期、哺乳期之间的间隔时间，每个时段的饲料量等统计得一清二楚，为每头牛的电子耳标追溯系统提供了第一手的详细资料。

“犊牛医生”王发明以前是白龙镇的流动兽医，在乡下走乡串户从事骟猪骟牛和给牲畜治病，后来一直在外面打杂工。到公司工作后，有一次遇上农大“牛教授”都深感头疼的犊牛痢疾和犊牛肺炎，这两种疾病病程短，致死率高，是严重影响集约化养牛养殖效益提升的关键。教授都是从书本上学到的知识，运用到实际养殖过程中的疗效并不理想。王发明提出愿意用土办法试验一下，教授已经毫无办法，就同意了他的请求。于是他使用中草药的土办法医治好了犊牛痢疾和犊牛肺炎，成功地提高了小牛的成活率，使公司的小牛成活率提高到了 90% 以上。他现在是公司的医疗骨干，专管犊牛痢疾和犊牛肺炎的治疗，成了名副其实的“土专家”。

配种员杨仕林没有多少文化，以前在外四处打零工。他到公司工作后，每天跟在给牛配种的“牛教授”的身边，提水提桶，擦牛屁股，教授看中了他的精明能干和机灵，给公司建议“要培养自己的人”，把他当成徒弟来教。他耐心地跟着教授学，完全掌握了给牛输精配种的“进枪”技术，虽然对于看牛怀胎是否正常的摸胎技术还没有完全熟练，但是现在也成了公司的技术骨干，专门负责给牛配种的工作。

饲养组组长彭继刚是白龙镇人，以前曾是兽医，先后在成都、北京打工，他做事认真负责，不怕苦不怕累不怕脏，负责全公司牛的防疫治病和饲喂工作，严格遵照科学的饲养方法，确保了牛的健康成长。

管工程的刘军辉在成都打工时是建设公司施工员，每月能挣到8000多元，三个孩子都在成都就业。因父母健在，他回白龙镇后一直负责公司的各项建设，特别是在建场时，不怕烈日，不畏严寒，他的家本来就在白龙镇上，但他把场当家，吃住都在公司里，一年四季戴着安全帽在养殖场里检查各种设施，保证了办公、住宿房、养殖场圈舍、储料场、加工房、供排水、粪污处理等处的安全。

公司养殖场中像这样的返乡人员还有很多，他们都非常看重这份在家乡工作的机会，纷纷以场为家，齐心协力为公司的发展做出了贡献。

按国家级标准建设养殖场

创业时，我在广元参加过几次市人社局举办的创业沙龙，听了成功人士分享的创业经验以及人社局领导解答创业方面的疑问后，就与周边的朋友交流、沟通。说起来，我们都是一些吃货，最后大家普遍认为，广元的牛肉没有特色，外销出去也赚不了钱，不如发展特色肉牛养殖，为人们提供高品质的牛肉。我们编制出详细的可行性方案，有意向性地征求一些返乡创业、有志于搞农牧业人士的意见，得到他们的一致认可，并自愿入股到实体中来。

我们知道做企业来不得半点虚伪，要敢于直面困难、克服困难，在这过程中，固然离不开政府支持，但自力更生、勤练内功才是成败的关键。也知道要处理好与当地农民的利益关系、与政府的关系、与国家利益关系，简单地说，就是该缴税时就缴税，该支付工资时就支付工资，这是做人和做企业最起码的良心所在。于是，我们针对做现代农业项目失败的多、教训也多的实际，从一开始就注重吸取别人失败的教训，吸收别人成功的经验，重点创新了管理体制，实行股东团队与经营团队分离，股东团队关注法人责任、战略方向及公司收益，经营团队独立实施公司运作，负责生产管理、市场销售、绩效考核等企业管理工作。

我们到成都、重庆、西安、兰州、北京等地考察牛肉市场，又联系四川农业大学和西北农业大学的专家、教授，征求品质最好的肉牛品种，最后选定了安格斯黑牛这个国外的肉牛品种。安格斯牛以毛黑和无角为重要特征，也称为无角黑牛，这种黑牛体躯低矮，结实，头小而方，额宽，颈中等长且较厚，体躯宽深，呈圆筒形，四肢短而直，两前肢、两后肢间距均相当宽，全身肌肉丰满，大腿肌肉延伸到飞节，背腰宽厚，具有现代肉牛的典型体型，成年公牛平均重 700—900 公斤，母牛平均重 500—600 公斤，肉质好，出肉率高。

品种选定之后，我们决定高起点起步，邀请市县两级人社局、农业局、科技局和当地政府全程参与企业的创办过程，严格按照国家级标准化养殖场的标准进行建设，实现肉牛良种化、养殖设施化、生产规范化、防疫制度化、粪污无害化，全产业链开发，实行肉牛产业可持续发展模式，顺利完成立项、选址、项目落地，最后在剑阁县白龙镇槐树村、三湾村两村交汇地带选择到了地理优势、区位优势最好的场址。

公司占地 380 余亩，修建部分标准化圈舍和饲料加工房，配套建设办公和住宿及生活用房。一期投资 1.5 亿元，建成标准化圈舍 3 万平方米，饲草料加工、存储厂房 1.5 万平方米，粪污处理区 4000 平方米及供排水、办公区、生活用房、场区道路、绿化等设施，同时流转 2000 亩土地用于牧草种植示范基地建设。我们采用伸缩式圈舍顶棚，全混合日粮（TMR）自动饲喂系统、自动刮粪板粪污清理系统和电子耳标追溯系统，购置了全新换代的全混合日粮和专用撒料车，转化应用了肉牛规模舍饲控位颈枷、肉牛可控移动式饲喂栏等一批实用新型专利产品，建成现代化、科学化、数字化的生产管理现代化农业企业，实现了肉牛饲喂工作的机械化、智能化，提高了生产效率、减小了劳动强度、降低了生产成本。

2017 年 1 月，公司从新西兰进口 1000 头安格斯种母牛，当年全部配种受孕，2018 年底能繁母牛达到 1200 多头，存栏总数 1700 多头，出栏育肥牛达到 400 多头。

农企难上加难的资金压力

创业难，返乡创业更难，返乡创办农业企业是难上加难。农业企业投资大、周期长、见效慢，这是不争的事实。如果是种植业，早一天或晚一天浇水施肥没有直接的影响，但养殖业养的都是“张口货”，不按时给它们饲喂，不喂饱喂足，它们都会在养殖圈舍里乱叫乱跑，附近居民也会因环保的噪声污染投诉我们。

公司每个月的饲料成本要 50 多万元，一年光饲料成本就要 600 多万元，还有养殖场员工的工资，一年要开支 100 多万元，资金压力真是大得不得了。我是法人代表，筹措资金、保障企业正常运转的压力就全落到了我的肩上。

2018 年收贮青贮饲料那段时间，因为股东的资金一时没有到账，农户种植青饲料的 300 多万元又得及时给付，当时资金差额达到 200 万元，我多次跑银行贷款，都没有贷到一分钱，实在让我走投无路了。没有办法，我和老公商量，就把广元御锦湾的房子抵押，再把我的车辆抵押，在朝天农商银行贷到款才解了燃眉之急。

我很感激我的母亲和我的老公，是他们的大力支持给了我创办企业的动力。在公司缺钱时，母亲在癌症晚期时不住院治疗，把她以前卖菜、做零工存下的钱都悄悄地支持了我，她说住院治疗癌症花再多的钱也是白花，把有限的钱用在支持我的事业上，才是留给我的最好念想。我只要一想到母亲生前的这句话，就会情不自禁地哭出声来。在每个月开工资的日子，如果我的钱还没有着落，我就找老公要，让他给我想办法，这几年公司每年 100 多万元的工资款基本都是找他解决的。虽然有时他也埋怨我从没向家里交过一分钱，他既要上养老下养儿，中间还要养老婆，我还是很感激他为了我的事业付出的辛劳，助力了公司的发展。

公司引进有专业动物医学、动物科学博士各 1 人、研究生 6 人，安置当地农村就业人员 48 人。养殖基地采取全株玉米青贮、秸秆干储饲喂，年收储玉米秸秆和黄豆秸秆 9000 余吨。我们购置了全市首台 1204 型高性能大马力东方红拖拉机和小麦、水稻收割打捆一体机收储秸秆，既解决了农民焚烧秸秆污染环境的问题，又帮助农民增收，仅收购玉米秸秆一季，当地农民每亩增收纯利 1200 多元。因等候饲料粉碎的时间太长，附近乡村前来交青贮玉米秸秆的拖拉机从养殖场一直排到了白龙镇上，排了好几公里远，因拉玉米秸秆的拖拉机都超宽了，又严重阻碍了交通，我们当即决定购买每小时能粉碎 30 吨青饲料的加工设备。企业实现了秸秆综合利用，但机械设备都很贵，轻货运输贵，仓储建设费也贵，这些都是我们企业要用钱的地方。

虽然创办农业企业是难上又难，但我和我的团队有信心克服各种困难，创办出一流的农业企业。

激动人心的时刻

每头小牛的出生，是我们最高兴的时刻。尤其是2018年4月9日，我们公司的一头重约300公斤的母牛产下一对“龙凤胎”。牛产“龙凤胎”的概率约为万分之一，概率极低，然而这样的事发生在我们的养殖场，可能是上天对我们发展绿色环保养殖的眷顾吧。安格斯母牛因为稍微具有神经质的特点，它不给初产的小牛喂奶，每次母牛产下小牛后，我们都要把大牛和小牛隔离，人工挤奶，教会它给小牛喂奶。这个过程又苦又脏又累，但却是我们最高兴的时候，因为每头小牛的出生就是给我们降下的一笔财富。其实，刚刚出生的小牛和刚刚出生的小孩子一样，一定要给它喂上初乳和二次奶三次奶，这样它就习惯了吃奶，母牛也习惯了喂奶，有利于它的健康生长。

在产业发展中，仅牧草种植就带动养殖场周边乡镇贫困人口和非贫困人口近3000人参与种植，种植牧草收入2万元以上的农户有20多户，有力地推动了当地经济社会的发展。

李志成是转业军官，他看到种植青贮饲料的大好“钱景”后，辞掉安置的工作，专门回乡种植牧草，为公司提供青饲料。他流转300多亩土地，自己联系四川农业大学购买了饲草小麦搞种植，饲草小麦收割后又种植青贮玉米，他每亩每年能提供青贮饲料7吨，公司每吨按400元收购，他每年能稳定地实现毛收入84万多元，纯收入40万元以上。

我们公司走绿色环保道路，粪污处理工艺实行尿液和粪便分离，尿液直接流到氧化贮存池发酵；粪便和污水进入消纳池，进行脱水处理，处理后干粪堆积发酵还田，或者作有机肥出售，污水则进行二次利用冲洗圈舍，我们把管道铺设到农田实现液态肥还田，实现了资源循环利用，节约了种植业生产成本，最大限度地减少甚至规避了场区环境污染。

赖国全本来在成都开有两家公司，他看到牛场的粪料是种植猕猴桃的天然生态有机肥后，和哥哥商量返乡发展猕猴桃，他把成都的两家公司关了，专心致志回乡利用牛场的粪料种植猕猴桃300多亩。可他哥哥看到农业产业见效慢、投资大，又不投资发展产业了。少了哥哥的资金，他到银行贷款、找亲朋好友借钱发展，如今，他的猕猴桃在白龙镇那一片是长势最好的，基地也是建设得最规范的一家。他们依附公司得到了发展，也是我们公司带动周边群众一起致富的最好典范。当然，最高兴的还是我们的高品质牛肉得到了市场的检验，获得了消费者的一致认可和好评。剑阁中学在高考期间计划给考生吃牛肉，到我们公司考察，我们分别称了牛身上两个部位各 500 克生牛肉煮熟，获得了 335—355 克的熟牛肉，而在市场上称的生牛肉煮熟后只有 200—250 克。按熟牛肉计，我们每公斤 100 元的生牛肉反而比市场上每公斤 70 元的生牛肉还要便宜 10 多元钱，校长当即决定在我们公司定购牛肉。老师们吃了牛肉后专门找校长反映，这个牛肉太好吃了，如果以后不给我们吃这样的牛肉，我们就要找你的麻烦。如今公司因为育肥牛还没有大量出栏，仅仅特供到了省政协等机关的食堂。

坚持就是成功之路

公司自建立以来，省农业厅党组成员、副厅长涂建华，市委书记王菲，市委副书记、市长邹自景和市人社局局长匡顺华、省农业厅畜牧业处处长王世林及剑阁县党政领导多次到公司调研、指导。2018 年 4 月 20 日，中国农科院饲料研究所所长刁其玉教授到公司指导营养配方、四川农业大学刘长松教授对受孕母牛进行胎检、四川农业大学博士生对母种牛基础数据进行全群采集。各位领导和专家、教授对我们绿色生态养殖给予了充分的肯定，给了我们极大的鼓舞。公司 2018 年获“四川省畜禽标准化养殖场”称号，先后被授予“国家级标准化养殖示范场”“四川省返乡创业示范企业”“四川大学产学研试验示范基地”“国家级星创天地”。

我们的股东团队和经营团队携手合作，计划二期投资 1.5 亿元用于建设优质牛肉精深加工基地，整个项目建成后可带动发展肉牛产业产值千万村 3 个、亿元乡镇 1 个，适度规模户 200 户，规模养殖场 10 个，带动剑阁全县发展优质母牛 1 万头，出栏优质肉牛 2 万头，实现肉牛产业综合产值 10 亿元以上，农民人均增收 600 元以上。公司将成为全省领先的优质肉牛养殖示范基地，推动当地种养经济稳定高速发展。

小香菇“撑”起大梦想

讲述：陈敏　　整理：何广华

陈敏，女，汉族，剑阁县凉山乡松林村人，生于1976年12月，高中文化。2000年外出打工，2004年返乡注册“恒源菌类种植农场”，先后参加北京大学、西北农林大学、复旦大学培训班，第四期秦巴山片区科技特派员、四川农业大学农业职业经理人培训班。2018年7月成立广元菇之源农业发展有限公司，常年固定用工6名，发放工资15万多元，为13名技术工和贫困户提供了务工岗位。公司获“家庭农场省级示范场”，她先后获“四川省新型职业农民”“广元市十佳巾帼建功创业标兵”“广元市返乡创业明星”等荣誉称号。

早春二月，剑门山区的寒风似刀割脸，而在普安镇鹤鸣村的大棚里却是另一番气象。一排排大棚鳞次栉比，棚内温暖如春，一袋袋菌棒整齐排列，灰白色的香菇像约定好了一般，争先恐后地从菌棒里钻了出来，沁香诱人。菇农们忙着采摘香菇，一筐筐刚刚摘下的香菇源源不断地从这里运往市场，预示着又是一个丰收年。

“陈敏呀，今年的香菇个头大、成色好，又可以卖个好价钱啰。”老公唐金武喜滋滋地盘算着即将到手的收入，开心地对我说。

这个坐落在剑阁县普安镇鹤鸣村一组、占地30多亩的家庭种植农场，就是我的广元菇之源农业发展有限公司。

返乡创业种香菇

我是剑阁县凉山乡松林村人，在家里排行老四，上有两哥一姐，因家里人多，贫穷像缠身的恶魔甩不掉挣不脱。

七岁那年，卫生院给孩子们种痘苗，我有点发抖，医生哄我说："不疼的，点好了回家叫妈妈给你烧香菇吃。"听到有香菇吃，我大着胆子点了痘，虽然有点疼，却忍住了没哭。回到家里，妈妈果然给我烧了香菇汤。

长大后，当过兽医的老爸让我学理发，但我并不愿意窝在乡下。1997 年，21 岁的我怀揣美好憧憬，赴北京、广东等地闯世界。我当过毛线厂工人，干过饭店服务员，虽然开阔了眼界，却也感受了打工仔的无奈，性格要强的我不甘心一辈子在外奔波、替人打工，毅然选择返乡创业。

2003 年，我与初中同学唐金武结为夫妻，从凉山乡嫁到了普安镇鹤鸣村。不甘贫穷的我总想干一番事业，于是找姐姐借来 8000 元作本，在剑阁普安镇开了家皮具店，开始闯荡市场。我用心和顾客交流，营造"宾至如归、快乐消费"的氛围，把生意做得风生水起，两年时间赚了 6 万元。

就在我准备甩开膀子大干一场时，老天却与我开了个玩笑，房东突然收回了店铺，我一下子蒙了。重压之下，我选择了坚强面对，决定重新择业。

创业不易，择业更难。我走街串巷，探亲访友，了解一个个线索，设计了一个个方案，苦苦寻觅创业门路，但都理不出个头绪。那年头，山里人除了种些玉米、养一两头猪卖之外，实在没有更好的门路。

一天，母亲端上一盘香菇竹笋烧鸭子，扑鼻的香味馋得我直流口水，让我眼前一亮，种香菇何尝不是一条有前途的好路子呢？我何不利用父母多年种植食用菌的经验，把食用菌做大做强，闯出一片新天地？

中国香菇自西晋张华《博物志》记载以来，已有 1800 年历史。进入 21 世纪，以香菇为主产品的食用菌生产，在国内出现了一股开发热，形成了全国性的产业化发展。香菇的营养成分极高，素有"保健食品的顶峰""菇王""蕈中珍品"之称，是抗病毒、防肿瘤、疗诸病、强身健体的上等保健食品。

剑门山区到处是延绵不断的山峦和森林，气候宜人，环境优美，这种纯天然的环境，造就了种香菇的好地方，成片的树林就成了种香菇的好材料。

2004 年，我争取到了妇女创业小额贴息贷款 8 万元，又四处筹措了一些钱，注册了“恒源菌类种植农场”，开始了艰苦的创业之旅。

2005 年，我投入 5 万元，种植香菇 3 万袋，并期待有个好收成。没想到天不遂人愿，栽了个大跟头。到了 5 月份，由于温度高，湿度大，加之通风不好，造成三分之二的菌袋感染，长了绿霉，一下子损失了 7 万元，我难过得哭了一场，连续几天吃不下饭，睡不好觉。9 月，因为急于追求效益，我花 2 万多元从外地一菌种厂买回菌种，并把买回的菌种放在了通风不畅和没有经过消毒的一间屋子里，结果没有长出一颗正常的香菇。有的虽勉强发菌，但由于大棚里没有消毒，出菇期空气流通不畅，二氧化碳含量过高，长出的菇成了畸形菇。

痛定思痛，我从县农业局请来专家，经过详细察看和认真分析，找到了失败原因。于是总结经验教训，又壮着胆子买回相同数量的菌袋，将原来的大棚全部开窗并用石灰水进行刷墙，地面用生石灰消了毒。经过细心的栽培，没想到，60 多天后，乳白色的菌袋上全部生出了菌菇。那几天，为了把它搞成功，每天早上 6 点钟我就赶到大棚察看温湿度、给菌袋补水、给棚子换气……每天都要忙到晚上 10 点多甚至更晚。

辛勤的付出得到了回报。次年 3 月，第一批香菇栽培成功而且长势格外好，最忙的时候每天要雇十几个人来帮忙采摘。

扩大规模增效益

我始终坚持“香菇为主、多菌并举、拉伸链条、生态菌业”的发展思路，全力推动香菇规模发展。

为了解决规模扩大中技术和经验的不足，我先后去苍溪、朝天等地向栽培大户学习，并拎着礼品挨家拜访，向人求教，人家不收礼，我就不要工钱当学徒。时间一长，很多栽培户都被我这个外来学徒感动了，手把手地教我培养基配制、菌种分离、菌块制作等知识。我还参加了第四期秦巴山片区科技特派员培训班，北京大学、西北农林大学、复旦大学培训班，并参观了上海崇明岛种植园、农业生态园。回来后，我把栽培品种扩大到了平菇、香菇、花菇、香蕈、香菌、冬菇等。

建农场只是万里长征走完的第一步，为确保种植成功，我对待基地就像对待自己的孩子一样精心呵护，并“痴迷”上了香菇种植技术，请教技术员，上网查资料，买来香菇种植专业教材，认真学习种植要点，按技术要领精心管理，仔细观察香菇生产状况，认真写好生产日记，在香菇即将收获时吃住都在农场。

功夫不负有心人。2006 年底，恒源菌类种植农场实现产销两旺，生产香菇 10 万棒，经济效益一路攀升。

“卖香菇了，买本地产的香菇啦，大家快来买呀！”为了减少中间环节，提高经济效益，我以“诚信为本，质量保证”为经营理念，在剑阁县农贸市场租了一个摊位，自己批发零售香菇。

那天，老公用摩托车把我送到县农贸市场，我鼓起勇气大声吆喝，顾客来了，我就讲解吃香菇的好处，宣传其食用价值和医用价值，热情对待老人、儿童、孕妇这些特殊群体。许多原来爱光顾皮具店的老顾客，也纷纷前来照顾生意，200 斤香菇不到两小时就卖光了。

从此，我借助县农贸市场这个平台，平均每天销售 400 斤香菇。由于我待人诚实，嘴巴甜，态度好，加之价格公道、童叟无欺，不少人宁肯走远路也要来这儿买，生意做得十分红火，当年净赚 7000 多元，人们都亲切地叫我“香菇妹妹”。

2015 年，我的农场种植香菇 10 万棒、平菇 2 万棒、鸡菇 5000 棒，产量达 12 万斤，产值达 65 多万元，实现利润 20 万元。2016 年，我乘势而上，种植香菇 16 万棒、平菇 2 万棒、鸡菇 1.2 万棒，产量达 18 万斤，产值达 120 万元，实现利润 35 万元。

2017 年 5 月 18 日，剑阁县委常委、政法委书记杨明学，县妇联主席贾益秀、副主席赵玉晖，县林业局局长何峰一行，冒雨来到我的家庭农场，为我送政策、送技术、送资金。杨明学一行冒雨察看了香菇生长情况，为我出谋划策、解困支招，给了我莫大的鼓舞。

2018 年 7 月，我注册了广元菇之源农业发展有限公司，经营范围包括食用菌、蔬菜种植销售，农业种植采摘观光、农事体验活动，蔬菜、菌类、水果和坚果加工，家禽、家畜养殖、销售，农产品初加工等，当年实现产值150万元，利润40万元，创历史新高！

经过15年的打拼，我成为远近闻名的香菇种植大户，并储备了丰富的技术经验、先进的管理能力及完善的设施、设备，具备了初加工条件和技术，经营香菇、平菇、鸡菇三个品种，年生产约30万棒，生产的香菇销往学校、食堂、工地、酒店、大型超市及成都等地。

造福乡邻创品牌

古人云："穷则独善其身，达则兼济天下。"

我认为，财富来自社会，终将回报于社会。这是一个创业者的明智选择，也是一个公民不可推卸的责任。

无论是在2008年席卷全球的金融危机面前，还是在香菇滞销的时候，我都咬定主业不放松，一直专注于香菇产业，坚持"生态、健康、品质"的理念，努力打造香菇品牌。

创业期间，我不忘照顾贫苦的邻里乡亲，常年雇工6名，发放工资15万多元，还为13名技术工和贫困户提供了工作岗位，近万元的年收入足以让他们脱贫。我的农场雇用的多是留守妇女，我耐心指导她们学习种植技术和机械知识，使之在家门口也能挣到不错的工资，既照顾了家人又能挣到钱。我的愿望，就是把农场建成农村留守群体、孤残老人共同致富的温馨家园。

有一年，在一次改建电路的时候，电工不慎被马蜂蜇了，我立马停下工作，把他送到县医院诊治，一直到伤愈出院，并承担了所有的住院开销，住院期间工资一分不少。

2015年，我为朝天留守儿童捐赠学习用品，2016年为青川火灾捐款。我视残疾婆婆为生母，对其关爱照料有加，从来没有和婆婆吵过嘴、生过气，婆婆逢人便夸我是个能干又孝顺的好儿媳。

作为剑阁县巾帼创业互助会会长，我以"服务会员，共谋发展，互帮互助"为宗旨，坚持主体多元化、服务专业化、运行市场化的方向，通过资源共享、信息互通、互帮互助、组团经营等模式，发展会员120多名，提供培训学习机会30

多次。她们种植食用菌，生态养殖剑门土鸡、七彩山鸡、孔雀、鸵鸟等都产生了很好的效益，我也受到县委、县政府好评，广元电视台、剑阁电视台先后报道了我的创业故事。

小小香菇，成就了一个农家女的美丽人生，使我完成了从打工妹到香菇王的华丽转身，实现了打工妹与优秀创业者的完美结合，先后获“四川省新型职业农民”“广元市三八红旗手”“广元市返乡创业明星”等荣誉称号。

为促进香菇产业向纵深发展，我和来自全省 70 余个区县的 110 余名创业者齐聚四川农业大学雅安校区，参加了四川省农业职业经理人省级示范培训班，学校党委书记庄天慧教授以《大力实施乡村振兴战略，擦亮四川农业金字招牌》为题，从为什么要实施乡村振兴战略、乡村振兴战略的目标要求是什么、四川实施乡村振兴战略的优势和短板在哪里、四川实施乡村振兴战略着力点是什么等五个方面进行了讲授，并对学员提出的问题进行了解答。我和学员们还赴浙江省台州市绿沃川农业有限公司、温岭市吉园果蔬专业合作社等基地接受现场教学，增长了知识，开阔了视野，提升了素质，启迪了思维，增强了创新模式、注重品质、做大做强做优香菇产业的信心。

站在新的起点，迈向新的高度。下一步，我要让香菇成为群众致富奔小康的主导产业，让更多的消费者吃到味道鲜美、口感脆嫩、营养丰富、食疗价值高的天然食品，把香菇妹妹的牌子叫响，使之成为剑门山区的一个品牌、科技兴农的一面旗帜！

立志做飞越大海的燕子

讲述：邓小燕　　整理：王林乐

邓小燕，女，汉族，29岁，中共党员，剑阁县东宝镇西阳村党支部副书记，共青团剑阁县委兼职副书记，广元耕鑫农业有限公司总经理，四川省人大代表。2012年从西南民族大学毕业后外出务工，2015年返乡创业，2016年成立公司，采取“公司＋合作社＋农户＋基地”生产经营模式，带动3个乡镇1200多户农户发展有机水稻种植。公司被授予“剑阁县就业扶贫基地”，她先后当选剑阁县新的社会阶层人士联谊会秘书长、四川省人大代表、四川省妇女代表，获“广元市优秀共产党员”“广元市2018年脱贫攻坚奉献奖”“广元市巾帼扶贫之星”“四川省三八红旗手”等荣誉称号。

我叫邓小燕，现任剑阁县东宝镇西阳村党支部副书记、共青团剑阁县委兼职副书记、广元耕鑫农业有限公司总经理，第十三届四川省人大代表。

2012年我毕业于西南民族大学，即将进入的社会对于我来说就是一个崭新的世界，不知道下一步应该怎么走下去。正在困惑茫然的时候，一位在深圳打拼了几年的同学告诉我，沿海地区是我国改革开放的前沿阵地，更是我们年轻人的世界，那里机会多、挣钱多，企业老板们都非常重视人才，也愿意提供平台、创造条件让人去展示才能、学习提高，应该到那里去闯一闯。一席话令我热血沸腾，激发了我心中的梦想和期待。

我最初在一家艺术培训中心上班，这对于一个山区女孩而言简直就是非常地

"高大上"，校内的管理和设施都是现代化的，对面便是世界之窗。培训中心的校长由澳大利亚留学回来，所采用的中西结合教学方式非常有新意。我在这里学到了很多先进的教学理念和方法，经常把这里生活与学习的情况分享给父母，父母也为我"跳出农门"、走向了大都市而倍感欣喜和骄傲。然而日复一日简单的重复上课对于我这样喜欢挑战的人来说，日渐感觉味同嚼蜡。趁着大好青春，我要尝试更多的社会实践，给自己以更多的人生历练，为今后的发展打下基础。

2013年，我向人力资源市场广泛地投递了自己的求职简历，有一位老总电话联系我，要我去面谈。最初，出于自身的警惕，我没有答应。但是对方却连续打了10多次电话，认定我就是他们需要的人才，态度也非常诚恳。我觉得应该给自己、同时也给他一个机会，便应约前往。这家公司名叫胜蓝环保科技有限公司，老总说社会的希望在年轻人身上，希望"青出于蓝而胜于蓝"，故有此名。我见面的第一个问题是问对方为什么面都没见，就认定我是需要的人才？还这样执着地要与我面谈。老总说："我最欣赏的是你求职简历中的一句话——'其实对于我们每个人来说，最重要的，是学会如何改变自己。'因为社会和市场都是处于永不停顿的变化发展之中，无论对于企业和个人而言，只有学会改变自己，事业和人生才会越来越顺利，道路才会越走越宽广。"经过一番交流，我得知老总原来曾担任过国内某个著名大型企业的高管，心胸开阔、目光高远。我深深感到：千里马常有，而伯乐不常有。我虽算不得是千里马，但是能被这样的企业相中也算是非常地幸运了，预感在这里有着自己的学习实践机会和存在的价值，便立刻决定留下。

为了培养和锻炼我，公司安排我担任了总经理助理一职，不久又让我负责分管珠海市场，担任营销总经理之职，主要工作任务就是从事污水处理项目的市场开发和项目运营。当时珠海市正按照党的十八大精神和新型城镇化的要求，建设生态文明示范市、国际环境宜居城市，并将斗门区白蕉镇南澳村列为"幸福村居"示范村，经过努力，我们公司拿下了其中的污水处理项目。这是南澳村"四大基础设施"建设的项目之一，也是我们在珠海拿到的第一个项目。对于公司来说，这是做农村污水处理的一个良好的开端，老总当时鼓励我，并给我配了专车，还管理三个人的团队。由于这个项目我们做得非常有创意，加之南澳村的建设先后受到国家和省、市的表彰，我们所做的工程项目也被珠海各大媒体争相报道，成为周边城市前来参观学习的样板点。

2015 年，我月收入早已过万，并积累了 50 多万元的资金，可以给清首付在深圳、珠海等地购房定居了。此时，中央发出了指导“三农”工作的第 12 份“中央一号文件”，提出了“中国要富，农民必须富”的重要观点和“在城镇化深入发展背景下加快新农村建设步伐、实现城乡共同繁荣”的一系列政策措施，使我看到了家乡发展的希望和机遇。我非常珍惜难得的政策机遇，决定放弃沿海稳定的高薪工作，毅然回乡发展。

2015 年 10 月回到家乡后，我决定自己创业，而且主要做农业方面的项目。父母得知后非常气愤，认为好不容易培养出一个大学生，刚刚才脱了“农皮”，却反倒回来又搞农业，多年的心血算是白费了……是没本事吧？在外面混不下去了吧？……社会上各种嘲笑讥讽也纷至沓来。这时身边几乎没有人看好我，莫名的孤独与无助深深刺着我。为此，我静静地发过呆，辗转地失过眠……最终坚信，我的人生绝对不是几句闲言碎语就能打倒的，既然选择了目标，就只能咬紧牙关、砥砺前行！

2016 年 4 月，我组建团队，正式成立广元耕鑫农业有限公司，当时的三位伙伴都是剑阁人，既是员工又是股东，分别从事财务、技术和销售工作。我们确立的团队理念是：专注农业，发展科技，造福农民与客户；构建平台，共同成长，成就员工和股东。

我的家乡剑阁县东宝镇气候温和，雨量充沛，植被丰茂，水土肥沃，据《江油县志》《重修梓潼县志》及《云栈纪程》《蜀水经》《碧鸡漫志》等史料记载：这里水稻种植已逾三千年，自秦及汉，东宝稻米以其色香味美、光滑透明、糯性强、口感好、营养丰富而名声远播。自唐朝成岁贡，至清康乾盛世，其岁贡已达千斗之多，东宝镇素有贡米之乡的美誉。2016 年，中央出台的第 13 个“中央一号文件”明确提出，“让农业成为充满希望的朝阳产业”，农村的发展政策越来越多，越来越好，发展“东宝贡米”的机遇就在眼前。作为一个生长于此的人，我有责任和义务把当地的特色产业发展起来。

于是，我就与西阳村的农户史万青大叔商谈合作。原来西阳村乃至整个东宝镇的生态水稻都是在农业局的推进下，种植了将近 20 年的优良品种，亩产 1000 斤左右。我当时为了进一步提高水稻的品质，从外地引进了新近研发出来的越年再生稻，在不流转土地的前提下，由史万青大叔示范种植10亩。一方面由于气候不太适应，另一方面我们对新技术也不是特别在行，当年没有取得成功，因为这个品种比较昂贵，我投入的5万多元全部赔进去了，也对周边农户产生了一些负面的影响。好在试种的规模不大，损失并未涉及其他农户。憨厚的史万青大叔一家是自愿参与尝试的，一开始我们就告诉了他存在风险，故他也没有太责怪我们。

这个结果虽然我们能预料到，但是没想到真的来了，而且还来得这么快。原本是想通过该品种激发老百姓的兴趣，结果却适得其反。当时我的思想压力很大，但是我和我的团队还是没有放弃，从失败中吸取教训，积极努力地学习了更多关于水稻方面的专业知识，进一步发展村里愿意接受新鲜事物的干部和农户一起种植优质水稻，并对东宝贡米产销的各个环节进行了深入的研讨。

在研讨中我们发现：原来所种植的生态水稻是剑阁当地农科人员经过长期选育而来，一是非常适合东宝乃至剑阁的自然条件；二是这个品种的种植技术非常普及，群众愿意种；第三点特别好的是，这个品种完整地保留了东宝贡米的一切优良品质，市场前景非常看好。所存在的最大矛盾有二：一是对外宣传较少，其优良品质的记忆仅仅停留在历史典籍和当地百姓之中，外界根本不了解；二是营销渠道不通畅，未能很好地通过市场进入千家万户，未能把品质优势转化为价格和竞争优势。

2017年我和团队调整了发展思路，创新了商业营销模式：第一，我们建立了“公司+合作社+农户+基地”的生产经营模式，创立利益联结机制；第二，严格按照有机标准进行种植、管理，专人专责监督大米生产的全过程，严禁农药和化肥的使用；第三，产品经我们包装后再上市。同时，通过在城市开设“现碾米·城市打米坊”，让鲜米直接取代陈米市场，保证了从稻谷到大米、从田间到餐桌的整个环节都能让消费者明白知晓，使他们就像买水果一样随时可以买到营养健康、新鲜的大米。此番举措让公司走出了瓶颈，迈向了一个新的高度。当年安播1000余亩，产东宝贡米300余吨，销售价格在原来的基础上翻了一番，公司实现纯利润近30万元，参与村民仅此一项人均收入就达4000元以上。

2018年公司扩大规模至近5000亩，辐射包含东宝镇西阳村、双华村、长梁村、西林村和武连镇寨桥村、龙源镇3个乡镇的1200多户农户，建立“小农户＋土地订单”模式4000多亩，稻虾养殖基地2000多亩。水稻品种采用“川优6203”“宜香2115”等国家二级优质水稻品种。按照党的十九大精神和乡村振兴战略，又以我的名字成立了“邓小燕爱心扶贫基金会”，实施“城乡牵手、以购代扶”的会员扶贫机制，在客户与农村贫困户之间结成“购销、帮扶”对子，推出五谷、瓜果、腌腊三大系列的“燕山肴”农副产品扶贫品牌。当年公司总销售产品1375吨，实现销售额1000多万元，公司年收入100多万元，帮助3个乡镇756户贫困户脱贫致富增收，带动723名妇女人均年增收4000元以上。

回顾我的发展历程，每一步都离不开各级党政领导的关怀和广大群众以及团队伙伴的帮助支持。2013年，当我刚在深圳有一点收获的时候，家乡党组织就把我发展成了共产党员；在创业初期最困难的时候，是县团委、县人社局、县经信局、农业银行剑阁分行帮我获得了无息贷款；在我大力扩大种植面积、促销东宝大米的关键时刻，市、县及相关部门领导亲临现场为我排忧解难。2016年底，在西阳村党支部换届中，我当选为村党支部副书记；2017年8月，贡米基地被县政府授予剑阁县就业扶贫基地，12月我又当选为剑阁县新的社会阶层人士联谊会秘书长，还出席了共青团四川省第十四次代表大会；2018年1月当选为四川省人大代表，9月当选为四川省妇女代表。先后获得“广元市优秀共产党员”“广元市脱贫攻坚奉献奖”“广元市巾帼扶贫之星”“四川省三八红旗手”等荣誉称号。

我深知这些荣誉既不是永恒的，更不是我一个人的，而是属于我们这个时代每一位有志青年。生活在这个火热的年代里，我立志做一只飞越大海的燕子，向着既定目标，牢记使命，逐梦前行。我们将在未来3—5年建设成2万亩有机水稻种植示范基地，带动3000户农户致富增收，解决100人以上的就业问题，将“东宝贡”有机大米，打造成区域文化的IP，与全国人民一道致力于乡村振兴和现代化建设！

从农大毕业生到职业农民

讲述：汪鑫　整理：李林

汪鑫，男，1986年出生于巴中市，后落户剑阁县。2009年毕业后供职于烟草公司，2012年辞职创业，2013年成立剑阁县泽润种植家庭农场，注册了“帕尼卡”商标。2016年，联合周边100余户贫困户以“合作社＋家庭农场＋农户”的产业化经营模式，成立剑阁县乡亲富果树专业合作社。农场获“首批省级示范家庭农场”称号，他先后获“剑阁县第二届十佳青年”“广元市青年榜样”“广元市返乡创业明星”“农业部风鹏行动·新型职业农民”等荣誉称号。

父亲接过我递到他面前的一摞荣誉证书，看到我这几年来获得的“剑阁县十佳青年”、“广元市返乡创业明星”、农业部2017年度“风鹏行动·新型职业农民”等荣誉称号，看到我经营的剑阁县泽润种植家庭农场获得的“剑阁县参与脱贫攻坚三百工程先进单位”“四川省省级示范家庭农场”“四川省农科院青年农场主创业孵化基地”等称号时，脸上露出了久违的笑容。我明白这是父亲对我这个曾经的“不孝之子”的认可，这让我感到十分欣慰，使我更加坚定了扎根农村、发展现代农业、争做一名名副其实的新型职业农民的信心和决心。

放弃“铁饭碗”端起“泥饭碗”，我成了“不孝之子”

我1986年出生于四川省巴中市一个普通家庭，通过10多年努力奋斗，于

2005 年以 613 分的高考成绩考入了南京农业大学农学专业学习。2009 年大学毕业后，被四川省烟草公司聘用，来到剑阁县烟草专卖局工作，这是当时很多同龄人可望而不可即的好单位。一晃三年过去了，我在日常工作中经常深入基层，了解农村，看到了农业发展中的一些现实问题，发现大量的农村青壮年和中年人涌入城市打工，除了逢年过节能够回家看望一下，其余的时间均在外地，留守农村的几乎都是老年人和儿童。面对不断走向“空心化”的农村，怎么发展产业？怎么脱贫致富？我一个学农的大学生，怎么样才能很好地植根于农村、服务于农业、奉献于农民呢？带着这样的问题，我一遍遍地在剑阁乡间田野寻思着。最后，我做出了令我自己都震惊的选择——辞职，带着我的农学专业知识到农村去发展！

放弃工作辞职，任何家人都不同意，全家上下响起一片反对的声音，尤其是我父亲，他态度十分坚决地告诉我：“如果辞职，我就不认你这个儿子，你这大学白读了。”

然而，几番忐忑之后，在 2012 年初，我毅然辞去了工作，带着家里筹集计划在广元城区购买住房的 50 万元资金，到剑阁县闻溪乡承租了 200 亩山地，开启了我的现代农业梦想。如此一来，我违背了父母的意愿，便成了名副其实的“不孝之子”

依靠科技走出现实困境，我的农学知识发挥出了专业作用

闻溪乡建兴村，是个具有典型山区地貌的偏僻村落，生产条件差，交通不便，水源缺乏，灌溉条件不发达。通过几个月的走访和市场调查，根据这里的生态环境和气候条件、地势特点，我决定种植一些市场畅销的新优品种果树，接下来就开始马不停蹄地辗转上海、广州、北京等地考察水果市场，经过几个月的试种筛选，最终确定了“帕尼卡”软籽石榴作为主打品种。

这一年，恰逢极端恶劣的天气，剑阁多地持续干旱，我种下的 1.2 万株石榴树由于无法及时浇灌，枯死了 80%，近 50 万元的投资损失殆尽。亲戚朋友们都纷纷劝我回头，父亲再一次告诫我：不要不务正业，读了大学还回到农村，做农业是没有前途的，不要因为一时的冲动自毁前程……

但是我再一次不为所动，没有放弃，我更加坚信自己把农业作为终生职业是

正确的选择。于是，我锲而不舍地寻找解决办法，翻山越岭寻找和协调水源，多方查阅资料，借鉴别人的成功经验，最后采用山地滴灌技术成功解决了水源匮乏这一难题。2013 年补栽的 100 亩软籽石榴树成活率超过了 95%，为了充分利用好这片山地，后来又栽植了 80 亩早熟水蜜桃。

接下来便是苦心经营，从整地到栽植，从浇水到施肥，从防病虫害到苗木长势，每一个环节我都专心钻研，不敢马虎，亲自管理，不敢怠慢。到了第三年，我的果树开始投产，石榴平均亩产 1000 公斤，也卖了个好价钱。第四年开始普遍挂果，亩产高达 2000 公斤，产值达到了每亩 8000 元，除去土地流转费、种苗、人工、肥料等费用，纯利润达到了每亩 5000 元。为了打开市场，拓宽销路，我充分利用现代信息技术和物联网技术，利用线上线下两种渠道，发展自己农场的微信公众号“果果直达”、京东、阿里巴巴、微信代理商，以及和“良种控股”等公司合作，开展“帕尼卡”软籽石榴、水蜜桃以及种苗销售，并不断尝试通过互联网做软籽石榴预售、众筹等创新销售方式。到 2018 年，果园的年销售额超过 200 万元。

用先进理念指导实践，带动当地群众脱贫致富

几年下来，我的举动打动了当地群众，我成立的剑阁县首家家庭农场——剑阁县泽润种植家庭农场也在周边小有名气。慢慢地，大家逐渐了解了我这个放弃机关单位工作，风风火火到农村当农民的年轻人，不再认为我是书呆子，而是有思想、有梦想，踏实肯干、不怕苦，懂技术、会经营的新型农民。大家普遍认为发展软籽石榴产业在山区是一个不错的选择，附近群众纷纷要求我带着他们一起种植，周边一些人也纷纷前来考察、洽谈合作。

2016 年，我和闻溪乡建兴村、二郎村、檬树村的近 100 户农户共同成立了剑阁县乡亲富果树专业合作社。我以成本价为合作社入股群众提供优质树苗，免费提供技术服务，负责产品销售；入股群众负责提供土地，并按照技术要求开展果树的日常管理。收获时，合作社留存利润的 10% 作为发展基金，90% 用于社员分红。这样的合作方式让社员享受到更多利益，大家跟随我种果树的积极性越来越高。

在我的带动和影响下，截至2018年，在剑阁县闻溪乡、涂山镇、汉阳镇、普安镇等地已有500余户贫困户种起了“帕尼卡”软籽石榴树，户均一亩多面积，果树长势喜人，投产后，仅这一项，每户每年可增加纯收入近万元。目前，我发展的“帕尼卡”软籽石榴产业已经衍射到县外的朝天区蒲家乡和绵阳市涪城区杨家镇。

不断“充电”助力成长，做一个永不落伍的新型职业农民

为了让自己不断提高，适应新时代的要求，更好地带动群众发展致富，我参加了团委举办的SYE培训、农业部举办的“新型职业农民”培训和“青年农场主培训”等活动，以提升农业经营的能力。通过学习，我开始探索“果园种草养畜、畜粪发酵还田、果园花期放蜂”的生物动力循环农业运行方法，希望在不久的将来，我能在生态绿色农业上走出一条适合自己、适合山区的路来。

几经风雨，尝尽人生酸甜苦辣咸，我的现代新型职业农民追梦行动初见成效，我的事业得到了党委政府的高度重视和关怀，得到了家人的理解与支持，得到了当地群众的拥护与认可，我倍感欣慰。但我清醒地认识到，在追逐人生理想的道路上，还有很多困难需要克服、很多想法需要尝试，只有不断学习、艰苦奋斗、勇于攀登，才能到达理想的高峰。

为了成为一个永不落伍的新型职业农民，我会更加努力……

种养成就致富业

讲述：唐建东　　整理：左松

唐建东，42岁，初中文化，剑阁县江石乡人。1999年外出务工，2012年返乡创业，2016年成立剑阁县江石乡唐家山生态农场，坚持“种养结合、长短结合”模式经营，吸纳贫困劳动者务工70余人，长年稳定务工10人。农场被评授予“四川省无公害农产品示范基地”，他获得“剑阁县返乡下乡创业先进”“江石乡创业带头人”等称号。

我是土生土长的剑阁县江石乡人，这里农业以水稻、玉米、小麦、油菜种植为主，养殖业以生猪为主，工业以农产品加工为主，产业结构主要包括粮食、畜牧、烤烟、林果业。

现在这里最引人注目的是唐家山土鸡养殖专业合作社，因为这里有享誉全国的“剑门关”土鸡、剑阁生猪，有营养丰富的车厘子、脆红李、白花桃等水果，有有着“养生之宝”美誉的核桃，有有着“水果之王”之称的猕猴桃，质量优，产量旺，销路畅。但这光鲜亮丽的背后，我却走过了一段艰苦奋斗且鲜为人知的曲折道路。

一

1999年，因家庭负担较重和自己的年少轻狂，初中毕业的我不再继续上学，跟大多数同龄人一样，满怀梦想，毅然踏上南下的火车，加入轰轰烈烈的打工热潮，心想，自己要大干一番，然后荣归故里。然而，梦想与现实相去甚远，作为一个只有初中文化水平、初出茅庐的初级打工者，从事的大多是体力活和较为简单粗放的工作，“脏、累、苦”成了我前期打工生涯的代名词。自1999年至2009年，我跟随哥哥在江苏、浙江等沿海省市务工，10余年的务工生涯中，与哥哥从事了建筑等多个行业，是一名地地道道的农民工。

随着时间的推移和打工历练的沉淀，我的坚持和吃苦让我有了一定的原始积累，10多年外出务工生涯更让我切身体会到了“独在异乡为异客”的深刻含义，同时也让我真正学到经济发达地区敢想敢闯的发展理念。近年来，国家大力支持农民工返乡创业的政策挑动了我尘封已久的桑梓情结，当得知我县又是国家评定的全国第二批返乡创业试点县时，我更增加了返乡创业的信心，坚定了返乡创业的决心。经过与妻子商议，2012年，我和妻子一同辞工回乡，创办标准化养猪场和林下土鸡养殖。

2014年，我又对家乡的资源状况做了一番全面深入考察，因为只有摸清家底，才能明确投资方向。通过考察，我发现家乡不仅自然条件优越，夏无酷暑，冬无严寒，雨量充沛，空气清新，植被丰茂，民风淳朴，文化厚重，交通区位优势明显，更重要更令人鼓舞的是家乡的党政领导和村民父老非常欢迎返乡创业者。结合市场需求，我认为自己能够为家乡的繁荣和发展做一份贡献，当年5月就果断决定，开办剑阁县唐家山种养殖专业合作社，为与之配套，2016年2月又成立了剑阁县江石乡唐家山生态农场。我也从一名“外出农民工”变为真正的“返乡创业人”。

二

唐家山农场成立以来，为合理规避市场风险，我们变单一发展为多元扩展，变过去小规模圈养为大山林散养。我们抢抓唐家山毗邻县道剑南路、属丘陵深山区的“地利”优势，根据城乡居民生活品质提高的市场需求，紧扣全县大力发展畜禽养殖、果药种植的“政策”导向，巧借经济发展向好、市场供需两旺的“时代”东风，在管护上充分利用现代科技，购置全景摄像头全方位、全天候对散养土鸡进行无缝监控，提高人管和技防水平；添设大型耕地机、收割机、挖掘机、拖拉机、货车等新型现代化农机，提高农业种养科技化水平，年均种养收入达80余万元，逐步实现“质量优、产量旺、销量畅”的发展目标。

特别值得一提的是我们养殖的生猪，因肉质嫩、口感好、价格优，于2014年加盟成都市三联活禽交易市场，签订了购销协议，实现能产能销。在土鸡养殖中，我通过大规模林下散养，既提高了土鸡肉质又提高了土鸡蛋产量，我们出售的土鸡蛋享誉全县，供不应求，土鸡远销至成都、绵阳、重庆等城市。在水果种植上，我通过与四川省农科院签订战略协议，与电商平台“人人树”公司实行订单式保底销售。全年种养纯收入达50余万元。

现在回想刚创业时的种种艰辛，心里有很多说不出的味道。刚回来时我们夫妻什么都不懂，修圈舍时我既要联系材料，又要去单位办相关手续，妻子在家忙里忙外，还要给二十几个工人煮饭，我回到家帮着工人拌混凝土推砖，到了晚上我们夫妻累得不想动。真是功夫不负有心人，经过我们一个多月的不懈努力，圈舍建好了，人瘦了十几斤，可心里觉得很快乐！

我们是第一次养猪养鸡，不懂技术。我们乡李书记得知情况后主动给予帮助，帮我介绍认识了技术员胡师傅。胡师傅经常给我讲养殖技术，怎么给猪、鸡配药，怎么打针，特别关键的是母猪产仔时如何接生等。记得母猪第一次产子时，我一夜没睡，胡师傅让我先做好准备工作，当产第一只小猪时他告诉我要先把脐带扎好再剪脐带，然后脐带消毒，再断尾和剪牙，最后打疫苗，这些工作做完后就把小猪放进事先准备好的保暖箱内，经过一夜的忙碌，小猪终于产完了。当我看到十几只小猪在保暖箱，心里别提有多高兴！50头母猪每月就有10头产仔，所以我熬夜的时候很多，但是我看到一头头小猪渐渐长大，什么累和苦都忘记了！经过几年的努力学习，我已经能独立解决养殖上的问题，现在左邻右舍的猪有什么问题都来找我看。在乡党委政府的帮助和关心下，我和妻子商量决定扩大养殖和种植规模，经过不断努力终于做到了现在的规模。

“绿水青山就是金山银山”，我始终坚持“化粪为肥、生态建场”的绿色发展理念，在发展种养上树立绿色发展理念，严格按照环保要求，建设化粪池、沼气池、污水处理池、垃圾回收站，确保排放达标。采取“种养结合、林下套种”的健康发展模式，现经营面积已达720亩。其中：藤椒200亩、核桃213亩、贵妃枣150亩、猕猴桃100亩、脆红李30亩、白花桃30亩、车厘子40亩，林下套种番茄10亩、南瓜10亩，种植金丝菊50亩。现有标准化猪舍、鸡舍共计3000平方米，年出栏生猪1700余头，剑门关土鸡10000羽。农业种养结合新模式已在“三百里程十万树”的皇柏大道上初步形成百亩水果产业带。现在当我去自己的果园看时，心里别提多开心了。每个季节，满山遍野开满了鲜花，各种水果挂满了枝头，来我农场赏花、摘水果的游客数不胜数。每当这个时候，我的心里就乐滋滋的，看着游客们玩得很开心，我更加坚定了创业的决心。

同时，我坚持“饮水思源”的责任理念，不忘回报社会、回报家乡，争当领头雁，带动更多的乡亲奔小康。农场吸纳贫困劳动者就业70余人，常年稳定就业10人。

三

随着农业供给侧结构性改革的持续推进，我还将充分利用江石乡黄檗资源，紧盯休闲农业与乡村旅游这一朝阳产业，在种植、养殖第一产业的基础上，以“赏古柏、看百花、品土鸡、忆农味”为题，发展休闲农业和乡村旅游等第三产业，逐步形成“多产大融合、农旅一体化”的返乡创业大格局。预计将拓宽全乡农村非农就业能力，至少带动水果产业带、黄檗沿线100余个劳动力实现常年长期就近就地就业。

我现在已经规划办一处以观光旅游、休闲为一体的农家乐，其中主要内容包括儿童乐园、果蔬采摘、垂钓、餐饮、农业亲子活动等，让到我农场游玩的顾客充分领悟到浓厚的乡村气息；家长们不但可以带上自己的宝宝动手采摘自己喜欢的蔬菜和水果，还锻炼了他们自己动手的能力，让他们知道劳动最光荣，从小爱劳动，也让他们知道农民伯伯种地的辛苦，使他们懂得艰苦奋斗的道理，养成勤俭节约的良好习惯。餐厅可容纳300人同时用餐，餐厅有无公害绿色食品，顾客喜欢什么菜、鱼、鸡，都可以去地里、山坡上自己动手采摘加工。到夏天，顾客还可以在游泳池游泳，然后和亲友们在软绵绵的草地上烧烤、喝茶、聊天，大家可以在鱼塘垂钓，在山坡上捡鸡蛋、捉迷藏等，晚上大家可以坐在坝子里看天上的星星，呼吸着在大城市呼吸不到的清新空气。冬季，大家可以在广场上烧上一大堆火，坐在一起聊天喝酒，个个开心快乐。

总之，我会把在外出务工中学到的好技术、新观念，用在发展种养殖及农业观光旅游上，不断总结，改变旧观念、旧思想，带动古柏风景区的父老乡亲共同发展，共同致富，相信在不久的未来，我能真正成就我更多的创业梦。

点“绿”成金

讲述：祁有正　整理：张映学　杨仕甫

祁有正，男，53岁，高中文化，广元鑫楠生态农业开发有限公司董事长，市政协委员。1989年外出务工，2008年返乡创业，流转3700亩土地种植有机生态蔬菜和养殖跑山猪，带动周边村组1500余户，其中700余户贫困户加入脱贫增收的大军，解决了100余名贫困群众的就近务工问题。他于2018年获“剑阁县扶贫大使”荣誉称号。

1989年，我怀揣着走出大山、闯一片新天地的梦想，随着打工人流从剑门山区来到大都市广州务工。因从小家境贫寒，我养成了吃苦耐劳的习惯，由于工作卖力，刚进工厂不久就被破格提升。1992年，我担任深圳一家公司的市场销售经理，本来有很大的发展潜力，但因家中母亲多病，为了能更好地照顾亲人，我于1995年辞掉深圳的工作回到成都，创建了成都亿光电子经营部。2003年母亲病故，2004年，我再次到深圳进行二次创业，经过艰辛打拼，于2005年3月成立了深圳鑫楠电子公司。

经过短短的三年发展，到2008年，公司销售突破5000万元。就在这一年，发生了汶川特大地震，我的家乡剑阁也遭受重创。为了让年迈的婆婆能在有生之年多享享福，我在家乡重新修建了新房。就是这次回家建房，让我看到了令人心酸的场景：村里十室九空，青壮劳力几乎全都背井离乡、远赴外地打工，剩下的大多为老人、小孩，没人照顾。留守老人们虽然任劳任怨，却还采用非常传统落后的耕作方式在田地里劳作，一年到头没有多少收入。

“金窝窝、银窝窝，不如家里的土窝窝。”外出创业的10年里，我始终牵挂着家乡的一草一木，一心想回到家乡干一番自己的事业，和乡亲们同甘共苦，一起在家里挣钱致富。看到眼前的情况后，更加坚定了我回乡创业的想法。我的家乡远离城市，恶劣的自然条件制约了发展的空间，经过一番认真思考，我决定选择适合家乡发展条件并且能够带动家乡父老乡亲一起致富的创业项目——养殖生态猪。此事一提出，立即遭到了妻子的反对，她问我，好不容易从山旮旯走了出来，为啥又要回去？我说，为了家乡的发展，为了更多的人不再背井离乡，能够安心在家乡创业，为了让家乡人能过上好日子。妻子就没有再反对。

2008年10月，我回到家乡成立了广元鑫楠生态农业开发有限公司，购回种猪300多头，请村里20多位贫困户饲养。仅2011年一年，就出栏仔猪6000多头，销售利润达到100多万元。良好的开局，使大家信心倍增。2012年，公司扩大了养殖规模，准备乘胜大干一场，然而，就在“扩投”刚刚完成时，连续两年仔猪价格暴跌，弄得我们措手不及。为了能够维持运营，我只好从麾下的深圳、成都两家公司调剂周转资金支撑。有朋友劝我，算了吧，把这项目停了，就当买个教训。我觉得朋友的劝说也有些道理，就想打退堂鼓，但想到家乡的父老乡亲还没有彻底走出贫困，想到他们想摆脱困境却找不到资金和合适的项目，我又犹豫了：留下来吧，有可能继续亏损；一走了之，良心上又过不去。经过一番痛苦的思考，我终于想明白了，眼前的困难只是暂时的，只要迈过这一道坎，前面就一定会出现彩虹。最终我横下心来，要继续带领乡亲们走上脱贫致富之路。

可是，决心归决心，现实归现实，眼前猪价天天跌，市场极不稳定，该怎么挺过难关？我开始到市场寻找解决问题的“良方”。2013年7月的一天下午，我在成都一家大型超市里惊喜地发现：黑猪肉很受消费者欢迎，价格也不错。这一下子使我受到了启发，我们家乡过去一般都养黑猪，因为黑猪肉吃起来格外香，而我们之前养的全是白猪，市场前景明显不如黑猪。

经过三个多月的考察论证，我决定投资3000万元养殖生态黑猪，种植有机蔬菜，加工豆腐豆瓣、腊肉香肠。因为在大山里，山好、水好、土地好、空气好，有着丰富的绿色资源，只要激活这些要素，就一定能点“绿”成金，打造出响亮的“鑫楠”系列绿色有机农产品。

我忍痛砍掉了投入超300万元的白种猪产业，购回200多万元黑种猪，养起了生态跑山黑猪。在放养过程中坚持不添加任何饲料、激素、添加剂，保证做到全绿色。为了确保仔猪一开始就能吃到真正的绿色食材，我在盐店镇五指、拱石等村流转土地800余亩搞种植，充分保障仔猪的绿色食材供给。生态跑山黑猪养殖业的顺利起航，为新战略的设计开了个好头，在市、县各级党委、政府的大力支持下，新战略后续产业很快发展起来。

为了让绿色有机农产品走出大山，2014年，我成立了鑫楠农业开发有限公司成都物流中心、运营中心，同时为公司系列产品上市组建的全新销售团队开始运作。2015年，公司在盐店镇五指、拱石和莲花三村流转了3700亩土地进行有机生态蔬菜种植，新建拱石—五指、五丰—盐河、莲花—石笋三个有机生态蔬菜农业种植园，分别带动周边村组1000余户、1500余户、700余户贫困户加入脱贫增收的大军。

为更好地满足成都市场需求，我还推出了宅配、商超、电商、大宗客户等多种销售模式，使消费者足不出户，通过电话、微信等就可享受到“剑阁世外桃源”里多元化、原生态的美味食材。其中的“宅配送”销售模式在不到两个月的时间里，就已发展会员200多个、联营门店30多家，销售黑猪肉、果蔬、豆腐、魔芋等鑫楠系列绿色有机农产品约50个品种，销售收入每月达200余万元。现在鑫楠系列产品正在成长为成都农产品市场的高端领导品牌之一，并远销重庆、北京及深圳等地。很多企业开始与鑫楠公司进行集团式订购。为了让消费者监督有机生态食材的生产过程，鑫楠农业开发有限公司还经常组织消费者到基地旅游度假，实地察看鑫楠系列产品的生产流程。

2015年，鑫楠农业开发有限公司实现了历史性大跨越，销售额超过2000万元，发展会员4000余户，带动贫困户近1000户脱贫致富。同时，公司还被剑阁县委、县政府列为重点扶持的一家集农产品种植、养殖、加工、贮藏、运输、销售和餐饮、住宿、观光于一体的全生态综合性现代农业企业。公司着力发掘、生产、加工、销售原生态传统无污染食材，全年可种植有机标准蔬菜百余种，产量千余吨。2016年5月30日19时17分，中央电视台7套报道了我返乡创业的事迹，给了我极大的鼓舞。

目前，通过让贫困户就近到鑫楠农业开发有限公司务工等方式，我已解决100余名贫困群众的就业问题。公司的发展离不开父老乡亲的大力支持，为了回报社会，为了让盐店镇早日脱贫奔康，公司计划拿出200万元，在盐店镇莲花村示范养殖黑猪，为贫困村民增加致富门路。下一步，公司将加大有机农业融入乡村旅游的力度，一是结合五指园区的优势，由公司牵头，成立由村民自愿参加的专业合作社；二是以合作社为乡村旅游经营主体，负责对农户房屋统一规划、统一营销、统一管理，根据乡村旅游收入，按一定比例提取经营管理费用和发展资金，不断将合作社做大做强；三是采取多种方式增加农户收入，如利润分成、劳务收入、租赁非入股经营场地收入、乡村旅游接待收入及其他收入；四是明确公司与合作社的义务，公司负责旅游产品的开发与设计、市场定价与营销，旅游品牌的建立，服务标准的制定与管理，健康养生，农产品加工，农村电商，乡村旅游；合作社每月定期组织客人，按入股情况轮流分配到各农户。

通过几年的打拼，我们虽然取得了一些成绩，但今后的创业之路还很长很长，我们将依托中国农业大学专业技术团队的精细规划，由鑫楠农业开发有限公司投资上亿元，打造规划面积达10000亩的集生猪养殖、生态农业开发加工、观光休闲、乡村旅游等于一体的现代化园区——五指山有机农业园区，并力争把五指山园区建成“有机农业、原生态旅游”的广元市有机农业示范园区和乡村旅游的样板，更多、更快地带动当地贫困户脱贫，为家乡的经济和社会发展做出更大的贡献！

养猪圆了我的创业梦

讲述：罗莎　整理：杨仕甫

罗莎，女，38岁，剑阁县鹤龄镇人，高中学历。高中毕业后外出务工，2009年返乡创业，任四川康源畜牧养殖有限责任公司董事长。公司主要从事生猪饲养及销售，有普安中坪、鹤龄青木、高观新田等6个生猪养殖场，年出栏生猪3万余头。通过为猪场务工、为猪场提供配套服务，公司带动周边2000余名村民增加了收入。她于2018年获剑阁县“优秀返乡下乡创业人员”荣誉称号。

1981年，我出生在剑阁县鹤龄镇一个偏远的小山村。高中毕业以后，我和大多数年轻人一样，怀着走出大山、闯一片天地的梦想，到国际大都市上海打工。然而，理想很美妙，现实却很骨感，打工的艰辛是我事先没有想到的，老板对工作要求的苛刻，在待遇上的不公平，加之大都市的高消费等都使我感到很难适应，于是辞掉工作，准备回乡创业。

回乡之后，看到自己上了年纪的母亲，看到母亲头上的绺绺银丝，我的泪水止不住流了下来。父亲早早地离开了我们，这些年我又不在她的身边，生活的重担全压在了她的身上，我不知道这些年母亲是怎样熬过来的，这使我更加坚定了留下来的决心。我在心里默默许下诺言，一定要守在母亲身边，用自己勤劳的双手在家乡打拼，闯出一片新天地，为母亲分担生活的重担。

2009年，我开始踏上了自己的创业之路，在朋友那里借了1万元钱，在县城租下一间门面做起了小吃生意。我每天早上三四点钟就要起来准备，晚上收拾完店铺后常常已经是凌晨一两点钟了。由于我的卫生搞得很干净，小吃的味道也不错，生意做得红红火火。别人做小吃很难维持下去，更不用说挣钱了，而我不但没有亏损，反而还小赚了一笔。就在我满怀信心准备继续努力的时候，房主却通知要涨房租，我做的是小本生意，赚的那点钱还不够交上涨的房租。无奈之下，只好选择了放弃。但我始终不甘心就这样平平庸庸地过一辈子，想靠自己的双手开创一番事业的梦想始终没有泯灭，于是我决定重新择业，继续打拼。

有了第一次创业的经验，我心里有了底气，胆子也大了。经过多次考察，我最后选定在普安镇搞养殖业。当我找到普安镇的领导谈了想法后，没想到他们很爽快地答应了，还承诺只要我有困难去找他们，他们一定会尽力给予支持和帮助。然而，事情却不是我想象的那么简单，修建圈舍的审批手续要办，产品的销路要事先找好，尤其是修建养殖场的手续办起来很是麻烦，我跑镇上，跑县级主管部门，跑环评单位，整整花了半年多时间，才好不容易把所有手续办好。接下来就是资金的筹措，按照原先的想法，凭我那么多的亲戚和朋友，凑点钱应该没有多大问题，当我厚着脸皮去一家一家向亲戚朋友借钱时，几乎磨破了嘴，不但没有借到一分钱，还被一些人说三道四，弄得我心里非常难过。为了凑足建养殖场的资金，我反复研究国家的返乡创业政策，多次跑银行、跑部门、跑政府，终于从银行贷到了 40 万元，再加上另一个合伙人的投资和我自己的全部积蓄，终于凑到了 150 万元。

为了养殖场的选址，我作为企业法人，三番五次找农户协商土地征用，不厌其烦地找村组干部协调解决一些具体问题。项目开工后，我在工地上搭起一处简易工棚，吃住在建设工地，与民工们一起摸爬滚打，既当指挥员又当运动员，加班加点地搞圈舍建修。经过一年时间的艰苦奋战，终于建成了占地 14.5 亩、3000 多平方米的圈舍和 500 余平方米的管理用房。养猪是个高污染的行业，为了达到环保要求，我请县环保部门的技术人员到现场指导，投资 10 万元修建了一条 800 余米的入场公路，所有圈舍全部按环保设施标准修建，保证粪便排放有序。为了使粪便能够高效利用，我还投资 20 余万元，建起了沼气池和集中供气站，既解决了排污处理问题，又为当地老百姓免费提供照明和解决生活燃料问题。

硬件设施虽然完成了，但更大的难题还在后边，生猪填槽的资金从哪里来？这可不是一笔小数目，我焦虑得吃不下饭，睡不好觉。猪养出来后，销路又在哪里？正在我一筹莫展的时候，熟人告诉我，四川铁骑力士牧业科技有限公司正在剑阁搞代养模式。这让我一下子看到了希望，我迅速联系上了铁骑力士公司，他们对我的想法给予了大力支持。为了最大可能地规避风险，我对铁骑力士公司进行了多次考察，最终选定了与他们合作，走生猪“1211”代养模式。有了铁骑力士这个企业做靠山，周转资金、饲养技术、商品猪的销售就有了一定保障。

皇天不负苦心人，经过几年的打拼，普安养殖场有了一定规模和效益，但我并不满足眼前的成绩，为了使企业更加发展壮大，为了通过企业带动更多的贫困人口脱贫致富，我决定扩大养殖规模，于是在家乡鹤龄镇的青木村和高观乡的新田村、元岭村办起了商品猪养殖场，在龙源镇登云村、青龙村办起了黑猪养殖场。黑猪养殖场仍然与铁骑力士公司合作，由公司向农户提供仔猪、药品、饲料、技术，并保底回收，销售收入完全归农户所有，因此农户不存在任何风险，这就大大调动了他们的养殖积极性，为他们找到了一条稳定的脱贫致富之路。

因为猪场分布在 4 个乡镇 6 个村，为了加强管理，我在每个猪场都配有场长和管理员，他们工作认真负责，管理有条不紊，这样我就可以腾出更多的时间研究技术和市场，研究带领更多贫困群众走出贫困的办法和良策，投入更多的精力为贫困群众服务。由于技术和管理跟上了，几个养猪场的效益也上了台阶，近几年，除普安镇养猪场和龙源镇登云村养猪场与铁骑力士合作有稳定的效益外，完全由我独立投资经营的青木村等 4 个商品猪养殖场，年平均出栏商品猪 3 万余头，销售收入达到 6000 余万元。

我创办养猪场的目的，除了为自己找到一条创业的路子外，还想帮助山区的父老乡亲发展产业，走出贫困，为脱贫攻坚贡献一份微薄之力，因此，我尽量创造机会让周边的老百姓通过我的企业改变观念，拓展思路，通过为企业服务增加收入。除代养的模式外，我还招聘了 50 名贫困村民常年在养殖场务工，让他们不必到外面闯荡，在家里也能挣钱。如贫困村民彭兵，他的老母亲已经 82 岁，双目失明，家庭经济非常困难，我主动将他招到养猪场当工人，既照顾了家庭，每年还可以挣到 2 万多元工资。这些年，通过为猪场务工、为猪场提供配套服务，我的 6 个养猪场带动周边 2000 余名村民增加了收入，更重要的是，通过我的引领和示范作用，进一步更新了他们的观念，增强了他们摆脱贫困的内动力。我还在鹤龄镇青木村定点帮助 40 余户当地贫困村民，我经常走村入户，上门为他们送技术、送物资、代购猪种、代购饲料，帮助他们销售产品，主动让他们到企业打工挣钱。我还资助鹤龄镇青木村七组、高观乡元岭村的两名大学生，承担了他们大学期间的全部学费。

回顾返乡创业历程，有艰辛、有眼泪，也有欢乐和成就感。我作为剑门山区的一个农村姑娘，终于靠自信和毅力战胜了重重困难，闯出了一片自己的天地，更让我感到自豪的是，我也能用自己的努力为更多的贫困村民脱贫致富加油助力。在我的带动和影响下，有更多的青年人愿意回乡创业，为家乡的发展添砖加瓦，为振兴乡村贡献自己的力量。下一步，我将进一步扩大规模，完成元岭村养猪场的二期建设工程，投产之后，仅这一个猪场就可出栏商品猪 1.2 万头，同时，将龙源镇登云村的生态黑猪养殖辐射到全县，既可为市场提供优质的生态猪肉，又可为全县的贫困村民提供致富门路。

雄关漫道真如铁，而今迈步从头越。创业的路还很长很长，我将继续不懈努力，努力为家乡的发展做出更大的贡献。

致富不忘父老情

讲述：岳桂明　整理：王增富

岳桂明，男，汉族，1973年7月出生，剑阁县人，大学学历，四川驰恒专用汽车制造有限公司总经理，成都广元商会、成都剑阁商会副会长。1995年外出务工，2017年返乡创业，建成川北第一家专用汽车制造企业。他的“扶贫车间”使当地60余名贫困群众有了稳定的收入，公司于2018年获剑阁县委、县政府“工业发展先进企业”“返乡下乡创业先进”等称号；他于2017年被评为剑阁县政府“情系桑梓，筑梦教育”先进个人，2018年获成都剑阁商会“返乡创业”典范奖。

外出打拼

1973年7月，我出生在剑阁县张王乡一个偏远的小山村。那时候村里特别穷，我们一批年轻人立志改变家乡面貌，因而从小就有一个梦想——让乡亲们吃饱，让家乡变得更好，这个愿望一直从未动摇过。

由于生活所迫，22岁的我怀揣着年轻人的追梦赤子心，带着从亲朋好友处东拼西凑借来的500元钱踏上了外出寻梦之路。先是前往贵州打工，由于没有多少文化，起初只能找到一些零散的小工，微薄的薪水也只能勉强糊口。后来在同村好友的介绍下，我去到矿场挖煤当小工，年纪虽不大，却是工地上最活跃的一个，不仅和工友们打得火热，还和煤矿公司现场管理人员越走越近，收入也越来越高。但是夜深人静时，脑海里时常响起出门前母亲对我讲的：“做哪一行，都不能满足于现状，要有上进心和目标。”我开始不满足于仅靠做小工养家糊口。

1998年，跟随当年新一轮下海经商热潮，我决定南下到深圳去闯一闯。这是一个并不被亲朋好友看好的决定，一个对生意一窍不通的农村人，没有任何资金，赤手空拳独自闯荡深圳，实在不是条好出路。实际上，初到深圳的确遇到了不少困难，整整三个月无生意可做，也无工可做，出来时带的钱眼看就要花光了。

一天，在深圳街头偶遇同村的儿时玩伴，我向他吐露了我的窘迫，第二天好友便将我推荐到他当时所在的公司——深圳雅致集成房屋有限公司。说是公司，但在当时的环境条件下也仅能算是一个小作坊，公司只有三间小门面，员工既要负责生产也要负责销售。也正是因为这样的工作环境，成就了后来的自己。

随着改革开放政策的不断优化，企业不断发展壮大，公司从一个小作坊壮大成为一家国内知名的上市企业，通过多年的打拼与努力，我认真琢磨，提高自身业务能力，慢慢地从一名普通的员工晋升为公司的管理人员。“创业艰难百战多”，为了激励员工、留住人才、带动员工的积极性，公司率先提出了承包制。我跟几个要好的工友一番谋划后，觉得这是个不错的机遇，于是大家纷纷拿出自己这些年积攒下来的积蓄，利用公司所搭建的平台，做起了小包工头。通过自身的不懈努力与辛勤付出，我们的努力付出很快有了回报，得到了大量客户对我们工作与技术的认可与支持。不再满足于现状的我们成立了自己的小公司，专营活动板房的搭建。随着业务不断扩大，财富不断积累，我的生活也越来越好，收入也翻了几番。

从1995年起，我便分别到贵州、广西、广东等省务工，考虑到年迈的父母、留守家乡的孩子，2005年我毅然回到家乡，在成都创建了雅恒腾飞轻钢活动房有限公司，2008年在重庆创办雅恒腾飞轻钢活动房有限公司，2009年分别在长沙、太原市创办雅恒轻钢活动房有限公司，10年来脚踏实地的艰苦奋斗，使我成为一名众人眼中的成功人士。

返乡创业

一个人的致富，往往能影响到一个地方的经济和产业。要富富一群，要穷穷一方，有没有人带头，效果大不一样。俗话说，“致富不忘桑梓情”，想到“让乡亲们吃饱、让家乡变得更好”这一儿时梦想，我更加希望能为家乡的经济建设增砖加瓦，奉献一己之力。虽然自己富裕了，但家乡还十分贫困，很大部分村民都外出打工，家里留下老弱病残，除了干点家务活，无所事事。因为自己早年间在外打拼的经历，我深深地体会到农民工外出务工的不易与辛酸，希望更多的家乡人能够足不出户，在家门口就实现就业，同时照顾家人。

几经考察，我都未找到合适的返乡创业项目。2017 年，得知我县县长张世忠亲自带队到山东考察，与济南欧维尔建材有限公司董事长杨华先生签订了年产 1 万辆专用汽车生产基地项目的协议，并且落地剑门工业园区。

听到这一消息后，我兴奋得几天没能合眼，第一时间联系了县委县政府以及山东方面，希望能够参与到这次投资建设当中来，为家乡的建设出一份力。很快我的想法得到了县委县政府的大力支持，我带着先进的技术和资金回乡创业，注册资金 2100 万元，在下寺镇剑门工业园区创办了四川驰恒专用汽车制造有限公司，项目计划总投资 6.05 亿元，全部建成将实现利润 1.5 亿元、税收 3000 万元，解决全县百余人就业。

项目一期租用剑阁县瑞峰发展投资有限公司标准化厂房 1.1 万平方米，安装了两条生产线，年产 2000 辆专用汽车，建设周期为 2017 年 5—12 月，主要生产苍栅半挂车、半挂自卸车、勾机半挂车，项目投产对扩大企业生产能力、扩大就业岗位，具有重要的经济效益和社会效益。总投资 5 亿元的二期生产车间正在施工建设之中，主要生产油罐车、水泥罐车、车辆运输车、高端物流集装箱运输车等 50 余种产品。

项目的实施，不仅增强了企业的应变能力和竞争能力，而且对推动专用挂车产品的生产，扩大企业生产能力，扩大就业岗位，积极参与国内外市场竞争，都具有重要的现实意义。项目还具有较好的社会效益。

自 2017 年 8 月生产线建成投产以来，我累计投资 3000 余万元，公司已生产了千余辆各类专用挂车，年营业额超过 8000 万元，现有各类技术及管理人员 80 余人。

回报乡亲

扶贫是帮助贫困地区和贫困户发展生产、摆脱贫困的一种社会工作，旨在扶助改变穷苦面貌。根据我县扶贫工作安排，公司成立了专门的就业扶贫工作领导小组，为切实抓好扶贫帮困工作，公司对建档立卡员工的家庭进行摸底调查，摸清贫困员工的家庭情况和基本信息，做好贫困员工建档工作，明确帮扶思路，力争有计划有步骤地实施各项工作。捧着一颗真心来，不带半根草回去。这是我们企业扶贫最真实的写照，用我们的真心换取贫困户的真诚，帮助他们脱贫致富。就业扶贫则是扶贫的重要手段之一，是实现贫困户稳定增收的最佳途径。为带动家乡贫困家庭劳动者脱贫，企业与政府联手，2017 年县就业局实施的扶贫专班培训，为我厂定向培训专业技术焊工等人才 40 余人，我厂优先保证贫困家庭劳动者就业。不少贫困户通过厂里的培训，已经成为厂里的骨干，年均增收 3 万元。进而，我厂被授予“就业扶贫基地”。随着签约项目的不断扩大，二期建设项目已完成场地选址和筹建工程，建成后将实现新增就业人员 200 余人。

“在家门口就能有事做，还能照顾家人。”这是我经常听到员工们发自肺腑的感慨。就业扶贫，为我县贫困户脱贫致富打开了一条新路。如今我厂已解决百余人的就业问题，其中吸纳剑阁县本地户籍员工 50 多人就业，帮扶贫困户 20 余人，残疾人士 1 人，通过就业扶贫摆脱贫困的员工已达近 10 人，目前还在该厂稳定就业的贫困家庭劳动者有 10 余人。

李子友是张王乡村民，初中毕业后就一直在外打工，家里父母年近 90 岁，需要人照顾，还有好几亩庄稼地也需要打理。为了让父母孩子生活得更好，他与妻子只有常年在外务工。随着父母年龄增高，为了方便照顾父母，打理家里的农活儿，他不得不回到家乡，希望能在家门口解决就业问题。了解到这一情况并且知道他懂驾驶技术，公司立马为他安排了特设岗位，解决了他在家门口实现就业的梦想。现在李子友是我厂的运输司机，年收入达到 7 万元以上，远远超出了外出务工的工资水平，既解决了他的就业问题，又解决了他闲暇时照顾家人及打理农活的问题。同时企业在发展中也注重承担社会责任：在“情系桑梓、筑梦教育”行动中，自发组织全体职工捐款 1.5 万多元，定点帮扶我县山区留守儿童，为贫困山区儿童圆梦教育点亮希望。

未来驰恒将不辱使命，以坚持创一流企业，抢抓机遇、立足四川、扎根剑门、服务全国的企业方针，为客户创造价值，为伙伴创造效益，为员工创造前程，为社会创造财富，带动更多的乡亲同步奔小康。我将继续坚持不懈为家乡的美好明天做出更多的努力，回报社会，回报父老乡亲。

五指情深

讲述：张政明　　整理：李登禄

张政明，男，42岁，汉族，初中学历，剑阁县盐店镇人，剑阁县五指农业观光旅游开发有限公司总经理。1995年南下广州打工，2017年返乡创业，完善了五指山龙洞沟景区基础设施配套和历史文化发掘以及文创推广，成功举办五指山第20届乡土文化旅游艺术节。公司先后成为四川省乡土文化促进会会员单位、四川省返乡创业联盟会员单位、广元市民间文艺家协会会员单位、广元市返乡创业协会会员单位。2018年，他被选为广元市民间文艺家协会副主席。

我是土生土长的五指山人。说起五指山，看过《红色娘子军》的人，都知道海南岛有座五指山。谁知我们川北剑门大山深处，也有一座五指山，而且这山还大有来头。她是环龙门山脉东北部南延之转接点，又是剑门蜀道核心部分剑门七十二峰之西端最高峰。据《剑州志》载："五子山，一名五华，在州西北九十里，五峰锐立，与琼州之五指山相伯仲也。又呼为笔架山，剑之境内诸山，皆发脉于此。其下有洞穴，幽邃蟠屈，探之不尽，中有灵泉出焉。"原来这里的山在剑阁境内海拔最高，山下龙洞里的水，流程最长，是剑阁两大河流的发源地。五指山中有两个村，四周环山，交通十分闭塞。千百年来，村民的生产生活十分困难，除了攀岩越险、肩挑背驮之外，几乎与外界不相往来。所以，我18岁那年，便决心离开这座大山，到外面去见见世面。一转眼，就是二十多年，我的足迹遍及大江南北，尝尽辛酸苦楚，最后在广州站稳脚跟，家庭经济状况发生了翻天覆地的变化。

随着年岁增长，我时常想起：“树高千尺不忘根，吃水不忘挖井人。”我是五指山农民的儿子，虽在南国都市有了自己的公司，但家乡的父老们仍然过着古朴的农耕生活。特别是党中央提出“大众创业，万众创新”和脱贫攻坚、乡村振兴等系列战略决策以来，我越发坚定了返乡创业、带动乡邻脱贫致富的信心。

2016年，我便着力对家乡五指山的资源状况做了一番深入考察。因为只有摸清家底，才能明确投资方向。通过考察，我进一步认识到她原来是一块“养在深闺人未识”的宝地。这里不仅自然条件优越，夏无酷暑，冬无严寒，雨量充沛，空气清新，物种繁多，植被丰茂，而且历史悠久，文化厚重。古剑州八景中的“五子晴岚”，正是五指山的风光亮点，早就闻名遐迩；历代文人墨客之龙洞游踪、题刻碑记以及民间传说无数。尽管拱石、五指两村的山间平坝田土早已流转进现代农业园区，但是五指山的龙洞沟等精华部分，基本上还保留着原始状态。同时，西成客专、G5高速距此均不过10公里。到剑阁新老县城仅半小时车程，并与江油市云集乡接壤。只要打通瓶颈，五指山的交通便会四通八达，使这块封闭已久的世外桃源呈现于剑门蜀道上。更关键更令人鼓舞的是，家乡的党政领导和村民父老热切欢迎我们这些游子能早日回归故土，做出贡献。

我摸清家底，有了底气，接着开始了系列准备工作，如确立项目、申报手续、动员群众、筹措资金等。万事开头难呀！这其中，坡坡坎坎还真不少，有些完全出人意料之外。比如家中父母年事已高，我返乡创业兼尽孝道，自然会使双亲更有依靠，这是多好的事！然而，这一举动却遭到了他们的反对。他们说：好不容易才从山里走出去，为啥又急着要回来？你以为面朝黄土背朝天的活是好干的！兄弟姐妹和亲友们也不赞成我再和泥巴打交道。但是，经过20年的生活磨砺，增长了才干、开阔了视野的我，决心要顺应时代潮流，有家国情怀。“一花独放不是春，万紫千红春满园。”我富了，还要带动帮助乡亲致富才算真富。经过我耐心说服，终于过了家庭这一关。接着又广泛动员组织群众，阐明意图，打消疑虑。

我的诚心和努力没有白费，2017年9月，广元剑阁五指农业观光旅游开发有限公司宣告成立，为与之配套，2018年2月，又成立了剑阁张家大院农业种植专业合作社。第一批33户农民率先加入合作社。随后，又以“公司＋合作社＋村民”的方式，成功与五指村、江油云集五福村共130户村民签订林山、坡地总面积超过1000亩的入股合同，用于文旅、农旅、体旅、康旅项目的开发。我们大胆创新并始终坚持了“全民持股，合力奔康”的原则，最大限度地保障了村民的切身利益，深得乡亲父老的拥护，做到了公司风险可控、群众收入持续增加。

其主要举措是坚持因地制宜，牢牢把握公司发展的正确方向。公司发起人主体都是我们本村的外出务工人员代表，共同通过股权众筹模式而组成的。整个项目建设分为10期。第一期统一设定启动资金500万元，分步骤通过股权逐步稀释对外招商引资。公司创始团队控股为股权的53%。公司的宗旨是：对家乡五指村的现有生态旅游资源适度整合开发。主要是以观光农业（农旅）+五指山龙文化和张家大院宗亲文化（文旅）+五指山户外拓展训练和青少年素质教育（体旅）+五指山海拔953米绝佳康养高地和绿水青山天然氧吧条件（康旅）的四大板块田园综合体项目融合发展，来实现五指村旅游经济兴村，助力脱贫攻坚。以“公司+合作社+村民”的发展模式，公司携手广元剑阁张家大院农业种植专业合作社，公司作为投资主体，父老乡亲以林山、田地进入合作社，获得保底资源流转费+叠加入股合作社盈利分红+父老乡亲务工收入。这就使家乡父老吃了定心丸，彻底消除了可能发生的“老板跑路，村民受骗”的后顾之忧。创新运营机制，父老乡亲不承担公司经营风险，但享受公司盈利分红，又可以到公司做工挣钱，还可以每年领取保底土地流转费，并且可获得旅游开发带来的农副产品销售收入。这就使家乡父老的增收有了持续可靠的保障。

两年来，我们在各级党委政府的领导下，合法依规高起点总体规划，分阶段逐步实施项目，已经取得了令人瞩目的初步成绩。

仅2018年，我们就完成了“剑门五指山、蜀道养心谷”及剑门五指村观光旅游的31类农副产品全系列规划设计与部分商标注册，涉及32类水、饮料，33类白酒，5类中草药、药酒，35类电商推广、营销、展览、广告类，39类旅游全系列，龙洞沟旅游全类，龙道山庄餐饮住宿全旅，公司增值扩股、变更，公司经营范围增加旅游景区游览服务管理、餐饮业、住宿业、畜牧业、水产业、水饮料生产、广告制作、发布代理等众多营运范围。目前，我们已初步完成了针对剑门五指山龙洞沟景点、龙王庙、仙药谷、药王殿、牛王沟、龙道山庄游客中心、张家大院地标、太极广场的路、桥、停车场、水电线路、绿化、亮化、安保监控、引导广告标牌等基础工程。

随着各项基础设施、配套工程的修建进展，结合公司旗下四川广元剑门五指山风景区公众微信平台和五指儿女合力不断的推广宣传，在春节大年初一至初三，每天上五指山的车辆达400余台次，游客人数日超过2000人，正月初四至正月初八，游客仍然持续火爆，五指山原生态旅游创造出成倍增长的经济效益。三月初三，我们又出色地举办了五指山第20届乡土文化旅游艺术节开幕式，当天山上山下，人车如潮，省、市、县有关部门领导和县内外知名文化人士和群众参加了活动，展示出生态文化旅游的无穷魅力。

公司同期启动了体旅项目，五指山户外拓展训练项目开建并完成了初步规划的50%。五指山张家大院300亩百果园采摘基地完成了30%的种植，剑阁张家大院宗亲文化发掘传承完成20%的进度。

同时，我们还成功地组织了系列文旅经济交流活动，成都、绵阳、南充、广元、江油、南部等地专家学者和社会知名人士纷至沓来，对五指山丰富的旅游资源和我们的创业基础工程赞不绝口。2018年4月，省扶贫办原主任、省人大民宗委原主任颜继禄携县老区建设促进会一行，在巡视考察五指山旅游发展途中，欣然为公司题词："发掘蜀道古龙洞道教文化，振兴剑门五指山旅游经济。"我公司"五指山农旅+文旅+体旅+康旅项目"已被四川省返乡创业联盟推荐，农业农村部审核批准列为"全国大众创业万众创新活动周"参展项目。日前，四川狼族影业有限公司派出青年导演刘夏同和广元电视台一道来剑门五指山考察采风，对我公司的胆识和行动大加赞赏，当即拟定要以五指山农民企业家返乡创业典型事迹为原型，以川北剑门山区自然风光和乡风民俗为背景，创作摄制一部电影《龙门宴》(暂定名)，以银幕艺术展现剑门山区人民艰苦创业的时代精神。

一年多来，由于五指文旅、农旅、体旅、康旅项目深入实施，我公司已投入资金500余万元，为五指村60岁左右的农村剩余劳动力200余人创造了就业机会，全年出工累计近10000个。公司完全实行男女同工同酬，工资按时足额发放，并优先采购父老乡亲们的农副土特产品和建筑原材料，价值50余万元，为村里餐饮、住宿带来的用于接待、食宿、休闲消费超过18万元。

在开发中，我们坚决杜绝急功近利，坚持以源于自然、尊重自然、高于自然、反哺自然为宗旨，在建修中就地取材，因势造型，主要以木材、竹材、石材、藤材、草材为主，尽量以较少的钱办最多的事。房屋全采用极具乡土气息的川北民居风貌，自然形成、构建五指山民宿康养产业链原生态产品链。这一开发，目前虽正在日夜兼程地进行之中，尚未形成规模和营销气候，但已得到了省、市、县各级党政领导和有关部门的充分肯定和倾力指导，得到了村民的热情支持和赞誉。在今年的乡土文化旅游艺术节期间，村两委班子全体出动，安排了20多位村民配合公安交警，义务守护路道、维护安全。2018年，公司先后成为四川省乡土文化促进会会员单位、四川省返乡创业联盟会员单位、广元市民间文艺家协会会员单位、广元市返乡创业协会会员单位、广元市乡村振兴研究院会员单位、广元市质量品牌协会理事单位、绵阳剑阁商会理事单位、剑阁县个体私营企业协会理事单位，我被选为广元市民间文艺家协会副主席。

我深知，返乡创业才刚刚起步，如果说有一点成绩的话，只能说明过去，实施乡村振兴战略还任重道远！我会继续守护事业，奉献真情，倾尽全力，参与家乡建设。即使再苦再累，既然我选择了这条返乡创业之路，必将奋斗到底，终生无怨无悔！

“创客”的“婚庆王国”

讲述：岳生宝　　整理：刘怀英

岳生宝，男，汉族，45岁，高中学历，剑阁县人，剑阁县万达广告传媒有限公司总经理。1992年入伍，1996年退伍，1998年经商。2008年返乡创业，创办“上花轿”婚庆公司，到公司实习学艺者100余人，他利用自己的资源帮他们寻找谋生之路。2015年，他成立剑阁县万达广告传媒公司，在广元成立广元市传承文化传播有限公司，创造22个就业岗位。他的广告传媒公司连续两年被广元市广告协会授予“先进集体”“先进单位”等称号，他获得了“先进个人”荣誉称号。

在剑阁县，无论是婚纱婚庆，还是开业剪彩，人们首先想到的是找“上花轿”。“上花轿”是谁？“上花轿”是剑阁县一家婚纱婚庆公司，目前占有全县婚庆市场90%以上的份额。我就是“上花轿”婚庆公司的创办人。

首长关爱，谢晋支招，台湾品牌影楼学艺，靠诚实本分、吃苦耐劳、勤奋好学，掌握了摄影技术，有了一技之长。学有所成后，我最难忘的是曾经把公园的椅子当床，把医院急诊室当家……

1973年生于剑阁县一个小山村的我，19岁当兵入伍。入伍后，有幸成为上海某部队司令员的勤务兵。司令员很喜欢我这个勤快、伶俐、聪明的小伙子，十分关心我的前途。知道我想学摄影，就鼓励我学习摄影。在首长的支持下，我用节约下来的500元钱买了一台照相机，利用休息时间，到城里或部队俱乐部照相馆学习摄影，同时买了《美国摄影学》自学，边学习边总结边摸索，终于掌握了摄影技术基础。

1996年，服役期满后的我没有回家，而是背着行李到浙江闯天下，想的第一件事情就是学厨师，因为包吃包住不说，有厨艺还能挣到钱。在浙江舟山万景湖大酒店当服务员期间，我邂逅了大导演谢晋。端盘上菜的我没忘记自己的最爱，见缝插针地向谢导演求教，怎样才能提高摄影技术。他回答说，照完30个胶卷就提高了。谢导演的意思是多实践，在实践中提高。没想到凡事认真的我却当真了，一口气买了30个胶卷，照完后，果然收获很大。

邂逅谢导演不久，我陪两位同乡到舟山一家影楼应聘。没想到的是，同乡没被录用，而我无意中透露了自己会摄影，反被留了下来，从当学徒干起，每月500元的工资。更关键的是，这家影楼是台湾品牌影楼“上花轿”的内地连锁店。

初到影楼，为了节省钱，我每天中午只吃五毛钱一个的麻团或馒头；租不起房，晚上只有到舟山市人民公园想办法，花20元钱买一张席子和一床被套，席地而睡。一次，我因胃疼到舟山市第一人民医院看急诊，偶然发现这里可以睡觉，而且人又少。从那以后，急诊科便成了我每晚住宿的地方，时间一长，担心被人发现，又转战到舟山市中医院急诊科夜宿。但这也不是长久之计，于是向影楼申请，自己曾是军人，想兼职保安，得到影楼负责人的同意，终于有了落脚之地。由于自己表现出色，影楼将我提前转正，很快又升为副摄影。1997年底，我终于当上了摄影师，负责总店的摄影工作。

回乡创业，万事开头难。在最困难的时候，工会伸出援助之手。当事业走向辉煌之时，自己没有忘记善待员工，没有忘记回报社会，没有忘记承诺，用不断创业带动更多人就业……

2008年初，我在武汉有了一家“上花轿”影楼加盟店，想为家乡的发展做点贡献，便回到剑阁发展“上花轿”婚庆公司。

刚开始生意惨淡，我每天晚上把影楼所有的灯全部打开，吸引顾客，一个月的电费达2000多元。功夫不负有心人，慢慢地，拍证件照和拍地震房屋受损的生意来了，当时也只请了 5 个人，由于生意冷清，只包吃住和买保险，不发工资。想起那时的艰辛，现在我都还记忆犹新。

就在生意跌入低谷时，迷惘的我找到剑阁县总工会，恰巧县总工会正在实施“创业带动就业”帮扶项目，帮扶了我 4000 元资金。虽然那时生意惨淡，我拿着 4000 元的创业资金，首先是给员工们买了五险，又借了 2 万元给他们发工资。当时想的是，光靠婚庆不能养活大家，还必须另辟门路。从那以后，我主动出去联系业务，遇到有单位开展活动，就上门揽生意，从婚纱摄影婚庆活动发展到开业剪彩，生意开始红火起来。

在做大自己生意的同时，我也不忘“创业带动就业”的承诺。对我们工作室的小伙伴们，他们的技术都是我免费教。2013 年开办的工作室，到 2015 年已解决了 5 个人就业，每年营业额达 20 万元。

凡是来“上花轿”实习的大学生或年轻人，只要有摄影爱好，学化妆、学婚庆主持，我都免费教，实习学艺者达 100 余人。同时，我还利用自己的资源为徒弟们寻找谋生之路。凡是来“上花轿”上班的员工，除包吃包住给员工交纳“五险”外，人均月工资达 2800 元。

在我的努力下，除了主营专业摄影、婚礼定制外，还成立了剑阁县万达广告传媒公司，创造 22 个就业岗位，吸引了 2 名大学本科生在我的团队中安营扎寨。2013 年营业额实现 200 多万元，2014 年全年产值达 500 多万元，以后年年都是蒸蒸日上……

事业在于不断创新，我不仅收购一家儿童影楼，还花 150 万元买了 250 个果皮箱作为市政设施，最大的愿望是在自己家乡修建轻钢别墅和发展乡村旅游。在不断创新、创业的路上，熟悉我的人都称我为“创客”……

2015 年 5 月，我的广告传媒公司进入广元市场，我成立了万达传媒有限公司。6 月 5 日广元万达广场开业，从活动形式到内容，公司全程参与了策划创意，并付诸实施。至 2017 年，广告传媒公司主要负责在剑门关酒店和苍溪国际大酒店为万达广场做产品推介，两年来共做了 6000 万元的产品。同时，我购买了万达广场 340 平方米的写字楼作为广告传媒公司办公用房，改名为广元市传承文化传播有限公司，主要承接昭化区巨石庄园的相关文化活动。2018 年与市政务服务中心合作，先后在利州区的龙潭乡、荣山镇和昭化区的柳桥乡等地修建电商超市，后因技术人手不够，建了 8 个乡镇的电商超市后放弃合作。

2018 年下半年，我回到剑阁后花 20 万元收购了爱依宝贝儿童摄影，取名“美猴王孕婴儿童摄影”，创造了 3 个就业岗位。

在我那里学成创业的大有人在，宝轮的“一生一世”婚纱摄影创始人杨伟在我那学习四年后出来单干，后因房租等多种原因导致店门关了。在杨伟回到上花轿工作五个月后，因他不适应身份的转变，我便主动建议杨伟还是在宝轮镇开婚庆公司，并主动帮他进行婚庆公司策划、公司的选址、顾客的定位及业务上的指导。经过几年发展，杨伟如今车子、房子、老婆、娃娃都有了，一家人过着幸福的新生活。杨伟，仅是“上花轿”婚纱婚庆公司学业有成后自主创业并小有成就中的一员。

因现在许多在外打工的年轻人到了结婚年龄，都选择在外拍婚纱照进行旅游结婚，从而导致婚庆公司生意不太景气。穷则思变，2018 年我又投入 53 万元买了 100 个标准的环保果皮箱（1 米 ×2.4 米的箱式果皮箱）作为市政设施投放在剑阁新县城。在此之前，我专门到苏州、绵阳、阆中等地考察箱式果皮箱的作用，美观、大方、环保、实用。近几年来，我先后花 90 万元买了 150 个箱式果皮箱投放在城区，想法非常简单，有有偿广告就做有偿广告，没有偿广告就做公益广告……

在不断的创新发展中，我把目光盯上了乡村旅游。在考察学习中我了解到，当一个国家或地区人均 GDP 超过 5000 美元时，就会形成农村休闲度假的消费需求。2018 年中国人均 GDP 已达到近 1 万美元，随着中国人均 GDP 水平的进一步提高，居民的休闲观光农业旅游、乡村旅游将呈爆发式增长态势。

基于此，我也看到了商机，多次去重庆考察，想把山地车项目引进剑阁。因为在下寺镇大仓村雷鸣社区，我老家有 10 余亩土地空置在那儿，如果充分利用空置土地修建几幢轻钢别墅，搞民俗和乡村旅游，绝对有前景。我是这样构想的：房内设施设备全部配齐，锅碗瓢盆也不例外，别墅周边种上各种花草、青菜和果树，借助山林养殖土鸡，再挖上几口鱼塘养鱼，除了供游客垂钓外，还可现场煮鱼，一家人玩山地车累了还可做饭，晚上就在别墅休闲。但我还没忘记自己的吃饭手艺：这里还可以进行婚纱拍照……

此外，我也没忘感恩，回报社会。我经常参与市广告协会开展的各种脱贫攻坚帮扶活动，经常以购代捐的方式买贫困户种植的木耳、蜂蜜、土鸡等土特产，为脱贫攻坚做贡献。就在前不久，我为自己的人生再次设计了一个更大的光环，那就是交了入党申请书，想成为一名光荣的中国共产党党员，为伟大的理想而奋斗……

网线架起致富“金桥”

讲述：赵海伶　　整理：杜华赋

赵海伶，女，汉族，1988 年 12 月出生，青川县人，青川海伶山珍商贸有限责任公司董事长。2009 年从四川外国语大学毕业后选择回到青川创业，在淘宝开设网店销售黑木耳等土特产，成为全国第一位从事农村电子商务的实践者。她带领 4000 多户农户及贫困农户叩开了致富的大门。她先后获“全球十佳网商”、“全国农村青年致富带头人”、“全国三八红旗手”、“CCTV 2014 年度三农人物”、四川省脱贫攻坚奖（奉献奖）、首届“广元十大最美扶贫人”等数十项荣誉。2015 年、2017 年两次与时任国务院副总理汪洋面对面交流。

我是青川海伶山珍商贸有限责任公司董事长。10 年来，我为乡亲们脱贫致富做了一点事，为家乡发展出了一份力，得到了乡亲们的认可，受到社会各界的好评，先后获得“全球十佳网商”、“全国农村青年致富带头人”、“全国三八红旗手”、“CCTV 2014 年度三农人物”、四川省脱贫攻坚奖（奉献奖）、首届“广元十大最美扶贫人”等数十项荣誉。

让我终生难忘的是 2015 年 1 月 28 日，在全国农村青年致富带头人、全国乡村好青年代表座谈会上，汪洋副总理给了我莫大的鼓励。我决心把一根“线”、一张“网”、一个“社”的事业做得更长、更大、更强。

一根“线”，连接大山内外两个世界，架起产业致富桥梁；一张“网”，让诸多山珍飞出大山深处；一个“社”，吸引上千名农户及贫困群众踊跃加盟发展生态产业，组成青川县新型产业大军，实现小农生产与互联网经济的对接。10 年电商之路，我带 4000 多户农户及贫困农户叩开了致富的大门。

特色产品“上规”，带领群众飞得更快

我是一个地道的山里娃，打小时候起就梦想着有一天能让家乡人看到外面的世界。2009 年 10 月，从四川外国语大学毕业后，我放弃了在大城市生活，选择回到青川创业，在淘宝开设网店销售黑木耳等土特产，成为全国第一位从事农村电子商务的实践者。创业初期，物流不便成为困扰青川电子商务发展的大瓶颈，地震灾后刚刚开始恢复重建时，车多路烂，物流公司不上门取货。我住的地方离他们又很远，为了能及时给客户发货，我基本上是早上 5 点就坐客车去发货。我经常扛着十几斤重的包裹，走到三里外的物流单位，一趟下来，鞋子上全是灰尘。我之所以这样做，是因为物流公司是每半天入一次库，每隔一天发货，如果不尽快把货送过去，买家收到货物的时候就已经是 4—6 天后了，那样是很影响商品质量的。

2010 年，我成立海伶山珍商贸有限责任公司，为解决公司加工原料问题，由公司牵头成立恒丰食用菌种植专业合作社，吸引了 200 多户农户成为合作社社员，在乐安、板桥、姚渡建起了 200 多亩的食用菌、蜂蜜标准化产业示范基地，当年网络销售额突破 180 万元，合作社农户均增收 5000 元以上。

2013 年，公司按照“公司 + 新型经营主体 + 农村电子商务”“生产订单 + 保护价收购”“股份合作 + 按股分红 + 基地带农户”等运作模式，完善推广“合同订购”等基本利益联结机制，积极探索建立统一服务、股份制合作、一体化经营等多种形式的利益联结机制，联系了企业和农户，连接了生产、加工和销售，沟通了山里山外，有效激发了农户发展产业的积极性。同时，随着电商产业的壮大，海伶山珍还带动了快递行业和种植行业，为一大批大学生和农村留守妇女提供了在家门口就业的平台，吸引了 140 余名年轻人一起返乡创业。

“海伶山珍”的发展，不仅为藏在深山的青川优质特色农产品打通了一条通往市民餐桌的捷径，更在当下互联网的时代风口上，为广大青年展示了一条低门槛创业的可行路径。如今，青川农产品青年电商不断崭露头角。由我作为发起人

之一成立的县青年网商协会已有会员30余家。我认为，只有大量的人参与进来，才能让青川优质农产品真正走出大山，走得更远，才能让这一方父老乡亲“务农”致富，迈向小康。

架起致富“金桥”，带领群众飞得更稳

在青川板桥海伶山珍生产基地，一张张来自国内外的特色农产品订单正源源不断地飞来。从“小作坊”到“大产业”，从“单打独斗”到“集团作战”，从“孤帆独舟”到“联合舰队”……我正和我的新型产业大军紧张地忙碌着，做强做大特有的，延伸发展没有的，实现了小农经济向农业产业化的“展翅高飞”。

许多人都曾问过我：你们的专业合作社能够网住众多种植户，是怎么做到的？专业合作社的吸引力究竟在哪里？

我回答他们说，一方面，我们合作社的标准化基地主要起示范作用，引导种植户以保持原生态种植模式为基础，实现科学化、规模化、网络化；另一方面，我们免费提供技术培训和指导，免费提供菌种，全力打造生态品牌，主动当产品的代言人，努力开拓销售市场，保持价格稳定，彻底消除种植户的后顾之忧，所以特别具有吸引力和生命力。

伴随当前农村电子商务产业的发展壮大，我的经营方向和重点将转向线下市场，由虚拟网络创业转向实体经济，我准备通过青川特色农副产品进入超市、景点，实现线上线下齐头并进，让合作社成为种植户与市场的“红娘”。

如今，我牵头组建的合作社已筹资800余万元，在青川县孔溪乡建设了农副产品精深加工厂，占地6000平方米。合作社将结合网络平台、生产基地和加工厂房，形成产、供、销一体的现代化的涉农实体，重点加工蜂蜜、食用菌等，努力打造高端农产品，积极开拓国外市场，让合作社的农副产品飞得更远，最大限度满足市场需要。

前不久，一位媒体记者问我：销路有了，产品又从何来？怎样通过电商带领老百姓致富增收的呢？

为了回答这些问题，我把记者带到板桥乡红旗现代农业园区木耳种植基地。我带记者边参观边介绍：木耳种植基地由公司牵头，组织老百姓成立合作社，合

作社坚持合作共赢的发展理念，健全科技服务体系，有效促进了农民增收。股份中公司占股不超过 10%，公司负责租地，提供优质菌种、种植技术，垫资主要原材料，回收产品等工作，社员和农户负责种植。

老百姓种植木耳几乎是零成本，老百姓投入耳棒，公司将政府给予的每根木耳棒 1.5 元的补贴转交给老百姓，老百姓将收获的木耳卖给公司，获得利润。如果老百姓不愿种植木耳，也可以到园区务工。木耳从种植到采摘都需要大量的劳动力，可以解决当地不少老百姓的就业问题。老百姓承包基地种植木耳，一亩地可获利 1.5 万元左右。来园区务工的老百姓每天至少可以挣到 80 元左右，技术工人的工资还会更高，比如耳棒钻孔，日工资就有 100 多元。老百姓愿意加入合作社，一年的收入不会低于在外地务工。

瞄准新的“商机”，带领群众飞得更远

过去单一产品的风险和成本都很高，比如木耳，只能生长两年，而我们的合作社可等不起这个时间，开拓市场无法等待。今后，我们要打造更多品牌产品，不仅要种植木耳，还要种植竹荪、天麻等特色产品，不断延伸产业链，真正实现农副产品从“小作坊”到“大产业”的过渡，从单纯的电子商务领域向实体经济转型。

在合作社经营上，为发挥每个人的聪明才智，让所有人都有主人的感觉，还要打消他们心中的顾虑，让种植户入“干股”，享受年底“分红”。我以每亩 1200 元的较高价格从当地农民手中租借土地，还让他们参与种植，他们不仅学到技术，还可以领到劳务报酬。每年底，每个种植户还能领到每亩 500 元不等的分红。同时，我还积极为种植户争取国家各项产业惠农政策，让他们在发展产业的同时，还享受政策“福利”，极大地调动了种植户的积极性。

在网络销售中，服务细致周到是我制胜的一大法宝。青川土特产表面不是很好看，就像我出售的活核桃，带有壳的味道，不好闻也不好看。有些第一次买新鲜核桃的客户，还抱着理解我的态度，说“算了，就不退钱了”。我一开始感到很委屈。后来，我渐渐明白，光有质量还不够，“服务细致”应该是卖家产品外的一个特色。后来，我开始在每一个包裹里写上字条，写明活核桃是什么样的，

应该怎么吃、怎么做，并附赠核桃夹，不少买家都说这样“很温馨”！

每年的蜂蜜收获季节，我和我的同事开着皮卡车和面包车奔走在青川的大山深处。为了收集到好蜂蜜，我们平均每天要走 5 小时左右的山路。我们随车有 3 名技术人员，和养蜂农户联系后就上门收购。先检查质量，查看浓度、纯度等，收完后，立即进行杀菌、灌装、密封，确保蜂蜜品质，正宗的土蜂蜜通过电商销售，价格超过每公斤 200 元。

青川的大山深处，没有工业污染，所产的蜂蜜也是纯天然的。老百姓家的蜂蜜都是“散放”在附近山坡上，由着蜜蜂们在野外自由翻飞，采着大山各种各样的野花花粉，蜂蜜的品质也是最好的。做电商卖青川老百姓家的蜂蜜，不仅是因为老百姓家蜂蜜的品质高，还有另一个原因，我是地地道道的青川人，我希望能带着老乡脱贫致富。因为蜂蜜不像木耳这些农产品，可以建立园区进行统一管理，所以，必须和深山里的老百姓建立合作关系，给予资金及技术上的帮扶，让其扩大养殖规模，产出高品质蜂蜜。

青川西阳沟自然保护区附近居民杨鸣夫妇，养蜂约 20 年。他有六七十个蜂桶，散放在海拔 2000 米左右的山上，蜜蜂采百花酿成“百花蜜”。杨鸣就是我的“供应商”之一。以前，杨鸣家每年至少可以产出 500 多斤蜂蜜，但愁于缺少销路，就是每斤 20 元的低价都很难将蜂蜜全部卖出。在与我们青川海伶山珍商贸有限责任公司合作后，公司给予一定的技术资金补助，杨鸣夫妇扩大了养蜂规模，将蜂桶发展到数百个，散放在西阳沟自然保护区内，现在每年至少可以产出 2000 多斤土蜂蜜，我们公司以每斤 40—50 元的价格回收，杨鸣夫妇养蜂一年收入可达 10 万元左右。杨鸣夫妇成功后，还带动了周边 13 户居民发展了养蜂，成立了养蜂专业合作社，带动周边老百姓致富。去年，他家还买了小汽车。

如今，我们公司的蜂蜜产品已远销至东南亚、欧盟等多个国家和地区。

发展产业，不能单一，否则随时会面临市场上的各种风险。在下乡与老百姓的接触中，我得知，许多贫困农户在务农的过程中，采挖了很多草药，但没有销路。为此，我成立了收购中药材的公司，在部分乡镇设置收购点，贫困农户将平时采挖的中药材存起来，存到一定量的时候，可以直接送到公司，也可以送至收购点。以前，这些贫困农户采挖的药材根本没有销路，只能眼睁睁地看着药材变成废物，我们开始收购药材后，激励了贫困农户采挖药材，还让他们卖到了合理的价格，实现了增收。我决定带领群众特别是贫困户大力发展中药材产业，让青川大山深处的生态中药材走出国门，走向世界，也为群众增收致富拓展新的渠道。如今，已有500多户农户加入到中药材种植的产业大军中来。用当地老百姓的话说:“跟着海伶干肯定没错，我们相信她!”

我一定不会辜负群众的期望，带领他们飞得更远!

谈一次一生不变的恋爱

讲述：王淑娟　　整理：李敏

王淑娟，女，出生于1986年12月，硕士研究生，青川县智宸电商公司董事长。市政协委员、县政协常委、四川省青联委员、四川省侨联特聘专家委员、四川省工商联执行委员。2008年毕业于四川音乐学院音乐教育专业，2009年成立青川川申农特产开发有限公司，2010年开启电商之路，入驻成都淘宝创业园。2013年成立青川县蜀蕊蜂业专业合作社，坚持绿色生态发展理念，在全县12个省级贫困村推广中蜂养殖技术，带领贫困户科学养蜂，形成“农户+合作社+公司”的三位一体发展模式。她先后获“全国青年致富带头人”“全国十大新农人”“四川省三八红旗手”“四川省五一劳动奖章”等荣誉称号。

我叫王淑娟，土生土长的青川女孩。2008年毕业于四川音乐学院音乐教育专业，2011年留学澳大利亚迪肯大学传媒专业，于2013年毕业并获得硕士研究生学位。

一

从川音毕业的那年，“5·12”汶川特大地震导致我的家乡青川成为极重灾区之一。青川原本就是一个国家级贫困县，作为一个青川的女儿，家乡遭了灾，家乡还没脱贫，我应该回到这里去建设、去奉献，因此，我毕业后没有从事音乐教师的职业，毅然决然回到青川，开始了以蜂产品为主的土特产发展之路。

一路走来，我坚持奋斗，坚持创新，使事业得到长足发展。2009 年，我成立了青川川申农特产开发有限公司，2010 年开始了电商之路，入驻成都淘宝创业园，成为青川最早的一批网商。同年我有幸参加了一次春节土特产商贸聚会活动，令人惊喜的是，两小时内就接到 2000 多个订单。这是一次转折性的聚会，为我的甜蜜事业和电商发展打下了基础，拓展了道路。2013 年，我成立“青川蜀蕊蜂业专业合作社”，注册资金 210 万元，公司生产的清江源蜂蜜被确定为“广元市知名品牌”；2014 年“清江源”王氏土蜂蜜获得消费者最喜爱的“十大四川特产品牌”称号。清江源封面外包装设计获得国家专利保护，企业的超低温浓缩技术已申请国家科技成果鉴定；到 2015 年，合作社已从开始的 16 户社员发展到 200 多户中蜂农，10000 余箱蜂群和 3 个中蜂繁育基地、18 个中蜂养殖基地，年产值达 1000 余万元的规模，升级为国家级专业合作社，惠及生产经营范围内 500 多户建卡贫困户 800 余人，人均增收 5000 余元，其中 53 户 137 人实现摘帽脱贫，有的还成了富裕户。

2014 年 4 月，我成立了“智宸电子商务有限公司”，主要业务是发展网上交易、电商培训和营造电商氛围，下乡让农户接触电商，鼓励和培训他们“触电”、建立农产品溯源体系等。2014 年 9 月 19 日，我接受阿里巴巴集团邀请，到美国参加了上市仪式，并被董事局主席马云先生选择为归国创业的网络平台代表，敲响了纽约交易所的上市大钟，成为四川在纽交所敲钟第一人。

公司自成立以来，我一直致力于打造青川地区特色农产品电子商务运营、品牌质量保障及推广、创业孵化和培训一体化的三农综合服务平台。为了更好地推广青川特色产品的线上销售，公司于 2014 年 12 月注册了“念初心”商标。为了保证线上商品的品质，公司建立了完善严格的质量保障体系，在线销售的系列商品经省、市、县质检部门多次抽检，均为优质。在持续发展营运的同时，公司不断开拓新的销售渠道，在县委、县政府支持下，智宸公司在淘宝网特色中国频道打造了特色中国—青川馆，成为淘宝网特色中国—青川馆唯一运营商。2015 年 1 月，青川馆正式上线运营，借助这一平台，公司与青川多家企业签订了线上销售协议。除淘宝网外，还在“天虎云商”“微商”等平台推广销售青川农特产品。2016 年，公司依托多平台线上销售渠道，实现销售额 1715.22 万元。通过 5 年的努力，智宸公司已发展成为青川首家从事农村电子商务、网络服务的平台化运营公司。2017 年 11 月，公司开工建成现代化蜂蜜水果酵素生产线、低温蜂蜜罐装加工生产线、年产 180 吨其他农副产品生产线，从源头上保证了生产的需要。川申公司在 2017 年被广元市农工委评为“广元市市级龙头企业”。

二

羊有跪乳之恩，鸦有反哺之义，我时刻都不忘家乡的父老乡亲。这里是山区，交通依然不便，信息依然闭塞，好多人依然过着贫困的生活。“农民的事，就是国家的事。”我一直把扶贫济困当作自己义不容辞的责任，我想帮助乡亲们实现增收致富。

青川县地处秦岭南麓，气候温和，山清水秀，山花烂漫，蜜粉源植物丰富，是天然的大型蜜库，发展养蜂产业具有得天独厚的优势，并且当地老百姓千百年前就已经开始了传统土蜂的养殖。我和我的团队坚持立足本地优势，发展本土蜂群，大力推广科学养蜂，让青川蜂蜜走向全国，使中华蜜蜂和蜂蜜产品成为青川的又一名片，帮助贫困户快速实现脱贫致富。我顶着酷暑钻进密林，观测，记录数据，实地论证；收蜜时，还要守夜，要拿到精确数据，就得守在荒野里，守在蜂箱旁。

钻研养蜂技术，需要在荒野里长时间盯着一只蜂、一滴蜜。我经常对我的团队说：“办公室和电脑前选不出好蜜蜂，守在荒野，吃了苦才会有甜蜜。”大伙见我这么拼命，戏称我是“敲钟的农民”。蜜蜂存在天然的种性退化问题，不换种就退化，蜜产量也大幅下降。我不忍心看到乡亲们减产时的泪水，这是我专心科研的动力。我把企业蜂蜜原料生产需要与地方产业扶贫结合起来，开始在全县推广中蜂养殖。

我每年都将自己选育出来的优良中蜂蜂群免费提供给周边农民试养，并承诺：增产，你们留着，我一分钱不要；歉收，我负责赔偿。多年来，我提供的中蜂从来都是增产，无一歉收。蜀蕊蜂业专业合作社成立伊始，就与建卡贫困户签订合同，以高于市场价 10% 的价格收购蜂农经过相关部门检测合格的产品，带动了这里的贫困户快速增收致富。

随着科学养蜂技术的普及和严密的管理运作，蜂蜜产量有了大幅的提高。广大蜂农也因公司和合作社实行优质优价收购蜂蜜而增收，从而形成了“农户＋合作社＋公司”三位一体的良性循环和经营模式。几年间，公司为贫困户提供优质中蜂蜂群4000余群，安排专业技术人员到蜂场指导蜂农管理蜂蜜的生产过程，从而提高了蜂产品的品质，从源头上保证了产品的“绿色”品质，提高了产品的营销档次，增加了蜂农的经济效益。

“扶贫先扶志，治穷先治愚”，科技是第一生产力，我们公司十分重视科技宣传和培训，聘请了从事养蜂业30余年、具有较高养蜂水平的技师张成房为合作社技术顾问，常年坐镇指导站，对蜂农进行技术指导、技术咨询和技术服务。现在绝大多数蜂农已基本掌握了新式养蜂技术，部分蜂农掌握了繁育技术。经过培训项目的实施和合作社的带动，全县农民养蜂热情高涨，许多外出打工多年的农民返乡从事养蜂业，不少养蜂户将此作为终身职业。2017年组织蜂农集中培训4次，蜂场实地指导培训12次，培训人数达到1178人（次）。合作社还结合精准扶贫，在青川县瓦砾乡上河村，房石镇百兴村、新桥村，姚渡镇柳田村，苏河乡东风村、新民村、漳河村，楼子乡明水村，茶坝乡石古村，马公乡朝阳村等10余个省级贫困村推广中蜂养殖产业，惠及当地建卡贫困户500余人，2018年共发展蜂农500余户，实现年产值3000余万元，户均增收8000—10000余元。通过大力开展“不等不靠、艰苦奋斗”“精准扶贫不是养懒人”“养蜂技术”“木耳种植技术”等宣传和举办培训会，增强了贫困群众脱贫致富的信心，提高了他们的养殖技能。

为了进一步拓展公司产业规模，2017年至2018年，我们在乔庄镇石元村开始了总投资为4000万元的“青川中蜂文化体验园”项目建设。其中一期投资1000万元，完成投资1052万元，新建了集蜂蜜生产、衍生品研发、土特产深加工为一体的综合农产品深加工工厂，形成养殖蜜蜂，产品研发、生产、销售为一体的产业链。项目二、三期主要实施青川中蜂花园式的工厂建设，蜂蜜产品的研发和取蜜体验相结合的民宿农庄，发展IP化，让更多的粉丝圈层来到园区体验养蜂过程，品评蜂蜜相关产品，感受科普养蜂文体、“蜜·念初心”—青川中蜂等6次产业项目。我们的理念是：“HONEY谈一次一生不变的恋爱”为SLOGAN，用产业带动贫困户增收，结合电商＋线下渠道销售；大力打造青川中蜂文化观光体验园，以“农旅＋电商＋扶贫”的模式，打造新一代土蜂标杆。蜀蕊蜂业专业合作社被评为四川省省级专业示范合作社，优质的“念初心”品牌系列产品获得“四川省服务名牌产品”等荣誉称号。

奋斗永远在路上，我们做了把中蜂养殖打造成青川县特色支柱产业的规划部署，定了打造“中国土蜂蜜产销第一县”的目标，我们已将青川县的中蜂养殖进行推广，2018 年与四川省养蜂站合作繁育了新品种。

三

回顾帮扶历程，我深切地体会到，产业扶贫一定要变“输血”为“造血”，一方面能帮助贫困群众尽快如期脱贫、稳定增收；另一方面又让企业有稳定的优质原料基地，不断发展壮大。

我是一名市、县政协委员，我一直主动承担社会责任，以质量求生存，以品牌求效益，打响川字号招牌；积极投身慈善事业，把积极参与公益事业作为公司企业文化的重要部分。我曾参加了大地社区帮扶中心对雅安地震灾区的生计项目和益众公益对庐山县两路乡村民合作社建立的项目。2014 年，组织青川当地网商携手县团委，在县城进行冬衣募捐活动，并将募捐的衣物快递到云南鲁甸地震灾区。2014 年底，与平武县森林保护协会达成合作意向，利用公司的网络优势，呼吁更多的人参与到生态保护中。2015 年 1 月 28 日，利用青川馆现有资源，组织爱心网商助力青川残疾人网商。2015 年由我赞助红光乡小学建成了青川县第一支棒球队项目，该项目获得第七届四川省青年优秀志愿服务项目。2016—2018 年联系组织爱心人士每个季度到青川开展志愿者活动，到各个村小学去看望小朋友并给他们带去新颖的课程。2018 年赞助乐安寺小学建立了棒球队，并把阿里巴巴集团普惠教育引入该校，给小朋友带去了网络美术课程，并把他们的作品设计成环保手提袋。还计划把阿里巴巴集团普惠教育引入红光小学和营盘小学。现已组织 1000 余人参与青川公益项目，募集爱心善款 50 余万元。

一直以来，我都在积极地帮助青川的贫困学生家庭，通过提供免费菌种，组织技术人员传授技术，让贫困学生家庭种植木耳或通过养蜂来增加收入。

我将带领我的团队坚决贯彻落实习近平总书记的关于“实现两个一百年奋斗

目标”和“在扶贫的路上，不能落下一个贫困家庭，丢下一个贫困群众”等重要指示精神，继续秉承“不忘初心，方得始终”的企业理念，坚持“做好人，做良心农产品”的企业核心价值。在企业发展壮大的同时，我们将继续响应“万企帮万村”的号召，以此推动青川特色产业的持续健康发展，在产业扶贫的道路上做一个有担当、有作为、有实效的青川人。

此心只为奔康事

讲述：黄春贵　　整理：柳桂华

黄春贵，男，汉族，1981 年出生，高中文化，青川县青溪镇人，广元市政协委员，青川县智农农业开发有限公司董事长、青川县欣源羊肚菌种植专业合作社理事长。2015 年取得“羊肚菌菌种分离法”“羊肚菌大田栽培技术”两项发明专利，被国家、省、市级媒体多次宣传报道。在他的带动下，青川 800 余户村民种植羊肚菌 1500 余亩，2018 年实现销售收入 3000 余万元，种植户户均增收 3.75 万元。他于 2016 年荣获“四川省十大科技创新改革人物”荣誉称号。

我叫黄春贵，现任青川县智农农业开发有限公司董事长、青川县欣源羊肚菌种植专业合作社理事长，中央电视台和四川电视台等媒体都宣传报道过我的创业故事。

不甘贫穷落后　曾四处打工挣钱

我出生在青川县青溪镇埝坪村一个普通农民家里，从小家境贫寒，练就了我吃苦耐劳、坚忍不拔、不服输的性格，做梦都想改变自己的命运。2002 年从三锅中学高中毕业后就外出打工，开始自己的“发财梦”。我当过学徒，做过粉刷匠、泥水匠，开过石英矿，从事过建筑行业，当过几年包工头，依靠自己吃苦耐劳的精神，慢慢积攒起了自己的财富。

随着近几年建筑行业的萧条，工程难做、钱难挣，我觉得靠劳力挣钱，既被动受制约，又难以从真正意义上摆脱贫穷，就决定另辟蹊径，寻找新的创业之路。

我几经思索，瞄准了羊肚菌，稀缺的货源、昂贵的价格，如果能人工栽培成功，这将是一个巨大的商机。我自认为找到了致富发财的独门生意，兴奋之余，不顾家人的反对，决定回乡创业。

潜心栽培羊肚菌　成为科技致富“明星”

2009 年，我拿出多年打工积攒的钱投入到羊肚菌的人工种植研究中，但都以失败告终，不多的积蓄也让我全部亏在了羊肚菌的种植上。

这时我才知道羊肚菌种出来倒不难，可是产量和质量却极不稳定，早在 20 世纪 80 年代就有人想到了种植羊肚菌这个商机，但基本都以失败告终。我没有灰心，翻阅了大量的资料，四方拜求专家，终于找到了失败的原因——菌种。虽然找到了失败的原因，可我已经没钱了，不得不重新做起包工头的老本行，在做工程期间，一有空就到绵阳、成都、广州等地，找羊肚菌专家和同行学习、交流。在学习过程中，我一心想把羊肚菌做成的故事打动了广州的一个羊肚菌专家，专家同意给我提供技术帮助。经过一年多的学习、筹备，我打算再次种植羊肚菌。为了支持儿子，父亲和岳母拿出自己所有的积蓄，加上我在工地上收回的欠款，凑了 60 多万元，再一次开始了自己的羊肚菌致富发财梦。有了上一次的失败教训，我首先从羊肚菌菌种入手，为了找到适合的菌种，在深山老林一待就是 20 多天，过着风餐露宿的生活。

功夫不负有心人，我找到了理想的野生羊肚菌，在专家帮助下，很快就做出了人工栽培种。参照野外观察到的羊肚菌的生长习性和环境，我租赁了 20 亩土地，仿照野生羊肚菌生长环境，人工创造条件开展实验栽培，终于种出了羊肚菌。2012 年、2013 年连续两年人工种植羊肚菌均获得成功，平均亩产鲜羊肚菌 400 斤以上，亩经济效益达到 2 万元左右。挖到人工种植羊肚菌的第一桶金，让我看到了人工栽培羊肚菌成功的曙光。

青川县政府也将这项产业列为扶持发展、推广的重点项目，省科技厅、市科技局以及青川县经济信息化和科学技术局也将羊肚菌项目作为科技扶贫项目予以大力支持。我在县委县政府及科技部门的关心支持下如鱼得水，更增添了发展信心。2015 年，我决定创立青川县智农农业开发有限公司，投资 450 余万元修建了占地 10 亩的羊肚菌菌种生产用房，用于栽培菌种培育，向周边老百姓提供种植技术、菌种及产品的初加工。同时建立 200 亩羊肚菌种植示范基地，供周边的种植户观摩学习。公司研发了独有的羊肚菌菌种分离方法及大田栽培技术，并获得了“羊肚菌菌种分离法”“羊肚菌大田栽培技术”两项发明专利。为了更专业、更规范地推进羊肚菌绿色产业健康发展，我特别申请到了 QS 认证和有机认证。

2015 年 6 月 4 日，中央电视台 7 套《致富经》栏目以《自以为想到独门生意以后》为题，对我作了长达 30 分钟的专题报道；2016 年 4 月 5 日，四川电视台把我作为新闻人物进行了专访——《脱贫攻坚进行时——羊肚菌种出好收入》；2017 年 5 月 16 日，中央电视台 7 套《科技苑》、中央电视台 2 套《消费新主张》及广元电视台、青川电视台和各报社等诸多媒体都对我进行了专题报道，一时间，我成了科技致富的标兵，也成为各大媒体纷纷追踪报道的明星人物。

宝剑锋从磨砺出，梅花香自苦寒来。我的公司建立起了科技研发基地，规模越来越大，还购置了工作用车。因在羊肚菌人工栽培技术上的科技攻坚突破以及对农村经济发展做出的贡献，我得到了各级领导和社会各界的赞扬。我先后被县委、县政府授予“农村致富带头人”“创业明星”，入选“2016 四川省十大科技创新改革人物”。

当好科技扶贫带头人　携手村民共同致富

穷则独善其身，达则兼济天下。我致富不忘他人，致富不忘乡亲，心中一直惦记着仍然贫困的父老乡亲。

一人富不算富，共同富才是真正富。为了能让更多的父老乡亲尽快脱贫致富，2014 年，我在县委、县政府的大力支持下，成立了青川县欣源羊肚菌种植专业合作社，吸纳青溪镇 130 余农户。在我的带动下，全县 800 余户村民种植羊肚菌 1500 余亩，当年收获羊肚菌鲜品 300 吨，实现产值 4500 万元，实现销售收入 3000 万元，种植户户均增收达 3 万余元。青溪镇金桥村贫困农户宋大功发展羊肚菌产业，2018 年实现产值 2.1 万元，人均纯收入达 7000 余元，一举甩掉了贫困的帽子。青溪镇埝坪村村民王林香50岁了，一直在我的青川县欣源羊肚菌种植专业合作社务工，仅务工收入就达1万余元。王林香深有感触地说："自从黄董事长的公司创办后，我再也不用外出打工了，在家门口就能挣钱，同时还可以兼顾家里的老人孩子，务工挣钱和照顾家庭孩子两不误。非常感谢黄董事长！"

2016年，青川县智农农业开发有限公司按照"公司+基地+农户"的发展模式，带动农户种植羊肚菌5000亩，年产值高达1.3亿元。我的羊肚菌菌种已销售到湖南、湖北、新疆、内蒙古、云南、河南、陕西、山西、吉林等20多个省份，每年的产值都在1亿元以上，实现销售收入1800余万元。

脚踏广袤大地，泥泞磨砺了我的青春；情系科技扶贫，汗水涵养了我的梦想。我坚定地走在带领百姓科技脱贫的道路上。我常说："我们还要投资开展羊肚菌的室内栽培研究、产品的深加工，提升青川羊肚菌的品牌效应，通过进一步改进技术、扩大生产规模，增强品牌影响力、提升销售能力，让更多农户参与到羊肚菌产业发展中来，使羊肚菌产业成为更多农民致富奔小康的支柱产业。"

我在带领乡亲科技致富奔康的道路上，信心更坚定，步伐更铿锵。

左老“犟”的红土梦

讲述：左德军　整理：陈初

左德军，男，汉族，48岁，职高文化，青川县人，青川县亿丰生态林农有限责任公司总经理，青川县茅坝果蔬专业合作社理事长，高级农牧管理师，县政协常委。2013年成立青川县亿丰生态林农有限责任公司，流转林地3000余亩种植核桃、中药材。2014年建成果蔬、食用菌大棚370个，组建果蔬专业合作社，解决常年务工和季节性务工200余人次。公司被评为“市级龙头企业”，果蔬专业合作社被认定为“省级示范社”“新型职业农民实训基地”。他先后获“青川县创业明星”“青川县返乡农民工创业示范带头人”“广元市返乡创业明星”等荣誉称号。

我叫左德军，今年48岁，高中文化，家住青川县营盘乡江岸村，那儿虽然风景秀丽，民风淳朴，但却贫穷落后，是一个鸟不拉屎的地方。村子里的年轻人为了活命，绝大多数选择去经济发达的沿海城市打工，混得好的在城市站稳了脚跟，不愿回村受穷，在土地上终老一生。一些靓妹子嫁给城里人或能干的外乡男子；有本事、有能力、事业有成的营盘乡江岸村的帅哥，自然成了本村、外乡、城里姑娘追逐的“抢手货”。只有我这个在别人眼里冒着“傻气”、不按常理出牌的人，愿意把自已辛苦挣来的钱，投资在风险大、见效慢、收益低的土地上。

一

因为我是农民，离不开土地，就像鱼儿离不开水一样。因此，折腾泥土似乎是与生俱来的天性。景德镇的工艺大师和窑工们，能把泥土变成瓷器，增加泥土的附加值，产生点石成金、化腐朽为神奇的效果，我又何尝不能利用土地，纺织“民以食为天”的田园梦，把自己在青川木鱼职中学到的林果专业知识用到土地上，把家乡变成果木满坡、牛羊成群、五谷丰登、人寿物阜的美丽村庄呢？但万事开头难，投资土地，搞现代农业，一大笔钱从何而来？借钱行不通，周遭的亲朋好友都是穷得叮当响的人，从银行贷款，家里几间破瓦房也值不了几个钱，无法抵押，怎么办？一分钱憋死英雄汉。于是，我只有把这个想法秘而不宣地深藏在心底，尘封在记忆里，等待时机，再付诸行动。

随后的几十年，挣钱活命和圆年少气盛的梦，成了我的精神支柱。我起早贪黑地干过不少营生，哪样来钱，就干哪行，四处奔波，八方谋生。老实讲：我在广元城租过店代销青川特产、搞经商；下过河坝淘沙金；广巴高速公路修建时，做供应建材买卖。周边成都、兰州、西安、重庆也都留下了我讨生活的脚印。

在挣了些钱后，我回到家乡，耕耘土地，逐梦田园。特别是2008年5月12日汶川特大地震发生后，在自家房屋倒塌、庄稼损毁、受灾严重的情况下，再看见其他乡民家破人亡、妻离子散的惨状时，我还自掏腰包，拿出3万元，购买米面、蔬菜、食用油、药品、瓶装水等救灾物资，支援地震极重灾区——青川县姚渡镇。并在震后第三天，亲手把这些紧缺物资送到了清元村每家需要帮扶和救济的人，不言苦和累，不计感恩，不留姓名，然后悄无声息回村，打理自家受灾的事，为家人止痛疗伤，恢复生产自救。

房子重建好后，我安顿好家人的生计，钞票也所剩无几，不得不再次挥泪离乡，去外地闯荡世界，为自己的一日三餐和家人的温饱奔波忙碌，其间的酸甜苦辣、五味杂陈，可谓每天都挣扎在“人为财死，鸟为食亡”的边缘。通过五六年的经商，贩卖修路、灾区重建房屋的沙石，发了一点财，算是活出了“人模狗样”。

二

党的十八大后，一场消除贫困、改善民生，推进精准扶贫、建设幸福美丽新村的东风，吹进了国家级贫困县——青川，也温暖了我的家乡江岸村。炉火虽然不能改变环境气候，但却能温暖周围的人。俗话说："近水楼台先得月，向阳花木易逢春。"由于青川是国家级贫困县和"5·12"汶川特大地震的极重灾区，党和政府集中人力、财力、物力，在青川这块贫瘠的土地上大力实施"挖穷根""挪穷窝"，阻断贫困代际传递的精准扶贫，从而激活了广大贫困户"我要脱贫"的内生动力，坚定了"幸福是奋斗出来的"的信心。

2013 年 7 月，我紧紧抓住"天时、地利、人和"的契机，成立了青川县亿丰生态林农有限责任公司，注册资金 1000 万元，主营林业、农业种植，林农产品收购加工和农业项目投资等。公司现有林地 3000 亩，其中木权 2030 亩，种植优质核桃及中药材 700 余亩，建成 1300 平方米生猪育肥场 1 个，特色果蔬食用菌大棚 370 个，其中种植草莓、红心火龙果 100 亩，优质葡萄、羊肚菌、水晶冰菜等特色果蔬 100 亩，建成生态观光休闲大棚及配套场所 10 余亩，接待前来休闲观光、采摘体验、品尝特色餐饮的游客 2 万余人次。同时，公司还积极参与脱贫攻坚活动，携手贫困村农户，一道发展，共同奔康：一是通过流转土地资金，让老百姓获取稳定收入；通过"公司 + 合作社 + 基地 + 农户"模式，带动贫困农户种植露天蔬菜 800 余亩，提供常年和季节性务工岗位 120 个，其中建卡贫困户 26 人，每年给当地贫困群众创造务工收入和土地租金收入 130 余万元，年人均增收 1 万余元；吸纳姚渡镇所有建档立卡贫困户 328 户产业发展资金入股，累计向建档立卡贫困户分红 3.28 万元。

2015 年，公司配合政府完成了青川县姚渡现代农业园区建设，被评为"广元市级龙头骨干企业"，果蔬合作社被认定为"四川省农民合作社省级示范社"，大棚基地被授予"新型职业农民实训基地""青川县就业扶贫基地"。我被评为"青川县返乡农民工创业示范带头人"，荣获青川县第二届"双创之星"，在广元市首届双创大赛中荣获优秀奖，并担任政协青川县第九届委员会常委。

没有等来的辉煌，只有拼搏的精彩。2018 年，企业总资产达到 1468.8 万元，固定资产 790 万元。种植的草莓、红心火龙果、优质西瓜、冬桃、水晶冰菜等各种特色果蔬菜，远销成都、绵阳和重庆、甘肃、陕西等地，让青川的特色美味，走进了千家万户，摆上了百姓的餐桌。特别是公司培育的草莓、辣椒、芹菜等 3 个产品已获得国家绿色产品认证，申报 3 项实用新型专利和 1 项发明专利。目前，公司研发和种植了红颜巧克力草莓，搭配太空草莓等新品种 60 余亩，栽培技术采用有机肥加生物防控技术，年产 12 万斤，产值 120 万元。从非洲引进的水晶冰菜等新型高端蔬菜，全生育期不施农药化肥，是天然的绿色有机康养食品；采用自研的大棚种植技术生产的羊肚菌，已达到稳定高产、提前半月上市的水平。产品呈现出“小楼一夜听春雨，深巷明朝买杏花”的喜人景象，可谓是“一招鲜，吃遍天”，不仅让产品卖得更快，而且价格更高。主营的休闲特色农庄，以秘制方法烹制的白龙湖生态鱼为主，自营业以来，累计接待游客 2 万余人，营业收入 100 余万元。眼下，公司现代农业园的产品主要供甘肃兰州、天水、陇南、文县，陕西西安、汉中，四川的成都、绵阳和重庆等客商来此观光、现场休闲采摘体验，并稳定供货各地批发市场和大型超市。

2018 年 5 月，全市政协系统“我为扶贫攻坚做件事”活动现场会在公司启动。为保障产品销售的稳定，公司融资 800 万元，改造升级大棚设施设备，建造冷冻保鲜双功能库，购买冷链物流车，增加葡萄、羊肚菌立体种植，草莓种植及种苗培育费。大棚改造升级后，产值将由原来的每亩 2 万元增至 3 万—5 万元，年销售额达 800 余万元。

三

上林春汛人间满，剪出红梅花万枝。六年来，我扎根川北革命老区，在这块热血的土地上，以“一人富裕事小，大家富裕事大”为己任，不忘初心，砥砺前行，配合党委政府，积极投入脱贫攻坚，带领成千上万的父老乡亲“向贫困宣战，向致富进军”，为青川县地方经济繁荣发展做了一些有益的事，也赢得了一些掌声和点赞，算是贡献了自己的点滴智慧和绵薄之力。并用实际行动诠释了我“像牛一样勤奋，像大地一样奉献”的价值追求和人生理想，履行了“上为党分忧，下为民解愁”的使命和担当，可谓“于人无可讥，于己无可悔”！今后，我还想把企业做强做大，把林、果、蔬、家禽养殖基地、休闲农庄建设得更加漂亮，为青川打造“绿野青川，全域风景”的康养旅游名县和川陕甘“金三角之珠”再创佳绩，再立新功！

初心至善“青野”利众

讲述：何静　　整理：魏光忠　杨凡

何静，女，汉族，1986年出生，青川县房石镇人，大专文化。2015年从民营企业离职开始创业，2016年建成青川县青野葛业有限公司，生产纯野生葛根茶。2018年与同样返乡创业的朋友一起注册成立虎果农业开发有限公司。两家公司带动近百人就业。她先后获“青川县助力脱贫攻坚青年标兵”“青川县巾帼扶贫之星”“青川县优秀民营企业家”等荣誉称号。

我叫何静，生于1986年，是一名地地道道的青川人，老家在青川县房石镇前河村。我从小在青川的大山里长大，家乡的绿水青山滋养了我，给了我山一样的坚韧和水一般的柔情，让我从小就立志要把自己的梦想和事业扎根在家乡的土地上，要用自己的努力让家乡变得山更美、水更清。

大学毕业后，我先后在中国人寿绵阳分公司任讲师及团队经理、四川九天建设集团的董事长助理。2013年4月，我就职于四川竹园嘉华置业有限公司，担任江油李白诗歌小镇的开发总监，参加了李白诗歌小镇的策划、开发工作。随着工作一天天的推进，随着小镇品位一天天的提升，想为家乡做点什么的心思越来越强烈，思乡的情绪越来越浓烈。

敢闯敢做，要做就要做好，是我们家的传统。我父亲18岁在房石镇造林就小有成就了，现在他留下的，不仅有锁在抽屉里的造林证，还有家乡大山中那一片片郁郁葱葱的森林。我也继承了他要强实干的性格，一心想着要做点什么事，来实现我人生的价值。

在诗歌小镇忙碌的那段日子里，我爱人在为江苏一家公司做葛根产品策划。随着时间的推移，我对葛根产品的认知从一无所知到深刻了解，知道了葛根产品对应酬多、常饮酒、常熬夜的人士，特别是对“三高”患者和肥胖人群有很好的调理作用，就对它产生了浓厚的兴趣。经过一段时间的调研，对它广阔的市场前景进行了论证后，我就打算在江油开一家葛根厂。

后来，我有了小孩，要回家待产，就把此事暂时放了下来。孩子出生后，家里请了我的小姨妈帮我带孩子，2016 年 2 月，我们送小姨妈回她位于青川县桥楼乡青石坝的家时，途中路过三锅镇，那天正是赶场天，由于当地是以街代市，车行很慢，一直对葛根念念不忘的我，眼尖地发现有人在卖葛根。经过一番询问和对比，我得知青川的葛根品质非常好，资源很丰富，就想，既然家乡就有葛根，与其把公司建在他乡，何不回家乡干一番事业？在萌发了这样的念头后，真是无巧不成书，在把小姨送回家后，正好看见电视里出现了青川姑娘王淑娟在中央电视台《开门大吉》的节目中介绍青川和讲述她作为一个“海归”回青川创业的故事。她的故事，又一次触发了我回家乡干事创业的想法。

接下来的日子里，我和爱人便到青川的各乡镇走访，了解葛根的资源和品质，了解的结果是青川的葛根资源确实非常丰富，品质确实非常优秀。吃了这颗定心丸后，我们就开始了公司的选址，小姨见我们把此事提上了议事日程，就说：“你们要干，就把公司办在我们这里嘛，我的家就是你们的家，一家人在一起比啥都好。”为了这句话，我们决定把公司建在小姨家附近。于是便开始了紧张、忙碌、充实的一系列工作——土地流转、手续报批、规划设计、房建基建、硬化绿化、装饰装修、购置设备……

2016 年 7 月 1 日，在青川县桥楼乡青石村，占地 14 亩、建筑面积达 3500 平方米，开发和生产葛根茶、葛根食品及饮料的青川县青野葛业有限公司成立了。

公司成立后，产品研发成了头等大事。怎样才能做出口感好、汤色亮的葛根茶，成了我们最大的心愿，为此，我们的研发团队开始了耐心细致的工作，耗费了无数的精力。在葛根茶的试制过程中，我们得到了西华大学卢悦教授的技术支持。在他的指导下，我们在 40℃、50℃、60℃等各种温度中，在 500 克、1000 克、1500 克等不同烘烤重量之间反复试验，根据烘制出来的葛根茶的口感汤色变化进行认真记录和分析对比，经过数百次的实验，终于烘制出了汤色好看、味道醇厚的葛根茶，取得了满意的效果，开始了我们的批量生产。由于我们前期做了充分的市场调研，建立了良好的销售渠道和网络，产品一上市就供不应求，取得了很好的经济效益。

公司从成立之初，我们没有向银行贷过一分钱的贷款，公司总投入共1500万元，从2017年10月公司正式运行投产到现在，销售收入近千万元，走上了发展的良性轨道。

我们深知，水能载舟，也能覆舟，企业的发展壮大，离不开一方百姓的支持，企业发展了，就必须回馈一方百姓。青野葛业在公司建立初期就坚持尽量使用当地民工的原则，仅房建基建上支付当地民工的工资就达150余万元。在企业的日常生产经营期间，也基本上每天都有10多个乡亲在此务工。我们正在积极探索“公司＋基地＋合作社＋农户”的发展模式，争取用产业发展辐射带动青川老百姓致富。

公司入驻桥楼后，改变了当地原有的产业格局，为地方发展注入了活力，公司的逐年发展也将对地方财政及GDP带来积极影响。未来五年，公司计划增资3000万元扩建厂房，引进罐装饮料生产线，提取葛根原浆，让我们的优质葛根饮品如王老吉、加多宝等品牌一样走进千家万户的餐桌。今后，公司将根据生产需要不断提供生产岗位，除解决老百姓的就业之外还将培养出有技术、懂管理的高级人才，还会为签订劳动合同的农民工购买社保，解决他们的后顾之忧。同时公司还将在全国范围内吸纳数千人的销售团队做线下推广，为社会创造更多的就业机会。

如今我们在青川的关庄等地还推广种植了黑老虎（木兰科，南五味子属藤本。果实成熟后味甜，可食用；其根部，可用以行气活血、消肿止痛，经采集后将其切片，晒干入药）40亩，采用了租赁农民土地给租金，农户还可以自愿到土地上务工挣钱，有收益后企业又给村集体分红的方式经营。利用这样的模式，今后发展成功了，再辐射带动当地群众一起种植，共同致富。

在公司发展的过程中，我们一直坚持既要金山银山也要绿水青山的理念。因为我父亲是造林人，虽然他已经离开了我们，但从他栽下的那片森林中，我早早就有所体会，树砍了不栽，林就没有了。同样，我深知，葛根挖了不栽，种子都会没有了。一个企业的发展，不能建立在破坏的基础上，只有护佑了一方山水，一方山水才会护佑你持续发展。于是，在收葛根的过程中，我们严格要求，葛根的老根头坚决不收，农民挖一株葛根后，砍下老根头，必须要在原地种下三根老根头，并留下照片为证，见到照片后，我们才收他的葛根。同时，他只要种下一个葛根头，公司就会奖励他 5 元钱。这样就保证了葛根的生生不息，保证了企业的源头活水。

有一天，我接到了一个电话，对方自我介绍是广元某广告公司的王总，希望与我们商谈战略合作事宜，并约定在我们公司见面详谈。第二天，王总按照约定来到公司，讲起了他想和青野葛业战略合作的缘由。原来，王总在西安有一个很要好的私企老总朋友，某次他去西安之前打算给朋友准备一点广元的特产，便电话询问朋友喜欢什么，他说了几样特产，朋友都笑拒了，最后他说反正要带点东西，朋友见盛情难却，便说如果能买到青川葛根茶，就给他带点去。于是，王总便给朋友买了几盒青野葛业的葛根茶带去。半个多月后，王总接到朋友的电话，说喝了一段时间他带去的茶，血脂血糖明显降下来了，谢谢他的礼品。在商言商的王总敏锐地觉得这是一个商机，便主动找上门来谈战略合作的事了。

就在这一天，青川县政协副主席贾玲一行正好来我们公司调研返乡创业的工作，听了我的创业故事后，她在她的 QQ 空间中这样写道："今天去桥楼的青野葛业……看到那个有情怀、很实在、有想法的妹妹所做的一切，心里由衷地感到高兴，真心希望她能心想事成，真诚祝福青野葛业这颗藏在青石坝的绿色明珠，因为葛根这种对'三高'有神奇疗效的山珍，一天比一天璀璨，一天比一天夺目……"

感谢这美好的祝福，我一定会初心不改，一生钟爱我的家乡，一生致力于我造福乡亲的事业，让我的企业能在家乡的青山绿水中发展壮大，给更多的人带去希望和幸福……

甜蜜的事业

讲述：李明路　　整理：白钟梅

李明路，男，生于1988年，职大毕业，青川县板桥乡浮寨村人。2007年外出务工，2009年返乡创业，成立青川县富乐蜂产品开发有限公司，2017年创建养蜂专业合作社，养殖户覆盖青川县36个乡镇、广元市昭化区及甘肃省、陕西省部分农户，公司常年解决14人的就业问题。其产品获农业部“绿色食品金奖”和“广元市知名品牌”称号。

我叫李明路，是土生土长的青川人。

2009年6月，我从广东回来创办四川省青川县富乐蜂产品开发有限公司。2017年，公司产品获国家农业部“中国绿色食品金奖”，被评为“广元市知名品牌”。公司有在职职工14人，临时聘用人员不计，年销售蜂蜜三四百吨，年销售额1000多万元，厂房建在青川县板桥乡浮寨村，占地5亩。公司合作的中蜂养殖户覆盖青川县36个乡镇、广元市昭化区及甘肃、陕西省部分农户。

说起返乡创业，不得不说说我对青川蜂蜜的特殊情感。

我的父亲是地地道道的农民，我们老家紧邻天池林场，山高林密，溪流甘澈，鸟语花香。俗话说，靠山吃山，父母除了种好每一季庄稼，用土法养蜂取蜜是我们家一项重要的收入来源。

我的父亲勤劳有远见。为了我和弟弟能够得到更好的教育，1990年，他就到县城乔庄租房，让母亲照顾我们读书。父亲在老家林场养蜂，一年只取一次蜜，那蜜特别好吃，所以总是不愁销。后来，我的姑父到唐家河自然保护区工作，保护区鼓励职工养蜂，姑父就邀请父亲到唐家河合伙养蜂。唐家河物种丰富，遍布各种珍稀药材，蜜源特别好，每年的蜜总是不够卖，早早就被定购。

每当寒暑假，父亲总要带我们去蜂场帮忙。他常说，我们全家的生活全靠小小蜜蜂的忙活。

过去的青川贫穷偏远，交通不便，我的老家更是山高坡陡，沟沟坎坎，总是过了一道梁还有一道弯。穷困落后是家乡给我最深刻的印记。

2006 年 6 月，我到广东就业，因为勤奋敬业，很快就从普通技工做到了师傅和部门主管。但不知为何，我却越来越不喜欢这城市的喧嚣污染，越来越惦念我的家乡青川，那里的山山水水，邻里亲人间的祥和温暖……

2008 年地震后，灾后重建让青川发生了翻天巨变。出门打工毕竟不是长久之计，自主创业一直是我的梦想。青川有这么多这么好的资源，我们的土山珍正是城里人拿钱都不好买的宝贝，何不立足青川谋求发展呢?

恰在此时，因为地震损失，姑父退出，父亲想要放弃从 1990 年就开始的中蜂养殖。作出这个决定很难，我们都舍不得。躺在床上，翻来覆去，一夜无眠。天亮，我告诉父亲我要留在青川，养蜂，创业，让我们青川蜂蜜走出四川，走向全国。

说来容易，做来难。

我接过父亲仅有的一年只取一次蜜的老式土蜂箱 50 箱，又到信用社贷款 5 万元，加上这几年的积蓄，开始我的创业之路。经过一个多月的学习准备，我联系购买回一年多次取蜜的新式蜂箱 150 箱。运回来第二天，一打开蜂门，蜜蜂们就嗡地一下都冲向空中，迅速集结成黑压压的蜂团，在空中乱飞乱撞，归巢的极少，我束手无策。不到一个月，150 箱蜂损失殆尽。短短一个月，十几万元就打了水漂，我有些心灰意冷。

父亲鼓励我，男子汉大丈夫，哪里摔倒就从哪里爬起来。这个大跟头摔得很疼，但也摔醒了我。干事业光有热情是不够的。

我报名参加了全国蜂产品协会。协会中一位当过知青的前辈告诉我，我遇到的问题是“乱蜂”，是蜜蜂经过长途运输后的应激反应。他细心地给我讲授正确处理的方法，还给我交流分享了很多养殖经验秘诀。通过不断学习、交流、实践，我的养蜂技术水平迅速提升，再没有出现过问题。

公司蜂场现有蜂 2000 多箱。2017 年 3 月，我联合板桥及周边乡镇部分群众成立了养蜂专业合作社，对他们进行蜜蜂养殖、加工、销售一条龙服务。短短几个月，从没养过蜂的板桥乡社员李伟发展到 100 多箱、张西兵发展到 80 多箱，木鱼镇的文开能、李桂先发展到 50 多箱。每箱蜂的市场价为 500 元，若不继续繁殖，每箱年取蜜可达 60—100 斤，市场价为每斤 30—50 元，效益可观。

对于养蜂户，我采取实地教学与远程指导相结合的办法，技术帮扶，赠送蜂具，蜂蜜保底回收包销。还通过与大户固定长期合作，带动周边。青溪的蔡立权、老何，姚渡的陈佳等，每年分别都要给我交几吨到十几吨不等的蜂蜜。

通过几年的帮扶带动，群众的养殖信心和经济收入都得到大幅提升，都开始为家乡的发展和脱贫致富担当尽责。2017 年，我们与昭化区签订了中蜂养殖技术扶持合同，目前以中蜂繁殖为主，已帮其发展十几个蜂场 2000 多箱，计划发展到 3 万箱。

随着发展规模的壮大，产量不断提高，销售和市场开发就成了发展的重中之重。过去量少不愁销，现在不同了，近几年全国各地蜂产业发展迅速，竞争越来越激烈。我们虽有品质优势，但酒好也怕巷子深。

关于网络销售这件事，开始的时候，我是在网上搜销量高、信誉好的店铺，主动联系，因为公司知名度不高，经常碰壁，甚至被直接回绝。当时看到“古蜀味道”店铺的销量很好，主营各种山珍腊肉，唯独没有蜂蜜，于是我便联系店铺曹总，希望与他合作，但他直接拒绝了。我并没有放弃，过了段时间，又给他打电话，他同意先看产品再说，我马上发样品给他。第二天他联系我见面，我马上赶到成都，谈好合作，将 100 瓶蜂蜜送给曹总，让他拿去做产品推广。2017 年 3 月，仅这一家店铺的蜂蜜月销量就超过 500 瓶。通过这种方式，我们已与多家网店合作。2018 年 4 月，与阿里巴巴合作仅 7 个月，我们的批发收入就达 118 万元。

网络真是个好东西。我与最大的创业合作伙伴张静也是通过网络相识的，2015 年在蜂业交流群中我们完成了第一单 500 瓶的交易。因为客户反馈好，她亲自到我的企业基地参观考察，确定长期合作，目前她那里月销量超万瓶。2017 年仅一笔就订购 80 多吨蜂蜜。

经过几年的打拼，除了网络销售，我们的蜂蜜也与国内多家大型实体企业、超市合作，部分产品还被远销国外。

企业能不断发展壮大，主要是我们蜂蜜的品质好、味道佳。

为了坚守青川蜂蜜的优质，将这份甜蜜的事业做大做强，下一步，我打算与周边群众合作，将那些退耕还林的山地种上适宜的蜜源类花木，既提升蜂蜜的品质又可以大大提高产量，更可以为青川全域旅游增色添彩。

随着公司的不断发展壮大、效益越来越好，脱贫攻坚工作的不断深入，为家乡做点事、带动贫困户共同发展，成为我们企业应尽的社会责任。如今，青川板桥乡上马坊村、铁炉村、浮寨村、前山村两批共 122 名建档立卡贫困户入股公司，第一批 60 人于 2017 年以每人 2000 元入股，公司分三年连本带利每人共计返 4000 元，截至 2018 年底，他们每人已分红利 1400 元。第二批 62 人，每人入股 4000 元分红 6000 元，从 2018 年起，分三年返本分利，2018 年每人已分红 600 元。

谁人不说家乡好？无论在什么时候什么地方，说起青川，我总是满含深情，不吝词汇用心赞美。家在山间，爱在青川，这里有我的父母亲人、朋友伙伴，这里有刻入我骨髓心脑的美丽山水、如画风光。

“蜜”语甜言，初心不变。我的童年、少年，我的青春、梦想，我的逃离与回望，我的坚韧倔强、努力要强，我和我的企业能成为今天的样子，完全得益于青川灵山秀水的滋养。

“牛倌”掘金记

讲述：杨飞　　整理：陈初

杨飞，男，汉族，47 岁，中共党员，高中文化，青川县房石镇人，县党代表、县人大代表，广元市润雨食品有限责任公司、四川强牧饲料有限责任公司董事长。1990 年外出务工，2012 年返乡创业，建立青川同富牧业专业合作社，带动贫困户 1600 余人通过发展种植牧草、饲料和发展肉牛藏香猪养殖等产业增收，年出栏育肥牛 3000 余头。他先后获“青川县双创之星”“青川县农村青年致富带头人”“广元市劳动模范”“四川省返乡创业明星”等荣誉称号。

我叫杨飞，今年 47 岁，是青川县深山老林的养牛人和搞种植业的职业农民。这一张名片上的两个头衔，是我后半生情系红土地、爱献老区人的价值追求和奋斗理想，因为土地自古就是农民安身立命的资源和财富。习近平总书记曾深情地赞誉，“绿水青山就是金山银山”。党的十八大以来，党中央、国务院更是集全党智慧，倾举国之力，精准扶贫，消灭贫困，致力于乡村振兴，奋力打造“望得见山，看得见水，记得住乡愁”的美好家园，全力建设“业兴、家富、人和、村美”的社会主义新农村，造福于八亿农民。我是农民的儿子，对土地具有天然的血缘关系，对农村也有深厚的情感。这无疑是我舍弃广东繁华的大都市生活，回乡创业，建设美丽家乡的根本动力，不容置疑。

回乡创业　情系桑梓

我是青川县房石镇土生土长的农村娃。1990 年初中二年级时，因家贫而辍学，其间，为生计种过地、烧过炭、伐过木、挖过金、打过工，脏活、累活、苦活样样干过，煎熬过雪雨风霜，吃尽酸甜苦辣。我人生重大的转机，出现于 1994 年，去广东打工，从事燃气安装业务及工程。通过 10 多年的艰苦打拼，创办了自己的天然气安装公司，当上老板，赚得人生第一桶金，家产达千万元，实现了“鲤鱼跳龙门”的夙愿。

2008 年汶川地震发生后，我牵挂亲人的安危，第一时间赶回老家——青川县房石镇理河村，当看到生我养我的家乡不但遭受地震的重创，家园满目疮痍，而且家乡亲人们由于没有科学的耕作、没有致富的产业、没有温饱的收入，依然过着清贫艰苦的生活情景时，便萌生了回乡创业，带领村民摆脱贫困、共同致富，改变家乡落后面貌的想法。

近水知鱼性，近山识鸟音。通过实地考察，我发现家乡的原野，山清水秀，草木丰茂，自然环境优良，特别是牧草资源得天独厚，非常适合肉牛的养殖。于是，毅然将广东燃气公司转让出去，用自己积累的资金和管理企业的经验回乡发展。经一年多的筹备和养牛技术储存，2012 年 8 月，在房石镇党委和县政府相关部门的热心帮助下，我投资 1600 余万元，在房石镇理河村成立了青川县同富牧业专业合作社。为表达我带领群众摆脱贫困、共同致富的心愿，我将其更名为青川同富肉牛养殖场。

养牛致富，不忘乡亲。养殖场建立后，我以各种形式鼓励农民群众种植牧草并持续性扩大种植规模。要求村民按每一头牛 5 亩牧草的配套标准种草，坚持走林草套种，以林养草、以草育林的生态良性循环发展之路。为壮大养殖规模，我利用精准扶贫高山移民后的闲置土地和山坡牧草资源，及时出台“一石三鸟”激励机制以增强农民的种草积极性。一是鼓励动员山林田地的原住户将这些资源承包流转给合作社种植草料；二是上门到种植户收购牧草；三是向农户讲解收贮草料的知识，以现金结算方式收购青贮草料，以提升农户种草“真金白银”的获利感。目前，理河村的盐水坝社连片种植牧草 500 余亩，开辟出“荒山饲草—饲草养牛—牛粪育草护林—生态环境保护—农民收入增加”的良性发展路子，提高了合作社饲草加工利用率。

经过六年多积极探索、创新实践，目前，我社已形成“合作社 + 牛源自繁自养 + 冻精冷配站 + 有机原材料种植生产加工 + 农户 + 基地 + 家庭农场 + 屠宰分割 + 销售 + 冷链运输配送 + 实体店 + 餐饮 + “牛人王”“仙雾农牧”品牌一条龙的循环经营模式，同时，承接了广元市“润雨食品有限责任公司”，先后创建了四川强牧饲料有限责任公司、青川县中药材种植基地、绵阳市涪城区牛天下主题餐厅、青川县藏香猪养殖基地、青川县茶叶种植基地、青川县农富肉牛养殖场。截至目前，我社牛圈已达 20000 余平方米，存栏肉牛 2000 头，育仔母牛 500 余头，出生小牛 400 余头，年出栏育肥牛 3000 余头，实现产值 2 亿元。吸纳贫困户劳动者 19 人就业、带动贫困户 1600 余人通过发展种植牧草、饲料和发展肉牛、藏香猪养殖等产业，种养户人均增收 1100 余元，形成了以合作社为核心，大户带小户、小区式发展和自主投资养殖肉牛、促农增收的运行机制。

转化资源　延伸产业

青川县山林面积广袤，牧业养殖饲草资源丰富，为实现青川从整体连片贫困到同步小康跨越的目标任务，我社按照青川县“建基地、创绿色、树龙头、促增收”的牧业发展思路，又将养殖产业拓展到关庄镇七村一社区，重点打造群力村和固井村两个省定贫困村的脱贫奔康产业。2018 年，投资 4000 余万元，在关庄镇的 5 个村新建养殖场，修建 2 排牛床和容纳 1000 多头肉牛、通风良好的牛舍，并配套了生产、生活用房及设施设备，建成了科学、生态的肉牛养殖基地。眼下，关庄镇共建 5 个牛场和 1 个草料加工场。年出栏肉牛 2000 余头，集体经济人均年增收达 500 余元，实现突破性发展。固井村集体新建肉牛养殖场 1200 平方米和相关配套设施，已形成年存栏 200 头肉牛的规模，年产值达 80 万元，全村 644 人人均年增收 1242 元，同时，牧草种植延伸、粪污利用等循环经济产业链，每年可直接带动村民人均增收 500 余元。

2018 年，农富肉牛养殖场已投入 2000 余万元，完成了所有圈舍的建设，肉牛养殖量已突破 1000 头。仅理河村就带动农户养殖肉牛 800 余头，有 80 多户种植牧草，使 235 人直接间接地参与到这一产业的各个环节运作和劳务中，实现人均获得牧业产值 1 万余元，约占纯收入的 40%。

在养殖肉牛的过程中我发现，利用废弃牛粪经干湿分离发酵生成的有机肥，对发展种植业效果好、前景广。经过市场考察和论证，2015 年，我社开始了以重楼为主，兼之白芷和黄精等的中药材种植，取得了良好的经济效益，引起了社会的广泛关注。2016 年 4 月，我接受中央电视台采访。CCTV−7 频道以“牛人回乡养牛，牛粪种重楼，深山里掘金”为主题播出了我创业的事迹，反响强烈，好评如潮。

赠人玫瑰，手留余香。在房石镇和关庄镇的牧业发展中，我都优先聘用贫困户和残疾人务工增收，或为其赠送粮油。2008 年地震后回乡时，我专门购买两台电机送给村民打麦子，还请工人给每户打麦子。2018 年还给房石天井村部分农户免费发放 1—5 头牛，并免费供应饲料，签约保底价回收。几年间，我还为一些遭遇突发事件的农户捐款 10 万元。投入 3 万元，为理河村农户修路 2 公里。2014 年投入 30 万元，为理河村加宽道路 3 公里。2017 年茂县发生泥石流滑坡灾害，我带领部分养牛户捐款 5 万元；为青川各项公益活动捐款 30 余万元。

调整产业　做大规模

人无远虑，必有近忧。特别值得一说的是，我承接的广元市润雨食品有限责任公司，其前身为广元市润雨牛羊肉类加工厂，是 2005 年广元市政府批准设立的广元市肉牛屠宰场。公司现有职工 26 人，其中屠宰工 10 人，肉类分割师 12 人。为加快供给侧结构调整，满足市场需求，2016 年公司投入 2042 万元，引进美国、德国自动化生产线，已具年屠宰牛 10 万头、羊 50 万只的生产能力。同时，公司与四川农业大学、四川省畜牧科学院等科研机构深度合作，开发出“牛人王”牌“清真”“冷鲜”及“雪花”牛肉，远销成都、重庆、广州、深圳等地，供不应求。公司力争到“十三五”时期末，销售额突破 10 亿元、实现利税 2 亿元的宏伟目标。

我于 1998 年成为中共党员，是广元市第七次党代会代表和青川县第十八届人代会代表，曾荣获“四川省返乡明星”“广元市劳动模范”“农村青年致富带头人”“青川双创之星”等荣誉称号，是党和家乡的人民哺育了我的成长。我将不忘初心，感恩奋进，砥砺创业，回报社会，为青川“加快绿色崛起，建设中国生态康养旅游名县”宏伟目标的实现，贡献智慧和力量。

春燕归巢哺家乡

讲述：鲜利蓉　　整理：杜华赋

鲜利蓉，女，汉族，1973年出生，青川县人，大学文化，青川燕巢农业开发有限公司董事长。1994年从市卫校毕业后，在广旺矿区总医院工作，2016年返乡创业成立公司，常年聘用临时务工人员50余人，并为6个残疾人提供就业岗位。公司产品被省扶贫开发协会授予“四川扶贫”集体商标，创业项目被市委组织部确定为“市级党建扶贫示范项目”；她获得“广元市2018年脱贫攻坚奉献奖”“广元巾帼扶贫之星”等荣誉称号。

我是青川燕巢农业开发有限公司董事长。近年来，我们公司坚持“造福众人，致富乡亲”的理念，尽心尽力为家乡脱贫致富做实事、办好事，取得了较好的成效。我们公司获得多项荣誉：2018年10月，四川省扶贫开发协会授予“3点水”产品“四川扶贫集体商标”证书，市委组织部确定为“市级党建扶贫示范项目”，县委组织部确定为“县级党建示范企业（专合组织）”。我个人也于2018年10月被广元市脱贫攻坚指挥部（领导小组）授予“广元市2018年脱贫攻坚奉献奖”，被广元市妇女联合会、广元市扶贫和移民局评为第二届“广元巾帼扶贫之星”。

当地的干部和村民动情地说，“3点水”，点点都是情——点点都是帮扶乡亲们脱贫致富的浓浓深情！

我的家乡是青川县马鹿镇衡柏村，这里山高坡陡，土地贫瘠，祖祖辈辈以传统种植为生，过着艰难困苦的日子。12岁那年，我和妹妹随母亲“农转非”到父亲工作的广旺矿区，走出贫穷的山村去矿山，乡亲们都说我们是“糠箩篼跳到米箩篼”，享福了。我也以为，到了矿山可以“过上好日子”了，谁知，事情并非我想象的那样美好。

本来住房就很紧张的矿区，一下子涌入那么多矿工家属，住房就更紧张了。我们四个人住在10多平方米的土坯房里，中间用衣柜隔离；煮饭在街沿上，一遇刮风下雨的日子就饿肚子；“方便”时跑一二百米远，实在是“不方便”。我们就这样艰难地过日子。尽管生活艰辛，但父亲从未向困难低头，他天天干满点，月月出满勤；工作中不但坚持做好自主保安，还积极做好互助保安，坚强地支撑起我们这个家，特别能吃苦、特别能战斗、特别能奉献的矿工精神在父亲身上得到完美的体现。矿工精神也深深地烙印在我的脑海里、融化在血液中，为我后来创业打下了坚实的思想基础。

1994年，我从市卫校毕业后，到广旺矿区总医院工作。我非常珍惜这份工作，心想有了收入，就可以改变家里的生活。我在医院儿科上班，平时精心护理好住院的小宝贝们，遇到突发事件更是义无反顾，冲在前面。2018年“5·12”汶川大地震发生时，我正在上班，当时儿科有20多个孩子住院。我和三名同事立即把孩子转移到安全地方；接着，我又参与到救治因地震受伤送到医院来的孩子……当时，我自己的孩子还在学校午休，因电信中断，联系不上，情况不明；我自己离不开医院，丈夫又在千里之外的九寨度假村上班，真是焦急万分啊！直到下午5点多，同事帮我把孩子接回家时，我才长长地松了一口气！由于工作认真负责，我多次被医院评为“优秀护士”“先进工作者”，2000年取得护理大专文凭后，又被聘为儿科副主任护师。不久，妹妹也参加了工作，我们一家人的生活一天天好起来。

虽然我年少时就离开家乡，但我时常回去看望亲朋好友，而每次回去都没看到家乡有多大的变化，乡亲们依然过着清贫的生活。我自己是经历过苦日子的，看见家乡依旧贫困和乡亲们的苦日子，心里非常难受！我常常在心里想，要是我有能力为改变家乡做一点事，帮扶乡亲们渡过难关，该多好啊！

地震更让我的家乡雪上加霜，满目废墟，乡亲们的房屋、财产遭到严重损失。在那些日子里，我多次萌生回乡创业、带动乡亲们脱贫致富的想法。之后，我经常与丈夫商量，他支持我的想法。我们还互相鼓励：一定要尽我们最大的努力，帮助乡亲们走上致富的路子，过上好日子。一年又一年，我们一直在寻找机会。一次，我认识了一位住院的病人，他是做饮用水生意的。他生意做得很成功，我有意想学一点“经营之道”。闲谈中，他说，饮用水是人们生存的必需品，只要有好的水源、好的品牌、好的经营，饮用水生意是可以做起来的。说者无意，听者有心。我突然想到老家后山的凉水洞，洞里常年流出一股泉水，清澈见底，冬暖夏凉，当地村民直接饮用，口感舒适，略带甜味。由于村里人长期饮用，大多健康长寿。我于是想，要是把家乡的泉水开发出来，就可以造福众人，致富乡亲。接着，我又和丈夫多次实地考察和反复思考开发方案。

在我跃跃欲试之际，脱贫攻坚的强劲春风为我注入了展翅的动力。2016 年 7 月，我和丈夫毅然辞去工作，回到青川县马鹿镇衡柏村，开始我们的返乡创业生涯。我们将泉水送到省权威部门检测论证，效果比我们想象的还要好。我们家乡的泉水富有锶、偏硅酸、弱碱性三大特质，而这三大特质又是人体的必需品。于是，我决定在家乡规划和实施饮用山泉水和牡丹花的种植加工及观赏两大主体产业。

在县、镇党委政府、金融部门和村民们的大力支持下，2016 年 12 月青川燕巢农业发展有限公司正式成立。我将公司取名“燕巢”，饱含了“春燕归巢，反哺家乡”的浓浓情意。

万事开头难，创业艰辛多。2017 年 7 月 7 日下午 3 点多，第一批设备运到马鹿镇时，遇到了“难上难”：天上下大雨，卸、装设备难；进村道路狭窄，运输更难。大车进不去，我当机立断，组织 10 余人员在两辆拖拉机上搭架，把设备分装在拖拉机架子上；然后，我又和丈夫一人跟着一辆车，冒雨沿路护送到厂区，一直忙到第二天早上 8 点多，终于将设备安全运送到厂区。尽管后来又在办手续、融资金、建厂房、闯市场等方面遇到很多困难，我都用矿工精神一一破解，坚定前行。

公司的山泉水厂和牡丹农业生态园一期占地 300 多亩，项目总投资 1200 万元。2018 年 8 月，山泉水产品生产线正式投产，我根据凉水洞泉水的“三大特质”，将商标注册为“3 点水”牌。经过一年多的艰苦努力，“3 点水”牌泉水产品已跨出青川，占据省内外多地市场的较大份额，其生产能力已达到日产 19 万瓶。公司的牡丹园项目在水厂建设中同步实施。经过不断地探索，植株的成活率从最初的 40% 提高到现在的 75%，面积从试验期的 3 亩发展到现在的 300 多亩。牡丹花前三年只具观赏价值，随着株龄的递增，它的花、叶，特别是牡丹花籽油等综合价值也逐年递增，丰值期每亩可达到万元以上。

在工程建设和生产经营中，我们公司坚持用人不出村的原则，优先雇用当地村民，特别是建档立卡贫困户。长期吸纳贫困户务工 4 人，并为残疾户家庭提供适宜的就业岗位 6 个，使他们每人每月至少增加收入 1500 元。公司常年聘用临时务工人员达 50 余人，使乡亲们在家门口就业并获得劳务收入。公司在“3 点水”山泉水经营中，每生产销售一瓶水就向镇政府慈善机构捐赠一分钱，用于全镇的脱贫攻坚。

不忘初心，方得始终。在我返乡创业的几年时间里，一直没忘怎样使家乡的父老乡亲脱贫致富。公司实行种植、加工、服务三产结合的模式开展扶贫工作，2017 年投入 10 万元为贫困群众免费发放牡丹种苗，签约种植，公司无偿提供技术指导，有偿回收牡丹籽。在马鹿镇推广以“牡丹花海游”为目的的融合开发，实现脱贫、产业、投资“三大战场”共融、共享的发展模式。2017 年 5 月公司向村集体捐资 3 万元用于修建庙子坪平桥，解决了全村 200 余人的出行难、农产品出售难问题。2018 年，公司在尚无盈利的情况下，向村集体捐资 2 万元。同时，我们还将“3 点水”品牌的销售代理权交由村集体经济组织，使其年可增收 2 万余元。衡柏村在各方力量的帮扶下，2018 年如期退出贫困，几代人梦想成真。

40 多岁的二组村民何秀珍家里因病因残因学致贫，她以前在外地打工，既挣不到多少钱，又不能照顾家里人。我们公司招工时，她积极报名。她非常珍惜在我们公司的工作，公司组织员工学习安全规定和操作规程，她不但在会上认真学习，还把学习资料带回家去自学。何秀珍说：“在这里上班，既能挣钱，又能照顾家人，‘3 点水’真的点点都是情啊！我要在这里好好干，让全家人过上好日子！”

春风吹大地，春燕展翅飞。下一步，我们公司将积极整合社会资源，与省级志愿者慈善机构组建青川县马鹿镇志愿服务站，为家乡的特困、孤寡、残疾家庭送去快乐和温暖；我们将狠抓产品质量、多元化发展，与省内其他企业强强联合，构建公司企业文化品牌和营销渠道，响应省政府提出的“四川好水”出川号召，使“3 点水”品牌走出四川，迈向全国，造福天下。

一川乡愁醉山谷

讲述：李正军　　整理：陈初

李正军，男，汉，48岁，高中文化，青川县乔庄镇张家村人，青川县人大代表、山谷原舍农村康养旅游合作社董事长。17岁时外出务工，2015年返乡创业，修建“山谷原舍”精品民宿发展康养旅游，带动51户贫困户参与，建农家乐20余家，2016年全村人均纯收入增加2200元。他先后获“青川县创业致富带头人”“青川县双创之星”“广元市返乡创业明星”等荣誉称号。

我叫李正军，今年48岁，家住青川县乔庄镇张家村，门前的山谷溪流环村而过，似日夜奔涌的乡愁，让我醉倒在“穷则思变、富而思进”的家门口。我后半生的心血全部倾注在这片生于斯、长于斯的土地上。自2015年返乡以来，经过四年的耕云种月，这个只有373户906人的小山村，俨然已是乡村别墅成群连片，名贵月季争奇斗艳，乡间小路曲径通幽，种养产业欣欣向荣，成为绿水青山、景色旖旎的国家级AAA景区和省级“四好新村”。

不堪贫困　远走高飞

张家村位于青川县城南部4公里处，过去，自然灾害频发，农耕生产落后，日子苦不堪言。为了活命，青壮年都外出务工，加剧了土地撂荒、老少留守山村的寂寥程度。空村犬吠，天上白云，静谧森林，流淌溪水，让这里貌似世外桃源。但一走进村子，贫困落后就会触目惊心地呈现。1988 年夏天，高中毕业的我，选择背井离乡，漂泊新疆，到建设兵团屯垦戍边，饱尝岁月的艰辛和生活的磨难。举目无亲的孤独，疲惫不堪的劳作，牵挂家人的思念，云破月出的乡愁，又把我这只飘零异乡的风筝拽回家乡，应聘县物资局工作。本想端稳“铁饭碗”，过寻常百姓的日子，但改革的风雷，一夜间就摧毁我生活的玫瑰。下岗失业的无奈，让我再次自谋生路，重操旧业，干上了起早贪黑的建筑业，突围困境。2002—2014 年，我远走北京，带领 50 名乡亲修建首都机场，筚路蓝缕地开拓建筑市场，挣下人生第一桶金，同时，另辟蹊径，注册创办了北京太阳能开发公司。财富和地位的兼得，有尊严的富足生活，人前人后的风光，让我着实体验了一把“春风得意马蹄疾，一日看遍京城花”的惬意。

顺时应势　耕云种月

我是青川县乔庄镇张家村的普通村民，一介布衣，虽出生社会底层，但位卑不敢忘忧国，致富常思桑梓穷。2015 年，我响应国家精准扶贫的号召，毅然放弃北京舒适的生活环境，怀揣“针尖挑土”的资金，秉持“乡村振兴”的夙愿，飞回穷山恶水的家乡，开启荆棘载途的返乡创业之路，致力于乡村旅游和种养产业的发展，为张家村百姓“挖穷根、挪穷窝”，阻断贫困代际传递奉献力量，创造出“春种一粒粟，秋收万颗籽”的业绩，产生了化被草木、赖及万方的效果。2016 年我被青川县评为“双创之星”，2018 年广元市授予我“脱贫攻坚奉献奖”，呕心沥血打造的“三谷原舍”荣获四川省特色乡村旅游业态“国际驿站”称号，还当选青川县第十八届人大代表，为青川治蜀兴川再上新台阶贡献涓滴智慧和绵薄力量。而今，虽然党和人民给予我崇高的荣誉，但奖赏永远不会成为我追求和奋斗的目标!

不忘初心　善得始终

修身、齐家、治国、平天下，是每一个炎黄子孙梦寐以求的价值追求，或“穷则独善其身，达则兼济天下”家国情怀的完美体现，我岂能置身事外，无所作为。老实讲，自小，我惯看幕河坝的日升月落，洞察百姓生活疾苦，家乡衰败破落的样子，就像母亲一张萎黄而沧桑的脸，让我萌发了为其积健为雄、美容靓丽的冲动，即“让张家村人民过上富裕日子”！经过多年打拼和历练，我拥有自家的公司，积累了财富，过上了优渥的生活，出入京城也算风光，但总感生活缺乏色彩，精神空虚颓废，在人生赶考路上迷失了方向。迷惘之际，是故乡幕河潺潺作响的水声，唤醒了沉睡多年的儿时梦想，思考人生的社会价值，我想：一个人富不算富，家乡父老乡亲富起来了，才是真正的富裕，因为社会主义的终极目标是消灭贫困，实现共同富裕。

2015 年，我义无反顾地回到家乡，投资 800 余万元，在乔庄镇党委政府和村两委支持下，牵头成立“山谷原舍”旅游合作社，制定了章程，设立了代表大会、理事会、监事会。在合作社成立之初，为动员贫困群众加入合作社，我走访全村每一户贫困户，向他们宣讲党和政府的富民政策，讲述这些年自己在外成功闯荡的经历，改变了群众因循守旧的观念，坚定他们自强不息的决心。全村 51 家贫困户 127 人“一户不少，一个不掉”地加入合作社。一方面，我自掏腰包找来设计公司，给贫困户房屋进行风貌设计改造、生活用电改造升级；另一方面，我又追加投资 1000 万元，对“山谷原舍”按照精品民宿要求提质升级，并对加入合作社的贫困户给予一定的资金帮扶。组团式发展，有效带动全村 51 家贫困户积极参与，兴建农家乐 20 余家，吸引大批游客到张家村休闲度假、观光旅游，让张家村走上致富之路。2016 年全村年人均纯收入增加 2200 元。

随后，我摸着石头过河，按照“小规模、组团式、微田园、生态化”的发展模式，围绕打造生态康养旅游精品基地的发展目标，实现特色民宿与绿水青山的完美融合；大力推行农户剩余土地入股、闲置房屋入股、剩余资金入股的“三资入股”机制；主动自出资金支持光亮工程建设，捐助太阳能照明灯 12 盏；实施饮水工程建设，饮水管网建设 2000 余米；实施环境综合治理排污工程建设，修建污水处理池 20 立方米；修建旅游公厕 2 处；发展土鸡养殖 3500 余只，带动了周边 47 户农户“抱团取暖”发展精品民宿旅游业。截至 2018 年，全村人均年收入增加 5200 元。“山谷原舍”日接待游客量 300 多人次，入股农户年人均收入达 1.2 万元。看到来村子旅游的人数越来越多，贫困户王定炳就用政府贴息贷款和两个儿子筹资建起的 300 平方米新房，入股合作社统一管理，他们定期拿股权分红，并到园区打工增收。经营农家乐的关在武，有时一天要接待 10 余桌客人。可以说，如今的张家村天蓝地绿水清，人勤地美物丰，呈现出一片“业兴、家富、人和、村美”的繁荣景象。

为了张家村百姓过上幸福生活，我可谓“奋力治穷一身汗，全力治乱一身胆，倾力扶贫一片情”。

登高望远　蓄势待发

德国哲学家尼采有句名言：“其实人跟树是一样的，越是向往高处的阳光，它的根就越要伸向黑暗的地底。”2017 年，我牵头农村康养产业发展，积极推进“山谷原舍”二期工程，预计投资 3000 余万元，新建乡村旅游康养接待中心 3800 平方米，该项目建成后能有效凸显地方特色，民宿旅游将从个体经营向企业集约经营转型升级，从而实现量变到质变的飞跃。

2018 年，我立足青川县乡村旅游发展全局，抓住“建设中国康养旅游名县”战略机遇，以乔庄镇“四园一带一景区”为抓手，全力发展张家村全域旅游，利用自身实力，牵头联系引进青川县林睿农业有限责任公司，该公司投资 700 余万元在张家村建成 150 亩青川县三谷现代农业产业园——高端花卉月季园。我又投资 200 余万元，在张家村三组小屋基建成露天篮球场、生态游泳池，致力打造独具特色的精品民宿经济圈。该经济圈涵盖“山谷原舍”旅游合作社、残疾人托养中心为主的示范龙头精品民宿，以此带动幕河坝至张家院子精品民宿发展，同时依托天然蜜蜂养殖体验园、露天游泳池丰富民宿核心区旅游元素，建立精品民宿聚集区，发展餐饮业、服务业及体验式旅游产业，增加旅游业态，实现乡村旅游繁荣发展。力争到 2020 年把“山谷原舍”精品民宿聚集区初步建成青川资源节约型、环境友好型的“两型”现代农业先行区、旅游休闲农业引领区、高效农业聚集区，初步实现张家村农业强、农民富、农村美的目标任务。正在把张家村建成婚纱摄影基地、花卉种植基地、旅游观光胜地，为全村人民群众脱贫奔康、同步致富的梦想插上腾飞的羽翼。

我坚信，张家村幸福美丽的未来不是梦！因为这世上本无路，走的人多了，就自然形成了路。

互联网里跳锅庄

讲述：王耀　　整理：何先鸿

王耀，男，35岁，利州区金洞乡天峰村人，区政协委员。2007年，毕业于成都理工大学计算机专业，在成都打拼5年，2012年返乡创业，做出了“秦巴妹”“土门丫”“秦川印象”三个农产品品牌。阿里巴巴广元馆2016年开馆，吸纳57家企业入驻，平台销售额1亿余元，“广元馆”被列为四川省创新示范项目。公司和项目被评定为广元市大学生见习基地、广元市跨境电商示范企业、广元市社区电商试点企业。2015年，他获利州区“创新创业先进个人”荣誉称号。

回乡创业，收获人生第一桶金

我的童年在农村度过，小学一年级至五年级都在天峰村小上学，初中和高中在广元城里读书。小时候，我家养有一只会打猎的狗，父亲带着我进山撵兔子、野鸡，让人喜形于色，尤其夏天，采摘红红的樱桃，甜到心里去，一场大雨过后，硕大的树根处、荆棘林里、草丛中隐藏着鲜活的菌子，提着一串菌子回家，甭提有多高兴……大学毕业后，我在成都一家知名大宗商品电子交易服务公司上班，从此与互联网结下不解之缘。两年时间，让我看到互联网巨大的商机和潜能，于是，2009年、2010年我分别在成都创办第一家和第二家以大宗农产品交易为主的电子商务服务公司。

2012年夏天，一个偶然的机会，让我深刻认识到广元地方特色产品的魅力，它如同磁铁一样吸引着自己，让我觉得家乡是创造财富的宝地。说干就干，我在广元成立以广元农特产、广元非遗产品、广元旅游文化为主的大宗交易平台公司。互联网是一个神奇的东西，既远又近。感谢广元的香菇、木耳等农产品，因绿色生态，深受消费者喜爱，我们共同发力，线上线下都忙得不可开交，我也收获了人生的第一桶金。

那两年时间，我在成都和广元两头跑，无尽的信心促使我痛下决心，并定下“根”。后来，我常驻广元，妻子和孩子也一起回到家乡，成都的房子呢？到了第四年的时候租了出去。

鏖战进口食品，留下惨痛教训

2014 年，我又尝试做跨境电商，创办以进口食品为特色的“宅购街”社区电商平台。谁也想不到，这给我留下深刻的记忆，至今想起，犹如伤口撒一把盐，让我刻骨铭心地疼痛。

在我理论知识、人生经验的视野里，国外食品生产标准严苛，质量和品质有保障。因此，在考察将进口食品引进超市引进社区的前期，我们忽略了自己民族应有的人文情怀。外国人的习惯，喜爱甜食、清淡等口味，而中国人喜欢麻辣、咸等口味，于是，我们投出去的 90 多万元，因为不能退货，只剩下几万元……

哪里跌倒，就从哪里爬起来。我没有向命运屈服，而是寻求合作，找到属于自己的位置。我瞅准电商产业化这个大方向，不断拓展和创新，从而让企业越走越远。

2015 年，我与其他人合作打造“秦巴妹”“土门丫”农产品品牌公司，着手运营“电子商务进社区”平台项目；2016 年，承运“阿里巴巴广元馆”“亚马逊广元馆”及“苏宁易购广元馆”等特色馆。阿里巴巴广元馆，现已吸纳 57 家企业入驻，自 2016 年 5 月开馆以来，平台销售区域产品累计达 1.1 亿元，有效解决了区内大批量产品输出。苏宁易购广元馆开辟了品牌化销售通道，对接大企业直采渠道。亚马逊广元馆实现了本土产品跨境销售，已开设了亚马逊美国展区。通过统货批发、品牌营销、跨境推广等方式，实现产品包装、运营策划一站式电商服务，多平台的融合发展提升了广元特色商品网络营销竞争力。作为广元首家打造社区电子商务理念的公司，我们经过摸索和积累，对于社区经济的发展有着独特的见解，实现了满足社区居民各种需求的“智慧社区”，让“广元造”卖全球，让广元人真正能够体会到地球村的魅力。值得一提的是，公司和项目被评定为广元市大学生见习基地、广元市跨境电商示范企业、广元市社区电商试点企业，阿里巴巴广元馆被列为四川省创新示范项目。

真诚服务客户，赢得广阔市场

在我眼里，客户的需求永远是第一要务，没有条件可讲，没有丝毫的懈怠。2018 年秋天，贵阳一家客户下单采购 20 吨绿豆，我们立马组织货源，快递样品给对方，然而，当第一批绿豆发出去时，却出现了问题。

原来，客户收到货后，发现每袋 5 千克的包装，质量不合格，经过筛选后，不合格率达到了 1%。于是，我当即决定撤回途中的货物，已发到贵阳的货不退不换，作为零售。重新筛选、包装，如期交付客户。虽然，绿豆这笔单亏损了，但赢得了客户的信任。后来，这家客户源源不断地通过我采购了不少东西，成为我的铁杆客户。

2018 年深冬，峨眉一个客户因大雪封山，紧急采购 25 床毛毯和 500 双手套。量少遭到多家网络卖家拒绝，对方抱着试一试的态度，于头天下午 2 点在我们的平台上下单。我们立即对接货源，并派人开车几百公里送去。当送到客户手中时，已是第二天晚上 8 点，客户很感动，尤其看到我们精心挑选的颜色，非常满意，一定要留工作人员吃饭。后来，我们的工作人员饿着肚子回到成都，又是新的一天了……

随着市场经济的瞬息变化，我认为电商企业也要积极作为。因此，我们逐步实现了从 C 端向 B 端的转型，正是这样，大客户的贸易成了我们的主力军。

发展产业，才是助农增收根本

为增强公司初级农产品的竞争力及议价能力，2018 年，我们建成了大滩镇花椒种植基地 500 余亩，以“公司 + 专合社 + 农户”的模式，带动农户 30 户，其中贫困户8户占100余亩，未来量产后可户均增收2000余元。

在自建基地的同时，我积极开展产销对接活动，根据公司的优势产品线下渠道积极对接产地，实现基地产品到终端消费者的一站式流程。通过有效对接，区域内的香菇、木耳、竹荪等食用菌及水果种植户实现了线上销售，实现该人群人均增收200余元。我先后在市城区及各县区开展电商专题讲座10次，培训学员1200余人次，从理论与实践两方面助力我市的电商后备人才培养。区域内较好的农产品电商企业基本上形成了互动及交流，解决了他们在电商运营中遇到的困难和疑惑。

2015年以来，公司实施电商精准扶贫项目，着力推动贫困村农产品上线，解决小产业销售问题。一是依靠公司技术团队，完成了白朝乡魏子村、龙潭乡柏佛村等14个镇、村两级农村电商服务站点建设，通过整合金融、物流等资源，为农产品进城、工业品下乡搭建快速直通车，形成信息、贸易的枢纽中转站。二是创立“简单生活”电商网站服务平台，开辟了宝轮苏家、三堆龙池等电商精准扶贫站点专栏，适时发布区域文化、农特产品、建档立卡贫困户基本情况站点信息，让企业、社会组织等社会资源精准对接贫困户产业发展信息，为贫困户提供电商营销渠道，积极动员社会力量参与“以购代捐”活动。

拥有爱心的人，才会海纳百川

一直以来，我热心社会公益事业，这也是自己应该去做的。

我运营的电商平台有来自贫困家庭的务工人员15人。2017年，公司给龙潭乡林场村贫困户捐款2万余元用于房屋改造，5户贫困户受益。带领公司的团队跋山涉水，走遍了利州区50个贫困村，对接优势资源，实现产销帮扶。成功帮助三堆镇小河村销售了滞销木耳，帮助龙潭乡柏佛村销售了滞销土鸡、蔬菜等。同时参与利州区“电商精准扶贫”，在全区建有10多个农村电商服务站，有效地为农产品进城提供了渠道。策划和实施了某镇电商精准扶贫特色产品项目的推进，通过众筹等模式取得了重大成果，为该村未来发展方向提供了系统的实施方案和策略。投资3000余万元在朝天区中子镇建成集农产品品牌策划、加工、营销、物流转配等为一体的综合性创新农业工厂，年生产山珍等土特产品400吨，已投产食用菌加工、食用油分装两条生产线，全面建成后将提供80余个就业岗位，其中贫困人口就业专岗30余个。同时，将为区域内的农产品种植、销售企业搭建公共加工服务平台，提供产品策划、加工等服务，提升产品竞争力。

我的一点微不足道的贡献，却得到了党委、政府的肯定，企业被评为“2016年度广元市商务行业扶贫工作先进单位”，我个人于2015年获“利州区创新创业先进个人”，当选为第七届利州区政协委员。我提交的《关于助力精准扶贫、加快（农）产品流通、防止产能过剩的建议》《完善农业产业化链条、助推乡村振兴的建议》等政协提案，对促进利州区农业特色产业健康快速发展提出了许多建设性意见。同时，多次参与民生、环保、商贸流通等领域的专题调研，并提出了个人建议，得到相关部门的充分肯定。

我认为，做人一定要踏实肯干，做事一定要坚持创新，只要坚持下去就会取得成功。专业的人做专业的事，要坚持秉承“踏实、自信、坚持、创新”的理念，所以我在传统电商上加入了时下最火的微商和淘宝直播等，效果相当不错。

我想，作为服务型的公司，其发展规划不仅仅是解决自己的产品设计、农产品加工、品牌包装、营销渠道等，更是为更多的中小专合社、小微农业企业、电商公司搭建一站式服务平台，解决生产、供应、销售等问题。

心有多大，舞台就有多大！

心怀故土乡邻

讲述：李从宝　　整理：郑奇卫

李从宝，男，汉族，1990年2月出生，利州区荣山镇人，广元市蜀荣种养殖专业合作社理事长，区政协委员。2017年返乡创业，发展金丝皇菊、黄蜀葵等产业，规模达200亩以上，在淘宝、拼多多开设网店和线下销售，年销售额达60万元以上，带动32户53人建档立卡贫困户就业增收。2017年当选为村主任，先后获“利州区优秀共产党员”和“广元市返乡农民工党员创业标兵”荣誉称号。

我叫李从宝，利州区荣山镇平基村人，大学文化。现任利州区荣山镇平基村村主任、广元市蜀荣种养殖专业合作社理事长。2009年，我在昭化区元坝中学光荣地加入了中国共产党，在我面对鲜红的党旗宣誓的那一刻，我感到无比的骄傲和自豪，我永远铭记住了那庄严而神圣的一刻，也深刻地认识到一个共产党员的使命感和责任感。从入党到今天，我时刻牢记自己是一名中国共产党员，当年的入党誓词还犹在耳边，一直默默地践行着自己当初许下的诺言。

从小立志　走出大山

我出生在一个经济相对落后的小山村。自幼家庭贫困，生活跟很多同龄人相比，略显清苦，但我从来没有觉得命运对我不公，更没有自怨自艾。我想这一切，都要归功于我的父母。我的父母亲是典型的中国式农民，虽没有读过太多的书，却有着中国农民特有的坚韧质朴、任劳任怨、勤奋踏实的品质。他们从来没有用华丽的言语给我讲过什么大道理，但他们却用实际行动给年幼的我树立了一个做人的标杆。自从我懂事起，父母就在山间地头辛苦劳作，与乡亲邻里和睦互助，这是我儿时记忆中最为美好的一幕。清苦而幸福的生活就这样一直过着。

2007 年，我的父亲在煤矿受伤，家里唯一的顶梁柱倒下了，正读初三的我差点辍学，看见父亲用单薄的身躯和一瘸一拐的双腿给我挣学费，我黯然泪下。但父亲的坚强和母亲的乐观让我们挺过了难关。虽然我的童年生活比较艰苦，但我却拥有良好的家庭氛围、和睦的邻里乡情、浓郁的父母亲情。现在想起童年，那更像是一个五彩斑斓的梦，使人留恋，使人向往，小时候发生的一件件或有趣或苦涩的事，现在都是我最为美好的回忆。

在这种环境下，我从小便养成了刻苦踏实的性格，也养成了勤俭节约的良好习惯，拥有一颗懂得感恩的心。也是在这个时候，我内心开始萌芽了发愤图强的种子，我要努力读书，长大后，一定要让父母过上好日子，完成父母的希望和我的梦想，出人头地，走出这座大山，走出这片贫瘠的土地。

大学择业　不负希望

宝剑锋从磨砺出，梅花香自苦寒来。2010 年，我如愿考上了大学，为了减轻家里的负担，我利用寒暑假时间给中小学生补课。由于我对补习生的真诚相待和比较过硬的能力，生源不断地增多，于是我办了一个补习班，算是在大学期间通过劳动取得了我人生第一份收获。2012 年暑假期间，我和以前的高中同学在荣山镇开了家餐馆，也小有盈余。但这段时间的顺风顺水，加上我刚进入社会的年轻气盛，让我产生了些许的骄傲和自满。2013 年，我用办补习班和开餐馆赚来的钱，踌躇满志地在平基村开始投资养殖金土元，由于经验不足，突如其来的一股寒潮，一夜之间将所有的金土元全部冻死。这对当时的我来说，无异于当头一棒，因为我的急功近利，付出了惨痛的代价。最让我心痛和愧疚的是，刚见起色的家，反而又背负外债。我的瞎折腾，让父亲的名字赫然出现在贫困户公开栏上。

时光飞逝，岁月荏苒，四年的大学时光很快就过去。我和其他大学生一样，对未来充满着憧憬、规划、定位。毕业后，我站在城市的十字路口，也曾感到茫然。2014 年，我应聘到广东一家企业做人事行政工作。我心里知道，成就一番自己的事业才是我的理想和抱负，但对于我这个刚刚毕业的大学生来说，几乎没得选择，创业需要资金，需要好的项目，还要考虑到创业前期的过渡和风险，目前，只有找一个稳定的工作，才能让父母不再为我担惊受怕。在公司，因为业绩突出，我深受领导重视，一年三次晋升，随之也连续调整了三次工资。年底回家，我主动找到村支部书记，要求摘掉父亲贫困户的帽子，经过市、区两级政府的验收考核，我家顺利脱贫。

放弃高薪　返乡创业

悠悠天宇旷，切切故乡情。在我走出去的这几年，我的家乡也发生了翻天覆地的变化，特别是“5·12”地震后的重建，加速了城市和农村发展的进程。在我每年回家过年的时候，看到家乡日新月异的变化，心里都有着满满的欣慰和感慨，同时也看到了平基村与其他发达地区的差距——村里的青壮年常年在外面打工，全村剩下的基本上都是留守老人和儿童。春节期间，街坊邻里短暂地相聚又匆匆地离开，儿时过春节的那种年味儿，再也不那么浓厚了，让我感觉到传统文化的逐渐淡漠和遗失。看着村里老人们那一张张沧桑的脸庞、听着那熟悉的乡音，我倍感亲切。

面对家乡建设与发展的迫切要求，以及对国家建设新农村的政策响应，回家乡创业的想法在我心中逐渐形成。我便时不时在心里盘算着，回去先养几百头猪、几千只鸡，达到年产值多少，第二年再扩大规模，达到年产值多少，实现利润多少……心里就这么一直计划着，憧憬着。大学期间养殖金土元的失败，让我心有余悸，始终没有下定决心迈出这一步。2016 年 12 月 4 日的一个晚上，我接到村支部书记刘大师的一个电话，迎来了我人生的一个转折点。刘书记在电话里详细介绍了平基村的现状，脱贫攻坚已进入白热化的阶段，村上基本是留守老人和孩子，也没有懂电脑的人，开展工作十分困难，希望我能够回去……

羁鸟恋旧林，池鱼思故渊。经过深思熟虑后，2016 年底，我毅然辞去年薪十几万元的工作，响应中央“大众创业、万众创新”的号召，离开了繁华的都市，回到了我的家乡，成为中国万千返乡创业大学生中的一员。

百日决战　脱贫攻坚

同舟共济扬帆起，乘风破浪万里航。2017 年，利州区迎来一个重大事件，全区要脱贫“摘帽”，消除绝对贫困，全面建成小康社会。为了响应区委区政府的号召，我也积极地加入到脱贫攻坚的战斗中。同年 3 月，平基村换届选举，由于我工作认真负责，得到村民的信任，被推选为村主任，让我更加坚定了带领广大村民脱贫致富的决心和信心。在选举会上我郑重地向大家承诺：大家都是我的乡亲长辈，看着我从小长大，我承诺，我一定带领大家共同致富，一定不辜负大家对我的期望和信任。作为一名刚上任的村主任，身负全体村民对我的信任和期望，我深深地感到了责任的重大。

经过走访调查，我发现部分村民劳作还是靠肩挑背扛，很多土路年久失修，加之山高坡陡，沟壑交错，土地零星分散，又缺乏劳动力，交通问题是我村发展的瓶颈。要想富，先修路。改善全村交通状况迫在眉睫，这也是我上任后主抓的第一件大事。通过多方协调、争取资金，2018 年底，平基村七个组的通组公路全部贯通，新建和硬化道路共计 18.1 公里，加宽硬化通村主道路 2 公里，修筑大型堡坎 1 处，三座大桥也陆续完工并通车使用，彻底结束了平基村过河难、行路难问题。

为了打赢脱贫攻坚战，区委区政府举全区之力，下定不破楼兰誓不还的决心，我也白天督促项目施工，晚上走访入户，半夜完善软件资料。在区委区政府的领导和支持下，平基村以川北民俗的风格进行风貌塑造，使全村焕然一新。同时，不断地加强阵地建设，建设了村文化室、卫生室、图书室、广播室等活动场所，并协调通信移动公司修建信号塔，实现全村网络全覆盖。经过一年的连续苦战，平基村达到了“一低五有”，贫困户达到了“一超六有”，并顺利接受了省、市评估和省上的验收。

不忘初心　共同致富

欲问秋果何所累，自有春风雨潇潇。2017 年 12 月，在区委区政府的决策和领导下，利州区一举顺利通过省级考核和第三方评估，全面实现“脱贫摘帽”。平基村通过三年的建设，呈现在眼前的是一幅具有川北民俗风情和田园风光的美丽画卷，阡陌交通，鸡犬相闻。平基村的房子建好了，设施改善了，乡愁留住了。但是如何让村民继续增收，如何让村民可持续健康发展，我不敢有半点懈怠。

区委书记刘襄渝在冲刺脱贫“摘帽”的战斗檄文中讲道：“唤醒农村沉睡资源，破解贫困群众稳定增收的瓶颈障碍，不仅要稳定脱贫，更要在小康路上迅跑。”刘书记的战斗檄文振奋人心，让我热血沸腾，不能让平基村的撂荒地再继续沉睡，我充满激情地四处学习考察，到成都、绵阳、苍溪、青川、昭化等地，一年考察了 13 个种植项目，并针对每个预引项目就海拔、气候、市场前景进行综合研判，最终敲定将种植金丝皇菊、黄蜀葵为第一批正式投资项目。白及、重楼、黄精、天冬作为第二批种植项目。为了稳妥起见，第二批种植所有项目采取试种，这也是因为我大学期间创业养殖金土元失败的教训，让我多了些谨慎。因为我深知，平基村的发展只能前进，不能后退。

2018 年 5 月，广元市蜀荣种养殖合作社在平基村成立，利用撂荒地 380 亩，流转土地 100 亩种植金丝皇菊，栽植黄蜀葵 40 亩，栽植脆红李 110 亩。为了充分利用闲置土地，让沉睡的资源活起来，在银杏产业园、脆红李树林下种植黄豆 300 余亩，当年黄豆收入 6 万多元。在金丝黄菊收获的季节，满山遍野都披上了“黄金甲”。旅游的人们穿梭在花丛中游览、拍照，俯身亲吻娇艳的花朵，流连忘返，乐而不归。《四川农村日报》《广元日报》和“四川发布”等多家媒体进行了宣传报道。

广元造“白源禾”牌金丝黄菊被广元多家超市、茶楼、土特产门店采购；线上通过淘宝、拼多多、一亩田等电商平台销往全国各地；实现年产值 60 万元，村民平均增收 1550 元左右，带动贫困户 23 户 33 人、非贫困户 16 户 20 人就业。我深知，取得今天的成绩，除了个人的努力，也是全体村民共同努力的结果。我会继续带领大家，发扬咬定青山不放松的精神，立足平基村实际，拓展思路，多元化发展，让沉睡的资源活起来，带领乡亲们共同致富，为家乡的发展振兴做出贡献。

回顾往昔，我无怨无悔。展望明天，我信心十足。因为奋斗，就会成就希望。在如火如荼的青春年华，我仍将披荆斩棘、乘风破浪，在砥砺前行的道路上，怀着一腔热血和带领乡亲们共同致富的信念，不忘初心，逐梦前行。

让乡村“四季绣”

讲述：胡晓全　　整理：杜华赋

胡晓全，男，汉族，1971 年出生，利州区人，大学文化，广元市勤丰种养殖专业合作社理事长、利州区四季绣生态农庄总经理。1993 年外出务工，2013 年返乡创业，建成集肉牛养殖、蔬菜种植、休闲生态农庄为一体的生态家庭农场，辐射带动当地季节性务工 6000 余人次，固定用工 30 余人；流转土地 500 余亩，人均增收 3000 余元。他先后获“四川省返乡创业明星”、首届“广元十大最美扶贫人”等荣誉称号。

我返乡创业，其经历也是非常艰辛的。开头几年，投资 1200 余万元，一年保守点说，也要赚 100 余万元。然而，我一年辛辛苦苦下来，才收入四五十万元，还要还 300 万元的贷款及利息。身边的亲朋好友都说我是在做“亏本生意”。

尽管我一直在做“亏本生意”，可我却不顾这些，依然四处筹资，不断扩大经营规模，积极为乡亲们尤其是贫困群众拓展就业渠道，让他们在家门口挣钱，帮扶乡亲们持续增收。我常对亲朋好友们说，我就是不赚钱，也要倾尽全力改变家乡的落后面貌，带领乡亲们致富脱贫，过上幸福好日子！因为，我不会忘记我的初心：帮扶乡亲，建设家乡。

立誓摘“穷帽”

我出生于利州区龙潭乡金鼓村。金鼓村交通不便，生产落后，我从小就过着吃不饱穿不暖的日子。1993 年，我跟随务工大军到北京闯荡。由于做人诚实，做事踏实，在北京一年比一年发展得好。但每次回家，看见家乡贫穷落后的面貌和乡亲们艰难的生活，我心里就难受极了。尤其是看见原来的乡小学，更是心急如焚：原来，乡小学就在金鼓村，占地 20000 余平方米，拥有小学生和初中生 1500 余人。我就是在这里上小学和初中的，校园给我的童年留下了美好的记忆。2009 年后，由于“5·12”地震，学校搬迁重建，加之村里的青壮年都外出务工，这里便是一片废墟，杂草丛生。

面对这一切，我心里暗暗立誓：“我一定要倾尽全力，帮扶乡亲们脱贫致富，摘掉家乡的‘穷帽子’！”

2003 年，我带着在外打拼 10 年的 100 余万元积蓄，毅然回乡创业。我心里想的是：我富裕了，但乡亲们还在受苦，所以我要回来，带领大家脱贫致富奔小康。我明白，回乡就意味着一切从零开始，创业初期，经历许多艰难困苦，但为了父老乡亲们过上好日子，我无怨无悔。

2013 年 8 月，我发起成立了广元市勤丰种养殖专业合作社。“只有种养结合、农旅结合，充分发挥集体的力量，才能真正脱贫致富”——我坚持这种信念，流转土地 200 余亩，动员附近 6 个村 201 户（贫困户 80 户）村民加入进来，主要从事肉牛养殖，蔬菜、水果、花卉、牧草种植；利用集体闲置校舍，发展乡村旅游和观光农业。在管理模式上摒弃过去那种粗放、传统、零散的管理模式，采用规模化、规范化、现代化的经营模式，聘请种植养殖专业技术人才做指导，充分发挥科学指导作用。同时，利用网络平台积极与各供销商合作，实现订单式种植养殖与经销商线上交谈、线下交易的模式，实现产品尽产尽销，降低了种植养殖的风险。

在创业发展的过程中，党和政府给了我极大的支持，我只有不忘初心，更加努力地搞产业，扩大规模，让大家都感受到好政策，才能带领大家脱贫致富，真正改变家乡的面貌。

昔日“一片废墟，杂草丛生”的校园，如今我投资 1200 余万元，将之建成了集肉牛养殖、蔬菜种植、休闲生态农庄为一体的生态家庭农场，总面积近 200 亩，辐射带动当地季节性务工达 6000 余人次。养牛场被四川省农业厅授予“肉牛标准化示范场”称号，金鼓村也成了远近闻名的“牛村”，家乡的面貌日新月异。周边 4 个村的贫困户脱贫，完全没有问题。

倾力拔“穷根”

我生长在贫穷的山区，又在外打拼了 10 年，我心里明白：要拔掉“穷根”，让乡亲们尤其是贫困户“住上好房子，过上好日子”，必须有致富脱贫的好路子，让乡亲们有稳定的收入。

在合作社，我做了一条规定：无论合作社当年收益如何，每户贫困户都能得到 625 元保底分红。贫困户都高兴地说：“这给我们吃了一颗‘定心丸’，使我们致富脱贫更有信心。”

这条被乡亲们称为“暖人心的规定”，我是付出了真情的：在创业发展中，财政补贴 100 余万元，我将财政资金以每户 1.25 万元量化到 80 户精准贫困户，制定了保底分红线 625 元。2016 年到 2018 年，共计为 80 户贫困户分红 15.696 万元。我常对身边人说，哪怕我每年不赚钱，也要给贫困户分红，这是我的承诺。

金鼓村三组 60 多岁的保天贵，碰见我就激动地说：“多亏你啊，收购了我的鸡蛋、野菜，我一年收入万把块钱。”

在金鼓村，还有许多跟保天贵一样的村民，都是通过我的帮扶而脱贫致富的。“能让大家都过上好日子，创业才真正有意义。”这是我的心里话。

金鼓村三组的贫困户孙海山，多年就想住上好房子。但家里困难，一直未能如愿。在我的帮扶下，他终于修建了新房子。提起新家，他高兴地说：“能住上新房，真的全靠胡老板，我们都很感谢他。”原来，孙海山的母亲长年患病，高昂的医药费使生活日益艰难，我的合作社成立后，孙海山的妻子常年在合作社务工，每年仅务工收入就有 2 万多元。“她有了稳定收入，还能就近照顾老人，我也要努力扛起重担，日子只会越来越好。”孙海山说。他也种植了几亩地，产出除了自家吃，剩下的全部卖给合作社，合作社忙的时候，他也会去做工，一年下来能收入 1 万多元。

在村里像孙海山一样，因为合作社脱贫致富的贫困户不在少数。如今在合作社长期务工的五六十人里，有一半都是贫困户，他们每年仅务工就能收入 2 万余元。旅游旺季的时候，不但临时雇用村里的劳动力，就连邻村的村民也来做工，季节性务工年高达1000余人次。此外，贫困户还可以在合作社领养牛犊，由合作社免费提供技术、服务、保险和销路，平均每头可增收1500余元；贫困户还可以与合作社签订牧草种植协议，合作社免费为贫困户提供牧草种子，牧草再由合作社包回收，每亩牧草可增收1000元；贫困户还能种植蔬菜，由合作社提供销售渠道。

延伸“帮扶链”

在倾力改变家乡面貌和帮扶乡亲们，尤其是贫困户脱贫致富的过程中，我还结合村情民情，因地制宜，不断延伸“帮扶链”。

“帮扶链”的第一环就是推行“草—菜—牛循环生态养殖”。养殖场产生的粪污资源，通过发酵，加工成有机肥，我无偿提供给贫困户和村民种植牧草和蔬菜；然后，又以市场价回收贫困户和村民的牧草和蔬菜，为牛提供丰富优质的粗饲料，为四季绣生态农庄提供绿色食品。这样，既最大限度地减少了污染物的排放，实现了循环生态养殖，又让贫困户和村民拓宽了务工的渠道，实现了稳定增收。我已带动周边50余户发展肉牛养殖，200余户发展蔬菜及牧草种植。这一做法，通过在利州区内进行科普宣传与技术培训，在两个乡镇进行试点示范。

“帮扶链”的第二环就是向外村延伸。距金鼓村10余公里外的红岩村村民罗光云，常年在外务工。父母亲年老多病，罗光云想回家乡发展，但一直找不到机会。我知道情况后，主动赶到罗光云家里，帮他出主意，想办法。2014年春节，经过一番商议后，我俩达成协议：由我提供15头母牛、1头公牛，并免费提供养殖和牧草技术；罗光云自繁自养，第一批产下的小牛归己所有，第二批小牛出售的费用，双方平分。在我真心实意地帮扶下，罗光云的养殖技术不断提高，规模也越来越大。罗光云养殖了40余头牛，年产值达50余万元。更可喜的是，罗光云的养殖场为当地的贫困户和村民增加了收入；同时，罗光云还把养殖技术传给村里的贫困户和群众。10余年来，在我的倾力帮扶下，像罗光云这样的养殖户已有15户，他们一环扣一环，不断延伸“帮扶链”……

过去，金鼓村以及周边4个村，90%以上的村民都外出务工；如今，90%以上的村民都回乡发展，既照顾了家人，又建设了家乡。过去，金鼓村及周边村全部是土坯房，没有通村公路；如今，家家建起水泥房，水泥路通到家门口，80 户贫困户今年全部摘“穷帽”，大部分家庭有了小楼房、小轿车。

今年 23 岁的金鼓村一组村民庞然，2017 年退伍后，也曾想外出务工，但亲眼看见四季绣生态农庄经营越来越红火，他就选择了在家门口就业。他现在负责养殖场工作，说自己要好好学习养殖技术，尽心尽力管好养殖场。

“四季绣”美景

创业艰险多，我是深有体会的。

我心里明白：我不能停下来，那么多的乡亲们在看着我，期望着我。我继续四处筹资，扩大经营规模，帮扶乡亲们增收。我这样做，连外国人都十分敬佩。2016 年 6 月，参加“2016 年发展中国家农村发展与减贫官员研修班”的部分学员，特地到我这里来参观考察，并连声称赞“OK，OK”！同时，我创业的事也受到社会各界的关注。2018 年 3 月，中国科学院成都分院在金鼓村建立构树种植示范基地；2018 年 10 月，四川省畜牧科学研究院在这里建立实验牛养殖基地，支持我扩大养殖业和提升养殖技术水平。

在创业进程中，我积极转变经营方式，推进一、二、三产业融合发展。2018 年以来，我在当地政府和相关部门的支持下，投资 200 万元，建起了能容纳 100 余人的多功能会议室和农耕体验园。农耕体验园占地 50 亩，种植有蔬菜、花卉、水果，养殖有牛、羊、鸵鸟等，游客可以在里面观赏、游乐，也可以亲手种植、采摘和喂养动物，体验农耕生活。2018 年 8 月，四川省第九届台湾学生天府夏令营，两批共 40 余人专程到农耕体验园来，他们乘兴而来，满载而归。

要把家乡建设得更美，巩固脱贫致富成果，我就必须再投入。近两年来，我想得最多的是家乡发展、村民致富。目前，我累计投资 2000 万元，其中政府贴息贷款 100 万元，商业贷款 100 万元。随着规模的扩大和管理水平的提升，勤丰种养殖专业合作社、四季绣生态农庄得到广泛认可，先后被国家、省、市农林和旅游部门评为“国家级示范社”“四星级乡村酒店”“省级康养基地”等，其中作为四星级乡村酒店，四季绣生态农庄是广元第一家。2018 年，四季绣生态农庄接待游客 6 万余人次，营业收入达 400 万元。

如今，周边6个村（其中有两个贫困村）6000余人次的村民和贫困户在四季绣生态农庄和养殖场务工，其中有30余人成为固定工，年人均增收3000元以上，最高收入达到3万元；村民流转土地500余亩，人均增收3000余元。在我的倾力帮扶下，乡亲们的日子像芝麻开花，节节高。

未来，我的目标和愿望是：努力打造全市第一家五星级乡村酒店，带动周边旅游发展，让乡村“四季绣”、村民更富裕。

用汗水铸就辉煌

讲述：王钦　　整理：胡为民

王钦，男，汉族，中共党员，大专文化，44 岁，广元市恒昌生物科技有限责任公司总经理，利州区白朝乡魏子村党支部副书记、村委会主任，市人大代表。2009 年返乡创业，带动白朝、徐家、魏子、马家、新华 5 村 184 户农民发展食用菌和灵芝种植，种植农户人均增收 4260 元。他生产的纯天然、无公害灵芝销往全球。他于 2016 年当选为利州区第八次党代会代表。

我是广元市恒昌生物科技有限责任公司总经理王钦，中共党员。2009 年我加入到了返乡创业的队伍中，我的创业地点就选在我的家乡——广元市利州区白朝乡魏子村。魏子村地处利州区西部偏远地区，海拔 1200 米，基础设施落后，自然条件恶劣，全村共有 4 个村民小组 127 户 506 人，2014 年全村建档立卡贫困户共有 17 户 74 人。

一

1996 年，我被利州区政府送到西南科技大学（原绵阳经济技术高等专科学校）委培学习农学及乡镇企业管理专业两年，学到了很多知识，尤其是农业科技方面，为我现在的发展奠定了基础，促成了我有今天的小小成就。

刚毕业时，23 岁的我因上学用完了家里的钱，又没有工作，家里没有收入，维持生计成了头等大事。我通过努力谋得了一份地税征管员工作，负责白朝辖区地方各税征管工作，挣工资养家糊口，一干就是 9 年。同时，为多挣钱积累资本，我在工作之余主动找移动公司，用诚意争取到了移动通信营销业务，在白朝场镇设立营销点。于是，我白天忙地税上的事，晚上就做移动业务，不分昼夜地工作，经常忙得不可开交。

2006 年国家取消了农业税，撤销了白朝地税所，我的收入大幅下滑，一年难得买套衣服。穷则思变，我揣着省吃俭用下来的不到 1 万元积蓄下海经商，先后做过木材生意和服装生意，还开过矿业公司，在摸爬滚打中积累了一定的经营管理经验。

2008 年的汶川特大地震一下子把我家震得支离破碎，新修的房子几乎被夷为平地，一家老小只能蜗居在过渡棚里。面对百年不遇的天灾打击，我欲哭无泪，一筹莫展，觉得老天对我太不公平。面对困境，从小个性要强、不向生活低头、不向命运低头的我仍不服输，凭着白朝乡得天独厚的气候、环境及丰富的林业资源和学到的食用菌栽培技术，不顾家里人的反对，毅然大胆贷款几万元，投入到食用菌产业发展中，种起了袋料香菇。第一次种了 1 万袋，并和几个要好的朋友一起组建了白朝乡食用菌产业协会，这是白朝乡第一个农业产业合作组织。从此，我走上了艰难的产业创业之路。

为节约成本，我自己伐木粉料制种，自己装袋管理，没日没夜地，有时顾不上吃一顿饱饭，喝不上一口开水，因为担心消毒时烧袋，我经常彻夜难眠，眼里总是布满血丝。父母年老体弱行动不便，帮不上什么忙，全靠自己做，一季香菇产下来，本来消瘦的我更加黑瘦了，身上掉了十几斤肉。第一年的香菇喜获丰收，利润将近 4 万元，手里攥着用血汗换来的一叠叠钱，我浑身颤抖，喜极而泣，无数的辛酸化作一颗颗泪珠滑落。

初战告捷，我没有被小小的成绩迷住眼睛。2009 年，我毅然将全部收入拿出来，在剑阁县的上寺乡与湖北老板合伙租地 60 亩，种植木椴黑木耳。租地的地方不通公路，材料全部靠人工背，湖北老板不会背当地那种背篼，只负责指导工人接种，整整五大汽车木耳菌棒全是我一个人一背篼一背篼地背到田里，背上磨掉一层皮，火辣辣地疼得钻心，衣服裤子被汗水浸透，干了又湿，湿了又干，一直背到接种完毕，晚上回到临时搭建的棚子里不想吃饭，一头倒在床上就动弹不得，肩膀红肿，疼得不敢摸。两个月后，在我们精心管理下，长出了第一批木耳，抚摩着一朵朵鲜嫩的木耳，我双手颤抖，眼里满是泪水。这哪是木耳啊，明明就是我的汗水，我的泪水，我的希望！成功的喜悦让我信心百倍，心里盘算着将有多少收入。当时就想，等我有更多收入的时候，一定要继续投入扩大规模，瞄准下一个奋斗目标。

然而天有不测风云，2009 年 7 月 16 日，几十年不遇的特大洪灾一夜之间冲走了我全部的木椴，也冲走了我全部的希望！望着还没被冲走的孤零零的喷水管，我绝望了，一屁股跌坐在泥水里缓不过神来，脑子里一片空白，欲哭无泪，感觉天都要塌下来了，真想一头撞死。

接下来的几天是我最痛苦最难熬的日子，不吃不喝整整睡了三天，紧闭房门不理任何人。难道我就这样倒下了吗？难道老天就不给我一条活路了吗？我思考了很多。我想，我不能就这样倒下，不能一蹶不振，这可能是上天对我的又一次考验。

第四天，我强打起精神走出房门，看到阳光灿烂，看到大家忙碌的身影，倔强的我决定一定要振作起来，要挺起胸膛做男人该做的事，哪里摔倒就在哪里爬起来，我要继续发展。于是，我用房屋作抵押，贷款 13 万元在白朝乡发展袋料香菇，到 2012 年 6 月，我的袋料香菇量达到了 20 万袋，成为白朝乡最大的食用菌产业户，总产值超过 300 万元。

二

“小康不小康，关键看老乡。”我任村主任后，针对不断冒出的“贫困户不敢搞产业”“扶贫攻坚是干部的事”等突出问题，带头推行“三个讲清楚”工作法，不断转变群众观念，激发群众脱贫奔康、奋发有为的志向。我确定每周周五为典型宣传日，采取讲经验传经送宝、讲收获鼓舞人心的方法，把群众最关心的克服困难的法子、确保收获的路子讲透，坚定大家的信心；在制定“一组一业”和“一户一策”的奔康计划基础上，由干部向群众讲清楚每组重点发展什么、每户重点做什么、技术如何保障、群众如何参与；邀请教授专家讲技术，我充分发挥“洋教授”的专业知识和“土专家”的办法点子，在食用菌、石斛、高山蔬菜等田间地头开展大学习大授课，组织群众学习每个环节的技术关键，让以前令人畏惧的技术难题在专家教授的口中用小点子小法子逐一破解，促进了群众的观念转变，摒弃“让我富”的落后思想，树立“我要富、我能富”的主动作为的主人翁意识。

自己富不算富，必须让老百姓也跟着富起来。作为白朝乡食用菌产业发展的技术带头人，我“一对一”地帮扶了贫困户袁格茂发展食用菌，并为其免费提供设备使用。2016 年袁格茂种植袋料香菇、木椴银耳 3.5 万段（袋），并在当年成功脱贫，2017 年还注册了家庭农场，利用贫困户小额信贷政策贷款 5 万元，逐步购置食用菌生产设备。现在，袁格茂又利用学到的技术帮扶村上其他贫困户，带动周边群众通过发展产业脱贫致富。作为“山农”专合社的负责人，我组织带领群众发展中药材、食用菌，免费提供设备使用、技术指导，帮助他们销售食用菌产品。11 户贫困户通过认购、认领、承包交产（劳务）等方式参与，户均 1 万袋；非贫困户发展 7.23 万段（袋），产业发展户增收 4260 余元。如今仅白朝乡魏子村，食用菌发展存量达 20.23 万段（袋）；林下石斛种植 200 余亩，2018 年后预计实现产值 600 万元；种植百合等中药材 160 余亩，种植农户、贫困户人均可增收 5000 元以上。

我思维活跃，头脑比较灵活，喜欢创新和钻研新东西，胆子大，敢想敢干，种灵芝就是具体的体现。2012 年 10 月，浙江和福建的几个老板在白朝租地搞了 50 亩地栽灵芝。当时我就在想，别人不远千里来这里高价租地搞灵芝，肯定是因为利润很高、市场前景很广。于是我就大胆投入资金 80 余万元，在白朝村租了 25 亩地，跟他们学种灵芝，我还自费到浙江、福建、山东、安徽考察，亲自选育灵芝菌种。为节省开支，从灭菌制种接种到装袋下地，从水分管理到病虫防治都是我和老婆做，不分寒暑，不管冷热，早上 5 点多就起床干活，晚上干到十一二点，经常是一身泥一身汗。冬春两季是最忙的时候，我就拉着老婆吃住在大棚里，半夜被冻醒也一直守在灵芝棚里。我喜欢学习，肯钻研技术，对不懂的问题就跑到浙江老板那里讨教，他们不愿意给我讲细节和原因，我就用心观察，偷学技术，晚上就在大棚里开着电瓶灯看书学习。通过苦心经营，我种的灵芝长势非常好，盘型正、出菇齐、色泽鲜，2013 年秋第一批灵芝产出了 8 吨孢子粉和 20 吨灵芝片，打破了业界同行的单产，产值超过 450 万元，净收入就达 180 余万元。

为把灵芝推销出去，我在四川农特产品网开办了白朝乡首家农特产品网销店，成为白朝乡利用网络销售农产品的第一人。我的灵芝产品受到广大消费者的喜爱，市领导和区领导到白朝调研工作时多次参观指导我的灵芝生产，给予了极大的关注，促成我参加了 2014 年 3 月利州区首届农特产品新闻发布会和 2014 年中国成都西博会的马来西亚对接会，得到新闻媒体的广泛宣传，拓展了销售渠道。

2018 年 12 月，我得知羊肚菌具有极高的经济价值后，就快速引进该菌种，在白马街社区租了 15 亩地进行试种。

我在灵芝产业上的成就得到市、区和乡领导的认可，也得到了各级党委政府的大力支持。2013 年 12 月，在利州区质监局和白朝乡政府的积极努力下，白朝乡以我的灵芝园为基地，成功创建了灵芝市级农业标准化示范乡。为扩大灵芝事业的影响力，2014 年 6 月我主动与母校西南科技大学食用菌专家衔接，多次到学校向贺新生教授请教，通过他的努力，西南科技大学把灵芝园列为学校科研教学实践基地，为研究生提供科研实习场地。由于各级党委政府和新闻媒体对我的灵芝大力宣传，海内外一些企业纷纷前来和我商谈，表达合作意向。2014 年 7 月，美国宁昌实业有限公司、美国华人生物医学协会会长、终身会员陈正强博士到广元考察项目时，对灵芝非常感兴趣，实地考察了我的灵芝园，当得知如此大的灵芝规模竟是一个山区农民种出来的，很是震惊，非常钦佩我的创业精神和事业心，决定和我合作，并在 7 月 31 日正式签署了合作协议，计划投资 1.3 亿元，共同研发灵芝产品。后来我被中国食用菌协会吸纳为会员，与侨商岚晟生物科技有限公司签订灵芝高产的培育协议，岚晟还首先给我的账上打来了研发资金。还有不少有钱的老板想以个人参股的名义参加进来，四面八方涌来的投资合作更加坚定了我持续发展的信心和勇气。

作为地地道道的农民，我致富不忘本，时刻把父老乡亲放在心上，一心想着如何帮助他们脱贫致富。我在灵芝生产的过程中坚持雇用当地劳动力和留守人员，每年仅劳务支出就达 18 万多元，来务工的群众仅凭这项就人均增收近 6000 元。我积极配合乡政府引导群众发展食用菌，低价向贫困户提供菌袋，免费提供设备使用、技术指导，帮助他们销售食用菌产品。如今，我帮助白朝、徐家、魏子、马家、新华 5 个村 184 户农民发展食用菌，袋料香菇存量 360 余万袋，带动发展灵芝近 30 亩、羊肚菌 25 亩、木椴银耳 15 万棒和天麻 40 多亩，预计总产值可达 3380 万元。

三

面对未来，我的眼光更加长远了，我不仅要把自己辛苦创办起来的企业做强做大，还要用我学到的知识和实践经验帮助广元市所有具备条件的乡镇发展食用菌，让广元纯天然、无公害、绿色的灵芝及食用菌等农副产品冲出亚洲，销往全球。我更大的愿望是能更好地回报家乡，用自己的行动带回更多的能人返乡创业，带领父老乡亲走上共同富裕之路。

无花果成为我和群众的“致富果”

讲述：吴欣芸　整理：杜华赋

吴欣芸，女，汉族，1978年出生，昭化区人，大学文化。广元市欣芸农林有限公司董事长、广元市巾帼创业互助会副会长、利州区龙潭乡妇联兼职副主席。1995年大学毕业后外出务工，2015年返乡创业，她开发的无花果产业，带动当地农户50余户年均增收3600余元，解决妇女30余人在家门口务工的问题。她于2016年在“广元市寻找草根创业达人”比赛中获优胜奖，2018年获“广元市返乡创业明星”荣誉称号。

我是广元市欣芸农林有限公司董事长、广元市巾帼创业互助会副会长、利州区龙潭乡妇联兼职副主席。2015年以来，我返乡发展无花果产业，在帮扶群众尤其是贫困群众脱贫致富、建设美丽家园方面做了一些事，尽了一份力，也实现了我的梦想。我开发的无花果产业，被群众称为“致富果”。

顺应市场　创办无花果产业

1995年6月我从四川农业大学林业专业毕业后，为能在社会中生存立足，先后在广州、成都等地当过餐厅服务员，跑过酒水销售，开过餐馆，做过楼盘销售员。那些年，自己只要有能力做的，我都去尝试过。

正是因为这些坎坷的经历，注定我的生活不甘平凡。2015年1月在与朋友的闲聊中，我得知无花果食用和药用的价值较高。说者无意，听者有心。当我了解到家乡广元的气候环境非常适宜无花果种植，且没有一家上规模的无花果企业时，便决定放弃城市舒适的工作环境，返乡创业，种植无花果。我有个梦想：把无花果产业做好、做大，让它造福一方。

2015 年 9 月，我成立了广元市麒程种植专业合作社，注册资本 100 余万元。接着，我深入市区周边乡镇开始考察，挑选能满足条件种植无花果的土地。几经周折，最后在利州区龙潭乡将土地流转的事情基本定了下来。由于从没有与农民打交道的经验，在农户沟通上遇到了很多困难，第一次流转土地没有成功。为这事，我暗自流下了创业艰辛的泪水。尽管困难重重，但我要种无花果的决心没有丝毫动摇，一面诚恳地向创业成功人士请教，一面总结前期工作的得与失。我再一次深入流转土地的农户家中，一家一户地细致交流。那些日子，我面对面、心与心地与农户交流和沟通，向他们介绍发展无花果产业的前景和将给村里和农户带来的利益。在我的真诚沟通下，当地农户终于与我签订了土地流转协议。几年来，我先后在龙潭乡曙光村、建设村流转土地 128 亩、林地 15 亩。为了把企业办得更规范、起点更高，我制定并不断完善各项内部管理制度。当地 400 余户农户按照"入社自愿、退社自由、地位平等、民主管理、风险共担、利益共享"的原则，参与到合作社和公司的发展中来。

助农增收　带领农户脱贫致富

在合作社发展的模式上，我竭力做好四件事：

提高农户认识。合作社成立之初，由于当地农民对合作社的作用认识不足，不相信合作社，他们认为合作社就是为了给成员赚钱，不会带给其他农民什么好处。合作社收购果蔬比较困难，联系好外地销售渠道，但当地农民不愿合作，而当地果蔬贩子在收购前给出的价格高，但收购过程中不断压价，从产品上挑毛病，损害了农民利益。这时，我和合作社管理人员耐心说明，对比算账，当地农民对合作社有了一定的认识，增加了信任度。同时，在种植、销售的过程中，合作社管理人员主动积极地为农民服好务，双方合作更加愉快。

搞好技术指导。通过多方联系，我长期聘请市区农业局果蔬专家及种植专家授课、指导，聘请西南科技大学种植学教授做技术指导，合作社进行统一指导种植、统一施肥方法、统一组织测土配方，确定肥料品种数量和施肥方法。经过一年多的努力，合作社及周边农民的产量提高35%，品质也提高一个档次。

提供销售服务。在政府的大力支持下，通过精心组织，我们联系经销商、参加农展会等，共销售无花果8万吨，销售价格平均提高40%。合作社成员及周围农民，通过合作社联系和收购销售，每户提高销售收入千余元，切实提高了农产品的种植效益，增加了种植户的收入。

帮扶农户增收。无花果产业的不断发展壮大，不仅增加了企业的经济效益，而且使一些家庭比较困难的农民在短时间内脱贫致富。我被聘为科技特派员后，在龙潭乡官山村进行产业扶贫，我免费为孤寡老人、贫困户提供无花果种苗和技术，使当地50余户贫困户户年均增收2000余元。每逢节假日，我还对龙潭乡建设村一组的高万莲、何成方两位孤寡老人进行慰问，每年除夕我和他们团聚在一起过春节，使两位老人感受到了家的温暖。家住龙潭乡建设村一组的53岁梁培兴，不仅要照顾家中年迈的两位老人，还要供正在成都读大学的儿子，家庭负担很重，为了既能照顾家庭又能就地务工，我优先安排他在我的无花果产业园务工。四年来，他学会了无花果种植技术和农业生产管理，现在整个园区的生产管理都是由他负责，他的月收入也从1800元涨到了3500元。他逢人就说："要是没有无花果产业园，没有欣芸的帮扶，我们家的日子真不知道会是啥样子哦！"

形成特色　延伸无花果产业链

习近平总书记提出乡村"五个振兴"，其中有生态振兴。而生态振兴，重点是要做好"业态融合"文章，推进产业和生态深度融合，推进微景观、微田园、微环境"三微联动"，通过增加生态产品和服务供给，满足人民群众日益增长的优美生态环境需要。我搞无花果产业，就是助力生态振兴，建设美丽乡村。

为了扩大经营规模，适应发展的需要，2017年11月我组建广元市欣芸农林公司，并出任董事长。我决心凭借自己的知识和能力，不断延伸产业链，闯出一条无花果产业化发展的新路子。在当地相关部门的大力支持下，经过我的精心运作，公司的发展路子越走越好。公司设有综合办公室、生产部、财务部、销售部、餐饮部，员工20余人，拥有固定资产500余万元，其中流动资产60余万元，注册了“铨稼”“欣芸果”“龙潭果”等无花果商标，如今已带动当地农户50余户（其中贫困户14户）发展产业，帮助30余名留守/下岗妇女在家门口务工。经过广大农户和公司员工的共同努力，无花果产业规模得到较大的发展，2018年实现销售收入507万元，实现净盈余178.9万元，户年均增收3600余元。

脱贫攻坚，共同富裕，一个都不能少。我不仅让员工在园区务工，有可观的收入“过上好日子”，还以“公司+合作社+基地+农户”的生产模式，带动贫困农户发展无花果产业增收，免费给当地农户发放无花果苗，提供技术，协助管理，负责销售。龙潭乡曙光村五组62岁的吴培学，他家离园区较远，常年在家以种植农作物养家，经济收入微薄，我得知情况后专程到他家去，现场查看土地的具体情况，帮助他制定无花果种植规划，并承诺“包技术、包销售”，他当即决定将自己的6亩土地全部栽植上无花果树。经过一年的发展，如今每亩收入8000元，他家年收入由过去的1万余元增长到了5万余元。能让一个边远山区的农民真正“过上了好日子”，我的心里也跟他一样地甜蜜。

几年来，公司发展壮大的同时，我个人的创业成绩也得到社会认可，2016年11月在“广元市寻找草根创业达人”比赛中荣获优胜奖；2017年4月被利州区经济科技和信息化局聘为“利州区科技特派员”；2018年1月荣获“广元市返乡创业明星”称号；2018年9月被利州区评为“十佳职业农民”。

成绩属于昨天，未来的路更长。为了将公司做大做强，带动更多的当地老百姓增收致富，我们采用“合作社+公司+农户”的发展模式将无花果产业化，并形成特色。同时，不断延伸产业链，创新无花果鲜果采摘、无花果干、无花果茶片、无花果糕点、无花果膳食纤维棒、无花果澳麦脆等更多的无花果食用方式，将园区进行二次升级改造，打造广元市首家集无花果休闲采摘、餐饮垂钓、观光康养为一体的农业园区和最美乡村。

田野里奔跑的创业青年

讲述：严翔　　整理：严映明

严翔，男，汉族，27岁，大学文化，入党积极分子，利州区人，四川圣术农业开发有限公司总经理。2012年大学毕业后先后在成都顺丰快递公司、广元公路局等单位工作。2016年回乡发展魔芋及金丝皇菊种植，通过“公司＋农户＋工厂”模式，实现魔芋种植户与加工车间零距离对接。他申报《一种有机魔芋的种植方法》等5项获国家发明专利，先后获“利州区回乡创业先进个人”“广元市优秀共青团员”等荣誉称号。

我叫严翔，利州区荣山镇大山村人，汉族，27岁，大学文化，现为四川圣术农业开发有限公司总经理、利州区魔芋协会会长、广元市艺川种养殖专业合作社理事长、利州区荣山镇大山村集体经济专业合作社理事长、广元市南极星教育培训学校副校长。

2017年11月17日，成都新华宾馆，省人社厅、省教育厅在此举办的“四川省优秀大学生创业典型答辩会”上，我作的《带领广大村民脱贫奔康是我的梦想》演讲，得到了评委的一致好评。大学毕业至今，我是这样说的，也是这样做的。真可谓：一路风雨一路歌，苦尽终有甘甜来！

一

2012年7月，我大学毕业后，放弃了报考公务员和事业单位干部的想法，与其他年轻人一样外出锻炼，希望通过自己的拼搏，干出一番伟业，先后在成都顺丰快递公司、广元公路局等单位工作。虽收入颇丰，但离自己的创业梦想差距很大。

2016年春节回乡时，我看到家乡处处都是撂荒地，昔日欢歌笑语的乡村变得异常萧条。想到国家对农村产业发展的支持与重视，我认定规模种植特色经济作物大有前途，是一条振兴乡村经济的成功之路，因此，我决定响应党中央“大众创业、万众创新”的号召，从成都辞去月工资8000元的工作，回乡发展种植业，实现创业梦想。

经走访调查，我发现许多农户因缺乏劳动力，加之山高坡陡，沟壑交错，土地零星分散，非常贫瘠，利用率不高，产量和效益极低，将耕地大面积荒芜。调查之后，我在利州、朝天、青川、昭化的10多个乡镇考察了8个项目，选址基地20余处，最终选择了发展前景广阔的魔芋及金丝皇菊种植项目。2017年投入33万元，在大石镇前哨、冠山两村及荣山镇中口村，开垦撂荒地近200亩种植魔芋。因缺乏经验和技术，加之遭遇50年一遇的干旱连暴雨的极端恶劣天气，魔芋几乎全部绝收。为了继续发展这个朝阳产业，2018年我擦干伤心泪水，将魔芋基地移至白朝乡新房村，同时在荣山镇大山村及廖家村新建100亩金丝皇菊基地，当年创收20万元。在白朝、荣山建成两个被省、市、区验收合格的“扶贫就业车间（基地）”，让33户建卡贫困户153人就地就业，年人均增收2000元以上。我通过“公司＋农户＋工厂”模式，将新房村民种植的魔芋，直接卖给魔芋加工厂，实现了种植户与加工车间的零距离对接，一吨商品芋卖到6700元。四组组长杨礼先1亩6分地魔芋卖了20310元，留芋种1000多斤。村党支部书记袁成义1亩魔芋收了3300斤，卖了11055元，他说1亩魔芋收入1万元比较普遍。《广元日报》、广元市农业局等以《白朝魔芋卖到“天价”》进行了宣传。金丝皇菊被810、你好、永辉等多家超市以每斤260—680元采购销售，“广元艺术家”“印象江南”等茶楼分别卖38元、58元一杯（一朵），“武皇菊”牌金丝皇菊经四川康利吉商贸有限公司泰国分公司董事长贺小红销往泰国及马来西亚客户。

二

我虽生长在农村，但田间农活干得极少，对农业生产非常陌生，特别是大规模承包土地，不仅要懂技术，而且要会管理。在市区科协、人社局、农工委、农业局的关心指导下，我发现嘉陵江及鱼洞河流域的自然条件非常适合魔芋及金丝皇菊的生长。

为了提高魔芋及金丝皇菊产量，我拜被誉为“中国魔芋顶级专家”的南京大学资深教授何家庆，中国魔芋协会会长张盛林及著名菊花种植专家、南京大学副校长陈发棣为师，同时，虚心向当地老前辈、种田能手学习，主动向各级农业部门请教，订阅报纸杂志和通过网络等自学，不断收集和积累生产技术和经营管理知识。几年来，我先后参加省教育厅、人社厅举办的“四川省第九届‘我能飞’大学生创业成功者培训”及市、区农业、人社部门主办的各类技术培训班 12 期次，提升了理论水平和创业本领。申报的《一种有机魔芋的种植方法》等 5 项获国家发明专利，“川芋”“武皇菊”商标被批准，“广元魔芋”获国家顶级“域名”，培育了“川芋 1 号”芋种。

通过不断学习实践和知识积累，我逐渐成为当地的种田能手，被利州区委、区政府授予“利州名人 · 田园名农”称号。种植的魔芋及金丝皇菊比周边农户平均每亩分别增产 300 公斤、10 公斤以上，剑阁、江油等地的党政领导及种植户纷纷前来观摩学习。原广元市质监局为支持我回乡创业，免费对我的“武皇菊”进行检测，帮助我将“武皇菊”打造成“广元造”的名特优产品。

三

在种植过程中，我什么苦都肯吃，开过荒，耕过地，受过冻，挨过饿，得过病，流过泪，饿了啃两口馒头，渴了喝点山泉水，病了喝包冲剂药。我徘徊过、惆怅过，在我最困难的时候，非常感谢区委书记刘襄渝在百忙之中对我《关于种好一亩魔芋、脱贫一个农户的建议》所作的指示，让我增强了战胜困难的决心和勇气。

2018 年 2 月 23 日，在全区返乡创业表彰大会上，区政协主席陈蕾亲自给我颁奖，鼓励我继续争当创业先锋；在全区返乡下乡创业代表座谈会上，主持会议的区委副书记、区长唐文辉在听取我的书面发言后，面对面地激励我再接再厉，争当习近平总书记勉励“年轻人好好干”的苍溪“李君式的好青年”；荣山镇党委副书记、镇长唐镭珂希望我早日加入党组织。

深深的关爱、殷切的希望，更加坚定了我实现带领广大村民脱贫奔康的决心和信心。我在自己致富的同时，不忘帮助和带领周边农户共同致富。2016 年和 2018 年，我牵头和参与组建的艺川种养殖专业合作社和大山村集体经济专业合作社，邀请 168 户社员入社，形成合力，同时为周边农户提供服务。2018 年，为了发展大山村集体经济，我自费购买了价值 1.3 万元的化肥、消毒石灰、旋耕机、除草机，无偿赠送给村委会。自费 7000 元，聘请 604 地质勘测院专家考察了位于大山村山顶四组的旋坑湾，作出了《旋坑湾堵漏建湖论证报告》，拟筹集 127 万元修建一个面积约 1 平方公里的人工湖，与邻居蒋家村约 2 平方公里的天然湖漳池，形成“日月湖”或“姊妹湖”，同时开发利用风景秀丽的鱼洞河自然资源和原川陕省嘉陵县鱼洞河区苏维埃红色资源，加快发展农旅综合产业。

我立足农村、脚踏实地，积极发展农村新产业，不断做大自己的事业，同时，以感恩之心，积极回馈社会、回报乡亲、奉献爱心，得到了各级党委政府、相关部门和广大农民群众的充分认可，成为农村年轻人创新创业的楷模、扶贫帮困的典范。我的创业故事，被编入全国第一部脱贫攻坚报告文学《赶考路上》。

青春是用来创业奋斗的。现在既是利州阔步前行的重大机遇期，更是我返乡创业发展的黄金时期。在区委区政府的关心支持下，我愿永远扎根利州，与更多优秀的利州青年一起，为乡村的振兴发展，贡献宝贵的青春！

致富不忘众乡亲

讲述：谢洪兴　　整理：刘平元

谢洪兴，男，汉族，苍溪县人，55岁，高中文化，广元市菇菇香菌业有限公司总经理，市政协委员。20世纪90年代外出务工，2015年4月到利州区白朝乡投资发展香菇产业，带动白朝乡357户1328人发展香菇种植，年产鲜香菇3000吨。公司有员工25人，其中贫困农民20人，员工人均年工资2.5万元，基本实现了贫困农户一人务工确保一家人的脱贫摘帽目标。

我叫谢洪兴。20世纪90年代后期，我怀揣梦想，离别家乡，毅然踏上外出创业的艰辛之路。先后在北京、天津等地从事建筑行业，闯荡十数年，凭着坚韧勤奋、诚信经营，从一个平凡普通的打工仔到事业有成，积累了人生的第一笔财富。

2015年春节，我回家乡广元，得知广元的食用菌发展很好，特别是利州香菇有品牌、有规模、有市场，在脱贫攻坚战中有良好的助农增收效果，能够助力脱贫攻坚。我思考着，家乡广元是革命老区，全市所辖四县三区都是国家或省级贫困县区，家乡父老乡亲要脱贫、要全面小康，我能做什么？我该怎么办？

2015年4月，我决定去利州区白朝乡考察。在乡村干部的支持下，我走访了当地群众，发现这个地方的青冈树资源丰富，个别老百姓生产的香菇不仅味道鲜美且品质好，不禁怦然心动，心里暗下决心，准备投资发展香菇产业。

在利州区委、区政府的大力支持与鼓励下，在白朝乡党委政府的积极配合下，我决定投资3000万元，注册成立了广元市菇菇香菌业有限公司，在白朝乡徐家村发展香菇产业。

我公司一进场，就建设了生产基地560亩，配备了菌种生产线2条、菌包生产线6条、保鲜冷库1座、标准化出菇大棚250个。通过两年的发展，2017年公司就生产香菇菌包300万袋，产鲜香菇3000吨，公司产值达到了3000多万元。公司员工达到25人，其中就近务工贫困农民就占了20人，员工人均年工资达2.5万元，基本实现了贫困农户一人务工就确保一家人的脱贫摘帽目标。到2018年底，我在广元市利州区白朝乡成功办起了一座现代化的食用菌种植基地，实现了育种、生产、加工、销售一条龙。不仅书写了民营经济发展的华丽篇章，又以扶贫济困浇铸了无私奉献的人生，用一言一行诠释着一名政协委员的责任和担当。

2017年广元市政协举办“我为脱贫攻坚做件事”活动现场会，就参观学习了我的公司。

得到这样的成效，我倍感欣慰，也基本达到了我当初的预期目的。我的所作所为受到了当地干部群众的高度评价。

在利州区白朝乡，我的公司流转了31户贫困户土地200亩，仅土地流转，每年就可为31户贫困户带来收益12万元。通过“公司＋基地＋农户”模式，带动了白朝乡12个村和1个社区贫困户357户1328人发展香菇种植。其中158户629人直接参与香菇种植，年产香菇300余万袋，实现产值4000万元，户均增收10000元以上。

在各级领导的大力支持下，我积极争取财政专项资金80万元量化入股，让158户贫困户实现入股分红，2018年户均实现入股分红352元。为实现可持续循环发展，我公司又流转荒山500亩，对香菇原料林（青冈树林）实行抚育与管护，带动周边农户对自己承包的山林加强管护，增大青冈树林资源的可利用量与永续利用，又直接为当地百姓带来了大笔销售香菇原料的收入。

富而思报，我是一个乐于助人的人。

得知白朝乡徐家村村民徐庭乾因离婚和两个子女读书导致生活困难，我毅然拿出2000元现金资助其子女上学。后来徐庭乾发生车祸，我又拿出1000元现金进行慰问。徐庭乾一家人对我感激不尽，表示要发愤图强，种好香菇，增收致富，早日过上全面小康的好日子。

白朝乡卫子村村民余泉因缺资金、缺技术，生活困难。为鼓励其发展生产，我对提供给他发展的香菇菌袋每个少收 0.5 元，5000 袋就优惠了 2500 元，并对他进行免费技术指导，同时对其卖不出去的香菇进行包销，确保了他的收益不受损失。他家于 2017 年顺利脱贫，摘掉了贫困帽。

为解决食用菌烘干难问题，我又把价值 1.2 万元的两台烘干设备分别赠送给白朝乡新房村、分水村，助力白朝乡食用菌产业的健康发展。

在事业发展壮大的过程中，我深感只有党的好政策，才给了我发家致富的好机遇。在日常工作中，我也经常教育在基地务工的乡亲和周围的乡亲，没有党的好政策，你们曾经荒芜的土地怎么值 600 元一亩？你们足不出户每年就能挣到 2 万多元钱？大家要有感恩之心，要感谢共产党，要感谢共产党的好政策，要通过自己的努力脱贫致富。

吃水不忘挖井人，致富不忘众乡亲。公司发展了，赚钱了，我也是一个农民，看到还有那么多农民未脱贫，我在想，一人富不算富，小康不小康，全要看老乡。作为一名政协委员，一个民营经济发展的带头人，有责任、有义务带动大家共同致富，同时我也有能力在做大做强企业的同时，发展一个产业，带动一方发展，富裕一方百姓。

下一步，我公司将主动融入乡村振兴发展战略，借助 2019 年全省村主任论坛在广元市利州区白朝乡召开的难得机遇，加大我公司的宣传，加大招商引资力度，争取更多的资金扩大公司发展，为当地经济发展做出更大的贡献。

田园守望者

讲述：陈洪　　整理：王清蓉

陈洪，男，46岁，广元市利州区人，原籍德阳中江。曾在成都、深圳等地务工多年，2005年到利州区荣山镇流转林地1600余亩，从事生态造林，2012年成立广元市康宁种植农民专业合作社，建设1000亩核桃种植基地和7800平方米的肉牛养殖场，形成"核桃种植＋肉牛养殖＋有机肥"循环农业模式，注册"好核仁""秦巴山农""康犁沃""蜀道筋牛"等商标，加入专合社的162户513名贫困户如期脱贫摘帽。专合社先后获"全国合作社示范社""四川省示范合作组织"等荣誉称号，他先后获"利州区劳动模范""广元市首届农业产业领军人"等称号，在四川省农村乡土人才创新创业大赛中获铜奖。

五月的荣山镇和平村，空气中弥漫着花草的芬芳。一场雨后，满眼新绿，微风带来"哞哞"的牛儿叫声。监控显示屏上的牛栏里，那一排排肥壮的小牛正悠闲地进食。此情此景，让我回想起返回农村创业的艰辛历程，也更加坚定了要做一名田园守望者的信念。

外出务工，只为回乡扎根

我叫陈洪，虽然不是广元人，但早已把广元当作我的第二故乡。我是德阳中江人，是一个地地道道的农民，曾经奔波于成都、深圳等地务工多年，主要从事水产养殖等工作。2005 年，我跟随妻子回到广元，经过多年的打拼，已经有了一定的经济基础，在利州区工农镇流转林地 1600 余亩，成立广元宝森生态农业有限公司，专注于生态造林工作。

回广元发展的几年，我深刻地感受到曾经从事农业工作的经验不够用，通过边学习边实践，一步一个脚印地踏踏实实在工作中成长，获得了高级农艺工、景观设计师、林业工程师助理等职称。在实践中，我对农业的感情越来越深厚，加之以前经常往返于沿海城市与家乡之间，我也曾多次思考，家乡的农村之所以发展滞后，主要是因为广大农户思想保守、观念陈旧，如果有人带领他们前行，一定可以走出一条崭新的致富路。我也清楚地认识到，只有懂农业，才对农业有认同感，全力发展农业；只有爱农村，才对农村有归属感，长期服务农村；只有爱农民，才对农民有亲近感，一心造福农民。

情系农业，找准人生目标

2012 年，我在经验和资金方面有了一定积累，恰逢广元市委、市政府倡议外出务工人员返乡创业，点燃了我的创业激情，决定成立农业专业合作社，将以前小打小闹的传统农业转型升级为现代新型经营模式，也利于带动更多的山区群众致富奔康。听说我要把前期积累的资金全部投入，去荣山镇成立专合社，搞种植养殖业，妻子强烈反对。妻子的反对不无道理，她说:“你好不容易从农村走出来，在城里扎下根，有了现在的经济基础和生活条件，又把辛辛苦苦挣来的钱全部投入农村，你为了啥啊?”可我割舍不了做农业的那份感情，我想做农民增收助力者，做振兴乡村实践者。那段日子，我每天对妻子一遍又一遍地讲述我的梦想，从最初的“坚决反对”到后来的“不反对不支持”，妻子终于松口了，我也如释重负。

理想是美好的，真正投身实践，要经历很多艰难险阻，需要勇气和耐心。我带着自己筹集的资金和方案刚进入荣山镇和平村，当地村民何某几兄弟就给我来了个“下马威”——拦路阻工。何某兄弟三人在村里是“权威”，他们说路是他们修的，不经他们允许就不能通过，连村干部说话都不管用。道理是讲不通的，几天的僵持，眼见工期被延误，我不得不到镇党委寻求帮助，镇派出所出警才解决了问题。最初进行土地流转时，大部分村民都不愿意，认为合作社流转土地是侵占了他们的利益，不愿意加入合作社……我一户一户走访，苦口婆心地解释政策，终于获得部分村民的理解。就这样，和平村部分村民以土地入股，种植核桃 1200 亩，正式成立了广元市康宁种植农民专业合作社，定位为主要从事核桃、牧草种植，畜牧养殖、收购和销售，造林绿化及农林业生产技术社会化服务。

考虑到核桃种植周期长、见效慢、前期投资较大，短期内养殖肉牛可增加收入，为了让入社农户尽快有收益，几年间在区农业局、区环保局等相关部门的支持和帮助下，专合社在核桃种植基地上游处修建了面积 3600 平方米、存栏 500 头的标准化肉牛养殖场，其功能分为生产、牛舍、料场、排污等四大区域布局，实现了人畜分离、集中饲养、封闭管理。清杂草、铺地砖、焊牛舍，每一处变化都凝结着我的心血，肉牛养殖场建好的那一天，我的眼眶湿润了。我知道，我离自己的理想又近了一步。核桃苗管护、肉牛养殖、牧草种植……马不停蹄地奔波忙碌，边摸索边实践，一切都在按计划推进。我们充分利用上游高点排污发酵成有机肥，沼液引灌下游良田，形成“核桃种植 + 林下牧草种植 + 秸秆副产物的回收利用 + 畜牧养殖 + 有机肥还田”的种养结合的循环利用方式，实现循环、绿色、环保生态农业模式。2015 年，按照省财政厅《财政支农项目资产收益扶贫实施办法》，合作社被纳入财政支农项目资产收益扶贫试点，我分别与和平、平基、板桥、峰岩、二重岩五个贫困村的 162 户建档贫困户签订了《股权量化协议书》。2016 年底，合作社实现税后净利润 16 万元。在年终分红大会上，162 户贫困户每人分得 515 元的股权红利款。

合作社自成立以来，周边农户将核桃树托管给合作社，统一按技术规程管理，合作社合同成员承担在果实采收期的责任管理。核桃采收后，按交易总额的 40% 优先分配给合同成员，作为托管的保底收益；剩余的 60% 由合作社统筹管理，按股权享有利益。合作社自建优良牧草种植示范园，为农户免费提供种子和技术指导，免费提供有机肥（牛粪），农户自行投劳种植，合作社按保底价负责回收牧草，形成资源互补。在核桃种植区间，间作紫花苜蓿牧草，既能培肥土壤，促进核桃生长，又能解决牛羊饲料的来源。由合作社考察，选定养殖户代养能繁母牛，合作社提供牛源，以担保记账的方式赊销给农户代养，除非正常死亡外，代养户不承担任何责任风险。合作社提供优良品种冻精源，全程监管和技术服务，所产的牛仔由合作社按保底价包回收或统销，按结算金额的 60% 分给代养户，剩余的 40% 提留给合作社，作为垫资、防疫、管理、购销等风险金，进行统筹管理，按股权享有利益。同时，经多方考察，结合康宁合作社的实际运营情况，我提出一套“12532”脱贫模式，即 1 户贫困户种植 2 亩牧草，就可以供养 5 头能繁母牛，每年保守生产 3 头牛仔，按合作社保底价回收牛犊，就可以达到 2 万元收入，这样既带动了贫困户社员自主创业，又扩大了合作社的养殖规模。这种“专合社 + 农户”模式，一经宣传，当即就有 38 户农户与合作社签订了协议。

为了扩大合作社的影响力，打开销路，我带领合作社骨干成员多方考察学习，探索“互联网 + 循环农业”模式，注册了“好核仁”“秦巴山农”“康犁沃”“蜀道筋牛”等商标，新建了 70 平方米的农产品展示平台，通过互联网将合作社的产品推广、销售到全国各地，前景可期。

回报社会，致力全面奔康

在带领周边群众脱贫致富的同时，我深刻地感受到，山区群众存在文化程度普遍较低、法治意识淡薄等现状，制约了他们思想观念的解放，不利于进一步的发展。于是，我又修建了 230 平方米的科技、法制电教室，安装了完备的电教设备，定期组织“农民夜校”，开展种植、养殖技术培训和法制教育，目前已组织当地村民参加培训 30 余次。当地群众表示，通过学习，自己的思维更开阔了，获益匪浅。就连专合社建设初期拦路阻工的何某几兄弟，都纷纷表示当初是自己法制意识太差，以后任何时候都要依法办事。当然，他们在几年的相处中，也都与我成了朋友。

几年来，我放弃城区优越的生活环境，扎根农村，先后投入资金上千万元。通过努力，广元市康宁种植农民专业合作社坚守“国泰民康、本固邦宁”的初心，持续健康发展，利润逐年增长。近三年来，除专合社成员首次交易金额返还外，二次返利金额达 60 万元以上，加入专合社的 162 户 513 名贫困人口已全部脱贫摘帽。专合社的诚信经营和良好发展态势吸引了更多村民，由最初的十几户农户，已发展到今天的 179 户。近年来，专合社先后荣获“全国合作社示范社”“四川省省级示范合作组织”等荣誉称号；我个人也收获了“广元市首届农业产业领军人”、广元市“十大最美扶贫人”荣誉称号。而更大的收获在于我的内心，一方面，眼见加入专合社的群众脱贫奔康，日子越来越好，我倍感幸福；另一方面，当初不理解不支持我的妻子，如今常常到荣山镇体验农耕文化，为专合社的发展出谋划策；儿子在我的影响下，大学报考了畜牧专业，毕业后也进入专合社，从事种植养殖技术指导，让我倍感欣慰。

我相信，凭着我的坚韧，凭着我对农业的这份热忱，一定可以让脚下的这片土地变得更加美丽。

像蜗牛爬山一样去创业

讲述：陈猛　　整理：王清蓉

陈猛，男，41岁，剑阁县人，2007年加入九三学社，2011年加入中国共产党，利州区政协委员，区人大代表，区人大常委。1999年于上海立信会计学院毕业后，供职于珠海某政府机构，2003年辞职创业。2014年回广元，与朋友合伙创办广元瑞康隆食品有限公司，先后创办广元市芋隆魔芋专业合作社、广元市成达种植专业合作社、广元市城区梦想文化传播社。公司被评为“广元市返乡创业示范企业”，他先后被利州区委、区政府评为“助学兴教先进个人”，被区残联聘为爱心宣传大使，被省人民检察院聘为人民监督员；被推选为广元市食品工业协会秘书长、利州区工商联副主席和直属商会会长、利州区质量技术监督协会会长。

陈猛，一个普通而又寓意不平凡的名字，寄托了父母对我人生之路的无限希冀，有如阳光般温暖着我一路跌跌撞撞前行，悄无声息地进入2019年暮春。回首过眼云烟般的往事，触摸筚路蓝缕的岁月，我五味杂陈，感慨良多——有创业成功的欢欣，有事业低谷的烦恼，成功的潇洒与失意的凝重，苦乐交融。岁月不会亏待努力奋斗的人，静好的阳光最终驱散了笼罩在我头顶那几朵不祥的积雨云，让我像一株“野火烧不尽，春风吹又生”的小草，坚韧地扎根于广元这片生我养我的土地，并引领着我播撒希望的种子，让梦想开出花来。

我以为，勇气与胆量不是内心恐惧的缺失，而是一个人无论面对什么样的处境，都能以平和、坦然的方式去应对，相比于匹夫之勇，它更是一种对自己、对生命负责的大无畏。一个人只有心怀勇气和胆量，方能于人生的风口浪尖，风景独好，浅笑安然。

不适平淡，毅然辞职另谋生路

我于 1999 年 7 月毕业于上海立信会计学院，同年 9 月至 2003 年 12 月，供职于珠海某政府机构。海滨城市的亚热带风光，经济特区的蓬勃朝气，五颜六色的夜生活，似乎为我年轻的生命打开了上帝垂青、命运眷顾的窗口，铺就了一条阳光灿烂、四季如春的康庄大道。毫不夸张地说，这份令人艳羡的铁饭碗，在当时的确是一份风光无限的美差。

然而“时间就是金钱，效率就是生命”的特区口号，如炸雷般地时常响彻于我的耳际，震撼着我不甘平庸的心灵，甚至颠覆了我“朝九晚五”安逸而舒适的生活，是下海闯荡，勇立时代的潮头，干一番水激石鸣的事业？还是四平八稳，过波澜不兴的日子？思考良久，衡量再三，我听从自己内心的召唤，义无反顾地辞去机关部门工作，选择了艰苦创业自谋生路，从此踏上一条荆棘载途之路，用豪气冲天的青春去赌前途未卜的明天。因为我信奉著名作家毕淑敏曾说过的话：“我不相信掌纹能带给我什么，但我相信十指握成拳的力量，它能带领我创造一个新世界。”

2008 年 5 月，我到上海水蒙国际商务有限公司，成功被聘为副总经理。在上海——这座充满生机与活力的国际化大都市，我感觉每一天的日出都那么新鲜，走在匆匆人海里，曾经的那种碌碌无为之感消失了，仿佛整个世界都为我打开“指点江山，激扬文字”的上帝之窗。

不甘平凡，创业路上倍感辛酸

或许，因为我有一颗不甘平凡的心，我始终不能停止探索新领域的步伐。2014 年 5 月，小有收获的我回到广元，想在家乡干一番事业。经多方考察，我发现广元的气候环境和土壤条件特别适宜魔芋种植，且魔芋被人们誉为“神奇食品”“天赐良药”，用魔芋制作的食品也被世界卫生组织确定为十大保健食品之一，从事魔芋种植和加工一定有前景。于是，我选定利州区大石工业园区，和志同道合的朋友投资500万元，合伙创办了广元瑞康隆食品有限公司，定位为集科、工、贸一体的具有尖端研发能力的生物高科技企业，主要从事魔芋的种植、加工、研发和销售。

成功与收获从来都是来之不易的，创业路上，荆棘丛生。瑞康隆食品有限公司成立后，由我任总经理；因公司发展需要而在大石镇小稻村成立的广元市芋隆魔芋专业合作社，也由我担任法定代表人；2015年在龙潭乡庙坪村成立的广元市成达种植专业合作社，也由我担任理事长；同时，我自加压力，还创办了广元市城区梦想文化传播社。企业的运营管理不是我曾经想象的那么简单，特别是新注册成立的公司，仅仅是瑞康隆食品有限公司就让我手忙脚乱。从魔芋的田间管理、种植推广、产品研发、生产加工、市场销售，到资金筹措、工人招聘、团队管理、工资发放，事无巨细，桩桩件件都需要操心。

那段日子，我每天如临深渊、如履薄冰，倍感身心疲惫，想着公司的稳定与发展，常常通宵无眠。严重的时候，甚至呼吸困难、头昏脑涨、四肢乏力，深感力不从心。夜深人静的时候，我瞪着毫无睡意的双眼，一次又一次地默默问询自己的内心，创业的决策是否正确？当曙光划破黎明，我又强打起精神，奔波在路上。就这样，我的身心经历一次又一次的磨炼，仍坚持向着心中的那个目标前进，以坚韧的毅力维持着公司的运转。

平淡而又满心煎熬的日子行进到2018年，那个4月成为我人生中最灰暗的岁月。受国家经济和全球经济低迷的严重影响和市场疲软制约，由我经营管理的几家公司总负债高达790万元，连续三个月无力给员工发放养家糊口的工资，公司运转举步维艰，陷入困境难以自拔。

那段艰难的日子，我的焦头烂额、一筹莫展都被妻子看在眼里，疼在心上。一个夜晚，妻子打电话叫我去滨河路边接孩子，说孩子想回家睡觉了。我满心疑惑地赶过去，发现妻子带着不到两岁的孩子在售卖绢花。那晚我才知道，妻子在网上买来绸带，自己熬更守夜做绢花，已经去广场、集市、酒吧等处销售一段日子了。拉着妻子因做花而磨破的手，我泪如雨下。妻子却安慰我："我在家带孩子也是闲着，做点力所能及的事情，没啥委屈的。你放心去做自己的事吧！"妻子把辛辛苦苦挣来的钱交到我手上，让我用来给员工发基本工资，虽然那些钱只是杯水车薪，但她的支持温暖了我一度跌到谷底的心。我发誓一定要挺过艰难，不再让妻儿跟着担惊受怕。

在公司无力支付每月利息的时刻，最要好的几个朋友得知了，也轮流给我资金方面的支持，给了我和企业喘息的生机，让企业信誉和我个人征信未受任何影响。他们的不抛弃让我感受到了人间的温暖，也更加坚定了我“自信人生二百年，会当水击三千里”的勇气和信心。

党政扶持，助力民企起死回生

困难与机遇同在，希望与挑战并存。广元市瑞康隆食品有限公司作为市人民政府重点招商引资的企业，经过五年风雨兼程的改革发展，已嬗变为市级的龙头企业。如今，公司拥有专业技术团队 100 人、2 个专业合作社，社员 2000 户、1 万余人，其中建档立卡贫困户 263 户、682 人，公司研发生产的魔芋粉、魔芋挂面、魔芋即食品、魔芋素食等销路极好，年产值达 6000 万元，较好地带动了广元地区魔芋种植业的繁荣发展，并成为魔芋种植行业的排头兵。

在公司创建和发展历程中，困难多如牛毛，挫折数不胜数。回首几年来走过的路，我时常在想，我们做企业的，在遇到困难和挫折时，想到的只是自己应当怎样去面对，怎样想办法去解决问题，扫除前进路上的障碍，让企业逐步走出困境，迈上发展的快车道，却没想到除了家人和朋友外，我们的背后还有党委、政府作为最坚实的后盾。在我一度感到走投无路时，恰逢党委、政府领导深入企业走访调研，他们了解到公司面临的资金不足、原材料短缺等困境后，主动帮助企业分析发展停滞不前的原因，想方设法汇集各部门的力量，充分整合利用各方面资源，同时协调银行机构，使我公司在项目、技术改造、融资担保、减税贴息等方面得到帮助，得以维持运转并良性发展。

五年来，在市区两级党委、政府的关心支持下，广元瑞康隆食品有限公司累计获得 2 个产品加工项目支持，注资 94 万余元，获得技改资金 70 万元，融资担保 790 万元，减税贴息 12 万元。正是这些雪中送炭式的扶持，把我们的民企从自生自灭的死亡线上拉回来，并注入了勃勃生机和发展活力。当瑞康隆食品有限公司起死回生、慢慢走上正轨且逐步走向兴盛之时，每每忆及往事，我的内心总是溢满感动和温暖，在企业发展道路上也充满生命不息、冲锋不止的坚定信念。

感恩奋进，风雨之后稳步前行

不忘初心，善得始终。党的十八大提出到2020年全面建成小康社会的奋斗目标，吹响“向贫困宣战、向小康进军”的号角，我也以感恩奋进之心，参与到扶危济困的行动中，与工农镇小岩村四组左手失肢一级残疾人谭德斌、回龙河工业小区二级残疾人尹秀芳两家人结为“亲戚”，持续开展帮扶。几年来，我个人先后出资23万元，帮助他们发展畜禽养殖产业，改善生活条件；在其生病住院时探视数十次，节假日送温暖慰问40余次，捐赠粮、油、衣物等生活用品价值6万余元。2018年10月13日，尹秀芳因重病不治去世。而谭德斌虽然重度残疾，但在我力所能及的资助与鼓励下，也克服了自卑心理，重拾生活的勇气，日子越过越红火……

我个人因一直致力于残疾人帮扶、就业、培训等事业，被利州区残疾人联合会聘任为“爱心宣传大使”；因长期资助贫困大学生和留守儿童，我多次被区委、区政府评为“助学兴教先进个人”；因勇于担当和对公益事业的热心，我先后担任了利州区第六届政协委员、第七届人大代表、第八届人大常委，被四川省人民检察院聘为人民监督员，连续八年被利州区纪委聘为政风行风及效能建设特邀监督员，被推选为广元市食品工业协会秘书长、利州区工商联副主席和直属商会会长、利州区质量技术监督协会会长。值得欣慰的是，我一直倾尽全力投入的广元市瑞康隆食品有限公司，也在2018年荣获“广元市返乡创业示范企业”荣誉称号。

我知道，迄今为止，我的企业才刚刚起步，可谓前途光明，道路曲折，任重道远。尽管通过几年的努力，企业依然只如蜗牛爬坡般缓步前行，但我相信，只要我保持着“意静不随流水去，心远还看白云飞”的心态，只要我坚定自己选择的诗和远方，继续一步一个脚印地努力下去，就一定会看到风雨之后的美丽彩虹！

小加工产出大效益

讲述：罗正友　　整理：王清蓉

罗正友，男，45岁，苍溪县龙山镇人。1991年外出务工，2003年返乡创业，在利州区三堆镇井田村创办井田农场；2015年在利州区三堆镇三星村创办广元市友芹种养殖专业合作社，助力脱贫攻坚。2016年在井田村创办广元市正友食品有限公司，注册“晓芹回香松花皮蛋”商标，主要生产销售皮蛋，代销木耳、香菇等广元特产。他先后获“广元市返乡创业明星”“建功‘十二五’劳动标兵”“利州区首届小（微）企业创新创业先进个人”等荣誉称号。

一

我叫罗正友，1974年出生于苍溪县龙山镇（原柏杨乡）塘山村，自幼家贫。1991年初中毕业后，我跟随外出务工的队伍辗转山西太原等地，在砖厂背砖，在建筑工地做泥水工、粉刷工，做的都是苦活累活，浑身酸痛，每天忙完就想原地躺下。那些年，每当夜深人静，睡在坚硬的砖垛上或充斥着汗酸味的简易工棚里，我常常思考：人生的意义在哪里？这样日复一日地劳作，就算打工挣再多钱，也没有成就感。我一次又一次地告诉自己，还是应该做些对社会有价值的事。但当时苦于个人条件差、眼界窄，思考归思考，自己还是只能在工地上挥汗如雨，通过日复一日的劳作来养家糊口。

光阴荏苒，转眼间10年过去了。2002年，回苍溪过春节期间，看见日渐衰老的父母步履蹒跚，我感觉特别心酸，当即决定不再外出打工，留在苍溪做些事，以方便照顾父母。

因为地处“雪梨之乡”，我们从小就对“雪梨大王”的事迹耳熟能详，对种植技术耳濡目染。塘山村虽位置偏远，但土地肥沃，资源丰富，我在外出务工前就跟随父亲种过雪梨、脐橙、蘑菇和魔芋，养过肉兔，虽然在种植养殖方面没做出什么成绩，但有一定的技术积累。停止打工回乡后，我重拾种植技术，在广元境内为一些种植户提供果树嫁接、修剪和管护服务。我寻思，通过多年的打拼，自己手上有了些积蓄，可以找个合适的地方投资农业，作为今后的发展方向。

在一年的种植服务过程中，我多方考察，发现利州区三堆镇井田村有一大片土地，这里地势平坦，紧邻白龙江，水源丰富，适宜种植果树，但却因长期疏于耕种打理，几近荒芜。2003 年 3 月，我多方协调，在井田村承包土地近 50 亩，投入 23 万元建设农场，种植梨、桃、杏、李、葡萄等果树 1000 多株。那时，我每天扎在工地上，翻整土地，栽种果苗，除草浇树……每一天都忙碌而充实，心里也充满希望。同时，我结合多方考察学习的农场建设经验，从事肉鸭养殖，采用种养结合的方式推进农场发展。几年间，我一心扑在农场里，不敢有任何疏忽，投入到农场的 20 多万元，可是我的全部家当啊！

二

世事难料。我的辛勤付出，并未换来意料之中的收获。时至 2008 年，我已经先后在农场投入近 40 万元，果园还没有获得实质性的经济收入，就因肉鸭饲养成本高、疾病多发且滞销，导致农场入不敷出，运转举步维艰。我仔细盘点了账目，就算把剩下的鸭子全卖了也还不清欠供货商的钱，何况根本就没有销路。我顿时慌了神，一夜无眠后，决定把真实情况告诉妻子。

农场危机在我家掀起轩然大波，岳父和妻子强烈要求我把农场转让出去。在岳父家的老屋，岳父坐在梨树下抽烟，眉头紧皱，痛心疾首：“没日没夜地忙，没赚到钱就算了，还倒赔几十万，看看你这都是干的啥事？还欠人家五万是吧，那就五万元把那个赔钱货卖了！”

妻子倚在门口抽泣，她的哭声里满是绝望：“卖出去，亏了的钱就算了，回来我们好好过。你要是还继续做，我们就离婚！”

我不吭声，也自觉没资格吭声。我的妻子王晓芹是乡卫生院的医生，跟我结婚后，我一心扑在农场上，照顾老人和孩子的任务就落在她肩上，我不但没忙出成绩来，反倒拖累她。但如果卖了辛辛苦苦建修几年的农场，我不甘心，砸锅卖铁也要把农场办下去！

我咬咬牙站起来，离开岳父家，打算去想办法筹钱。一路上，我的心情异常复杂，事业的失败、妻子的不理解让我心灰意冷，资金缺口让我一筹莫展，加之那两天茶饭不思，急火攻心，浑身发冷，晕倒在路边。

待醒来，已是好几天之后，躺在市里的医院。妻子的双眼肿得老高，满面愁容，见我醒来，她喜极而泣。而这场打击，让我整整病了三年。

三

见我执意要继续办农场，妻子很无奈，但又不忍心我受折磨，只好做出让步，把她自己工作几年攒下的 8 万元钱全取出来交给我。最让我感动的是，她为了照顾身体虚弱的我，直接从乡卫生院辞了职，跟随我来到井田农场。双方父母尽己所能，把能拿的积蓄全凑起来给我，让我还清了债务，还略有周转资金。因为我之前的诚信经营，自己再亏也不欠别人钱，养殖供应商都信任我，纷纷为我开绿灯，让我赊账提货。为了节约人工成本，年迈的父亲也来到井田农场，每天凌晨，我和父亲去附近的农家挑粪灌果树，经常要挑三四担天才会亮。走在田野里，望着父亲佝偻的背影，我常常泪眼蒙眬。我在心里暗暗发誓，要干就要干得轰轰烈烈，才对得起亲人对我的支持。

从那时起，我改变了思路，除了原有的果园之外，改养殖生猪和蛋鸭。待井田农场稍有起色时，我在马口村流转土地 96 亩，种植冬瓜和梨树、桃树、李树。那些日子，通过反思，我也深刻地认识到改进种养技术的重要性。于是几年间，妻子和我一直在外出学习的路上，我们多次前往浙江、河北、西安、绵阳等地，考察学习种植养殖的先进经验，回来后再结合农场实际情况作实践探索。在亲人的全力支持下，农场发展逐步稳定，2011 年开始回本。2013 年，井田农场正式注册，面积扩展到 118 亩。

适逢三堆镇规划建设“皇泽水乡”，井田村因其地理优势，首先被确定为美丽乡村建设试点。我积极响应号召，拆除农场原有的养殖场，建起了面积400余平方米的农家乐，命名为“水果农庄”。妻子非常喜欢被果园环绕的农家乐，勤劳的她带着孩子在房前屋后种满花草，每当春天来临，梨花、桃花、月季、玫瑰竞相开放，总会吸引一拨又一拨的客人前来赏花游玩。

2015年，农场发展日趋兴盛。三堆镇党委、政府领导找到我，希望我能多支持贫困村脱贫攻坚工作，我欣然答应。我本来自农村，通过几年努力，在农业方面取得了小小的成绩，回报农村也是应该的。与镇领导协商后，我在三星村二组选址，流转土地35亩，成立广元市友芹种养殖专业合作社，当地8户村民入社，共同修建养鸭场，采用种养结合的方式，种植桃树、李树800余棵，养蛋鸭1万余只。由镇政府垫资3万元，资助5户贫困群众入社，几年来，专合社每年为这5户群众分红4000元。

四

农业本就属于周期长、见效慢的产业，眼见身边一些投资农业的，有的因亏本而倒闭，有的靠政府补助勉强支撑，我很庆幸自己当初的坚韧和努力，也时时告诫自己，只有不断创新，只有自己拼命干，才能真正做出成绩。

眼见专合社的蛋鸭养殖很顺利，妻子晓芹提议，我们自己熟悉做皮蛋的传统工艺，何不把这些蛋加工成皮蛋来销售呢？我被妻子的话点醒了，趁热打铁成立了广元市正友食品有限公司，注册了“晓芹回香松花皮蛋”，主要生产销售皮蛋，并代销木耳、香菇等广元特产。食品公司成立以来，通过受邀参加中国国际农产品交易会、中国中西部畜牧业博览会、中国西部商品交易会、秦巴山区年货节、四川农业博览会、全省农民合作社和家庭农场优质农产品迎春大联展等活动，以及阿里巴巴等电商平台的推广，将我们的“广元造”特色产品销往全国各地，甚至远销中东地区，目前我们正预计打开俄罗斯的销路。

“一人富不算富，一起富才算富。”在我的心里，一直有这样一个信念。多年来，井田农场、马口村的果园、专合社及食品公司常年解决附近村民上百人的就业，带动周围群众脱贫致富。同时，我个人常年为三堆镇马口村和宝轮镇范家村、宋家村、关山村等地群众免费提供种植养殖技术指导，每年定期入村帮助种植农户开展果树管护工作。每当有种植养殖户前来考察参观，我总是毫无保留地把多年积累的实践经验传授给他们。在宝轮镇村民戴某想发展种植业但缺乏资金时，我免费提供树苗和技术，等他种植两年见到成效后才支付当初的树苗款，他在我的带动下也发展为今天的种植大户。食品厂为井田村村民免费加工皮蛋，为赤化镇司马村的专合社免费开展皮蛋加工技术指导……

十多年来，我的努力有了一定的收获，我也先后荣获“广元市返乡创业明星”“建功‘十二五’劳动标兵”“利州区首届小（微）企业创新创业先进个人”“利州区首届‘中国农民丰收节’十佳产业大户”等多个荣誉称号。我期待，在不久的将来，我们的农特产品能在祖国的版图上处处开花……

做合格农民的梦想

讲述：赵正德　整理：王梓菡

赵正德，男，46岁，昭化区明觉镇五房村七组人，广元市黎生中药材专业合作社负责人。2004年在广元城区收购中药材，2012年组建黎生中药材专业合作社，租用农户闲散土地700余亩种植中药材。2014年在明觉镇修建多功能厂房。合作社有会员1400多户，其中建卡贫困户455户。中药材产业覆盖广元四县三区，中药材种植规模达2万余亩，年销售收入达2000万元，中药材种植会员户均增收1万元左右。合作社获“广元市返乡创业示范企业”称号。

“从小我就有一个梦想，那就是做一名合格的农民。”还记得上学的时候，我们写得最多的作文就是我的梦想。我不知道别人的梦想是什么，但我的梦想是当好一位农民，并且此生我都为着这个梦想在奋斗。有人说，当一个农民能有多难？但当好一个农民，当一个好农民却真的不容易。

1973年，我出生于昭化区明觉镇五房村七社一个普通的农民家庭。童年最深刻的印象就是父亲体弱多病，父亲有我们弟兄三个儿子。常言说，儿多家贫，加上当家的爷爷不信科学，不用农药，不施化肥，导致年年收成不好，全家从来都没有吃过一顿饱饭。那时，做一个好农民的想法已经在我心中扎根。

1990年，在明觉中学读书的我迎来了初中毕业考试，我离校回家向父母亲要到昭化镇去考试的费用，结果父母告诉我，他们上午刚刚贷了80元贷款，买了三包肥料后身上所剩无几了。由于没有考试费，我没有参加这次考试，正式辍学回家，我清楚地记得那天是 5 月 13 日。

当时很多家庭条件好的同学，都考出了明觉，去了广师、广中。自傲的我不想输人一头，可又不知道做些什么，几番考虑，既然读书的路子断了，身板比较孱弱的我又不适合去打工，那我就做一名农民，发展经济作物，也能走出自己的一条路子。

我想起上学时，在同学间流传的一本《快速养殖法》，当时我也抄录了一部分，可惜由于时间关系没有抄录完，于是我联系了我在射箭乡的同学，没过几天，他就把这本书给我送来了。经过一段时间的学习，我就和一名同学到万缘买了 4 只乌骨白凤鸡回家养，可能是没有给它吃饱，它一直不下蛋。养鸡失败之后，冬天我又到曲回村去学医，由于没有执照，最终我放弃了继续学习。又通过订阅《农村百事通》，和邮递员成了朋友。1991 年他生病后请假，我就替他代班做了一年邮递员，借着工作的便利我看了很多与农业相关的杂志。1992 年，我又萌生了种植药材的想法，天真的我以为靠着学来的知识就能成功，在我的坚持下，父亲拗不过我，最后终于同意把家里的田坝地给我种植。这是我第一次尝试种药，虽然我努力了，但终以失败告终。

生活的转折在 1993 年，当时我去代课，由于压力大，以致神经衰弱，精神失调。生病的这一年，让我整个人开始沉静下来。年底，在外打工的哥哥回家过年，当时他坐在火盆边一遍又一遍地数着挣来的 3000 元钱，那个画面深深地刺痛了我。“再有好多理想，再有好多想法，没有钱是实现不了的。”我收起自己那些千奇百怪的想法，开始踏踏实实地过生活。

通过两年收瓶子的积蓄，1996 年我在明觉镇开了一间畜牧肥料经营部和药材收购门市部，丰富了我的种养技术，开拓了我的视野。1998 年，我遇到了生命中的另一半。2000 年，我和爱人拿着赚来的钱在赵家湾修了猪场，在杨家岩包起了土地搞种植。她说，要帮助我实现我的理想和抱负。不过，还是失败了。

2004 年，经历了几次创业失败，我依然没有放弃自己的理想和抱负。揣着当时家中仅有的 2000 元钱，到广元收购中药材。由于人生地不熟，起初的收购非常困难，生活也异常艰辛。那时候爱人一边鼓励我，一边帮我想办法，慢慢地日子就越过越好了。

我的父亲却没有看到这一切。还记得 2008 年父亲患上肺心痛后就和我们一起在租的房子里生活。有一天，邻居席金元开货车去江油拉货，他好心地叫我父亲跟他去江油耍，父亲当时很想去，他一辈子从未走出过广元，但我劝他说：等我买了车，我带你去耍。结果三个月后，他就离我而去了。这个最后的心愿我也没能帮他实现。其实，我不是没钱买车，而是把钱都花在去全国范围考察和学习，还有跑市场的路费上了。现在想来，我都觉得愧对我的父亲。

经过八年不断的探索、思考与沉淀，结合我在中药材行业多年摸爬滚打的经验，我怀揣着赚来的财富，在组织的引领下着手组建黎生中药材专业合作社，租用农户闲散土地700余亩，实验种植适合当地环境，能产生可观经济效益的中药材品种。几年来先后实验种植夏枯草、白及、黄精、麦冬等品种达60余个，在亏损近百万元后，终于摸索出了适宜当地种植的30余个品种。

当初，为了转变农户们的思想，我自掏腰包带领他们考察学习中药材种植，常常利用晚上的时间到家中，给他们一遍又一遍地做工作，但村里留守的大部分都是五六十岁以上的中老年人，根深蒂固的传统思想让他们都不相信我说的。有一次，我正在给大家宣传中药材的经济效益时，同村的赵万金跳出来说：“二娃子，你莫想来骗我，我打死都不得跟你去种药，我看你种的那些都没有变成钱。再说了，我们种出来，你不要又咋办？”我当时一下就哑住了。

我开始聘请当地的老百姓到自己的药材试验地里务工，看到药材种植成功有了经济效益后，老百姓慢慢地有点心动了，他们便开始了少量的试种植。2014年，为了更好地发展中药材种植，我拿出个人全部的资产，在明觉镇修建了集收购、加工、仓储、物流为一体的多功能厂房，仓储面积达6000余平方米，每日可加工中药材30余吨。

正当我热火朝天地忙着工作、憧憬未来发展的时候，天有不测风云，我因过度劳累患上严重的肺病，住进了医院。由于病痛的折磨，我整夜不能睡，体重也由原来的100斤急剧降到了70多斤。屋漏偏逢连夜雨，住院期间，正值夏枯草收获，但夏枯草市场行情价格跌到了每公斤七八元，而我和种植户签订的收购合同中约定的是15元/公斤。许多种植户在得知这个情况后，纷纷打电话询问我怎么办，担心我不会按照合同价格进行收购，甚至有的种植户直接说要退出专合社，说我是骗子。为了安抚种植户的情绪，在医院，我电话不离手，有时候夜深了，病友都休息了，我还在打电话，护士进来提醒我，我就蒙在被子里继续安排工作。几乎每天都是输液瓶一拔就溜出去，让我爱人开车送我到种植户家里了解药材的种植情况，并向他们承诺会按照签订的收购合同价格进行回收，那一年我就亏损了60余万元。

2015年，扶贫攻坚战打响，我想到了村里的贫困户和退出专合社的会员们。又开始挨家挨户地走访，因为之前的诚信，许多会员还是相信了我。贫困户胡应光家里有不到2亩的土地，以前一直种粮，年均收入不到2000元。之前我也曾和他反复沟通种药材的优势，但他根本听不进去。随着秋播时节的到来，在不到一个月的时间里，我到他家里去了六趟，有几次走夜路都摔倒了。我手把手地教他药材的田间管理，甚至他只要一打电话来咨询，就亲自到他家去服务。看着地里的药材种苗不断长大、开花、结穗，胡应光的脸上开始有了笑容。功夫不负有心人，2016年夏枯草收获时，他的药材卖到了6000余元，这比种粮的价值翻了3倍。同时，夏枯草行情上涨，我将定价回收和市场价格差价的60余万元返补给药农会员，并自创了“公积金、公益金和风险金”的三金分配。“三金模式”，即从同农户签订的合同价与当年的市场价差异产生的利润中，按照20%的公益金、30%的公积金和50%的风险金进行提取，公积金和公益金主要用于支付合作社成员工资、外出学习考察、合作社成员培训、公益事业等；风险金主要用于抵扣农户的种植风险。此外，我还在各级政府的帮助下，建设了中药材配套农资超市，实现了种植会员户农资使用上的四个统一，即统一品种、统一使用、统一服务、统一配送。

2016年由于项目处于建设过程中，未形成经营性资产收益，专合社按项目方案规定，对76户贫困户发放保底分红38997元，户均513元。2017年专合社对经营收入80782.68元进行了分红，其中股红标准为每股708.62元。2018年分红57000元，其中股红标准为750元/股。现在，我们合作社拥有会员1400多户，其中建卡贫困户455户。中药材产业辐射面覆盖广元四县三区26个乡镇76个行政村，中药材种植规模2万余亩，年销售中药材2000余吨，年销售收入2000万元，中药材种植会员户均增收1万元左右。

经过我的努力。在大家的支持下，我正慢慢地实现着自己当一名合格农民的梦想……

机会是给有准备的人

讲述：刘永彬　　整理：王梓菡

> 刘永彬，男，40 岁，昭化区磨滩镇马安村二组人，西安核工业技工学院毕业，四川千仓农业科技发展有限公司负责人。工作四年后的 2005 年回广元创业，2014 年试种红豆杉，2015 年成立公司，流转 460 多亩耕地和 1000 多亩林地种植红豆杉，帮扶建卡贫困家庭稳定务工 60 多户。他于 2018 年获“广元市返乡创业明星”荣誉称号。

“机会总是降临在那些有准备的人手中。”多年以前我偶然在一本书上读到了这句话。那时候我只是一个刚刚辞去铁饭碗的迷途者，未来、前途这些词语对我来说，像天空中的繁星一般，耀眼却遥不可及。但当我读到它时，仿佛浑身充满了力量。

在此后的很多年里，我都把它作为我的信仰，努力去做那个有准备的人。

从管道安装到装饰装修，从装饰装修到广告制作，从广告制作到红豆杉种植，一步一步，很多人会觉得我很幸运，总是能在适当的时机遇到好的机会，但我始终相信，机会只青睐有准备的人。

我叫刘永彬，出生于 1979 年 6 月，家住昭化区磨滩镇马安村二组。

我的父亲是一名军工，高中毕业之后，作为军工子弟的我顺利就读西安核工业技工学院，2001 年毕业后我供职于上海石化安检公司从事管道安装工作。比起一般的农村子弟，我的前半生可以算是顺风顺水了，比大多数人都幸运。如果我一直留在上海，多年以后可能会是一名优秀的管道技术工，或者管理人员，但我偏偏选择了另外一条路。

在上海工作的四年，尽管这里比起我的家乡繁华时尚，但我却找不到归属感，工作环境的枯燥和生活上的孤独让我不安现状。还记得那时候因为要节约路费，我很少回家，逢年过节时看着马路上别人阖家团圆、热热闹闹的场面和自己形单影只的样子，我觉得更落寞了。于是，年轻气盛的我在 2005 年毅然辞职回到了广元。许多人都惋惜我的决定，包括我的父母，回家后，他们几乎天天在我耳边唠叨，可我从不后悔，不是每个人都喜欢大城市的繁华，我就偏爱小地方的人情味。

事实上，从离职的第一天开始，我就知道自己将面临很多挑战和困难，但真正失业后，我才发现我所准备的只不过是意识上的准备。没了铁饭碗的我，很快就陷入了迷茫，不知道应该干点什么。找工作总感觉高不成低不就，结果稀里糊涂地混成了一个农民工。新疆、甘肃、云南……那一年我不知道走过了多少地方。慢慢地，我开始和一些装修行业的老板、工头称兄道弟，从跟着别人干，到自己揽活，慢慢地摸出了门道。

那年 10 月，由于新疆的天气不好，工程结束得早，回来之后闲不住的我，又跟着别人一道做起了城区一个单位的公装，也就是因为这个偶然的机会，我发现了商机。

单位公装不同于普通家庭装修，在做完基础装修后，还需要制作门牌、喷绘等。由于没有这方面的技术，当时我们找到了老城一家广告公司，在制作过程中，我惊讶地发现，在我记忆中高深莫测的广告牌制作原来如此简单，但利润却很高，我很快就动心了。过完这个年，我没有像以往一样外出打工，而是应聘到城区一家广告公司做业务员。

正式接触广告业后，我发现这中间也没有我想象的那么简单，于是工作之余，我偷师学艺，从设计到制作，每一个细节我都牢牢记住，用心学习，因为我知道这是自己选定的目标，马虎不得。

靠着几年工作的积蓄和省吃俭用，我积累了一笔资金，半年之后，摸清了行业门道的我便离开了这家公司自立门户。由于本身有管道安装方面的技术，又从事过装修，我形成了从广告到装修一条龙的服务，很快有了一些客源。但是由于没有公司地址、没有固定员工，我时常被别人怀疑是皮包公司，最后一合计，我于2008年正式成立了五方广告设计工作室，终于拥有了属于自己的第一家店。

刚刚创业的时候，最担心的问题莫过于客户。因为没有客户，就意味着公司将无法生存。但有客户有时候也并不是一件好事，还记得在公司成立之初，我们费尽千辛万苦签到了几个合同，在我们废寝忘食、尽心尽力的服务后，对方却出现了费用拖欠的问题。也就是我们辛辛苦苦的工作，挣来的却只有一堆欠款。工作室人员流动大、客户刁难等，种种问题很可能让刚刚起步的公司遭受灭顶之灾。幸好，我们最终熬了过来，广告业飞速发展带来的巨大利润，很快让我拥有了人生的第一桶金。

2006年，事业的顺心也为我迎来了爱情，在我进入广告行业后，我的网络在线时间明显增长，很快我就网恋，并顺利发展到现实。结婚之后，我的事业也越做越大，美的、康佳等大品牌在广元的广告、装修都被我承包了，四县三区的乡镇广告也少不了我们的身影，我们还购入了几块广告位。10年时间，我和妻子共同打拼出了七八百万元的资产。

很多人都很疑惑，我为何要在事业顺风顺水的时候，突然回到农村发展红豆杉，其实在那之前还有一件事。那年我父亲去世，回乡安葬的时候，我看到童年时期肥沃的农田变得荒芜，那一刻我的心里有种说不出的难受。我觉得自己现在有能力了，应该为家乡做点什么，至少不让这些土地再这样荒废下去。

于是办完丧事后，我在老家待了半年，请人把家族荆棘丛生的土地重新整理，但是由于当时我的广告事业发展良好，加之自己不会种植，这件事我便又放下了，回到广元继续发展我的广告事业。但很快，机会就来敲门了。

有一次我去成都出差，一位朋友委托我帮他带两株红豆杉回来，在此之前对它一无所知的我，由此接触到红豆杉。当时的我觉得挺不可思议，到底是什么样的东西，不仅这么贵，而且还要如此大费周折地购买。在得知乐山可以购买后，通过和老板的交谈，我了解到红豆杉是经过第四纪冰川遗留下来的古老树种，不仅具有很高的观赏性，它的提取物紫杉醇还是世界公认的抗癌药物，但世界范围内都没有大面积的红豆杉原料种植基地。我顿时颇感兴趣，觉得红豆杉里蕴含着一定的商机。回来之后，我又在网上查资料，学习积累，我的红豆杉知识日渐丰富，又通过细致的市场调研和分析，以及向林业专家咨询，我内心坚定了将素有“植物大熊猫”之称的红豆杉作为特色产业发展方向。但是那时候具体要怎么做，我心里是没底的。

这是一次艰难的尝试，2014 年春季，打定主意后的我从江苏购买了 8000 多元的种子回来试种，由于经验不足，技术不到位，这一批种子一颗都没有生长，全军覆没。同年年底，不甘心的我，再次在咨询专家之后花费了 1 万多元买来优质的曼地亚红豆杉枝条进行扦插培植，并且细心地按照指导，用珍珠岩建苗床，小心翼翼地培育。这一次小苗终于长出了绿色的嫩芽，存活率高达百分之七十。因此，我们至今采用的繁殖方式主要是以扦插为主。

首次培育成功后，我信心十足，2015 年 6 月，我正式成立了四川千仓农业科技发展有限公司，并流转了 460 多亩耕地和 1000 多亩林地，聘请农户，组织垦山，建设配套设施。随后我再次购买了 7 万多株枝条。由于市场需求量大，因此我们的销售网遍布全国各大花卉市场。到现在为止，每年冬天都会再补栽 3 万多株枝条，至今已有 10 万株。我也从最初什么都不懂，到如今基本学会了栽培、管理、造型等技术。

由于红豆杉是长线产业，2016 年我又在红豆杉下套种了 460 亩的药材，黄精、广豆根、百部、蒲公英等，并和哈药集团有限公司建立合作关系，后者定点收购我们种植的药材。

如今，我们帮扶建卡贫困家庭稳定就业创业 60 户。同时，我们招工做到了贫困户优先，与本村建卡贫困户签订长期劳动合同，做到了无法外出打工者优先、共产党员优先，解决了村里一大批富余劳动力的就业问题。公司一期工程投产了十万尾野生鱼养殖基地，二期陆续新建红豆杉繁殖基地 20 亩、经果林 300 亩，配套建设渠系、生产道路等工程，新建办公用房 500 平方米、展厅 2000 平方米，用地 300 亩，林地 1200 余亩，总投资 4800 万元。

在经营上，我们采取“公司 + 基地 + 农户”的生产模式，走产业化经营之路，开拓群众视野，为农业可持续发展走出一条新路子。目前已经有很多贫困户从中受益，他们通过土地流转、务工拓宽了增收渠道，增加了收入。

现如今，马安村发生了翻天覆地的变化：道路宽阔平整了，贫困户的包里有票子了，一家家漂亮的小楼盖起来了……

成功是一次次跌倒的积累

讲述：朱明举　　整理：王梓菡

朱明举，男，54岁，昭化区黄龙乡红林村人，初中文化，昭化区晨琳种养合作社法人，昭化区宇汇农业开发有限公司负责人。1983年入伍，退伍后外出务工，2013年返乡创业，从事剑门土鸡的孵化和养殖，土鸡常年存栏量3万羽，年出栏量36万羽，吸纳村民固定务工26人，年用零杂工500余人次，年支付民工工资110余万元。他2017年获"四川省返乡创业明星"荣誉称号。

我曾看过这样一个让我印象深刻的故事：一个弱不禁风的小熊跟着熊妈妈，要爬上一段很陡峭的雪山，可是它一次又一次地从山腰滑下，甚至将要跌落谷底。皑皑白雪上一个小黑点，一次次跌倒，却又一次次努力地往上爬，最终小熊征服了这座雪山。

面对困难和挫折，许多人想要放弃，想走捷径，最终却不能实现自己的目标。真正的强者一定是敢于直面挑战、敢于正视困难，因为迈出的每一步都需要自己去付出，一次一次的跌倒不是失败，而是为成功积累经验，只要方向对了，坚持到底，即使没有胜利的果实，也会有遍地盛开的鲜花。

1965年，我出生于昭化区黄龙乡红林村。从小，作为教师的父亲一直教育我，"根在哪，家在哪，人就在哪"。因此，长大以后，无论走得多远，我都知道家才是我行程的终点，无论去到哪里，我都无法割舍浓浓的故乡情。

1983年，初中毕业后，怀着对军人的崇拜之情，我入伍当兵了。四年的军旅生涯不仅磨炼了我的意志，给了我勇往直前的勇气，也给了我一个家。在部队的时候，我与曾经的同学何术莲暗生情愫，不断书信往来，很快就建立了恋爱关系。退伍之后，我被分配到利州区法院，同年和爱人举行了婚礼，并生下了可爱的女儿。在法院工作的四年，我的生活逐渐安定下来，工作顺心、家庭和睦，一切都很美好。如果不是由于父亲突然病危，可能我就一直这样安稳地度过一辈子了。

1991 年，我突然接到了父亲病倒的消息，当时每个月只有 80 多元工资的我，向单位借钱未果，无奈之下，只得到处借钱给父亲看病。后来父亲病治好了，我也欠下一屁股债，数着每个月微薄的工资，心一横我就辞职了。

辞职之后的我辗转于福建、广东一带，干过道路施工员、当过工人。1995 年，当时福建九牧王二厂招仓管，我顺利应聘，也从这里开始了人生的又一个转折。

我记得，做仓管的第一个工作就是对仓库重新盘点，当时仓库很大，里面堆满了东西，我用一个礼拜时间就全部盘点完毕。可能也就是因为这样引起了领导的注意，很快我就被提拔成厂长。随着工作的卖力，我的工资也不断上涨，在 20 世纪 90 年代，我的年薪很快就拿到了 60 万元，在当时是一笔不小的数目，我对生活重新燃起了希望，也更加卖力地工作。

2008 年地震发生后，由于对家人的牵挂，我向公司提出辞职，揣着自己积累的 260 余万元，跟着公司的救援车辆回到了家乡。灾后，四川兴起了一股重建热潮，我敏锐地发现了商机。于是，我就组织了一批当时在外地打工认识的建筑工人，成立了建筑工程队，正式涉足建筑行业，努力闯出了自己的一片天地。我们的工程越做越大，所涉及的城市、省份越来越多，几年的时间我就拥有了千万身家，但天南地北的漂泊生活让我不断怀念起小时候在家乡一家人开心快乐的日子。人就是这样奇怪，没钱的时候幻想有钱的日子，真正有钱之后又希望回到没钱时候的单纯生活。

2013 年，时常关注新闻的我，了解到国家号召返乡创业的政策，当时就有点心动了。几经考察调研，我了解了剑门关土鸡的养殖前景，最终决定：养鸡。

于是，我带着积累的 2000 万元资金回乡创业，流转土地，创建了昭化区宇汇农业开发有限公司，打算专门从事剑门土鸡的孵化和养殖。但事实上，创业之路并没有我想象的那么容易，连连的厄运开始不断降临在我的头上。

当时，公司花费1000多万元用于基础设施建设，正当我心中的蓝图一点点变为现实，准备大展拳脚之际，基地建设却发生了伤亡事故，因公死亡4人，伤残5人。就在这时，年迈的父亲也因为承受不住打击，驾鹤西去。这连续不断的噩耗和没完没了的谈判官司，让我身心俱疲，短短几个月时间内我头上布满了白发。当时也有人劝我放弃，“你就干你的老本行不好吗？干吗来做这些费力不讨好的事。”说实话，我也曾静心思考，但我从未退缩过。2014年底，我将手上剩余的积蓄和家中所有能变现的资产，全部用于赔付这次事故，生活再次归零。

由于基础设施已基本完成，我不甘心就此止步。2015年初，我重整旗鼓，再次踏上了创业路。但此时手上已没有了资金的我，一筹莫展。后来，靠着朋友的帮助和政府的支持，我终于度过了人生最艰难的时期。

还记得在我最困难的时候，许多战友、朋友都对我施以援手，纷纷借钱给我。有了启动资金，我的养鸡之路正式开始了，很快，由于对隐形成本预计不足，我出现了严重的资金短缺，在就快无法运转的情况下，昭化区政府领导现场办公，区人社局贴息贷款支持，昭化区信用联社无抵押贷款，市、区农业局在种鸡扩繁场建设时期送上急需的补贴，黄龙乡兽防站在我们一家人生活揭不开锅时，送来了两万元的生活补助费……那些雪中送炭的人和事一幕幕都仿佛在眼前。就这样，公司和我都缓了一口气，慢慢走上了正轨。

“现在回想起来，那时候我既不懂技术，资金又不充足，走的每一步都有可能失败。我心里每天都在给自己暗示，失败了也没什么，就当买个教训。”虽然是个农村娃，但我没有丰富的养殖经验，养鸡是很平常的事，然而能把鸡养好，养上规模就要动点心思了。我有过因不懂技术而失败的教训，也就是这个原因，我开始明白学习技术的重要性，那时候我一边看书一边实践，遇到难题就去找专家请教，不断充实和丰富家禽养殖方面的知识，不久我就掌握了饲养各个环节的关键技术。在养殖过程中，我严格按照科学标准饲养，从一个门外汉摸索成了“土专家”。天道酬勤，养鸡的道路越走越顺，养殖的规模也越来越大，就在我喜悦的心情尚未平静之际，意想不到的打击又接踵而至。

2017年，就在项目全面投产的时候，恰逢H7N9型禽流感，当时土鸡市场低迷，加之我们并没有冻库储存等相关经验，当时亏得一塌糊涂。屋漏偏逢连夜雨，南充一客商交了5000元的订金，让我帮其孵化并脱温剑门土鸡10万羽，谁知经过一个多月的熬更守夜，这个南充客商一个电话来说，他的养殖场没建好，定的鸡苗不要了。当时简直就是晴天霹雳，因为此时已经过了进鸡苗的时间，我自己的场子也养不了这么多，预估亏损达100万元。当时我是一筹莫展，每天焦头烂额，公司发展再一次陷入困境。

2018年在东西部扶贫协作的号召下，浙江龙泉对口帮扶昭化，他们觉得养殖剑门关土鸡是一项带动群众快速增收致富的好门路，于是带技术带资金来到昭化。在对我们的孵化场进行了深入了解后，制定了相关的帮扶规划，从引种、防疫、营销、修建冻库等给予了我们全方位的支持，经过改建后的孵化场“焕然一新”，同时也形成了一整套带动贫困群众增收致富的利益链接机制：贫困群众以成本价从我这里进鸡苗，公司全程免费管理、免费上门技术指导、按技术标准饲养后包回收，待成品鸡售出后再返还鸡苗款，迎合了百姓的大胆养鸡、放心养鸡的心愿。

苦尽终等甘甜来，如今公司发展越来越大，我们又注册成立了晨琳养殖专业合作社，通过与农户签订购销协议，提供优良鸡种，累计发展会员180户，涉及28个乡镇127个村社，并覆盖旺苍、剑阁、苍溪等周边区县。2015年发展至今，公司注册资金规模达到1000万元，合作社为会员优惠提供土鸡8万羽，让利农户100万元，示范带动养殖农户出栏土鸡约20万羽，科技助农增收每户达1000元以上。公司生产的土鸡品种不但促进市内土鸡品种达到优良，还远销成都、重庆等地，并成立了土鸡专销平台及产品质量品鉴店，产品供不应求。

经过四年的发展，如今我们与希望集团、温氏集团、成都三联家禽批发市场联手，专业从事生态种植养殖和休闲观光农业。公司土鸡常年存栏3万羽，出栏达36万羽，年产值约2160万元，净利润在160万元以上，吸纳本地农民固定就业26人，年用零杂工500余个，年支付民工工资110余万元。

荒坡也成聚宝盆

讲述：商友剑　　整理：任国富

商友剑，男，55岁，昭化区石井铺乡石井村人，区政协委员，广元市佳华中药材种植有限责任公司、广元市昭化区义春中药材种植农民专业合作社负责人。2010年从单位辞职后，回家乡种植中药材，带动周边农户种植药材1.2万亩，入社社员人均增收超过1万元。公司及合作社先后被授予“四川省农民专业合作社省级示范社”“四川省森林食品基地”“全国林业专业合作社示范社”“全国林下经济示范基地”等称号。他获“四川省林业产业工作先进个人”“广元市返乡创业明星”“广元市首届十大科技创新人物”等荣誉称号。

在我的中药材种植园区，种植有油牡丹、百合、白芍、茯苓和丹参。在成片的松林坡地下，各样药材抽苔发芽，长势很好。我在单位工作多年，但收入不佳。在市场经济的感召下，2010年初，我萌发了种植中药材的想法，但当我把想法告诉亲戚朋友时，却遭到了反对，因为当时大多数人对土地不信任，特别是种植业风险很大。听了这些话后，我有过犹豫和摇摆，但在认真分析了传统中药材的市场前景后，最终下定了种植中药材的决心。

我是一个善于动脑筋的人。我种植中药材看中林地，一是因为资源丰富；二是因为租用成本不高；三是大多数药材本来就是野外生长的，适生品质好，还有国家相关政策支持。说干就干。2010年10月，我自筹资金在自己的家乡石井铺乡石井村租用林地200亩，种植桔梗和板蓝根，清杂理乱，垦荒整地，走近土地，开始了中药材种植之路。我抓住退耕还林的机遇，自筹资金 50 万元，在有关部门的支持下，于 2011 年 3 月成立广元市佳华中药材种植有限责任公司，将基地规模扩大为 1000 亩；2012 年 3 月又向亲戚朋友借、贷款筹集资金 100 万元，成立了广元市昭化区义春中药材种植农民专业合作社。到 2018 年，合作社从起初的 7 户扩大到 158 户，种植面积达到 5000 余亩。其间，为了种好药材，我曾自费到湖南敬州、安徽亳州、云南等地学习了种植技术。

在租用林地初期，当地老百姓不信任，持怀疑态度甚至说风凉话，朋友认为困难大，事难成。我顶住别人的议论和朋友们的不理解，埋头苦干，积极争取项目，购材料，购设备，使公司尽快步入正轨。为了消除老百姓的顾虑，我郑重承诺提供“三个最大限度”的帮助：一是最大限度地帮助老百姓搞好退耕还林，促进家庭经济收入增加；二是最大限度地帮助老百姓搞好新农村建设；三是最大限度地帮助老百姓掌握种植技术。在初期发展中，虽然面临资金紧张等问题，但我做到不拖欠民工工资，按期兑现林地租金，用行动赢得了群众的信任与支持。

2013 年，我种植桔梗 2000 余亩，投入 300 余万元，然而种植桔梗管理繁杂，技术要求高，资金投入大，市场风险大。眼看丰收在望，桔梗的价格从 10 元 / 斤下跌到 3 元 / 斤，当年亏损 240 万元。2016 年，我在射箭乡塔子基地种植的 1000 亩桔梗遇到干旱，种子干瘪死亡，损失 50 多万元。自然与市场风险的冷水从头上浇下来，但一连串的打击并没有使我绝望。整整 10 多天，我都夜不能寐，吃不好饭，睡不安稳。我想，我已投入这么多，如果半途而废，就等于全都打了水漂，肉包子打狗，有去无回。

干着急没有任何用途，种植药材的脚步不能因为暂时的困难就停止。我冷静下来，认真思考，分析个中原因，四处奔走，向区林业局和省市药材办的领导和老师虚心请教，拜师学艺，争取支持。我认真地学习了发展林下经济的知识，在栽种经济林木（核桃树）的同时，套种桔梗、茯苓、白芍等药材，长短结合，以短养长。一年下来，药材收入扭亏为盈，两年下来，有了盈利。在种植园区，我吸纳农民务工锄草、施肥、收割，一般劳动力每天可挣 60—80 元。柳桥 72 岁的康运华为我管理园区，每年在家门口就可挣到 1.7 万多元，大爷说：“有了这样的园区，荒坡也会变成聚宝盆，真的是好得不得了。商总就是我们的财神！”我非常希望通过种植药材带动老乡脱贫致富，我在柳桥的 52 亩茯苓园共吸纳建卡贫困户 26 户种植，户年均获利 4200 多元。

国家林业局、四川省林业厅、市林业和园林局等领导及专家实地考察我的种植园区后认为，该项目探索出了一条林下闲置土地综合开发利用、农民大幅增收的成功路子。实践出真知，经过多年的探索，我撰写的林下种植中药材的论文被《四川林业科技》《安徽农业科技》刊载。

经过五年的探索与发展，我的种植公司和领办的合作社从最初的 200 亩发展到现在的 5000 亩，带动周边农户种植 1.2 万余亩，年销售收入达 1000 万元，税后利润 400 余万元。2016 年，入社社员人均增收超过 1 万元。基地分布在一县一区共 8 个乡镇，带动了农户 200 多户发展产业。几年来，我通过自筹和争取国家财政资金先后在柳桥乡柳桥村、射箭乡塔子村修建公路超过 8000 米，其中机耕道 2000 米，作业便道 6000 米，蓄水池 8 口，蓄水量达 3000 立方米，水渠 3000 米，为村民生产生活提供了方便；同时我还采取为当地务工人员购买意外保险、支付酬金、业绩分红、土地租金等方式使当地群众直接受益，农民人均增收 5000—10000 元，为新农村建设和推进产业脱贫做出了积极贡献。为带动更多的贫困村脱贫，我还应邀到五马、作功、清水、虎跳、射箭等地带领群众种植茯苓。自 2012 年 3 月成立合作社以来，我先后在昭化区柳桥乡柳桥村，元坝镇光华村、中梁村等地创建了 4000 余亩茯苓规范化种植基地，并带动了区内王家、黄龙、虎跳等 16 个乡镇 27 个行政村的 1100 余户进行茯苓种植，共计种植面积近万亩。同时，合作社在昭化区柳桥乡柳桥村建设有 600 平方米茯苓菌种制备室和 2000 余平方米初加工及仓储车间，年可制备茯苓菌种 100 万袋以上。合作社还常年聘请当地劳务人员 30 余人，在种植基地和加工车间从事制菌、种植、采收、加工等工作，年发放劳务工资 70 余万元。在柳桥新建中药材标准化加工厂房 1000 平方米，占地 10 余亩，解决就业 80 余人。合作社 2017 年实现产值 975 万元，2018 年实现产值 1271 万元，户均增收超 8000 元。

在种植中，我努力提高种植水平和质量，推进标准化、无公害种植。柳桥茯苓种植基地被认定为“四川省森林食品基地”，“桔茯”商标被评为“四川省十大产品”称号，“昭化茯苓”荣获国家地理标志认证，2018 年助推柳桥乡被农业农村部认定为第八批全国一村一品示范村镇。

我的事迹受到了各类媒体的争相报道，CCTV-2、CCTV-7、四川省多家媒体等就我“松树＋茯苓”“核桃＋桔梗”的林业产业经营模式进行了专题报道。我创立的公司及合作社先后被授予“广元市十佳农村科普示范基地”“四川省农民专业合作社省级示范社”“全国林下经济示范基地”等荣誉称号。四川省林业厅厅长尧斯丹、分管副市长等领导多次到基地就茯苓、桔梗等中药材种植进行考察、调研，充分肯定了我的林下种植模式，并批示在全省进行推广。我本人先后被授予“广元市首届十大科技创新人物”“创业明星奖”“四川省林业产业工作先进个人”等称号。

为了拓展市场，我瞄准人们追求生态康养需求，与省林科院等研制出了茯苓粉、茯苓保健茶等产品，我还通过电商网络平台扩大销售。一业兴而百业旺，随着中药材种植的深入推进，我的药材除了收获产品外，还促进了森林康养与旅游业发展。在柳桥乡茫茫的森林里，当春季来临，芍药花、牡丹花、百合花成片开放，花团锦簇，空气清新，令人眼花缭乱。到林间看花休闲，来了人气，旺了商气，令我没想到的是，邻近的农家乐因此也创收了，心里美滋滋地乐开了花。

在诸多荣誉面前，我保持着清醒，以后将努力依靠科技提升种植质量，争取到2020年，公司及合作社基地面积超过5万亩，带动周边农户种植达20万亩，为父老乡亲脱贫奔康贡献自己的绵薄之力。进一步把药材种植与康养旅游等产业融合起来，为带动群众脱贫奔小康、过上好日子做出努力。

灵芝种植甜头多

讲述：朱杰　整理：任国富

朱杰，42岁，昭化区黄龙乡水磨村人，四社社长，金灵种养殖专业合作社负责人。1993年初中毕业后外出务工，2014年流转土地种植灵芝和瓜蒌，每年支付民工工资25万元。2017年创办专业合作社，带动全村农户种植瓜蒌120亩。获昭化区“返乡创业明星”荣誉称号。

我是黄龙乡水磨村四社人，出生于1977年。1993年初中毕业后没有事情干，我就到新疆打工，当砖工，一干就是五年。后来又到山东济南打工，做砖工和外墙粉饰。辗转多年后，2000年到福建一家塑脂厂当工人，到2008年工资每月能挣2000多元。多年来，四处漂泊，吃了不少苦，用了不少劲，但并没有挣到多少钱，腰包始终鼓不起来。

2008年“5·12”地震后，由于老家房屋受损，我辞掉工作返回了老家水磨村。我有砖工的基础，正好参与到重建家园的各项事业中去。为了做好手中的活计，我参加了昭化区举办的农房建设技术培训班，认真学习了农房修建技术。学习后，我开始承建农房修建，不计白天黑夜，哪管酷暑寒冬，自己的技术有了用处，又能经常回家团聚，我身上有使不完的劲。这样一直干到2011年。灾后恢复重建工作接近尾声，事情渐渐少了，好长一段时间无事可干。

无奈之时，我又到福建去打工，当砖工和水电工。多年在外奔波，一晃就三十好几岁了。古人说，三十而立，而我已经35岁了，还没立起来，成天东游西荡的。一边打工一边进行着思想斗争。我想：老是这样到处打游击，顾不了家，也不是一个正确的选择。我问自己："这是你想要的生活吗？你一生的追求就是这样的吗？年轻时可以到处去干，可年老跑不动了咋办？"通过一个多月的追问，我想清楚了，自己给出了答案：四海为家，居无定所，己无恒产，这绝对不是我想要的生活。我萌生了回家发展产业的念头。我与一起打工的工友交谈回家发展的项目选择，探寻挣钱的门路。工友为我提供了安徽某地种灵芝和中药材的情况。说者无意，听者有心。这个扎根农村、种植创收的信息仿佛一下子为我打开了一扇致富的窗户。我详细了解情况后，经过反复的比较权衡，下定了回家搞种植的决心。

2014年底，我收拾行囊，风尘仆仆地回家了。我要在家乡搞发展，在生我养我的土地上找回自己的自信。回家后，社里推举我任社长。我一边为大家服务，一边张罗着发展产业。我拨通安徽工友的电话，获得了他们老家的灵芝种植业主的号码。电话打通了，我说明了意图，希望对方能够指导我种植灵芝。工友的父亲与我互加了微信，与我交流起来，还请我到安徽岳西种植基地去实地考察。我的心动了，但说实话，我还是很担忧的，既怕受骗也怕失败。然而，我既然已经下定了要在家乡干的决心，就不能怕一切困难。我相信困难总是可以克服的。我举重若轻，自己搭车到岳西灵芝种植基地实地走访考察，学习技术要领。看到一片片灵芝长势旺盛，层层叠叠，我真的是眼界大开。灵芝当年的价格达到30—40元/斤，市场前景广阔，种植面积可大可小，可以根据自身实力来掌控，是个好项目。经过考察，我心中有了底，准备迎难而上、大干一场。

社里的大多数青壮年都外出了，大片大片的土地撂荒，是很好的资源。我流转了社里的土地200亩，与社员签订了土地租用协议，带头搞发展。2015年9月，开始试种。我把多年来的积蓄投入到新的项目上，购置社员们多年闲置的青冈树培育菌种，雄心勃勃地计划种植30万棒。我请人清杂草，去荆棘，垦荒整地，翻耕调厢，忙前赶后，做得像模像样的。看着眼前熟悉的土地，呼吸着泥土的气息，我有一种久违了的放松。

从安徽购买菌种12500瓶，支付费用43750元，支付运费4000多元。种灵芝是个新鲜事儿，没有人能够帮助我、指导我。我就对照操作规程，买回切割机，按部就班，自己锯种木。种灵芝是个技术活，一点也马虎不得。我与基地联系，专门请了一名技术员住在家中，日夜指导。我悉心学习，虚心讨教，经过两个多月的辛勤劳动，实际种植了灵芝 24 万棒。然而由于起棚不牢固，遭遇到大风袭击，反复三次受灾，大风一夜之间把大棚摧折得破烂不堪，这是我没有预想到的，赶紧进行了修补。加之技术员回家过年，自己经验不足，温度、湿度、管理等控制不好，第一批灵芝种出来了，销售后只赚到了 5.5 万元。虽然没有赚到大钱，但也算小有收效。我没有灰心丧气，通过与技术人员的交流，认真总结经验教训，准备继续种植下一轮。

2016 年，我培育菌种 13500 袋。我在大棚边搭了一个棚子，日夜守护着。吃在地里，睡在棚子里，把实把细每一个技术环节。起棚、发酵、控湿、保温、通风、收割等，一丝不苟，一样也不含糊。灵芝采割了，我用特制的包装袋装好，按要求装车发售到安徽灵芝基地，获得总收入 40 多万元，净赚 15 万多元。实践出真知。我勤于总结，善于思考，积极探索，种植技术越来越精，成活率、产出率越来越高，效益日益凸显。有了技术的积累，我更加有劲头。种植灵芝让我尝到了回家发展的甜头，生活有了更大的奔头。2017 年，我种植了灵芝 10 万棒，毛收入达到 39 万元，净赚 18 万元。

依托家乡的土地，我赚到了钱。致富不忘乡亲。社里的人家见我种灵芝有了赚头，也来跟着我学种灵芝。我毫无保留地向他们传授技术，指导他们整地、制种，帮助他们销售产品。2016 年，邻居朱明喜跟我种灵芝 19600 棒，成活 18000 棒，不到一亩地，除去成本及人工，净赚 2 万多元。

种植灵芝劳动密集，我每年用工 1000 多个，为村民在家门口就近务工提供了机会，实现了良好的经济与社会效益。据统计，我每年支付民工工资 25 万元左右。为种灵芝，我以 400 元 / 吨的价格购买村民的青冈树，使杂灌木为他们带来收入。2017 年，我领办成立了“金灵种养殖专业合作社”，义务为乡亲们服务，带领他们发展种养业。

我敢闯敢试，勇于开拓。为增进种植的适应性，我积极探索灵芝与中药材轮作模式。2016 年 3 月起，我开始了中药材瓜蒌种植。种植瓜蒌既可采摘收获果实，也可挖取茎根，制成天花粉，可连续多年获得收益，易种易管。我试种了 17 亩，第一年基本保本，2017 年瓜蒌净赚 1 万多元，2018 年卖瓜蒌纯收入 2 万多元。在我的带动下，水磨村农户已种植瓜蒌 120 亩，即将在近两年内实现收益。我经常到村民的种植地里，与他们交谈，向他们传授技术，帮助他们掌握施肥、防治病虫害、修枝打杈和人工授粉等技能要领，建立了亲密合作的良好关系。

由于发展种植有了一些成绩，我被昭化区评为“返乡创业明星”，这既是对我的肯定与鼓励，也是莫大的鞭策。搞种植的路是自己走出来的，要走得更好更远，需要付出更大的努力。今后，我决不自满松懈，而是要更好地把合作社发展好、经营好，让大伙儿都创收，赚到钱，得到好处。

我相信，这个愿望是能够实现的。

“红心果”就是“民心果”

讲述：徐丕模　　整理：任国富

> 徐丕模，男，46 岁，昭化区香溪乡人，市政协委员，区政协常委，广元市天垠农业开发有限公司董事长。20 世纪 80 年代末中学毕业后外出务工，2010 年回乡发展猕猴桃产业，2011 年注册公司，常年带动就业 300 多人，2012 年成立天祥猕猴桃农业合作社，带动邻近 5 个村 347 户农户户均年增收 6000 元以上。曾先后捐助 27 名贫困学生上学，向贫困村和贫困户捐赠物资价值超过 20 万元。他先后获昭化区“创业典型人物”“优秀民营企业家”等荣誉称号。

我叫徐丕模，46 岁，广元市昭化区香溪乡人。我出生于一个普通农民家庭，早年为生活所迫，在外打拼多年，2009 年返乡创业种植猕猴桃，成为昭化区猕猴桃产业发展的领军人物，如今是市政协委员、昭化区政协常委、广元市天垠农业开发有限公司董事长。

20 世纪 80 年代末中学毕业后，我外出打工，无果；1989 年到香溪乡当治安员，1990 年到虎跳镇社会发展中心工作。1991 年底，响应开放搞活政策，我下海干个体从事运输，为虎跳食品站开车拉猪。小有积蓄后，1993 年购买了广元百货公司处理的东风货车自己经营，为别人拉煤、拉肥料和到火车站转运白糖、食盐等物资挣钱。1996 年，处理了旧车换了一辆新的东风加长货车，经营长途运输，往返于广元至成都、南充、陕西、重庆等地。为了寻找货源，我增强服务意识，主动让利，登门与企业、厂矿等货主联系。曾经接过布匹、煤炭、刨花板、纸板和建材等物资的运输。为了提高效益，我抓住商机，到外地运货返回时还为别人拉西瓜、油料等零星物品，几年打拼下来，生意还算风生水起。

1997年，在一次运输液化气的途中，我与一辆摩托相撞，车子被交警队收缴，还吃上官司，赔偿17万多元，花光了几年苦拼挣来的钱后还欠了一屁股债。一夜之间，我由生活还算滋润变成了一无所有的穷光蛋。进退无路，借贷无门，我陷入了沮丧困顿的状态。妻子也受不住压力，将五岁的孩子丢给我，决然与我离婚。我既无奈也无助，跌入了看不到希望的低谷。没办法，我只好把孩子寄养在别人家里；为了躲债，我只身躲到广东湛江打工，替人家装修打墙孔，干粗笨活糊口，经常被弄得手掌裂口流血，疲惫不堪。

由于收入微薄，我又回到广元帮人开运输车谋生。在广元，我广结人缘，加强联系沟通，一年后，在环城路开了一家以运输信息服务为主的弘发货运信息服务公司，帮助业主和车主组织和联系运货业务。我一边到娃哈哈公司、棉纺厂、一机厂、铝厂等单位收集业务信息，一边广泛联络货主，生意渐渐做得红火起来。我还清了所有债务，转危为安，还有了结余，生活从此重新有了起色。

2002年，国家整顿货运市场，我转行承包一些小的工程干。先后承包了元坝到清水、刘家河至卫子场镇、剑阁到金子山等公路建设的基础垫层、部分护坡堡坎的施工建设。由于我有从事运输物流业的经验，公路建设部门还主动将一些公路建设工地的沙石运输承包给我。我发挥自己的特长和联系广泛的优势，积极组织货源和联系运输车辆。我的诚信经营得到了良好的回报，受到了业主的信任与好评。

2010年，我在昭化区招商引资政策的感召下，到紫云乡发展猕猴桃产业。在金花村三、四、五社租土地280亩，前四年每亩地向农户支付租金700元。我一切从头做起。没有道路，我先开一条机耕道，拉来矿渣作铺垫。整理土地，我让65岁的父亲去帮着看管，当看到成片的荒地没有多少起色，我父亲干了半个月就打退堂鼓回去了，埋怨我是“脑子进水瞎折腾”。

为了开沟排水，当地老百姓不理解，不愿砍掉田埂上的零星树木，我就到他们家里去协调，与他们交朋友，取得他们的理解。顶住各方压力迎着困难上，好不容易才从蒲江购回苗子栽下去。不料遭到特大洪灾，堤坝被冲毁，100多亩幼苗被淹没，损失50多万元。面对突如其来的打击，我一点也不灰心丧气，而是抓紧时间及时补栽。因为技术不足，栽下去的苗子死了大半。我又聘请技术顾问常年加强指导，我本人也甘当小学生从头学起，坚持认真学习和钻研栽培与管护技术，到田间地头学习研究移栽、锄草、搭架、授粉、套袋等实用技能，很快就成了行家里手，同时还积极参加省农业厅组织的进修，取得了高级农艺师资格。

功夫不负有心人。三年后猕猴桃试花挂果了，初次销售收益 20 多万元。为了扩大规模、推进标准化生产，2011 年我注册了天垠农业开发有限责任公司。2012 年，成立了天祥猕猴桃农业合作社。部分农户不愿意或者没有资金加入专合社，我便挨家挨户走访动员，做思想说服工作，帮助解决资金困难。2014 年，在我的带动下，邻近五个村的 347 户农户种植了猕猴桃 3600 亩，其中 91 户建卡贫困户参与种植。我在金花村的六、七社建成大棚标准化示范园区，引进了红阳、金艳、华朴、东红等四个优质品种试种。

2015 年底，合作社获得政府给予的 100 万元财政资金支持，此时正值公司修建猕猴桃精深加工厂，需要大量资金投入，我不顾众人反对，将这笔雪中送炭的资金股权量化给了贫困户。按照户均 6849 元的标准分配给合作社 146 名建卡贫困人员，并折合成股份，由合作社统一经营。几年来，合作社共向当地农民支付土地租金 135 万元，支付农民工工资 240 余万元，社员分红 90 余万元，带动当地百姓户均年增收 6000 元以上。2018 年，仅贫困户就分红 6.8 万元。2016 年，合作社被评为省级示范社。2018 年，合作社被评为四川省“百强农民专业合作社”，我个人被评为“四川省农民专业合作社百强领军人”。

佳沃成都现代农业有限公司在昭化区元坝镇、昭化镇等地种植猕猴桃 1400 多亩，由于经营与管理不善，2016 年以来当地农户土地没有收益。2017 年 7 月，我毅然接收了这片濒临倒闭的园区，通过全心努力，园区得以起死回生。

我还大力推进“线上 + 线下”相结合的模式推进营销，使紫云猕猴桃远销到成都、重庆、北京、上海、广州、福州等大城市，2016 年实现了线上线下交易额 1800 多万元，其中线上电商销售额达 500 多万元。2017 年 8 月，我筹划举行了昭化紫云猕猴桃营销订货会，来自全国各地的 45 家客商先后深入广元市天垠农业开发有限公司集配中心、太公镇大树村猕猴桃种植基地、大坝青树猕猴桃标准化种植示范基地等现场，实地参观了解当地猕猴桃的生长环境、发展规模、果实品质等情况。全区总计订货签约 4800 吨，价值 7680 万元，其中广州旺辉、北京泰人瑞博、浙江万通、上海辉展吴浩果业等签约2720万元。

为了把公司做大做强，提高产品附加值，带动更多的群众脱贫奔康，我自费到河南西峡、湖南老爹生物公司基地、陕西周至和台湾等地考察，向四川农业大学郧应龙教授请教，最终试验开发出了FD猕猴桃固体饮料及保健休闲系列食品，并已申报专利。公司在紫云乡选址修建精深加工生产线，一期投资1200万元，建成了保鲜冻库8间1350平方米、果品分选线1条、自动化包装线1条、投入品总店1个。同时，我将技术培训与提升果农的精神素质结合在一起，建起了“耕读学堂”。组织合作社员既在此研习技术，也学习传统文化，共同引领乡风文明。

通过七年多的持续努力，我领办的天垠农业公司投入6000多万元，旗下基地面积3000多亩，建成示范园区5个，合作社社员参与种植6600亩，带动全区专业合作社28家种植近5万亩。推进生产、销售、信用三位一体全链式服务，常年带动就业300多人，我的事迹得到了中央、省市媒体的关注和宣传。

2014年12月，合作社成员建卡贫困户冯开森因无力负担两个儿女的读书费用，决定让大儿子辍学，我知晓后当即拿出5000元解决了孩子上学难题，并定期给两个孩子生活费，此后又陆续资助了24名困难家庭的孩子，累计资助金额超过10万元。我踊跃参与“万企帮万村”活动，2016年4月向晋贤乡新云村贫困户捐赠鸡苗和肥料价值5万多元。我担任市级科技特派员后，免费在全区多个乡镇巡回开展产业扶贫技术培训，我给乡亲带去有机肥、农药、猕猴桃果袋等当作见面礼，仅2016年，我捐赠的物资价值就超过了18万元。在政协委员“我为扶贫攻坚做件事”活动中，2017年6月向重点贫困村方山村贫困户捐款1万元。担任政协委员后，我的《关于猕猴桃提质增效的建议》提案被市人民政府和区人民政府纳入重点提案办理，促进了全区乃至全市猕猴桃产业的快速健康发展。

在创业的路上，我虽然取得了一定的成绩，但这不是骄傲的资本，而是新的起点，我一定加倍努力。

我的未来不是梦

讲述：肖明军　　整理：车红梅

肖明军，男，昭化区卫子镇板石沟村人，生于1975年11月21日，初中文化，昭化区圣果家庭农场负责人。1994年外出务工，2008年因妻子患病，家庭背上债务，被评为建档立卡贫困户。2015年在卫子镇冯家岭村与别人合作流转土地156亩，投入130余万元种植猕猴桃。他不仅如期脱贫，还每年解决村民务工800人次，支出务工费6万多元。种养结合，园区内同步养殖生猪、鸡鸭。他于2018年被昭化区评为“创业明星”。

我叫肖明军，昭化区卫子镇板石沟村人，生于1975年11月21日，家中兄弟姐妹九个，我是最小的一个。

小时候，家里孩子多，常常温饱不均。1994年我在王家中学读完初中，家庭贫寒，无法再供我继续学业。我一脚踏入社会这所没有校门的大学，自由沉浮。那一年，我离开了生活了10多年的板石沟村，像一滴水汇入了浩浩荡荡的务工潮流，一路奔向远方。

我的人生第一站，便是魂牵梦萦的北京城，眼前的城市高楼林立，霓虹闪烁，车来车往，处处透着新奇和美丽。但那些异乡的绚烂在我眼里犹如昙花一现，我的工作是电信管道安装，每天在各式各样的工地穿梭来往，夏天挥汗如雨，冬天顶风冒雪。省吃俭用，周而复始，一年到头只挣得2000元的杯水车薪。微薄的收入，仅够日常生活，无力贴补家用。看到同龄人有的当老板，有的开公司，赚得盆满钵满，而我却捉襟见肘，无奈而彷徨。

1999年，听同村的人介绍煤矿工资高，我当即奔赴山西。然而煤矿是地下作业，不仅辛苦，而且危险，时时面临祸从天降的厄运。2001年，我又到浙江奥克斯集团从事电机生产，工资增加到每月2500元。境况虽有好转，但仍然漂泊不定。2008年，我跳槽到浙江杭州博世集团。正当生活开启新的希望时，突然获知家中母亲患脑出血，这一年我辞去工作，回到了板石沟村老家。14年来，东奔西走，我依然囊中羞涩，两手空空。那时，我真不知道出路在哪里，没有一技之长，在外难以立足，更不敢奢求发展，前路一片迷茫。

我一直期冀，有一天能够通过勤劳的双手，在养育自己的土地上创造一份朴实的生活。三哥在乡镇工作多年，是我们家见多识广的人。他见我生活毫无起色，对我说，你这么多年走南闯北，不如自己干点事情来得稳当。真是一语点醒梦中人，与其看外面世界的精彩，何不追逐自己的梦想？说干就干，我东拼西凑投资了16万元，在晋贤乡熨斗村种植香菇5万袋，年纯收入6万元。第一次在家门口收获到劳动的喜悦，我的心里真是比吃了蜜糖还要甜。

然而天有不测风云，一场意想不到的灾难悄无声息地降临到我头上。

2014年8月的一天下午，我正在香菇基地忙活，妻子向辉突然说："我头好痛！"我心想是不是感冒了，一摸她的额头，温度不高。可她抱着头，难受得异常，我赶忙陪她回到住地。谁知，一到家她就开始呕吐不止，我一看情形，不敢耽搁，立即送她到卫子镇医院就诊。输了通宵的液，直到第二天凌晨也不见她上厕所。我心里正疑惑，不由得揭开被盖一看，发现她的衣服全被打湿，小便失禁，人事不省。接着，我马不停蹄地将她送到广元市中心医院，医生告知："恶性肿瘤，神仙也救不了！"只能头上开口，引流脑积液。我一听就蒙了，她还这么年轻，孩子那么小，怎么就得了这不治之症，往后的日子该咋过啊？

那些日子，真是无比煎熬。我感觉天都塌下来了，终日郁郁寡欢。看着一天比一天病重的妻子，面对突如其来的劫难，我只好把一岁多的女儿送到湖南岳母家照顾，又奔赴成都华西医院为妻子治疗。医生告知，这个病罕见，要有思想准备。我想，只要有一线希望，都得治疗。医疗费高达27万元，我拿出家中所有积蓄，四处借款20多万元，手术后20多天回到广元康复治疗，又是一月有余。原本就不富裕的家此时更是雪上加霜，我背上了沉重的债务。夜深人静的时候，我常常一个人默默自问，出路在哪里？

2014年，我家被确定为建档立卡贫困户，犹如雪中送炭。医疗救助、房屋居住、孩子上学等都有了保障。为了照顾生病的妻子，我不能外出，家里一下子没有了经济来源，虽有救助，但那么多的欠账拿什么还呢，何时才能还得清呢？一想到这些，我就觉得一块沉重的石头压在了心上。要想走出困境，等、靠都无济于事，还得靠自己，靠自己造血、生血。2014年10月，我又回到香菇厂，继续种植香菇。可好景不长，我和几十户农户陷入贷款纠纷，香菇产业不得不搁浅。

一天，我遇到卫子镇冯家岭村的冯全科，他是我在香菇厂的工友。

“你现在干啥？”他问。

“啥也没干，还没找到门路！”我一脸沮丧。

“换个路子试试，我们种猕猴桃吧！”他以前做猕猴桃架杆，对猕猴桃并不陌生，又是商家梁土生土长的当地人，对那里的资源十分熟悉。商家梁海拔600米，土地集中成片，水源充足，得天独厚，是种植猕猴桃的理想之地。但这项产业投入大，我没有那么多资金，还是很犹豫。我便和冯全科商议，联合经营，一人出一半资金。就这样，2015年，我在村里流转土地156亩，投入130余万元种植猕猴桃。栽苗，施肥，除草，像呵护自己的孩子一样，无微不至，精心侍弄。尽管如此，还是一波三折。2018年1月，我在园子里无意间发现有几棵树患了溃疡病，仔细一检查，居然有20余棵，这是猕猴桃的最大禁忌，被誉为“猕猴桃的癌症”！一旦染上，无力可治。如不及时控制，一切希望都将化为泡影，就将面临血本无归的绝境。我不知如何是好，几天几夜合不上眼，赶紧找技术员商量对策。擦药、灌药，修剪病树，防止大面积传染，总算换来柳暗花明的时刻。

一波未平，一波又起。2018年4月，猕猴桃树正抽芽，看着一片片新叶抽出，别提多高兴了。谁知突然遇上一场大风，新生的幼芽被吹断，失去营养，生长受挫，只得打营养液，等待第二次生长。看着辛辛苦苦培育三年的苗子遭遇天灾，我的内心五味杂陈。5月，5万颗幼果已拇指大，谁知祸不单行，又遇一场7级大风，吹得果子在风中相互碰撞，擦破，划伤，惨不忍睹，留下疤痕，销售大打折扣，最终只有成果1万余颗。

但是，在通往梦想的路途上，今天所经历的挫折和失败都是构筑明天成功的一块块基石。只有坚持不懈，才能登临峰顶。我每天在这片土地上忙碌奔波，虽然辛苦，但很踏实。村中青壮年外出，留守的多为老人。流转土地，为老百姓支付租金，提供就业岗位，每年在圣果家庭农场务工达 800 人次，务工支出每年 6 万多元，通过身体力行，示范带动，周边农户纷纷加入种植猕猴桃的行列。2018 年初挂果，首次收入 4 万余元，我家顺利脱贫。

如今，我采用种养相结合的方式，园区内生猪、鸡鸭养殖同步进行，累计出栏生猪 800 头，实现收入 12 万元。

每当想到村民那一双双渴求的目光，想到春天那些绿油油的猕猴桃苗、秋天饱满的红心果，我就会多一份责任，内心就增添一份对乡村的无限眷恋。一分耕耘，一分收获。2018 年，我被昭化区评为“创业明星”！获得奖励资金 3 万元。那一刻，我真是无比的激动和自豪。

未来的路也许艰辛漫长，我会一如既往地在商家梁这片土地上，用勤劳的双手绘制崭新的图画，用汗水浇开一朵又一朵更加灿烂的生命之花。因为我相信，幸福的生活依靠奋斗，我的未来不是梦。

故土情难忘

讲述：许泽斌　整理：罗倩

许泽斌，男，汉族，1976年11月出生，昭化区王家镇文星村四社人。2006年妻子离世，留下四岁的孩子，家里负债累累。2008年外出务工。2014年再婚后返乡创业，他和村集体联合创办广元市泽彬种养殖专业合作社，带动21户农户，其中15户建档立卡贫困户，发展食用菌、小家禽养殖、有机蔬菜等产业，吸纳43名村民就近务工，年均为村集体增收3万多元。2017年被推举为社长，获昭化区"创业致富带头人"称号。

"看嘛，喊你莫回来，莫回来，你就是不听，说什么要回来创业，为家乡发展做贡献，这下好了哇！"

"老婆，不要一遇到困难就埋怨，就打退堂鼓，好吗？"

"我埋怨，一家人在江苏日子过得好好的，放着一月一万多的工资不要，硬要犟，非要跑回来在这穷山沟里创啥子业，我看你是脑壳发热。"

……

这一幕在"欢天喜地昭化人"新春文艺晚会舞台上的节目，却是发生在我身上的真实的故事。

一

我叫许泽斌，1976年出生于王家镇文星村四社，有着敢想敢干、敢闯敢试的性子。

1994年，我接触到食用菌种植，在广元跟着别人边干边学。1997年，我开始自己种植金针菇。虽然规模不大，但发展得一直不错。后几年，妻子患了糖尿病，医疗费用越来越多，花光了积蓄还贷了不少款。妻子的身体每况愈下，为了照顾妻儿，我不得不忍痛搁下自己的产业。

2006年，妻子还是走了，留下年仅四岁的孩子。我又当爹又当妈，在家带了两年孩子。当时，家里已负债10多万元，贷款利息又很高，经济压力特别大。等孩子上了小学，我决心出去闯一闯。

2008年，我到了河北，在隧道工地上干活。那时我年轻力壮，吃得苦，人又实诚，干了三个月后，便开始代班，人轻松了一些，工资也高了不少。2011年9月，隧道工地上的活儿结束后，我又去了江苏一家太阳能硅片厂。一开始也是干些体力活，我便自学了开航吊。凭着过硬的技术，后来真就从事了这方面工作，属于特种行业，工资又涨了许多。最让我高兴的是，在厂里认识了邻村的王金华，她是做检验工作的。在他乡，我们渐渐擦出火花，走到了一起。2014年，我们回到村里，结了婚。

婚后，我还在广元永辉超市里工作了一年半。我们靠自己的双手，日子过得还算红火。

二

2016年，我动工修建新房子。

老房子在山那边，道路不通，条件落后，我果断选择了搬迁，跟别家兑换了宅基地，和哥哥合修了新房子。

在家修房子那段时间，我内心颇不宁静。

自己背井离乡、走南闯北，虽吃了很多苦，但也学了技术、长了见识、积累了资本，自己的小家摆脱了贫困，可是父老乡亲还过着苦日子，家乡的贫穷面貌什么时候能改变?

在广西桂林，我看到当地老百姓以种蔬菜为主，各家规模不大，但种类齐全，每天在地里采摘好新鲜蔬菜放置路边，有专门的货车来收购。他们在家门口就能挣到钱。想想，自己的家乡也山清水秀的，环境不错，空气优良，土壤肥沃，可为什么就发展不起来呢？

我认为，一个地方要发展，首先经济要流通，经济流通就需要有买有卖。在家乡，靠山吃山、靠水吃水，就需要在土地上扎扎实实做好文章。

这年8月，我做了一个大胆的决定——放弃了优越的工作，留在了家乡。

三

很快，我认识了四川音乐学院派驻村里的第一书记邓彬。

与邓书记交谈甚欢，内心的希望之火熊熊燃烧。

说干就干。

实地考察，多次商讨后，2016年11月7日，我们最终确定发展食用菌种植。这里林木资源丰富，气候条件适宜，发展食用菌产业的天然资源优势与环境优势突出。

平整荒坡、搭建大棚、铺就便道、购置机械设备……我投入了好几万元，基础设施建设完成后，次年1月，产业正式启动。

粉碎、拌料、装袋、灭菌……一天天的，我不是待在大棚里，就是抱着书本钻研，全身心地投入其中。我积极参加区上和镇上的技术培训班。在食用菌交流微信群内，有来自全国各地的500多人，大家相互交流种植经验。

2017年3月，顺应民意，我当选为社长。我肩上的担子更重了，但任何事都亲力亲为，从不懈怠。白天忙于工作的话，晚上就得在自家的棚内加班加点地干。肩挑四季晨昏色，夜补三更星月华。

这年，我的大棚共生产了4万袋金针菇、5万多袋姬菇。产量可观，仅销往四川音乐学院的产品收入就达10万余元。还卖出几万袋菌种，进行技术指导，然后又回收产品，以干货为主，销往成都、广元等地。

四

2018年，我生产了5万多袋香菇。天有不测风云，7月，一连几天的特大暴雨，让我损失了1万多袋；更不幸的是，由于达不到恒温条件，太阳暴晒后又损失近1万袋，累计经济损失达七八万元。

对于我的返乡创业，妻子起初就是不同意的。因为孩子还在读高中，家庭开支数目不小，为了确保有稳定的收入，妻子只身在外务工。

我好不容易说服妻子，投入了几万元。但风险是不可避免的，类似这样的自然灾害及其他风险，加之越来越大的投入，已经损失十几万元了。妻子愁眉不展，辛辛苦苦积攒的钱，眼看就要打水漂了，再这样下去，孩子下学期的学费都没有着落了……“你这不是创业，是造孽！”到了气头上，妻子也会抱怨，“你看我活得还像个女人吗？买件衣服都要精打细算，什么护肤品、装饰品盼都不敢盼……”

埋怨归埋怨，妻子是识大体的，她知道人不能忘本，自己的家人也生活在这片土地。更何况，现在政策大好，全力扶持村民创业。争取产业补助资金，邀请专家进行技术指导，帮扶单位帮着注册商标、拓展销售渠道……妻子放手让我大胆去干，失败了大不了从头再来，还年轻，有的是机会。

五

我重整信心，哪里跌倒，从哪里爬起来就是了。

为填补冬季的种植空窗期，11月中旬，我试种了2亩地的羊肚菌。羊肚菌技术要求极高，对环境要求更高，怕旱、怕涝、怕风、怕高温、怕低温。都是菌类嘛，应该大抵相通，我按照之前的种植经验进行尝试，同时又到处请教和学习。

我小心翼翼地，生怕有什么闪失。当菌子尖顶拱破地表冒出头来，我兴奋难眠。而后，看着它们一天天长大，直至成为一把一把没有张开的雨伞，上半部是褐色透明的小塔尖，像极了翻转过来的羊肚表面，下半部是拇指粗细的菌柄，也是那雨伞状物的把手，可爱至极。

采摘、灭菌、上架、烘烤，几十名村民忙着采摘羊肚菌。村里在家的劳动力即较弱的村民，大多在这里务工，有四五十人。“收入稳定，活儿也能干得下来，而且能照顾家管好娃，有劲。”村民们很满意在我这里务工。

中午，我喜欢亲自下厨。羊肚菌娇脆滑嫩，馨香四溢，只一口，便心满意足。也是，用心用情用血汗种植并烹煮出来的，自是超凡的美味。那风韵款款释放，回味悠远绵长。

六

循环农业是我产业发展的初心。

近些年城镇常住人口剧增，蔬菜等需求量也越来越大，那为什么不把我们的土地和劳动力运用起来呢？之前是因为处在大山交通不便，现在道路通村达社，运输已不是问题。关键缺的是领路人。我就想把产业带起来，自己做一个农村经纪人，搞好服务，让村民们都能致富奔康。其实，我 10 年前已有了这个想法，那时便考了驾照，没事就钻研技术，为这一天做准备。

2017 年广元市泽彬种养殖专业合作社成立后，我就开始探索种养循环之路。前期以食用菌种植为主。2018 年 8 月，有了贫困村特色产业补助，我建起了新的大棚、烘干房、保鲜库，区上也给予合作社补助资金，现有 20 个大棚，600 多平方米的生产用房，这让我的劲头更足了。

一人增收不算好，共同发展才算富。

合作社购买了 3000 多只鸡苗，全部免费提供给有养殖条件的农户，我也经常上门为大家作养殖技术指导。

2 万多袋香菇，从种到出需要历经一年半左右，可出菇五六次。我还种植了 50 余亩的辣椒、10 多亩的甘蓝菜和近 10 亩的西瓜。食用菌的废渣及出菇后的废弃菌包加上鸡粪、猪粪等发酵成有机肥，用来种植蔬菜瓜果，菜叶又用来喂鸡喂猪。

蔬菜销路已经谈好了，试种成功后，我还将发动村民种植，假设一户收入 1 万多元，就算只有一半的农户种植，全村单蔬菜这一产业，也能增加收入百多万元……

算算收入账，我心里暖烘烘的。

不负初心报桑梓

讲述：沈光荣　　整理：任国富

沈光荣，男，汉族，35 岁，昭化区卫子镇冯家岭村二社人，中共党员，村党支部委员兼监督委员会主任、二社社长。18 岁外出务工，2008 年返乡发展稻田养鱼、承包脆桃园，带动村民发展特色果蔬 600 亩，帮助贫困户发展猕猴桃 120 亩，带领群众种植猕猴桃 1050 亩，建成猕猴桃示范基地 3 个，扶贫车间 6 个，长期解决村上剩余劳动力 300 多人，人均增收 1000 元以上。他先后获区委、区政府“优秀共产党员”“特色果蔬技术能手”等荣誉称号。

我年幼丧父，有一个姐姐，在村里乡亲们的照顾下，母亲含辛茹苦地将我们姐弟俩拉扯大。穷人的孩子早当家，从小家庭生活困难，使我比同龄人更加懂事、更加晓得自我担当。别无选择，刚满 18 岁的我就外出打工闯荡，凭着敢闯敢拼敢干的精神，几经滚打，2006 年到 2007 年担任浙江宁波波捷有限公司厂长，2008 年在宁波经营轻卡货车，主要在蔬菜批发市场运输蔬菜，年收入 10 万元以上。汶川地震发生后，我远在浙江务工，特别牵挂家乡的亲人安危。我放不下老家，放不下乡亲，舒坦的生活留不住游子回家的脚步。

饮水思源，故土难忘。我毅然放弃稳定的生意，返乡积极参与灾后重建。我克服一切困难为群众拉砖、拉沙石，收取的运输费用比别的车都低。母亲和妻子对这事很不理解，一些跑货运的车主对我滋生不满，颇有微词。每当这时，我总是心平气和地解释：“父亲去世得早，村里人都帮过我们，是这一方土地养育了我。况且大家都受灾了，都不容易，这么大的地震，我感恩我还活着，钱少赚点没关系。况且我还是一名共产党员，大家能尽快住上新房，我就高兴。”

冯家岭村地处卫子镇最偏远的区域，交通不便，基础设施有了问题，很难得以快速解决。村里建房修路的工程多，经常压断饮水管道，村上没有专业管道工，乡亲常常几天都喝不上水。我自费买了一套专业接水管工具，免费为各社接水管，被群众称为“业余水电工”。乡亲称赞我，夸奖我，我心里很舒坦，说：“我是年轻人，村里在家的都是些年龄大的。我得把水管接上。哪儿不通，大家都可以叫我。”

在老家，找我帮忙的人越来越多，信任我的人越来越多，大伙儿都觉得我是个有心人，是个靠谱的年轻人，在2017年村级党组织换届中，我被群众推选为冯家岭村党支部委员兼村监督委员会主任，二社群众一致要选我当社长。村党支部慎重讨论决定，将我作为村级后备干部培养。

2015年，我萌生了发展产业致富的念头。凭借在浙江务工积累的经验，经过综合考察，我率先承包60亩土地发展稻田养鱼，心想自己先发展起来，壮大后再带动乡亲。真的是功夫不负有心人，经过三年多的付出，我的稻田养鱼年均亩产值达2万元。同时，通过自费设计改善水利设施，我给村民带来了用水的便利，保障了部分社员的牲畜饮水和灌溉。

2017年，卫子镇刘家河村开垦荒地300亩，建成集体经济脆桃园300亩。由于技术缺乏、时间保障不到位等原因，脆桃园管理不规范，眼看园区桃树苗就要夭折，我知道后，主动申请承包脆桃园100亩。妻子知道后很是担心：“稻田养鱼投资30多万元都还没收回成本，又要去承包桃园，亏了咋个办？”我安慰她说：“不去试，不去奋斗，不去坚持，哪晓得成功还是不成功！”承包园子后，我不怕累，精心管护，邀请技术员加强指导，推进施肥、压条、剪枝、防治病虫害，付出了大量心血。脆桃苗壮成长，实现初挂果，我的举动不仅解了园区的燃眉之急，还带动了刘家河的5户贫困户发展脆桃，让大家信心满满。

为了响应政府号召，壮大猕猴桃产业，带动更多的贫困户增收致富，一有闲工夫我就走社串户，现身说法，鼓励贫困户发展猕猴桃产业。在我的带动和组织下，二社贫困户冯全友等10户群众于2018年新发展猕猴桃35亩。我期望家乡外出的更多能人朋友能够回家创业发展，共同建设家乡。我不怕麻烦，厚着脸皮不断劝说在外经商的沈华文回家发展，在我的“纠缠”下，沈华文承包了100亩土地种植蓝莓，张春梅种植猕猴桃60亩。在我的影响下，涌现出肖国早、冯全科、肖朝军等种植大户，冯家岭村成为卫子镇产业大村，猕猴桃种植面积达1050亩，建成猕猴桃示范基地3个，扶贫车间6个，长期解决冯家岭村剩余劳动力300多个，拓宽了群众的增收门路。

酒好也怕巷子深，产品卖不出去，群众就会减少收入，产业就会萎缩。世界因网络而缩短距离，因共享而信息互通。我努力学习新知识、新技能，利用电商网络销售平台，加强产品宣传推介，让冯家岭村猕猴桃从线下走到线上，平均每斤增收3元以上，提高了乡亲们的种植热情，也解决了他们“销售难”的后顾之忧。之后，猕猴桃一成熟，订单不约而至，揽货上门，让果农们尝到了甜头，种植猕猴桃的信心倍增。

我又从江苏省淮安市引进大种鹅养殖技术，投入资金10万元养殖大种鹅，在刘家河村修建成鹅棚3个、幼鹅棚1个，购买1200只雏鹅。由于运输时气温高，雏鹅当天死亡300多只，我虽然心痛得两眼抹泪，但心里却很坚定，对妻子说:“没有亏损，哪来的成功？就当是交学费吧。”挫折并不可怕，可怕的是跌倒了不想着努力爬起来，在原地转圈子。我不气馁，积极找原因，研究解决问题的方法。

在脱贫攻坚工作中，我吃苦在前，真心帮扶，处处以实际行动践行共产党员的铮铮誓言。为了让建卡贫困户魏德春、冯明猛、杨国碧住上好房子，我细心帮他们选址、协调地基，帮忙物色物美价廉的建材，从拆除破烂的土坯房到功能完善的小楼房拔地而起，我坚持全程跟踪服务，及时为他们排忧解难。贫困户是我的亲戚、我的亲人，帮助贫困户找工作，给贫困户出资出力，我从不抱怨，我认为再苦再累也是值得的。

修好入户路是解决房屋建设的第一要务。贫困户杨国碧入户路不通，建材进出困难，家中劳动力缺乏，房屋建设进展十分缓慢。我看在眼里，急在心里，找了好几个挖掘机主来，但由于杨国碧拿不出现钱支付报酬，机主都不愿意挖路，我二话没说，从腰包掏出3000元钱先行垫付机械费，使推挖入户路的问题立马得到了解决。三个月后房屋主体完工了，但此时的杨国碧又没钱打灶，我又从工资中拿出2000元交给杨国碧。在我的资助下，他终于住进了功能齐全的新房。

全社还有3户像杨国碧这样的困难户，我先后垫付1.2万元为他们打灶、安装水电。有一次，我正在田里喂鱼，贫困户魏德春找到我说：“1000多棵树苗再不销售出去就要坏死了，一年的收入就全没了。”他的事就是我的事，看到他心急如焚的样子，我立即到处联系，托人销售树苗，把急需处理的大树苗全部销售出去。与群众打交道，这样的事情我还做了许多。虽然都是平凡小事，但每当我的一个个举动为他们带来了好处，我就感到无比的快乐。

扶贫要扶“智”，更要扶“志”。在决战脱贫攻坚工作中，我甘做道德宣传员。为了让全村风清气正，奋发图强，我昼夜辗转到各社开展政策宣传。困难户李久军存在严重的“等靠要”思想，对于干部的帮助，是“四季豆不进油盐”，多次做工作仍然我行我素。我就到他家中去，动手帮助打扫家中卫生、建庭园，和他一起栽植猕猴桃，帮他建园子2亩。我的行动感化了他。时间很快过去了，看着丰收在望的猕猴桃，李久军逢人就说：“多亏那个沈光荣，我这日子过得舒坦了。”就这样，通过我的零距离宣传，绝大部分群众思想焕然一新、精神抖擞，争分夺秒地发展和巩固产业、增收致富。

为了达到“物质脱贫”“精神脱贫”的目标，我把思想宣传做到了田间地头，用“拼命三郎”的精神，给党员干部、群众树立了工作的风向标。我的付出有了好的实效，2018年冯家岭村被评为省级“四好村”。

看到村民自强不息的精神面貌，我格外高兴。

为了乡亲得实惠

讲述：徐万成　整理：任国富

徐万成，男，43岁，昭化区元坝镇五一村人，昭化区溪月养殖专业合作社负责人。1995年大学毕业后外出务工。2015年返乡流转土地，发展休闲农业园区，建设集休闲垂钓、观光体验、生态采摘、农家乐于一体的近郊乡村旅游综合体，通过“股金＋租金＋薪金”的模式吸纳社员40余户入社，其中贫困户10多户，每年支付务工费30多万元。他2018年获“广元市返乡创业明星”荣誉称号。

我叫徐万成，1976年8月出生于广元市昭化区元坝镇五一村。我所居住的五一村是一个偏僻的穷山村，生产条件差，交通闭塞。我家是农民，生活一直都过得紧紧巴巴的。从小我就想摆脱这种难堪的困境，改变家乡的面貌，让我家和更多乡亲过上像样的好日子。

为了实现心中的梦想，1995年大学毕业后，我便只身到北京去打工寻梦。顶着风寒到处看招聘广告，四处找工作，好不容易才到了一家机电设备加工厂干活，由于没有专业技能，每个月只能挣到2000元的工资。在那样的大地方，这点工资实在难以维持生活。没有坚持到一年，我回到了老家。

2000年，通过熟人引领介绍，我去做装修活，替别人做室内施工和改造，贴地砖、粉墙壁、装水电，什么都干。我想，只要能挣钱，干啥都行，苦累脏都算不了什么。后来，又去干安装天然气管道的活计。开挖山区管道，扛运输气钢管，安装管件，一刻也没有停歇。山区落差大，路不通，运输难，施工难度大，我与工友就用肩抬，用背扛，用绳子拖，有时简直就是爬行在荆棘里，跪在沟槽里，躺在岩穴间，可以说完全是卑躬屈膝，手掌磨脱了皮，起了厚厚的老茧，腿脚划出了一道又一道血口子，旧的没好又添上新的，但是再艰苦我也忍受着。我认为，有事干，能挣到钱，再苦再累也是值得的。

通过长时间的积累，我掌握了做地坪、铺地砖、粉墙壁等诸多技能。2004年，我带领50多名乡亲到元坝城区市政改造工地干活。虽然都是笨重的活计，抢工期又起早贪黑，但我离家近，少了住宿等费用开支，一天能挣到100多元，一年可以收入5万多元，我感到很满足。

2006年，我通过熟人介绍，到阿坝州映秀镇修建公路，卖苦力，帮助管理工地。每月可挣到5000多元的工资。年底回到老家，无事可干，我又张罗到拣银岩打摩河开采石场。心想，修建广巴高速公路，石材会有好的市场。其实，是我错估了形势，石头开采难，用量不大，结果是折腾了一年半，投入不算，连自己买的一辆运输车也亏了进去。辛辛苦苦一场空，工夫全都白费了，那个时候我很沮丧。

天上不会掉馅饼，要干才有希望，我不能就此消沉不振。2008年，我跟大哥到河北黄花港打工，主要是建设厂房。第二年初，我开始承包区内一些乡镇的小农水工程。主要是塘堰治漏、护坡整治维修、硬化堤坝、建设人畜饮水工程、打微水池等。在施工中，我认真执行质量标准，重合同，守信用，得到了质检部门和乡村干部群众的一致好评。看到一个个工程竣工，发挥作用，为乡亲们的生产生活带来了益处，我觉得我的付出特别有意义。经过比选、竞争性谈判等方式，我先后参与了柳桥、晋贤、王家、磨滩、张家等共18个乡（镇）的小农水工程施工。成年累月与石头、砖块、水泥、砂浆打交道，奔波劳碌在乡村的坡坡坎坎，我无怨无悔。为了更好地发展，2012年开始，我又到青海、广东、海南等地与人合伙建设光伏发电站。

真是上天不亏苦心人。通过多年的打拼与积累，说实话，我还是赚到了一些钱，在城区买了房子后，还有节余。

春去秋来，斗转星移。一转眼好多年过去了，老家的面貌还是没有大幅改变。村里闲置土地多，闲散劳动力也不少，很多老百姓的收入方式单一且长期很低。在外面见得多了，了解了不少人赚到钱回家发展的事迹，我萌发了回家搞产业、带动乡亲脱贫致富的念头。我把这个想法向妻子说了，她不同意，指责我，数落我："奋斗了好多年，吃了好多苦，才有了现在像样的日子。你却总是要折腾。"割舍不了浓厚的乡情，顶着家庭的压力和资金的风险，我回到了生我养我的五一村。

进村的路是一条机耕道，虽然硬化过，但只有3.5米宽，弯多坡陡起伏大，车辆进出、会车困难重重。通过比选，我承包了道路扩建加宽的活计。这条路是我回家的路，是伴随我祖辈多年的路。从承包活计的那一天开始，我就打算要修好，而没有打算要赚多少钱。为了让公路状况更好一些，有的要截弯取直，有的要砍山削土，有的要挖填占地，有的要加修堡坎，碰到的具体问题很多，都与乡亲的切身利益有关。经费有限，捉襟见肘，许多问题都屡屡陷入僵局，个别乡亲来阻工，让施工难以顺利进行。

公路经过之处，要通过桂花村三社一家农户的荒山，村里的干部去沟通好多次，都未能成功。我便主动登门与之沟通，晓明大义，补偿给他3000元，终于达成协议。公路要路过乔姓农户的院坝边，对其有一定的影响，他死活不让动，我就与他商议并补偿1000元，促成施工。在加宽公路的过程中，遇到纠纷10多处，我主动掏腰包4万多元予以沟通解决。为了支付那些款项，没有钱，我妻子阳丽就把她多年积攒的3万多元私房钱也拿出来了。对于老乡，我不责怪他们，我理解他们，谅解他们，因为太穷了。道路工程完工了，我没有赚到钱，并且我还终生承诺"路烂了义务维修"。看到路加宽了，平坦多了，乡亲们出行不再犯难，车辆进出不再堵塞忧心，我心里特别高兴和欣慰。

2015年，我与镇政府签订了招商引资协议，回老家流转土地，发展休闲农业园区。共流转土地300多亩，建设集休闲垂钓、观光体验、生态采摘、农家乐于一体的近郊乡村旅游综合体。自家的积蓄不多，我通过银行贷款、向朋友筹借等方式东拼西凑，筹资200余万元作为启动资金。10月，我领办成立了广元市昭化区溪月养殖专业合作社，对老百姓的田、地和荒山按年支付租金。通过"股金＋租金＋薪金"的模式带动群众脱贫致富，合作社吸纳社员40余户，其中贫困户10多户。

11月，整理土地拉开序幕，开垦毛山坡，整治坡坎地。我在荒山里推了一条简易的进场机耕道。个别思想不通的乡亲出来阻工，还在刚推出的路上栽上小柏树苗来索要赔偿。施工无法进行，我找到镇上的领导汇报情况，经过多次协调才解决这些问题。道路经过一家农户的水井旁，翻动了一些泥土，乡亲认为破坏了他家的水井，要求重新为他打一口井。他好几次来阻工，我看了对水源并无影响，就多次与他商量，找亲戚朋友做沟通，解心扣，最后出钱为他重新换了水泵和电线。我帮忙找车子，把徐姓乡亲砍伐的一些柏木运到他家里去，他指挥驾驶员把车子往里边倒，想减少劳力，把木头堆到阶廊上去，结果不慎，树木滚动拉垮了房檐，他就赖上我，要我修复。为了建设园区与群众协调，虽然我付出了不少，但我无怨无悔。在与乡亲们一次次拉拉扯扯的碰撞中，我们实现了沟通，达成了谅解，更重要的是转变了观念。

开挖道路，修建桥涵，完善管网排水系统，修筑河道拦水墙，打鱼塘，建停车场，一忙就是四个多月。没日没夜，我从没休息过一天，连春节也在园区里忙活。2016 年 3 月，园区基础建设初步完成。

我在建成的高密度鱼池里投放了鱼苗，想着一下子卖好多鱼，但由于不会调水、解毒等技能，造成了大量鱼死亡，一夜之间损失惨重。现实的坚硬向我的头上倒浇了几盆冷水，遏制了我的冲动。我冷静下来，寻找个中原因，意识到光凭激情蛮干没有技术，是解决不了问题的。我眼睁睁地看着投的钱打了水漂，几度想放弃。但是，眼前的窘况告诉我，放弃就会血本无归，甚至没有爬起来的机会。这时，政府知道了我的苦衷，及时帮助我，农业主管部门推荐我到川农大学习水产养殖技术。回来后，我加强鱼塘管理，严格执行操作规程，并聘请专人喂养。我继续发展鱼塘，规模已达 70 余亩，建设钓鱼台 5 座，鱼塘常年用工 6 人，现在年产成鱼 8 万斤。每年前来垂钓休闲者达 8000 多人次，年收入 10 多万元。

2017 年初，在政府配套政策的支持下，我加大园区建设投入，硬化园区道路 2.2 公里，又将园区上部 160 多亩的荒山荒地建成桃园，栽植脆桃 1 万多株。建设观景台 2 个、采摘道 500 余米、步行道 1000 余米，配套防洪排水渠 200 多米，建集水池 5 个。个别乡亲在园区里有土地，不愿意流转，我就无偿为他们提供桃苗。2018 年我的园区产脆桃 5 万多斤，销售额 50 多万元。此外，桃花盛开的时节，还吸引大量的旅客前来赏花休闲，带动群众销售土特产品。

溪月养殖专业合作社一步一步发展壮大，为乡亲们带来了实惠。建设园区三年多来，我累计投入建设资金 600 多万元。除了土地租金和入股分红外，专合社还就近聘请村里的闲散劳动力在园区务工，每年向务工人员支付薪金约30万元。一组徐定仁因身患疾病腿脚不便，基本无劳动能力，孙子正在念大学，家庭经济十分困难，在成立了合作社以后，他主动将自家撂荒的土地、田地流转出来。通过两年的土地出租，徐定仁在家门口实现增收。他说："专合社就是好，是我们自己的组织。"

今后，我将进一步拓展升级园区基础配套设施，精心发展餐饮、娱乐和体验等项目，把园区变成带动群众增收致富的源头活水，通过专业合作社这个平台为乡亲谋到更多的实惠。

回乡养鸡捡“金蛋”

讲述：胡松松　　整理：任国富

胡松松，男，33 岁，广元城区雪峰街道办事处人，昭化区顶好生态养殖专业合作社经理。2005 年高中毕业后外出务工。2016 年 5 月到昭化区发展蛋鸡养殖业，吸纳 129 户农户参与蛋鸡养殖。合作社被广元市产业扶贫指挥部授予“农业产业扶贫示范社”称号。

我叫胡松松，是广元城区雪峰人。2005 年高中毕业后找不到合适的事情干，就出去打工了。先后在江苏的电子厂做流水线工人，在成都做不锈钢焊接工，到上海送过快递、押送过大货车，东奔西跑好多年，饱受各种艰辛，终是没有好的着落。2011 年又回到广元来驾驶工程机械，开挖掘机和大货车，干了两年多，每月能拿到工资 4000 多元，还算过得去。本来打算与人合伙买一台挖掘机经营，想多挣些钱，但因为筹不到款子，只好作罢。

一

2010 年，我结婚了。结婚后，我好长一段时间都没找到如意的事情干。闲着无事也无聊，我就到岳父经营的禽蛋批发店帮忙打下手。我的岳父是昭化区石井铺庙儿顶村四组农民。20 世纪 80 年代，乘着改革开放春风，带领全家到广元城里做小本生意经营禽蛋批发，通过各种渠道从外地进鸡、鸭、鹌鹑蛋等蛋产品在广元市场搞批发。机会总是留给有心人的。我在帮岳父进货、收货、出货的过程中，发现许多意想不到的问题：当市场看好时，上家答应给货 50 件，却往往打折扣只给 30 件，货源不足，看着银子化成了水，只有干着急，干瞪眼，有苦说不出；淡季时，货物又积压销不出去，有的上家给的禽蛋质量也不行，严重影响销量和信誉。

在进进出出的折腾中，我感到一阵阵说不出的憋屈，萌发了自己养蛋鸡的想法。我把这个想法向岳父说了，不料一拍即合，岳父也有这种想法，支持我去干，还主动承担一部分投资与我合伙。多年来，岳父母从湖北、成都等地进禽蛋产品，与厂家建立了相对密切的联系，积累了广泛的生产信息。他把这些都向我说了，要我加强联系，深入考察。岳父母与我约定，各出一半底金回老家石井铺庙儿顶村开办蛋鸡养殖场。之所以回老家建场，主要是因为庙儿顶村交通方便，土地广阔，距离 212 线虽然有一段路，但不远，过路车辆的粉尘尾气等影响不到，环境清洁没有污染，人缘熟悉，便于协调沟通。

二

说干就干。2016 年 5 月，我到庙儿顶村选址，与村社干部和老百姓协调土地流转事项，并签订合同。我共租土地及荒地 16 亩，合同有效期 20 年，约定起始几年向老百姓支付土地租金每亩 260 元，每年 5 月 1 日兑付，几年后再随行上涨。前期投资 500 万元，2016 年 6 月破土动工，开始修建厂房。这里原是一块斜坡地，我着手垦荒清杂乱，在旁边搭起棚子，像模像样地干起来。日夜坚守，请来挖掘机，又是推又是挖，平整地坪，垒砌堡坎，费了好多周折才完成了场平。鸡场是在一片荒地上弄出来的，请机械设备进场，要路过老乡的地块或者荒山，压断一些树苗，老乡要赔付，否则就阻工不让动。时间和工钱都耽搁不起，我只好软言相磨，与他们商量，光赔树苗就花去几千元。

我请来技术人员，按规范打桩放线，坚持高起点建设，首批修建鸡舍 1 个 800 平方米，生产料房 1 个 300 平方米，建现代化管理监控用房 11 间、170 多平方米。我向朋友们了解信息，从网上查找养鸡公司，与北京峪口养殖公司联系，购进了上料、喂料、捡蛋、除粪全自动化的鸡笼设施，安装了全自动现代化流水生产线，电脑全程监控。饲料、干湿定时定量，通过电灯增加光照时间。鸡笼采用H型，克服了传统A型笼粪便不好除、鸡蛋不干净的弊病。

设施设备安装调试完毕，第一批鸡苗是2017年4月投放的。我与峪口养殖公司联系，以每只35元的价格从南充运回鸡苗2.1万多只。由于数量大，我光请人卸载就用了好几天。我请来公司的一名技术员现场指导培训员工，自己也全程跟着学技术。之后，我又联系请来汉中希望饲料公司的技术员来现场讲解示范喂养技术。在这之前，我对养鸡一窍不通，没有任何养殖基础，我硬是凭着自己的一腔执着，拜技术员、兽防员为老师，不耻下问，请进来传授技法，到乡兽防站请教，遇到问题不是亲自跑就是通过电话视频请教。我将各种心得与经验记录下来，经常对比总结，找出蛋鸡的本地适应性。在发展蛋业的过程中，坚持边听边学边积累，自己的产业自己要多费心、多用心。我坚持把每一个环节的技术都执行到位，不分白天黑夜，一刻也不放松，经过日夜不息地精心饲养与管护，产蛋率达到95%，日产蛋2万多枚。

产蛋量大，鸡蛋得及时销售出去。逢场天一大早，我和妻子就驾车到场上去卖蛋。在寒风里，我们在地上铺了一块塑料布，小心翼翼把鸡蛋摆放到那里售卖，喝矿泉水，吃方便面，一天下来腿脚都站肿了，腰酸背痛，疲惫不堪。但乡场的需求量实在有限，一整天也就一两百枚的销量。长期这样不是办法，我就到周边乡镇卫子、太公、虎跳和广元跑销售，建立销售网点。我与广元的禽蛋批发市场业主加强联系，拓宽销售渠道，建立定期供销链条。

功夫不负有心人，到2018年5月，我的第一批鸡蛋销售毛收入达到300万元。初见成效，给了我巨大的鼓舞，提振了我进一步发展壮大的信心。2018年9月，投放蛋鸡2.2万多羽，我坚持亲自饲养，指导和带领饲养员严格按规程操作，把每一个细节都做到位，日产蛋率达到90%。每天销售鸡蛋40件（360枚/件）。虽小有收获，但我知道这只是开了个头。

三

2018年初，我领头成立了昭化区顶好生态养殖专业合作社，吸纳129户农户参与，辐射500多人。养蛋鸡周期短，见效快，规模可大可小，非常灵活。在我的带动下，附近发展6家上千羽的禽蛋养殖户，当年都获得了可观的收益，科技转化为现实的吸引力不言而喻。今年，陆登锡又通过我预订鸡苗2000多羽，他说：“要不是看到我的蛋鸡，我是不相信鸡能下那么多蛋的。”我鼓励他说：“只要大家一起好好干，不愁没搞头。”

我创办的蛋鸡场常年吸纳贫困户3人务工，忙的时候用工达10多人。临时还请搬运、上车、出粪等人工，为当地的农民提供了就近务工的机会，每年支付工资10多万元。为了让自己的蛋业做大做实，2018年我申请注册了“顶好鲜”商标。我把蛋样送到四川省农业科学院分析测试中心进行检测，16项指标完全符合国家食品安全标准。为避免污染和促进粪便有效利用，我安装了鸡粪发酵处置设施，把处理后的鸡粪无偿提供给近处的药材种植户和果农，支持他们发展产业，实在用不完的再有偿出售。

今后的我打算做好三件事：一是进行鸡舍第二期扩容建设，更好地带动合作社的禽蛋业发展；二是建立起一个电商销售禽蛋的平台，扩大销售；三是建立鸡粪有机肥厂，使产业做到有机环保，可持续发展。

2018年9月，因为成绩突出，我领办的合作社被广元市产业扶贫指挥部授予“农业产业扶贫示范社”称号。面对荣誉，我一定不辜负党和政府的期望，脚踏实地发展好专业合作社，带领更多的乡亲创收和致富。

把发展做到乡亲的心坎上

讲述：赵晓勇　　整理：任国富

赵晓勇，男，43岁，昭化区太公镇玄贞村人，大专文化，民进会员，区政协委员，广元市家福门业有限责任公司董事长、法人。2002年3月从绵阳市中心血站辞职回乡创业，成立元坝三元茧丝绸有限责任公司，就地吸纳200人就业，采用“公司+基地+农户”的模式经营蚕桑产业，带动群众脱贫增收。2009年，转产创办家福门业有限责任公司，解决170多人就业，每年向国家缴税50多万元。公司先后获“四川省质量诚信服务AAA单位”“广元市十佳民营企业”“万企帮万村先进单位”等多种荣誉称号。

我叫赵晓勇，昭化区太公镇玄贞村人，出生于1976年10月，大专文化，毕业于四川卫生学校。1998年到2002年在绵阳市中心血站工作。2002年3月辞职回元坝区与父亲一道创业，成立元坝三元茧丝绸有限责任公司，任副总经理。

白手起家，一切都得从头做起。我们争取政府支持，通过向亲戚借款、向银行贷款等方式融资，将原来倒闭的缫丝厂的一些闲置厂房接过来加以整治改造，将一块荒地平整出来，建厂房、仓库和车间。经过一年多的奔走，才完成了主体工程。公司主要从事鲜茧收购、加工、缫丝、织绸等业务。公司运转起来了，渐渐焕发出新的活力。当时，织绸生产线安装机器78台，年产绸60万米，就地吸纳200人就业。每年支付员工工资400多万元。

走上创业之路后，面对一个陌生的世界，我坚持认真学习，努力使自己在蚕茧业方面有所专长。为把公司做大做强，我一步一个脚印地缔结延长产业链。打通原料与产品进出口，将栽桑、养蚕、缫丝、织绸、销售紧密地连接起来，采用“公司 + 基地 + 农户”的模式推进蚕桑基地建设。在昭化镇建立了苗圃基地，我认真钻研育苗技术，把好整地、播种、施肥、幼苗管理和病虫害防治关。走村串户，深入田间地头，吃方便面，在乡下睡地铺。手把手学习芽接、条接、修剪等技术。我自己学会了，再去教农户。

2003 年，我投入 150 万元收购了原女皇公司部分资产，并接收了原公司职工 22 人和 10 个蚕桑基地，主动为政府排忧解难。我先后在元坝、柳桥、太公、石井铺、红岩、射箭等 18 个乡镇发展了蚕桑基地，带动 1 万多农户增收。每个基地乡镇派驻 2 名技术员现场指导。2007 年农户养蚕年售鲜茧 600 多吨，价值 1000 多万元，每家农户增收 3000—5000 元。在经营中，我勇于探索，发展密植桑 1.8 万亩，受到财政部农业综合开发办的高度肯定，多次得到市区农业部门的肯定与好评。由于公司发展向好，辐射带动强，多次受到省、市、区各级表彰，并获得众多荣誉称号。

创业难，发展更难。2009 年后，由于国家产业政策和结构调整，蚕桑产业遇到瓶颈。通过深入全面地考察市场需求，我公司逐步转产制造业，创办了广元市家福门业有限责任公司，我任董事长、法人。进驻昭化区权坝工业园区，占地 33 亩，修建厂房、车间等共 14000 平方米。主要面向市场生产非标门、防盗门、室内门、庭院门、复合门等产品，大力推行订单生产。

征地、建修、购置安装设备，招聘人员，培训工人，我四处奔波，每天都要忙到深夜，两年多从来没有好好休息过。厂址是一块荒地，连接着长长的斜坡。我请来挖掘机入场平整，用彩条布搭了一个简易的工棚。为了保证安全和质量，我顶着烈日酷暑在工地现场指挥。粉尘扑满了全身，汗水浸着厚厚的尘垢，十分难受。我就光着臂膀，用冷水从头到脚地一遍一遍冲洗，驱逐暑热。为了赶工期，当时还未通电，我就买来发电机，用高高的杆子撑起一个灯泡照明，很多时候都忙到深夜。培训技术工人是当务之急。我与河南的亲友联系，带领一批工人去异地进行集训。培训过程中，我跑前跑后，安排食宿，联系老师，接洽实习场地，常常忙到后半夜。

2011 年，公司正式投产。为配合新农村建设中的农民建房需求，公司主要面向农村市场进行生产。我和业务人员亲自到农村去做宣传，跑订单。征求客户要求，包括尺寸、款式、颜色、花形、配置、锁具等都力求满足他们的需要，量身定做，上门安装服务，把产品做到客户的心坎上。当年生产 4000 多套门。公司用工 60 多人，人均月工资达 3000 多元。公司除了负责为职工购买五险外，还购买了一份工伤意外险。我严把质量关，坚持客户需求至上，注册了“蜀安”品牌，生产呈现产销两旺。2015 年公司生产各种门达到 1100 多套，共发展代理销售商 80 家，产品销往广元、九寨沟、南充、巴中、陇南等地，赢得了良好的社会声誉。

我始终坚持将环保配套设施纳入修建项目，同时设计、同时施工、同时投入使用，确保生产达到国家排放标准。2018 年，公司投入 71 万元，按国家要求淘汰了燃烧锅炉，加装了废气处理设施。

我深知，创新是一个企业的灵魂。只有创新才能满足人们日益增长的对美好生活的需要。我服务社会的手段，就是提供更优秀的产品。我积极推动产品研发创新。在结构、材料、工艺、适用性方面不断探索，力求每年推出一款新产品。

2018 年，我研发推出了高档精雕木纹门，适应市场需求，提高了产品的寿命、美观度和适应性能，已销售 1000 多套。以前的冷轧钢板门 3000 多元一套，优化创新后的木纹门每套售到 6000 元以上。对以前的产品进行提档优化，推出的高档复合门市场看好，售价由以前的 6000 多元提升到 1 万多元，满足了客户市场的新需求。我还设计研发推出了罗马柱门，售价 1 万元以上，已销售 40 多套。在工艺上，我力求把现代与传统文化元素有机地融合起来，将龙凤纹、八骏纹、仿木纹等巧妙地运用到门面上，做到新颖、美观、大方而不俗气。进行技术革新，改以前的普通玻璃胶粘接为双层钢化玻璃铝合金型材焊接，既美观又更加安全。2017 年 12 月，我向国家专利局申请了防火门芯板制备方法、防火木门的制备工艺、基于高岭土改性的塑木门制备方法、耐腐蚀铝合金门的制备方法等 7 项专利。

创办企业 18 年来，我重信誉，守诚信，履行企业家的社会责任，从未拖欠过员工工资。经过几年的努力，家福门业公司已取得良好效益。熟练工人已有 30 多人，每个熟练工人已掌握了 2—3 门操作技术，极大地提高了劳动生产率。工人月工资可达 5000 元。加上各销售网点员工，公司解决了 170 多人的就业问题，每年向国家缴税 50 多万元。

自己发展了，我还时刻不忘生我养我的父老乡亲们，多年来一直积极参与社会公益和慈善事业。2010 年，我资助清水乡两名贫困大学生上学，共三年，每年每人资助 5000 元；向香溪小学捐赠文具、书包和衣服，帮助贫困孩子上学。2013 年，我向太公镇玄贞村捐赠水泥 10 吨，现金 1 万元，支持他们硬化道路。2014 年，向太公岭村捐赠 2.8 万元，帮助他们修建道路。2015 年，向虎跳移民搬迁户捐赠建材等价值 5000 多元，帮助他们建房。向朝天某村捐赠 1 万元，支持农户发展产业。

我积极响应党和国家决战脱贫攻坚的号召，力所能及地投入扶危帮困，助力困难群众摆脱贫困，过上好生活。2016 年，我向晋贤乡贫困户捐赠土鸡苗价值 2000 元，扶持其创收。2018 年，我踊跃参与市区政协开展的“我为扶贫攻坚做件事”活动，捐赠 5000 元支持方山村改善基础设施。向文星村捐送化肥一车，价值 6000 多元。当地缺少劳动力卸货，我冒着烈日，捋起袖子与村社干部一起卸货，肩抬背扛，直到把一车肥料全部卸到村委会的房子里。虽然累得气喘吁吁，汗流浃背，但我认为这对老百姓有帮助，就感到无比快乐。建卡贫困户建房，凡在我公司订门的一律让利，总共让利 3 万多元。柏林沟镇一贫困户完成了房屋主体，迟迟无资金安装门，当帮扶干部向我说起这件事后，我当即决定向他捐门 6 栋，价值 6000 多元，并上门安装。此外，我还通过各种渠道，多次深入贫困村，走访慰问贫困户，向困难群众送上大米、衣物等物资。购买贫困户的土特产品，利用自己的人缘帮助他们推销农产品。

我非常感谢党和政府对我的信任和乡亲们的厚爱。家福门业公司先后获得“四川省质量诚信服务 AAA 单位”“质量榜样 · 2014 质量诚信典范企业”“广元市十佳民营企业”等多种荣誉称号。我被推荐担任昭化区第五届政协常委、六届政协委员。在政协委员岗位上，我积极参政议政，主动就民营经济发展中的问题建言献策。2018 年，我还被推荐为代表，出席全省民营经济发展工作会议。我是民进会员，民进广元市委还授予我“优秀会员企业”的称号。

虽然我在创业发展方面取得了小小的成绩，但我深知，这还很不够。今后，我一定加倍努力，以感恩的心专注发展，以更加突出的贡献和优秀的成绩，回报乡亲和社会。

照壁崖下有人家

讲述：何松　　整理：罗倩

何松，男，汉族，共产党员，1975 年 5 月出生，昭化区人，“照壁人家”农家乐负责人。18 岁外出务工，婚后在妻子的老家眉山市织毛衣，后创办内衣销售公司，还建起果园发展柑橘产业。2016 年返乡，建起 1000 多平方米的农家乐，解决了村民就近务工的难题。他被评为“广元市返乡农民工党员创业标兵”“昭化区创新创业人才”、昭化区首届“振兴之星”。

在“天下第一雄关”剑门东麓，安静地坐落着昭化区沙坝乡。境内有一道拔地而起的砾石岩，壁立如削，蜿蜒横空，峰连天际。仰望，峭壁嵯峨，直插霄汉。正面观之，如一撑开的菱花大镜，映现着远山近水、村寨人家。低于崖石的是起伏的青山，层峦叠嶂，葱茏茂密。再往下是缓缓山坡，其间树木林立，百鸟欢鸣。这便是横亘千年的照壁崖，系剑阁七十二峰的第二和第三峰，唐太宗觅石镜以照天下的传说在这里代代流传。

照壁崖下有一自然村落，名照壁村，是我出生和长大的地方。如今，这里乘着脱贫攻坚的煦暖东风，焕发出了新的生机与活力。

我叫何松，我开的“照壁人家”农家乐，是沙坝乡第一家四星级乡村酒店，集休闲、餐饮、住宿、娱乐为一体。

揣梦离乡，如愿以偿

小时候，我常伏在窗口痴想：山那边是什么？是诗行中说的海吗？也曾怀着隐秘的想象，试图爬上山一探究竟。长大后，我才明白在山的那边依然是山，终日藏在这深山里，多想去看看外面的精彩世界。也就是那时，我决心走出大山。

1993 年，刚满 18 岁的我，只身一人去了成都。第一份工作在钢管厂，每月 63 元，还很是辛苦。一年后，我果断辞工，到一家商贸公司做了促销员，每个月可领 4000 多元的工资，这让我的思想开始发生变化。

为什么不自己创业当老板呢？这个想法让我无数次在深夜难以安眠，更何况自己本来就是个喜欢挑战甚至爱折腾的人。虽然可能阻力重重，压力巨大，劳累无比，但回报丰厚，日子更有盼头。1997 年结婚后，我去了妻子的老家眉山市，在那里开启了我们新的人生。

第一次创业，我们选择了织毛衣。那年月还是半机器半人工的模式，我花费 7000 多元购买了机器，加上其他的投入，共计上万元。因为在农村长大，加之从小就爱倒腾，几乎所有的手工活，我都会，织毛衣也不例外。头年 8 月到第二年 4 月，我们每晚都是忙到凌晨。毛衣有季节性，闲下来的月份里，我尝试做一些小生意。那几年，我沉迷于自己的世界，很少出门，在街上认识不到 10 个人。凭着睿智的选择和不懈的拼搏，我按照自己的意愿自己的时间，渐渐融入新的理念。我的妻子很能干，这辈子遇到她并娶了她，是我莫大的福气。遇到对的人，互相扶持着，走上幸福之路，我们的日子有了起色，每天毛收入上千元，不久便在眉山安了家。我还有了自己的公司，主要以销售内衣为主，因为诚信和过硬的质量，生意一直很好。我又发展了柑橘产业，建起了自己的果园，这样一干就是 13 年。

2010 年，我加入了中国共产党，兼任了社区的廉勤监督委员会主任，还成为彭山区法院的人民陪审员。

一念花开，一念故乡

年少时总梦想仗剑走天涯，看一看世界的繁华，而离家久了，才知乡愁早已浓得化不开。我要回去，回报我的家乡，自己的魂自己的根都在照壁崖下的那片黄土地。

我把眉山的公司交给妻子打理，自己只身一人返乡。照壁具有得天独厚的自然环境和极其富足的旅游资源，风景如画，只是地处偏远、藏于深山。酒香也怕巷子深，村民守着美景也过不上好日子。那何不就开一家农家乐？让更多的人知道照壁，知道照壁崖下有美丽人家。

说干就干。旧屋改造、室内设计、新修长廊、规划产业、打水井、建鱼塘……我一个人忙前忙后，操持一切。一年半的时间，我前后投资了 200 万元。

创业的苦与累，常人无法想象。2017 年 7 月，我感觉腰部不适，髋部酸痛，有时是持续性的，有时是阶段性的。我认为大概是因为一直忙着建设，劳累过度，休息休息就好了，并没在意。有一天早晨起床下地，突然发现自己站不起来，勉强立定后，竟无法迈步行走，还有着刺骨的疼痛。我在广元市中心医院做了检查，谁也没想到，结果竟是：股骨头坏死。

天，塌了一般。一向坚强的我，在那一刻感到了崩溃。事业正在起步阶段，自己是家里的顶梁柱，要是撑不起来，辛苦了一辈子的父母双亲和陪着我一路走来的妻儿该怎么办？

不，我不能倒下。我还有未尽的事，还有未曾实现的梦。也就是这份信念和力量，支撑我在痛哭流涕、悲痛欲绝之后咬着牙硬是走过了那段艰苦的岁月。我选择保守治疗，得长期大量服药，每年药费好几万元。拖着病体，拄着拐杖，我继续忙碌在施工场地，直到 2017 年底，1000 多平方米的崭新农家乐终于落成。

2018 年，“照壁人家”农家乐正式营业。

与其他老板不一样，我不但自己管理农家乐，而且任何事都亲力亲为。我亲自去沙溪坝市场采买，清晨 6 点就出门；我亲自下厨烹饪，弹奏锅碗瓢盆的妙曲；我亲自种菜栽树养家禽，让这里四季常青、生态天然。

我知道，心有多宽，路就有多宽。

20间房间，五一期间全部预定满。游客来自成都、绵阳、剑阁、广元和甘肃……

反哺故土，回报桑梓

一人富了不算富，大家富了才算富。这是我回来发展的初衷。

回乡创业，党委政府予以支持鼓励。加宽入户道路，合作入股，大力宣传……结合临港融合农业园区的建设，这里，未来可期。

张玉珍是附近的村民，由于年纪大了，无法外出务工，我的农家乐营业后她就一直在这上班，每天有事可干，每月收入固定。何秀芳的家在不远处，孩子不幸患了脑瘫，我便请她来上班，既缓解了经济压力，又方便照顾孩子。她们对我感激不尽，我不求感谢，只愿乡亲们的日子都能越来越好。

创业靠自己摸索，我常说，不能让日子闲下来。我摸索着搞起了果园。为了检验哪些水果最能适应这里的气候和土壤，且品质最高，我将各样水果都试种一些。来照壁人家，可以看到：这里一排柿子树，那里一行枣树，身旁是一排桃树，远处还有几行石榴、苹果树。搭着的架子下是美人指葡萄，那是我在朋友园子里挖回来的，共19苗，栽植后，长势良好。我又剪下些小的枝丫，重新扦插。此外，还扦插了眉山那边的优良品种葡萄。绒绒的小苗儿正努力成长。

我还种了好几亩柑橘树，有耙耙柑、爱媛、沃柑，一棵棵油绿油绿的，叶间挤满洁白的花苞。这些花，我得全部剪去。剪下来的花骨朵晒干可以泡茶喝。别看这些树现在不大，这是春梢，还要抽夏梢、秋梢，会噌噌噌长很多，明年便可以挂果了。

2017年我试种了1亩蓝莓，次年挂果100多斤，白霜素裹，汁水丰盈，酸甜可口。2018年，我扩大了蓝莓种植规模，新采购了一批树苗，还特意从西昌运回了草炭。之前，所有活儿都是我自己干，现在体量大了，加上自己的身体原因，我请了周边的村民来帮忙，自己负责规划和技术指导。村民们很乐意来我这里务工，不仅获得收入，还能学到不少知识，更好地管理自家的果树。

菜园也内容丰富。竹篱笆内，这一片青笋郁郁葱葱，那一片豌豆鼓鼓囊囊，一畦蒜薹鲜嫩水润，一地小葱翠润如玉，还有一些甘蓝菜色泽青绿，一些生菜、莜麦菜蓬蓬勃勃……田坎上，我全部栽种南瓜、黄瓜、冬瓜，等时节一到，瓜果满坡，将是一道怎样亮丽的风景呢？我还种了草莓、金银花；鱼塘里养了草鱼、鲫鱼；后山养了几百只跑山鸡。

在这里，一切仅仅是从田间到舌尖的距离。

各式的花草，一派盎然。兰花、双色茉莉、茶花、海棠、松红梅、酢浆草、万寿菊……还有紫藤花正拔节。我在走廊搭起架子，等紫色的花开满架，在架子下看朝阳出海或是夕阳落山，该是多么浪漫！

房后步游道正在修建。石笋峰、古藤蔓、木雪莲、飞天峰、花松岭、经皇洞、一线天……众多的自然奇观吸引着越来越多的人去探访咏怀。

除了自己的产业，我还帮着引进眉山的业主，投资 400 万元，在长梁村建了 200 亩猕猴桃园，先进的栽植技术加上精心管护，使得猕猴桃树长势喜人。在双狮村还种有火龙果。现在村里回乡创业的人员已达到 11 人，他们用打工学到的技术和知识承包果园、养猪、养鸡、养鱼，搞农家乐，帮助村民开网店等，曾经的“孔雀东南飞”转向如今的“春暖燕回巢”。

我们这些活跃在农家乐或者田间地头的返乡创业人员，只希望尽自己全部的力量，为家乡的发展注入活水，给村子以新的期盼！

月是故乡明

讲述：高蓉　整理：任国富

高蓉，女，1978 年 7 月出生于昭化区元坝镇，民建会员，区工商联合会会员，昭化区新的社会阶层人士联谊会秘书长，区政协委员，广元市睿创职业培训学校校长。19 岁南下广州打工，2014 年返乡创业，注册“广元市智胜人力资源管理有限责任公司”“广元市睿创职业培训学校”，先后承接政府种养技能培训和浙江、广州等昭化籍在外务工人员岗位技能提升的任务，培训提升各类乡本人才 1 万多人次，每年推荐输出剩余劳动力 200 多人。她先后获“返乡创业明星”“区优秀政协委员”等荣誉称号。

露从今夜白，月是故乡明。在外漂泊多年以后，我总是会更加怀念生我养我的故乡，情不可遏，难以割舍，时刻惦念着，以至于想为它做点什么。

19 岁那年，我背上行囊只身南下广州打拼，去寻找自己的梦想。我进过厂、办过厂、跑过销售，在市场经济的海洋里划舟荡桨，辛勤地收获着自己的每一份付出。经过十几个年头的闯荡，我的腰包渐渐鼓了起来，小日子日益滋润起来。

2008 年，我怀着对故土的眷恋回到广元创业，干销售生意，摸爬滚打，风生水起。由于我先前在广州有广泛多元的人脉，那边的工厂和公司缺工人，要我帮忙输送一些人才去。一石激起千层浪，近年来，由于产业转移，人力资源渐渐紧缺，且要求的技能越来越高越专业。这个信息给我以点化和启迪，何不办一家连通内外的人力资源中介公司呢？既可为家乡做贡献，也可满足外边人力市场的需要，岂不是一举两得？

我有了打算，便张罗着干起来。邀约一个伙伴商议后，2014 年，我申请注册了“广元市智胜人力资源管理有限责任公司”，自任法人，开展职业中介、劳务派遣、小规模的输送人才。刚刚起步，向厂家输送的人员存在先天不足的技能缺陷，生手多，技术不熟练，厂家需要的是有职业技能的人，而不是只有劳力没有技能的庸人。接收到厂家向我反馈的信息和提出的改进要求后，我通过认真思索后决定，对人员开展切实有效的专门技能培训，要让其具备一技之长才能找到对路的工作。当年，我又筹备申请注册了“广元市睿创职业培训学校”，担任校长和法人，面向市场开展各种技能培训。职业培训为我的创业插上了飞翔的翅膀。

第一年，我承办了政府种养技能培训任务。我从昭化区种植养殖业发展实际出发，联系有关方面的专家、外聘老师送技能下乡，把课堂设到田间地头和业主的牛棚猪圈，现场教学答疑，手把手地为老百姓传经送宝。教学实打实，易学易懂，很对老百姓的胃口，受到了当地党政领导和群众的肯定好评。初见成效，我受到了极大的鼓舞。

针对扶贫攻坚中贫困户发展产业的具体困难，我组织团队老师到王家镇五马村、文星村，张家乡刘庄村、金子村入社入户开展生猪养殖，核桃、藤椒田间管理和产供销系列技能培训，一对一地辅导讲解和示范。这些培训贴近老百姓生产实际，除了本地的农户外，慕名而来的还有 60 多岁的村民，甚至隔村的群众也骑上摩托车前来学习请教。本来人社局给的培训指标是 100 多人，结果一下子来了 500 多人。不约自来的人群，让我看到了农村技能培训的前景与市场。

质量是学校的生命线。我高度重视师资队伍建设，主动与省市专家库、专业技能人才联系，建立了自己的师资库，确保常年联系的专家有 30 多人。培训领域涵盖猕猴桃、核桃、藤椒、脆香李、蔬菜、生猪、肉羊、渔业、家禽、电子商务等各个行业。2017 年 1 月，我与电子商务公司对接，承担了昭化区首批电子商务人才培训，共培训 1000 多人次。通过培训，孵化 50 人成功在网上开店，有力地推动了电商健康发展。石井铺镇元柏树村青年商波，接受培训后回家养鸡 3000 多只，带动邻近贫困户和其他乡亲养鸡与销售，向市内超市和 5 家经销商供货，每天网络销售鸡蛋 4 件 1500 多枚，发挥了积极的集散辐射作用。

培训的课堂是开放的、流动的。哪里有需要，培训就跟进到哪里。2017 年 9 月，我承接了到浙江、广州培训昭化籍在外务工人员岗位技能的任务。我不辞辛劳，昼夜奔忙，精心筹备，聘请老师，通过驻地农民工工作站加强组织联络人员，确保任务完成得圆满成功。在广州的建筑工地上，专家和老师就行业政策法规、建筑技能、安全防范等进行了讲解；在浙江家具厂，有关专家集中讲解了劳动政策、厂规厂纪、销售营销、市场走向和家乡发展现状。这种培训，既提升了人员技能，联络了情感，也推动了部分人员返乡创业，受到了在外务工人员的普遍欢迎。

为推进脱贫攻坚安居工程建设进程，全面规范农村建房，提升建筑工匠技能，2017 年 7 月，我承接昭化区个体建筑工匠培训任务。为确保培训实效，我专程到绵阳、广元聘请建筑行业中熟悉乡村民居建筑的高级工程师、工程总监全程授课。开展送技能下乡，采取理论讲解和实际操作指导的方式对本土工匠进行培训。在地方党政和主管部门的支持下，原计划 160 人参训，结果自愿前来参训的达到 269 人，增加 109 人。这次技能培训就土坯房新建改建与保护、建筑工程施工基础常识、工程质量标准、按图纸操作、材料操作、施工安全、搭建等知识进行了全面具体的讲解，为推进安居工程建设进程打下了坚实的基础。不少人通过培训，考取了国家承认的资格证书，为今后的进一步就业与发展奠定了基础。

2018 年 4 月，我承接了在大朝乡举办的乡村旅游发展带头人培训任务。50 多名学员来自 6 个村，居住分散，往返不便，街上没有饭店，中午无处就餐。我就和当地干部想办法，克服一切困难，租用农户的锅灶为学员煮饭。我自驾车子去买粮买菜。为期五天的培训，我早出晚归，操心费力。我想，只要群众学到了技能本事，我再累再苦也是快乐的。

返乡创业以来，我一步一个脚印，已经培训提升各类乡本人才 5000 多人次。

除了培训外强技能内强素质外，我还积极发挥公司的优势，有序开展送岗位进村入户活动。2017 年 2 月，我组织人力到 20 多个村开展送岗位进村入户，成功转移剩余劳动力 40 多人。2018 年 3 月，我承办“春风行”就业扶贫活动，充分挖掘平时积累的人脉资源，广泛联系广元境内外 60 多家企业主来昭化城区、太公镇、陈江乡等地开展送岗位下乡活动，达成意向 900 多人，促进就业 400 多人。为了搞好活动，我废寝忘食，打电话联络邀请，安排行程，带领工作人员免费为企业布置场地，搭建展位，准备相关资料。我要把自己的公司办成让老百姓最放心的人力资源公司。

举办公司至今，我每年推荐就业岗位200多个，转移输出剩余劳动力160多人。2016年，我向江苏南通市星辰电子厂输送员工。我一丝不苟，为群众免车费，亲自随车护送到厂交接安置，直到员工岗位落实才返回。沙坝乡一贫困户的两个女儿找不到工作，她们的父亲又卧病在床，生活极其困难，帮扶干部找我想办法，我通过联系，介绍她们到广元天豪酒店上班。孩子的母亲不放心，我就带上她与女儿一道到酒店去接洽，直到安排好岗位和住宿等所有事项才回来。

工作之余，我还积极参加有关的社会公益活动，通过自己的绵薄之力回报社会，关爱弱小。我参加了885志愿者协会，多次深入荣山、射箭等乡村看望和慰问孤寡老人和留守儿童。2016年，元坝中学某学生不幸烧伤，我知道后，立即通过微信等为之募捐到1万多元善款资助治疗。我每年吸纳3—5名大学生在自己的公司里见习，提升适应实际工作的技能。

经过几年奋斗，我的学校和公司日渐壮大，已拥有员工8人。我承担的技能培训与职业介绍频频出彩，赢得了党政机关的肯定和群众的信任。我是民建会员，区工商联合会会员，由于成绩突出，我被推荐为区六届政协委员。2018年，被推选为昭化区新的社会阶层人士联谊会秘书长。

用勤劳与智慧开辟造福百姓的广阔天地、为父老乡亲的增收致富添砖加瓦，是我的追求和愿望。

富裕的“穷光蛋”

讲述：赵清军　　整理：董为

赵清军，男，汉族，朝天区朝天镇三滩村人。1990 年外出务工，2013 年返乡创业，成立朝天区小山窝藤椒种植专业合作社，种植藤椒 3150 亩，带动两个村 125 户 250 余人就近务工。个人捐资 10 万元，兄弟俩垫资 270 万元，动员本村外出务工人员捐资 30 余万元，新开挖公路 25 公里，硬化公路近 10 公里，修建安全人饮蓄水池，解决了全村“行路难”“饮水难”问题。2018 年被推选为村主任，合作社获“广元市返乡创业示范企业”称号。

我叫赵清军，家住朝天镇三滩村 10 组，1967 年出生在一个普通农民家庭。

三滩村 10 组位于海拔 1100 米的烟灯山山顶上，从朝天城区往北出发，沿着陡峭而宽阔的水泥路连续急转而上数十道弯就到了。这个昔日里荒无人烟的“空心村”，如今被长势旺盛的藤椒和果树点缀得格外漂亮。一座座小洋楼坐落在山头，层层叠叠，错落有致，颇为壮观。许多来过这里的人，都把这里比作“山尖上的布达拉宫”。这些年，吃腻了山珍海味和大鱼大肉的外出打工致了富的人，患起了乡愁，纷纷回村修建房子，体验起曾经的农家生活……我便是其中的一位。我和哥哥率先在这里修起了洋房，投资 3780 万元搞起了藤椒种植，成立了广元市朝天区小山窝藤椒种植专业合作社，组织发动群众脱贫致富奔小康，使山村发生了大变化。经过大家的努力，2016 年，三滩村被评为全省首批“四好村”。

苦难中成长　磨砺中坚强

在我六岁那年，我的父亲丢下我们兄弟姐妹五人和一个需要照顾的视力残障的姑姑，撒手人寰，家里的重担一下子压在了母亲和年幼的哥哥身上。

那个年代，一家人的生活全靠挣工分过日子，母亲和哥哥除了没日没夜地挣工分，还要照料我们的生活起居，供我们上学。在我的印象中，母亲永远都是那么忙碌，那么劳累，白天干完集体的活，晚上还要为我们缝缝补补、洗衣浆衫，半夜半夜地在煤油灯下纳鞋底，睡眠时间很短。

我是家里最小的一个，也是家里最调皮的一个。由于家里穷，穿得也破烂，常受小伙伴们欺负。特别是读初中时，班主任老师的孩子总是和我过不去，我和他经常吵嘴打架。到了初三快毕业的那个月，我基本上每天都要被惩罚和写检讨。

本来我考上了高中，但张榜公布名单时却没有我的名字。后来，我暗中打听到了录取分数，我的平均分达 70 多分，早已超出了分数线。我哥让我再去复读一年，我坚定地拒绝了，因为我不想再在那个老师班上煎熬一年。这件事对我打击很大，我偷偷地在背角的地方哭了一回又一回，同时也在心中发誓：这一辈子一定要活出个名堂，将来要让那些看不起我的人看一看，我有多大的能耐！

我去拜师学木匠，我学木匠学得很用心，边学边设计新样式，自己在家里做了些新样式的高组合、矮组合、沙发等。每天 5 点多就起床，扛上家具摸黑走两个小时山路到朝天镇上去卖，特别是冬天，到了街上，天才麻麻亮。有一天，我来来回回跑了三趟，光走路就花了 10 多个小时。

我家在三滩村是出了名的穷，爷爷不到 40 岁就去世了，奶奶和父亲，还有视力残障的姑姑撑起一大家子人。后来，一场火灾又把住的茅草房烧了，一家人只好住岩洞乞讨过日。到了父亲独自撑家的时候，他却在不满 48 岁时去世了。家里没有主心骨，日子越过越艰难。1988 年，我刚刚结完婚，母亲就让我和哥哥分家过日子。分家的时候，我和哥哥各分得了 200 多斤粮食和 500 元的欠账。分家后，往往是旧债还了新债又添，一年中有三个月的日子几乎都要靠借粮吃饭。

我小名叫“羊娃子”，我们那一带的几十户人家，我几乎每家都借过钱借过粮，因此大家有个共同的口头禅：“再穷穷不过羊娃子。”每每听到这句话，看着别人那鄙视的眼神，我内心就好像在被千刀万剐……我含泪发誓，我一定要走出大山，干不出个名堂，绝不回来见父老乡亲。

1990 年，我和哥哥赵清明第一次迈出大山，去西安铁路大修队打工，开启了我们的新人生。

吃得苦中苦　方为人上人

俗话说，吃得苦中苦，方为人上人。这句话一直是我的人生信条，这么多年，即使在我小有成就的时候，我也会以这句话作警示，时时激励自己前行。

我和哥哥去西安后，在铁路上一干就是三年，后来又到西铁工程公司阳平关段干了四五年。1998 年开始搞高铁建设，接着在天水、南京、重庆、山西、北京、石家庄等地承揽地铁等铁路建设项目。不得不说，我当初学木匠掌握的一些技能，在搞铁路维修时还真派上了用场，加上我们这些山里娃吃苦耐劳，因此在铁路建设这个行当里也逐渐打出了一番天地。

2008 年之前，我一直跟着哥哥干，帮哥哥搞管理。兄弟强强联手，事业越做越大。2009 年，我开始单干，拥有了自己的公司。像我们这些文化程度不高的人在外边闯荡，确实太不容易，一切都要边干边学。记得 1993 年那年，为了学会看图纸，我专门出钱拜了师父，让师父手把手地教会了我。后来，我自己开公司，高薪聘请了技术员。当时，技术员的工资一般是 1000 多元，我给他开到了 5000 元，让技术员感动万分，因此他也在技术上给我们攻克了许多难关。现在，那个技术员的工资已达月薪 2 万多元了，但他一直都在兢兢业业地做事情。

我认为，你成就了别人，别人也在成就你。就如我回家乡，家乡的父老乡亲们曾给了我许多关怀和帮助，让我在感动之余，决定回报家乡。

2013 年，母亲得了一场重病，住在广元期间，常听她念叨着想回老家去住，说想念当年的那些邻居和乡亲……为了满足母亲的愿望，我们决定回老家把房子打理一下，让她在老家度过最后的时光。

然而，当我们回到那阔别多年的烟灯山老家时，看到的情景却让人无限感伤。陈旧的土坯房早已垮塌得不像样了，家家户户房门紧锁，成片成块的耕地荒草丛生，一片荒凉。村里有劳动力的基本都外出打工、安家了，仅有 10 余个行动不方便的老人留守在村里，而这些老人吃水靠挑，电路也因老化用起来不稳定……回想起20世纪80年代到90年代初，这里家家都在村里务农，过年过节每家都会做好饭菜端到一起吃，那种热闹场景真是让人回味无穷。

“与其维修老房子，还不如把它拆了重建。如果重建，那就干脆把它修得像像样样的。”哥哥和我的想法一拍即合，我们要先在这里修洋房，然后改变这里的吃住行环境，再把儿时的伙伴们招引回家，共同改变家乡面貌，让这里再度繁荣起来。

2013年的秋天，我和哥哥骑摩托车，一上一下地跑前跑后落实设备、水泥、沙石、砖块，然后请拖拉机一趟一趟运上山。我们先后开挖了两个200立方米的大水窖，埋设了8000米的管道，请挖掘机挖路扩路，改造电线电路，同步修建房屋。

那段日子，我们家里每天都是好几桌人吃饭，既有工地上干活的人，又有家里修房屋的人，我老婆既要给他们做饭，又要上街买东买西，一趟一趟地背回来。好在附近的乡亲们帮了很多忙，他们把地里的菜给我们送来，还主动帮我们挑水，帮我们做饭……邻里之间那种浓浓的乡情，深深地打动了我们一家人。越是在这种时候，越是能让人体验到“远亲不如近邻”的深刻内涵。

2014年，我们的新房落成了，一家人高高兴兴地把母亲接回了老家，住进了新房。当母亲看到我们为村里做的那些善事时，整天都笑得合不拢嘴，尽管她在新房里只住了一个月便离开了人世，但她心满意足地笑着离开了……

从母亲身上，我懂得了“叶落归根”的内涵。在我的家乡，还有无数母亲的期盼，如果有朝一日，我们也老了呢？思前想后，我那改变家乡穷面貌的想法日益强烈起来。

这些年，我们村的年轻人在我和哥哥的带动下，先后出了10多个大大小小的老板，他们一个比一个强，涉足的领域也比较多，大家有什么需求都是相互呼应，因此我们平时联系得也比较紧密。只要我把想法说出来，就会迅速得到他们的响应。正在这个时候，国家大力提倡返乡创业，出台了一系列优惠政策，更坚定了我们建设家乡的决心，于是，我们便开始考察回乡创业的项目……

今日小山窝　迎来归巢人

路修好了，饮用水解决了，用电也解决了，但要真正让这里恢复往日的热闹，还得留住人。如何留住人？就得有好的产业。

我和哥哥经过多次考察论证，决定在村里发展藤椒产业，因为藤椒的周期短、效益高，而且易管护，村里的老年人就可以照管。

2015 年 3 月，广元市朝天区小山窝藤椒种植专业合作社成立了，流转三滩村、烟灯村撂荒土地 3500 亩，栽种藤椒 30 多万株。为了方便管理，我和哥哥又出资新建了 25 公里村道，把两个村及藤椒园全部串联了起来。2017 年，一部分藤椒实现了初挂果，当年便收获藤椒 200 多吨。

2018 年 2 月 13 日，是我们三滩村最喜庆最热闹的日子，来自三滩村和烟灯村的 300 多位村民早早汇聚在这里，激动地等候着领取合作社分红和劳务工资。排队、签字、领钱：1 万、2 万、3 万、4 万……一沓沓崭新的粉红钞票翻飞着，一张张笑脸绽放着，喜悦的浪潮一浪高过一浪。

“真是没想到，土地既能收租金，又能入股分红，还能挣工资，真是天大的好事啊！想想荒了那么多年，真是可惜。”村里的贫困户胡廷文激动地说。

藤椒需要大量的劳动力，这正好可以解决村里剩余劳动力的就业问题。近几年，藤椒园解决了附近五个村的留守劳动力，除了三滩村、烟灯村以外，相邻的陈家乡、大滩镇的部分村民也在这里打工挣钱。

“赵家两兄弟致富不忘本，不但带动了一大帮乡亲们在外发了财，如今又带领他们回来创业，建设家乡，真是大家学习的好榜样！”听到乡亲们的称赞，我的心里荡起了涟漪。看到家乡一年一个新变化，村子里有 10 多户准备在城里买房的人，都纷纷选择回村里修房建屋。在他们的带动下，村里的人都在陆陆续续往回返，看到昔日的空壳村如今又热闹起来，我心里很有成就感。

我常想，要不是那位老师的冷眼让我失去学业，也许我不会那么渴望成才成功；要不是当年穷困时那一双双冷眼和一句句讥讽的语言刺伤了我，也许我不会那么发奋努力；要不是哥哥像父亲一样始终呵护着我，也许我奋斗的轨迹还要多绕许多个弯……我可能也像千万个普通打工者一样，被埋没在平平淡淡的生活中。

多年来，随着岁月的流逝，我不但很感谢他们，我更渴望用行动去回报他们……尽管那个老师后来因为给女儿做嫁妆需要租用我的木工工具而亲自上门向我赔礼道歉了，我也原谅他了，但我一生都会记住他！尽管乡亲们用言行刺伤了我又温暖了我，但我一生都会记住他们。他们才是我永远的力量源泉！

如今，我们的藤椒园已经扩展到了5000亩，投入比产出大得多，资金缺口也比较大，我们兄弟俩还得腾出一个人继续出去搞工程，用搞工程赚的资金推动藤椒产业发展，但为了家乡的事业，我们乐意这样做！我们还规划了配套的产业链条，从种植、加工到销售实行一条龙服务，不仅要带动本地，还要带动周边地区，让农产品发展成为农业产业化新趋势。

“串串客”让山货走俏世界

讲述：刘安康　　整理：董为

刘安康，男，1982年出生于朝天区转斗镇转北村。16岁从职中毕业外出务工，2014年返乡创业，注册山菇娘农副土特产品有限公司，2017年成立四川食味轩食品有限公司，2018年成立四川杰鑫优品电子商务有限公司。常年销售核桃、木耳、香菇、野生菌等100多个土特产品，远销至泰国、越南、马来西亚和中国香港等国家和地区，带动全乡1500余户发展特色种养业。

从小游走在大山深处，走东家，串西家，把农民多余的粮食、蔬菜、畜禽等土特产收购过来，然后再向外界倒手赚取差价。这种在20世纪七八十年代被称作“投机倒把”的行当，我这个“串串客”一干就是20多年。如今的我把触角延伸到了国外，直接让山货飞出大山，走俏世界！核桃、香菇、小花生等特色产品受到国内外消费者的广泛青睐，我的实体经营店年销售达1亿元，电商年收入达500万元。

我叫刘安康，1982年出生在朝天区转斗镇转北村一组的一个普通农民家庭，从小跟父亲学做生意，走遍了这一带所有的山山水水，用双脚丈量了这片土地的每一个角落，用勤劳的双手串起乡村大世界！我办的广元市山菇娘农副土特产品有限公司、杰鑫优品电子商务有限公司和我参股的四川食味轩食品有限公司为带动地方经济发展、助力脱贫攻坚和助推乡村振兴做出了应有的贡献。

一

转斗镇是四川省广元市朝天区与陕西省汉中市宁强县交界的一个边境小镇，文化积淀丰富，特别是一些帝王将相、文星巨子留下了很多优美的故事传说，如五丁拖道七盘岭、蜀王夜渡七盘岭、唐明皇与转斗、果亲王游太平寺、杜甫观转斗、张大千写七盘关、丁佑任诗题转斗铺等，这充分说明转斗镇是出陕入川、连接川陕的重要节点，不仅给这里的人们带来了无限商机，而且成就了许多人的梦想。我父亲便是这一带知名的“串串客”，他靠着山里人的勤劳朴实，硬是闯出了一条商道，从一点一滴的积累，渐渐地发家致富。

16 岁那年，我从中子职中毕业后，兴冲冲地跟着父亲学做生意，从此迈入“串串客”这个行当。这年夏天的一个早晨，我 5 点就出发收山货，沿着青林乡银光村至文安的山路进发。这天运气还不错，我在半山腰的一户人家一下子收购了几十斤中药材。看到对面山上有家人的房子在冒烟，便打算去对面那户人家吃早饭。可当我急匆匆地下到河沟，却迷失了方向。一直转到中午一两点了，还找不到出去的路，远远近近传来各种动物的声音，直让人毛骨悚然，我的泪水不知不觉涌出了眼眶，第一次感觉像受到了天大的委屈。

然而，在这条人迹罕至的山沟里，你即使哭瞎了眼睛，喊破了嗓子也无济于事。没办法，我只好沿山坡强行往上走，走了快一个小时，终于看到有户人家房顶上在冒烟。那户人家有个大姐正在蒸馒头，馒头的香味一下子勾起了我的食欲，肚子里好像有千万条馋虫在蠕动。我迫不及待地敲开她的门，请求她卖给我几个馒头。然而，她说这是专门做给央人干活吃的，是有人头计划的，不能多也不能少。但我当时已经饿得发晕，便把我的情况给她说了。那个大姐见我实在可怜，便送给了我一个馒头，同时告诉了我回家的大概方向。

我吃了馒头，喝了井水，感觉一下子缓过劲来了，沿着回家的方向继续前行。又走了大概四个小时，我实在走不动了，脚上的血泡早已破了一个又一个，每走一步都感觉像踩在刀尖上。但回家的路还很漫长，我不得不爬行在山路上，爬行到鸡公山垭口，影影绰绰地看到对面山上家的轮廓时，心里非常激动！这时候，远远看到有家人弱弱的灯光，我便继续爬行。大概到了晚上 12 点左右，我实在爬不动了，昏倒在一户人家的后门前。幸好这家人当晚连夜打麦子，及时发现了我。我被他们救醒后，说了我的情况和住址。正好我们队上有个姑姑出嫁在他们那个地方，我当晚就在那个姑姑家住了一晚上。

后来，父亲把我接回家，我收购的药材也赚了 30 多元。30 多元，在那个年代是一笔不错的收入，虽然历尽千辛万苦并险些丢命，但这毕竟是我人生中赚来的第一桶金。它在我记忆中烙上了深深的印记，以至于我后来到深圳打工、到海外捕鱼、给大老板当司机，我都会以这次经历来激励自己、鞭策自己。

二

朝天地处川、陕、甘、渝四省的几何中心点，位于成渝经济区和关中天水经济区的接合部，宝成铁路、兰渝铁路、京昆高速、108 国道穿境而过，距广元机场仅 35 公里、距广元港 60 公里，境内高速畅达成都、西安、重庆、兰州等周边城市，加上西成高铁的开通，形成了贯通南北的交通网络，为企业的发展提供了极为便利的交通运输条件。

我们那个地方，一直都是靠山吃山，核桃、野生菌、扯兜子小花生等都是主打产品，在本地家家户户都有，也就不那么值钱。但把这些东西运到山外去，它们的身价倍增，成了抢手的“香饽饽”。20 世纪八九十年代，我们这些“串串客”就是靠着与外界联络，赚这些土特产的差价。

最开始做生意时，我和父亲去山里收货，全靠用背篼一背篼一背篼地往回背，既赚点劳力钱，又赚点差价，一年到头挣的钱虽然只够维持一家人生活，但日子总比周边的人过得滋润一点。后来，农村开始修机耕道了，我们便买了一辆摩托车跑货，但这也只能沿着主路走，大多数还是要用背篼到农民家去收，收拢了再把货绑在摩托车上运走。不过，有了摩托车运送，生意就越做越大了。再后来，农村的路开始铺成水泥路、柏油马路了，做生意就方便多了。

2008 年汶川特大地震后，我准备买辆长安车回来跑货，遭到父亲的强烈反对。他说，买车要很多本钱，而且养车的费用也高，你得做多少单生意才把本钱赚回来？在父亲看来，做山货生意利润本来就薄，如果买辆车就得不偿失了。但我的想法不一样，我认为有车辆出去收货，效率可以大大提高，我到了集中的地方，可以用高音喇叭一吼，让农户自己把货交过来，这样拉一趟货减省了许多麻烦不说，还能成批成量。还有，开车比骑摩托车安全多了，因为我在比较窄的田坎和路面上骑摩托车，摔倒过好几次。想起那些惊险的场景，心里就发毛。

事实证明，我的想法很对，那年我在银行贷3万元款，又在亲戚处借了2万多元，如愿以偿地买了辆面包车做生意。有了面包车做生意，果然方便多了，既节省了成本和时间，还扩宽了生意路子，一年下来，我不但还清了本钱，还赚了4万元。

然而，就在那一年，我看到本地的一些人在外边打工都挣了大钱，于是我也想到外边去闯一闯。在朋友的介绍下，我怀揣着4万元本钱，带了10多个人去杭州架网线。由于不懂技术，不到半年时间我不但亏了个精光，还欠了一屁股债，我一下子被困在了杭州。因为出门的时候我是志在必得，便把我的老婆和孩子也一起带上。当时，孩子在当地一所学校读书，我只得想办法让他们母子继续在这里生活下去。无奈之下，我便与一帮朋友去海上捕鱼，漂洋过海历经了大半年时间，不但没挣到钱，还差点把命都丢在了太平洋。为了供孩子读书，我在杭州的一家菜市场杀鸡杀鸭做配送，干了一段时间，又应聘去给一家企业的老板余立生先生开私家车。

我的生命之旅走到这里发生了转折。我发现我做生意多年，其实还是个门外汉，这位余立生先生才是真正生意场上的大老板，他不但教会了我做人，还教会我做生意。

三

“要改变你的口袋，先要改变你的脑袋。”余立生先生这样对我说。

那时候，我天天给他开车，他天天都对我说，要做事，就先要学会做人，要懂得感恩报恩。我看到他天天都有开不完的会，还以为他在搞什么传销组织，直到有一天，我把他说的话前前后后地一想，突然觉得他说得句句在理。于是我给他说，我不开车了，要去做生意。他听了很开心，并说他的大门永远为我敞开着。

2016年，我在杭州开水果超市，半年时间挣了40多万元。而此时，“大众创业，万众创新”正进行得轰轰烈烈，“创业”“创新”已成为社会的新常态。

俗话说，高铁一响，黄金万两。2016年西成高铁正式开通，朝天区转斗镇成为连接川陕的重要节点，让我们这些在外务工人员嗅到了高铁商机。一时间，大众创业激情被点燃，万众创新能量竞相释放。

在当地党委政府的鼓励下，我毅然回到家乡，重新操起了旧业。这一次，热血沸腾的我，在周边一下子开了5家农产品连锁超市，然后与当地农业产业园、农户形成农超对接合作经营模式。

然而，到2017年春节，当我把所有货款和人员工资支付完毕时，才发现手头连买菜的钱都没得了，我一下子就傻眼了，这年还怎么过？下一步没有钱投入超市，超市怎么玩得转？我陷入茫然之中，把自己关在屋子不吃不喝，但最终也没想出办法。

这个时候，我想起了余立生先生，我立马打电话向他请教。他听了我的情况介绍后，建议我关停4家超市，只保留1家实体店，然后改变经营策略。

于是，我迅速调整思路，把5家超市合成1家实体店，这样我的货源充足了，资金也雄厚了，生意也越做越有起色了。与此同时，我发现我们这里的农特产品在大城市非常走俏，自己应该借助高铁强大的经济辐射能力，迅速抢占在川陕两省的市场份额，从而打响朝天农特产品的名气。

2017年、2018年，我的广元市山菇娘农副土特产品有限公司、杰鑫优品电子商务有限公司和四川食味轩食品有限公司相继成立，这三个品牌像三匹黑马横空出世，核桃、木耳、香菇、野生菌等100多个土特产品不仅在阿里巴巴、淘宝等电商平台上卖得火爆，而且远销泰国、越南、马来西亚和中国香港等国家和地区。

2018年，我流转土地400亩，建立了土特产基地，还拥有大批“串串客”，同时带动全乡1500余户发展特色种养业。

“我母亲患精神病，妻子有残障，我又在骑摩托时受了伤，家里很穷困，幸好有刘安康的帮助，他不单资助我们，还让我在他们公司干轻省活，挣轻松钱。”转北村的贫困户甘有名逢人便夸赞我。

在我的基地上，厂房里，每天都有六七十人在忙活，他们大多是本地的贫困户和行动不方便的老人。他们每天到我们这里来上班，主要任务就是把产品分类、分装，活儿既轻松又好干，还能得到丰厚的待遇，还可以和大家畅聊，日子仿佛回到了大集体生产那个年代。看到他们幸福的笑脸，我心里特别甜！

我认为，我们这个地方就是个富矿，我们生长在这个地方是很幸运的。虽然身处大山深处，但只要勇于开拓进取，一样也能大展宏图。比如说，山上生长的上百种野生菌，那是大自然馈赠给我们的最好礼品，只要你勤苦，那是取之不尽用之不竭的。这些山货，我们通过筛选、分类、包装，它们就能发挥出大的价值。

一分付出，就有一分收获。下一步，我准备继续扩大规模，不仅要培训和带动更多的人，还要把技术和服务带到田间地角。

深山里的“世外桃源”

讲述：郭啸天　　整理：董为

郭啸天，男，汉族，1976年出生于朝天区鱼洞乡东沟村三组，初中文化。1988年外出务工，2015年返乡创业，2017年建成东沟农场，流转22户的27亩土地栽种水果，套种蔬菜、药材，前几年土地上的收益全归农户，农户每亩每年还能收租金300元，闲时还可以在农场打工。他于2018年获“广元市返乡创业明星”荣誉称号。

“郭老板，你是个老板你就了不起了？你连个电话也不接一下，原本我约了几个朋友准备到你那体验一下农家乐，好好‘逍遥逍遥’一下，结果打了那么多电话你都没接，也没得回复，害得我们只好改变行程了。”细细一看，这个未接电话竟然打了七八次，最后还专门给我留了个言，抱怨我未接他的电话。

凡是到我这里来玩耍的，都觉得我这里是一座四面环山的“世外桃源”，可以聆听大自然的鸟语、松涛和流水的潺潺声；可以放歌，哪怕你把声音的分贝开得再大，也不存在噪声扰民，而且还有美妙的回声缭绕；可以沿着河堤和小桥漫步、赏景、垂钓，或划竹筏子优哉乐哉地漂流……在这里玩耍，比神仙还逍遥。

一

1976年，我出生在朝天区鱼洞乡东沟村三组一个普通农民的家庭，由于家庭贫穷，加上我自小就比较调皮，初中都没读完，12岁便出外打工了。那是我第一次走出大山。

12岁，对于我来说，一切都还是懵懵懂懂的。虽然从小生长在农村，小小年纪还有一把力气，但人太小了也不好找事情做，只好这儿一阵子那儿一阵子地干些临时活。好不容易熬了大半年，还是觉得读书安逸多了，于是又回老家读了两年初中。

初中读完后，没能考到理想的学校，又毅然决然地放弃学业，到云南昆明打工。我打工的那个厂是个木材厂，老板两口子是一对下放的知青，为人很谦和。我在他们厂里干活很卖力，也挺忠厚，很得到他们的赏识，他们亲热地叫我"小四川"，并把我当他们的亲儿子一样对待。有一次，我开吊车惹了大祸，本来分四次吊的货，我居然只用两次去吊，这一下子车子弄翻了撞坏了，还把厂房砸坏了。当时我想，这下完了，惹了这么大的祸，可能我这一辈子也搭进去了。谁知，老板不但没有追我的责，后来还将厂子交给我管理。这样，我的工资不但比一般员工每月多300元，老板还给我每周200元的额外奖励。

然而，这样的好日子在1998年木材厂遭到一场官司后终结了，但当时查封厂子时只查封了设备，我把厂子里的木材快速地变卖了200多万元。

那个时候，我积攒了这么一大笔钱，准备去北京发展。但那年正逢50周年国庆庆典，去北京太难了，只好先到了石家庄。然后辗转到青海、西藏等地淘金，渐渐地腰包鼓起来了。我便回到了本地，先后在青川的姚渡、昭化的虎跳、朝天的羊木等地淘沙金。

正在生意做得风生水起的时候，我开始得意忘形了，把钱根本不当一回事。直到有一天，我的钱全部都输了个精光。就像做梦一样，我从一无所有到奋斗成身家几百万的富翁，再从富翁变成一个一无所有的穷光蛋，生活像是有意跟我开玩笑。

我把自己关在小屋子不吃不喝，在生死之间搏斗了几天几夜之后，决定回老家从头再来。

二

俗话说，靠山吃山，靠水吃水。我很快在老家看中了一块有山有水的地方——倒沟头，决定把这里开垦出来，搞一个体体面面的大型钓鱼场。因为我经常看到一些钓鱼爱好者，专挑那些偏远的僻静的地方钓鱼，哪怕再远也不辞辛苦。而鱼洞河这一带的贡鱼是远近闻名的，如果搞好了，应该是商机无限的。

这是一块人迹罕至的河滩地，当地的老百姓路过这一带时都要绕道而行，因为传说倒沟头这个地方比较“歹”，以前农村里夭折了的小孩都往这里埋。但我就是不信这个邪，发誓要在这个地方创造奇迹。

那一年，我身无分文，好在我淘金时开挖河坝的设备还在，我便亲自动手干了起来。附近的老百姓看到我在这片荒滩上忙前忙后地干活，都很质疑：“这个郭啸天是不是疯了？想在这么荒芜的地方搞养鱼场？谁有那么傻往这么个鬼地方来？”还有人说：“郭啸天想学愚公移山？有那样的闲工夫还不如搞点别的事情呢，眼睁睁地把时间、精力和钱往黑窟窿里扔，什么时候是个头？”

是啊，什么时候是个头？这样的疑问其实我自己也有过，数九寒天，我的手被冻得肿得像馒头；炎炎夏日，我身上的皮晒脱了一层又一层，想想当初的那种辉煌，心里的落差还是挺大的。我每天把自己搞得很晚很累，只想倒头就睡，特别是遇到因缺钱欠钱被迫停工的那种沮丧。2016 年 2 月 14 日，我被迫停下工来，再到云南去打工，一年下来我又挣了 10 多万元。

2016 年，为鼓励更多的农民工、大学生和退役士兵等人员返乡创业，政府出台了一连串的返乡创业扶持政策，降低返乡创业门槛、落实定向减税和普遍性降费政策、加大财政支持力度、强化返乡创业金融服务、完善返乡创业园支持政策。有了这么多的政策红利，我更坚定了在家乡创业的信心！为了把项目做大做强，我改变了原来建渔场的想法，决定把这里建成大型农场。当然，渔场建设只是其中的项目之一。

我迅速抓住机会，把我的项目重新规划了一下，并把倒沟头三户人家的土地，用我家的土地置换过来。我在银行贷款 40 万元，向北京的一位朋友借了 40 万元，向昆明的朋友借了 10 万元，向叔叔借了 20 万元，向岳父借了 10 万元，准备把地盘扩宽一点；在村上流转 27 亩土地，栽种了桃树、李树和梨树。

2017 年元月 1 日，我的东沟农场开业了。开业那天，我摆了 100 桌坝坝席，亲朋好友和周边的乡亲们都来了，上千人的大排场让倒沟头这个连鬼影子都见不着的地方破天荒地热闹起来，从此引来了八方宾客。

一位慕名而来的外地客人欣然为我的东沟村农场题了一副对联：朝天鸣天下，鱼洞秀古今。我没有对外界做过任何广告，但农场的声誉早已通过游客的微信群传播开来，德国、美国、加拿大等国际友人也闻讯而来，他们对这里的环境大加称赞。东沟农场还上过“今日头条”，2017 年被评为“四川省省级休闲农场”，四川电视台专门前来做了专访。

当他们问起我，处在大山深处的农场为什么做得这么好，好的秘诀到底在哪里？我说，在实实在在做好每一个细节的同时，就要让客人体验到原汁原味原生态的东西。

三

记得小时候，我打赤脚上学时，喜欢偷偷拿鸡蛋去换米花糖。我们这一带的农户家里，基本上每家都要放养 10—20 只鸡，那土鸡蛋的味道就是让人回味无穷。如今，我搞农场就需要大量的土鸡土鸭土猪土羊等，于是我发动村里的乡亲们搞原生态的种养业，我以高于市场价的价格收购，而且有多少要多少。自从我的农场开业后，远远近近的村民大多把家里种养的东西直接拿到我这里来，他们从不与我讨价还价，我也从不亏欠他们，大家的交易都建立在信任之上。

有句话说得好，一人富不为富，大家富才是富！为了报效家乡、报答乡亲，我流转的 27 亩土地共涉及 22 户人家，其中有 8 户贫困户，我每年按每亩 300 元付给他们租金。栽种的水果成熟了，他们自己采摘自己卖，卖出去的钱全归他们，他们在果园里栽种的蔬菜、药材，收益全归他们。我曾替他们算过一笔账，每亩地每年收租金 300 元，水果收入大概 1500 元，副产物收入 1500 元，他们闲了还可以到我的农庄来打工，额外还能每月挣 2000 元。这些数字对他们来说，也许不太在意，但对于我来说，每年至少要付出 20 多万元。

一位贫困的老太婆送来一篮子土鸡蛋，让我帮她卖。我当时正在忙，问她有多少个蛋，她说好像是 48 个，我于是叫她把蛋放那里，下午来收钱。不一会儿，有个客人看到鸡蛋要买，问我多少个，我说 48 个，客人便给我付了 48 个蛋的钱。殊不知，老太婆下午过来与我结算蛋钱时，她才告诉我她的蛋是 98 个，我于是给她结了 98 个蛋的钱，自己亏了 50 个蛋的钱，也只是悄悄地隐在心里。贫困户唐桂莲患脑出血，我二话没说，第一时间开车把她送到了医院，往返加油200 元。她的家属硬要给我加油费，我不但没要他们的钱，还送了他们 200 元，他们搞水滴筹，我又捐了 200 元。

像这样的事情还有很多，哪家有个头痛脑热，我都是第一时间免费接送他们；哪家有个红白喜事，他们都会主动来找我帮忙；村里有大建设小修补，我也是冲在前面主动打头阵。我成了这一带的活雷锋，难怪我办任何事情都那么顺，有那么多人帮。

我常想，这么多年的大起大落，即使在我身处绝境之时，都会有人慷慨相助，也许并非我运气好，并非我命中带贵人，而是因为我自己处处种下的福报吧。打从我懂事起，我的家人就教育我，要做一个好人，要懂得感恩，要反哺社会反哺家乡……如今，我算是做到了，我还想尽最大的努力回馈家乡，计划再流转土地 300 亩，轮流种上一年四季都能吃的水果。这样，无论春夏秋冬，来的客人都会有水果采摘，有应时的野菜采撷。我是个实实在在做事的人，我也不打算种什么高大上的水果和蔬菜，就种当地特色的东西，这样的项目才能做大做强。

同时，我想把农庄再好好打造一下，让来的人都能享受吃住行的一条龙服务，这样还可以再解决当地 10 多个农民就业，我的农庄生意也会在稳打稳扎中做得更加火红和长久，为向往乡村慢生活的人们打造出“世外桃源”，带动地方经济获得长足发展。

我身上有故土的胎记

讲述：毛华生　　整理：董为

毛华生，男，47岁，朝天区宣河镇白钟村人，广元天垄生态农业开发有限公司经理。1996年外出务工，2015年返乡创业，2016年成立农业开发公司，建成以车厘子为主的生态果园300余亩，吸纳全村23位村民在基地务工。自费去被誉为“中国最美村镇”的湖北省京山市罗店镇马岭村考察学习，期望借鉴“村民股东化、管理公司化、发展产业化、养老福利化、居住集中化”的“五化”模式，吸引村里更多在外能人返乡创业。他于2018年获“广元市返乡创业明星”荣誉称号。

每个人的心里都有一个被深埋的地方——故乡。我人生最美好的童年和青春是在朝天区宣河镇白钟村度过的，那里有我成长的轨迹，有我童年的梦想和青春的记忆。多年来，我漂泊他乡虽早已小有成就，但故乡的影子却时时萦绕在心头。在我漫长的生命旅途中，不管何时何地，“白钟村”都是我无法抹掉的胎记，将伴随我一生。

2015年，在白钟村党支部的感召下，我怀揣着对家乡的热爱，毅然放弃在外的高收入，带着所有的身家与妻子儿女开始了返乡创业之路……

少小离家老大归　初心未改雄心在

我于1971年出生在朝天区宣河镇白钟村三组，我生长的地方叫白岩湾。由于我们整个村几乎都处在半山坡上，自然条件差，交通滞后，村里的发展一直受到制约，老百姓长期处于贫困落后的状态。

1993年，我在中子职中毕业后，被中子镇司法所临时聘用。干了两年后，由于工资低，我便辞职去了河南省，组织一帮民工当起了小包工头。

1996年，我又到了新疆。在新疆一待就是20多年。

在新疆，我从给别人当学徒、打工到自己搞经营当老板，一路走来，经历了无数风风雨雨，尝尽了人间酸甜苦辣……在阿拉山口开矿，曾日进2500元利润，但因矿产资源越来越枯竭，最后衰败得连老家也回不了，不得不向朋友借了5000元才回了趟老家；在乌鲁木齐做建材总经销，曾有过既拿高薪还占5%干股的辉煌，也曾陷入天天拿着营业款不花完不归家的疯狂，直到有一天发现自己已花光了所有积蓄，不得不从头再来，白手起家……

记得有一年，我们一家人开着新车回老家白岩湾看望生病的亲戚，看到老家的路还是那样的坡陡路窄，成块成片的庄稼地荒草丛生，年轻人如候鸟般迁徙，唯有年迈体弱的老人们留守在村落看夕阳……这个场景在我的脑海里久久挥之不去：自己眷念的故土，已然日渐衰落。

我发现，2008年汶川大地震后，农村的危房虽然重新维修了，外观看起来焕然一新，但屋内的家具还是那样陈旧和古老，新房子并不能代表新农村。

我和儿时的伙伴们在电话里、微信上聊天时，大家都有一个同感：虽然日子过得越来越舒适，但内心里总是多了几分颠沛流离感……毕竟，老家还有那么多的牵挂！

2015年的中央一号文件，对农业农村工作高度重视，给返乡创业的成功者们派发了若干的政策红利。也恰好在这一年，白钟村党支部动员我回故乡施展才华，并给予我许多政策上的扶持。于是，我经过一段时间的深思熟虑，决定放弃在新疆的高收入，回家专心挑土当农民。

新房子不是新农村　产业发展是支撑

2016年4月，我所创立的“广元天垄生态农业开发有限公司”正式挂牌成立了，这个集农产品加工种养结合、储藏运输销售为一体的综合性农业企业，立足于白岩湾的山尖上，流转土地300余亩，先后建成示范园5个，栽种车厘子、猕猴桃、青脆李、红脆李共计2万余株。

俗话说，果子好吃树难栽。特别是车厘子这种金贵的植物，能否把它在这高山上种植成功，本身就是一步险棋。为了学习和掌握车厘子的生长环境、种植条件、气候、嫁接、授粉等知识和技术，我去外地参加培训，并花费精力潜心钻研，虽然也遇到过挫折，但最终还是解决了各种各样的问题。

我出生在一个普通农民的家里，小时候家里非常穷，过惯了苦日子的我，很感恩当年帮助过我的父老乡亲们，因此我在心里暗暗发誓，我不能一个人有钱，我要让村里的人都变成有钱人，要让家乡的山山水水都变成金山银水。

我把车厘子树苗、猕猴桃苗和青脆李苗免费赠送给本地的乡亲们，请来专家手把手地给他们培训技术，还帮他们做了产业规划。他们的土地既收租金又入股，本人在园区上班，又拿工资又分红，这样的贴心帮扶一下子让乡亲们增添了致富奔小康的信心。

2018年6月，天垄生态农业公司初挂果的车厘子成熟了，白钟村迎来首批500多名慕名前来采摘的游客，络绎不绝的游客一下子让山村热闹起来了。

“过去这就是一条荒沟，从来没敢想能有这么多人来。”当看到这些采摘大军不但采摘了车厘子，还顺带着采购了当地的土特产，还说明年要多带些人早早地来，当地的老干部毛明生感慨不已。

初尝甜头，给当地农民带来了新的希望，那些没有出让土地的农户纷纷找到我。他们对我说：“我家的那些土地，都送你去种吧，反正也是荒着的，我们也不要你的租金了，等你种成功了，再给我们分红就是了。你投了那么多的资金都不怕，我们还怕什么。”

在我的带动下，当地已有23个村民在基地上稳定就业。同时，村里的群众也开始慢慢转变发展思路，纷纷根据自身实际情况发展农业特色产业。

蹚出一条新路子　让候鸟温暖“归巢”

我常常站在我家老房子后边高高的山头上，眺望生我养我的这片热土，我看到我蹒跚学步的样子，听见我牙牙学语的声音，浮现着儿时伙伴们嘻哈打闹的情景……其实，我才发现自己虽然离开过家乡，心却始终没离开这里，于是我便想念当年的那些伙伴，虽然他们在外发展得一个比一个强，会不会也有“归巢”的想法？

因为这个想法，我还特意去了被评为“中国最美村镇”的湖北省京山市罗店镇马岭村考察学习。该村党支部书记张立于2012年怀揣浓浓的乡愁，毅然辞去了北京年薪百万元的工作，与其他八位姓马的在他乡创业的成功者，共同带领村民建设新农村的“九马回槽”故事，享誉全国，全新开启了振兴乡村的新生活。

考察学习归来，我感触良多，如果有更多的成功人士返乡创业，我们是不是也可借鉴他们的“村民股东化、管理公司化、发展产业化、养老福利化、居住集中化”的“五化”模式呢？随着市场经济的大发展，城市建设和道路建设已开始饱和，传统工业已转化成新型工业，实体销售已经跟不上网购，农民工以后到哪里挣钱？农业已经是越来越赚钱的行业。

每当看到那些撂荒的土地因长时间没人耕种而荒废，看到那些农民工每年出门时不知该往哪儿走的彷徨，看到那些留守老人和孩子孤独无助的目光，我的心里都有种莫名的痛楚。我很想通过自身的努力，蹚出一条新路子，让农民生活得有尊严有滋味。

有人问我，你已经有好几百万元的资产了，不用干事情也可以悠闲地养老了，何苦还要回到农村做那些又苦又累又脏又臭的农活呢？我的回答很直接：故土是我身上的一块胎记，落叶归根才是最高的境界。我已经把退路想在了前边，做好了失败的准备。我认为任何事都要有两手打算，就像我种的猕猴桃一样，虽然长势很好，但我也在空隙处栽种了其他苗木。幸好我有先见之明，今年的猕猴桃有相当部分患了枯死病，我已将它们移除了。从这个教训上看，发展农业也要搞成立体化，只有做到不能收获这样也能收获那样，才能有收益。

现在，我虽然只是一名入党积极分子，但是我早就在用一名正式党员的标准严格要求自己，不断地加强党性修养，在生活实践中发挥先锋模范作用，争取早日加入中国共产党。

下一步，我准备再鼓励一些成功企业家返乡创业，把产业再做大一些，让我们这个地方的车厘子、猕猴桃、青脆李、红脆李、高山大树茶、土鸡蛋、熏腊肉、鲜核桃、小花生等土特产成为抢手货，让“宣河模式”成为鲜活典范。

皇泽物流联千家

讲述：刘泽军　　整理：苗晓辉

刘泽军，男，汉族，1974 年 4 月出生于朝天区汪家乡协议村，区人大代表、区工商联副主席、四川皇泽物流集团有限公司董事长。1996 年外出务工，2009 年返乡创业，解决 110 多人在公司就业问题，公司主营业务 2016 年收入 1.5 亿元，上缴各项税收 722 万元；2017 年收入 2.8 亿元，上缴各项税收 1252 万元；2018 年收入 3.9 亿元，上缴各项税收 1800 余万元。公司先后获 AAA 诚信企业、优秀民营企业、先进单位、执委企业、纳税大户等荣誉称号，连续多年获“企业贡献奖”。

一

小时候我生活在农村，家中兄弟姐妹多，家庭条件艰苦。为了减轻家里负担，我 20 岁就踏上了北漂打工的路。我什么苦都吃过，什么活都干过，漂泊了两年一无所获。但也是这段经历让我发愤图强，暗自下定决心，一定要出人头地，做出一番自己的事业来。

1996 年，年仅 22 岁的我怀着满腔热血，开始了自己人生创业的历程，最开始从事装修，后来又转行个体经营门店，还开过货车、承包过土地种植。常常为了接一个订单，四处奔波。好不容易有了订单，苦于没有人手，我就只能自己干。为了添置设备筹措资金，曾经跑遍了银行找寻贷款，却吃了不少闭门羹，因为没有周转资金，急得团团转，四处找人帮忙。还记得搞土地承包那年，一家人辛苦耕种一年，由于种植技术、气候等原因，一年下来还倒亏几万元。

至今回想起来，我对那段创业初期的经历依然唏嘘不已，在这个过程中有过彷徨，也有过颓废，但是从来没有想过放弃，经过几年的努力慢慢有了一点点积蓄。一个人想要成就自己的事业，实现自身价值，除了有过人的胆识，更要能敏锐地捕捉到创业的时机和利用自身的资源。

2002 年全国煤炭需求量大，四川煤炭资源也非常丰富，我当即把有限的积蓄拿出来创立了容华公司，开始煤炭销售。起初因为没有开办企业的经验，我遇到许多的难题，走了许许多多的弯路，为了满足客户的需要，夜以继日地工作，从货源到销售都是自己一个人干。只要客户需要，哪怕再难，我也咬牙坚持着，始终坚持注重产品质量，绝不以次充好，诚信经营、以礼待人，赢得了所有客户的肯定，订单日益增多。

二

历经 12 年的磨砺，也是在这个时期，我掘得了人生的第一桶金。在 2009 年 2 月为满足现有的订单量，我组建了广元燃料矿产品有限公司，任总经理；2010 年 3 月成立四川科林木业有限公司，任总经理，2012 年该公司在朝天区大巴口工业园区落地建成。受返乡创业浪潮的感染，也看到物流行业飞速发展的势头，在区政府的关心下，我毅然决然回到朝天，创建广元市皇泽物流有限责任公司。

创办之初，我虚心向同行企业学习，借鉴别人的成功经验，实现农民工本地就业，减少留守老人、儿童数量，由开始的 10 辆车慢慢扩展到现在的 80 辆，这也得益于领导的鼓励和部门的支持。2018 年，集团成功招引广元新泽物流公司落户朝天，并于 2019 年 5 月在七盘关的工业园区动工建设；集团顺应网络时代发展，开始实现线上承运，省去了线下承运的种种烦琐环节，实现“手机在手，货运全有”，大大提升了工作效率。集团公司独资投建的年产 8000 吨生物质颗粒加工项目正在加紧开展前期工作，落户仇坝工业园区，总投资 4000 余万元。生物质能源是一种洁净、可再生的能源，朝天区可做生物质能源的废木屑、废木材、秸秆、稻壳等原材料十分丰富，经过高温挤压的燃料棒，燃烧时不产生烟、硫，非常环保。同时，朝天及周边的企业需求量大，销售市场稳定，建成后可吸纳 80

余人就业，大幅解决全区秸秆处理难题，让老百姓变废为宝、增加收入。

短短十几年间，我的事业从一个个体户慢慢发展成拥有几家公司的集团。随着公司不断地成长壮大，我不断在思考，要想把企业办好，一定要会经营、会管理；要想企业更快更好地发展，员工的素质一定要不断提高，于是，我把工作重心放在抓管理、抓业务、抓队伍上面，努力开创现代化企业管理的新局面。

由于招收的员工大多是农村剩余劳动力，员工素质不高，纪律意识不强，为了提升员工的组织纪律意识和工作能力，通过精心组织，加强培训，建立健全了各项规章制度，引进了先进的生产设备，并选配了优秀的管理人才加入集团。为了说服乡亲们遵守规章制度，我以身作则，并经常与员工沟通交流，最终建成了一支纪律性强的员工队伍，形成了上下一心谋发展的良好氛围。

业务发展是工作的重点也是难点，自己带领全体员工共同分析市场，划分区域客户，分区分片逐个进行营销，克服重重困难，身先士卒，也带出了一批优秀的业务高手。在创业的过程中，我认识到，万事以人为本，人的基础打不好，事业就很难发展，所以我一直坚持“员工与企业共同发展”的理念，虚心听取员工意见，并帮助员工解决实际问题，使员工心情舒畅地工作。制定了“一小时学习制”，每天抽出一小时，组织员工开展业务培训与交流，并在工厂内部设立读书角，鼓励员工工作之余不忘学习。另外我还经常派员工走出去学习，让其回来后与其他员工共同交流，在不断的培训交流和学习中，员工的整体业务素质、综合能力都有了很大的提升。

“梅花香自苦寒来”，在创业历程中充满了荆棘，我凭着顽强的拼搏精神、坚忍不拔的毅力，一步一个脚印，踏踏实实，打造出发挥自身价值的事业平台。吃得苦中苦，方为人上人，走过了一段艰辛的创业风雨历程。经多年，我的公司也有了一定的知名度，并获得“AAA诚信企业”“优秀民营企业”“先进单位”“执委企业”“纳税大户”等荣誉，同时，连续多年荣获“企业贡献奖”。

皇泽物流有限责任公司成立于2012年，2017年更名为四川皇泽物流集团有限公司，有员工110余人。经过公司全体员工不断的努力，2016年我公司实现主营业务收入1.5亿元，上缴各项税收722万元。2017年主营业务收入2.8亿元，上缴各项税收1252万元。2018年公司营业方向调整，实现主营业务收入3.9亿元，上缴各项税收1800余万元。

三

“饮水思源勇担当”，做企业要饮水思源，财富取之于社会，就要回报给社会。几年来，我积极参与到慈善事业中去，在2014年的一次回乡探亲时，发现村里的路还不畅通，乡亲们出行困难，每到下雨天乡亲们都是从泥浆里走过。看到这种情形，我很后悔没有早点回来看看，当即协调并投入130余万元打通乡亲们的“最后一公里”道路。2016年，我积极响应政府号召，参与“万企帮万村”行动，先后捐助财物价值20余万元，帮助困难群众脱贫致富，承担起一个企业家应有的社会责任。

“创业有起点，事业无终点。”回眸我的创业之路，我庆幸自己是个乐成者，但在庆幸之余，也深深地感激家乡这片曾经养育过我的沃土，为我打造了坚持不松懈的性格，同时，我更感激党的富民强国政策和改革开放的伟大实践，为我提供广阔的空间。我将把这片感激之情化作今后人生发展的动力。能取得今天的成绩，当地政府对我的帮助我铭记于心，更加感谢家乡人民对我的支持，我相信还有许多事情比赚钱更有意义——就是把有限的精力用到扩大经营生产上，努力提高员工的福利待遇；用到支援家乡建设上去，回报家乡和社会。

现在的小成，只是明天事业的一个基点，只是人生中的一小步。在今后的生产经营中，我一定勤勤恳恳，兢兢业业，带领公司全体员工和家乡人民发展致富。

藤椒花开富裕路

讲述：文波　　整理：徐廷力

文波，男，汉族，生于1971年11月，朝天区中子镇人，大学文化，四川金点公司总经理、朝天裕鑫公司董事长、成都广元商会副会长、成都朝天商会会长、朝天区工商联副主席。2001年外出务工，2012年返乡创业，积极探索“公司＋合作社＋农户”的全产业链发展模式，由裕鑫公司引领组建藤椒种植专业合作社，参与藤椒种植户5000多户，种植面积达到3万余亩，辐射23个乡镇50多个村，其中覆盖贫困户213户650余亩。

一

朝天是生我养我的家乡，也是我曾经工作的地方。2001年，我怀揣梦想到成都创业打拼，经过17年的不懈努力，终于成就了今天行业内小有名气的四川金点食品有限公司，公司品牌“川芝林”也成功创建为“四川名牌”和“成都市著名商标”，逐步在四川调味品行业中崭露头角。“饮水思源、回馈家乡”，2012年，我带领我的“川芝林”团队，积极响应朝天区委政府“回乡创业”的号召，在朝天区成立了集种、养、加为一体的广元市朝天区裕鑫农业开发有限公司。

个人取得了一定的成绩以后，回到家乡我仿佛感受到衣锦还乡的光荣，得到乡里乡亲的普遍认可，但是令我痛心的是，还有很多父老乡亲仍然是建档立卡贫困户，他们或是因病致贫，或是因学致贫，或是年老体弱、缺乏有效的创造财富的手段，还生活在温饱线下，辛苦挣扎却苦无出路。这时候我突然觉得笼罩在他们头顶上的就是一片黯淡。我能为乡亲们做点什么呢？我不禁陷入沉思。

终于，我迎来了实现企业价值和自身理想的好时机，既然是工商联成员企业，“万企帮万村”精准扶贫行动不就是我们企业施展的平台吗？我不是正好可以结合自身优势，通过工商联的平台为贫困群众做点事情吗？自此，一切都有了转机。在深入推进“万企帮万村”精准扶贫行动的过程中，我公司积极响应号召，按照朝天区工商联关于“万企帮万村”精准扶贫行动的工作部署，把产业扶贫作为承担责任、回馈社会的重要使命，作为实现企业价值的重要目标，积极采取“公司＋合作社＋农户”的全产业链模式，不断探索“造血”式扶贫的途径，因地制宜地瞄准特色产业，立足产业带动，实现互利共赢，不断延伸产业发展链条，提升扶贫效益，扶危济困，解决特殊困难，在脱贫攻坚战场上取得了一定实效。

二

我们结合实际，因地制宜，规划引领，行动开路。2012 年，经过多方考察论证，公司结合朝天的地理和气候条件，在羊木和西北两个乡镇率先示范试种了藤椒 500 余亩，2015 年示范试种的藤椒如期投产见效。实践证明，朝天区不但适合种植藤椒，而且藤椒的品质优、质量好。鉴于藤椒试种成功，裕鑫公司就决定把发展藤椒产业作为产业扶贫的重要着力点，把企业自身的原料需求与地方的产业扶贫结合起来，在全区引领藤椒特色产业规模种植。如今，裕鑫公司引领组建藤椒种植专业合作社 22 个，参与藤椒种植户达到 5000 多户，种植面积达到 3 万余亩，辐射 23 个乡镇 50 多个村，其中覆盖贫困户 213 户 650 余亩。

产业铺开以后，我们积极探索“公司＋合作社＋农户”的全产业链发展模式，完善利益紧密联结机制。由裕鑫公司引领组建藤椒种植专业合作社，并与合作社签订《藤椒产业共建合同》：公司无偿向合作社及社员提供优质藤椒种苗，按工厂成本价代垫农用物资，投产后分三年按 50%、30%、20% 的比例扣收农用物资费用，免费藤椒种植技术培训以保底价 10 元 / 公斤回收鲜椒。如果市场价高于保底价时按市场价回收，销售收入按合作社（农户）80%、公司 20% 进行分成。除此之外，公司还要给合作社和社员绩效考核及二次分红。这样一来，农民就可以不投一分钱，在自己的家门口搞产业。公司还牵头成立了朝天富珉资金互助社，为藤椒产业大户提供藤椒产业借款，享受财政贴息，进一步提升了龙头企业的带动能力，助推了藤椒产业的快速发展。2017 年全区 5000 亩藤椒开始初挂果，采摘藤椒鲜果 50 余万斤，产值达到 400 余万元。2018 年全区 1 万亩藤椒挂果，采摘藤椒鲜果 250 万斤，产值达到 2000 万元以上。

为了使藤椒产业的一产、二产、三产有机链接，坚定广大藤椒种植农户的信心，最大限度地提升产业扶贫效益，公司在七盘关工业园区修建了藤椒油加工厂。2017 年藤椒油加工厂完成调试生产，生产了高浓缩藤椒母油 200 余吨。公司规划，到 2020 年，朝天的藤椒种植基地力争突破 10 万亩，同时探索“藤椒林下放养土鸡”的立体经济模式，延伸产业链，提升附加值。在藤椒产业纵深发展的同时，我又动员成都公司股东共同投资 2500 万元，在朝天注册成立四川天茂圆食品科技有限公司，建设 2 万亩葱、蒜、姜、辣椒种植基地及复合调料加工项目。项目正在加紧施工，预计 2019 年 7 月份可调试生产，届时全产业链可以解决上千人就地就业。

作为一名政协委员，我还通过“我为扶贫攻坚做件事”活动扶危济困、积极履职。为帮扶的陈家乡梯子岩村和蒲家乡罗圈岩村贫困户免费提供藤椒幼苗 3 万多株，总价值达 7 万余元，解决了贫困户的产业资金难问题，激发了贫困户发展产业的积极性，使贫困户能持续增收、稳定增收，今后的收入来源有产业做保障。我积极参与全区扶贫集中捐赠活动，2018 年的“扶贫一日捐”，我捐赠 15 万元用于全区脱贫攻坚产业发展和基础设施建设。和贫困户开展结对认亲活动，在了解到朝天镇烟灯村贫困户代学明一家四口，本人及妻子残疾且常年多病，无劳动能力，长子代兵当兵回家待业、长女代敏才上高三的情况后，我主动为代兵提供了年收入 6 万元的就业岗位，解决了就业难题；其次每年为代敏上学提供书学费及生活费用 1.5 万元，直至其大学毕业；最后还帮助他们规划实施了藤椒产业 5 亩和土鸡养殖 80 只。我再次捐赠 15 万元到陈家乡天井村，作为贫困户产业发展资金和建房补助资金，为全区脱贫摘帽尽了自己的一点绵薄之力。

三

回顾帮扶历程，坚定助贫决心。通过这几年来参与脱贫攻坚工作，不管是“我为扶贫攻坚做件事”，还是“万企帮万村”，抑或是我以个人名义开展的一些帮助困难群众的行动，都让我深切地体会到：作为政协委员，参与社会扶贫是我们义不容辞的职责和义务。我认为，政协委员在脱贫攻坚工作的推进中应当扮演一个最积极最活跃的角色，尽最大的努力发挥和运用自身拥有的社会关系、人员物资和技术资源等，主动协调参与，助力脱贫攻坚。作为社会企业，产业扶贫是一个值得开拓和创新的成长发展模式，企业对于市场的依赖是与生俱来的，产业扶贫变“输血”为“造血”，其实就是在为企业创造和开拓更为广阔的市场，不管是原料市场还是加工用工市场乃至产品销售市场等。产业扶贫既帮助贫困群众如期脱贫、稳定增收，又让企业有稳定的优质原料基地和稳固的市场，这是最有价值的双赢。因此，我们的产业扶贫模式才受到了广大群众的一致好评和区委区政府的充分肯定，这也更加坚定了我作为一名政协委员和企业代表参与脱贫攻坚的信心和决心。

参与精准扶贫，带领乡亲们共同致富，将是我永远坚守的情怀。我将始终秉承“绿水青山就是金山银山”的理念，致力于将家乡天然的绿色生态资源转化成优势产业，做成真正的“生态调味品”。与此同时，我也将在党委、政府和政协各级领导以及社会各界群众的支持下，着力于生产技术的创新推广，着力于产品质量的稳步提升，着力于完善利益联结机制，在企业发展壮大的同时，始终不忘带动和帮助困难群众，在产业扶贫的道路上主动担当作为、做出实效，为打好扶贫攻坚战、实现全面小康贡献绵薄之力。

“穷孩子”也能反哺家乡

讲述：何思勇　　整理：张敏

何思勇，1979年生于朝天区蒲家乡河坝场村，中共党员。2000年从广元财经学校会计专业毕业后开始创业，2016年返乡创业，建设农旅融合示范点，通过“公司＋农户”产业发展机制，带动30余户村民年户均增收5000多元。

我叫何思勇。流火七月，朝天区蒲家乡罗圈岩村迎来了最美的时节：十里高山荷花含苞待放，百亩果林里红的樱桃、紫的脆李果香四溢，标准化养殖基地里羊儿欢叫，别具一格的川北民宿群迎来了游客流连忘返……这繁盛的景象，分明是我的梦境，却更是实实在在的现实。从21岁离开家乡在外打拼，到而立之年回到家乡，种荷花、建基地、搞旅游，和乡亲们携手奔跑在脱贫致富奔小康的路上……我心中一直铭记：这是我亲爱的家乡，这里生活着的是我淳朴可爱的乡亲们，要有苦同担、有路共闯、有福同享。

艰难困苦　玉汝于成

我出生于1979年，是土生土长的蒲家乡河坝场村人。

父母都是面朝黄土背朝天的农民，一年到头，全靠辛辛苦苦刨弄几亩贫瘠的土地养家糊口，养个猪还舍不得自家吃，得卖了才有零花钱买油盐。由于幼时家里十分贫寒，吃不饱饭便成了常事。在那时，我幼小的心里便萌发了一个念头直至根深蒂固：有朝一日，我一定要走出大山，挣许许多多的钱，改变家乡贫穷落后的面貌。

“穷人家的孩子早当家。”我很小的时候便深刻地意识到，要想梦想成真，就必须得付出实际行动。在家里，我竭尽全力地帮助父母分担沉重的家务和农活；到了学校，也不敢像其他孩子那样成天追逐嬉闹，总是争分夺秒、如饥似渴地汲取知识的养分。特别是当我的姐姐因家里经济窘迫、初中毕业就辍学外出务工后，我越发珍惜来之不易的学习时光。

在一家人的全力支持下，2000 年，我满怀雄心壮志从广元财经学校会计专业毕业，想着马上就要在工作岗位上大展身手、一施抱负，不再是家庭的负累，几回在梦中我乐出了声。但现实却劈头盖脸地将一盆冷水浇了下来，不早不晚，我刚刚赶上了国家不分配工作的政策。到处找不到对口的工作，不晓得自己还能干些啥，我的心情一度十分低沉迷茫。

在家里荒废了一段时间，姐姐和父母看我萎靡不振的样子很是心疼，拿出家里全部的钱送我上了驾校，又东拼西凑了一万多元钱帮助我买了一辆二手小货车。我这个新鲜出炉的“送货郎”便走马上任了。因为知道这份来之不易的工作不但掏空了家底，还欠下了不少外债，我工作起来特别吃得苦。二手车小毛病比较多，出现故障，为节省钱又舍不得送修理厂，我就买来机械修理的书籍趁停工的时候学习研究，通过慢慢的摸索，后来光听车子的声音，我就能把故障辨出个七八分。

一年多后，小货车“寿终正寝”，我不但收回了全部成本、还清了外债，还略有盈余，这给了我莫大的信心。再后来，我开过出租车，开过茶楼，和别人合伙修过路、建过房……“可以说，能挣钱的活都干过，能吃的苦都吃过。”凭着吃苦耐劳、踏实肯干、待人诚恳、办事利落的特质，在一次务工经历中，我赢得了老总的赏识和提携。自此，我慢慢开始承包一些小的建筑项目，并逐渐积累下了一定的资金，终于迈出了实现了人生梦想的第一步。

反哺创业　回报乡梓

难舍故乡亲，常忆故乡情。

2008年汶川发生特大地震，我们村里的房屋和道路也出现了不同程度的损毁。有一天，父母在电话里告诉我，村里准备维修震垮的一段堡坎，但苦于没有资金来源。虽然那时我还处于创业初期，资金周转十分紧张，但我还是毫不犹豫地从创业基金里挤出了10万元，帮助村里重新加固了堡坎，让乡亲们出行更便捷、更安全。

力所能及地为家乡、为乡亲们做点有益的事，一直是我的心愿。2016年，事业小有成就的我听闻蒲家乡要对紧邻我们河坝场村的深度贫困村——罗圈岩村进行集中打造，一夜辗转反侧的思量后，我做出了一个让我的合伙人都侧目的决定：要回到家乡去投资、去兴业，带领我的乡亲们和我一起走上致富路！

全村69户217人，贫困户就有42户138人，贫困发生率高达61.9%。面对罗圈岩村这么一个典型的“高、远、冷、穷”的深度贫困村，我的合伙人对我作出的这个决定十分不解。他们语重心长地再三做我的思想工作说：“思勇，罗圈岩村的情况你最清楚，基础条件那么差，不管做啥都投入大、见效慢。现在我们在外面搞工程，赚钱的机会大把大把的，干吗非要回去吃那些不讨好的苦，要不干脆就算了嘛。”可他们的劝说不但没打消我的决心，反而更坚定了我的一意孤行。

我是蒲家人，更是一名党员，如果连我都不愿意投资建设自己的家乡，还有谁愿意呢？说干就干，入驻罗圈岩村后，我恍然发现，这才是我在外打拼多年苦苦追寻的人生意义之所在。在广泛征求当地乡亲们的意见建议后，我多次组队带领村组干部和群众代表，外出考察适合罗圈岩村发展的旅游项目，回来后成立了广元森盈旅游开发公司，在罗圈岩流转土地500亩，建成了集“岭上人家养心谷、高山蔬菜体验带、岭上荷花观光带、田园采摘体验区、生态养殖区、生态种植区”为一体的农旅融合示范点，并通过“公司+农户”产业发展机制，带动该村30余户群众年户均增收5000元。

推窗见绿，转身即景，出门进园，时下已成为罗圈岩乡亲们的生活常态。其中，68岁的贫困户杨洪顺给我留下了深刻的印象：“他们老两口都在我的基地里务工，一年下来，收入少说也在5万元以上。”现如今，老两口儿的日子过得可舒坦了，闲下来的时候随时带个小音响在广场上边听音乐边散步。杨洪顺老人还收了几个年轻人做徒弟，教打锣鼓，文化活动也搞得红红火火。

要给乡亲们一个坚固安稳的家。2017年，罗圈岩易地扶贫搬迁安置点和村委会建设面临着工期短、任务重、施工难度大、设计方案不成熟等一系列复杂情况，作为现场负责人的我，日夜和工人驻守工地，24 小时昼夜作业，调派 20 余台各种类型的机械设备同上火线，35 户安置户，投放了 100 多名经验丰富的技术人员同期施工。我们老板在我面前多次提意见说：“思勇，我们是商人，你这样搞，我们不说赚钱，还得亏本！”但我总劝他说：“为了脱贫攻坚，为了如期完成任务，为了众多乡亲们，先不管那么多，铆起干哦。”六个月时间，罗圈岩村易地扶贫搬迁安置点建设高质量完成，创造了易地扶贫搬迁的“罗圈岩速度”，并于当年 9 月 16 日，顺利迎接了全国易地扶贫搬迁现场会的召开。

誓和乡亲们一起，把这穷村变“桃源”。2018 年，罗圈岩村再次启动 AAA 景区建设。为了让乡亲们居有所乐，我再次自筹资金 100 余万元新建了罗圈岩村 300 余平方米的游客接待中心、7 人制足球场、2 公里自行车绿道，并配套建成了小型儿童游乐场和高标准旅游厕所。同时，我租用村里空置的民房改建出两套民宿，想为乡亲们另外开辟一条新的增收渠道。现如今，仅这两套民宿，每年就能为村集体经济公司创收近 5 万元，还解决了村里 20 余名富余劳动力的就业问题。而在我的示范指导下，乡亲们陆续开办了“严家老屋”“翠竹山庄”等四户农家乐，每户年创收都在 5 万元以上。

岭上运动乐园建成并投入使用，七彩滑道、儿童拓展乐园、成人运动拓展乐园、足球场、网球场、篮球场等设施设备，不仅为罗圈岩乡亲们提供了一个茶余饭后休闲运动健身的好去处，更吸引了大量游客蜂拥而至，为村里的集体经济再添新门路。路头路尾，村党支部书记严永喜见了我老说：“思勇，我们罗圈岩发生的每一个变化里都有你的功劳哦，我们村要振兴，离不开你这种人！”听了他的话，我总想，被需要，应该就是我人生价值的一种最大化体现，我为这“被需要”而时刻感到内心充盈、人生丰满。

落叶要归根，致富应思源。在家乡振兴的洪流中，我愿继续当一颗永不生锈的螺丝钉，扎根家乡！

朝着目标撸起袖子加油干

讲述：赵胜彬　　整理：鄢怀林

赵胜彬，男，汉族，朝天区羊木镇人，生于1975年12月，中共党员，广元市天盛德农业科技开发有限公司总经理，成都朝天商会轮值会长，朝天驻蓉流动党委副书记，朝天区政协委员，朝天区工商联（商会）执委。2018年回乡创业，与各乡镇贫困村合作，大面积种植金银花，产业覆盖全区13个乡镇，面积近5000亩，其中400余户贫困户户均增收近万元。

我叫赵胜彬，我的老家地处朝天区羊木镇，那里是一块小盆地。我祖祖辈辈都是地地道道的农民，黄土地是亲人们赖以生存和繁衍生息的命根子。

“上学是为了走出黄土地，走出黄土地是为了回到黄土地，回到黄土地是为了建设黄土地。”上小学的时候，语文课本上的这句话深扎我心。如今，我回到了这片黄土地，希望靠自己的力量，让这片土地上开满“金银花”，带领家乡人走上致富路。

家乡给了我第二次生命

时间追溯到44年前，1975年，我出生在朝天区羊木镇源溪村，家里一贫如洗，红薯、土豆是我们那时候的主食，米饭、馒头是难得吃上一回的美食。就在仅有两间平房的家里，父母照顾着我和两个哥哥，因为缺衣少食，父亲都差点饿死。好在有邻居杨仕玉伯伯的接济，那时候，杨伯伯是一名工人，有稳定的工作，家庭条件较好。杨伯伯每年会给我和哥哥们几件旧衣物，有时候还会给我们家端来一大碗米饭……

在我九岁那年，在杨伯伯家，我第一次见到了电视机。每天晚上 7 点左右至 9 点，我和邻居家的 10 多个小朋友都会跑到杨伯伯家看电视，在 12 英寸的黑白电视机里，我对羊木镇外的世界有了粗浅的认知。那时候，我就盼望着长大，早日到外面的世界闯一闯，挣钱回来改变当时的生活。

除了杨伯伯外，家乡这片黄土地上的邻居还对我有救命之恩，所以我对这个地方有着很深的情感。1984 年 8 月，雨后我下河洗澡，突然上游涨水，我被洪水淹没，同行的朋友赵文连衣服都没来得及穿，就跑着呼救。许多邻居放下手中农活，沿河寻找，在两公里的下游，我被河水冲到了岸边，邻居们找到我救回家。可以说，是家乡人给了我第二次生命。

1993 年，初中毕业。因为家境贫寒，我放弃了学业，投笔从戎，成为一名边防士兵。临行时，全村人将我送到羊木街上，镇政府也派干部前来送行。亲人、邻居、镇政府工作人员都殷切地嘱咐我："娃儿，去了部队要踏踏实实做事，好好学习，练就一身本领，回到家乡，建设家乡。"

带着他们的嘱托，我泪别家乡，那年我 17 岁……

草根创业的平凡故事

作为一名草根创业者，我的故事也很平凡，有机遇，也有朋友的相助。但成功终归来得不容易，我总结了八字创业经验：踏实、肯干、胆大、心细。

1996 年 12 月，带着军旅荣誉，我退伍了，部队给了 1380 元的退伍费。那年，大哥赵胜中在成都开了一家通信公司。我用这笔退伍费入股大哥的公司，白天跟着大哥工作，晚上查阅资料学习技术，由于踏实肯干，手头的业务多，收入也有所增长，每月可赚到 5000 元以上。一年时间我赚到了 4 万余元，掘得了人生的第一桶金。

1998 年 3 月，带着 4 万余元的存款，我回到了广元，在广元老城北街租了一个八平方米的门店，单独做起了通信生意。那个时候，手机刚刚进入普通家庭，凭借办理号卡、卖手机等业务，我年入 30 多万元。那时候的通信行业让我看到了希望，也看到这个行业的潜力。1999 年开始，我在老城区数码广场租下了一间 130 多平方米的门店，扩大了经营规模。

2003 年，大哥赵胜中由通信公司转型投入到建筑行业，我也看到了在成都这样的大城市里的发展机遇，最终我决定再次回到成都，转型投入建筑行业。在成都，我一手创立了天恒合盛劳务有限公司，业务遍及成都、绵阳、南充等 10 余个城市，2005 年公司业务最高峰产值达到了 2000 余万元，这个劳务公司也成就了我事业的最高峰。

2010 年，随着建筑行业的滑坡，天恒合盛劳务有限公司业务也走向了低谷期，经过公司各大股东商议，公司再次转型，转入餐饮行业。

我想带领家乡人民致富

2017 年 6 月，在蓉的朝天籍企业家准备在成都成立商会，并组建了筹委会，我成为筹委会成员之一，在那儿我找到了浓浓的乡情。在这个小集体里，我认识了一批跟我一样的朝天籍在蓉创业的企业家。在这个集体里，我也找到了归属感，更重要的是这个集体资源共享，我有了更多的发展机会。

筹委会组建后，朝天区委区政府组织在蓉的 50 多名企业家回家乡参观，我就是其中之一。我们参观了羊木、中子、转斗、两河口、临溪等乡镇，在一个星期左右的参观时间里，给我感触最深的是：家乡变化，日新月异！但大面积荒废的土地资源是我最痛心的，农村大部分劳动力都外出务工，这么美丽的家乡，没有留住家乡的人。看到家乡的父老乡亲生活还比较艰苦，有的甚至还生活在贫困环境中，作为在外创业的游子，我总觉得应该为家乡做点什么，才对得起生育、养育我的故土。

2018 年 6 月，在成都朝天商会成立大会上，我当选为常务副会长，我接受媒体采访时说："作为一名朝天籍企业家，我们有义务为家乡的发展添砖加瓦，我会带头在家乡投资，带领家乡群众致富。"

怀着对家乡的感恩心理，我数次回到朝天，并带领我的团队对朝天 25 个乡镇 80 余个行政村的地理、土壤、气候等条件进行了详细的考察。通过考察分析，结合我从事生态农业产业的经验，我觉得朝天的自然条件很适合种植金银花。如果金银花项目落户朝天，一定会给当地群众发展产业、脱贫致富带来机遇。基于这种想法，我带领我的团队在山东、湖南、湖北三个金银花产业大省进行考察，对金银花种植技术、加工技术、金银花市场行情进行了细致考察与分析，为了项目的稳定可靠，我还带领团队对省内金银花种植基地南江县进行了详细考察，通过考察分析，我认为金银花种植项目是朝天农户脱贫奔康的优良产业项目。

看好了产业，我就想着回乡发展。2018 年 3 月，借着“成广合作”的机遇，我回乡创业，成立了广元天盛德农业科技开发有限公司，与朝天区各乡镇贫困村合作，大面积种植金银花。

家乡父老有收益，我倍感欣慰

“金银花药用价值高，市场效益好，干花一斤可卖 100 元以上。”这是我外出学习考察得来的结果，我也把这个结果分享给了成都朝天商会的会员。该产业也吸引了成都朝天商会的朋友投资，有了他们的支持，我发展产业更有了信心。

经过一年多时间的发展，我们在朝天区种植的金银花产业，有了一定的规模，在全区建立了 13 个产业园，产业覆盖了朝天 13 个乡镇，面积近 5000 亩。

金银花产业能发展到现在的规模，得益于朝天区委、区政府的支持，还得益于朝天区优良的基础设施条件。现在硬化公路已经直达各基地。公司现在处于创业初期，朝天区人民政府在税收上给予了一定的优惠，甚至在厂房建设等方面也给予了一定的政策倾斜。

我们从群众手中以 400 元 / 亩 / 年的价格流转土地，各金银花产业基地用工，大部分都选用的是当地贫困户。公司采取了“公司 + 专业合作社 + 农户”的经营模式，带动基地周边农户参与金银花种植项目，采取由公司统一提供种苗、统一技术、统一管理、统一加工、统一销售的“五统一”管理模式，根据农户发展规模给予补助资金，并签约定价回收金银花鲜花。

目前，全区有 400 余户贫困户在种植金银花项目中得到收益，户均实现增收近万元。看到金银花项目在朝天逐步推广，看到家乡的父老乡亲在种植中得到收益，我感到十分欣慰和高兴。

让金银花开满朝天乡镇

在金银花产业发展壮大的同时，我在思考如何把朝天的金银花产业做大做强。根据朝天区的土壤、气候特点，我们研发了产量更高、更适合朝天山区生长的金银花品种。目前，新品种“朝天一号”已有初步成果，正在朝天区各个金银花基地试种。

“我一个人富了不算富，我要带动乡邻们都走上致富路。”围绕着这一目标，2019 年，我继续扩大金银花种植规模，同时建立金银花深加工基地，让家乡的父老乡亲在项目中受益，在项目中致富。同时我与公司董事们商议，决定投资 5000 万元，在朝天区的各大金银花基地内套种杭白菊，让这种生长周期短、见效快、收益高的项目在朝天大面积落户，让当地群众在产业发展中得到更高的收益。

下一步，我们将走农旅融合之路，以花为媒，发展以参观金银花产品生产流程及体验采摘、制作过程为特色的产业游，实现特色产业和全域旅游有机结合，从而提升产业综合效益，实现农旅融合发展，带动群众增收致富，夯实乡村振兴基础。

此外，我还准备让公司牵头，动员更多的在外创业人员返乡兴办实业，为家乡脱贫奔康添砖加瓦，为家乡父老乡亲过上富裕生活贡献自己的力量。

痴迷上那座山

讲述：李志勇　　整理：董为

李志勇，男，生于1976年11月，大专文化，朝天区朝天镇人。2000—2010年任广元市天强建筑装饰有限公司技术员，2011—2014年任广元凯迪公司生物质发电厂建设项目现场负责人。2015年返乡创业，任广元市季源生态农业开发有限公司法定代表人，投资建设罗圈岩农旅结合旅游开发项目，通过“公司＋基地＋农户”的发展模式，流转土地500余亩，发展高山露地蔬菜、观赏荷花、小水果等特色产业，建设黑山羊、黄羊养殖区2400平方米，带动村民35人就地务工，实现增收。

小时候，我常常爬上那座山，到山顶背柴火，因为父母亲喜欢去那里拾柴火。那些干柴火用山上的藤条捆成小捆，我最多的时候可以背上三捆，强健的体魄就是从那时候锻炼出来的。

记忆中的那片山林很辽阔，林子里有各种可爱的小动物和叽叽喳喳的山雀，捉野鸡，赶野兔，拾野生菌……那里几乎成了我和哥哥少年时期的乐园。山的周边住着沙河镇白虎村、羊木镇金笔村、蒲家乡罗圈岩村的村民……

前些年，我疯狂地痴迷上了那座山，在当地党委政府的大力支持下，依托大山、大水、大森林，通过“公司＋基地＋农户”的发展模式，流转土地500余亩，成功发展高山露地蔬菜、观赏荷花、小水果等特色产业，建设黑山羊、黄羊养殖区2400平方米，带动当地农民35人就地务工，为当地发展种养业打开了一扇天窗。

生命的过程　如同攀高峰

1976年，我出生在朝天区朝天镇仇坝村五组一个贫苦农民家庭。小时候，为了供我和哥哥上学，父母亲吃尽了苦头。那个年代，好多家庭都为温饱发愁，为了填饱一大家子人的肚子，父母亲常常会到山里采些野果、野菜回来充饥。为此，我们家背靠的那座大山便成了我们采撷大自然的富矿，也成了我和童年伙伴们玩耍的乐园。

1997年，我从利州中专毕业后，到广州的工厂上班。由于诸多原因，我们10多个同伴在那个厂里没待住，干了不到半个月，便悄悄地逃离了那个地方，主动放弃了工作。我是学建筑专业的，很想找个与所学专业对口的职业，后来，经人介绍，我到了山西搞建筑，主要做道路工程，以打零工为主。

再后来，又到了北京等地，从打零工到管理工程，到自己承包工程，工资也从最初的十几二十元到一百多两百元，到每天上千元，这之间历尽了几多艰辛。然而，在我遭到了挫折，感觉最落寞、最消沉之时，都要感谢大山给我的力量。我喜欢沿着老家房后当年的那条小路登上山顶，站在山顶遥望着远远近近起伏的山峰，一种心灵深处的慰藉和豪情陡然升起。我觉得，生命的过程，正是由一座山向另一座山的攀登。

阔别多年后，当我再次登上那座山，才发现那里早已不是梦想中的那片乐园。当年那200多亩的茶园已经荆棘丛生，那一块块荞麦地、油菜地已经消失了，被一人多高的荒草淹没了，环绕半山腰的几十户人家大多关门闭锁，坍塌的院墙摇摇欲坠……那一派荒凉成了我心中的一种痛。

“这么大面积的山地荒芜，实在是可惜了，有朝一日，等我有实力了，我要把它重新开垦出来。”当年暗下的决心，让我在2014年开始实施。

承建路和房　萌耕罗圈岩

2008年汶川特大地震发生后，家乡百废待兴，灾后重建的项目一个接一个，这给我们这些搞基础设施建设的企业提供了许多机遇。由于家中有老人需要照顾，我也从外地回到广元，在离家近的地方承建一些项目工程。

我家房后那座大山的背面，就是蒲家乡罗圈岩村，由于山高坡陡，平均海拔1200米，没有一条像样的公路，一遇到下雨，人们就为出行发愁，赶一次集，来回要折腾一天，因此这里的人们一年中难得有几次下山。地震发生后，罗圈岩村道路、房屋受损严重，由于道路不畅，建筑材料拉不上山，村民干脆放弃重修、返修，选择在县城或者场镇买房；没有自来水，家家户户靠挑水生活；山高没有信号，家家户户的电视成摆设，仅有的电灯也是昏暗无光……“与世隔绝”的罗圈岩村，成为全区典型的贫困村，建档立卡贫困户42户138人，贫困发生率达61.9%。

2014年，脱贫攻坚战打响之后，当地党委、政府“汇集各方力量、用足各项政策、整合各类资金”，以明确的思路、强有力的举措、超常规的力度，精准施策、精准发力，打响了“攻坚拔寨”式的精准扶贫战役，罗圈岩村成为重点脱贫攻坚对象。当时，我们公司承建了道路建设和安置点部分项目，从此驻扎在罗圈岩村，一干就是三年。

2017年，在各级党委政府的坚强领导下，该村建成了全国知名的易地搬迁集中安置点，本地40户（包括贫困户）126人易地搬迁到了35栋“乡间别墅”。紧接着，该村又依托海拔高、气候好、生态美、离城近等自然资源禀赋和地理位置优势，走上了农旅、体旅、文旅融合的高山特色发展之路，特别是2018年首次举办的岭上荷花观赏季活动，3000余名游客来到这里避暑，赏荷花，体验川北民宿。看到游客陶醉其中流连忘返的情景，我一下子嗅到了无限商机。

按照罗圈岩村“一谷两带三区”的发展战略，规划打造1.2万余亩的创新型农业综合体，这里大有潜力可挖，将来一定是农旅兴旺的风水宝地。于是，在当地招商引资政策的指引下，我决定把那些沉睡的荒山流转过来，在这里投资兴业。

大胆筑新家　梦圆农产业

我小时候就在这一带长大，对这里的地形地貌很熟悉。罗圈岩之所以叫这个名字，是因为山顶上的几个山包自然形成一个面积达2平方公里的罗圈地形，如果对这里不细心区别，很容易迷失方向。这里还有几条沟，空气好，植被好，夏天特别凉快，很适合搞生态放养，牲畜等放在沟里不怕走丢。

2017年，我与别人合作成立了广元市春山生态农业有限公司，在山顶上养殖了70多只麝。养麝的成本很高，一只麝的本钱就需要3万—4万元，养殖起来也比较考验技术：要把每株草或树叶上的杂质和水分擦干了才能给它喂，配料也要配精料，还要细心地照料，防止它跑了。2018年，我们养的30多只麝，首批采集麝香100克，产值达5万元左右。

紧接着，我又成立了广元市季源生态农业有限公司，建设集中养殖区2400平方米，养殖黑山羊和黄羊3000多只。现在，我的两个养殖基地每天都有10多个当地村民干活儿。他们既收租金，又能在家门口挣现钱，还能照顾自己的全家老小，我每年还带他们到外地去转一转，让他们长些见识。

农村人见识少，观念差，我总是希望尽我之薄力，能够感染和带动他们。就拿我的产业来说，不仅需要人工，还需要许多原材料。我每年都需要大量的草料，于是我发动周边的老百姓把庄稼地里的秸秆杂草卖给我，他们都嫌麻烦，不想往我这里送，于是我就派人上门去收，送上门的钱谁愿意拒绝？我的小羊，我希望跟一些农户合作，免费把小羊送给他们去喂养，等到出栏的时候，我又把它们回收回来，条件是让他们多少交点押金。但他们一听说要交押金，脑子又转不过弯了。思想观念落后，真是急人！

岭上荷塘的一些农家乐，最开始接待城里来的游客时，总喜欢给他们搞些大鱼大肉，还买些现成的卤肉回来，结果一顿饭下来，那些大鱼大肉很少有人动筷子，相反那些本地的素菜、野菜被吃得精光。原来，农村人很朴实，认为多搞些荤菜很上档次，会受欢迎，结果事与愿违。我对他们说，“城里人到乡下来，主要冲着当地的土味野味而来的，你们多搞些园子里的新鲜菜和坡上的野菜，他们喜欢得很”。他们都感觉很奇怪，有点半信半疑，于是我又带他们出去长见识，去体验一下其他地方的农家乐，使他们掌握了许多技术，学了很多经验。

经过几年的相处，我发现很多东西都可以潜移默化地改变。如今这山上的老百姓变化可大了，家家户户房前屋后不再是脏兮兮的了，人们的言行举止也文明多了，精神面貌也很好。看到这一切，我很有成就感。如今，罗圈岩村凭借得天独厚的气候条件和旅游资源，坚持“生态康养”发展战略，厚植“种养结合、农旅融合”的绿色发展理念，积极转变方式、调整结构，以招商引资、项目建设为抓手，大力推进农旅产业融合发展，先后建成了季源养殖场、川北民俗体验区、罗圈岩村游客接待中心、岭上运动中心，规模化发展莲藕、小水果、高山蔬菜等特色产业，形成了“水韵荷塘”的自然景观，极大地拓展了乡村旅游的发展空间。

以前，我修山路，现在，我在山上搞产业。我发现，我始终都是围绕山转。原来，山是一种信仰，不管狂风暴雨怎么打击，只要抬头看去，它都始终伫立在那里，安静而高昂，只要往上攀爬，便不会迷失了生活的方向；山是一种姿态，无论你是心烦意乱还是迷茫，它都始终伫立在那里，自信而挺拔，只要往上攀爬，便能够坚守着曾经的梦想。

牵着猪儿创市场

讲述：何晓力　　整理：杨正平

何晓力，女，26岁，朝天区中子镇庙梁村人，高中文化。2012年外出务工，2013年返乡发展养殖业，2015年注册“庙梁跑山猪”品牌，在广元城区开设三家“庙梁跑山猪”专卖门市部。2018年成立朝天区源美家庭农场，她被省委农工委和农业农村厅授予“四川新型农民标兵”荣誉称号。

2012年7月我从朝天中学高中毕业。当时面临两个选择，一是根据我的高考成绩去上一所一般的大学，混几年，再出去找事做；二是与大多数农村青年一样外出打工。彷徨，犹豫，我经过反复的思考和分析，最后毅然下定决心，放弃读大学、出去闯一闯，只身一人踏上南下打工之路，开启了人生新的旅程。

离开广元那天，我坐在火车上，心情格外不安，因为我心里没有确切要去的地方和要做的职业，仅凭着一股年轻人的激情，我对自己也抱有一种怀疑的态度——这样的选择是否正确？对自己的前途将意味着什么？

我先到了重庆，在一家服装店做销售服务员、在电器商场做空调专卖员。春节放假回家，听本地人说沿海地区容易找事做，挣钱更多，便决定去了厦门，在一家影楼上班，具体从事化妆师工作。理想与现实的差距之大，让人难以想象，在竞争极其激烈的今天，即使是名牌大学毕业的大学生也很难找到一份完美的工作，何况我只有高中文化，又是农村女孩子，经常遇到一些同行的排挤，做一般性临时工所得到的微薄收入还不够日常开支。时间一长，满腔热情渐渐退却，我感到压力太大、自己很失败。厦门虽然是经济发达的城市，但并不适合每个人生活。于是我开始想家，想着要尽快离开这里。

国庆节后，父亲打电话问我在厦门的生活和工作情况。一看到是父亲的电话，我的眼泪控制不住地往下掉，话也说不出来。那年我才 19 岁，父亲也不放心我一人去那么远。从电话中，他明显感觉到我的压力和想家，让我回来帮助他养猪。也有朋友劝我，“既然想家了就回去吧”。就这样，2013 年 10 月，我回到了自己的家乡。

农村养猪一直是增加家庭收入的一个重要渠道。父亲几年前就办了养猪场，每年出栏肥猪几十头。我待在家里看着养猪这些又脏又累的事，一直下不了手。时间长了，父母着急，自己更急。在父亲的指导下，我开始帮忙做一些力所能及的事情，打饲料，喂猪，清理卫生，联系猪贩子。从此，开启了我的养猪创业人生。

初期，我不仅没有一点养猪的知识和经验，而且一说到养猪，联想到的就是臭气与肮脏。如此恶心的环境怎么能与一个 90 后的爱美姑娘联系在一起呢？动力来自毅力。如果我不在家为父亲的猪场做事，就只有外出打工；我还年轻，如果不学一技之长，也只能长期东跑西漂。这不是我应该追求的生活和目标，我暗自下定决心，留在家里。说干就干，要干就要干出业绩来。

从事养殖业是一件十分辛苦的事，首先得不怕脏、不怕累、能吃苦，还要学会与人交往、跑市场、懂营销。父亲是我现场的老师，我一边跟着他打理猪场事务，一边向他学习饲养和管理知识，在实践中学，在干事中学，向市场学。同时还通过网络学习养殖技术，在书店购买相关书籍，学习一些兽医方面的知识。尽管自己付出不少努力，然而受整个市场价格的影响，养猪业前景不好，一年辛苦到头并不能赚到多少钱，管理稍有不善，甚至亏本。

从此我开始亲自跑广元的市场，收集有关养殖业的信息，比较各种猪肉的价格，在网上查阅养猪的资料，分析市场行情。突然有一天，在广元听一位朋友介绍，利州区内有几家农家乐生意不错，自己养殖跑山猪很赚钱。我立即在网上查阅这方面的信息，获知其养殖技术与饲养普通生猪基本一样，不同的关键是猪的品种。我恍然醒悟，从“绿色、安心、纯天然”立足，饲养生态黑猪。压不住激动的心情，我把我的想法和思路告诉了父亲，没想到他对我非常认可和支持。

心动不如行动。我和父亲做了分工，他在家组织扩建圈舍和筹措资金，我负责四处寻找种猪源和了解市场行情。仅一个月时间，近1000平方米的猪圈就修好了，我也通过网络在广安、重庆等地找到纯粮食喂养的母猪和猪仔。至2013年底，存栏纯黑猪达到90头。全家正在为之兴奋时，新的问题却出来了。我们采用纯粮食做饲料和封山放养的养殖模式，这么多猪，还有几十只土鸡，都是“张口货”，每天需消耗大量的粮食，而粮食不足的矛盾一时难以解决。我通过广泛的走访和打听，终于在南充和广安落实了比较稳定的粮食来源。

做一件事真难，做成功一件事更难。这是我几年来最大的体会和感受。一个矛盾处理了，新的矛盾又来了。看着黑黑亮亮的猪儿一天天长大，市场销售必须提早做准备。过去一般的养猪场都是将成品猪销售给卖肉的老板，再由老板在市场内的固定摊位零售给消费者。因此养猪户的收入微薄，正如老百姓所说，“种地的不如养猪的、养猪的不及卖肉的”。我想，为什么不能直接到市场上设摊点自己销售呢？这样既不用担心自己养的猪卖不出去，也不用担心肉会掺假变质。2015年初，我在网上注册了“庙梁跑山猪”品牌，7月25日在广元老城河街开办了第一家生态猪门市部。一年后成立了力腾生态农业发展有限公司，又在广元东城市场开设了第二家“庙梁跑山猪”专卖门市部，每天可销售3头以上，最多时可销售10头，平均价格也在25—35元。

生态猪的肉质虽好，但价格相对较高，大多数消费者不能接受，还有人抱有怀疑和观望的态度，看得多，问得多，却下手买得少。一段时间猪肉滞销，我和父亲像热锅上的蚂蚁，急得团团转，最后我们想出一个主意，邀请城里的顾客来我们家，现场参观养猪场，了解生态猪的饲养过程，让他们知道生态猪的品质不同于普通猪，其养殖方法也有别于传统模式。

我们在中子镇党委政府和庙梁村党支部的大力支持下，于2015年11月29日举办了庙梁村跑山猪烤肉节，扩大了宣传和影响。同时开展“有买有送”活动，在现场让顾客用生态猪烤肉，品尝肉质。之后时间一久，回头客越来越多，顾客满意，销售难的问题渐渐得到缓解，养殖规模不断扩大，经济效益也不断增加。生态猪出栏数从初期的90头上升到300头、400头、500头，2017年达到700多头，年收入30万元以上。2018年3月16日成立了注册资金为100万元的“朝天区源美家庭农场”，经营范围由单一的畜禽养殖扩大到种植养殖技术开发咨询、农副产品加工与购销。农场占地面积 150 亩，生产区和生活区建筑面积达 2 万平方米，至 2018 年固定资产达到 252 万元，创利润 42 万元。我还计划在广元苴国市场开设第三家黑猪专卖店，并在网上新注册了“蜀广黑猪”品牌，信息输入新浪微博，全国各地不少人来电或添加微信，咨询业务，联系销售原材料，定购仔猪和黑猪肉。

几年来我深深地体会到，“干成或干好一件事绝非简单和容易”，更不能离开政府及各方面的关心和支持。初期阶段，有不少周围邻居和高中同学对我的选择很不理解，也有不少议论：“一个 90 后出生、像花儿绽放一样的女孩子怎么成天跟一群臭烘烘的猪待在一起呢？”“那可是一时心血来潮，一定不会坚持多久。”的确，在我东奔西跑特别辛苦的时候，我气馁过；在猪肉销售价格低迷时，我灰心过；在周转资金遇到困难时，我暗自流泪过。我曾不止一次问过自己——养猪是我真正的选择和追求吗？到底能不能坚持下去？然而令人欣慰和感动的是，每一次遇到困难和不顺时，都有相关部门及好心人伸出关爱之手，热情地给予帮助解决。中子信用社和贵商银行为我解决低息农业贷款三次共 35 万元；共青团广元市委给予扶持“青年创业计划”资金 9 万元，在广元创业园区提供了 30 平方米的办公室；朝天区农业局、共青团广元市委还多次通知我参加青年创业、养猪知识、疫病防治等各类技术培训班。广元广播电台、广元电视台、朝天电视台和团市委《青年创业》杂志，对我回乡创业的事迹，先后进行了专题宣传报道。2018 年 9 月 23 日，在中国首届农民丰收节上，省委农工委和农业农村厅还授予我“四川新型农民标兵”。

幸福是创造出来的，我要不断开辟市场，辐射和带动中子镇及周边的转斗镇、宣河镇、曾家镇等乡镇的农户发展生态养殖业，早日脱贫致富，过上幸福美满的小康生活。

乡土乡味润乡情

讲述：芮明光　整理：鄢怀林

芮明光，男，生于1972年5月10日，汉族，中共党员，朝天两河口乡两河村二组人，区政协委员，朝天区商会执行会长，广元市锐锋建筑劳务有限公司董事长。2012年出资27万元，配合乡政府安装饮水管道7830米，使全村63户216人告别“饮水难”。2013年创立朝天区第一家民间养老基金会——锐锋养老基金会，连年自掏腰包为全村60岁以上老人发放敬老金超过150万元，自费组织61名老人到云南大理、昆明、楚雄、丽江等地旅游。

家乡是我的根，我从哪儿来，就要回到哪儿去。为家乡人做点力所能及的贡献，是我一直以来的心愿，也是我的美丽乡愁。

在朝天区两河口乡，我不仅仅是村里的一名成员，还是村主任，同时也是朝天区政协委员。无论我走到哪里，无论我有多成功，永远都是村里人。对家乡老人的扶助，我会一直坚持下去。

吃“百家饭”长大的娃

1972年5月，我在两河口乡两河村二组呱呱坠地，家中还有两个哥哥，父亲身患残疾，母亲又体弱多病，家境十分贫寒。兄弟三人中仅有大哥一人完成了学业，而我在村里，是出了名的吃“百家饭”、穿“百家衣”长大的孩子。

那时候，两河口乡主要的农作物就是玉米、土豆、萝卜。玉米用来做“米珍”(玉米糊)，土豆成了一年四季的主食，而萝卜尤其重要，萝卜菜要用来做酸菜，保证冬季不挨饿。还记得，父亲在做米珍土豆酸菜饭时，土豆是数了又数，每人能吃的土豆都要定量，每人的饭都不能多舀一勺，日子非常艰辛。

就是这样的米珍饭，每日也只有两餐，吃不饱饭是常事。为了能有口吃的，每天放学回家后，我就到邻居家串门，帮助邻居家做些力所能及的事情，等他们吃饭的时候也赖着不走，以这样的方式蹭饭。就这样，在两河村二组，每家每户的饭我都吃过。没钱买衣服、鞋子，看到邻居哪家比我大的孩子衣服不能穿的时候，父亲就去索要。看到邻居家小孩穿破丢弃的鞋子，自己就捡回家，让母亲缝缝补补后再穿。小时候，我几乎没有穿过新衣服和新鞋子。

在村里，我最感激的还是我的干爹马唐中。在我的记忆中，他是一名药材商人，家境比较好。小时候，他的家距离我们仅有一公里左右。为了通过婚姻改变生活，我 13 岁那年，父亲与马唐中定下娃娃亲，我这个即将上门的“女婿”，到干爹家生活了三年。干爹对我很好，在他们家，我吃到了人生中的第一块猪油饼，穿上了好的衣服鞋子。

靠“诚信”二字成功　从不拖欠民工工资

1988 年，随着两河口乡集市开市，到村里来收药材的商贩渐渐多了起来。我上山采野生天麻、杜仲等中药材卖给商贩。就这样，一年积攒下了 51 元钱，这些钱成了我贩卖鸡蛋生意的第一笔资金。背着背篓，从两河口乡到宁强县毛坝河镇收购鸡蛋，有 80 多公里，那个时候只能靠步行，天没亮就出发，回到家已经是深夜，第二天将收到的鸡蛋卖给两河口乡食品站，每一个鸡蛋可以赚取 1 分钱左右，每月可以赚到 10 多元钱。当年，我就靠着这样的小利润生意养家糊口。

还记得，有一天收完鸡蛋，在回家的路上，我遇到邻居黄贤忠骑自行车回家，我让他载我一程。由于路上颠簸，回家后发现，鸡蛋坏掉 20 余个，那可是我将近三天生意的收益。那件事情让我伤心了两天，那年我才 17 岁。

1996 年，邻居潘万美在外务工几年回乡后，成了村里有名的有钱人。经过打听，我得知他在铁路上做送变电工程，很赚钱，他们还需要大量的工人。次年，我就跟着他外出到西安务工，在西安务工期间，桥下、工地的水泥地板哪儿方便，哪儿就是我们的床，天空就是我们的“被子”，条件十分艰辛。越是艰苦，越是努力，在上班期间，我意识到了技术的重要性，由于勤快、踏实，我成了工头的跟班，学到了不少技术。

10 年光阴似箭而过，大浪淘沙，随着技术的成熟、人脉的积攒，33 岁那年（2006 年），我也组建了自己的施工队，共有 40 余人，也有了独立承接工程的能力。在朋友的介绍下，我与中铁电气化局集团合作，承包了 90 多公里的送变电工程，掘到了人生的第一桶金，该工程结束后，净赚 100 余万元。

随着业务量扩大，2009 年，我注册成立了广元市锐锋建筑劳务有限公司，那个时候我的团队达到了 900 余人。凭借多年的经验和务实的作风，我的公司很快得到行业的认可，在 2010 年开始承接并完成了许多国家重点工程。我觉得，我能够成功，主要靠的就是“诚信”二字，公司成立这几年来，我们公司从未欠过农民工一分钱工资，所以我们公司的员工都相信我，愿意跟着我干。

出资解决群众“饮水难” 创立养老基金会

我是村里长大的娃，以前大家都很照顾我，现在我有能力了，想感谢乡亲们，这是我感恩故土的初衷。

两河村地处川陕接合部，山高坡陡，长期以来，全村几百号人饮水全靠人工背或拖拉机拉。离水源远的人家，背一桶水来回要走一两个小时。有年回家路过村头，看到一个背水的老人脚一滑，连人带水桶摔在石板路上。这些场景，我看在眼里，疼在心里。

2012 年春节，我回到老家，首先想到的就是为乡亲们安装自来水。当年，我个人出资 27 万元，配合两河口乡政府在附近找到了干净安全的饮用水源，安装饮水管道 7830 米，使两河村 3 个组 63 户 216 人告别“饮水难”，吃上了自来水。为保证饮水工程质量，所用水管都是我从成都专业的生产厂家购回来的，一直以来，饮水系统没有出现丝毫问题。

解决了村里的“吃水难”，我又想到老年人的养老问题。村里有很多年轻人在外面打工，留下的差不多都是老人、小孩。这些老年人少有积蓄，儿女们又因为负担大对他们关心照顾不够，所以日子过得很艰辛。2013 年 2 月 20 日，我创立了朝天区第一家民间养老基金会——锐锋养老基金会，决定每年自掏腰包，给两河村 60 岁以上老人发放敬老金。经走访核实，全村 110 位老人名单敲定，当年，就发放了 10.8 万元养老金。目前，养老金发放的范围已经扩大到了全乡。锐锋养老基金会成立以来，已累计给家乡老人发放敬老金超过 150 万元。

2013 年，我组织企业管理人员外出旅游，也没忘村里的老人。一些身体健康的老人跟我去云南的大理、昆明、楚雄、丽江等地玩了八天，我承担了 61 名老人旅游的全部费用。

2014 年，我又把两河村的贫困农户和贫困党员纳入帮扶的对象，给每人发放被子一床，现金 200 元；得知村里有人出车祸，因治疗费用欠债，我寄去了 4 万元，后又多次接济和帮扶；将全乡贫困户和贫困学生纳入帮扶，给每户发放大米 20 斤、食用油 10 斤、现金 1000 元……因为这些事迹，几年来，我先后被评为“先进工作者”“农民工友代表”“最美朝天人”“四川省敬老之星”“全国敬老爱老先进个人”。

走农旅融合之路　全村连片打造农家乐

2016 年，我成为朝天区一名政协委员。在乡亲们的推荐下，我全票当选为两河村的村主任。自己感到既是荣誉，更是一份沉甸甸的责任。未当政协委员、村主任前，自己只是个普通群众，看到问题可能发发牢骚就罢了。但是现在，就要更多地去做一个有心人。

在不久前召开的朝天区两会上，我了解到，朝天区将加快推进曾家山乡村振兴先行先试试验区建设。会议刚刚结束，我就回到了家乡两河村，立即将村两委以及各组群众代表召集在一起，分享了参加区两会的感受，将两会声音第一时间带回了村子。我从《政府工作报告》中挑选出与农村发展、农民切身利益相关的乡村振兴战略进行了重点讲解，并结合两河村实际情况，让大家提发展建议。

我们乡有冷水鱼、蔬菜产业以及高山花卉种植基地“花千谷”等，这些旅游产业，结合现有的旅游产业，走农旅结合之路，必定能让我们村群众致富。我觉得，在两河村可以发展一批农家乐，连片打造，吸引每年夏季避暑的游客来两河村消费，我的意见也得到了大家的认可。经过大家商议，两河村最终确定年内重点打造一批农家乐，群众以闲置的房屋入股，由村集体公司统一经营，获得的收益，给群众分红；在家的劳动力，大力发展蔬菜、冷水鱼产业；此外，我所管理的锐锋建筑劳务公司业务涉及建筑、旅游、酒店管理等，今年还可以带动一批农民工外出务工。

外出务工，打造农家乐，发展蔬菜以及冷水鱼，“三条线”带动两河村群众增收，相信我很快就能带领两河村的群众走上富裕路。

筑巢引凤

筑梦桑梓

——广元市招引扶持返乡创业工作纪实

伊国华

广元地处四川北部，毗邻陕甘两省，境域面积1.63万平方公里，户籍300.68万人。有农村劳动力139万人，常年转移输出农村劳动力97万人左右，占农村劳动力总数的70.4%，劳务收入年均实现180多亿元，占农民人均纯收入60%以上。据不完全统计，广元在外务工成功创业达1201人，总资产239.75亿元。2015年以来，随着返乡创业工作的深入实施，部分优秀农民工反哺家乡、创业故土，不仅带回资金、项目、先进技术和经营理念，也促进了家乡的建设和发展，推动了乡村振兴建设。2018年底，全市累计新增返乡下乡创业4.62万人，创办经济实体2.84万个，实现年产值124.2亿元，带动就业14.26万人。中央电视台、《光明日报》《中国经济日报》《中国劳动保障报》《华西都市报》和中国新闻网等国内权威媒体分别对广元市返乡创业工作进行了深度集中的报道。

强化领导　构建工作推进联动机制

构建党政引领大格局。广元市将返乡下乡创业工作作为“一把手”工程，构建起“市级主导，县区主体，乡镇主抓”的推进大格局。按片区和重大项目建立“一个党政领导、一个责任部门、一个服务团队、一个督办机构”的“四个一”工作推进机制。各县区建立党政“一把手”主抓、分管领导具体抓、相关部门协作配合、社会积极参与的返乡创业工作体系。苍溪县建立“一套支持政策措施、一本创业能人台账、储备推介一批项目、搭建一个创业平台、制定一个目标绩效管理体系、树立一批创业先进典型”的“六个一”推进激励机制；昭化区建立“一个贫困村、回引一个能人、落地一个项目”的“三个一”工作推进机制。市政府制定《广元市返乡创业考核办法》，把返乡创业纳入党委政府的目标考核和重点督查督办事项，使返乡创业工作由软任务变成硬指标。

2015 年 9 月 23 日，市委、市政府在北京召开“返乡创业 · 回家发展”京津地区广元籍企业家座谈会，时任市委书记马华，时任市委副书记、市长王菲向在外广元籍企业家发出诚挚邀请：“回家乡看看，回家乡创业，回家乡发展，我们在广元等你们。”10 月 19 日，全市隆重召开农民工和农民企业家返乡创业工作会议，时任市委副书记邹自景主持会议，市长王菲作重要讲话，启动实施“引凤还巢”工程。

2016 年 10 月 12 日，市委书记王菲出席广元市“大众创业、万众创新活动周”启动仪式。2017—2018 年，市委书记王菲，市委副书记、市长邹自景，市委副书记冯磊先后到剑阁县蜀道元牛牧业有限公司、苍溪县石马镇红凤村红凤机制木炭厂、黄猫乡现代农业园区、昭化区柏林沟镇岚黎村高家坡千亩猕猴桃产业园等地调研返乡创业工作。

强化部门协作大统筹。2015 年 9 月 23 日，市政府办公室印发《关于建立广元市农民工和农民企业家返乡创业工作联席会议制度的通知》（广府办函〔2015〕127 号），明确部门分工，制定责任清单，建立问题建议“回音壁”制度，设立政务、招商、经信、金融、科技、人社等工作组，落实领导和专职人员收集反馈，分别从政务服务、招商政策、政策奖补、财政融资、科技引领、人才保障等方面广泛收集创业者的诉求，分类梳理存在的突出问题和困难，按季组织召开部门会商会议，形成解决问题的责任清单，协调解决返乡创业者基础设施配套、水电气要素保障等问题。三年来，全市帮助返乡创业者协调解决用地用电、融资等类问题 746 件，整合财政、人社、招商引资、农业等部门政策和项目资金 2.3 亿元，增强政策叠加效应，用于支持返乡下乡创业。

营造社会参与大氛围。在市委、市政府的支持下，2018 年 1 月 30 日，广元市成立返乡创业协会，成为四川省首家市级返乡创业协会，让创业者与政府联系在了一起。

结合产业发展区位优势，重点突出乡村旅游、生态康养、新型农业等特色优势产业，打造返乡下乡创业示范乡镇（村）50个。培育“领头雁”，发挥示范引领作用，每两年选树一批先进典型，评选示范企业和创业明星。2017年2月16日，在四川省优秀农民工暨返乡创业先进集体和个人表彰大会上，广元市6位农民工和6名返乡创业人员被分别授予“四川省优秀农民工”“四川省返乡创业明星”荣誉称号，两家企业和两家单位被分别授予“四川省返乡创业示范企业”“四川省农民工工作先进集体”荣誉称号。2018年1月30日，全市能人返乡下乡创业暨人力资源社会保障工作会议召开，通报表扬了19名“广元市返乡创业明星”和9家“广元市返乡创业示范企业”。同时利用电视、广播、手机短信、报刊、网络等媒介，进行返乡创业常态化宣传，激发全民敢创业、会创业、创成业。

各级党委政府重视推动，部门合力推动，社会的广泛参与，全市返乡创业从“助凤展翅”到“引凤还巢”，形成了以在外优秀企业家、返乡农民工、大学生为主体的“雁群式”返乡创业新趋势。

创新政策　激发返乡创业强大活力

2014年，李克强总理提出了“大众创业，万众创新”。随后，国家、省、市相继出台了一系列推进农民工返乡创业的优惠政策。2015年，国务院办公厅出台《关于支持农民工等人员返乡创业的意见》（国办发〔2015〕47号），提出《鼓励农民工等人员返乡创业三年行动计划纲要》，以支持农民工群体为重点的返乡创业的政策措施逐步完善。4月10日，省政府首次出台《关于进一步做好为农民工服务工作的实施意见》（川府发〔2015〕21号）。7月9日和8月2日，省政府先后出台《关于进一步做好新形势下就业创业工作的意见》（川府发〔2015〕38号）和《关于支持农民工和农民企业家返乡创业的实施意见》（川办发〔2015〕73号），明确了一系列促进就业创业的政策措施，形成了以鼓励创业创新为鲜明特征的新一轮积极就业创业政策体系，加快培育大众创业、万众创新新引擎，催生经济发展新动力的重大政策创新。

2015年，市委、市政府在全面落实中央和省委省政府政策的基础上，结合市情，相继印发《关于大力促进大学生创新创业的实施意见》（广委办〔2015〕47号）、《关于推进大众创业、万众创新的实施意见》（广府发〔2015〕19号）、《关于进一步做好新形势下就业创业工作的实施意见》(广府发〔2015〕22号)等系列扶持政策，重点是进一步深化简政放权，降低创业门槛；加快创新创业平台和返乡创业园建设；加强融资服务，解决创业资金瓶颈；突出返乡创业用地的基本要素保障，在新增建设用地计划、农业经营主体、土地出让底价、场地租金、水电费和网络使用费等方面对返乡下乡创业者给予政策倾斜或奖补。同时，探索建立以社会保险、社会救助、社会福利为核心内容的社会保障体系，对返乡创业人员在创业地按相关规定参加各项社会保险的，按规定将其子女纳入城镇（城乡）居民基本医疗保险参保范围。对持有居住证的返乡下乡人员的子女在创业地接受义务教育的，依地方相关规定接受普惠性学前教育。返乡创业者创办的企业招用贫困家庭劳动力、就业困难人员、毕业年度高校毕业生的，按规定给予企业岗位补贴或社会保险补贴。

2016年8月7日，市政府办公室印发《广元市人民政府办公室转发市人力资源和社会保障局、市财政局〈关于做好就业创业精准扶贫工作的意见〉的通知》(广府办函〔2016〕102号)，明确发挥就业创业促进脱贫的作用，帮助全市农村建档立卡贫困家庭劳动者实现脱贫。

2017年5月19日，市委办公室、市政府办公室印发《关于印发〈关于实施“人才回引计划”的意见〉的通知》(广委办〔2017〕30号)，把返乡下乡创业所需人才纳入高层次人才引进计划和广元籍人才回引计划，旨在紧贴实施“三个一、三个三”发展战略体系需要，以亲情、乡情、友情为纽带，引用一批成熟型的在外广元籍优秀党政人才、专业技术人才、企业经营管理人才。11月17日，市政府出台《广元市招商引资优惠政策》(广府发〔2017〕44号)，返乡农民工和农民企业家回乡创业，可享受招商引资优惠政策。12月28日，市政府出台《关于做好当前和今后一段时期就业创业工作的实施意见》(广府发〔2017〕53号)，明确围绕兴广战略，强化投资项目就业导向和支撑引领作用，以先进制造业为引领，突出抓好重大产业项目、重点工业项目实施，推动新型工业、生态康养旅游产业、现代服务业、现代农业、现代建筑业加快发展，促进一、二、三产业融合发展，增强经济发展对就业的拉动能力。

2018年6月，市人力资源和社会保障局制定印发《关于开展能人返乡下乡创业扶贫示范村创建活动的通知》，在全市实施“一个贫困村、招引一个能人、落地一个项目”的返乡创业示范村建设，确立到2020年创建市级返乡创业扶贫示范村50个的目标。

各县区也都出台了鼓励农民工等群体返乡创业的优惠政策。旺苍县出台贫困地区返乡创业贷款风险基金管理办法，设立创业专项资金、融资担保补偿金，实行小额贷款贴息等扶持政策；利州区出台加快农村土地及农业产业园流转的指导意见等政策文件；朝天区出台大力推进大众创业万众创新、支持农民工和农民企业家返乡创业22条措施、“互联网+朝天+N”等实施意见。

全市各项返乡创业政策措施的出台，助推了返乡创业工作朝着政策更加优惠、服务更加精准、制度建设更加完善的方向迈进，为推动返乡下乡创业工作提供了强有力的政策支撑，激发了返乡下乡创业的强大活力。

强化对接　加大返乡创业回引力度

突出回引对接。全市坚持把“鼓励外出能人返乡创业”作为推动乡村振兴、高质量发展的重大举措，在全面摸清农民工及在外能人分布地域的基础上，采取市县联动、部门协同共建、整合多方资源的方式，在农民工转移就业2万人以上的城市建立11个市级农民工工作站，精准掌握广元籍人士返乡创业需求，深入细致开展对接工作。发挥7个驻外投资促进分局的引领作用，成立北京、成都、重庆、广州、宁波广元商会，充分发挥其桥梁纽带作用，积极穿针引线、推介项目、对接促进、协调服务，帮助有资金、有项目、有信息、有技术的农民工和农民企业家返乡创业。建立市、县区、乡镇三级在外能人微信群，选择有一定影响力并愿意为家乡做贡献的能人担任群主，实行分层级管理，常态化宣传促进返乡下乡创业政策、推送创业项目信息。

突出平台对接。市、县区建立返乡创业领导挂联机制，市政府每年至少召开1次农民工和农民企业家回乡创业座谈会，主要领导赴外开展对接活动不少于2次，诚挚发出邀请，听取意见建议，鼓励创业创新，协调解决问题。苍溪县32名县级领导分7个片区，建立苍溪籍在外成功人士领导挂联制度。鼓励社会力量参与在外能人回引，采取政府购买服务的方式，委托市返乡创业协会开展定向对接。从京津冀到珠三角、长三角，再到西部地区，据统计，2015年以来，市委、市政府和县区党政主要领导先后在北京、广州、杭州、济南等地多次召开“返乡创业、回家发展”座谈会、乡友座谈会72场次，组织项目对接活动124场，成功回引440余人回乡投资兴业。

突出项目对接。围绕全市“6+2”新型工业、五大生态康养旅游产业、现代服务业、“6+7”现代特色农业，结合县区产业规划和资源禀赋，加强与农业、水务、林业等部门协同，以乡镇为单位筛选具有资源优势、适合返乡下乡创业的项目，储备符合国家产业政策、区域经济发展规划、特色产业五大类返乡创业重点编制项目282个，为有创业意愿人员提供创业项目选择。建立产值超过500万元的在外成功人士基本信息库，把投资10万元以上的返乡创业项目纳入返乡创业统计台账。对返乡下乡创业者在确立项目后、正式创业前，由项目所在地县区或乡镇组织专家从创业项目的资源供给、产品定位、市场前景等方面进行论证，为创业者提供项目实施依据，努力帮助创业者规避创业风险。市县区围绕当地水域、山林、生态环境等可转换为产品的资源，对创业者开展经营管理、市场营销等创业能力提升培训。根据创业项目需要，开展实用技术、职业技能等培训，为创业主体提供技术技能人才支持。针对创业主体发展需要，引导事业单位高层次人才开展“点对点”服务，帮助返乡下乡创业主体解决创业中的困难和问题。

全市每年组织召开在外创业成功人士、返乡下乡创业代表座谈会，政府与民间的双轮对接驱动，促进了返乡创业工作的快速推进，逐步从当初的“北雁南飞”实现“群凤还巢”，彰显了一个人力资源大市在发展层次上的悄然嬗变。

孵化筑巢　释放返乡创业裂变效应

搭建融资平台。2014年12月，市政府筹资5000万元，建立广元市创业小额融资担保有限公司。市、县区财政筹集1700万元设立创业分险基金，用于支持返乡下乡创业融资，建立与贵商、邮储、农商等银行7：3或6：4的风险分担机制。创新反担保措施，针对无抵押或抵押不足的小微企业，与合作银行、企业共同设置监管账户，采取监管资金账户的方式为企业提供融资担保；针对从事农业项目的小微企业，积极运用农村“三权”质押、自建房、经营权、活体质押等多种反担保方式，降低融资门槛；针对市场前景好、已形成一定固定资产的小微企业，用经营权作为反担保。在此基础上，对 15 万元以下的个人担保贷款取消反担保，切实破解创业者因反担保措施不足而无法融资的难题。同时，鼓励金融机构开展“量身定做”特色金融服务，按县区分区域，在重点乡镇（街道）设立返乡下乡创业担保贷款服务点，由人力资源和社会保障所、担保机构、经办银行工作人员共同开展联合服务，做到受理、担保、放款“三同步”，使创业担保贷款办结时间缩短到 5 个工作日以内，满足农民工返乡创业多样化需求。三年来，全市累计为 5097 户（人）发放创业小额融资担保贷款 7.07 亿元，带动 1.77 万余人就业，为农民工返乡创业提供了充裕的资金保障，培育了四川蜀道元牛牧业公司、广元阿松哥农业开发公司、广元皇泽物流公司、剑门蒂霏温泉酒店、宝轮天怡酒店等一大批创业先进典型。

市人社局联合返乡创业协会和广元市贵商村镇银行定时组织召开返乡创业银企对接会，解决会员融资困难、资金短缺等问题。朝天区鱼洞乡有机草莓采摘园理事长蔺金莲在利州区工农镇种植的 10 多亩草莓大棚被大风破坏，在市人社局领导的安排和协会的全程助力之下，她再次获得 50 万元的创业贷款。在首批 SYE（四川青年创业促进计划）扶持资金中，旺苍高阳镇中药材种植合作社获批 5 万元、广元市麒程种植专业合作社获批 10 万元；朝天区源美家庭农场生态养猪项目获批 9 万元无担保、无利息、无抵押资金支持，恒源菌类种植作为就业扶贫基地获得 6 万元奖励。协调青川县亿丰生态林农有限责任公司与银行沟通，贷款利率由 8% 降为 7%。

搭建孵化平台。按照“政府引导、市场运作”的原则，依托现有园区，强化统筹和整合，综合布局，依托现有工业、农业园区和闲置厂房、校舍等资源，建设返乡下乡创业园区，加快发展市场化、专业化、集成化、网络化的众创空间，实现创新与创业、线上与线下、孵化与投资相结合，为创业者提供低成本、便利化、全要素、开放式的综合服务平台和发展空间。截至 2018 年底，全市已建立起以广元创业孵化园为核心，青年创业产业园、苴国里创业大街为重点，县区创业园区（孵化基地）为支撑的多元特色民营经济孵化培育体系，建成国家级示范园区（孵化基地）1 个，省级创业园区（孵化基地）8 个、返乡创业园区 21 个。实施“种子孵化 + 园区孵化 + 市场孵化”三步走的孵化培育机制，累计孵化经济主体 2160 个。

广元创业孵化园是专门针对微型企业和初始创业者开展创业孵化服务的平台，园区总面积5600平方米，园区坚持“共建、共享、共发展”原则，对所有入园企业实行“创业孵化三步走”，并组建了专业化的创业指导服务工作团队，搭建起创业培训、项目推介、法律服务、财会服务、融资服务、创业指导等方面的十二大平台服务，专为创业者提供，使创业企业通过不间断的递进式的孵化过程，真正由弱到强，由小渐大，逐步成长为具有抗风险能力的地域市场的创业实体。四川万亿客农业发展有限公司于2016年7月进入园区，由专家进行创业指导，流转土地260亩，打造出综合配套一体化的新型现代体验式观光农业园，实行线上线下相结合的销售模式，带动就业17人。广元金弘农林有限公司在皇泽寺乌龙山建立苗木培育基地100亩、优良品种采穗圃100亩、标准种植示范园3800余亩，年培育科拉蒂、豆果、阿尔波萨纳、克罗莱卡等优良油橄榄品种200余万株，年生产量达到200吨橄榄油，推出以“科拉蒂”为品牌的特级初榨橄榄油。青川县围绕特色产业和生态旅游资源，累计投入420余万元，建成板桥乡红旗坝生态农业园和三锅镇西阳坝现代农业创业园，回引9名成功人士返乡创业，带动就业1200余人。园区成功孵化企业130家，孵化成功率为98%，先后获得全国创业孵化示范基地、四川省科技孵化器、四川省大学生创新创业园区等荣誉。

全市制定市级返乡创业示范园区、示范企业建设标准和评定办法，每两年认定一批市级返乡创业示范园区，评定一批市级示范企业，分别给予示范县区、示范乡镇、示范园（孵化园）50万元、20万元、10万元的资金奖励。表彰一批创业明星，分别奖励3万—10万元。

创业孵化，让创业人员获得了实践经验，积累了应对市场的能力，提振了信心。

搭建服务平台。坚持把返乡创业服务平台建设与就业创业服务体系建设结合起来，在市、县区建立创业服务指导中心（窗口）12个，落实人员34人。依托基层人力资源社会保障服务平台，加强对农民工返乡创业跟踪服务，建立全市农村劳动力实名制信息数据库，建起了外出务工和返乡创业人员信息档案库，构建了覆盖城乡的劳务输出和返乡创业信息服务网络。充分运用“互联网+”，建立“广元人社”微信平台，构建政策、孵化、培训“三位一体”的网上服务智能模式。

2016年在市城区租用场地1100余平方米，建立起从事园区创业服务的社会团体组织——广元市利州区苴国里创业大街服务中心，配备管理工作人员6人，组建20个新型智库，采取“外聘专家＋本地专业人才＋创业项目”模式，为返乡下乡创业项目投资献策把脉，常态化开展“周四专家指导日”“月末项目展示、推介日”“季末创业论坛日”等活动，累计组织开展返乡创业者、高校毕业生等各类专题活动190余期，邀请创业指导专家300余人次，为3500多名创业者提供创业指导服务。

“我们主要是服务于返乡创业者，通过政府搭台走访调研，解决他们的实际困难；通过协会搭建沟通平台，解决会员合理诉求；通过开展培训及活动，增强会员创业信心。”市返乡协会副秘书长安霞介绍道。协会对苍溪县插江缘甲鱼养殖专业合作社走访调研，解决了协会理事向峰急需的水源问题，并将基地转移至石门乡甲鱼养殖产业园区，从原有的基地50亩扩增至200亩。协会还深入县区考察会员企业的实际困难和需求，成功牵线庆丰棉业与事业单位产品采购问题；协调供电公司解决降低了昭化区晨琳种养合作社企业用电费用问题。同时，整合农业、科技等部门专业人才资源，组建返乡创业专家志愿团。建立返乡创业“一站式”服务窗口，安排专人协助办理注册登记、创业融资、技能培训等服务。

“保姆式”服务，让返乡下乡创业人员回得来、留得住、发展好，帮助一个又一个返乡人员实现了创业梦。

万众一心　共掀返乡创业热潮

市、县区适当增加优秀返乡下乡创业能人在各级人大代表、政协委员中的比例，推荐任命担任村组干部，切实提升他们的政治待遇，想回来创业、回报桑梓的在外能人日渐增多。

我更希望能有更多的年轻人回到农村，去建设自己的家乡，去振兴自己的家乡。因为，只有更多的年轻人回到农村，我们未来的农村才会更有希望！

——苍溪县返乡创业代表　李　君

小小香菇，使我完成了从打工妹到香菇王的华丽转身，实现了打工妹与优秀创业者的完美结合。

——剑阁县返乡创业代表 陈 敏

外出务工，无法根治家乡的贫穷和落后，只有返乡创业，带领大家学习种植技术，走共同致富之路，才能改变家乡贫穷的面貌。

——旺苍县返乡创业代表 杨腾毅

人应该学着感恩，感恩生我养我的故土，感恩和谐幸福的社会，只要自己有能力，我始终都会投身到建设家乡、带领群众致富的道路上来。

——青川县返乡创业代表 杨 飞

每次回家，看见家乡贫穷落后的面貌和乡亲们艰难的生活，我心里难受极了。我富裕了，但乡亲们还在受苦，所以我要回来，带领大家脱贫致富奔小康。

——利州区返乡创业代表 胡晓全

我不知道别人的梦想是什么，但我的梦想是当一位农民，并且此生我都为着这个梦想在奋斗。有人说，当一个农民能有多难？但当好一个农民，当一个好农民却真的不容易。

——昭化区返乡创业代表 赵正德

故土是我身上的一块胎记，落叶归根才是最高的境界。新房子并不能代表新农村，我准备再发动一些成功企业家返乡创业，把产业再做大做强一些。

——朝天区返乡创业代表 毛华生

回乡一人，致富一方。返乡创业人员带回的资金、项目、先进技术和经营理念，使乡村资源得到充分利用，加快了产业结构调整步伐，助力了实体经济发展，拓宽了群众就业创业渠道。广元的乡村和城镇，也因为创业者们活跃的身影，正在发生着质的飞跃。展望未来，全市返乡下乡创业必将风生水起，成为乡村振兴的强大动力。

同心共筑返乡创业路

——剑阁县招引扶持返乡创业工作纪实

张鸿运　程仲文

改革开放40年来，无数人曾“孔雀东南飞”，离开农村到城市拼搏。如今，有一部分人重新回乡并扎根农村，“归巢群体”的出现，是一个不能忽视的时代现象。一方面，他们凭借在外拼搏积累的见识、经验、技术、资金、渠道，在家乡播撒创业的种子；另一方面，求稳定、求健康、求舒适、求发展已成为“归巢者们”的诉求，也在倒逼地方政府提高吸引力。

如何把在外的剑阁人吸引回来？剑阁县从政策、机制、服务等方面入手，开拓出一条“归巢经济”的发展路径。

夯实基础　让返乡人员敢创业

返乡创业，返是基础，创是关键。县委、县政府站在全局的高度，成立以县长为组长、常务副县长为副组长，各乡镇和县级相关部门主要负责人为成员的“剑阁县返乡创业试点工作领导小组”，高位推进返乡创业工作。统筹搭建服务平台、建立和完善返乡创业长效机制，将返乡创业工作纳入县委、县政府综合目标考核内容并进行重点督查，努力实现让创业者回得来、留得住、发展好，吹响返乡创业、全民创业的“集结号”。

放不下工作，舍不得故乡，是无数外出务工人员的两难选择。为让更多“归巢者”们回到剑阁、建设剑阁，剑阁县出台《剑阁县促进返乡下乡创业二十条措施（试行）》和护航民营经济发展10条“禁令”，以产业转型、创新发展、农村改革、“互联网+”、民生改善、基础建设、资源对接、资本合作等领域为回引重点方向，落实招商优惠、创业用地、登记方式、税收优惠、财政优惠、融资渠道、创业平台、信息服务、免费培训、创业帮扶等重点措施，按规定免收管理类、登记类和证照类等有关行政事业性收费，为返乡创业人员减免税费数十万元。

全县每年筹集近3000万元就业创业专项资金，用于就业创业奖励补贴、创业担保贷款风险补偿和贴息……对符合条件的返乡创业者，给予10万元贴息创业贷款、1万元创业补贴，对资金需求量大的企业主动开展银行对接，予以创业资金扶持。

多措并举　让返乡人员能创业

载体建设是剑阁县返乡创业工作的亮点。坚持扶贫与返乡创业的深度融合，充分利用精准扶贫尤其是就业扶贫各项优惠政策，通过开展返乡创业培训、引导返乡创业人员与精准扶贫项目有效对接和落实奖补等措施，增强返乡创业人员创业信心。全县共建立返乡创业扶贫示范村8个，创建家庭农场、专业合作社等各类创业主体2579个，实现100万元以上返乡创业优秀项目落地贫困村32个，各类返乡创业主体吸纳就业5140人，其中贫困劳动者2683人，兑现各类奖补270万元。依托自然资源禀赋和农业产业基础，鼓励返乡创业人员聚焦“剑门关土鸡”、“剑门豆腐”、优质粮油、绿色果蔬等县域特色产业，做优地方产业；围绕剑门关5A景区品牌打造国家级生态康养旅游名县契机，拓展开发生态康养、民宿民居、乡村旅游等新兴产业，做强地方品牌。按照“一区五园多点”布局建设“定位精准化、产业特色化”的核心返乡创业园区，实现小乡（镇）大产业、一乡（镇）一产业；盘活、整合一批闲置国有资产建设“微创业园区”，重点发展小型加工、创业孵化、娱乐餐饮等项目，实现工业农业集聚集群和多元化、差异化、专业化的发展。全县共建各类返乡创业园20个，吸纳入驻返乡创业企业近100个，建成就业创业示范街3个、创业培训基地1个，建立创业项目库1个，征集优秀创业项目200余个并实现动态更新。深化“农户+合作社+龙头企业+

市场”等模式的新型农业经营体系建设，扶持农民工等人员创建农机服务、土地托管、农产品经销等经营主体，支持创办农业产业化龙头企业、农民合作社、家庭农场等新型农业经营主体实现创业。出台《剑阁县扶持“农村骨干力量电商创业＋扶贫济困计划”七条措施》，高标准打造县电子商务服务中心和“双创中心”，支持返乡创业人员从事农村电子商务经营。结合“东西部扶贫劳务协作”，在全县返乡创业人员中开展电子商务培训或到浙江省学习电子商务，拓展创业渠道，做实“京东剑阁特产馆”“淘宝剑阁特产馆”和“微商城剑门关旗舰店”，进一步畅通返乡创业剑阁产（造）线上营销渠道，60余款剑阁特色产品成功上线销售，全县建成农村电商服务站点210个，电子商务培训473人。

政策支持是剑阁县返乡创业工作的又一特色。成立返乡创业专项基金和创业贷款担保基金，推进开展“政担银企户”工作，全县发放创业贷款136笔1082万元，“政担银企户”发放贷款35笔2066万元，直接扶持创业者近4000人，带动就业6000余人，对评为“就业扶贫基地（车间）”的给予5万元奖励，对返乡创业的贫困人员给予1万元创业补贴。强化部门合作，整合项目资源，加大投入，着力解决创业园水、电、交通、通信等基础设施建设，优化创业环境。实施创业培育计划、农村青年电商培育计划，开展扶贫创业致富带头人、产业领军人才、高层次创业创新人才等群体创业培训，为返乡创业人员提供创业见习、实习和实训服务。加强舆论宣传，依托不同载体，全过程、全方位、多层次地重点宣传返乡创业政策、重要举措、成效、亮点工作，召开返乡创业大会、优秀企业家座谈会表彰创新成果，宣传创业典型，激发农民工等人员返乡创业热情，推进返乡创业工作向纵深发展。

县委、县政府主要领导或分管领导带队，赴北京、上海、广东、浙江、成都等10余个剑阁籍在外人士较为集中的地区，举办剑阁县返乡创业投资恳谈会等促进返乡创业活动，促进“回引”实现常态化；县委、县政府诚邀川商、剑阁籍在外企业家、知名人士等，组团回剑阁考察，并举办剑阁县返乡创业投资推介会等促进返乡创业活动，成功回引驰恒挂车、吴氏生物科技、蜀道元牛牧业等多个返乡创业项目，回引项目涉及机械制造、现代农业、休闲旅游、电子商务等领域，形成了多领域、抱团式回归格局。

周到服务　让返乡人员创成业

为了让更多年轻人返乡创业，提高创业成功率，让“候鸟”不再南飞，剑阁县结合本地的产业特色，着力搭建多层次的服务平台。

县就业服务管理局采取在“剑阁人社”微信公众号设立“返乡创业”服务专栏，设立县创业指导中心、乡镇就业和社会保障服务中心、村就业和社会保障工作站，做实县、乡（镇）、村三级服务网络平台；开设返乡创业服务窗口，及时解答返乡创业培训、创业指导、政策咨询等问题……

“我生于农村也长于农村，更加了解和热爱农村，是对故土亲人深沉的爱才让我创办了广元耕鑫农业有限公司。”东宝镇西阳村支部副书记邓小燕说道，“这样，既能利用家乡的资源优势，也能解决不能外出的农村劳动力就业的问题。”她采取“公司＋合作社＋基地＋社员（农户）”的生产经营模式，以统一生产计划、生产资料、技术培训、技术规程、品牌包装和保护价回收的“五统一保”方式运作，“东宝贡米”2017年正式获得有机产品认证，2018年在成都成功开设4家“现碾米·城市打米坊”，让城市居民体验现场打谷、现场碾米的过程。同时，“贡米文化康养旅游”项目利用当地生态优良、气候宜人的环境优势，在东宝镇杨家河水库建设形成4平方公里的美丽山水景观，游客既可以湖水荡舟、避暑、夜宿，又能观赏千亩贡米梯田、探索贡米形成之谜、领略农耕文化之美。“我就是要用一粒米撬动整个产业。”邓小燕神情坚定、胸有成竹。她2018年当选四川省第十三届人民代表大会代表、四川省第十三次妇女代表大会代表。

一花独放不是春，百花齐放春满园。对返乡创业人员，无论规模大小，无论来自哪个行业领域，即使是开一家餐馆、修一条路，全县都给予全力支持。这一系列举措，最大限度地解决了返乡创业人员的后顾之忧，帮助一个又一个返乡人员实现了创业梦。

水积成川，川不辞盈。县委、县政府将持续推进返乡创业工作，全面实施乡村振兴，全县返乡创业活动必将风生水起，成为时代潮流。

“归凤”激活乡村振兴新动能

——苍溪县大力扶持返乡创业工作纪实

胡 博

30 年前，苍溪这个人口已近 80 万人的山区县，每年竟有超 35 万人选择外出务工。他们，或许只想为自己的小家挣回一份温饱；他们，或许是想到改革开放的前沿省份去开拓一下眼界；他们，或许更想在商品经济的大潮中一试梨乡儿女的身手。30 年过去了，据不完全统计，这批走出去的梨乡儿女资产逾 1 亿元以上的有 17 人，资产 5000 万元至 1 亿元的有 353 人，资产 1000 万元至 5000 万元的有 218 人，资产 100 万元至 1000 万元的有 572 人，资产 50 万元到 100 万元的有 2000 余人。精准脱贫攻坚战打响之后，县委县政府敏锐地意识到，如果吸引这批梨乡精英回乡参战，将为脱贫攻坚投入一支生力军。于是，一场从上而下的返乡创业热潮迅速在苍山溪水掀起，大众创业、万众创新的层层巨浪为这片红色热土的乡村振兴输入了源源不断的发展动能。

科学决策　为返乡创业创造条件

全县的返乡创业启动工作，具体落实到了县人社局党委班子的肩上。2014 年 2 月 7 日，春节上班的第二天，全县第一次返乡创业研讨会召开，也是全县组织的一次外出成功人士返乡创业意愿摸底座谈会。座谈会上，受邀的 100 多名在外成功人士踊跃发言，他们有一个共同的心声：如果家乡相关保障措施能跟上，并且的确有前景看好的项目，他们保证将资金投回自己的家乡。参会的县领导及人社局党委班子的心里有底了：我们现在要做的工作，就是为这些有意愿回乡创业的成功人士或是莘莘学子铺就最好最快捷便利的返乡创业之路。

结合随后的广泛调研，苍溪县探索出了四条重要的工作机制。一是建立高效的推进机制，全县成立了支持返乡创业工作领导小组，建立县级领导联系乡镇和县级部门对应指导联席会议制度。每月定期召开协调会，及时研判工作推进中的难点热点问题，督促乡镇和县级部门抓实返乡创业工作。县人社局借助延伸机构覆盖到39个乡镇的人社所，在全县范围内构建起为返乡创业提供全程跟踪服务的县域基层网络，扎实有效地推动返乡创业工作。二是出台一套支持引导返乡创业的政策措施，仅2015年就出炉20余条含金量较高的优惠政策，其中《关于支持引导在外人士返乡创业的实施意见》可谓是纲领性的文件。这些涉及的领域“全”、扶持力度“优”、创业门槛“低”、保障措施“实”的地方政策成为返乡创业的催化剂。编印《大众创业万众创新政策汇编》，每一个返乡创业者都能方便地从中查找到市场准入、税收、财政、金融、用地、返乡创业园建设、项目配套等方面的最新规定，为他们准确高效的决策提供了依据。三是储备推介符合县域资源特色优势的返乡创业项目。2016年精心筛选、包装、推介10大类500多个适合返乡创业的项目，概算总投资400余亿元，其中基础设施类53个、农业类264个、工业类72个、旅游业类60个、社会事业类42个，免费向创业人员发放。四是建立一套创业成功人士台账和县级领导联系服务制度，台账既收录有他们的基本信息，还有他们返乡创业的意向项目。34名县级领导干部带头分片区、定人群、组团式开展联系服务工作，有针对性地加强返乡对接，既常态化保持沟通联络，又督办返乡创业手续办理，还牵头解决返乡创业中存在的困难和问题，用心温暖每一个愿意回乡的创业者。县委书记张寿于重点联系华北片区16人，县长杨祖斌重点联系珠三角片区15人，他们带队考察北京双池建设工程有限公司和总部基地等企业，并对年产5000吨聚苯硫醚和“中国嘉陵江—凤凰湾国家度假公园”建设等项目进行对接洽谈，宣传返乡创业项目和政策，收集他们的回乡创业意愿。

组织有力、政策先行、项目支撑、感情对接，这关键的四招，为苍溪如火如荼的返乡热潮奠定了坚实的基础。

全程护航　为创业者撑起一片天

苍溪特别注重营造浓厚的返乡创业氛围，强有力地保障返乡创业工作的有序推进。全县每年春节期间，定期召开在外成功人士及务工人员座谈会，细化到乡镇甚至到自然村的茶话会、座谈会，也在县委、县政府的统一部署下开展起来。全县党委政府用乡情和温情感化每个在外人士的心，激发他们返乡创业的动能。在人社部门布置下，通过召开动员会、广播电视宣传、寄发宣传资料、开展实地走访、开通微信微博联络等方式大力动员并宣传农民工和农民企业家返乡创业。每年召开一次返乡创业总结表彰大会，大张旗鼓地表彰奖励一批"返乡创业明星企业""返乡创业带头人"和"服务返乡创业先进单位""服务返乡创业先进个人"，连续选评两届"返乡创业十强领军人"。

2014年首批返乡创业报告文学集《苍山有路》出版，相继出版《梨乡创业之星》《苍溪县返乡创业明星风采录》《让梦飞翔》等纪实文集，返乡创业的先进事迹家喻户晓。《梨乡创业天地宽》《筑梦故土》《梨乡创业》等电视专题片，更是广泛宣传了全县的创业典型、创业政策及创业成效，为后来的返乡创业者提供了现成的经验和帮助。

苍溪还在打造公平的投资环境上下深水，推进返乡创业"三年行动计划"，落实"一个待遇、两个同等对待"。"一个待遇"，即消除所有制区别，消除体制性障碍，落实"公平"待遇。"两个同等对待"，即对返乡创业人士与外来投资者同等对待，在享受招商引资政策上一视同仁；对不同形式、行业和规模的返乡创业项目同等对待，在加强要素保障上一视同仁。按照全覆盖"保姆式服务"的标准，进一步完善县、乡、村三级创业服务平台，开通返乡创业"绿色通道"，推行返乡创业手续由"联系县领导督办、项目落地单位协办、行业主管部门全程代办、限时办结"和"一站式"办理机制，努力以高质量的政务服务推动返乡创业，2016年建成县级创业孵化园1个，创业孵化"种子基地"和"农民工返乡创业示范园"5个、"创业示范街"6条。返乡创业的乐土预"热"了起来。

苍溪视投资创业环境建设为返乡创业"生命线"，全覆盖开展县级部门和乡镇的行风民主评议，扎实推进机关效能建设，建立健全软环境监督服务体系，加大了返乡创业者合法权益的保护力度。“返乡创业环境监察”专项行动由县纪检部门和县委督查室、县政府督查室、县返乡创业工作领导小组办公室四家单位联合行动，经常性开展明察暗访，及时查处行政不作为、乱作为和滥用职权、损害企业利益的各种不法行为，努力为返乡创业者安心创业、放手发展保驾护航。同时强化返乡创业目标绩效管理体系建设，将返乡创业工作纳入各乡镇、县级有关部门的年度工作单项目标绩效管理和考核，用分值来评判实绩。全县统筹协调就业创业培训、“阳光工程”培训、扶贫移民培训等国家培训项目，探索建立起以苍溪职中、苍溪就业训练中心为核心，其余 13 家职业培训机构为辅导的综合培训平台，既为返乡创业者提供最新的政策和技能支持，又为他们提供素质全面、技能精良的各类员工。政策扶持全面推开，将担保贷款一律调整提高到 10 万元，简化办理流程，仅 2016 年上半年就发放贴息贷款 8040 万元，为回乡创业企业创业贷款贴息 2065 万元。

别有洞天　返乡创业成果绿满苍山

在原国家主席李先念的骨灰撒放地，有一个被大山包围、八百里映山红簇拥着的黄猫乡。回乡创业五年的罗洪就在这里带领乡亲们打通了 13 公里的出山路，修建了万亩产业园，他持续投入 6000 余万元，建起了以桃花岛等 40 多个重要景点为内容的黄猫垭景区。2017 年承办了广元市首届乡村旅游节，接待游客超 20 万人次，旅游综合收入达 3000 万元；2018 年承办了令全国 13 个省市作家难忘的桃花诗会，接待游客 30 万人次，旅游综合收入达 5000 万元。如今的黄猫垭，是苍溪红军渡干部行政学院的教学点、川东北地区青少年“研学旅行基地”、川东北最大的桃花观赏基地、川东北绿色生态果品生产基地。早年选择迁至外地的 20 多户村民全部重返家园，凋敝已久的村庄重新焕发出了勃勃生机。

雍河乡被评为“四川省优秀共产党员”的回乡创业者杨敏，带领桃园村发展天麻 500 亩、猕猴桃 300 亩、冬桃 200 亩、重楼和黄精等其他药材 200 余亩，全村人均纯收入达 8290 元，让桃园成为大山深处最美的小康村。

据统计，苍溪六年累计回引像罗洪、杨敏这样的返乡创业者 4860 人，累计吸引投资 126 亿元。

乡村振兴战略的号角吹响之后，苍溪按照“引回来，留得住，富得起”的总要求做实创业路径规划，引导创业者优先发展红心猕猴桃、中药材种植、健康养殖三大百亿产业。鼓励返乡创业资本进入重点项目，开发特色旅游产品，培育观光度假、休闲养生、乡村体验等新型业态，推进全域乡村旅游发展。支持兴办规模大、竞争力强的新型经济实体，不断培育新的经济增长点。支持返乡创业人士参与园区建设，依托园区组建农民专合社和家庭农场，领办特色产业，使现代农业园区成为返乡创业的主要阵地和载体。依托苍溪被列为全国电商扶贫试点县的契机，加快建设电商创业孵化基地，构建“电商营运中心 + 重点乡镇电商服务站 + 现代农业园区综合服务站 + 村级电商服务点”多层次电子商务平台。借助返乡创业者既熟悉外地市场又熟悉家乡资源的优势，实现本地产品与外地市场对接。如今的苍溪，回乡创业实现了“三大突破”，全县 80% 的村（社区）均有投资 50 万元以上的返乡创业经济实体 1 户，累计新增返乡创业经济实体突破 2000 户，其中投资 500 万—1000 万元的 200 户以上，投资 1000 万元以上的 100 户以上。每年新增返乡创业投资 15 亿元以上，到 2018 年底累计新增返乡创业投资突破 50 亿元。全县返乡创业项目累计吸纳就业人员 3 万人以上。

2017 年 9 月 29 日在南充召开的全省就业扶贫推进会上，县委副书记、县长杨祖斌作了《“三大模式”强带动，创业就业促脱贫》的经验交流发言，苍溪县被评为全国第三批返乡创业试点县。2018 年入选 100 个“全国农村创业创新典型县范例”之一。

苍溪树立起的这根返乡创业标杆，一定会在嘉陵江两岸再增新绿，一定会在高高的九龙山巅迎接更美更绚丽的朝阳。

创业典藏

广元市返乡创业工作大事记

（2015—2018）

2015年

1 月 21 日，市委副书记、市长王菲主持召开全市融资性担保行业发展与监管工作座谈会。

2 月 9 日，市委书记马华出席全市优秀人才代表迎春座谈会，会见省、市优秀人才代表，向为广元经济社会发展做出突出贡献的优秀人才表示衷心感谢和慰问，致以新春的祝福。

5 月 12 日，市青春创业讲堂进校园活动在川北幼儿师范高等专科学校举行，活动邀请到深圳市盛世伟业电子商务有限公司创业者讲述电子商务的发展前景。

6 月 5 日，广元市开通“广元创业”微信服务平台：GYCY0839，搭建“政府—企业—公众”三方平台，构建政策、孵化、培训“三位一体”的网络智能服务模式，为创业者开辟公共创业智能化、个性化服务，开启“点对点、面对面、一对一”的“私人定制”服务大众创业新模式。

6 月 17 日，中共广元市委办公室、广元市人民政府办公室印发《关于大力促进大学生创新创业的实施意见》（广委办〔2015〕47 号）。市政务中心出台《关于切实搞好大学生、返乡农民工创业审批全程代办服务的通知》，为大学生、返乡农民工创业审批提供全程代办服务。

7 月 22 日，广元市人民政府出台《关于推进大众创业、万众创新的实施意见》（广府发〔2015〕19 号），从激活创新创业主体、搭建创新创业载体、营造创新创业市场环境、落实创新创业政策、强化财政引导和金融支撑、加强服务体系建设、强化组织领导等方面支持各类群体创新创业。

8 月 20 日，广元市召开全市促进大学生创新创业推进会。市人社局、团市委、广元经济技术开发区和四川信息职业技术学院就促进大学生创新创业工作情况做交流发言。对首批评选的李君、康鉴、罗成一、赵海伶、王淑娟、朱轩、李飞、丁彬瀚、潘冲冲、柏泉生 10 名优秀创新创业大学生进行表彰和奖励。

9 月 1 日，广元市人民政府出台《关于进一步做好新形势下就业创业工作的实施意见》（广府发〔2015〕22 号），支持高校毕业生创新创业、支持农民工和农民企业家返乡创业等工作。

9 月 7—9 日，市政府办公室组织相关部门分三个调研组对全市农民工和农民企业家返乡创业情况进行调研，与农民工、农民企业家代表及相关职能部门进行座谈。

9 月 20 日，北京广元企业商会成立大会在北京举行。北京广元企业商会的成立，标志着广元籍企业家在北京有了自己的家，搭建起北京与广元的“直通车”。市委副书记、市长王菲出席会议并讲话，向广元籍在外企业家发出诚挚邀请，希望他们回家乡看看，回家乡创业，回家乡发展。

9 月 23 日，市政府办公室印发《关于建立广元市农民工和农民企业家返乡创业工作联席会议制度的通知》（广府办函〔2015〕127 号），明确了联席会议组成人员和部门职责以及议事规则。

9 月 23 日，“返乡创业 · 回家发展”京津地区广元籍企业家座谈会在北京召开。市委书记马华，市委副书记、市长王菲出席座谈会并邀请在外广元籍企业家返乡创业回乡发展。

10 月 10 日，广元市组织四川日报驻广元记者站、《广元日报》、《广元晚报》、广元广播电视台、广元新闻网、四川在线、广元全媒体新闻平台等媒体的 10 多名记者，对返乡创业典型和广元创业投资环境、创业创新政策等进行宣传报道。

10 月 19 日，广元市召开全市农民工和农民企业家返乡创业工作会议。市委副书记、市长王菲出席会议并作重要讲话，市委副书记邹自景主持会议。会议要求各级各部门把返乡创业工作放在心上、抓在手上、落实在行动上，大力实施“引凤还巢”工程，通过强有力的措施，推动更多农民工和农民企业家返乡创业、回乡发展。

10月19日，广元市举行“返乡创业·回家发展”会见会。市委书记马华，市委副书记、市长王菲，市委副书记邹自景与“返乡创业·回家发展”企业家进行交流，听取他们今后的发展打算，以及对进一步加快广元经济社会发展的意见和建议。

10—11月，广元市举办首届创新创业大赛，涉及文化传媒、电子商务、生态农业和环保等领域的333个项目参赛。

12月7—8日，省科协党组成员、纪检专员李大用带队省“大众创业、万众创新”第七督查调研组到利州区创业园、广元经济技术开发区创业园等地，对广元市“双创”工作推进情况进行督查调研，并且就抓好后一步发展提出意见和建议。

12月19日，在粤广元籍企业家“返乡创业·回家发展”座谈会在广州召开。市委副书记、市长王菲代表市委市政府诚挚邀请在粤广元籍企业家回家乡看看，感受家乡的巨大发展变化，在家乡投资兴业，共同为家乡发展添砖加瓦。

2016年

2月16日，广元籍在疆知名企业返乡兴业座谈会召开，受市委书记马华和市委副书记、市长王菲委托，副市长赵文峤代表市委市政府感谢广元籍在疆企业家多年来对家乡发展的支持，并诚挚邀请大家回到家乡创业兴业，共同建设美丽家乡。

2月23日，首届全球川商返乡发展大会广元市川商返乡发展投资说明会在成都举行。全市重点推荐145个项目，签约招商引资项目27个，签约资金54.41亿元。省人大常委会副主任、党组副书记张东升出席并讲话。市委副书记、市长王菲致辞。81位广元籍企业家代表，《四川日报》、四川电视台等16家新闻媒体记者应邀参加大会。

5月16—17日，省老区建设促进会副会长、第十届省政协副主席曾清华一行到广元市就革命老区农民工返乡创业情况进行调研，市委常委、市总工会主席周键陪同调研。

8月10日，市委市政府在北京举行广元北京乡友返乡兴业座谈会，邀请在京广元籍成功人士、广元籍在京企业家代表畅叙乡情、友情，共同为广元项目投资、产业发展、脱贫攻坚三大经济建设主战场出谋划策，投身家乡经济建设。

10 月 17 日，广元市召开“返乡创业 · 回家发展”助力脱贫攻坚座谈会。市委书记王菲出席座谈会并号召广大乡友回家走走看看，投资兴业，为脱贫攻坚助力、为家乡发展添彩。市委副书记冯磊主持座谈会。

10 月 26 日，全省 21 个市州 150 余名农村青年电商、返乡创业青年代表在广元参加四川省农村青年电商及返乡青年创业示范培训班培训。市委常委、宣传部部长、市总工会主席周键，团省委副书记、省青联主席张荣出席开班仪式并讲话。

12 月 13 日，国家发展和改革委员会等十部委印发《关于同意河北省阜城县等 116 个县（市、区）结合新型城镇化开展支持农民工等人员返乡创业试点的通知》（发改就业〔2016〕2640 号），剑阁县被列为全国第二批农民工返乡创业试点县。

12 月 21 日，市委书记王菲，市委副书记、市长邹自景在杭州召开华东片区乡友返乡创业、回家发展座谈会，并真诚邀请各位企业家和乡友，为家乡建设发展献一份真情、出一份力量、尽一份责任，助推广元早日实现整体连片贫困到同步全面小康跨越的美好愿景。

2017年

2 月 5 日，广元市召开广元籍企业家返乡兴业座谈会，四县三区分布于北京、河北、上海、浙江、山东、广东、福建、陕西、重庆、新疆和成都等省市 39 位广元籍企业家（代表）和广元市驻外招商分局负责人参加会议。

2 月 6 日，四川省劳务开发暨农民工工作领导小组印发《关于表彰四川省优秀农民工暨返乡创业先进集体和个人的决定》（川农劳领发〔2017〕1 号），广元市 6 人被表彰为“四川省优秀农民工”，6 人被表彰为“四川省返乡创业明星”，2 家单位被表彰为“四川省农民工工作先进集体”，2 家企业被表彰为“四川省返乡创业示范企业”。

2 月 7 日，广元市召开驻省外农民工工作站负责人暨返乡创业座谈会。

2 月 16 日，四川省优秀农民工暨返乡创业先进集体和个人表彰大会在成都召开，广元市获“四川省优秀农民工”“四川省返乡创业明星”“四川省农民工工作先进集体”“四川省返乡创业示范企业”的集体和个人在会上获表彰。会前，省委书记王东明，省委副书记、省长尹力分别对进一步做好农民工返乡创业工作作出指示，提出要求。省委常委、农工委主任曲木史哈出席会议并讲话，副省长王铭晖主持会议。

5月5日，成都广元商会返乡发展暨商会建设座谈会在广元召开。来自成都广元商会的10余名会员参加座谈会。副市长关颐，市政协副主席、市工商联主席吴桂芬，成都广元商会会长黄正德参加会议。

5月16日，市委、市政府在江苏省昆山市召开广元（昆山）川商返乡兴业暨苏商台商投资恳谈会。市委副书记、市长邹自景代表市委、市政府诚挚邀请在苏广元籍企业家回家乡看看，感受家乡的巨大发展变化，在家乡投资兴业，共同为家乡发展添砖加瓦。市委常委、副市长范学臣主持会议。苏州市工商联副主席邱良元参加会议。

5月19日，广元市自主择业军转干部创业就业培训班在市军培中心6楼会议室开班，四县三区的42名自主择业军转干部参加培训。

5月26日，广元市举办“创业引领者专项活动暨创业培训讲师大赛”。

10月24日，国家发展和改革委员会等十部委印发《关于同意河北省大名县等135个县（市、区）结合新型城镇化开展支持农民工等人员返乡创业试点的通知》（发改就业〔2017〕1848号），苍溪县被列入第三批返乡创业国家级试点县。

10月31日，广元市组织10名“三支一扶”“一村一大”服务基层项目的大学生参加省级“阳光导航”创业培训，培训内容包括创业激励、创业基础知识培训、政策解读、创业技能培训、创业素质测评、实地参观考察学习等，通过培训接受完善的创业指导。

11月17日，广元市人民政府出台《广元市招商引资优惠政策》（广府发〔2017〕44号），返乡农民工和农民企业家回乡创业，享受招商引资优惠政策。

2018年

1月30日，广元市返乡创业协会成立，是四川省首家市级返乡创业协会，共有会员 149 名。

1 月 30 日，广元市举行全市能人返乡创业暨人力社会资源保障工作会议。会议授予 19 人为“广元市返乡创业明星”，9 家企业为“广元市返乡创业示范企业”。市委常委、常务副市长刘少敏，市人大常委会副主任唐小平，市政协副主席韩跃明出席会议。

2 月 10 日，广元市 2018 年“返乡兴业、回家发展”及招商引资企业家座谈会举行。市委书记王菲，市委副书记、市长邹自景，市委副书记冯磊出席会议，与返乡企业家、招商引资企业家代表欢聚一堂，听取建议，共话乡音，共续友谊。

2 月 12 日，中共中央总书记、国家主席、中央军委主席习近平在成都市主持召开打好精准脱贫攻坚战座谈会。返乡创业的苍溪县白驿镇岫云村党支部书记李君作为基层代表做了 6 分钟的题为《返乡扶贫做实事，带领群众奔小康》的汇报发言。习近平总书记亲切勉励他：“年轻人，好好干。”

2 月 24 日，广元市能人返乡创业暨农民工工作座谈会召开。会议强调要充分发挥返乡创业协会职能作用，加强驻外农民工工作站建设，创新广元籍农民工维权、农民工职业技能和安全防护培训服务工作。

3 月 15 日，国务院新闻办公室举行中外记者见面会。苍溪县白驿镇岫云村党支部书记李君等 4 位全国人大代表围绕脱贫攻坚与中外记者进行了见面交流。

4 月 18 日，市委书记王菲，市委副书记、市长邹自景在成都分别会见参加 2018 中外知名企业四川行・广元市投资说明会暨经济合作项目签约仪式的四川川商返乡兴业投资基金、四川省环境保护治理工程有限公司、四川文阳集团有限公司等企业及签约客商代表，就加快推进在广有关项目、拟在广投资项目等交换意见，商议合作事宜。市领导郑蓉、赵文峤参加会见。

5 月 9 日，省委组织部副部长，省人社厅党组书记、厅长，省公务员局局长戴允康对广元市社会保障、就业、返乡创业、“一号工程”（全面建设群众满意的人社公共服务体系）推进落实等情况进行调研。市委书记王菲，市委副书记、市长邹自景，市委常委、副市长刘少敏分段参加调研。

5 月 26 日，广元市举办“创业引领者专项活动暨创业培训讲师大赛”。

6 月 8 日，全市就业扶贫指挥部工作会议召开，审定并通过《2018 年广元市就业扶贫指挥部成员单位工作责任清单》《广元市就业扶贫考核办法》《关于开展返乡创业扶贫示范村创建活动的通知》。

6月12日，广元市就业扶贫指挥部办公室印发《关于开展返乡创业扶贫示范村创建活动的通知》(广就扶贫指办发〔2018〕8号)，旨在进一步促进能人到贫困村创业，带动贫困劳动者就近就地就业增收，实现返乡创业与就业扶贫有机融合，到2020年创建市级返乡创业扶贫示范村50个。

6月29日，市人力资源和社会保障局会同市财政、农业、投促等相关部门，成立两个调研组，对全市能人返乡下乡创业情况进行专题调查。

7月18日，由市人社局等六部门主办的第三届“中国创翼”创业创新大赛广元选拔赛在四川信息职业技术学院落下帷幕。“红猕研”、“新型食用菌开发”、传统手工艺“暖心烙画”新型文创产品开发与销售项目分别夺得主体赛创新组第一、二、三名；主体赛创业组前三名分别为“白及直播规范化种植技术集成示范与推广”“一个农民工的桃花岛”“野生葛根茶深加工”项目；“独臂斗士的生态农场”夺得专项组第一名。

8月24日，第三届“中国创翼”创业创新大赛四川选拔赛在四川建筑职业技术学院开幕。全省21个市州共有181个项目入围。广元市“红肉猕猴桃新品种选育”项目获大赛创新组三等奖，五龙镇“自强家庭农场”获得专项赛优秀奖。

10月11日，广元市川渝籍（兰州）企业家返乡兴业座谈会在兰州召开，市委副书记、市长邹自景出席会议并与20位在兰州的广元籍企业家、川渝籍企业家进行座谈，欢迎各位企业家回到家乡投资发展，共谋共建广元美好未来。

10月15—17日，在参加四川省党政代表团赴广东考察交流活动期间，市委书记王菲利用活动间隙带队开展投资促进小分队活动，要求在粤广元籍农民工和企业家大力宣传广元，讲好广元故事，积极为家乡发展牵线搭桥，带动更多企业家到广元投资兴业、返乡创业，共同推动家乡更好更快发展。

11月21日，广元市举行首届农村乡土人才助力脱贫攻坚创新创业大赛决赛，22名农村乡土人才角逐出金银铜奖及脱贫攻坚特别奖。市委常委、组织部部长许东明，市委常委、副市长甄文涛为获奖者颁奖。参加决赛的选手将入选广元市农村乡土人才库，同时由广元市农村专业技术协会联合会授予“广元市优秀农村乡土人才”称号。

11 月 22 日，广元市委常委、常务副市长谢晓东在全省推进返乡下乡创业暨加强农民工服务保障工作会上，做题为“聚焦聚力返乡下乡创业 推动实现乡村振兴奔康”的发言，汇报广元市返乡下乡创业工作取得的显著成效。

12 月 5 日，市委书记王菲、市委副书记冯磊一行到苍溪县黄猫乡调研返乡创业人员罗洪的现代农业园区建设带动贫困户脱贫奔康情况，到元坝镇岫云村调研返乡创业人员李君探索出的“互联网 + 小农户”精准扶贫发展模式。

12 月 21 日，“广元七绝”特色农产品推介暨北京广元籍人士返乡创业座谈会在北京召开。副市长杨浩参加会议。

全国优秀农民工和农民工工作先进集体名单

2015 年 12 月 24 日，国务院农民工工作领导小组印发《国务院农民工工作领导小组关于表彰全国优秀农民工和农民工工作先进集体的决定》(国农工发〔2015〕5 号)，广元市 2 人被表彰为“全国优秀农民工”，1 家单位被表彰为“全国农民工工作先进集体”。

全国优秀农民工名单

李　飞　雅化集团旺苍化工有限公司项目主管

罗　洪　四川省黄猫垭农业生物科技发展有限公司经理

全国农民工工作先进集体

四川省广元市利州区零散工集散服务中心

四川省优秀农民工暨返乡创业先进集体和个人名单

2017年2月6日，四川省劳务开发暨农民工工作领导小组印发《关于表彰四川省优秀农民工暨返乡创业先进集体和个人的决定》(川农劳领发〔2017〕1号)，广元市6人被表彰为“四川省优秀农民工”，6人被表彰为“四川省返乡创业明星”，2家单位被表彰为“四川省农民工工作先进集体”，2家企业被表彰为“四川省返乡创业示范企业”。

四川省优秀农民工名单

曹　军　　四川智程建筑工程有限公司泸州项目部负责人

白　云（女）　剑阁县梦想农业合作社创办人

刘　江　　旺苍攀成钢焦化有限公司车间主任

罗义辉　　青川县建筑公司青川商会副会长

刘　云　　崇州鸭子饭店创办人

张华东　　深圳市欧林工艺品有限公司创办人

四川省返乡创业明星名单

蒋先直　　苍溪县中药材专业合作社

罗　莎（女）　四川康源畜牧有限责任公司

何　兵　　大两乡淡水鱼养殖专业合作社

杨　飞　　青川县同富牧业专业合作社

胡晓全　　利州区春祥家庭农场

朱明举　　昭化区晨琳种养合作社

四川省农民工工作先进集体名单

利州区劳务开发暨农民工工作领导小组办公室

朝天区驻“珠三角”农民工工作站

四川省返乡创业示范企业名单

旺苍县木门茶业土产有限公司

广元市天一农牧投资有限公司

广元市返乡创业明星和返乡创业示范企业名单

2018 年 1 月 29 日，广元市劳务开发暨农民工工作领导小组印发《关于表扬广元市返乡创业明星和返乡创业示范企业的通报》(广农劳领发〔2018〕1 号)，授予 19 人为“广元市返乡创业明星”，9 家企业为“广元市返乡创业示范企业”。

广元市返乡创业明星名单

向　峰（女）　苍溪县海明甲鱼养殖专业合作社
杨　黎（女）　苍溪县铃旗猕猴桃专业合作社
陈　玲（女）　四川省兴利嘉农业综合开发有限公司
祁有正　　　　广元鑫楠生态农业开发有限公司
陈　敏（女）　剑阁县恒源菌类种植农场
汪　鑫　　　　剑阁县泽润种植家庭农场
武　俊　　　　旺苍县汇力羊肚菌种植专业合作社
苟武昌　　　　旺苍县昌盛核桃专业合作社
罗小青（女）　旺苍县天意种养殖专业合作社
左德军　　　　青川县亿丰生态林农有限责任公司
李正军　　　　青川县山谷原舍康养旅游合作社
罗正友　　　　广元市友芹种养殖专业合作社
吴欣芸（女）　广元市麒程种植专业合作社
刘永彬　　　　四川千仓农业科技发展有限公司
商友剑　　　　广元市昭化区义春中药材种植农民专业合作社
徐万成　　　　广元市昭化区溪月养殖专业合作社

孙　华（女）　朝天区朝天镇心语亚健康调理中心
毛华生　　　广元天垄生态农业开发有限公司
郭啸天　　　朝天区东沟河农场

广元市返乡创业示范企业名单

苍溪县秀艺毯业有限公司
四川广元岷江中药材种植有限公司
四川蜀道元牛牧业有限公司
旺苍县普济镇黄花山核桃专业合作社
青川县同富牧业专业合作社
广元市麟龙酒店投资管理有限公司
广元市瑞康隆食品有限公司
广元市黎生中药材专业合作社
广元市朝天区小山窝藤椒种植专业合作社

后 记

返乡创业故事是一部人生成功的奋斗史、一首游子回报家乡的情怀诗、一段助推乡村振兴的进行曲！他们的故事，朴实的村民用拇指点赞，久旷的田野用硕果花香传颂，沉寂的乡村用家乡巨变展现。

时代的讴歌需要历史铭记，社会的颂扬应当汇流成渠，壮丽的事业急需擂鼓奋进！市政协党组和七届市政协主席会议把握党政工作中心，顺应时代潮流，关注群众呼声，围绕乡村振兴战略实施，将收集整理返乡创业文史资料作为市政协年度重点工作任务，研究部署《筑梦桑梓：广元返乡创业者故事》（广元市文史资料第二十五辑）编撰工作，将返乡创业这幅当代最美的乡村图腾画和外出务工人员提交的乡村振兴答卷呈现给全市人民，以弥补广元史志对返乡创业历史记录之缺失，让返乡创业者青史留痕。

返乡创业故事浩瀚如海，只取一瓢成为现实选择。自改革开放以来，外出务工潮之后返乡创业潮相继而生，2018 年全市累计新增返乡下乡创业人员达 4.62 万人，40 年累计返乡创业人员人数众多，分布于诸多行业和全市各县区各乡镇，涉及面广。40 年来，全市一批批返乡创业者书写了人生传奇，每个人的故事都很精彩、都很感人。面对如此庞大的创业群体和纵跨数十年的创业故事，我们仅能把握时代性和先进性的要求，选取 2017 年以来受到省、市政府表彰的先进个人和各县区协商推荐的优秀创业者作为征集对象，在尊重本人意愿的基础上，将 81 人的创业故事收入其中，作为返乡创业故事的一个缩影、一个片段和一段序曲。

收集整理创业故事，是一次接受感恩家乡教育的灵魂洗礼。在市、县区政协、人社部门的大力支持下，市政协文化文史和学习委诚聘市内作家、市政协文史研究员和市、县区政协文史工作者 45 人组成写作队伍，深入采访创业者，以“叙家乡情怀、讲创业故事、品成功人生、扬赤子精神”为主基调收集整理返乡创业故事。每位接受采访的创业者都用亲身经历将创业故事讲生动、讲鲜活，每个故事都让采访者灵魂受到震撼，受到教育和启发。经采访者整理并经本人同意后，编辑人员历时数月精心修改，经专家严格评审，将81位返乡创业者的精彩故事和广元市、部分县的返乡创业工作纪实及返乡创业大事记、近年省市的表彰名单汇编成册出版，以便读者从全景角度了解全市返乡创业工作。

每位创业者的人生都是传奇，每篇创业故事都是传奇故事。本书采用纪实手法，以创业者口述的方式，讲述了返乡创业的时代背景和创业动机、历程、收获、感悟和愿景。书中有丰富的故事情节，有真切的人生感悟，有执着的事业追求，有创业的辛酸经历，有成功的喜悦心绪，有深深的家乡情怀，有朴实的奉献精神，是一幅广元人不屈不挠、拼搏实干的实景画，是新时代广元人民感恩奋进、创业兴家的情景剧本。

返乡创业者的故事，饱含热爱故土之深情，演绎亲帮亲、邻帮邻的乡村大义，读罢感人肺腑，触动故乡情，回荡思乡曲，启迪成功路，激发奋进梦。我们深信，本书的编辑出版仅是广元众多返乡创业者故事的点滴和序曲，全市返乡创业热潮将激流勇进、千帆竞发！

返乡创业者量大面广，加之相当部分人员工作流动性强，我们时间仓促、人力有限，难免挂一漏万，许多优秀创业者的感人故事未能收录其中，成为本书之遗憾，诚望各方谅解。因编辑水平有限，错误难免，恳请读者批评指正。

编者

图书在版编目（CIP）数据

筑梦桑梓：广元返乡创业者故事 / 政协广元市委员会编. -- 北京：中国文史出版社，2019.10

ISBN 978-7-5205-1619-8

Ⅰ. ①筑… Ⅱ. ①政… Ⅲ. ①纪实文学—作品集—中国—当代 Ⅳ. ① I25

中国版本图书馆 CIP 数据核字 (2019) 第 266656 号

责任编辑： 梁玉梅

出版发行： **中国文史出版社**

社　　址： 北京市海淀区西八里庄 69 号院　　**邮编：** 100142

电　　话： 010-81136606　81136602　81136603（发行部）

传　　真： 010-81136655

印　　装： 北京地大彩印有限公司

经　　销： 全国新华书店

开　　本： 16 开

印　　张： 27.25　　**字数：** 433 千字

版　　次： 2020 年 1 月北京第 1 版

印　　次： 2020 年 1 月第 1 次印刷

定　　价： 86.00 元
